李冞沙 ——
著

沉宸篇

推薦者簡介

# 蘇牧

北京電影學院文學系教授、博士生導師，北京市高等學校優秀青年骨幹教師（1996 年），香港中文大學傑出訪問學者。北京電影學院「金字獎」第二屆、第七屆評審會主席。

主要著作有《榮譽》、《太陽少年》、《新世紀新電影》，其中《榮譽》16 次印刷，為北京電影學院、中央戲劇學院、中國傳媒大學、上海戲劇學院、北京大學等國內著名藝術院校學生必讀書。《榮譽》2004 年獲「中國高校影視學會優秀學術著作一等獎」，《榮譽》修訂版 2007 年入選教育部中國高校「十一五」國家級教材。2008 年入選教育部中國高校「十一五」國家級教材精品教材。

主要科研項目：北京市教育委員會 2013 年社科計畫重點項目：《中外電影大師精品解讀》。

【推薦序】
# 青鸞舞鏡與孟婆犧牲

　　北京電影學院上課，我會講侯孝賢導演的電影《刺客聶隱娘》。《刺客聶隱娘》是一部古裝武打電影，侯孝賢導演真是有些不應該，文藝片拍得那麼好，卻要來拍古裝武打片。中國古裝武打電影很多，徐克、成龍等等，當然最好的是李安導演的電影《臥虎藏龍》。《臥虎藏龍》的優點是精彩的武打背後，是我們中國和東方的神韻。但是萬萬沒有想到，侯孝賢導演拍出了《刺客聶隱娘》。

　　打一個比方，如果所有武打電影參加奧運會跳高比賽，《臥虎藏龍》跳過了2米3，《刺客聶隱娘》卻跳過了2米5。總之，以後的中國武打電影，其他人真是沒辦法拍了。

　　為什麼《刺客聶隱娘》是2米5？《刺客聶隱娘》拍攝的故事是唐朝。唐朝是中國歷史上最偉大的時代，陳凱歌導演的《妖貓傳》也是拍唐朝。但是，《妖貓傳》表現更多的是唐朝的繁華和絢爛，紙醉金迷、鶯歌燕舞、雲想衣裳花想容……那些只是表面上的唐朝，《刺客聶隱娘》拍攝的卻是唐朝的精神。

　　唐朝的精神是唐朝偉大的根本原因，他的胸懷，他的壯闊，他的海納百川的偉大精神力量。從人物角度講，《刺客聶隱娘》的唐朝精神，體現在舒淇扮演的窈七，還有道姑和公主身上。窈七是為愛情而犧牲，道姑是道家的行規和準則，公主是為國獻身的偉大情懷。公主之上，還有青鸞，電影中描述了青鸞舞鏡的故事。

　　「罽賓國王得一鸞，三年不鳴，夫人謂，鸞見類則鳴，何不懸鏡照之。鸞見影，終宵奮舞而絕。」

　　青鸞不舞，是因為沒有同類，看到鏡中的另一個青鸞（自己的影子），她誤以為同類，一夜起舞身亡。

　　青鸞起舞是為精神而死，為知音而死，不與雞犬之輩同流合汙，這正是偉大的唐朝精神。

　　女作家李莎的小說《孟婆傳奇》系列中的孟婆，是道教中的傳說人

物，也是道家精神的集大成者。李莎書寫的孟婆，故事驚心動魄、優美動人，在李莎筆下，孟婆不僅僅是美麗、善良、助人、達觀的美的化身，更如同《刺客聶隱娘》中的窈七，是性格剛烈、為人付出、忠貞不二的女中豪傑。如同《刺客聶隱娘》中的青鸞，三年不鳴，見到同類，終宵奮舞而絕。

在電影學院的講臺上，我經常對同學們感歎女性的偉大。女性的無私和犧牲，女性的捨己和寬容。更有女性的純粹，如同姜文電影《太陽照常升起》中，河水中流動的女人的衣服。女性之美淋漓盡致，讓人目眩，李莎作品中的孟婆何嘗不是如此。

《孟婆傳奇》系列中的孟婆形象光彩奪目、與眾不同，與李莎的女作家身分相關。李莎是我中歐商學院電影課程的學生，她對電影的理解獨到深刻，感悟極佳。春節前夕，李莎告訴我，她要將她的小說《孟婆傳奇》系列改編為電影劇本。

祝賀李莎，那必將是一部與眾不同、出類拔萃的謳歌女性的電影，如同侯孝賢導演的《刺客聶隱娘》一樣。

北京電影學院文學系教授 蘇牧

# 毛利華

北京大學心理與認知科學學院副教授，博士生導師，九三學社社員，現任北京大學心理與認知科學學院工會主席。

北京大學主幹基礎課《普通心理學》，《社會心理學》，全校通選課《心理學概論》，線上線下混合式課程《探索心理學的奧祕》主講教師。

曾獲 2004 年北京大學教學成果一等獎，教育部教學成果二等獎，2005、2008 年北京大學教學優秀獎，2006 年北京市科技新星，2006 年教育部高等學校科學技術獎（自然科學獎）二等獎，2015 年北京大學十佳教師寒梅獎，2017 年北京大學曾憲梓教學優秀獎，主講的《探索心理學的奧祕》獲教育部 2018 年國家精品線上開放課程。

曾獲 2010 年北京大學模範工會主席、2018 年北京大學優秀工會幹部等稱號。

# 著眼當世、一心向善

　　「孟婆」或許該算是中國民間最家喻戶曉的名字之一了，相對於神話傳說中的人物，我更願意把她看作是古老中國文明體系中極為關鍵的角色，因為她承接了生與死之間的橋梁。

　　對死亡的探究，應該是每個人類文明最為著迷的話題之一，因為我們渴望瞭解生的意義，所以同樣也在追求死亡的本質。在這個星球將近35億年的歷史當中，無數的生命在生生死死之間更迭，活過一世，完成傳承的使命，一次又一次重複著同樣的故事。直到幾百萬年前，人類的祖先陰錯陽差，突然小小打破了一下這個困住所有生命當世的牢籠，將思維的觸角伸向將來，我們意識到了將來，擁有了希望，擁有了對永生的渴望，也開始畏懼死亡。

　　人類文明傳承一直都在嘗試著去理解生與死的本質，以及背後隱藏的祕密，而對生的渴望和對死亡的恐懼，使得人們努力試圖打通生死之間的壁壘，建起一座跨越生死的橋梁，銜接起生與死的世界。

　　古埃及相信人死後不會消亡，會以靈魂的方式存在，因此他們將死者製成木乃伊，而女神伊西斯（Isis）會引導亡者的靈魂依附於其上，帶著所有曾經的過往，以這種形式繼續存在。古希臘人也相信靈魂不死，但是他們覺得死亡或許是一場淨化之旅，能夠使人們洗脫罪惡。

　　柏拉圖在《理想國》中描述的遺忘平原（Lethe）及後來在但丁的《神曲》中擁有同樣名字的遺忘之河（Lethe），都是洗淨靈魂中罪惡的記憶，而將美好永存下去。古代中國則用另外的形式，詮釋著生與死之間的承接，對個體來講，死亡並不是結束，而是意味著拋開所有過往，重新開啟生命新的旅程。不僅是人類，萬靈萬物都被包含在這個宏大的輪迴體系當中，重複卻又獨特地有序運轉。因此，或許古埃及相信的永生，是換了一種存在的形式，古希臘的永生，意味著洗淨罪惡以最美好的形式留存。

　　古代中國文明則是徹底拋開所有的過往，無論美好還是罪惡，以全新的獨立個體繼續存在。孟婆作為由死至生的最後一個環節，則是在奈何

橋頭用一碗特殊熬製的孟婆湯，使所有的靈魂忘卻前世種種一切，重新開啟新的輪迴。在那個重啟的輪迴裡已經不再是當世的這個我，所以在古老的中國文明傳承中，人們會著眼當下，追求當世的長生，甚至超越輪迴的永恆不滅，成為個體跨越生死的最重要手段。著眼現世並不意味著可以為所欲為，因為不同輪迴中的個體，其實並不是兩個獨立不相干的個體，在這個系統當中，還有另外一個真正貫穿始終而不變的最基本規則，那就是因果報應，恰恰是這個規則，使得整個輪迴系統成為了一個圓滿的體系。

靈魂對前世的忘卻，只是個體層面的忘卻，但是系統還存在著因果迴圈這個宏大規則記錄著每個個體的因果，從而把無數個獨立的輪迴聯繫成為一個整體，「何為前世因，今生受者是；何為後世果，今生做者是。」這樣也形成了中國傳統文化當中敬畏因果，行為向善的特質。

因此，中國人活在當世，著眼當下，但是卻又講求報應，一心向善。在這個輪迴體系中，孟婆居於最關鍵的起承轉合的位置，正是因為這個角色，使得這個體系有序地運轉。

李莎筆下的孟婆，恰恰描述了這種傳統的文明特質，在她的故事裡，孟婆作為一個普通而平凡的個體，在一個宏大的前生今世故事中，經歷了人世間的愛恨情仇悲歡離合。李莎講的故事深深吸引了我，也使我看到了在這所有的文字背後，始終流淌著的「經歷當世，一心向善」，因而促使我想到了上面的這些文字。

而我也相信，每位閱讀者都會從李莎的故事中，獲取自身不一樣的感悟。因為，或許孟婆是一個使得個體忘卻前生故事的人，卻同時也是一個收集故事的人，她經歷了在這個世間存在過的所有個體一生一世的記憶，閱盡了人世間的悲歡離合一切種種，那麼她定也有自己精彩的故事。從傳統的中國文化來講，每個人心中孟婆的故事，可能都帶有自己前世的過往、今世的精彩，以及對後世的理想吧！

北京大學心理學系副教授 毛利華

作者簡介

# 李莎

希達工作室創辦人、中國傳統文化教育與傳播研究學者、中國社會科學院金融學研究生、香港大學整合行銷碩士、中歐國際工商學院高級工商管理碩士。

現就讀於清華大學積極心理學專業。曾於中山大學任職,並在韓國三星集團、周大福集團等世界 500 強企業擔任集團高級管理職位。擅長傳統文化在心理學方向和環境學的應用,並致力於中國優秀傳統文化教育與傳播。

所撰寫的多篇學術性論文和專業性文章,已在《出版廣角》、《財經界》、《中國文藝家》、《發現》、《長江叢刊》、《中國民族博覽》、《新教育時代》、《中華少年》、《中國校外教育》等多家國家級專業期刊和國家級媒體刊登。

代表作品:《直覺力:讓人生經驗轉化成選擇的能力》、《焦慮心理學》、《1001 天》、《潛意識之謎》、《李莎的生活隨想》

# 相濡以沫，不如相忘於江湖

　　一百個人心中有一百個孟婆。或許，每一個人想像中的孟婆都是截然不同的，包括那碗「孟婆湯」的滋味和功效，也是眾說紛紜。想像一下自己手捧孟婆湯時的心情和感慨，大概每個人都不一樣，在塵世活過的人，每個人都有一番屬於自己的際遇與感悟。

　　寫這本書的初衷，源自 2019 年某一天，彼時我正和清華積極心理學班的幾位同學一起聊天。大家都人到中年，經歷的世事也多了許多，忽然感歎起現在社會上的詐騙、作假行為，似乎很多人越來越缺少敬畏心。面對這種大規模的信任危機，好像沒有特別行之有效的方法能改變現狀。

　　說起這些，忽然覺得小說、電影、電視劇都是青年人關注得比較多的東西，如果能把這部分的力量好好運用，可以讓更多人瞭解更深的世間法則自然運行。在我們忙碌的日子裡，是否有在夜裡抬眼看看天空的繁星，放下自己的執著，感受天道萬物自然的運行呢？

　　想到這裡，就決定以「孟婆」的故事來做基點。孟婆湯是一個深入人心的名詞，我想過將來自己終老之時，會不會不捨得喝下那碗孟婆湯，會不會對前世的一切還有所眷念？我也想過，若是自己可以選擇性遺忘，會遺忘哪段回憶呢？細細思量了很久，覺得自己哪段回憶都不該遺忘，哪怕是痛苦的、傷心的、失望的，但那些才是構成現在的我的基礎要素之一，是我的一部分，又怎能隨意的遺忘呢！只不過換種心態去看待過往的回憶罷了，這樣想來，就沒有那麼多情緒的起伏和糾葛了。

　　小說中反覆想表達的只有一句話：「相濡以沫、不如相忘於江湖。」這是我親愛的大舅舅生前經常說的一句話，可惜他走得早，沒能看到這本小說的出版。但是我相信他在天有靈，一樣可以感受到這本書承襲了他的一部分的觀念，亦能得知他永遠活在愛他的親人朋友們心中。

　　人生不如意為常態，凡事小滿即可。無論一生何種經歷與苦楚，最終人還是要與自己和解。生是死之根，死是生之苗，眾生死有異，為眾生而死得福生，為自身而死得還債生，天道自然，人道自為。

小說之中，以中國傳統文化的道學文化為基礎，以孟婆的經歷為故事主線。但因為小說的特殊性，所以也無法完全真實反映道學文化的博大精深，只能擷取點滴片段而已。小說中的人物有你有我有他，在眾生一體之中，我們總能窺見自己的身影。

　　很感恩能邀請到我的兩位老師：北京電影學院文學系的蘇牧教授和北京大學心理學系的毛利華副教授，來為整個《孟婆傳奇》系列寫序言，兩位良師都是啟迪我更深入思考和探索的明燈。

　　此書獻給我摯愛的家人與朋友們，因為你們的支持，才讓我可以盡情學習探索，發掘那些未知領域，體驗更加豐富的人生。同時也以此書紀念所有我逝去的親人們，生是一段全新的旅程，死也是一段全新的旅程。天下人與事，都因歲月而物換星移，最後再附上我喜歡的那段日本詩詞：

《敦盛》
細細思量，此世非常棲之所，
浮生之迅疾微細。
尤勝草間白露、水中孤月。
金谷園詠花之人，為無常之風所誘，
榮華之夢早休。
南樓弄明月之輩，為有為之雲所蔽，
先於明月而逝。
人間五十年，比之於下天，
乃如夢幻之易渺。
一度享此浮生者，豈得長生不滅？
非欲識此菩提種，生滅逐流豈由心。

在此願諸位四時吉祥、平安喜樂。

李莎

# 第 一 節

人煙雲集之處，不免七情六慾，今日是載著新娘子的喜轎，敲鑼打鼓入了大宅的門，明日又是隔壁院內的新婦生了嬰孩正啼哭。情與慾中滋生鬼魅之色，與在高處的寂寥仙界倒映而望，又與地下的陰冷冥界遙遙相隔。左右是時日匆匆，一春，一夏，一秋，一冬，數不盡的榮華灑落在生命的盡頭與新生，人世間悲歡離合、愛恨交織，卻也算不上是終處。

然，在凡塵中有晝與夜模糊的邊界，每逢夜晚降臨時，自會有另一個世界緩緩醒來。

如您所看，這是個人、神、妖共處的三界。凡人存於明處，神明生於天界，妖魔活於暗處。有長相類似於凡人的妖魔，也有比不上妖魔至善的惡人，魑魅魍魎在這種錯綜複雜的繁華之中蠢蠢欲動，於是便有了可以降服他們的族群。

或許是精通咒術的法師與高僧，或是擅長除魔降妖的靈者道士，再者是——守望在冥界河畔旁的擺渡人。

天衍二十六年。

中元時節，不知名的山腳下，是無邊無際的黑暗，卻能看到黑暗中跳動起來的一盞一盞橙紅色燈籠。長而蜿蜒的隊伍緩慢前進著，看不見尾，只有前方提著稍顯大些的燈籠的身影引路，看上去像是長者龍頭的人。

跟在龍頭人身後的提燈鬼們，正是負責押送鬼眾的鬼差。

恰逢這日，中元子時逢魔，鬼差們帶著死後的鬼眾穿鬼門，渡忘川，路過三生石，穿過兩生花，途經血珠蔓藤，深嗅曼珠沙華，飄飄蕩蕩的踏上了奈何橋。但也不忘收集鬼眾身上的過路費，腰包鼓鼓是鬼差們在此節中的要事，若是誰奉上的銀兩少了，定是要吃鬼差鞭子的。

牛頭和馬面帶著新的一批鬼眾，慢悠悠的向奈何橋走去，遠遠的就看見今日孟婆身著青色鳳鳥紋的華衣，領襟上繡的紋路異常豔麗，眉間一道紅色疤痕，深入眉骨，仿若心間裂痕映進眉心成殤。再看她面頰微豐，

柳眉下鑲著一雙桃花眼，朱唇輕點，耳墜玉石，腰間繫的紫色玉佩環著九結十八轉。

「是孟姑娘。」馬面遙望著橋那端的孟婆喃喃自語，「美是美矣。」

牛頭敲他一記，「吃錯藥啦？這般感嘆作甚？」

「哎，你不覺得這任孟婆大有來路嗎？她熬的湯裡總是帶著一股淡淡的藥香味道，眾鬼飲下後總是身心舒暢。」

牛頭思索半晌道：「聽你這麼說，我竟也想去嘗嘗她的孟婆湯了。」

「先別說那些了，眼前這人間又鬧起瘟疫，明天來報到的小鬼應該更多，我們又有得忙了！」牛頭抱怨道。

「對呀！說不定還會有小鬼鬧事，我們還是事先稟告冥帝，讓林冉冉將軍來鎮守奈何橋吧！」馬面提議道。

牛頭馬面聊得熱火朝天，一路走到了孟婆面前。為了引起孟婆的注意，牛頭馬面又刻意提及林冉冉的名字，他們知道，孟婆與林冉冉素有交情，可即便如此，還是沒有引起平日裡很喜歡攀談的孟婆加入話題。

「孟姊姊，你這湯裡是不是加入新的草藥了，我怎麼聞著味道和平日有些不同？」牛頭問孟婆。

孟婆很不自然地點了點頭，說道：「加了幾味草藥，可保他們來世不再受到瘟疫影響。」

「孟婆姊姊可真是善良，哎！原來孟婆姊姊會治療瘟疫呀？」馬面忽然提高音量說道。或許是吃驚，又或是覺得能做到孟婆這個職位的，都有其非凡之處。

「你孟姊姊我前世可是醫者，自然是很厲害的。」孟婆有點自我誇耀地說道，表情要多驕傲便有多驕傲，但是眼神裡那轉瞬而逝的空洞之色，卻足以證明她的心情有些低落。

「既然孟婆姊姊能治瘟疫……，哈！若可去人間一趟，救治瘟疫中的人，定可大賺一筆功德，來世也能投個好胎呀！」馬面大大咧咧地說出自己的想法。

牛頭一巴掌打向馬面的頭，氣哼哼地說道：「越說越不知好歹，莫要開這般玩笑，你又不是不知，這三界之中，互不可干涉彼此事務。假設孟婆貿然前去，是會遭到反噬，冥界也會因治理不善受到牽連。」牛頭繼

而轉向孟婆呲牙一笑：「孟婆姊姊，莫聽這小子亂說。」

孟婆並不介意，只無奈地一笑。

「牛頭，你怎可胡亂打人！」馬面摸著自己被打痛的後腦勺，大聲抱怨道：「而且我也不是亂說，這也不是不可能，畢竟還有那種方式！」

「你小子別沒完沒了。」牛頭氣哼哼地教訓馬面，畢竟孟婆走了，他們的日常工作會更加繁忙，而且這馬面的嘴巴有時候簡直像是開了光，特別靈。

「可是越到了亂世，自會有意難平之人，假設真的有人自願要跟孟婆定下契約，孟婆去人界的可能性便會增加了。畢竟『亂世出英雄』嘛。」馬面不覺得自己哪裡說得不對。

孟婆糾正道：「馬面，那個詞可不是這樣用的。」此時的她面無表情，看不出什麼情緒。說罷，她走向奈何橋盡頭，迎接新到來的鬼眾。

這一批鬼眾很是守規矩，全然沒有想要逃跑的，在牛頭馬面的監督下，陸陸續續的飲下孟婆湯，死白的臉上不復此前的種種戾氣與怨氣，個個通體舒暢。他們捧著湯碗不鬆手，只因眷戀其上殘留著的淡淡藥香。

隊伍的最尾有一個十三、四歲大小的姑娘，豆蔻少女身形瘦削，四肢纖弱，已如枯槁，孟婆看得見她的眉宇間悽楚哀戚。這個姑娘個子不高，身穿白袍，腳步輕盈，臉色有些蒼白，眼神有些飄忽不定，帶著一絲渴求和希望。孟婆看著她朝自己緩緩走過來，心中不免想到這個姑娘的生前事情，定又是一個可憐人。

孟婆以為這個姑娘會和其他鬼一樣，將孟婆湯一飲而盡之後，遂投胎轉世，再生為人。可這個姑娘徑直地走到了她的面前，定定地看著她，嘴裡喃喃道：「你就是孟婆姊姊嗎？」

這姑娘竟一眼便識出她是孟婆。

孟婆不由蹙眉，對她心生好奇，更仔細的上下打量她。她臉色比在遠處看起來更為蒼白，像是生了一場大病。眉間黑氣濃重，似有不良之物曾在生前折磨著她。她的手指微微蜷縮，有些緊張，指甲縫裡全是黑泥。遠處看到穿著在身的乾淨白袍，近看下擺有些噴灑上去的血和一些汙穢之物，孟婆向來平靜的心，也不由得顫抖了一下。

這小姑娘不知是受到多大的苦難。

她停留在孟婆面前，囁嚅道：「我在路上聽其他鬼差大人說，陰曹地府中有位孟婆姊姊可幫人圓三界心願，我……我是來找孟婆姊姊做交易的，你可是她？」

孟婆微愣，這少女竟連死後也目光如炬，且一眼能識出她即是孟婆。許多年了，從她成為孟婆那日開始，她是第一個跟自己談及交易的鬼眾。

「我是孟婆不假。」她凝視著少女，不禁放柔了那素來淡漠的語氣：「你叫什麼名字？再與我說說看，你想圓什麼願？」

「我叫無痕，我的妹妹叫無芯，她在人世之中染了瘟疫，希望孟婆姊姊可以幫我照顧她，並去凡塵救她。」無痕說著，淚已流下。

看來這是一個在凡世便已瞭解死後之事的姑娘，小小年紀，便已看淡凡塵身後事，著實不易。孟婆心中有些許動容，卻也覺得她年少，怕是無知衝動罷了，便對她講明道：「我幫她可以，但是，你需要付出極高的代價。」

無痕十分堅定的點頭道：「我知道，他們說跟孟婆姊姊做交易的代價，是不會再有轉世，且要化作一縷青煙，永生永世在冥界徘徊。」

「不只如此。」孟婆心中嘆息。要知道放棄轉生，圓生時願，那便是要灰飛煙滅的。生生世世，三魂七魄散盡，變為微末，化為塵埃。而孟婆則要替對方在陽世待一年光景，完成對方的心願。

「小妹妹，若是連一縷輕煙都不是，而且永遠沒有為人的機會，你可還願意？」孟婆將最壞的結果告知無痕。

「我願意。」無痕說道。

「你這丫頭，當真是不知輕重。」孟婆語氣凝重的說道，「你可明白，徹底消散為何意？自是魂飛魄散歸於虛無，即便你妹妹能逃過此劫，也不過須臾數十年，只為這短短年月，便毀了自個兒，這不值得。」

「我已經死去，但無芯還活著，她尚有活下去的機會。我只願她活下來，去找父親……」無痕喃喃道，旋即猛地雙膝跪地。

「生死自有命數，緣起一世緣滅一世。在我孟婆處，無關尊卑，不論老少，一碗孟婆湯下肚，再入輪迴，哪裡還記得什麼前世血親至愛。你與她此生緣盡，來世你仍會有父母雙親，有妹妹，或許會比現今更幸福，你可願意投胎轉世？」

孟婆鮮少與來陰間的鬼眾言語過多，今日著實教牛頭馬面開了眼界，一時間目瞪口呆。孟婆也顧不得牛頭馬面，一心只想說通無痕，早些喝了孟婆湯，轉生為人。

她並非天生熱心之人，只是瞧著無痕，便覺得分外親切，不由自主地生出幾分關切來。

無痕雙目無神，眼底似有淚光隱現，雙臂垂在身側，仍是不願接過那孟婆湯，倔強的說：「來世若有妹妹，那也不再是無芯了。無芯，只有一個，哪怕是我魂飛魄散也罷，若能保住無芯，我亦無怨無悔。」

孟婆的眼中流露出一絲落寞，她深深的望著無痕，仿若從她身上看到了某種前世的印記，猛地發現這孩子的模樣，怎麼有些像那個故人。

孟婆的心中一顫，她情不自禁地回想起了某個名字，就像是心底深處的匣子即將被打開那般無措。她蹙眉，輕輕吐息，不願去想心中之事，再看向眼前的無痕，忽然覺得——倘若魂飛魄散，也是這姑娘親自選的結局，又為何要去阻攔她呢？身為孟婆，除去熬湯，不正是要實現他人心願，收集福報嗎？有什麼可猶豫的呢？

忽然，孟婆感覺身後有人走來，轉頭一看，不遠處竟是冥帝和墨，他不知是何時走到了自己身後的。

孟婆示意無痕等一下，自己向冥帝走去。作了個揖，輕聲問道：「冥帝駕臨不知所為何事？」

和墨輕嘆了口氣，歷任孟婆當真是一個賽一個表面溫順，實則倔強。他淡然一笑：「歷任孟婆之中，對此等交易無甚興趣的不少，但似你這般硬生生將交易往外推的，倒是頭一個。」

冥界司孟婆一職者，若有不願投胎者，將其福報以及後世因緣一併交予她，換取願望，便可得一福報珠子。若這福報珠子積攢夠了，便可攜珠投胎，重新為人。

和墨斂去唇邊笑意，沉聲說道：「歸根曰靜，靜曰復命，復命曰常，知常曰明。你可明白？」

孟婆抬眸望向和墨，對上他那雙幽深的眸子，如忘川河一般深不可測，探不到底。她回道：「萬物歸集回它的根本是謂清靜，清靜是謂復歸於生命，復歸於生命便成自然，識得自然可謂聰明。冥帝的意思是我慧根

不足，愚鈍有餘。」

和墨輕聲道：「萬物自有根本，從何處來，往何處去，皆有它自己的緣法。這名為無痕的幽魂，既願意跟你做那交易，便是她自身的造化。你若橫加阻攔，無非是平添自身孽緣，反倒是於你的修行無益。三界六道，唯我冥界公平，所謂善者自興，惡者自病，吉凶之事，皆出於身。福禍無門，唯人自召，善惡之報，如影隨形。在天地間有司過之神，行善積德則可延年加壽，乃至成仙。犯過作惡，則依所犯輕重，給以減少生命年限的懲罰。即便無痕日後灰飛煙滅，亦是她的善惡結果。你攔與不攔，終究也是你自身的緣法，所結之果，終是要自己來擔。孟婆，你細想清楚吧！」言畢，冥帝和墨就轉身走了。

目送冥帝離去，心中再三默念冥帝留下的那句話，她清楚冥帝要她順其自然，而非凡事強行干預。

其實方才一見無痕，孟婆便覺似曾相識一般，如此才不顧一切要阻攔她與自己交易，不願她化為輕煙。如今驚動了冥帝，又教導她了一番，更是令她覺得不能簡單應付此事了。自她接任孟婆一職至今，冥帝鮮少似今日這般對她，只怕無痕確是與她有所關係。

但鬼魂與她交易，本就是強行干預輪迴道之事，這又如何說得明白？

孟婆心事重重的走回無痕面前。

「孟婆大人，無痕求你，應允了我的請求，相救我妹妹，助我們二人找到父親。」無痕再次開口，清秀面容上已是淚水漣漣。

輕搖蠆首，孟婆將腦中煩亂思緒暫且擱置。

「成交。」孟婆終於點點頭，露出無奈的笑。

「謝謝孟婆大人！」無痕驚喜的說道。「這個給孟婆大人吃。」無痕從自己口袋之中，掏出生前還沒捨得吃的幾個堅果遞給孟婆。

「謝謝你，我們換著吃。」孟婆從自己隨身的小荷包裡，拿出些瓜子遞給無痕。

只見無痕並沒有捨得吃掉那些瓜子，而是將其放進了有些磨白的口袋裡。

「不喜歡吃嗎？」孟婆問。

「我要留著給妹妹吃。」無痕認真說道。

孟婆忍不住笑了出來，摸著無痕的小腦袋說道：「你拿冥界的東西給你妹妹，不怕她折壽嗎？」

無痕大眼睛閃了兩下，這才意識到自己身在冥界，便也跟著笑了起來。無痕終於得償所願，眼中閃爍著璀璨之色，卻仍掩蓋不住一絲憂慮，半晌過後，她問道：「孟婆大人，我家鄉瘟疫橫行，無芯身染重疾，可否即刻出發，找尋無芯？」

「喊我孟姊姊吧！你先去前面涼亭等候，我去去就來。」孟婆憐惜的對無痕說完，便轉身去了一個地方。

冥界空寂，終日不見日光，也是了無生趣的。在這裡要耐得住寂寞，長年跟鬼差、幽魂打交道，身上都會有股腐味了。

但在中元節這天卻不同，鬼節自然是為冥界準備的節日，豈不是該讓地府也繁華熱鬧一番？官職小的鬼差們倒是可以縱情一些了，藉由此節造訪人間逛逛鬼市，又或者是去供奉自己的廟中吃吃貢品，也是極為歡喜。

只是像牛頭馬面這樣當差了幾百年的角色，卻不在意中元節的歡縱，做鬼的時間長了，死人死鬼見的多了，閱盡世事與悲歡，反而更願在最該熱鬧的時候自顧慵懶，也是難得清閒。

這會兒牛頭馬面正站在鬼門前，清點最後一批入門的幽魂，忙完這段，中元節的差事也算是告一段落。誰知一抬頭，便看見了在不遠處飄來飄去的老嫗，她朝牛頭笑了笑，凸牙豁唇，正是兔面。

旁邊有幾個跟班小鬼悄聲嘀咕，這隻老兔妖在鬼門前轉悠了一整日，為何不進城來？

馬面聽見小鬼們的話，便當著眾人的面解釋說，那隻老兔子天天都會在城門口繞上一百圈，最後又會沿著原路折回去，日日如此，年復一年。

小鬼們想問緣由，卻又不敢多嘴，馬面繼續告訴他們，說那隻老兔妖生前是一隻花兔子，生性膽小，偏卻愛上了一個窮書生。她天天摘草藥去賣了換錢，供那書生入京趕考。不料那書生命不好，屋漏偏逢連夜雨，遭了山賊搶又被害死。花兔了知情後哭瞎了眼，卻又不肯好好修道成仙，等了幾百年也等不到那窮書生轉世，花兔子就跑來冥府，想要尋問窮書生是否已喝了孟婆湯。

可誰叫她不知天高地厚呢？竟想要偷孟婆手上喝湯之人的生死簿，

永遠不准她踏入鬼門，已經是很輕的懲罰了。那花兔子不敢靠近，卻又放不下執念，便天天在鬼門前來來回回，實在是癡執的很哩！

馬面最後強調道：「莫要效仿那隻花兔子，人間有人間的法律，冥界有冥界的規矩，禮法永不能逾越。」

孟婆姊姊是何等人也！連冥帝都要禮讓三分，小鬼們哪敢效仿那花兔子，去偷孟婆的生死簿呢？

但人、仙、鬼三界中的嗔癡數不勝數，自然會有千千萬萬種結果。

人既有情，妖亦有愛，芸芸眾生心之所向，有願為心上人而殉情的，也有隨著心中癡戀而急不可耐踏入輪迴的，更有為報仇雪恨而拒飲孟婆湯的，可願為人世心願而放棄輪迴之人，卻少之又少。

孟婆偶爾也會想著每次喝下她所熬之湯的幽魂眼神與表情，皆有不同，恐慌、留戀、悲痛或是瘋狂，即便再如何拒絕，喝下一碗孟婆湯，前塵往事統統要煙消雲散去了。

而這時，孟婆既已接了案子，就理應去冥帝處辭行，再領取凝時珠。冥帝所在的正殿要經過忘川河，架在河上的，是一條二十八孔石橋，下了橋，走進了正殿的居所大門，鵝卵石鋪就的庭院，長長的九重石階，兩側高挑的火焰仍熊熊燃燒。墨黑的石柱閃爍著忽明忽暗的光，只覺這是一幢雍容的建築，而赤金色的府門兩旁坐落著玄鳥石像，那是冥帝的信使。

入幽冥殿時，冥帝和墨正坐在高處看向遠處，見她一來，瞬即回神，溫和的看著她。孟婆打量了一眼黑衣華袍的冥帝，狹長鳳目從他腰間古玉上閃過，繼而對其作揖問安。

冥帝和墨手微微一抬。她將無痕所求交易之事詳細地向冥帝稟明，冥帝只是靜靜地聽著，並無任何回應。待她語畢，冥帝和聲道：「去吧，這是你接的第一個福報珠子，至於分發孟婆湯，本該讓值守藏經閣的招弟去替你一年，但近兩年藏經閣在重新整理文書，她也分身乏術。就讓那暫且不願投胎的何露來代職一年吧！也算她還你個人情。」

孟婆不曾想冥帝竟已安排妥當，末了，他又將一錦盒交給孟婆，孟婆知道那錦盒之中就是凝時珠。這凝時珠是黃泉忘川河中凝結的寶物，可以讓屍身復活一年，旁人全然察覺不出，這一年之間，屍身和靈魂合一，宛若再生。

　　孟婆只能道謝，然後退出了冥府。待孟婆走後，牛頭馬面打了一架，當時的牛頭氣喘吁吁地說道：「馬面，你個烏鴉嘴，每次都是好的不靈、壞的靈。這下可好，孟婆姊姊真的走了，冥帝大人念招弟工作繁忙，就讓其繼續職守藏經閣，卻是讓那何露廚神來代任孟婆之位一年，這下我們不但更忙了，連好吃的都沒有了！」

　　馬面自知理虧，默默陪著牛頭打架，甚至當靶子，並且一言不發。

　　牛頭當他是挑釁，打得更猛了。

　　離開冥帝住處後，孟婆回往奈何橋上，無痕正在不遠處的涼亭默默等著她回來。見到她出現，無痕立刻迎上前，像是擔心她會失約一般。

　　孟婆既要帶著無痕回到人間，就要飛躍忘川，她從鬢上摘下一支簪子，拋入空中幻化做白虎妖獸，健壯無比，氣勢儡人。夜色中，白虎口中噴出青色的火焰，眼睛閃著灼灼凶光。

　　「我們所去之處叫什麼？」孟婆問無痕。

　　「叫玄機城。」無痕道。

　　孟婆聞之色變。因為一個地名，用了多年努力好不容易才鎖至記憶深處的回憶，若開閘的大水來勢洶洶，讓孟婆有點無力承受，那些曾經再次呈現在腦海之中。

　　一觸即發的瘟疫，人群湧動的都城，歇斯底里的怒吼。

　　一襲紅衣女將的隕落，一代老將的英雄塚，一個若陽光般明媚的少年，一個溫潤如玉的師兄。

　　隨後的一切縮為一個離去的背影，那人穿著一襲青衫，一把摺扇，明明風流少年，卻帶著一股不該有的滄桑。

　　而後，那道深入眉骨若桃花形狀的疤痕，滲出鮮血來。

　　「孟婆姊姊，你流血了。」無痕有點害怕，顫抖著小手將有些破爛的手帕遞給孟婆。

　　孟婆意識到自己的失態，安慰無痕道：「姊姊沒事，就是離著人間越近，有些……激動。」

　　「無痕陪著姊姊。」無痕安慰孟婆。

　　孟婆輕笑，說道：「到了凡間之後，別再叫我孟婆姊姊了，我原名沉宸，你可以叫我宸姊姊，也可以叫我孟姊姊，但是不要叫孟婆，可記

住了嗎？」

「記住了。」無痕點頭，很是乖巧，道：「宸姊姊與孟姊姊叫起來，都十分順口。」

孟婆應聲笑笑，要無痕一同騎上妖獸，可無痕看著兇猛的白虎妖獸很是退縮，孟婆要她別怕，帶她騎上妖獸，去往人間。妖獸四蹄踏雲，飛馳在黑暗的空中。無痕張望四周，在這昏暗的冥府中，可以看見下方不斷向上湧來的死亡氣息，耳邊偶爾會想起撕心裂肺的哀嚎，淒厲傷絕。

無痕顫聲問道：「這是誰人在哀哭？」

孟婆語調平和道：「來到冥府中的鬼魂非人，既是非人，前世又有孽債，到了地下自然要經受著各樣酷刑，忍受各種痛苦，也不乏會出現殘殺吞噬之景，在輪迴之前，他們都要無限的經歷死亡。」

無痕聞言，只幽幽一句：「幸好來到這裡的人是我，而不是無芯。」

孟婆知道無芯是無痕的妹妹，不由打聽起無芯的情況：「你妹妹她現在如何？」

無痕嘆息道：「她跟我一樣，都染上了瘟疫，可她尚且有活下去的希望。如今的人間已瘟病肆虐，一個村子一個村子的覆沒，我們所在的家鄉已如同死城，四處都是病死的屍首，白骨成山。」

孟婆眼神沉沉，不再言語。

落地之處，玄機城。

玄機城，高大的城牆，巍峨壯麗，久經戰場的磨礪，帶著古樸的氣息，更顯得沉穩，因為瘟疫縱橫，此刻的玄機城帶著一股吞噬人的氣息。

當正義染上邪惡的顏色，悲劇便會發生。

孟婆盯著玄機城古老的城牆，嘴裡喃喃道：「我回來了。」

她的確是再一次回來了，希望沒有太遲。

玄機城寬闊的街道不見人影，城牆守衛也越來越少，雖然不知道城中具體情況，但城中一片薄霧瀰漫，讓人心裡發寒。

更讓人心裡打顫的還是原野處沖天的火光，以及若有若無的哭泣聲。

孟婆一想到無痕提及的瘟疫橫行，不禁蹙起了眉，「瘟疫」二字勾起了她來自前世的記憶，那些曾經鋪天蓋地的席捲向她。當她還不是孟婆，當她還只是凡人肉身之時，她也曾在染了瘟疫的人群之中奔走不停，

那如同屍山的病人們痛苦的呻吟，他們向她伸出手，企圖尋求救助，而她也日夜行醫，只為救活那尚有一絲生存希望的性命。

然而，雷電劃破長空，血腥味瀰漫在死寂的大地上，為了爭奪稀少的治病藥材，百姓們竟相互殘殺，在病痛、傷死之中，彼此猜忌、毆打，毫無人性可言。那些濃重的來自人體與人性的腥臭味讓人作嘔，而堆積成三公尺小山的破敗殘軀，顯得更加猙獰恐怖。一具具年輕卻沒了生氣的軀體，支離破碎的散落在孟婆眼前，她看著那些死不瞑目且還留有餘溫的屍首，再看向為了藥物而殘害彼此的活人，她悲痛欲絕，不敢也不願再回憶下去。

冥帝和墨早在她來到冥府之時便告誡過她，並非是人世無情，而是人性有惡有善，無人能夠左右，見慣了生離死別，便無需再憐惜性命。可縱使百年來已見慣了生死，孟婆還是會在想起身為人時的點滴而心中悽楚。

那並非是憐憫之痛，更像是一種無力悵然。然而，如今她已實在不願再去想起。

來到了人間，白虎妖獸化成一股雲煙消失而散，無痕站在空曠的土地上環望四周，終於激動的叫喊道：「是這裡了，前面不遠就是我家，孟姊姊，快隨我來！」

孟婆被無痕拉著向前走，她每多走一步，心中情緒越發異樣。她以為經過這麼多年，已經不會再有心中的波瀾，但是看到那熟悉的建築，內心依舊無法平靜。這裡就是希國軍營駐紮的城池——玄機城，也是她還是沉宸時的故鄉。

在夜色之中踏入故地，滿地病屍的畫面呈現在孟婆眼前，已分不清是記憶還是現實，她只看得到屍橫遍野，血流滿地。

孟婆愣在原地，一回神，竟發現自己已然跟無痕來到了一間破敗的草屋。屋內簡陋不已，連張像樣的桌子都沒有，像是避難所。無痕東跑西找的呼喊著妹妹無芯的名字，焦急萬分。

孟婆深知，必須要讓無痕回到自己的肉身裡，既然已經返回了人間，魂魄歸體才能讓肉身存活。腳下碰到硬物，她低頭去看，在一堆乾燥的柴草裡，無痕瘦弱不堪的屍體正躺在上面，死未瞑目，雙瞳黯然。

的確，無痕早就已經死了。

孟婆掏出錦盒裡的凝時珠，找了點清水，讓無痕的魂魄躺在屍體之上，再用法術將其打入體內，片刻之後屍體竟然舒展四肢，踢踢腿，伸伸臂，孟婆轉了幾轉手指，將凝時珠和著清水讓其服下。不過多時，早已沒了生氣的軀體開始變得血肉鮮明，與一般常人無異。

　　看著復生的無痕，孟婆的心中竟有淡淡憂傷，是為無痕，也是為了腳下這片故土。

　　這片蒼茫大地上，有三個勢均力敵的國家緊緊相鄰。其一，是以武立國的希國；其二，是擅長巫蠱之術的南蜀國，最後是擅長醫術的東陵國。

　　三國之間勢力互為消長，希國和南蜀國因地界接壤，多有小規模戰爭和爭端，而東陵國則置身事外，也樂於看到兩國征戰，互相消耗。

　　孟婆閉上眼，希國的繁華故景逐漸清晰在眼前——可那卻是沸騰如紅蓮般的戰場，耳畔是呼嘯的風聲，孟婆看到的是兩國交戰的淒厲景象，那場面是倒立著的，縹緲得猶如幻覺，死亡卻觸手可及。

　　突然間，殘肢斷體的士兵模樣，變成染了瘟病的百姓，血與水交織的汙泥，染髒了孟婆的衣衫，他們哭喊著、哀叫著，手指緊抓住孟婆，就在孟婆動搖時，戰場上突然現出一道耀眼的白光，一聲雄渾悠長的龍吟破空響起。

　　窗外忽然有腳步聲傳來，孟婆的思緒中斷，她立即警惕起來，無痕卻認出了窗外之人，驚喜的叫道：「無芯！」

　　果然是無芯，她正纏著一位醫者，無芯正試圖要他來救治自己染病的姊姊。

# 第二節

「小妹妹，請放開在下，在下的衣角快被你扯破了。」那醫者無奈地嘆氣。

儘管無芯已經瘦弱得形同枯槁，可她還是死死的拽著醫者不肯撒手：「求你了，你既是背著藥箱子的人，就定是神醫！求你救救我姊姊，她剛剛已經沒有氣息了！」

背著藥箱的人怎麼就必定是神醫了呢？已年過不惑的醫者實在哭笑不得，好生勸道：「小妹妹，在下不是什麼神醫，在下姓何名心隱，還在苦修學醫。」

姓何名心隱，何心隱。這三個字如芒刺在背，孟婆的雙眼不由地亮起了光。她順著破敗的草屋一路走出去，目光緊緊地停留在那名醫者身上挪不開。可真的是他？總是喜歡纏著自己和衷贏的何心隱，曾經孱弱的連藥箱子都背不起的何心隱，如今已經是位可靠穩重的成年男子了，他的鬢角甚至都已添了白絲，人世間竟也過去了這麼多年頭了嗎？

頃刻間，關於前世的種種回憶，如同暴風一般鋪天蓋地的襲向她，她想起了東陵國藥王山谷，想起了衷贏，他是大師兄，何心隱是他的小師弟……，那一幕幕、一段段載著歡聲的時日如琳琅珠玉，令孟婆猛然間回到了過去。

數十年前，當孟婆還只是沅宸，她為了逃避自己內心的掙扎，而前往的短期求學之地——東陵國藥王山谷。

說來也是巧合，她性格好勝，但不會多管閒事，可在學醫的時日中，小師弟何心隱因身材弱小，總是遭到其他弟子欺負，沅宸偶會替他出頭。

有一次何心隱又被弟子們堵到了門卜，要他把手裡的糖葫蘆給人家吃，何心隱不肯，弟子們就去搶。穿著桃紅色繡花鞋的沅宸恰好撞見這一幕，她憤恨地咬了一口手中拿著的烤紅薯，衝過去三兩下的就把那群弟子們給踢走了。

何心隱委屈巴巴地抽噎幾聲，沉宸看他可憐，又哀其不幸怒其不爭地訓了他兩句：「你不會還手呀？總被欺負。」

何心隱卻感激道：「沉宸師姐，你救了我，我要報答你。」

沉宸一聽，立刻眉開眼笑，「那你把你手中的糖葫蘆給我吃。」

何心隱有些不肯，沉宸卻一把搶過來，連著咬掉好幾顆，口中含糊不清地說著：「以後你有好吃的就拿來給我吃，我保證你不被別人欺負。」

何心隱有點懷疑地看著她，很快，他的懷疑就被驗證了。因為沉宸這個調皮鬼，真的要把他這個小乖乖拉下水才甘休，她要脅他必須瞞著師兄，帶他去酒窖裡偷酒。

那天正好是同門三師兄的大喜之日，整個山谷裡都喜上眉梢熱鬧非凡，沉宸非說三師兄藏了好東西在酒窖，是他媳婦帶來的酒。何心隱替她把守著酒窖大門，只聽「撲通」一聲，原來是沉宸掉進酒缸裡了，這下可好，她不僅如願以償，還喝了個酒飽。

新人們拜完天地，在敲鑼打鼓聲中被送進洞房，新郎官掀開新娘子的蓋頭，兩人羞羞澀澀，正欲互訴衷腸時，喜門一下子被人從外面撞開，屋內兩人嚇了一大跳。醉鬼沉宸東倒西歪的站在兩人面前打了個酒嗝，她雙頰緋紅，走路不穩，嘻嘻笑著道：「三……三師兄，師嫂的酒是桃子味的佳釀呀！」

三師兄和三師嫂目瞪口呆，很快便見到大師兄衷贏出現，一把橫抱起沉宸扛在肩頭，道了聲：「恕我看管不周，兩位大喜之日，莫要放在心上。」便關上了房門。

沉宸的聲音還在門外迴盪：「大師兄你放下我！咦？怎麼世界都倒過來了呀？」

「乖乖聽話，不要吵了。」大師兄歎息似的低斥。

大師兄……衷贏……

他的容貌一點點地浮現在孟婆的腦海裡，從模糊到清晰，他有一雙極其深邃的眼睛，如刀雕刻出那般凜冽的五官線條，總是會在沉宸需要他的時候出現，總是……

耳邊傳來鳥鳴聲，似是鳳頭鸝。仙霧繚繞的山谷上空，風都是柔情萬種的。

那風吹進了孟婆的夢裡，那夢是沉宸十九歲的初春，她聽見有人喚她的名字，轉頭去看，正是出外歸谷的衷羸。

多日不見，沉宸內心喜悅，飛快的跑去衷羸身邊，以撒嬌的方式來傳遞心中想念。衷羸微笑，視線落在她鬢角的桃花上，替她扶了扶花枝，輕聲道：「沉宸，我與藥聖侄女訂下了婚約。」

掛在沉宸肩上的藥簍，忽然就墜落到了地上，「啪」的一聲。

心痛之感令孟婆回過了神，那些是她不願碰觸的記憶，若不是重歸故地又遇故人，她也絕非要刻意想起。這時，她意識到有人朝自己走來，便抬頭望去。

只見是背著藥箱的何心隱向自己走來。

前世與如今的記憶彷彿在此刻相互重疊，孟婆看著曾經年少的何心隱與如今不惑的何心隱合二為一，就如同是她的前塵與今生凝聚到了一處。

孟婆從冥界來到人間時，就一直戴著素紗帷帽，面容透過白紗隱隱約約顯露，猶抱琵琶半遮面似的如霧如雲。何心隱也是方才注意到她的，只見這女子纖腰裹在一襲青衣中，身形清瘦，渾然一身的冷傲之色，空靈中不失優雅，腰肢又曼妙，可謂宛若驚鴻，又似游龍。即使是深處如此破敗蕭索的村落中，都無法將她的美麗掩蓋住半分。

何心隱好奇這般遺世孤立的女子，為何會出現在這裡，竟引他覺得她有幾分神似多年前的一位故人。可他立刻在心中搖頭失笑，並否決自己那一瞬間的奇思妙想，「是啊！怎會是她呢？畢竟她已經……」

「姊姊！」無芯的聲音闖入，她看見站在孟婆身後的無痕，整個人激動不已，跌跌撞撞的撲向無痕，不敢置信道：「姊姊你沒事了？你剛剛沒了氣息，我害怕極了，我當真以為我失去了你……咳咳，你還活著，我這不是在做夢吧？」

無痕望著被病痛折磨得消瘦不已的妹妹，心疼至極。她不禁流淚滿面，將無芯一把攬入懷中哭訴著：「無芯，這不是夢，一切都是真實的，我終於又見到你了，你我姊妹再也不要分離！」

瞥見這感人至深的姊妹情深固然是令人動容，可眼前瘟疫肆虐，這兩姊妹都是染了病的，怕是雙雙命不久矣。何心隱低嘆，忽又想到那女子，趕忙抬頭道：「在下何心隱，敢問姑娘如何稱呼，可是本地人士？」

孟婆向他略微點頭，輕聲回道：「我姓孟，是這雙姊妹的遠親，此次前來是專程探望她們的，卻沒想到這裡已爆發了瘟疫。」說到這裡，孟婆的神色變得悲傷而憂鬱，幸好有素紗為其遮擋。

何心隱惋惜道：「孟姑娘若不是本地人，還請早日離開此地。瘟病之下不分親友，還需明哲保身。這瘟疫來得極其迅猛，老人和兒童一旦染上，多數會一命嗚呼。眼前也是還沒有適合的藥方，只能靠病人自己的身體和意志來抵抗。」

孟婆問道：「何藥士不怕自己染病，反而關心起我這個素昧平生的人會感染嗎？」

何心隱搖頭表示：「我等醫者藥士，生來救死扶傷，怎能言怕？更何況這次的大病還未找出根源，我等藥士也是束手無策，只望減少感染。」

孟婆斟酌著他的話，追問一句：「可有減少感染之策？」

何心隱無奈道：「眼前除了隔離染病之人和焚燒屍體外，再就只有減少人口流動的密集度，而且，也只能用最基礎的藥物來緩解病症。但這實在不是長久之計，如此下去只會出現更多的感染者。雖然我也知道天地尚不能久，何況於人？唉，回想許久之前，在下也曾遭遇過類似的疫情，可惜在下那時尚且年幼，且當時能夠救治病情的藥方也不知所蹤了。」

即便有那藥方，怕是也不能完全控制此次瘟疫了。孟婆心裡想著，這次的瘟疫明顯與二十幾年之前的那場有所不同，何心隱剛剛所言「尚未找出根源」也只是保守說辭，怕是不想過於動搖人心。即便他已認不出她，並將她當成了一個普通的外鄉女子，可憑孟婆對他曾經的瞭解，他真正想說的，定是「根本找不出解決瘟疫的法子」。

「咳，咳咳，何藥士，我家虎子昏死過去了！快來救救他吧！」一位染病的農婦救子心切，哭天喊地的奔向何心隱求援。

何心隱立即捧著藥箱隨同前往，全然不顧自己是否有染病的風險。孟婆也緊隨其後，何心隱發覺她試圖前往之後欲加阻攔，孟婆語氣堅定道：「何藥士但且放心，我懂得保全自己，救人要緊，多個人幫助，多一份希望。」

這話倒是情真意切，何心隱只好交代她道：「要離病人遠一些，盡可能減少肢體接觸，一切都由在下來做，孟姑娘只需輔助就好。」

　　孟婆點頭，三個人便急急地趕往農婦家中去了。農婦姓張，是村裡做燒餅的張阿嬤，年歲不小，虎子是她家么子，也是唯一的男丁。張阿嬤一路上哭訴著，原本是家中婆婆先染上了病，高燒不退，本以為只是普通的發熱之狀，誰知幾日之後婆婆的身上出現潰爛，城內有人道有一種病情在蔓延，許是瘟疫。如此一來可嚇壞了張阿嬤，連找了好幾位大夫都束手無策，婆婆就是在劇痛之中悲慘死去的。

　　「可憐我的幾個孩子也都染上了病，虎子本就體質虛弱，又病得最重，我倒希望用我的命去換他健康長大。」張阿嬤胡亂抹掉眼淚，髒且黝黑的面頰上便多了幾道淚跡，她言語悲切，實在是可憐天下父母心。

　　何心隱也感同身受般地隨之嘆息，這些時日，他見多了死亡和傷痛，也恨自己無能無力，低聲道出：「張阿嬤隔壁的李姓一家，只剩下一個五歲的小女童了，前幾日在下趕去時，她已經獨自在房內吃了三天的生米，僅有的一碗生米沒了之後，她又吃了幾日乾草充飢。因為她家長輩都已染病而死，她竟然跟那已經開始生蛆的屍體們在一起生活了幾日，每日晚上也不顧腥臭，躺在母親的屍骸旁，蜷縮一團的睡去。」

　　說到此處，何心隱的眼眶閃著淚光。

　　孟婆看著他，心中嘆了氣，小師弟依舊如往昔般醫者仁心。

　　孟婆的面容漸漸變得凝重起來，強忍著眼中的淚水。她聽著何心隱說起了許多關於瘟疫之下的慘劇，本是約好近日婚嫁的新郎和新娘，因此而被拆散，在肆虐的疫情之下，愛情與歡樂都顯得微不足道，仿若謝幕的皮影戲，只剩下一地殘骸。

　　可悲的是，姑娘並不知情郎染病，姑娘生的人家好，是殷實的大戶，一直住在城內，她只以為情郎忽然失蹤不願見她，她非常失落，每天神思恍惚，不料染上了瘟疫，一下子病倒了。

　　而她遠在村內的情郎，同樣病得厲害，根本沒辦法下床。他們彼此都在煎熬之中，兩人皆是一天天地臨近死亡，而何心隱唯一能做的，就是在他們臨死之前，把對彼此的愛意捎給對方，讓姑娘知道他並非失蹤，也讓情郎知曉姑娘仍舊深愛於他。

　　孟婆不由傷心起來，微紅眼眶，道：「有情人何辜？」

　　「不僅僅是有情人，這玄機城內的萬千百姓又何辜呢？」何心隱眼

神憂愁，緩緩講述著：「城東陳舉人家，書香世家，其一日外出歸來就忽染傷風，家人也只是當傷風去治，誰知才三日就突然暴斃，這才知道染上了瘟疫。我到陳府之時，發現他家剩下六口人皆已染病。此病沒有良藥。全憑各人體質不同，只能加以扶陽去邪，七日之後家中五人相繼死去。

「而在下努力醫治好的家中獨子，見家人皆死令他萬念俱灰，他隨後選擇上吊自殺，一家人齊齊整整共赴黃泉。那日我再踏入陳府，大堂之上依次擺放了七口棺材。陳少爺自殺之前，取出家中全部銀兩和房契，分給周圍貧困的百姓，說自己也用不著了，唯一就是勞煩大家將他們家七口合葬於祖墳之處。唉！我看著那七口棺材依次被抬出陳府，心中惋惜不已，一家人就此滅門了。

「還有即將瀕臨生產的婦人，她已染病，冒死生下嬰孩後，不願抱她一下，絕非她心狠，而是她擔心自己的碰觸會令孩子染上瘟病。第二天趁著夜色留下一封書信，獨自一人爬去懸崖跳崖而亡，屍骨難尋。為的就是怕家人給她收屍，恐連累家人。

「城中絲綢莊的王老闆家境殷實，卻不慎染病，為了不傳染給妻兒老母，自己跳河而死。那麼多銀錢在這瘟疫面前變得一文不值，再富有也救不了他的命，他能做的就是盡量保全家人，所以選擇自我犧牲。」

「官府沒有什麼控制疫情的法子嗎？」孟婆問。

「哼！官府？自從疫情一爆發，官府就封城了，任何人不得出城，怕這瘟疫蔓延到其他地方。這麼做本也無可厚非，但是之後的生活，供給出了大問題。官府給每家每七日只派一斤米和幾根蘿蔔，有些人家就三口人，還能煮點粥配上自己的存糧乾熬著，但有些人家七、八口人，這一斤米一日都不夠吃。疫情來得迅猛只是一方面，因此而來的物價飛漲、囤積居奇更是不勝枚數，連最普通的草藥價格，都是往常的十餘倍，米麵更是賣出了天價，至於油和肉，那是想都不敢想的事情。

「這般一本萬利的買賣，自然不乏官府的人參與其中，心安理得的賺著這染著血的錢。因為疫情，人人不得出門，閉門在家，防止交叉感染，除了醫者們可以走動。官府每日派兵四處巡邏，見到膽敢四處走動的人，都抓了起來。

「你想想這普通人家手停口停，家中多是沒有積蓄，若勞力們不能去

勞作務工，哪裡來的錢糧糊口，養家活兒，這不是把大夥往絕路上逼嘛！因而斷糧的人家在無奈之下，去摘樹葉為食，有餓到不行的半大小子去偷人家的一碗糧，被官府抓住，以往本是小事，也就罰打幾下板子，可這非常時期是用重典，判了斬立決，殺一儆百。瘟疫若是天災，那麼如此多的悲劇怕就是人禍了。正所謂『三分天災、七分人禍』，實在是令人瞠目結舌、慘絕人寰了。

「太多太多的殘酷之事在這裡上演，每日皆不休。日月明明都可更替，可這疫情，彷彿看不見盡頭。」說到這裡，何心隱含著淚光悲嘆一聲：「實在是人間煉獄。」

孟婆沉思片刻，安慰他說：「何藥士宅心仁厚，醫者行醫救人，這是上天賜予你的能力。」

隔著那一層薄如霧緲的面紗，何心隱望進她的眼睛，勾動唇角苦笑道：「上天不會賜予在下這種痛苦又悲傷的能力，這是在下親自選擇的能力。救苦救難絕非一己之力，在下不是順應天意，而是順應己意。」

僅此一句，令孟婆的心中一顫。這句話原本並非出自何心隱之口，而是那個人經常掛在嘴上。

「救苦救難，絕非一己之力，不是順應天意，而是順應己意。」

孟婆回想起那個總是說這句話的人，他的音容笑貌，他的溫言良語，她忽地想起她與他之間的那份朝夕相處、知無不言。

那時是她曾經深愛的藥王山谷，山谷裡的景色如同仙境，美輪美奐，雲端之上更是飛舞著成群結伴的文鳥，牠們銜著花枝，羽毛光亮，歡快地朝天際那邊的雲閣飛去。

她心覺有趣，便也想跟隨文鳥走下山去。走著走著，她被腳下異物所絆，低頭去看，竟是一個梨木製的雕花酒壺。

她疑惑著俯身去拾，卻被一雙手給搶先提起了酒壺。他隨即飲下一口烈酒，立刻皺眉，轉手拋給她，對她道：「沅宸師妹，你就不能給你的大師兄帶些可口的佳釀嗎？這般烈酒哪裡適合採藥時喝？怎麼也該懂事的放些桃花進去，中和一下味道才是。」

沅宸打量起他的尊容，眉眼清秀，眸中流光，左眼角下方一顆痣，更添風流。可他神情中卻偶爾帶有一絲戾氣，且那股子氣焰幾乎要與他的

那身黑衣融為一體般，又顯冷漠如淵。

「哼！大師兄，我好心好意偷偷帶酒給你，你不領情反而還埋怨我？下次才不要管你呢！」沅宸背過酒壺，氣呼呼的雙手叉腰。

這少年略有一愣，隨後明朗笑道：「好師妹，師兄剛剛是逗你的，哪能當真呢？來，笑一下，還真的生氣了不成？」

沅宸扭頭，不理他，佯裝賭氣的樣子道：「我是那麼好哄騙的嗎？才不信花言巧語那一套，要看實際才行。」

他一副拿她沒輒的表情，嘟囔著：「知道了，知道了。」然後從口袋裡掏出一小包杏花酥糖遞給她：「賠罪的，還請笑納吧！」

沅宸瞥見那一小包，立刻眉開眼笑，可又不想這麼快就放下架子，怎麼也還得再表演一會兒才行。他自然看出她的小把戲，故意嘆氣道：「唉，看來我家師妹最近不喜歡吃糖了，不如我這個做師兄的替她享用好……」

「了」字還沒說出口，沅宸已經一把搶過了杏花酥糖，嘻嘻笑著往上跑去，耀武揚威地向他炫耀自己手中的戰利品：「大師兄，我可是一塊都不會留給你的，全部都是我的！」

「沅宸！你不要跑得那麼快，上路崎嶇，小心腳下！」

「晚回去的人要再輸一包糖！」

「你怎麼能私自決定？」

「我不管，我做得了大師兄的主！」

「師妹，你可代替不了我意，也代替不了天意的！」他哈哈笑著，沅宸回過頭去看身後追趕的他，眼波流動，極其俊美的容顏仿若盛世繁花。

天意，我意，那是他經常會說的詞語，本是會令人覺得充滿希望的字眼，如今對照眼前的此情此景，孟婆卻心懷憂傷。

張阿孃家的虎子躺在土炕上，雖然全身都包裹著厚厚實實的被褥，他還是冷得直打哆嗦。再看向其他孩子，她們是虎子的姊姊們，皆是痛苦不堪地蜷縮在被子之下，有的因高熱而胡言亂語，有的因身體潰爛而痛聲哀叫，甚至咬破了自己的下嘴唇。張阿孃心疼地去安撫著孩子們，急得痛哭不已，祈求何心隱想想法子。

何心隱連忙從藥箱裡拿出些基礎的藥材，孟婆見狀，立即找到鐵壺

燒起開水。然而不知是誰聽聞有大夫前來醫治，整個村子的染病之人都蜂擁而上，一股腦地擠到了張阿嬤的家門口。

在這一群病懨懨的人中，有一個已全身潰爛的不成模樣，簡直像是地獄的惡鬼了，滿面血紅，化膿不止，他一把抓住何心隱手中的藥，二話不說的就要往自己嘴巴裡塞。

何心隱驚慌不已，趕忙高聲制止道：「萬萬不可！此藥還未調劑，是有毒性的！單獨服用極其危險，快快吐出來！」

那人哪肯聽何心隱的話，只管狼吞虎嚥地咽下藥草。其他人見狀，紛紛來翻弄何心隱的藥箱，生怕搶不到草藥。在如此擁擠的狀態下，有人撞倒了張阿嬤家的燭臺，燭火燃著了地上的乾草，火勢頃刻間蔓延開來，將那人的頭髮和衣服都焚燒起來。

旁人見他通身燃起了熊熊烈火，全部都嚇得連滾帶爬，拚了命的往屋外擠，擔心火苗殃及到自己。

這窄小的茅屋本就擁擠不堪，這一下只聽得鬼哭狼嚎一片，眾人相互踩踏推搡，甚至還有人逃到土炕上，踩得虎子和他的姊姊們呻吟不已。

張阿嬤又著急又痛心，她上前去撕扯那些病人，可她年老又乾瘦，且手無縛雞之力，兩三下就被推倒在地。她只能坐在地上絕望地嚎啕大哭起來，而周圍的人都瘋了似的相互亂踩、亂擠，何心隱與孟婆被發瘋的病人們一路踉蹌著擠出屋外，何心隱險些站不住腳，慌忙之中緊緊地護著懷裡的藥箱，本就稀少的藥材全部落到了地上，被狂亂的病人踩得稀碎，又被他們跪下來全部舔舐殆盡。

大火狂暴，熊熊燃燒，茅屋頃刻間倒塌，張阿嬤一家全部在劫難逃。孟婆根本來不及去救他們，只能眼睜睜地看著茅屋如雪山一般傾覆。而其他病人們也被烈火席捲，歇斯底里地拍打著自己身上的火焰，痛得撕扯起他人的頭髮，他們哭喊、求助，撕心裂肺！

這番情景，是何等的煉獄之象啊！

孟婆身在冥府多年，見慣了那般多的生死、別離，卻真沒有哪一幕能跟此刻人性的殘酷與無情相提並論。牛頭馬面總是說，有些凡人不如鬼怪真性情，孟婆從來都只當做是他們在打趣，不曾想，那言語裡的無奈與嘲諷，都是百年來的殤所積澱而成。

眼前為求生而搶奪別人生存機會的病人，究竟是人還是鬼？踐踏著他人生命而苟活，究竟是否還尚存良知與悲憫？

曾幾何時，孟婆也是身處在這人間煉獄中的一員。這一刻她已肝腸寸斷，她終於意識到，這座城邸已被瘟疫吞噬了，瘟疫在啃噬人們的肉、骨，連同心也一起泯滅了。

玄機城由中心城和旁邊數十個村落組成，而這裡已經全部被圍蔽，只許進不得出。希國其他地方的百姓，似乎也未曾得知此處的慘狀，只是隱隱有聞邊境的玄機城爆發瘟疫，已經封城，絕不會傳染給其他地區。有官府的保證之後，希國的其他地區，因為慶祝一年一度的月娘節，依舊歌舞昇平、夜夜歡宴，哪管此處白骨成堆、闔家滅門。

張阿孃的村子只是其中之一的慘劇，周圍其他村莊的人們同樣是病病殃殃、哀哭不斷。

孟婆竟覺得自己的前世與今生，都是在這般無情的瘟疫中度過的，而前世的自己，就好像是今生的何心隱，他在走著她曾經走過的路。救死扶傷，醫者慈悲，何心隱所做的一切都是她曾做過的。

同樣是病屍堆成白骨山，同樣是行醫不問生與死，那絕望、那悲愴、那分離……，她本不願再重複上一輩子的事了，為何身為孟婆，卻不能送自己一碗孟婆湯？飲下後便可忘卻所有，方得圓滿。可是看著抱頭痛哭的病人們、為失去草藥而難過的何心隱、有氣無力且在生死邊緣掙扎著的村民、搶奪生存機會的所有病患……，這一刻，孟婆唸著自己的名字：甯沅宸。

她蹙起眉，緊緊地握起了雙手，終於是下定了決心。

# 第三節

　　從張阿孃的村莊回來時，已經夜色極深了。

　　孟婆與何心隱皆是風塵僕僕，路上兩人一言不發，內心沉重之情溢於言表。尤其是何心隱，他為了顧全藥箱，靴子的皮革邊緣處都燒得焦黑。兩人都沒有料到此行竟是賠了夫人又折兵，不僅搭上了張阿孃一家六口，箱子裡僅有的藥材都被搶奪一空了。

　　回到村裡，何心隱沮喪地自言自語：「還需及早採藥回來才是……」

　　為了安慰他，孟婆勸道：「何藥士，今晚你先好生休息，等到明日雞鳴，我與你一起去採藥。」

　　何心隱微微地點點頭，他清瘦的面容被火熏得烏黑，對孟婆道：「在下不打緊，孟姑娘且先去那兩姊妹住處吧，她們一定在等候你。」

　　孟婆還想再說些什麼，何心隱已經轉身離去，前往需要他的病患集中的地方。

　　永遠都是當局者迷，我不過是看清了別人的局，卻迷失在自己局裡的人。孟婆望著何心隱逐漸遠去的背影，在心中喟嘆。

　　這個時候，無痕突然驚叫起來，她慌慌張張地找到孟婆：「孟姊姊，我妹妹……我妹妹無芯她昏倒了！」

　　孟婆趕忙去幫忙，她隨無痕回到茅屋，將體力不支的無芯安頓在一旁還算乾淨的乾草堆上，又吩咐無痕去找些水來給妹妹喝。無痕抹掉眼淚，立刻去尋水。

　　無芯非常虛弱，她與無痕一樣都染了瘟疫，茶飯不食，消瘦憔悴，病懨懨地躺著，彷彿真的快要死去一般，看上去十分煎熬。孟婆難得溫柔地去撫了撫她的額頭，實在是燙得厲害。這小妹妹不知還能活多久，除非找出解藥，不然真是時日無多了。孟婆抬眼看向屋外，其他病重垂危的鄉人也是愁苦滿面，又想到今日下午所經歷的那些事，她便越發的深陷。

　　無芯在這時緩緩地醒了過來，她有氣無力地握住了孟婆的手，恍惚

地問道：「這位貌美姊姊……，你定是救了我無痕姊姊的恩人吧！」

恩人？

無芯繼續喃喃道：「你把無痕姊姊帶回到了我身邊來，你的大恩大德，無芯無以為報，只願快快好起來，好償還姊姊你的恩情。」

她竟然要償還恩情，殊不知，孟婆已經與她姊姊交換了最為重要的契約。「小妹妹，如果我說你姊姊原本沒有機會再與你相見，你可會信嗎？」孟婆輕聲問。

無芯不懂。

孟婆溫和地看著她，繼續說道：「其實也是有人勸過你姊姊的，要她放下這執念，也許會有更好的福祿。想必你也聽說過，人終有一死，死後赴黃泉，見奈何，有個叫孟婆的女人，會給死去的人喝一碗孟婆湯，喝了之後就會忘記過去的一切，重新開始輪迴，也會有一段嶄新的生命。終歸是天有所短，地有所長，聖有所否，物有所通，有壞也會有好，萬物都不是絕對，喜悅終會落幕，又何必執著於這一世的短暫親情呢？」其實這番話，孟婆雖然是在對無芯說，可更像是在對自己說的。

無芯懵懂地眨巴了幾下眼睛，迷茫地問道：「姊姊，你難道是孟婆嗎？無痕姊姊難道和你做了什麼交易嗎？」

孟婆有些於心不忍，她回想起曾經也有一個女童這般情深意切地喚著自己「姊姊」、「姊姊」，就像是無芯之於無痕那般。於是孟婆否認道：「我不是。」末了，又安慰道：「但你要清楚，我是想要救你的，也是想救你姊姊的。」

「謝謝姊姊。」無芯聽到這句話，安心地笑了。那笑容純真清澈，緩緩地流淌進了孟婆的心中。她道：「姊姊，世間真的有神明？如果有，為什麼不來救救我們，卻要你這樣柔弱的女子，來擔負起救我的重任呢？難道是我求助神明的誠心還不夠，還是我前生做過不好的事情呢？」

孟婆撫慰道：「神明是存在於你我心中的，他們尚未出現並不是因為他們拋棄我們，而是給予我們自己去度過難關的機會，讓我們更加珍惜這每一寸光陰，一樹，一草，一木，一日。當我們更加珍惜這一切時，神明自然會給予暗示來指引你我的。」

此時，無痕捧著一碗渾濁的水回來了，病情肆虐的苦境之下水源稀

缺，望著無痕扶起無芯飲下那泥濘般的水，孟婆更加堅定要寫下前世藥方的主意了。

　　也許是出於答應無痕的條件，也許是出於救治無芯的責任，也許是想要幫助曾經的小師弟的私心，抑或是想要救治更多條無辜的生命，孟婆匆匆起身走回那間破敗的草屋，她從袖中取出一張紙攤在桌子上，即使曾寫下這個藥方的人是她心中不敢觸碰的一道傷。

　　她從不喜歡月華。

　　再美麗，再皎潔，也還是終會消失。

　　她更憎惡分離。

　　可他離去的背影是那樣堅決，那一頭如夜般的黑髮，彷彿是種永遠都不會消散的風華。

　　天空飄著雪，沉重而碩大的雪片飄落入地，浩瀚的天空被風洗滌成了有些許壓抑的灰色，在這片四處充斥著矮小桃花樹的懸崖上，周遭的岩石與生靈都被蒙上了一層淡薄的霧氣，如同斑斑駁駁的淒涼灰燼在哀訴。

　　站在他身後的，是年少的沉宸。

　　她身穿鮮豔的衣衫，眉眼秀麗，伸出纖手去緊緊的抓住他的衣襟，祈求似的聲音中流露出不安。

　　「師兄！」她在做最後的懇求，「不要走，別丟下我！」

　　逆光所造成的陰影，讓她無法看得清楚他的面容，更別說是表情。僅僅能夠從他嘴角勾起的弧度判斷出，他對她露出了一抹含義不明的笑。可即便是如此真誠的低聲下氣，他也沒有給予任何回答，而是拂開了她的手，躍上了馬背，指向天際的盡頭。

　　她順著他指的方向看去，有詭異的隱隱紅光在那裡，跳動著影影綽綽的火苗，似乎還閃過了幾道幽藍色的閃電，忽明忽滅。沉悶的雷聲低沉響起，沉浮在烏雲層間。

　　即使遠遠的觀望，她也感到了一絲畏懼。如果他去了，一定不會再回來。不知為什麼，她就是有這種預感，她害怕這預感真的會實現。

　　所以「不要走」，她一遍又一遍地唸著：「不要走！」

　　然而她的挽留太過微不足道，他已堅定了離去之心。他低下頭，用那修長的手指去輕撫她的頭，並最後看了她一眼，然後，他終於策馬離去。

徒留她一人站在空蕩蕩的原地，周遭那般靜，靜得仿若沒有生靈，一如她被掏空般的心。

多日之後，她收到了一份藥方，與一朵乾枯的辛夷花。那辛夷花像是在提醒沉宸，他走了，不回來了，也不會再有人用一份婚約來束縛她，她可以自由了。然而睹物思人，沉宸知道這辛夷花的含義，只有他與她知情。那是他們之間的暗號，每當藥王山谷的廚房裡有好吃的吃食時，衷贏都會偷偷在她的房前留下一株辛夷花，提醒她——他已留出一份放在老位置，待她前來享用。

一株又一株的辛夷花，一次又一次的暗號，那些美味佳餚，蒸粉藕、獅子頭……，都是他為她偷偷留出來的心意。

心意，辛夷。是啊，那些全都是他的心意啊！

可她，為何懂得這樣的晚？為何要在失去一切之後才後悔莫及？那日的沉宸哭了一整夜，傷心的肝腸寸斷，直到隔日尋藥之時，眼睛都紅腫得像隻小白兔。但其他弟子們卻沒人敢嘲笑她哭腫的面容，他們同樣為她的境遇感到惋惜。

往事隨著孟婆的嘆息聲而煙消雲散，她終於憑藉著刻骨銘心的記憶寫出了前世的藥方，於是便走出草屋去尋何心隱。已經是夜深人靜了，他卻還在不辭辛苦地為染病的人製作著緩解病情的基礎草藥。孟婆要他借一步說話，見她神神祕祕又面色嚴肅，他立即放下手中的藥草隨孟婆來到隱蔽處，孟婆從袖中取出藥方，遞給了他。

何心隱驚訝地問道：「這是？」

孟婆道：「這是一味治療瘟疫的藥方，極為有效，拿去救人吧！」

何心隱抹了一把額上的汗跡，將信將疑地接過藥方，快速地看了一番，表情逐漸由凝重變為喜悅，最後竟欣喜若狂地笑道：「皇天不負有心人！這正是當年治療瘟疫的正確藥方！」

孟婆欣然點頭。

何心隱追問著：「孟姑娘，你怎麼會有這珍貴藥方的？從何而來？寫者何人？」

他一連串的問題讓孟婆忍俊不禁，輕遮掩面，孟婆淡淡地道：「不瞞何藥士，機緣巧合，小女子曾得一道人青睞，授予一本醫書，醫書上恰

好有治療此中瘟疫的藥方。」

　　何心隱思慮著孟婆的一字一句，他漸漸冷靜下來，思慮了一會兒，道：「孟姑娘，在下有一個大膽的提議，若是孟姑娘覺得並不冒犯的話，在下認為你我二人可以合力為此藥方稍作調整，結合染病之人自身的實際情況，方可對症下藥。」

　　孟婆沉思片刻道：「何藥士，並非我推諉，而是我絲毫不懂醫術。」

　　何心隱卻執意道：「以孟姑娘的天資，在下相信很快就會得到領悟的。」

　　有那麼一瞬間，孟婆察覺到何心隱是否有意為之，可眼前人命關天，孟婆也覺得多一份力量，就會多一份幫助。

　　「好吧！」於是她不再拒絕，而是同意與何心隱一同調配藥方。

　　兩人爭分奪秒的試驗了各種有可能的藥草，在默契的合作與廢寢忘食的努力之下，何心隱在隔日雞鳴之時便試藥成功了。他很久沒這般歡喜，想著這味調試過的藥方，即將可以救治千萬人的性命，他便高興地不能自已。很快，何心隱配齊了藥方上的藥材，率先做出了一碗自己喝下。

　　孟婆知道，儘管藥已配成，可天性細膩善良的何心隱還是會有所顧慮——萬一藥中有疏忽之處，是萬萬不可拿去給村民們服下的。等到他先試毒無誤之後，那才算是真正的大功告成。

　　「若是今夜我無大礙，明日一早便能拿藥去救人了。」何心隱似乎終於能夠鬆下一口氣了。他坐在石地上，一抬頭，便能看見高掛於空中的皎白殘月，幾朵烏雲飄來遮擋，斗大的燭光，勉強能照亮村莊。

　　這裡可不是看月亮的好地方，而這般月色，也著實沒有看頭。但孟婆卻沒有轉身離去，而是跟他一起坐到石地上，就好像過去那般齊肩而坐。

　　總角之宴，言笑晏晏，當年圓月，今夕殘月，少了手持摺扇的青衫少年郎，多了鬢角蒼蒼的英雄塚，可憐誰家的溫良姿容，轉眼白了髮。

　　然而此番情景，不由地令孟婆憶起曾經的華王山谷。她也會像這般，時常與何心隱坐在石臺上觀月。他自小就喜歡月色，跟她恰恰相反。她無心觀景，所以他為了讓她能陪著他，總會好吃好喝的「賄賂」一番。

　　「又是竹笙蘑菇啊？小師弟，我不是和你說過，晚餐過後你要拿點心給我才像話嘛！你上次就是打包了晚飯剩下的竹笙蘑菇，我對空口吃菜這

種事可是毫無興致的。」藥王山谷的沅宸不滿意地扣上了小紅簍的蓋子，鼓起兩腮鬧情緒。

少年模樣的何心隱面目清秀，一雙濃黑眉眼似女子般細膩溫和，他的白衫衣襟上鑲嵌金絲紋路，是修煉階級的標誌。最末層是青絲紋，中層是銀絲紋，上層是紅絲紋，上上層則是金絲紋。他的醫術一直精湛，總是會比沅宸早一步獲得鑲金紋路的新衣衫。

「師姐，你別不高興，我這就去給你尋點心來，你等我片刻。」何心隱禁不住沅宸的抱怨，他手腳俐落地跳下石臺往後廚方向跑去。

沅宸獨自坐著無聊，忽然一串穿成線的蜜餞棗晃到她面前，她立刻雙眼放光，伸手去搶，不料蜜餞棗被人一下子舉得更高，沅宸踮腳去奪，那人乾脆直接舉過頭頂，並伸手去按住沅宸的頭，輕笑道：「小師妹，想吃嗎？」

「大師兄！別鬧了，你快給我啊！」沅宸蹦來跳去的就是抓不到，又被按著頭，她根本無法得手。

衷贏故作傷心地嘆了口氣，酸溜溜地道：「想不到小師妹和小師弟撇下我這個大師兄，跑來這裡雙雙賞月，要不是我路過此處，還真要被一直蒙在鼓裡了。」

沅宸望著那串圓潤飽滿的蜜餞棗直流口水，她耐不住嘴饞，便推卸起責任來：「可不關我事，都是何心隱抓我來看月亮的，鬼月亮哪裡好看了？」

彼此距離近乎咫尺，衷贏俯瞰著她的清麗面容，沅宸也發現他在看著自己，不由地停下了動作，彼此凝視，四目相望，沅宸忽然想起：「大師兄，你今晚不是在師父書房中抄藥譜嗎？」

衷贏只是默然凝望著她，月光之下，她整張臉的輪廓閃著清韻，眼中有某種熠熠波光，如同落進明燦星子。他的聲音低沉而輕緩，慢慢靠近她耳邊：「扣掉你的一顆蜜棗。」

「為什麼？」沅宸扯著嗓子抗議。

衷贏反而不高興似的道：「不為什麼，就是想扣，誰叫你這麼笨。」

她笨？

沅宸作勢要發怒，何心隱捧著一小盒的蜜餞棗跑了回來。見到大師

兄和沅宸站得那般近，他反而羞紅了臉，趕忙背過身去語無倫次的道：
「大……大師兄，我……我不知道你也在，我只拿了一盒蜜餞棗，怕是不
夠分了！」

　　衷贏聞言，得意地上揚起了嘴角，他吃掉一顆手中的蜜餞棗後，才
轉手遞給沅宸，沅宸如獲珍寶。然後，衷贏走近何心隱問了句：「小師弟
也喜歡蜜餞棗嗎？」

　　何心隱立即搖頭：「是師姐喜歡吃。」

　　「真巧！」衷贏又道，「你我都記得她喜歡吃的東西，太多人寵她，
怕要寵壞她。小師弟以後不要事事順她，知道了嗎？」

　　何心隱困惑地看向衷贏，小聲發問：「我不能事事順她嗎？」

　　衷贏很認真地點頭：「因為事事順她的人，有我一個就夠了。」

　　塞了滿嘴蜜餞棗的沅宸，支吾不清地叫起來：「你們兩個在那邊神
神祕祕的說什麼啊？」

　　衷贏只轉頭對她一笑，並無回答。

　　那夜的風微涼，吹動蓮池水面，波紋粼粼，桂香微微，衷贏衣襟上的
靛絲紋路在淡淡的月華下，泛著幽靜的光暈。除了師父的無色紋路之外，
整個藥王山谷唯一的靛絲紋路就是衷贏的衣衫。

　　有時孟婆會回想起他那晚的笑意，彷彿一種無聲的傾吐。記憶幽深，
時光重疊，思緒回到今夜，孟婆想著那碗竹笙蘑菇的難吃味道，不禁調侃
起身旁的何心隱：「若何藥士是位將軍，今夜過後，你定會功成名就。」

　　已不再是當日少年的何心隱笑道：「救死扶傷乃醫者天職，又何需
榮華加冕？」

　　孟婆感覺他的確是變了，年歲的洗禮讓他早已褪去了青澀，便不禁
感慨道：「何藥士這般氣度，令我十分佩服。」

　　何心隱看著孟婆，不由地出神起來，直到孟婆與之四目相對，他才
侷促地低下頭，微帶歉意道：「在下並無冒犯孟姑娘之意，只是孟姑娘
的氣韻與說話的方式都像極了在下曾熟識的一位故人。在下一時失了神，
將你錯認成了是她，還請孟姑娘別介意。」

　　「我不會介意。」孟婆的眼神變得憂傷起來，她幽幽地道：「那位
故人何在？」

何心隱望向遠方，嘆息道：「故人早已不在。」

孟婆輕聲道：「看得出來你很懷念故人。」

何心隱長長的舒出一口氣，自嘲似的說道：「也許是你太像她了，也許是在下又在癡人說夢，在下很清楚就算再像，也不可能會是真的。孟姑娘這麼年輕，若是她還在，也是在下這般不惑之年了，所以孟姑娘又怎會是她呢？」

孟婆無言。

接著，何心隱不由自主地同孟婆講起了故人的往昔：「孟姑娘，你知道嗎？以前在下都是叫她沉宸師姐的，當初的她、還有我們的大師兄衷贏，我們三個人總是形影不離。在下那時總會傻乎乎地想著，來世也要和他們做師兄姊弟，不想到一語成讖，怕是真的要來世才能再相見了。」說到這裡，何心隱的眼眶微微泛紅。

孟婆沉沉說：「天下宴席再熱鬧，也是要散的。」

何心隱倒也贊同，卻還是說著：「可讓在下覺得孟姑娘和沉宸師姐相似的，不僅僅只有外在，還有方才的那份藥方。當年，在下的大師兄衷贏為了得到藥方，硬生生地闖進了山谷中百年來無一人敢踏入的禁地。闖過那禁地之後，便可得到祕笈，可是癡心的大師兄僅僅只要了那一篇瘟疫的藥方，至於其他的，他一概未動。在下當時十分擔心大師兄會受到傷害，果然不出所料，大師兄雖然闖過了種種難關，可是也受了重傷，且落下了終生的頑疾。」

孟婆驚訝道：「頑疾？」

「正是。」何心隱點頭：「而後，大師兄在那般情況下，忍受著身體的劇痛寫下了藥方，並火速傳書給了沉宸師姐，他全然不顧及自己，只一心念著沉宸師姐。」說到這，何心隱的眼眸已經深紅了，「在那之後，在下就與大師兄失去了聯繫，唯一得知的就是他做了道士，遁世而去，再無其他有關他的蹤跡了。」

「衷贏……我是說何藥士的大師兄，他是不是瘋了？他竟是那樣得來的藥方……，他簡直將自己的生死置之度外。」孟婆聽了這一番話，不由自主地吐露出了內心的真實感受。所幸她及時調整好了語氣，才不會過分地流露出震驚與真情，「我是說，他太固執了。」

　　「是啊，在下也時常像孟姑娘這樣覺得，大師兄他在為了某個人做某些事的時候，真的像是瘋魔了。」何心隱試探性地去打量孟婆此刻的表情，見面紗下的人依舊是不動聲色，這令他開始懷疑起了自己——難道真的是他在癡心妄想了？

　　這個來路蹊蹺的奇女子，或許真的和沅宸毫無關聯，否則在聽到關於衷贏的事蹟時，她怎還能這般平靜？

　　「時候不早了。」孟婆在這時說道，「何藥士，我放心不下無痕與無芯，這且要先回了，你也請便。」

　　何心隱點頭稱好，孟婆轉身離去，心中卻早已翻江倒海般的亂成了麻。她的情緒開始渾濁不清，耳邊的呼喚聲也似細碎的風聲般經久不散。

　　沅宸，沅宸……

　　她深深地閉上眼，本不願去憶起了，冥帝和墨曾叮囑過她，歸根曰靜，靜曰覆命，覆命曰常，知常曰明。她知道冥帝的意圖，也知道自己不能深陷曾經，可是那些舊人舊事，再一次如狂風驟雨般襲向了她。

　　前世過往皆湧現，窣湘裙，搖漢珮，月照紗窗，縹緲見梨花淡妝。有娘親的溫言細語，有父親的寬厚笑意，還有油紙燈籠燃著紅燦燦的燭火……。可那些片段很快就被燎原的烽火撕裂了，孟婆猛然一轉頭，時間飛速地倒回到了往日光景。

# 第四節

天啟十八年。

月朗星稀，朝露天涯。

甯沅宸是孟婆的前世，她出身自盛產「青藕」的希國邊境重城——甯城。其父甯將軍也是甯城中赫赫有名的英雄，家中世代駐守邊境，其母甯夫人出身貴族，自是端莊優雅，飽讀詩書。

在她剛會為自己梳髮的年紀時，她結識了還在牙牙學語的甯靈霽。那是甯將軍友人的女兒，只比沅宸小兩歲。那日沅宸在家中後花園裡同侍女玩耍，迎面就看到一個小妹妹朝她笑容滿面的奔來。一不小心摔倒在地，她沒哭，卻嚇壞了沅宸，趕忙跑過去扶起她，侍女緊緊地隨在其後，擔心自家小姐也摔跟頭。

兩個小女童彼此扶持著站起身，沅宸為靈霽拍打著鵝黃繡花鞋上的泥土，關切地詢問道：「妹妹你痛不痛？可有傷到哪裡？」

靈霽不哭不鬧，衝著沅宸咧嘴笑，換牙時期，她的小門牙空著兩顆，分外可愛的模樣，「沅宸傑傑，沅宸傑傑。」

沅宸聽不太懂，倒是趕來的靈霽的侍女同沅宸作揖並解釋道：「沅宸小姐，我家靈霽小姐是隨父母親來府上看望甯府各位的，她聽聞有位沅宸姊姊在後花園玩耍，便非要來結識。沅宸小姐，靈霽小姐剛剛是在喊你沅宸姊姊呢！」

原來是娘親時常會提起的靈霽妹妹。沅宸是家中獨女，一直都很想要有個弟弟或是妹妹，如今見到靈霽很是投緣，便牽著靈霽的小手笑道：「既然你叫我沅宸姊姊，你從此以後就是我的妹妹了。好妹妹，靈霽妹妹。」

靈霽一聽，便笑得更加開心了，笑聲似銀鈴，大而亮的黑眸子格外機靈。

有了年紀相仿的玩伴，兩家更是拜訪頻繁。兩個姓甯的小女雖無血

緣，卻情同親生姊妹。她們二人時常湊在一起疊紙鳶、捕蝴蝶，年歲再長一點，父母親便安排兩人一同學古琴、做刺繡，兩府中時常充滿了歡聲笑語。

當沅宸七歲，靈霄五歲的那年初春，兩個小女童在侍女管家的陪同下，去山林裡尋草藥。因為沅宸的娘親近來身體不適，城內的藥坊都關了，只能親自去山上尋。

說話終於清晰了的靈霄問沅宸：「為何藥坊都不開門？」

沅宸偶然聽到了父母親之間的對話，她知道甯城裡已經有了微妙的變化，回道：「要打仗了，大家都逃命去了。」

靈霄問道：「我們不逃嗎？」

沅宸搖頭道：「你我父親都是軍中之人，自然是要留在這裡的，怎可棄城不顧？甯城在，他們在，你我在。」

靈霄年幼聽不懂，只是繼續問：「那甯城要是不在了呢？」

沅宸想了一會兒，覺得這個問題對她來說太難了，就斷言道：「甯城不會不在的。」

靈霄自然是很信任沅宸，乖乖地點頭說：「哦！」然後從口袋裡掏出一塊桂花糕遞給沅宸，嘻嘻笑著說：「這是沅宸姊姊愛吃的小點心。」

沅宸立刻雙眼放光，道謝後拿過來，剛想一口吞掉，忽然發現靈霄嘴角處的口水流淌下來。這才明白靈霄只拿了一塊，雖然沅宸對食物做出以下決定很艱難，可對方是靈霄啊！於是她狠下心，將桂花糕分了一半給靈霄，姊妹二人開心的一邊吃一邊笑，全然沒有意識到即將開局的戰爭會有多麼殘酷，多麼無情。

將軍百戰死，壯士十年歸，憑君莫話封侯事，一將功成萬骨枯。時值冬月，甯城遭到外敵進攻，城內戰火沖天，屍身成山。沅宸父親甯將軍連戰數日，手持巨刀單膝跪地，額角滲出鮮紅血跡，視線也被汙血模糊了。甯城之內，一片煉獄景象。

百姓們被敵軍的鐵蹄嚇得破了膽，紛紛四下逃竄。慘叫、哭喊、悲鳴……。沒過幾日，甯家軍便已全軍覆沒，甯將軍葬身沙場，甯夫人含恨殉情，剩下沅宸和同樣失去了父母親的靈霄，她們二人在轉眼之間便成了遺孤。

失去了一切的沅宸，不能再失去靈霽了，她決定同靈霽一起堅強的活下去。可是在戰亂之中，人性的醜陋總是暴露無遺，民間難民們洗劫富足的人家、搶奪弱者的食物。沅宸與靈霽流浪街頭，無家可歸，食不飽腹。冰天雪地中，無依無靠，兩人孤孤單單的行走在茫茫大雪的城邊處，遭遇強盜，被毆打、欺凌，尚且年少的沅宸和靈霽堅信，再也不會有比那個時候更為糟糕且充滿恐怖的回憶了，再也不會有。

　　那些踢打在沅宸身上的拳腳，刺耳的嬉笑聲、嘲弄聲，強盜們像是在凌虐著兩隻弱小的動物。這種悲苦不堪的境地之中，沅宸第一次發覺人是何等的脆弱，彷彿被有力的雙手輕輕一折，便會如布偶一般破碎不堪。

　　然而就是在那時，嘶鳴的馬叫聲響徹空曠的雪地。強盜們循著聲源處望去，不禁傻了眼。

　　「是……，是希國一品元帥寂將軍的旗幟！大哥，那人是號稱萬人斬的寂將軍！我們快跑吧！」

　　這一聲訝異的驚呼過後，強盜們像著了魔一般的四散竄逃。寒風頃刻間從八方湧來，周圍的吵雜聲漸漸散了去，靈霽支撐著體力虛弱的沅宸，緊張的哭喊著：「沅宸姊姊，你要不要緊？」

　　沅宸的思緒迷迷糊糊，但是視覺與聽覺卻十分清晰。她感到馬蹄聲正在靠近，緩慢的抬頭看去，飛雪之下，騎在馬上的人是一位年輕又俊朗的將軍。

　　他身穿黑色盔甲，不苟言笑的樣貌透出一股威儼氣勢。他的眼神冷冽，但卻在看見沅宸與靈霽的瞬間，流淌過一絲溫情，這讓沅宸內心稍微放下了戒備與懼怕。

　　「將軍，出了什麼事？」副將拉著馬的韁繩走上前來，恭敬的對寂將軍說道，「天色將晚，這裡在入夜後也危險重重，我們應當先回去甯城支援城內的守軍軍隊，也要慰問那些戰時遺孤才是。」

　　「這裡不就有兩個遺孤嗎？」將軍忽然躍下了馬背，並摘掉自己肩上的朱紅色披風，將瑟瑟發抖的沅宸與靈霽雙雙包起，輕聲問道：「你們也是甯城當地人？」

　　沅宸點了點頭。

　　將軍雖已料到答案，但還是要問：「父母親可安好？」

沉宸頓時心痛不已，眼淚止不住的流下，稍小一點的靈霽更是悲傷的哇哇大哭起來。寂將軍立即領悟了緣由，心覺果真如此，繼而安排士兵將沉宸和靈霽照顧妥當，並說：「這兩個孩子看似好些日子沒吃飽了，先給她們肉湯喝。」

聞言，沉宸感激地對他說道：「謝謝將軍。」

寂將軍瞥向她，有些驚訝於她的知書達理。如此亂世，又是在如此家破人亡的境況下，且這般年幼，卻不忘知恩言謝，實在是極其難得。

他忽然想到自己與夫人膝下已經有了三個兒子，一直想再得一女。但是夫人身體虛弱，太醫也暗示過很難再生育，所以兩人始終對此事抱有遺憾。然而，眼前這兩個女童皆是無親無故，著實可憐，留在城中怕是難以存活了。

於是乎，寂將軍的心中不由地動了個念頭。

半月後。

豔陽大好，風清氣華，冬雪化枝頭。

寂將軍平息了甯城之亂，禮葬了甯將軍與其夫人、還有諸多將士，也撫慰了剩下的遺孤和軍士們。等到朝廷委任了新的駐城將領之後，便帶著軍隊和沉宸、靈霽回到了自己的駐城——玄機城。

這玄機城是希國的重要邊境關口，通商的要道，由一個中心城和許多村落組成，城中駐紮軍營重兵，附近的村落所產出的糧食布料和生活物資，皆供給玄機城中的軍士們使用。軍隊收購糧食的價格也比外面高出兩成，所以這麼多年來邊境百姓和軍隊都相安無事、生活富足，邊境貿易也如火如荼。

身為當朝國舅，又是南征北戰的英雄，寂將軍府中的禮節多少會有些繁瑣，但又不可減免，從許多詩書上都可以得知，禮節周全是衡量一人，甚至是一戶人家，是否為風雅之士、腹中有書的標準，越是上流社會，細節自然也就越發嚴格。

沉宸與靈霽被寂將軍帶回玄機城的家中，在認父母、端茶、拜謝的過程中滴水不漏，這更加讓寂將軍與寂夫人歡喜，能得到一雙如此出身高貴又懂得事理的養女，真是人生大幸。

沉宸時而會回想起剛剛來到將軍府中的那日，寂將軍的這棟宅邸是

皇上御賜，據說是玄機城之中最大的一棟。起先寂將軍有意婉拒，他並不喜鋪展奢華，可架不住皇上誠意相送，便謝恩接納。

將軍府內富麗堂皇，色調是金與紅，庭院的設計竟都是流線型的，襯著水潭中養著的數百條金鯉，顯得十分熱鬧。由於宅邸偌大，沉宸跟在寂將軍身後走的有些迷亂，這比她原先的甯府要大上一倍。

初次見到寂夫人時，沉宸與靈霄還未洗淨身上泥土，她們姊妹二人被寂將軍領進大廳，引起沉宸注意的是豎立著的一座山水圖屏風，上面是潑墨畫，有身影從屏風後緩緩走出，正是寂夫人了。

她姿容端莊，衣飾繁華，一身桃紅之色，長袖上繡著碧水波紋的圖案，配著鬢上青綠色的步搖與臉頰兩側的耳墜，更能顯現出她骨子裡帶著的華貴之氣。

她迎面走向沉宸和靈霄，絲毫不嫌棄她們身上的泥濘，反而是關切地為她們撢去那些汙穢，溫柔地對她們說：「宸兒，靈兒，從今以後，這裡就是你們的家了，假設你們願意，就把我當做是你們的娘親。」

沉宸是感動的，但是面對這樣一個雖親切卻陌生的美麗夫人，她一時之間無法把「娘親」二字叫出口。靈霄尚幼，自然是遵循著沉宸做法，沉宸怎麼做，她就怎麼做，沉宸不言語，她也就不吭聲。

寂夫人也不強求，她也知道彼此融合都需要時間，於是便喚來自己的三個兒子，要他們來見過新妹妹們。

長子寂予奪年方十七，他身穿藏藍色衣衫，一頭黑髮束起，雙眉微蹙，手裡握著的不是摺扇也不是長笛，而是一把表層鍍金的精緻劍鞘。

定晴一看，劍鞘上鑲嵌著的是珠翠紅玉，銀色流蘇熠熠發光，如同龍神的長鬚。

早就聽聞父親收養了戰時遺孤，雖然面前這兩個小妹妹有點髒兮兮的，但不影響他作為兄長的氣度，立即送了沉宸和靈霄見面禮，是他早就買好的羊脂玉佩，打著靛青色的九個結扣，十足精緻。

「沉宸妹妹，靈霄妹妹，日後大哥還會送你們更多稀罕物件兒，在整個玄機城裡，大哥都能護你們周全。」寂予奪生來性格直爽、豪氣雲天，且自視甚高，但其武功蓋世、軍功顯赫，也最為受寂將軍重視。

次子寂予莫與么子寂予州分別是十五歲、十三歲，與大哥不同，他

們二人性情溫和、待人親和，皆在軍中做後勤與軍需管理。

比起寂予奪的鋒芒畢露，寂予莫看上去清瘦俊秀，寂予州更是面目溫潤如玉，只不過同兄長寂予奪站在一起，總是會遜色幾分。

寂予莫走到沆宸面前，又對靈霽笑笑，輕聲道：「你們叫我二哥吧，我雖沒有準備禮物，但我日後可以教你們畫畫與書法。」

寂予州也搶著道：「那我可以教她們騎馬、射箭，這些我也很在行的，不會輸給大哥。」

寂將軍自然是欣慰於兩位養女在短時間內就被妻兒所接受，可他不得不打斷他們道：「沆宸和靈霽需要休息，讓侍女帶她們二人去洗個熱水澡，好好睡一覺。」

侍女們應聲，領著沆宸、靈霽去梳洗。沆宸回過頭看向寂將軍，姿容奪目的男子對她點點頭，示意她安心，沆宸也回了他一個小小的笑容，她知道，這裡將成為她新的家。

在逐漸熟悉的日子裡，寂夫人同沆宸講起寂將軍的身世。其實寂將軍本人就是戰爭遺孤，從他兒時起，便一直與妹妹相依為命。後投軍中屢建奇功，得遇宮女所生的六皇子，兩人志趣相投，竟相處得如同親生手足一般。

恰巧六皇子與寂將軍的妹妹一見傾心、甚至不顧門第懸殊，堅持要娶其為皇妃。又過了幾年，六皇子因緣際會登上了皇位寶座，定天啟二字為年號，於元年立寂將軍之妹為后，封其子為太子，可見用情之深。

那之後，寂將軍自然成為了國舅，又因驍勇善戰，很受皇帝重用。然而即便他擁有了跋扈之資，卻也從不會濫用職權。他是正派、直爽之人，只一心守護皇帝、皇后與家人，還有國家與百姓。

在這樣舒適的生活環境中，沆宸與靈霽很快就得以適應，雖然偶爾會因懷念生父生母而略感悲傷，可身邊有那麼多人對她們真心實意的好，沆宸與靈霽漸漸恢復了原本的開朗明媚。

尤其是沆宸，與三位哥哥相處極好，兄長們一直想有妹妹，眼前如願以償，更是挖空心思的爭搶著來表示自己身為哥哥的得意。

沆宸很喜歡吃美食，兄長們從早到晚把好吃的送到沆宸面前，一個個滿嘴都是「沆宸，快來嘗嘗大哥特意給你買的雪蓮酥。」、「不，沆宸，

來吃二哥親手做的核桃糕。」、「沅宸，沅宸，你快來看看三哥手上的是什麼？是你最愛的糖葫蘆。」

你一句我一嘴，沅宸每次都會眼花繚亂的取捨不定，最終便笑嘻嘻地一個接一個的拿過來，道：「我可不可以都吃啊？哥哥們的心意我都要心懷感激的接受才是。」

每當這個時候，途經於此的寂將軍和寂夫人都會一臉無奈的笑容，寂將軍寬慰地笑道：「不要總是給宸兒那麼多吃食，外面的小販未必是乾乾淨淨的，吃壞了身子可不值當。」

寂夫人也會笑著走來，寵愛地撫摸沅宸的臉頰，又對三個兒子叮囑道：「做哥哥的不要為爭奪妹妹的關注而爭風吃醋，總是這般像什麼話？去多多練武，保家衛國才更能護著妹妹呀！」

聞言，三位兄長立即點頭應道：「母親所言極是，孩兒謹遵教誨！」說罷便急急的去後院練習。

到了晚夏時節，府上總會有一些媒婆登門拜訪，一個個打扮得花枝招展、紅紅豔豔。寂予州偷偷告訴沅宸，那些都是來向大哥提親的。

實在是大哥英雄出少年，征戰四方大名赫赫，又一表人才，如畫如玉，自然會有不少貴族小姐青睞有加。

遺憾的是大哥是個榆木腦袋，整日裡除了舞刀弄槍，就是疼愛兩個妹妹，不是帶著沅宸和靈霽去遊花燈，就是趕市集，對自己的婚姻大事毫無興致。索性寂夫人相中了一位姓許的書香門第，那家小姐生得亭亭玉立，又擅琴棋詩畫，年方二八，全部都剛剛好。便定了相見的日子，在六月二十七。

六月初十，按照當地習俗，寂家準備去城郊的道觀裡祈福。

道觀附近風景極美，很受宮廷妃嬪與眾臣女眷們喜愛。且這裡的籤也十分靈驗，寂夫人每年這個時候都要來這裡跪拜。沅宸、靈霽還有寂予奪、寂予莫以及幾個丫頭一同陪著來，道觀腳下修建了諸多小殿，都要依次拜一拜。

還未拜到主殿，陪同的丫頭都累得筋疲力盡了，沅宸也有些疲倦，靈霽和寂予奪卻依舊生龍活虎，寂予州便誇讚靈霽道：「么妹，依為兄所見，你將來是個習武的好苗子。」

沉宸羨慕起靈霽的好體力，她在心裡嘆息，覺得以自己的資質來看，應該是練不成武了。

寂夫人也捨不得沉宸過於疲累，但不早些去主殿，日頭就要下山了。左右為難之際，寂予奪看出母親心思，體諒的說道：「娘親，你帶著二弟和靈兒先行去觀裡，我在這陪著沉宸，稍作歇息後便追上你們。」

沉宸也表示了贊同，既然有長子相伴，寂夫人便不再多慮，先行帶著其他人去往上頭。

剩下沉宸和寂予奪坐在石階上面，忽來一陣清風，夕陽的金黃色餘暉抹滿了整個山腰，雲也金燦燦的明豔，青苔的味道飄散在周遭，鳥兒在鳴啼，下方殿裡傳來女眷們的交談聲。雖然沉宸一句也聽不清，但她閉上眼，很享受此刻的寧靜。

直到一隻小鳥飛到沉宸面前的石柱上，牠出現的如此突然，令沉宸覺得著實奇妙。

寂予奪打量著沉宸的神色，笑道：「你喜歡牠？」

「噓……」沉宸不想驚擾到白色小鳥，很小聲地同寂予奪道：「牠會跑掉的，我們不要……」

話音未落，寂予奪已經一個箭步踏出去，他動作快得幾乎令沉宸分辨不出發生了什麼，只見他的手裡已經握住了白色小鳥，炫耀似的拿給沉宸看。

小鳥不敢掙扎，老老實實地一動不動。沉宸先是很喜悅地去摸牠柔軟光亮的羽毛，接著又憂傷了起來。

寂予奪見狀，便問她：「宸兒，你怎麼不高興了？」

「我倒不是不高興，只是我喜歡的是牠自由時的樣子，也從未想過要束縛牠。否則，牠不是太可憐了嗎？」沉宸同情地撫摸小鳥的頭，小鳥絲毫不同她親昵摩挲，反而戰慄地躲避。

聽她這番話，寂予奪略有思慮，彷彿回想起了某個人與某些事一般，他的眼底泛過一絲落寞。隨後，他鬆開了手，小鳥立即飛走了。寂予奪望著沉宸，讚賞著說：「你雖不足十歲，卻知籠中鳥的心思，實在讓人刮目相看。有這般悲憫之心，倒是適合救死扶傷。」

沉宸笑道：「那大哥要是在戰場上受了傷，沉宸去救你好不好？」

寂予奪忌諱地擺擺手：「怎可咒你大哥負傷？我寂予奪可是戰無不勝的！」

沉宸連連點頭：「是，是，怪我想的不周全了。我的意思是，大哥的一切都交給我來醫治，嗯……，在將來，可以吧？」

這話聽著不太順溜，但對方只有八歲，還是見怪不怪的好。而且，她說起救人時的表情，實在與那個人太像了。於是寂予奪寬慰地笑著點頭，抬手捏了捏沉宸的小鼻子說：「一言為定。」

「駟馬難追！」沉宸勾住寂予奪的小指，非常認真地許諾。

夕陽下，禪鐘聲響起，梵歌吟唱聲飄散在風裡。寂夫人一行人已經走了下來，寂予州連蹦帶跳地招手道：「大哥，宸兒，你們在磨蹭什麼啊？我們都上完香了！」

沉宸與寂予奪相視一笑。

靈霄見到沉宸，飛快地跑過來黏住她。寂夫人也要大家早些回去，可是寂予奪卻在這時咳了起來，寂夫人聞見，關切地詢問道：「奪兒，可是染了風寒？」

寂予奪摸了摸鼻子哈哈道：「母親，不礙事，許是前幾天著了涼，回去練上一個時辰的武功就會好了。」

寂夫人也不再追問，牽著沉宸的手往臺階下走去，喜悅地告訴沉宸今天的晚膳有桂花魚，沉宸開心的歡欣鼓舞。可她不由地擔心起大哥寂予奪，回過頭去張望寂予奪與寂予州談笑的身影，她鬼使神差地喊了他一聲，可惜距離有點遠，他沒有聽到。

晚陽逐漸浮上天際，在地面染下了一片熾熱的火紅，朱色似血，腳踏上去彷彿留下的是一個又一個的血腳印，竟令小小年輕的沉宸心生起了一絲驚亂與憂愁。

# 第 五 節

天啟十九年。

時值冬末，這時節竟是剛下過一場小雨，府內屋簷下滴著水珠，凝結住了地面存留著的積雪。幾抹撐著紫竹傘走在石路上的身影，急急地在清風中搖曳，她們是為來客引路的，正在去往將軍府的路上。

到了偌大的將軍府，侍女們匆忙收傘，為大夫讓出一條路來，客客氣氣道：「兩位大夫，走這邊。」

大夫們均是將厚重的白紗布遮擋在臉部，由於空氣十分潮濕，再加上白紗布遮掩，呼吸都越發困難了。

侍女們引著兩個大夫走到內院，面色焦慮地同大夫交代道：「我家大少爺前幾日就不舒爽，昨日開始更是發熱得厲害了。二少爺今早又開始咳嗽，也開始茶飯不食，連床都下不了。」

兩位大夫認真仔細地聽著，腦海中也開始思量起對症的藥方。

侍女們在這時推開寂予奪的房門，只見寂將軍與寂夫人都守在床榻前，沉宸和靈霽見大夫來了，立刻喜形於色，心想著這一來，大哥的病可該被治好了。然而在房門關上的前一秒，沉宸眼尖，看見了某個黑影從門外一閃而過的竄走了。

侍女察覺到她的視線，輕聲示意她安心：「小姐，是老鼠，不打緊。」

沉宸可不喜歡老鼠，偏偏這陣子總會見到竄來竄去的灰東西。大夫這時依次落座，開始為寂予奪號脈，半晌之後又輕聲問起寂將軍：「聽聞城內最近也病了幾人？」

寂將軍一臉的憂愁之色，只道：「倒是有不少像我兒這般年紀的士兵病下了。都是高熱無力、滴水不進、日漸消瘦。」

大夫聞言，表情逐漸凝重起來，寂予奪在這時昏昏沉沉地嗚咽著：「疼……」

寂夫人心急如焚，愛子心切地去撫摸長子的額頭，柔聲問道：「我的奪兒，你哪裡疼？告訴母親，也告訴大夫，你是哪裡不舒坦？」

　　「疼？這……」大夫心覺不好，趕忙要寂夫人遠離一些，繼而又從藥箱裡拿出一塊帕子包裹住自己的手，再去解開寂予奪的衣扣，整個過程有些吃力，畢竟有帕子擋著手，伸不開五指。

　　沅宸也踮起腳去看，她的眼神順著大夫的手指一直看到大哥的胸坎處，接著，她猛然間瞪圓了眼睛，背脊都不由自主地發涼。

　　「天！」寂夫人目睹眼前景象，驚慌失措地高呼出聲。只見寂予奪的前胸都已紅腫且出現隱約的潰爛症狀，尚未波及的肌膚處也開始顯現出紅斑，一簇一簇地，大如銅錢！

　　「這、這是……」兩位出診的大夫已經算是城內見多識廣的醫者，然而對此情景也止不住的全身發抖，冷汗直冒。

　　「這是瘟疫！」一旁的侍女驚慌的脫口而出，寂將軍聽見，自己也是一身冷汗，他訓斥侍女胡言亂語。侍女嚇得當即跪下，道出自己不敢胡說，她以前在老家曾見過這樣的病，家裡就是為了逃命才拖家帶口的逃到了甯城，免於一死，那時她已經七歲，足可以記得真切了。而大少爺得的這病，和她老家鬧起來的病症如出一轍！

　　寂夫人聞言，整個人一陣疲軟，當即昏厥了過去。沅宸急得忙去扶養母，靈霽的眼眶開始湧出淚水，她雖年幼，卻也從大家的語氣判斷出，大哥的病症怕是很嚴重。

　　寂將軍深知長子定是從城中他人處染上了此病，他心痛如絞，若真是瘟疫，恐怕是難逃一死……。但即便希望渺茫，他也不能放棄尋找任何可以救治的法子，寂予奪是他最為疼愛的長子，從他降生的那一刻開始，他便將其視為珍寶。然而，既真的是瘟疫，那必須要全城戒備才行，能燒的東西都要燒掉，勢必減少感染。而這，必須趕快去稟報皇上。

　　「將軍！夫人她……」大夫的叫聲喚回了寂將軍的意識，他轉過頭，只見大夫示意他去看寂夫人的脖頸，也已出現了紅斑。

　　寂將軍腦中「嗡」地一聲，他從未像此刻這樣思緒混亂，連手指都忍不住地顫抖起來。可他還是命令自己保持冷靜，並果斷道：「快把沅宸和靈霽帶走！暫且隔離起來，還有整個府中用過的物品，能用開水煮的都

要煮一遍！能丟的都丟了，用火燒，再用土埋了！」

沉宸卻不肯離開寂夫人，追問寂將軍道：「爹爹，要怎樣才能治好大哥和娘親？要先救他們才行！」

如何能救，大夫們也束手無策，他們活了半輩子了，從不曾見過此等兇惡之疾啊！

既然沒有解救之法，那只能減少染病幾率，必須要封鎖水源，還要集中更多的醫者來尋找治病途徑。寂將軍憂心的看了一眼躺在床榻上呻吟的長子與昏死過去的夫人，他內心悲痛不已，卻依然決定轉身離府，先行將此事上報朝廷。

隔日天還濛濛亮，甯城的百姓們便已得知城內出現了瘟疫之事。皇上聽聞寂將軍秉奏之後，立即按照寂將軍所說照做，派兵切斷了上游水源，又駐紮軍隊把守。可即便如此，上午的光景才過去，下午一到，瘟疫就肆虐般地在城中爆發開來了。

東邊最把頭的一戶農家共七口，均染上了此病，且他家小兒子是個屠戶，賣豬肉的，經他之手賣出去的肉不知道有多少，吃了那些肉的人又有多少人，已經不得而知。

然而，最先死亡的，則是西頭最有名的沈家酒坊的老闆。據說他染病後一直怕被人知道，就躲在自家沒有露過頭，卻還在自家店裡賣酒。最後一瓶酒，便是賣給寂將軍府的大公子，那也是年滿十八歲的寂予奪第一次，也是最後一次喝過沈家酒坊的酒。

緊接著，朝廷要令，死於瘟疫的屍首要統一收到一處燒掉，從第一個死者出現後，不足三日，接連死了幾十人。士兵們忙著燒屍首，那混著乾草一同燒掉的屍臭味道，委實難聞至極。

百姓們誠惶誠恐，已經不敢上街，到了十日時，竟也有活活餓死在家裡的人。玄機城中的士兵們紛紛湧現，他們倒是一臉的天下興亡匹夫有責的正義之色，不顧個人安危統計病戶，劃分出隔離區域，甚至還有主動請纓為病戶送糧食的。

半月之後，玄機城已對外封閉，對內封鎖，城內緊緊地關上了，許多必要出城才可買到的藥材徹底斷掉。不過，那也不打緊，畢竟沒有一個大夫能找出哪一味藥能夠治癒此病。

所有人都似無頭蒼蠅般的盲目求存，究竟怎樣才能避免染病？究竟該如何自救？大夫們說過要用白紗布護好口，手也要護起來，不要吃未煮熟的食物，可這仍然是權宜之計，因為沒有解藥，就等於要一直活在驚恐之中，且漫漫無期。

　　朝廷的太醫們都被派出賑災了，仍舊是無計可施。

　　染病的人一個接一個的在痛苦與潰爛之中死去，但凡染病，必死無疑。可是，誰也沒有料到，寂家的將軍府匾上會在夜半時分掛上了寂寥的白綢。

　　將軍府的靈堂內煙霧繚繞，侍女們皆是素白緯絲服，四名法僧在靈牌前誦念著往生咒：「南無阿彌多婆夜，哆他伽多夜，哆地夜他，阿彌利都婆毗，阿彌利哆……」

　　頭戴白紗帽的寂將軍正站在堂內，手持柱香，面前的靈牌上刻著三個名字，寂予奪，寂予莫，寂予州。

　　年僅八歲的沅宸與六歲的靈霽站在一側，兩人皆是身穿素衣，頭戴白色珠花步搖，滿臉的淚痕與哀戚。

　　三位兄長接連染病去世，對於寂府來說，這是何等的重擊？沅宸抽噎著鼻子，側目打量寂將軍，發現他似乎是一夜之間就蒼老十歲，而寂夫人更是不堪重負，已傷心過度病在床榻，連守夜都無力出席了。

　　沅宸還記得大哥在死時的痛苦模樣，他全身潰爛，哀叫不止。沅宸甚至不敢相信那是她驍勇堅毅的大哥，他是連戰場都毫不懼怕的俊秀少年郎，卻奈何不了一場疾病。沅宸想起自己曾與大哥的那個約定，她明明許諾過自己長大後要學醫，無論大哥負傷或是生病，她都要醫治他。可是她卻在大哥痛苦的整個過程中束手無策，甚至都不能陪在他身旁。而早在隔離之前，二哥與三哥就都已染上了此病，是養父狠心將三個兒子隔離開來，才保住了沅宸、靈霽與府上百人的性命。

　　唯獨養母病入膏肓，卻不是染上疫病，而是失子心病。

　　這時，靈堂外忽來一隊人，負責開道的侍衛次序井然，他們站在靈堂兩側讓開路來，一輛馬車緩緩駛入，車門打開，走下來的人是身著私服的皇帝。

　　儘管他身著素衣，也仍舊是遮蓋不住那與生俱來的高貴。他不顧染

病安危也要前來送寂家三子最後一程，瞞過了滿朝朝臣便衣出宮，足以證明他與寂將軍交情深厚。

寂將軍見到皇帝大吃一驚，趕忙走到面前，行大禮道：「見過皇上。此刻城中有疫情，還望陛下儘快回宮，避免被波及。」

皇帝扶起他，勸慰他節哀順變，說自己來之前已經服用了宮中的防疫膏。此膏雖然不能治療瘟疫，但是卻有預防之效。

寂將軍強忍心痛，這才想起收養的沉宸與靈霽尚未見過皇上，喊來她們二人叩頭行禮，皇帝見姊妹二人生的機靈，便命人賞賜。又將帶來的三塊皇家玉佩放到靈前，念著寂家三兄弟年少征戰，戰績赫赫，親送此玉，追加封號。

這邊的寂將軍與皇帝二人在互訴衷腸，沉宸卻擔憂起養母，她悄悄地退出靈堂前往母親住處。

一路上，沉宸止不住地流眼淚。她平日裡與大哥最為交好，後院裡有一把適合她身高的紅纓槍便是大哥親手做給她使用的。她想起大哥的一嚬一笑，想起他把她扛在肩頭看花燈……。沉宸咬住嘴唇，拚命忍住淚，若是被寂夫人看見自己軟弱難過，只怕會惹得她更加想念三位愛子。

沉宸已來到寂夫人門外，她推開養母的房門，看見寂夫人正欲起身，許是渴得厲害，想要水喝。沉宸趕忙端過桌子上的清茶餵養母喝下，她已連喝一口水的力氣都快沒有了。沉宸望著她原本美艷的臉上已只剩痛苦和疲憊，還有不甘、絕望，這還是曾經豔華照人的貴婦嗎？

見她這般蒼白如紙，沉宸的心裡很恨，恨自己不會醫術，恨自己不能救三位兄長的性命。

沉宸的心極痛，她同樣也是不甘心的，不甘心極了。

寂夫人像是看穿了她的心思，抬起手去輕撫她的臉頰，沉宸也把臉緊貼在她的手心裡，不由低呼道：「娘親，你的手好涼。」說著便為她搓手取暖。

寂夫人苦笑著搖頭道：「不打緊，娘親近來身子不適，很快就會好起來的。宸兒，外頭可是有旁人來了？為娘方才聽見了馬車聲。」

「是皇上，他來送……」沉宸及時收住了話，她不想惹寂夫人傷心。

寂夫人自然懂她的欲言又止，也像是釋然了一般，平靜地說道：「這

些天，娘親其實也想透徹了。這世間總歸是講命數的，萬物都要順應它最終的歸宿，人，亦不例外。」

沅宸卻問道：「為何要順應？為何不反抗？」

寂夫人的眼神像是望向了很遠的地方，語氣也十分無力，幽幽道：「宸兒，你能從屠戶的手下救下一隻待宰的牲畜嗎？」

沅宸點頭。

寂夫人又問：「你能救下全部嗎？」

沅宸道：「我可以請爹爹將屠戶關進牢獄中，如此一來，牲畜都得以解救，不會再遭到屠宰。」

寂夫人笑了笑：「你不喜歡吃雞、魚、蛋、肉了嗎？」

沅宸道：「自然喜歡。」

寂夫人又問：「那麼關起屠戶，如何得到他們為百姓屠宰好的肉禽呢？」沅宸思考起來，「可以吃齋念佛，不再吃肉禽。」

寂夫人便再問：「假設拔掉蓮藕，它會不會痛？切開番薯，它會不會流血？改吃素食未嘗不可，那草芥、青菜會否同樣是被殘害？」

沅宸不知該如何回答是好，心想著總不能吃空氣吧！

寂夫人平日樂善好施，常去道觀虔誠禱告，祈求上蒼庇佑夫君和三個兒子。她不只一次的和兩個養女提及自己的擔憂，寂將軍刀下人命太多，恐被所累。

她時常想，如果修來世，背負性命無數，染血的人該如何超度？腳下怕是有藤蔓牢牢纏住他，只准將軍站立於凡塵的血海烈焰裡，哪准他登進潔淨的靈殿之上？所以每逢初一十五都去放生，只期望為家人積累些許福報。但是如今光景，怕是那些殺戮的罪孽都早早的找上了門，自己心中一片淒涼，亦覺得無所牽掛。

寂夫人握起沅宸的手，同她柔聲細語道：「宸兒，這就是凡塵中的規律，萬事萬物都有它自身的演變。生靈有命，死後為泥，泥滋潤地，地生長木，木上棲蟬，蟬被螂食，黃雀在後。日東起，水東流，載人以舟，殺人用刀，世間皆凡人，凡人不可忤逆人道。故生是生，死亦死，都要遵從水滴墜落的方向，莫要去干預，也不要橫加阻攔，更不要因此而怪罪於弱小的自己。」

　　沅宸對這番話的深意一知半解，她凝望著寂夫人，寂夫人也深深地
望著她，眼淚滑下的瞬間，她說道：「我願亦是如此，宸兒不必為娘親難
過，待娘親與兄長們化作清風一縷，依然是時刻伴隨於爹爹、宸兒與靈兒
左右，生生世世不分離。」

　　兩行清淚，不由自主地順著沅宸的臉頰流淌而落。它們一顆接著一
顆地濺碎在寂夫人的手背上，好似破碎的心，與逝去而不再回的生命。

　　七日後，寂夫人病逝了。

　　寂將軍為此鬱鬱寡歡，先是失去兒子，後又失去夫人，即便英雄堅
毅如他，也如同泰山崩塌，潰不成軍。

　　就在寂夫人的新喪過後，城中的病情也開始得到了控制，雖還未找
出治病良藥，但是切斷了傳染源與有效隔離後，疫情再無蔓延跡象。

　　這邊寂夫人的頭七還沒過去多久，便有攀龍附鳳者登府要為寂將軍說
親，可寂將軍根本無心理會，加上他近來曾去道觀中求籤，道長為其解讀
了他的籤，道：「將軍此籤道明際遇，命犯煞星，既是孤剋。幼年喪母，
中年喪子，而後喪妻，不如順應天道，無為也好。」

　　想必這就是天意吧！寂將軍得到了道長的指點，就更沒有另娶生子
的打算了。雖說膝下無子，無法延續寂家香火，但命相如此，又何必害人
傷己？幸好他還有一雙懂事乖巧的養女，有沅宸和靈霽的陪伴，再加上繁
忙的軍務與疫情後續的處理，寂將軍日以繼夜，也慢慢地從悲痛中恢復了
往日的精神。

　　到了年底，冬雪臘月，希國展開了一場與南蜀國的大規模交戰，寂
將軍受皇上重託，親自帶兵出征。許是他心中的牽掛逐一減少，士兵們都
道如今的寂將軍在戰場上殺敵更為狠辣。

　　而在府中等待養父歸來的沅宸，聽見這些傳聞可不覺得喜悅，她擔
心養父在戰場上能否平安。寂夫人走後留下一屋子的書給兩姊妹，沅宸一
來自幼喜愛讀書，二來讀書可以讓她暫且忘卻去世的親人們。只是寂夫人
的書多是道學典籍，她讀的也是一知半解，就算如此，也好過數著日子度
日。

　　或許是白天想得太多了，在臨近除夕的某個晚上，沅宸做了個很長
很長的夢。

她夢見自己變成了一隻玉面狐，在暴雪封山、冰天雪地裡，忍饑挨餓。這隻玉面狐沒有親人，也沒有同伴，為了覓食而走出了山谷，在風雪中艱難跋涉，咬死了農戶家的一隻兔子，但是卻沒吃到口就被主人發現。全家人追趕著要打死她，她一路逃命逃到一個冰冷的小山洞裡，暴風雪一直持續下著，她既沒有食物也沒有水源，在絕望之中瑟瑟發抖，心想著就要餓死在這裡了。可是熬到了第二天清晨一早，山洞外竟是春暖花開，一個採藥的男孩發現了山洞裡的她，將她救了出來，又帶回家中為她取暖，熬了肉湯給她喝。

這個採藥男孩的家中十分殷實，他在父母親的同意下養了她，他們成了最好的朋友。每次上山採藥，他都會帶著她一起去，他們日出登山，日落而歸，藥簍裡背滿藥材，藥香撲鼻。

後來男孩一點點長大，成了一位翩翩公子，要娶親了，可嫁進來的小姐們總是會離奇死去，久而久之，沒人再敢嫁給他了。眼看著他唉聲嘆氣責難自己，玉面小狐決定變成人形，嫁他做妻。

這一次，他們恩恩愛愛，極為和睦，可卻一直沒有子嗣。說來也是，妖和人怎會生下孩子呢？直到家族提議納妾，公子不肯，他不願與旁人在一起。但是沒有男丁繼承香火實在不孝，父母親威逼利誘，也不見他改變主意，就只好冷落玉面狐，想方設法的趕走她。終於在公子一次外出時，他們瞞著公子休了她，她一時憤怒而現出原形，大家看見她竟是妖魅，全然不顧及平日情分，竟追趕著砍掉了她的狐尾。

她淒厲哀嚎地逃走，留下滿地的斑駁血跡。公子回來不見她，聽家人們說她是妖，他竟立刻就信了，怕得趕忙燒毀了一切有關她的東西，甚至恨不得把她從自己的記憶裡全然抹去。偷偷等他回來的她，目睹此情此景，心碎絕望，終於含恨離開了他的家。失去了狐尾的她，又一次孤孤單單地在人世中徘徊。她遇見了很多人，有想要扒掉她的皮賣掉的，有想要煮了她吃掉的，有欺辱她、毆打她的，有折磨她取樂的……

她見多了心術不正的人類，自私、貪婪、邪惡，他們甚至不如一個妖，於是從他們的身上，她不再交付真心與信任，她學會了殘忍、冷漠與無情，她效仿他們對她的所作所為，變得忘卻本心、毫無憐憫。她跟隨過形形色色的主人，有奸臣、有忠良，有鳳樓的頭牌，有下三濫的乞丐，

有雙目失明的貴族小姐，有考不成功名的秀才，他們會同她訴苦，傾吐自己的不如意，也會在心情不好時打罵她，她總是會傷痕累累，也變得越發冷漠。

　　直到，她遇見了他。

　　他是一位小道童，她偶然在溪邊喝水時與他相遇。那時她恰從一位獵人的捕獸器中逃脫，前爪皮開肉綻，小道童唸著「福生無量」，走上前來欲為她包紮。可她以為他要傷害她，本能地伸出爪子撓破了他的臉。

# 第六節

　　小道童並不生氣，也沒有打罵她，還是試圖為她處理傷口。她反而惱了，炸毛威儡，一氣之下轉身跑掉。可是過後，她又好奇他為何要幫助她，於是化作人形去溪邊尋他，他正在往竹筒中裝水，還輕聲地唸著：「願牠相安無事，免受傷口疼痛之苦。」

　　她不懂他的固執，便問道：「這位小師父可是在說方才一隻跑去山上的小狐？我見她前爪血肉模糊，又見小師父臉頰有傷，怕是遭那孽畜無禮了吧？」

　　小道童卻嘆息道：「善信言重了，眾生平等，生靈可愛，想幫助牠是貧道的意願，牠拒絕貧道的幫助亦是牠的意願，何來孽畜無禮一說？貧道只擔心牠會否安好，小小玉狐在這自然塵世中顛沛流離，著實不易，只望牠一切平安即可。」

　　她不敢相信，竟會有人這樣為她著想？明明只是萍水相逢、一面之緣，甚至嗤笑起他道：「小師父真是慈悲為懷極了，莫不是想要積攢自己的功德吧？」

　　他道：「眾類繁衍，變化萬千，生為安樂，死為安息，生死、是非、貴賤、榮辱，皆人為之常觀，亦暫態變動之狀態，順其變動而不縈於心，方可泰然處之。這不過是貧道的處世之道罷了，牠既受傷，貧道願為牠療傷，牠既不肯，貧道也不怪罪牠。天性不同，順應於此，未嘗不可。」

　　她還是覺得他的這番話十分可笑，就說道：「小師父也說那狐狸可憐，可牠為何要遭受此等磨難，在這世間等著牠的禍事接連不斷。」

　　他微笑著回答：「《道德經》中曰『禍兮，福之所倚；福兮，禍之所伏。孰知其極：其無正也。正複為奇，善複為妖。人之迷，其日固久。』災禍之中隱含著福分，福分之中潛藏著災禍，他們原本就是一體的兩面。正如：日往則月來，月往則日來，日月相推而明生焉；寒往則暑來，暑往則寒來，寒暑相推而歲成焉。

天欲禍人，必先以微福驕之，要看他會受。天欲福人，必先以微禍儆之，要看他會救。得微福而驕慢，驕慢便是禍根，福本不厚，又以驕慢削之，可見不堪受福，惟有降禍了。欲降福而先降禍，是天之善意。不明禍何能降福？一旦福去禍來，又豈能消受得了？」

她懵懵的站在原處，思索著這番話的深意。

小道童隨手從地上撿起一朵已經枯萎的花，遞給她說：「這朵花送於你。世人都道鮮花綻放最美，於我來看枯萎更美。衰敗就是為了新生，既然如此，我們怎麼能不去欣賞枯萎的花朵呢？」

她剛接過那朵枯萎的花，便發現站在對面的小道童，身體忽然幻化成了無數隻金色的蝴蝶，展翅盤旋，金光閃爍。牠們停留在她的手腕上，灑下金色鱗粉，治癒了她的傷口。一陣風吹過來，蝴蝶們全部煙消雲散了。

等到隔日醒來，沆宸覺得自己的這個夢實在是奇怪，又那般漫長，令她覺得思緒很渾濁，如此真實又離奇的夢境，到底是怎麼回事呢？夢裡的一長串對話，到底是什麼意思？

早上梳洗的時候，她對靈霽說自己做了個怪夢，還沒等靈霽發問，外面就有人傳訊，原來是寂將軍凱旋歸來了！

沆宸和靈霽聞言，又驚又喜，急忙跑出門去迎接寂將軍。

身穿鎧甲的寂將軍英姿颯爽，他打了一場漂亮的勝仗，格外喜上眉梢。還沒等沆宸與之親近，就發現他身後站著一個陌生的少年郎。

在看見他的那一瞬間，沆宸露出了一絲困惑的眼神。

寂將軍側過身，拍拍他的肩膀，淡然一笑，對兩位女兒介紹道：「沆宸，靈霽，這是父親收養的男孩，他在我與蜀國交戰時被我救下，和你們一樣都是遺孤。不過從今日開始，他已經入籍到咱們寂家。從今以後你們要和他好好相處，必定要像對待親生兄長那樣的尊敬他。」

沆宸打量著面前的男孩，比自己大幾歲的年紀，他看上去有些清瘦，黝黑的膚色，衣衫破損，兩邊衣袖都沒了蹤影，露著兩條細瘦的胳膊，左臂上有個紅色的胎記，細細一看，那圖案竟然像一隻猛虎。他的一雙眸子卻格外堅定凜冽，如利刃一般敏銳，卻奇異地令人感到一種溫和之調。

「我……叫做沆宸。」

她首先走向他，露出微笑，友好的問道：「你呢？」

他先是略有怕生的低下了眼，半晌才望進沅宸的眼睛，遲疑了片刻後，繼續說下去，「今天開始，我的名字是寂藏鋒，沅宸妹妹。」

「是清風的風嗎？」

他微微的搖了搖頭，「是鋒利的鋒。」

沅宸聞言，漂亮的眼睛又彎了彎，宛如細月，這便是沅宸第一次和藏鋒的相識。面對這樣的笑靨，藏鋒的心裡泛起了一絲暖意。接著，他略微側過臉，看到了一旁沉默的靈霽。

那日靈霽身著桃紅色衣衫，明明是如此豔麗之色，靈霽的臉上卻沒有與之相稱的笑意。自從接連失去親人之後，靈霽已經不太喜言笑，她就只是靜靜地望著藏鋒，依舊不言不語。

日後的時間裡，沅宸和靈霽皆把寂將軍的囑咐牢記在心，加之藏鋒相貌的確與大哥寂予奪竟有七分相似，將軍府上上下下都把他看作是如假包換般的大少爺。如果說藏鋒是寂予奪的替代品，倒不如說，他更像是寂府所有人心中一道傷的影子。他的存在，抹去了寂予奪與兩位弟弟的死所帶來的的悲痛，同樣，也提醒著眾人，他只是藏鋒。

到了秋末，寂將軍的軍隊受皇帝之命駐紮於城郊，以禦外襲。為了磨練三個孩子的意志，寂將軍將藏鋒、沅宸和靈霽都帶到了軍營之中。猶記得初來軍營那日，西邊的落日餘暉為整個軍營罩了金燦燦的外衣，如同壯麗的皇宮。

滿營的士兵都來見過寂將軍家中這三位兒女，沅宸起初還很抵觸，然而她看見熙熙攘攘的人頭之外，有位年邁老者遺世孤立般地背手而站。唯獨他衣著整潔，氣韻不俗，彷彿若長鬚仙人，翩然塵世。沅宸輕拽寂將軍的披風衣角，悄悄詢問道：「爹爹，那位老先生是營中何人？」

寂將軍循她視線望去，而後道：「那位是廖軍醫，是營中最為德高望重的隨軍大夫，以前是位道士，後來戰亂四起就下山還俗了。怎麼，在這眾人中宸兒偏偏問起廖老先生，可是對學醫有幾分興致？」

沅宸回想起自己當日與大哥的約定，不由心生悲切，可她很快就應聲道：「正是，爹爹，宸兒想要同廖軍醫學習醫術。若是能夠得到要領，今後必定可以多多救人。」

如此志向自然令寂將軍讚許有加，他傳來了廖軍醫，下令其傳授沅

宸學醫之道。沅宸懂事有禮，尊稱廖軍醫為廖醫師，私下就直接喊師父。這廖醫師除了教草藥醫理之外，還知曉很多奇聞異事。一日，在他營帳之中教完沅宸辨識幾種草藥之後，見徒兒天資聰慧，他內心自是按耐不住歡喜。見天色還早，就談起了一些雜書上記載的鬼怪故事。沅宸聽的津津有味，期間問道：「師父，這世上可真有鬼妖？那又可有捉妖的人呢？」

廖老軍醫持了持花白的鬍子，搖頭晃腦的緩緩說道：「鬼妖那自然是有的。《搜神記》中有云：『夫六畜之物及龜蛇魚草術之屬，久者神皆憑依，能為妖怪，故謂之五酉。五酉者，五行之方皆有其物。酉者，老也，物老則為怪。』捉妖範圍極廣，凡魑魅魍魎、山魈、木客、妖狐、五通之類，皆屬於妖怪。妖精的原形，多隱於深山，在石洞流泉中做巢穴。除妖務盡，便必須率神兵圍住深山，搜捉妖黨，道法中專門有這一類，稱做封山破洞。同時邪神、妖鬼們又常盤踞於民間為它們立的祠中，屬害點的且在大廟中享受血食，所以捉妖也常與伐其廟宇聯在一起，叫做伐廟，或伐廟收邪。」

沅宸聽的睜大眼睛，既好奇又充滿了疑慮，再問道：「常有人說被鬼附身，會如何啊？」

廖老軍醫得意洋洋的邊踱步邊說道：「這個問題問的好，此與我中醫辨證有相同之處。春日秉承木氣，夏日變成火氣，長夏秉承土氣，秋季秉承金氣，冬季秉承水氣。五行於五志，則怒主肝屬木，喜主心屬火，思主脾胃屬長夏及四季土，憂主肺屬金，恐主腎屬水。故而，若人死於肝病，則其靈魂或能量多攜木氣，為此類能量所附體，則呈現易怒、脾氣暴躁之態。若人死於心病，則其靈魂或能量多攜火氣，為其所附體則呈現喜怒無常、瘋癲之狀。若人死於脾胃之病，則附土氣，受此附體者，多脾胃不佳、氣脹之屬。若死於肺病，則其靈魂多攜金氣，故受此附體者，多身體發冷、虛弱、咳喘等。若死於惶恐或腎病，則其靈魂多攜水氣，故受此附體者，多驚恐猥瑣。」

沅宸聽到這，不由自主地打了一個長長的哈欠。

廖軍醫還在滔滔不絕道：「不過不用害怕，為師所習溫元帥祕法中，即有一張治瘟神兼治妖精的『連天鐵障符』，同時要步連天鐵障是，存想天地墨黑人符，並咒曰：『一斷山魁路、二斷石精門、三斷邪鬼縱跡、

四斷百鬼子孫、五斷天師來時路、六斷地師去來路、七斷冤家並咒詛、八斷邪魔百怪中、九斷南閻大廟神、十斷北方水怪神、十一斷黃泉取魂路、十二斷娜都鬼洞門、天道斷、地道斷、人道斷、鬼道斷、冥陽街裡十道斷⋯⋯』，咦！人呢？」

老軍醫見半天沒有沉宸的回應，轉頭看去，這營帳之中哪裡還有什麼人影，這小丫頭不知何時已經溜走了。

軍營中的日子既嚴謹又有趣，三個孩子成長的越來越快。

而比起沉宸，靈霽卻是個耐不住的個性。她雖表面沉默，心裡卻有團熾火。沒入軍營幾日，寂將軍就發現她總會同士兵們一起舞弄紅纓槍，那認真的模樣，著實有幾分習武之人的天性。

於是在軍營中，藏鋒、沉宸與靈霽都在各自尋求處世之道，又陪伴著彼此一同成長。藏鋒是這兩個女童的兄長，是愉快的玩伴，也是她們依賴與撒嬌的對象。寂將軍有意要他繼承寂家的一切，在練武有餘，也不忘請來最好的先生來教書，連棋藝也要精通。他對藏鋒的關愛與嚴格也不亞於當初對予奪那般，每每看著藏鋒舞刀弄槍的身影總是讓他想起予奪，特別那張七成相似的臉龐，更是在恍惚之間覺得予奪還活著。

有時，靈霽會要獨自練武練上一整天，在那期間裡她不喜歡被人打擾，沉宸很知趣，也就不去煩她。所以，沉宸只好在藏鋒的營外等他「下課」。在他和先生學習的時間裡，她就一個人默默的坐在石階上背藥譜，偶爾遇見不認識的字，她就會對著營內大聲的喊著：「藏鋒哥哥，穴字下面一個弓，念做什麼？」

往往這個時候都不會聽到藏鋒的回答，傳出軍營的只有先生不太滿意的「嗯咳！」，沉宸扁扁嘴巴，小聲抱怨：「我是在問藏鋒哥哥。」

幾個時辰後，先生終於帶著書本離開，經過沉宸身邊也只是嘆嘆氣，嫌棄她沒有大小姐的端莊姿態。沉宸不理會，只飛快的跑進營內尋藏鋒。發現他還在練習毛筆字，便催促他同自己一起去找靈霽玩耍。

藏鋒好脾氣的應著她，說：「沉宸妹妹，你再等等，我要完成先生的作業才行。」而他做事認真，總學不會三心二意，仔仔細細的寫著毛筆字，經常會忽略了一旁的沉宸。

「藏鋒哥哥，藏鋒⋯⋯寂藏鋒！」

這一聲大叫讓藏鋒手中的毛筆打了個滑，眼看就要完成，誰知卻出現了小小失誤。藏鋒只得低聲嘆口氣，又想起沅宸剛剛喊了自己，這才回過神來。

「你剛剛說什麼？」

沅宸鼓起兩腮，很是不開心的瞪著他，「藏鋒哥哥，毛筆字比我的事情還要重要？」

藏鋒一怔，有些慌張的搖搖頭，「我可沒有那個意思，我不過是想認真的完成先生教的書法，並不是有意忽視你。」

沅宸卻賭氣起來，忍不住發表起不滿道：「你上一次明明陪靈霽練了一個下午的功，我怎麼不見你陪我一起背誦過藥譜？想必你心裡一定覺得我學藝不精，肯定做不成好大夫。」

說到最後，沅宸也意識到自己說的有些過火。她把臉轉向藏鋒，藏鋒只是寬慰似的微笑著，全然包容了她耍鬧的小情緒。

沅宸則是愧疚的抿了抿嘴唇，藏鋒抬起手去撫了撫她的頭，輕聲哄她道：「沅宸妹妹這般冰雪聰明，定會在日後成為一代聖醫的。」

突然而來的誇獎令沅宸慌忙紅了臉，她支支吾吾的別開臉去，一時之間竟語塞。

不巧這一幕被來找藏鋒的靈霽撞見，她本掀開了營簾一角，又立即放下，轉身匆忙離去的時候，聽到了放哨的兩名士兵在說閒話。

「我方才又見到大小姐去大公子的帳篷裡了，他們兩個的感情可真是要好啊。」

另一個士兵一搭一唱地道：「這青梅竹馬固然是好，但名義上還都是兄妹，即便是沒有半分血緣的，可咱們寂將軍那般正派之人也不會允許兄妹婚配這種事吧？」

「亂講什麼呢，兄妹之情怎麼混為其他情分，無稽之談。」

「你可別不相信，我敢打包票，人小姐對人公子絕非兄妹之情那麼簡單，也是快要豆蔻之年的姑娘了，身邊又有一位文武雙全的英俊少年，任憑是誰都會傾心相許的。」這句話如繞梁之音般縈繞在靈霽耳畔，她緊緊皺眉，回想起方才所見一幕，忽覺心煩意亂，趕忙搖搖頭，跑開了。

到了夜晚，排列整齊的偌大軍營裡靜靜悄悄。在軍營的後方山上，

有一片鬱鬱蔥蔥的杉樹林。深深的群山山谷間，流水聲隱約迴響。

月光灑滿了林間小路。幾年過去，那條小路依舊布滿了兩人的足跡。

那年的沉宸已年滿十二歲，自從跟隨廖軍醫學習醫術以來，她每晚都會來到山谷裡尋藥草。念及靈霽白日習武勞累，她不願驚擾妹妹，卻總會喊著藏鋒來陪她夜間尋藥。藏鋒每每都會說她偏心眼，妹妹需要照顧，兄長就要聽從差遣了？沉宸每次也都會理直氣壯地反駁說，兄長可以保護做妹妹的，但世間哪有做妹妹的要保護做姊姊的呢？藏鋒笑她謬論，沉宸自然也從不曾道出過心中的真話。

夜晚的群山與白天相比，顯得靜謐溫婉，停在小路前的河川旁，沉宸深深呼吸。她最享受的就是這種安靜的時刻，夜空中的星光和雲霧繚繞，星星點點，似螢火之舞，那些發光的小東西總是聚集在有河流的地方。

如同千萬顆墜落的小小星辰。

「藏鋒哥哥，你看，是螢火蟲！」沉宸指著半空中的發光物體開心地叫道。

「沉宸喜歡螢火蟲嗎？」藏鋒黑如墨蹟的雙眼裡微微滲透笑意。

沉宸點點頭，她同樣黑色的眼眸也被映照出點點螢光，她伸出手，試圖去觸碰那些舞動的螢火蟲，有些悵然的說道，「這般美麗之物，怕是不可永久留存吧。」

藏鋒聞言，望著她那被亮光勾勒出金邊的側臉停頓了片刻。接著，他不由分說的跳進了前方的河川，朝螢火蟲群最為集中的方位走去。

正值梅雨時節，河川水位也漸長，十五歲的藏鋒行走在其中稍顯艱難，因為水面恰好到達他的腹部。

「藏鋒哥哥！」

沉宸被他這突如其來的舉動嚇了一跳，圍繞著河川同他一起前行，不免焦急的喊道，「你在幹什麼？河水那麼冷，你會生病的！」

「嘩啦嘩啦」的水聲，浸濕了他的衣衫與長靴。他不由的打了個寒顫，卻沒有因此而退縮，反而加快速度。

又是這樣，他每次都是一意孤行，只要是他決定了的事情，他都不會聽從任何人的任何意見，哪怕對方是她。沉宸在心裡默默地嘆氣。

要是被河裡的小魚咬到可不太好，還有水藻也會纏住腳踝，希望不

要受傷……，她還在這邊躊躇的轉來轉去，藏鋒已經順著河流返回到了岸邊。她聽到聲響，轉頭去看，急忙跑過去想要將他拉上岸，可是他卻沒有回應她伸出的手，只將自己合成空拳的手掌打開一絲縫隙來給她看，幾隻閃爍著光亮的螢火蟲飛舞在他的手心裡，透著暖黃色的螢光。

沉宸先是愣了愣，隨後微笑起來。她坐到岸邊，拿出袖中的絲綢手帕為藏鋒擦拭身上的水跡。

「沉宸妹妹，你喜歡嗎？」藏鋒的眼睛像是兩條明亮的線。

「喜歡。」沉宸心裡想，只要是藏鋒送給她的，她就都喜歡。

每次與藏鋒獨處時，沉宸都覺得自己的心一定是液態的，因為會像水一樣溢出來。他們二人四目相對，彼此凝視，誰也沒有躲閃著移開視線。

直到藏鋒提議似的說：「應該也為靈霽妹妹捕一隻螢火蟲才是。」

沉宸露出困惑的眼神。

藏鋒解釋道：「你們兩個都是我的妹妹，只偏愛沉宸妹妹豈不是冷落了靈霽妹妹嗎？作為長兄，我給你的，也必要給她一份才好。」

沉宸的神情立刻變得失落，她也不知道自己是怎麼了，就好像明白了這並非她獨享的待遇而感到不知所措罷了。

夜極深了，沉宸同藏鋒一前一後地下山回營。她走在後頭，始終望著藏鋒的背影，月華將其勾勒出一抹剪影的錯覺。沉宸微微垂眼，倒也不是要去在意這些小心事，只是覺得，有一點，只有那麼一點點不知名的難過而已。

當天夜裡，沉宸同靈霽背靠背的各懷心事，誰也沒有睡著，卻都以為彼此早已入睡。從他們來到寂府開始便是共用一榻，共用一鋪，不論何時都要相擁而睡。然而年歲漸長，彼此都不再向對方訴說起真心實意了。

那一晚，沉宸做了噩夢，夢裡的她又再次遇見了那位小道童，卻見他全身被熊熊烈火吞噬，他抬起被火焚燒成斷臂的手向沉宸求援，沉宸去抓，只餘下一手殘破灰燼。

「啊！」她終於驚醒，劇烈的喘息著，同樣醒來的靈霽詢問她：「沉宸姊姊，你是被夢魘纏住了嗎？」

沉宸氣喘吁吁，恍惚中點了點頭，「是個怪夢，抱歉，靈霽，嚇到你了吧！」

靈霽搖搖頭，點燃一盞燭燈放到床榻旁，又為沉宸擦拭額間汗跡，真誠地道：「姊姊別怕，有我在，我會護你一世周全的。爹娘死後，姊姊就是我最親的親人，為了姊姊我就算捨了命也甘願。」

　　靈霽的身上總是散發著一股泥土的清香，許是她整日習武的緣故，避免不了要沾染泥濘，但這股味道嬝嬝入鼻，令人心神安寧。

　　沉宸知道靈霽的一番真心，雖然她平日言語並不多，卻是一個外冷內熱的性子。對自己是如至親一般的情意，而自己又何嘗不是呢？為了這個沒有血緣的妹妹，自己也能捨得出性命。沉宸輕輕的用手摸了摸靈霽的長髮，那麼柔軟光亮，若是沒有那場戰禍，她們現在應該還在各自的府中，撒嬌的賴著娘親為自己梳頭。

　　那個遠去的故鄉甯城，埋葬了她們的父母，還有她們無憂的童年，雖然寂將軍待她們視若己出，甚至都讓她們保有自己的姓氏。養父說甯城的這兩位甯將軍不該後繼無人，就算是女兒也一樣可以為爹娘贏得尊重，並命人在城郊的道觀中供奉了她們父母的牌位，讓清明和祭日之時，兩姊妹可以去祭拜。這莫大的情分，姊妹倆都心存感恩。

　　沉宸笑了笑，走下床榻，為自己煮了一壺草香熱茶。她分給靈霽一杯，靈霽覺得這茶實在醇厚香濃，比起將軍府裡御賜的貢茶，或是東海龍舌都要來的奇特，這茶中藥香，竟靈霽讓品出「曼妙」二字。

　　沉宸說這茶有安神作用，且可以忘卻煩惱與憂愁，能夠安然酣睡。她與靈霽一同躺下，很快便又復甦了睡意。靈霽耐著睏乏之意，道著沉宸姊姊的醫術不斷進步，這次的茶比前一次還要溫和。沉宸則是誇讚靈霽武藝驚人，身著鎧甲的模樣英姿颯爽，一桿紅纓槍刺出更是勝似男將。靈霽昏昏沉沉中道出：「今晚本與藏鋒哥哥約定要切磋武藝，但是聽人說，藏鋒哥哥陪姊姊去山谷裡採藥了，我心裡……也是難過……」

　　沉宸思量著這話，雖有驚詫，卻也耐不住藥草茶的功力，沉沉睡去了。這次的夢境裡芳香四溢，雲霧繚繞，有一隻羽毛赤紅的小雀停在桃花枝頭，沉宸心中喜悅，正欲去探，小雀忽然褪去羽翼，搖身一變成了人形。

　　「藏……藏鋒哥哥？」沉宸萬分驚訝。

　　藏鋒對她輕笑道：「沉宸妹妹，你連夢裡都要唸著我的名字嗎？」

「我……你……可是……」沅宸支吾著，臉頰不由緋紅。

「是與不是，都不打緊，反正這裡是夢。」藏鋒折斷一根桃花枝，挑出最豔麗的一朵桃花，戴到沅宸耳側鬢上，柔聲細語道：「桃花豔紅，適合沅宸的姿容。」

沅宸扭開臉去，想掩飾羞色，忽然看到靈霽出現在藏鋒身邊。今日的靈霽難得的穿著女子裝束，自從她入了軍營後，便很少施粉黛、著女裝了。這般靈霽實在讓沅宸覺得久違又新鮮，再看她站在藏鋒身側，竟是面露女兒家的羞意。而她的耳鬢上，也戴著一朵桃花，與沅宸的一模一樣。

沅宸見狀，便摘掉了自己耳旁的桃花，長嘆一聲道：「是藏鋒哥哥愚鈍，還是我與靈霽過於癡迷了呢？」

藏鋒聽不懂，沅宸痛苦地閉上眼：「我既是長姊，便要保護好我的幼妹，免她傷心、免她難過。所以無論藏鋒哥哥對沅宸是何等心意，我都不該再與你這般相見了。」

藏鋒卻失笑著說道：「沅宸，你何必如此較真呢？這只不過是個夢罷了。」

「是啊。」沅宸喃喃地說著：「就像你與我，也只該是個夢罷了。」

待隔日醒來，沅宸發現身旁的靈霽早已去晨練。可轉頭一看，枕上卻散落著一朵桃花。就好像夢中景象都是真實發生過的一般不可思議。


天啟二十六年。

南蜀國淮州部落兵變，率兵三十餘萬逼近駐紮玄機城郊外的寂家軍隊，要求封地給其國。當朝皇帝自是不允，此州便屠殺城郊外村野百姓。皇帝盛怒，命寂家派兵迎戰。寂老將軍正染風寒，不適出征，便命已過弱冠之齡的寂藏鋒帶領二十萬兵馬前去平定兵禍。

淮州見希國只派出一少年與之洽談，又見其兵馬不如自己的多，反而嘲弄起希國人馬不足、婦孺皆戰。寂藏鋒已在寂老將軍的培養下文武驚人，加上為人忠厚，在將領之中也頗得人心。於是他聯合兵中遺老陣容，又在民間自行招兵買馬募集軍隊十二萬，終於在年關將近時出征南蜀國，斬殺淮州逆軍。

天啟二十七年。

長達一年的平定亂黨之戰，浩浩蕩蕩地拉開了帷幕，希、南兩國在分界線處分別駐站兵營。不到半年時間，南蜀國淮州軍已覆沒一半，犧牲慘重。在民間後世稱之為「血洗南蜀淮州臺破曉時」的著名戰役便是由年輕的少將軍寂藏鋒帶領奮戰。

那日天且剛發白，星還未散盡，希國大軍已排列整齊，寂藏鋒騎在馬上來回巡視，清點人數時告誡士兵們不可心慈，不殺孩童、孤老，並鼓舞軍心，拔出腰間的佩劍高舉過頭，眼神堅毅道：「為我希國盛世、玄機城百姓而戰！」

# 第七節

天啟二十八年。

大獲全勝的寂藏鋒正帶領餘下的士兵返還玄機城，將士們打贏了仗，歡喜得很，皆是高聲放歌，彷彿早已把戰場上的屠戮與廝殺都拋到了九霄雲外。此時正值早冬時節，豔陽格外明麗熱辣，希國大軍順著淮州的大漠邊緣往家鄉的路走去。斜陽老鴉與枯藤的景色下，孤煙直上，長雲婉轉。

寂藏鋒縱馬在沙漠中行軍，回頭去望身後的軍隊，士兵們個個都是滿面紅光，精神亢奮。寂藏鋒也止不住的露出了笑意，副將在這時喊他一聲，他一轉頭，對方已經俐落地把酒囊拋給了他。

一口烈酒飲下喉，寂藏鋒感覺自己原本就還未得到平復的血液就更加興奮起來。副將打量這少年郎的凜冽眉目，起初，只覺他這般好容貌像極了十足的王孫公子，還擔心他上了戰場會不會嚇得尿褲子。竟沒想到這面相風流的公子打起仗來，居然是一派狠辣絕情之色。

「少將軍驍勇善戰、膽識過人，又生的這副女兒家見了都要一股腦小鹿亂撞的英俊模樣，整日帶兵打仗著實折煞良才美質，不如明日回了朝廷請功，早早封了官位娶妻生子才是要緊事啊！你們說對不對？」副將笑哈哈的打趣起來，惹得一群人都跟著起哄叫好。

寂藏鋒只是笑著應付，卻沒作答。他騎馬望天，心中遙遙所想：「一別三年，雖有過書信，卻難以表述心中思念。不知父親身體可好，兩位妹妹……」父親也提及過兩位妹妹平安無恙，但他總是會想念沅宸沏的藥香茶，與靈霽擅舞紅纓槍的身姿。

思及此，藏鋒心裡更為激動。就要相見了，很快就會了。

隔日一早，玄機城城門大開，百姓們都相互告知著：「寂家的少將軍凱旋歸來了！」

一石激起千層浪，城內上上下下的婦孺老少都前赴後繼的迎接軍隊，街道兩側被圍堵的水泄不通，但都乖乖的讓開了中間的街路，以便讓寂少

· 71 ·

將軍的隊伍順暢通行。

　　藏鋒帶兵走進城門沒多久，便見到前來接應的城中守軍了。只見浩浩蕩蕩的隊伍前頭，是一位騎著戰馬的妙齡女子。她身著一身赤紅色鎧甲，黑髮挽成兩個高低鬢束在腦後，髮鬢上插著一支鑲嵌金色玉石的笄，背上則是背著一支紅縷槍，自然是神氣又嬌美。

　　藏鋒眼睛一亮，懷疑似的喚出名字：「靈霽？」

　　如今的靈霽已是帶領守軍的女將軍，她跨下馬背，恭敬地合拳對藏鋒道：「甯靈霽恭迎少將軍歸城！」

　　竟真是靈霽，她已出落成如此嬌俏的少女，藏鋒感慨之際自是十足欣喜。可三年不曾相見，彼此面貌也都變化極大，相處起來，藏鋒不免徒增生疏。兩人並肩騎馬前往皇宮，自然是要先去面見朝中等候的皇帝與父親。途中，藏鋒忍不住問起：「三年時光了，竟像是眨眼之間的事，沅宸妹妹近來可好？」

　　靈霽聞言，眼裡含笑，雖然平淡，倒也算是十分婉轉優美的眼波：「沅宸姊姊已是父親營中的軍醫，她接了廖軍醫的職，又同朝廷許多御醫互相學習，得了皇后娘娘親自召見，偶爾也為嬪妃們診治，自是盛名在望、十分舒坦。」

　　藏鋒心中感慨道，原來他的兩個妹妹不僅僅都已長大成人，且已各有成就。他欣慰之餘也有些許感傷，這三年來，他定是錯過了許多有關沅宸和靈霽的精彩過往。

　　半炷香的時間後，藏鋒的軍馬在靈霽的引路下，來到了富麗的皇宮中。希國土壤繁茂，各國之內占地面積最大，皇宮更是氣派壯麗，過廊中掛滿了螭龍紋的宮燈，紅木鏤花廊後的宮牆上，繪著各式各樣的八仙過海圖。那些圖案樣樣不同，海裡有龍，鱗甲金光，蜷轉圓弧，紅白輝映。

　　藏鋒同靈霽二人在文武百官的恭候下，走進了空曠而莊重的正殿，皇帝與皇后早已盛裝等候，眾臣更是為英雄的現身而傾身行禮。這般架勢著實浩蕩鋪展，藏鋒跪下請安，皇帝免了他的禮。起身之時，藏鋒看見身穿鎧甲的父親守在皇帝左側，他望著藏鋒的眼神，充滿了久違重逢的喜悅與深深的讚許。藏鋒見到父親，心中自然十分激動，忍不住露出了稚兒一般開心的笑容。可在皇帝面前，他又不敢放肆，只得趕快收起個人情緒低

下頭。在這期間，他餘光一瞥，落在皇后身旁的少女身上。

那少女穿著雲霞紋飾的官衣，容顏甚美，一雙杏眼機敏清透，全身上下都散發出天真浪漫且年輕的迷人氣息。巧的是，少女正對著他熱切微笑，眼睛裡的光芒如同火苗那般熾熱。

叱吒戰場的藏鋒居然感到羞怯起來，他有些不自在，慌忙移開視線，可又忍不住去看她，忽地發現她口型微動，在叫他「藏鋒哥哥」。

藏鋒恍然大悟，她竟是沉宸！皇帝在這時開了口，道：「寂少將軍此次平定淮州，凱旋歸來，實在是希國榮耀！」他拍了拍身側寂老將軍的肩膀。按道理說，藏鋒是皇帝的外甥，皇帝這些年來也經常去看望寂府上下，對藏鋒也格外厚愛，便更為親昵一些道：「藏鋒，你如此年少英雄，寡人必定要重重賞你才行，來！傳寡人的旨，今夜為少將軍設宴！」

藏鋒恭敬道：「陛下英明，謝陛下隆恩！」

這邊見過了皇帝，藏鋒等人也要告退下去了。他剛剛走出大殿，便聽到身後傳來喊他的聲音，轉頭一看，正是跑來的沉宸。她身上的輕紗裙擺隨風舞動，一股旖旎嬌豔的藥草清香四散在風裡，藏鋒有那麼一瞬間看得入迷，醒過神時已見沉宸湊近了他，他一慌，趕忙去迎，這一下子倒撞上了她，兩個人撞了個滿懷。

身旁有路過的宮女偷笑，沉宸與藏鋒尷尬地鬆開彼此，可又不想這般拘謹，沉宸首先同他道：「歡迎你回家，藏鋒哥哥，你知道嗎？城中百姓都在稱道你的英勇事蹟，如今你已是咱們希國的大英雄了！三年不見，你比出征的那天高了好多，都快要趕上父親了，我險些沒認出你來呢！」

「你這般花容月貌，我才是險些……」可藏鋒不敢道出這話來，且毫不從容，退後一步與之保持距離道：「是好久未見，你也變了好多。」

沉宸眨巴了幾下那水靈的雙眸，好笑道：「藏鋒哥哥怎麼不叫我沉宸妹妹呢？你不認識我了不成？」

藏鋒的視線不知該落在哪裡好，她的臉……不，她的手也不可，藏鋒備受煎熬地找了個藉口：「我還有軍務需要處理，先告辭。」

沉宸倒也不把他的生疏放在心上，點頭應好。藏鋒頭也不回地轉身離開，當即覺得鬆了一口氣。餘光看見靈霄正帶隊向偏殿走去，她腰間佩刀的模樣著實颯爽。藏鋒轉回頭，竟也猜不透自己的心是怎麼了，他懼怕

自己內心的這種變化，就像是洶湧巨浪，不知會拍打向何處。

當天夜裡，皇宮內的晚宴極盡奢華。

說起來，這時節本該是桂花婆娑、芳香如雲之際，可天色卻陰鬱著，幾點雨滴落下，砸在懸掛於紅木簷的薄紗宮燈上，轉瞬便暈染開了水漬。

皇宮內的殿堂裡是一派天上人間的歌舞昇平，絲竹聲靡靡，舞姬們妖嬈，煞是一番盛世景象。數不清的王孫貴族受邀而來，都是為了慶祝寂少將軍的勝利。高座之上的正中央，坐著雍容華貴的帝與后，談笑有加。

眾人紛紛舉杯，恭喜皇帝，恭喜寂老將軍與寂少將軍。臺下舞起的《霓裳羽衣》配合著氣氛揮灑水袖、舞得越發歡快。

坐在殿內左側位置的藏鋒正一邊青瓷杯中的佳釀，一邊同身側的寂老將軍交談。父親告訴他，皇帝特意為他設宴另有其他原因。要說藏鋒已年過二十，應該婚配才是，如今打了勝仗歸來，皇帝要欽點一個出身高貴、品色俱佳的好女子給他做妻子。

藏鋒微微一怔，娶親這等事他實在不曾想過。而同樣心中震驚的，還有位置距離皇后最為接近的沅宸。而沅宸的對面桌子，則是坐著靈霄。

「賜婚？」沅宸望著皇后，喃喃地問道。

儀態端莊的皇后美豔絕倫，她雲鬟峨峨，修眉聯娟，戴金翠之步搖，皓腕玉白如瓷，見沅宸一臉呆滯，她便輕笑道：「怎麼，本宮方才沒有同沅宸御醫講明白嗎？」

沅宸仍舊很茫然，皇后繼續道：「你整日都陪在本宮身邊，為本宮診脈、調理，緩解了本宮多年夜咳的頑疾，讓本宮在漫漫長夜中也只會偶咳幾聲而已，再不會影響安睡了。當日問你要何賞賜，你說全憑本宮做主，只要是本宮賞賜的你都會喜歡。要說這平日裡，你陪本宮聊天解悶之中最常提起的，就是你的那位藏鋒哥哥了。」

沅宸一時竟無法辯駁，只聽皇后再道：「你這小女兒家的心思，本宮又如何會不清楚呢？如今好了，他總算是征戰歸來，要想留住他，自然是要成家立室。你們二人郎才女貌，正好可以結為一對璧人，加之從小青梅竹馬，雖為兄妹，卻未有血緣。寂將軍當初也保留了你們姊妹的姓氏，依舊姓甯，如此說來就沒有什麼避忌。彼此也情投意合，豈不兩全其美？寂老將軍似乎也有此意。而且，本宮可是同皇帝說好了呢！」

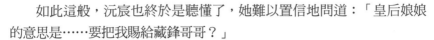

　　如此這般，沅宸也終於是聽懂了，她難以置信地問道：「皇后娘娘的意思是……要把我賜給藏鋒哥哥？」

　　皇后會心一笑：「本宮哀家可懂御醫的心思吧？」

　　沅宸還未作答，對面桌子那頭便傳來杯子砸落在地的聲音。她循聲望去，只見宮女們幫靈霽整理地上的碎片，是靈霽跌落了手中的酒杯。宮女們小聲勸慰道：「將軍，交給我們來吧，杯片鋒利，莫要割破手指。」

　　靈霽卻一聲不吭，臉色煞白。沅宸知道，靈霽一定聽見了方才皇后與她的對話。望著靈霽，沅宸深知她只是看似冷漠，眼前的她，內心裡必定無比動搖。

　　這三年，日日盼望藏鋒歸來的人不僅僅只有沅宸，還有靈霽啊！她總是會練武練到五更天，沅宸醒來時，會看見她獨自一人坐在房頂上望著遠方出神。她的紅色披風在剛剛泛白的天際之中顯得格外醒目，一如她那秀美卻冰冷的容顏。

　　雨天、晴天、雪天、烏雲密布時、異常寒冷時，她總是小心翼翼的去張望藏鋒住過的帳篷。怕帳篷被風吹倒，怕帳篷被烈日暴晒，總是親自去打掃那個營帳，擦拭裡面的兵器，說是怕下人們不小心弄壞了藏鋒收藏的這些兵器。她努力做到不被其他人發現，卻還是被沅宸看在眼裡。

　　當她在練功結束後，她都會在他帳篷裡的書桌上，放上一枝嬌豔的鮮花，過幾日花兒枯萎了，再用新的更換掉舊的，三年如一日。

　　她睡在沅宸的身側，偶爾也會在睡夢中擔憂地喊出藏鋒的名字。她不想傷到沅宸的心，所以嘴上從不提起任何有關藏鋒的字眼。可是在藏鋒快要歸來的前夕，她偷偷地在練功的樹上刻正字，她在盼著見到他，她盼了整整三年。靈霽的心很純粹，很善良，很柔軟，沅宸同樣不想傷害到她。然而這突如其來的賜婚，不正是要剜靈霽的心嗎？

　　所以，當微醺的皇帝突然站起身，命令絲竹與舞蹈都暫停之時，沅宸如夢初醒，皇帝看向藏鋒，令其起身，又指著沅宸，放聲笑道：「寂藏鋒，今日，寡人就將皇后的貼身御醫沅宸賜婚給你了！擇日你們自行商議明媒正娶之事，怎麼，你們兩人還不領旨謝恩？」

　　藏鋒的眼神洩露愕然，靈霽的臉色則是慘白如紙，唯有沅宸深吸了口氣，她捏緊了拳頭，才使自己的手不顫抖。沅宸死咬住嘴唇，匆匆走到

正殿中央跪下，同皇帝與皇后道：「陛下，娘娘，恕微臣斗膽一句，微臣無心嫁娶，只想一心侍奉在娘娘身側，還請陛下收回成命！」

寂老將軍嘩地站起身，試圖阻止：「宸兒，休得放肆！」

沉宸鐵了心般地繼續道：「陛下聖明，微臣心中十分感謝陛下與娘娘，可微臣不能嫁給寂藏鋒。一直以來，微臣都同娘娘講過，自己非常想要去東陵國的藥王山谷學習醫術。這其中原因陛下也必定知曉，娘娘夜裡總咳，實為體中有寒，肺氣微弱，微臣聽聞東陵國的藥聖有治癒體寒與肺氣之策，且藥到病除，目前微臣只是暫時抑制了寒氣作亂，此乃治標並非治本，待寒冬來襲，恐又將復咳。

「微臣藉著現下機會，懇求陛下同意微臣前往東陵國，待微臣醫成而歸，定為娘娘解除煩憂！更何況，天下學醫之人誰人不想前往藥王山谷求學？然而東陵國一向只收本國優秀的世家子弟，對其餘國家前去求學者諸多要求，最難的就是要有推薦信，每年只收一名他國弟子，並且只允許學習一年。若是沒有御醫所的推薦信函，就算再有心求學也會被拒之門外。微臣斗膽懇請皇上與皇后娘娘，命御醫所為沉宸寫一封推薦信，沉宸定當珍惜此次機會，精研醫術。」

皇帝聞言猶豫了起來，他著實知道皇后身體的症狀，也一直很擔憂。可天子賜婚，豈能有收回的道理，這朝廷官員都在場，怎能兒戲對待？

皇后看見皇帝臉上的無奈之色，且要顧及眾人，她便為其解圍道：「陛下，妾有一策。」

皇帝允了，皇后提議道：「沉宸自當是為妾考量，妾也很感動，這些年來她一直盡忠職守的照顧妾的身體，再沒有比她更瞭解妾的體質的人了。其實妾也很不希望她離開，可若真的能治好妾的頑疾，妾也會十分歡喜。不如，暫且應了她，允她去提升醫術，等到回來之時，再談賜婚一事也未嘗不可。」

皇帝想了想：「這倒是個法子。寂老將軍果然教女有方，一位精研醫術，一位巾幗不讓鬚眉，都不是等閒女兒家的抱負。好，既然如此，那此事便由皇后做主吧！」

「謝皇上。」皇后望向沉宸，拂袖，命其起身，「好了，你且交代好其餘事項，再同御醫所做好報備後，就去東陵國吧！」

　　沉宸如釋重負，感激地叩謝：「謝陛下，謝娘娘，陛下萬福金安，娘娘千歲安康。」待她起身，回頭看見滿堂喧嘩中，藏鋒一直在凝視著她。

　　暈黃宮燈下他烏髮如墨，肌膚泛著古銅玉色，如畫似雲般的眉目俊朗至極，又有一副與生俱來的富貴英姿，讓他顯得格外脫俗。彼此凝望片刻，誰也看不透對方的心思。最終，是藏鋒先移開了視線，沉宸心中那份沉甸甸的愛戀也隨之一同墜落了，彷若，墜向屍骨無存的萬丈深淵。

　　第二日一早，沉宸先去向廖老軍醫辭行，老軍醫聽說她要去藥王山谷一年，顯得有些不愉快，嘴裡嘟嘟囔囔的說著些什麼，沉宸一句也沒聽清。最終，老軍醫語只語重心長的對她說了一句：「沉宸，你要記住一句話，『情深不壽、慧極必傷。』為師也沒什麼可送你的，也給你寫了封推薦信，記得親手交給藥王即可，你且……多加珍重吧！」沉宸怔怔地看著師父，原來這世間竟是師父這麼懂她。

　　她低下頭去，不想讓師父看見她止不住的淚水，默默的接過信，行了個大禮就出了營帳。

　　七天後，沉宸已經收拾好了行囊，決心出發。臨行前一晚，寂老將軍在軍營裡找了府上的廚子來，做了些好菜，要送送沉宸。副將醉醺醺的喊來了兩名士兵，一同陪著自己和寂老將軍飲酒。幾杯酒下去，士兵們竟借著酒興作起詩來。寂老將軍贊其好詩，大家都覺得久違的高興，眾人猜拳飲酒，笑聲滿堂。

　　可是喝著喝著，士兵們便哭個不停，他們捨不得沉宸走，念著大小姐這些年來為營中傷兵治病，又為傷兵的全家老小治病，實在是沒有功勞也有苦勞。往後大小姐走了，還有哪個軍醫會用那麼溫柔的聲音和纖手來安撫大家的痛楚？

　　寂老將軍也捨不得女兒，可他責罵士兵們說胡話，沉宸又不是不回來，一個年頭而已，轉眼就過去了！直到月色爬滿營帳上空，薄紗罩燈盞盞點亮，眾人已經醉成泥，東倒西歪的躺在長椅上。沉宸喝的酒要比大家少許多，她尚且能夠保持清醒，便坐到窗邊，閉上眼睛，享受夜風拂面。

　　「姊，夜晚風涼。」靈霽將一件衣衫披在她的肩上。

　　沉宸睜開眼，轉頭同她道：「靈霽，你今晚都沒怎麼說過話。」

　　靈霽點頭道：「我不知道說什麼好，姊姊是知道的，我向來言語笨

拙，明明不想讓你走，又沒辦法把自己的心情表述清楚，更怕言多有失，弄巧成拙。」

沉宸隔著夜晚的清風，定定地盯著她。

在沉宸看來，靈霄有一雙藏著哀色的眼眸，載著些許憂愁色澤。直到靈霄從容平淡的聲音再次於沉宸耳畔響起：「藏鋒哥哥他……，他應該來送送你的，畢竟你馬上就要啟程了。」

沉宸卻不介意似的，只是握起了靈霄的手，同她柔聲道：「靈霄，你還記得我們的從前嗎？每次你有桂花糕，都會先拿來給我吃。」

靈霄回憶說：「而每次，姊姊總會分我一半。」

沉宸略有動容：「書中有云『泉涸，魚相與處於陸，相呴以濕，相濡以沫。』你我曾一同在困難的處境裡，用微薄的力量互相幫助、互相扶持。在甯城戰亂那段恐怖的時光裡，是因為有你在，我才得以獲得生存下去的力量和信念。我當時雖覺得爹娘已死，但我還有個妹妹，一個需要我去呵護與保護的妹妹。我們在躲避壞人時，我摔傷了腳，疼得站不起來，更不能移動，是你一路攙扶著我尋找藏身之處。我們相依偎在四處漏風的破廟之中避難，那夜你看我睡著，便偷偷溜去外面，找些別人拋出的菜葉和發黴的饅頭。是你分給我的水、食物與笑容，才讓我能夠存活下來。」

靈霄的眼眶微微泛紅，她合握住沉宸的手，緊緊地握住，顫抖著抿起了嘴唇。

沉宸繼續說道：「可，相濡以沫，不如相忘於江湖。與其譽堯而非桀也，不如兩忘而化其道。你我太過在乎彼此，如此下去誰也無法放下執念，若不放下，又該如何開始新的自我，該如何去迎接新的一切呢？」

「姊……」

「我曾夢見過一個小道童，最初，我並不明白自己為何會做那樣的夢。如今我似乎稍微懂得了一些，如果我能變成他，或者我努力變成他，也必定會做同他一樣的決定吧！」沉宸抬起手，輕輕擦掉靈霄流下的淚水，安慰著她：「你我固然姊妹情深，也莫要為此而葬送自己的心意。靈霄，姊姊此行，你不要自責，你要做的，是勇敢的去面對自己的心。」

靈霄淚流不止，她只是用力地握著沉宸的手，卻始終沒有再言語。

夜風襲人，二女情深。

　　沅宸連夜離開了希國，在走出城門時，她鬼使神差的回過頭去，果然看見藏鋒站在城門上，正目送她離去的背影。沅宸頓時心痛如絞，卻狠心地不再去看，背過身去繼續前行。她那副樣子，就彷彿是已經決定毅然決然的要同過去做個了斷一般。快樂的、悲傷的、喜悅的、痛苦的，哪怕還有那麼多的美好，統統都會成為虛幻，一如她當年初次見到他那般。

　　怕是一場舊夢了。迎面襲來夜風，吹散她的思緒，沅宸抬起眼，已是極為堅定的眼神了。

# 第八節

那些前世的回憶在孟婆的腦子裡緩緩地流動著，當年，自己就是那樣離開了希國前往東陵國。

此時，獨自站在茅屋外的孟婆抬起眼，打量著周遭景象——這裡是曾經她所在的希國國土，腳下的一切都是希國的土地，這一草，一木，一滴雨珠，一塊石頭，就連她自己這個靈魂，都屬於希國。

如今已過去這麼些年，皇帝已換了，可寂家族譜的將軍這一支，卻不曾再有新人增加了。

孟婆本該純真的眼眸也早已歷經了滄桑，見慣人心變換、生離死別，她是甯沉宸，也早已不是甯沉宸。再過一個月，就會到十月十五下元節。那一天水官解厄，為人解除厄運、危難。可以還受生債，祭祀水神，祈求好運，是人鬼共濟的日子。

孟婆忽然想起以前在冥府時，與牛頭馬面、林冉冉等人一起度過此節。下元節當天，水府之門大開，眾鬼會隨著水官大帝來到人間。東海龍宮裡的龍王也會親自帶隊，蝦兵蟹將會一同看管鬼眾，以免他們在人間鬧事。正如詩裡所說：

琳宮朝謁早追趨，漏盡銅壺殺點初。
半縷碧雲橫界月，一規銀鏡裂成梳。
自拈沉水祈天壽，散作非煙滿王虛。
已被新寒欺病骨，柳陰偏隔日光疏。

所以下元節這天是一個祭祀神靈、祈禳災邪、祈求豐收的農祀好節日。傍晚時分，各家各戶都要在田頭祭水神，祈求在乾燥的冬季莊稼地滋潤，農作物平安過冬。祭祀時，擺上齋品，將香一根根插在田埂上，以示虔誠。

曾經在寂將軍府時，寂夫人會帶領兄長們與沉宸和靈霽一同來過下元節，她會親自準備「豆泥骨朵」給大家吃。所謂「豆泥」是紅豆做的「豆

沙餡兒」，便是「豆沙包子」了。到了冥府成為孟婆之後，她有一陣子很少同鬼眾打交道，只顧著鑽研熬孟婆湯。後來漸漸才開始和牛頭馬面建立起同伴友誼，而牛頭馬面也總會在下元節那天幫她帶來人間的豆泥骨朵。

想到這裡，孟婆不禁露出了一絲絲微笑。她回想在冥府的那些個節日，她總會窺探林冉冉手中的吃食，明明是一樣的豆沙包，偏偏覺得林冉冉拿著的格外好吃。儘管林冉冉本身也是個貪吃鬼，可她每次都受不了孟婆那真切誠懇的眼神，主動送給她豆沙包，或者是小點心，總之林冉冉在吃這一塊是不得不敗給孟婆的。身為冥府武藝高超的女將軍，能讓她乖乖交出手中食物的，大概只有孟婆一人。

就連冥帝和墨都很吃驚於林冉冉對孟婆的「順從」，畢竟，冥府之中，還沒有誰能夠奈何得了「囂張跋扈」的林冉冉，即便是冥帝，也是不能的。

林冉冉自從送走了上一任孟婆桑黛之後，很長一段時間都心中鬱悶，就像女兒家沒了知心閨蜜一般，總不能事事都和牛頭馬面還有黑白無常去說吧！到後來冥帝和墨說找到了新任的孟婆，她第一時間就衝進大殿去看，顧不上手上還拿著個芝麻丸子。新孟婆轉頭與她互視的一瞬間，她就覺得莫名的喜歡，看那模樣，她覺得這新任的孟婆是個熱心腸和頗為活潑的人兒。

特別是她看著自己手上的芝麻丸子兩眼發光的時候，她覺得自己又找到知音了。於是也沒等冥帝和墨介紹，自己就上前來了一番自我介紹，順手把芝麻丸子遞給了新任的孟婆。這新任的孟婆客氣了兩句，介紹了自己的名諱後，就接過了芝麻丸子，自顧自的吃了起來。一邊吃，一邊還說：「這丸子實在好味道，比老字號大千甜居的都要好吃。」不一會兒，兩個人便熱絡的聊了起來，完全無視了一旁的冥帝和墨。

若是要管束她們，冥帝自然不是不能，而是不願吧！孟婆總會這麼想。她也曾多次揣摩過冥帝的心思，最終都無果。冥帝始終是冥帝，沒人能知道他在想什麼。那副翩翩出塵、雲淡風輕的模樣之下，必定是千百年來的通透與脫俗，所以孟婆很尊敬他，雖然也有點怕他。

冥帝在與她交談之時，曾對她說過：「我送走了這麼多的孟婆，她們也會轉世，也會輪迴，雖然不能說你是最為特別的，可你的確很不同。」

不同在何處？

「你的孟婆湯裡有藥香。」

孟婆湯不應該就是一碗藥嗎？了卻前塵、不念過往，既是藥，便不可有香嗎？

「自然可以有香，可若是藥的話，究竟是救鬼的藥，還是害鬼的藥呢？」

投胎輪迴的藥，定是救他們的藥。

和墨的笑意卻十分淡然，像是早已看穿了所有，只道：「既是如此，這般香的藥，你自己不想喝一碗嗎？」

也好了卻前塵，不念過往。

孟婆每次都回答不出，她不知道自己將來會否投胎，若是投胎，又會出現新的孟婆嗎？若是投胎，她還會再成為孟婆嗎？到那個時候，牛頭馬面還會認出她嗎？林冉冉還會再把食物讓給她吃嗎？這一世的孟婆，還會將記憶保存到下一世嗎？

孟婆也會因喝掉自己熬製出的孟婆湯而忘記一切嗎？

她沒有答案，也許除了和墨，沒人能給她結果。又或者她明明知道答案，卻始終不願意去觸及，也不願意去做罷了。

思及此，孟婆深深的吐出一口氣，她的思緒再一次飄向了自己的前世，當她還是甯沅宸的時候……


天啟二十九年。

東陵國城郊。

說起東陵國，它是一個山川水秀、人傑地靈的世外桃源之國。正如《山海經》裡所記載的白民國那般——有乘黃，狀若狐，背上有角。乘之，壽二千年。「白民之國在龍魚北，白髮被身。有乘黃，其狀如狐，其背上有角，乘之壽二千歲。」而東陵國的人們也如同白民國那般，個個膚白勝雪，美人居多，猶如天仙。又分支出各大教派，宣導各類學術、道術與醫術。相比南蜀國的帝王暴政，東陵國雖與其接壤，卻從不大張旗鼓的訓練軍隊，也不會刻意調整百姓稅收。他們主張「天道」，所以國家發展繁榮，四季如春，唯一美中不足的，大概就是雨露繁多。

　　臨近傍晚，天色陰鬱，不久便下起了急雨，繁茂的山林樹枝被雨水澆打得搖搖欲墜，天地間是一片混沌的暗色。

　　沇宸正倉皇的奔走在泥濘的山路上，她的頭頂沒有避雨的傘，鞋子掉了一隻，罩在衣衫外的簑衣也是破舊不堪。

　　她還在加快趕路，繞過山腳，有一家小客棧。她踩著泥水推門而進，棧裡竟坐滿了人，紛紛轉頭看她，見是個模樣狼狽的外鄉來客，便也不足為奇。店小二招呼她坐下，又給她倒了茶水，沇宸道了謝，可卻沒有喝那茶。她脫掉了鞋子，將積水倒出去，期間聽到後面那桌人的閒談。

　　「此話可當真？竟膽敢有人偷了尹縣丞家的生肌散？」

　　「這還能有假，我胞弟是縣丞家裡做事的，前天晚上便帶著不少人去追那小賊了，據說是外鄉來的，豈能讓小賊逃掉。」

　　「那可是縣丞家裡的傳家藥方，據說三年才能磨製出一小瓶來，是治燙傷燙疤的神藥。」末了又壓低聲音竊竊道：「就是因為這藥總是高價賣，縣丞家裡才那般錦衣玉食。」

　　「這話可不能亂講啊……」

　　「就別裝糊塗了，東陵國內誰人不知天價的生肌散可醫治最嚴重的燒傷？聽說那小賊是偷了藥去醫治一群遺孤，都是被前幾天那場火勢燒傷了的。」

　　生肌散，小賊。

　　這幾個字滑進沇宸的耳裡，她不自覺地抿緊了嘴唇。那幾個人還在議論紛紛，笑著說要是被縣丞抓到小賊，不是將其亂棍打死就是要把皮扒掉。沇宸本人聽著，卻覺得極為諷刺。她端起茶碗，抿了一口，茶已涼，她起身走出客棧，望著夜幕之中的厚重雨簾，沇宸不再猶豫，義無反顧的走了進去。

　　正如旁人所道那般，「偷」了生肌散的「小賊」，的確是用那藥去醫治了一群慘遭燒傷的遺孤，而那「小賊」，正是沇宸。她也是被逼無奈才出此下策，在剛來到東陵邊境的時候，她首先踏進的是最城郊的綏鞍縣，縣丞的家門口圍滿了老幼婦孺，身上皆有燒傷。

　　據說是前幾日縣丞付極低廉的工錢讓一些老弱婦孺們去幫忙燒自家的荒山，以便開出新的山地來種植莊稼。但是那日忽起東風，火勢迅猛，

濃煙瀰漫，頃刻之間便燒著了大半個山頭，在山上的百姓們有些躲避不及，給大火灼傷了。縣丞家說是給了他們工錢的，這大火無眼，自己沒跑掉被燒傷了，那是自個兒的事情。至於補償，無非是每人幾個銅錢便不耐煩地將其打發走了。

而縣丞家有一味專門治療燒傷的生肌散，其藥見效極快，可以去腐生肌，於是百姓們就想去討要一點來用。誰料縣丞家的管家說，此藥珍貴異常，價格不菲，只能賣不能贈。可一群窮人哪裡買得起昂貴的藥品？

於是他們整日聚眾到縣丞家門前哭訴、哀求，其中還有一群失去父母的戰時孤兒，可憐不已。沅宸自然是見不慣這種事，才會義無反顧地偷偷潛進縣丞家，偷出生肌散來給患者們治傷。

她也知道自己所作所為欠了妥當，但她把身上的全部銀兩都留在縣丞家裡。是那縣丞胃口太大，得了便宜還賣乖，分明把她銀兩收下了，卻還在派人追她下落。世間當真是何等嘴臉的人都存活，竟不怕生時做下孽障，死後加倍償還嗎？寂夫人從前總去道觀裡上香，也總會叮囑沅宸和靈霽要多行善事，多積累陰德，人的福氣全是靠德在支撐，所以才有福德一說。若是德不配位、必有餘殃。而這陰德就是做了好事無需留名，也不必回報。所以這眼前，沅宸只覺得晦氣的很，明明自己做了好事，銀兩也放下了，卻還落得被官衙說是賊人。這都還沒找到藥王山谷，偏偏遭遇這般倒楣事。

等到天色濛濛亮，沅宸已經走到了綏鞍縣城關，本以為這下終於可以出城，沅宸卻遠遠望到城關處站著縣丞家的人。他們三三兩兩的站成一簇，同守城的官兵交頭接耳，模樣傲慢而又可憎。好一個守株待兔，沅宸心知是走不出城門了。她轉眼望向身後的山巒，想著若是繞行的話，還沒走到半山腰，就要餓死在山中了。

沅宸一籌莫展之際，忽然發現不遠處停著兩輛馬車。那馬車無人看守，連車夫都不在。沅宸細細打量著四匹英勇神武的駿馬，再看馬車上側面繪的圖，是八仙過海，且雕著金漆，有趣的後面繪的是一個雲霧繚繞的山谷和一株草藥，如此好料的馬車應該是個大戶人家的。

沅宸再張望四周，並沒有看見其他人接近那輛馬車，於是她思慮片刻，終於下了決定。

　　一炷香的時間，兩名衣著不俗的女子來到馬車旁，埋怨起剛剛如廁回來的車夫道：「夏天，你不守著馬車又去哪裡了？」

　　車夫夏天訕笑道：「流瀾姑娘，人有三急嘛！」

　　流瀾還想再數落幾句，一轉眼看到長兄走來，她忙問道：「長兄，趁著晌午未來，我們是不是應該儘快出城？師父交代過，今日之前必須返回了。」

　　「知道了。」他說罷，便踏上馬車，剛一掀開馬車的簾子，他徒然怔住。

　　流瀾見狀，便趕忙問道：「長兄怎麼了？莫不是車內進了老鼠此類的髒東西？」

　　老鼠嘛……倒說不上。他沉吟片刻，放下車簾，對流瀾道：「沒什麼，流瀾，啟程吧。」

　　流瀾應允，同女伴走上另一輛馬車，吩咐夏天出城。夏天一鞭子抽在馬背上，車輪便慢悠悠的滾動起來。

　　坐在車內的沉宸終於鬆下一口氣，然而，她仍舊心跳如鼓，小心翼翼的側眼去看身旁的人。他正托著腮，拿了卷書來看。沉宸見他衣衫玉白，袖口上繡的青雲紋裡藏著金線，腰間的紫色玉佩更是價值連城。可他的頭上戴著帷帽，皂紗又遮住了臉，沉宸看不清他的模樣，只覺得他的玉白衣衫給人一股拒人於千里之外的冷漠，清雅自是清雅，但又如同寒冰。

　　且他對她竟沒有任何問話，更是讓她心覺不寧。

　　「我……」沉宸斟酌著開口，欲言又止。

　　他看也不看她，只盯著書，低垂著眼簾道：「姑娘要去何處？」

　　沉宸吃了一驚，她不曾想自己打扮成男子模樣，卻被他一眼瞧出了真身。

　　「公子，我為逃難才出此下策，實在是不得已才偷偷潛入這輛馬車。若是方便，還請公子送我去藥工山谷……」她話還未說完，車外卻傳來了爭辯聲。

　　是流瀾與守城的士兵。縣丞的人唆使士兵去對馬車進行搜查，以免有可疑人士混出城外。流瀾不准，冷聲道：「我家長兄的馬車也是你等凡夫俗子配查的？」縣丞的人便開始蠻橫不講理起來，作勢就要掀開車簾。

車內的沉宸有些不安，她在想著該如何應對，而她的舉止與神情，皆被身側公子看在眼裡。

馬車的簾子被掀開，縣丞的手下與守城的士兵立即望去，只見掀起車簾的是一位頭戴帷帽的公子，他同守城士兵的領頭道：「各位將士，馬車內的確只有我一人，若是不信，大可隨意搜查。但若是沒有查到你們想要找的人，各位也必須給我一個清清楚楚的交代。」

縣丞的手下個個虎背熊腰，斷不會因眼前這高雅孱弱的公子的幾句話而丟了士氣，便啐了一口，趾高氣揚道：「你這後生，在我等面前也敢出此狂言？你可知我等是何人？」隨即，壯漢拿出一副畫像，臉紅氣粗的吼道：「我等乃綏鞍縣丞家的當差，奉命在此捉拿畫中小賊，你們這些無名小卒膽敢誤了我等差事，縣丞老爺拿你們是問！」

那公子打量著壯漢手中的畫像，是位十七八歲的妙齡女子。她有一張美艷明麗的臉孔，桃花眼極為靈氣，鼻梁高挺，紅唇欲滴，嘴角含笑，纖細的頸子的弧度像極了仙鶴。

他凝視了一會兒，然後低垂下眼，彷彿能感覺到車內之人的擔憂，他便拿出了腰間的紫色玉佩，示意領頭士兵，道：「見玉如見人，開城門。」

領頭士兵盯著那玉，是塊紫色的玉，玉身打磨的極為平整，夾著淡青色的水波紋，甚是名貴，玉的中間刻著一個字，「衷」。

領頭士兵頓時醒悟，公子順勢告誡道：「莫造成不必要的麻煩，只需放我們出城即可。」

領頭士兵點點頭，趕忙吩咐打開城門。縣丞的手下還搞不清楚狀況，馬車已經緩緩的駛出了城去。其中一名壯漢不滿道：「劉將領，你，你這……，我們不是說好的嗎？要盤查所有人，你怎麼就這麼放他們走了？萬一那車上……」

劉姓的領頭士兵斥責他道：「查查查，真是昏頭了，那車裡怎麼會有你要的人？你可知世間能用『衷』字的是何人嗎？」

壯漢撓撓頭，「我這大老粗，又不識字。劉將領，你說的那個『衷』字有什麼了不起的？難不成只准一人用得？」

劉將領驚魂未定的舒出一口氣，喃喃自語道：「也是我眼拙，這馬

車明明就是藥王山谷的裝飾圖紋，車上那位自然是藥王山谷師尊的大弟子了……」

壯漢吃驚，遙望那輛已經駛遠的馬車，已然是驚得說不出話來。藥王師尊的大弟子？剛剛那個清秀的小公子是大名鼎鼎的藥王山谷的人？

出了城，一切歸於平靜，馬車依舊穩步前行，他低聲問她：「他們為什麼要抓你？」

沅宸驚覺他識破自己身分，畢竟此時的她如此狼狽不堪，儼然不似那畫像。不過即便她內心裡佩服他的敏銳，也感激他救了自己，卻仍舊不願道出實情，只輕聲說：「我並不是偷了縣丞家的生肌散，不過是看不慣他們那種土皇帝在百姓頭上橫行霸道罷了。眾生平等，向來沒有貴賤之分，他本就用極其低廉的工錢雇用老弱病殘去幫他做事，明明做事的過程中受傷了，他竟然不聞不問，任他們傷口潰爛，我只是想救那些被燒傷的老幼婦孺而已。」

「姑娘這是俠女的心腸，莫非是想做個懲奸除惡的英雄？」

沅宸卻道：「哪裡有什麼俠女，救死扶傷乃醫者本性，絕非想逞英雄！」說罷，沅宸激動地拿出裝有少許生肌散的藥瓶同他理論起來：「就這樣小的一個瓶子，裡面的藥都不夠救三個人，他們竟要三兩銀子，還說藥材稀少貴重。我仔細辨別了一下，這裡面除了一味蟾酥稍微貴點，其他都是尋常的藥，只是前人的藥方配得好罷了。我再去庫房一看，那裡居然囤著滿滿兩大箱子的藥，光天化日之下的，我竟不知救人之藥何時成為發財之道了？」

帷帽下的人似乎笑出了聲，沅宸不懂了，她的話哪裡好笑了？片刻後，他同她道：「再過半個時辰就會到達藥王山谷腳下，到時你便下車去吧。」

他語調雖是出塵的清冷，可話語卻是溫暖的，讓沅宸她不禁十分感激，謝道：「公子大恩大德，沅宸日後定會相報！」

「不必計較這些，舉手之勞罷了。」

過了半個時辰，沅宸差點就打盹睡著了，他喚醒她，叮囑道：「沅宸姑娘，有緣再會了，保重。」接著，他叫停了馬車，沅宸趕快恢復神智，掀開車簾走了下去。

駕車的夏天嚇了一跳，竟不曾想車內真的藏著一個人，可又不敢多問，只得偷偷觀察。只見長兄喊來流瀾，要她交給沉宸一些銀兩與糕點、水。流瀾雖疑惑，卻也乖乖照辦。

臨走時，沉宸來不及問他叫什麼名字，只記得他腰間的那塊漂亮的紫色玉佩。她就眼睜睜地看著馬車順著山路朝山腰處駛去，當她把脖子仰得很高時，才發現眼前這座翠綠的山巒就是她要前往的藥王山谷。

在山頂處，依稀可以看見有一座高聳入雲的樓閣，四周環繞著寥寥霧氣，如同仙人故居。早在很久以前，沉宸就聽師父廖軍醫對她嚮往地描述過藥王山谷：「山谷水潭，飛天可見，翠山碧海，白鷺城邸，有金有獸有奇藥，有銀有林有美人。」師父又說藥王山谷從《山海經》時期就被記載過，書裡寫過藥王的存在是天尊般的人物，地之所載，六合之間，四海之內，照之以日月，經之以星辰，紀之以四時，要之以太歲，神靈所生，其物異形，或夭或壽，唯聖人能通其道。

藥王是聖人，能從他的山谷裡學醫得道，那是所有醫者畢生的心願。所以在聽聞沉宸決心前往東陵國學醫為皇后治療頑疾時，希國的諸位名醫都為她寫了推薦信，那其中不乏當過藥王弟子的老名醫，他們皆願助沉宸一臂之力。

沉宸懷著那些珍貴的舉薦信爬上了通向山頂盡頭──藥王山谷白鷺城的蜿蜒長梯。

爬了不知道幾個時辰，沉宸已經累得滿頭大汗，她坐下來歇口氣，抬頭看見天邊已經浮上了夕陽餘暉。她不禁懷念起過去，自己也曾這樣和寂夫人與兄長們登梯去道觀。那時寂老將軍家一家五口人是何等和諧的畫面，不料一場瘟疫竟然硬生生奪走了四條性命，思及往事，她不由低低唱嘆，斯人已逝去，唯留寂老將軍一人孤身於世，心中不免感傷。這次既然陰差陽錯來了藥王山谷，定要好好學習才是，也算告慰天上的親人們。於是，收斂了神色繼續爬去。再一轉頭，見石階處的小樹上掛著紅穗風鈴，穗子上繫著一個籤，上面寫著三個字：善士者。

# 第九節

　　沅宸不大明白這「善士者」究竟意為何，但她只管繼續爬，一直爬到看見第二個紅繐風鈴上的籤「善戰者」，那時天色已經黑了下來，沅宸的嘴唇因缺水而開始發白。那位公子贈予她的食物與水都已吃光，若是沒有他的饋贈，她怕是早就支撐不住了。

　　可這腳下的階梯又高又密，好像永遠都走不到盡頭。沅宸的腳步越來越慢，行動越來越遲緩，最終，她到底是筋疲力盡地累倒了。

　　幽幽山林上，有座小殿堂在石階的左側地帶裡隱約浮現而出。

　　殿堂散發出微弱的暈黃光亮，殿堂外竟有蓮池、長橋，還有身穿玉白色單衣的女弟子們排列著整齊的隊伍。一、二、三、四……五名女弟子，走在結構別緻優雅並散發著璀璨光華的彎彎石橋上。石橋下方鋪滿了潔白的鵝卵石，如同一面鏡子，鵝卵石路面之下便是粼粼波光的碧海。女弟子們走下石橋，手裡提著寫有「白鷺」二字的橙色燈籠，踏著鵝卵石的路面一直走到銜接處的石階這邊。

　　她們將燈籠輕放在石階上，立即發現倒在階梯上的沅宸，其中一名女弟子低呼道：「呀！是個女子，定是要去見師父的，難得她來到了這裡，很多像她這個年紀的小姑娘，在見到一千個階梯後就都打道回府了。」

　　「怎麼了？」這時，身後傳來一個溫柔似水的動聽聲音。

　　女弟子們立刻恭敬的俯身行禮，對緩緩走過來的華麗之人低頭道，「回藥姑，這裡有位想要入門的姑娘昏倒了。」

　　藥姑是藥王的侄女，她聞言走向來，彎下身子靠近浮到岸邊的身影，高貴的裙擺如同月光一般散落滿地。

　　「她定是累壞了。」藥姑伸出白皙的手拿過沅宸一直攥著的推薦信，然後對女弟子們說道：「先帶她回我的住處，我這就去秉明藥王。」燈光下，她有一張美豔不可方物的臉，高雅，驕傲，是傾國傾城的容顏。

　　等到沅宸醒來時，已經是隔日清晨時分了。她疲乏且困惑的直起身，

發現自己身上的破衣衫都已經被換掉了，穿著的是如仙如雲的玉白單衣。她張望四周，急切的想要確定自己身處的是什麼地方。四溢著清冷辛香的偌大房間裡，海底一般深藍色的水光在紙窗上閃爍著粼粼的波光，映在沅宸的臉頰上，流動著璀璨光澤。

「嘩啦……」細碎的聲音傳進耳裡，有人撩開珠玉簾，走了進來。是一位高貴美麗的年輕女子。她有一雙漂亮的眼睛，如同吸光了世間一切絕倫的色彩。

「你終於醒了。」她對沅宸輕聲道，語氣雖冷傲，可卻十分動聽：「我是白凝，是藥王的侄女，世人都會稱我一聲藥姑。」

她是藥王的侄女？是藥姑？沅宸萬分驚訝道：「這裡難道是……」

「自然是藥王山谷了。」白凝拍了兩聲手，有女弟子前來，白凝同她道：「你去傳話藥王，就說這位求師的姑娘醒了，我們等一下就去問候他。」

女弟子躬身回道：「是，藥姑。」

白凝又對沅宸道：「這位姑娘，你既然已醒，就隨我去見藥王吧！歷經萬難來到這裡，你不正是為了面見他的哪？」

沅宸一聽這話，立即興奮的起身。兩人穿過殿堂，踏上一道通天似的拱橋，彷彿只走了不到半炷香的時間，沅宸就看到白凝向她示意面前的白鷺城城門，巍峨壯觀，閣樓百層，高聳入雲。沅宸仰頭去望，也望不到樓頂盡頭，只覺這是一幢華麗聖潔的建築。赤紅色的城門兩旁，坐落著玄鳥石像，那是藥王的信使。

「隨來我吧！」白凝側過身，城門大開，她帶著沅宸走進了異域世界般的白鷺城。

這裡好似仙境蓬萊——翠綠山林裡懸掛著瀑布，海棠樹的花朵開成了雲，還有交織成原野般的血色藤蔓盤旋在上空，結滿了紅玉珠子。沅宸走在下面，一顆珠子掉下來砸中她的頭，轉而化成了嫋嫋煙霧，消散了。

白凝見她困惑，對她解釋道：「那是血蔓草，漸漸地生長成了藤蔓，結滿了血色珠玉，如果氣溫高的話就會蒸發，是一種由藥王親自研究出的藥材，非常珍貴。」

沅宸隨著點頭，但有一點她不明白，趕忙問道：「藥姑，我來此之

前見到白鷺城高聳入雲，而我爬階梯到見到寫著「善戰者」時就已不省人事，可那之上的階梯還是數不盡的，白鷺城又是在階梯盡頭，所以我是如何這麼快就來到此城的？」

白凝笑她癡鈍：「誰人告訴你一定要爬到盡頭才能到達白鷺城？對於你們這些外行人來說確是如此，可我們是城中弟子，自然早已通過了見藥王的考驗，所以才知道其他直接通往白鷺城的捷徑。否則每日登高，肉體凡身的，豈不是要累折了雙腿？」

沉宸還是不太懂，然而，眼前面見藥王才是要緊事。不多久後，她們二人就來到了白鷺城的正殿，這扇殿門是金色的，並無人把守。藥王山谷是學醫聖地，自然也主張自然規律，一切都無需繁多禮數。一直到了內殿，才見到了兩名與沉宸同樣穿著玉白衣衫的小少年。他們皆是束髮為髻，眉目清秀，見到白凝尊稱藥姑，並說藥王已在殿內，請藥姑自便。

白凝便示意沉宸跟著他們進內殿去。

按照藥王山谷慣例，想要入門拜藥王為師，必須經歷天梯，共計六千六百六十六階。沉宸已經來到的寫有「善戰者」之處為整七千階，她的確誠心可鑒，藥王也從白凝那邊拿到了沉宸攜帶的多封舉薦的推薦信，自然是決定將沉宸納入門下了。從沉宸換上了玉白衣衫的那一刻開始，她其實就已經是藥王的徒兒了。按照階級排名，藥王的徒弟們都是有自身標誌的。最末層的衣襟上會鑲嵌著青絲紋，就像沉宸現在身著的這件。

空曠的殿內有一處高起的觀雲臺，藥王正坐在臺前喝著茶。他見沉宸被帶來了，便起身問她道：「你是廖道醫的徒兒吧？」

沉宸打量著他，面如冠玉，黑髮如墨，容顏十分年輕，可又目光如炬，仿若歷盡了時間滄桑，實在是有些奇妙的融合感。本以為藥王會是一個滿頭花白的老者，沒成想竟是這般正值壯年。沉宸乖乖地點頭，忍不住問：「難不成藥王認識我的師父？」

藥王似乎回憶起了往事，很感慨地道：「想當年他比你還要年歲小些，那時我們年歲相當，在終南山偶遇，兩人相談甚歡，後來還曾經一同作伴，四處遊歷，不想已經過了幾十載了。正巧，你的那些推薦信首封便是出自他筆，他讓我多些關照你，也道明他就你這麼一個愛徒。見到他的字跡，讓我想起了年少時的許多回憶。」

沅宸目瞪口呆，自己的老師父竟然和眼前這位青年人年歲相當？那藥王如今究竟多大年歲了？為何會童顏永駐、青春長存？

藥王看向沅宸，眼裡含笑道：「我知道你在想什麼，每個人在見到我時都會像你這樣想。在這白鷺城中久了，你會明白皮囊終究不過是你我魂魄的載體。」

沅宸思慮著他這番話，雙眼一亮，十分機靈地接話道：「藥王，我也曾在書上看過這樣一個故事，庖丁為文惠君解牛，手之所觸，肩之所倚，足之所履，膝之所踦，砉然嚮然，奏刀騞然，莫不中音，合於《桑林》之舞，乃中《經首》之會。徒兒也同他一樣，所喜好的是摸索事物的規律，我十二歲起學醫，一直跟隨著我原來的師父廖軍醫行走軍營，他教會了我許多醫學，是我學醫的啟蒙恩師。

「從十四歲開始，我就不再只用眼睛去觀察，因為廖師父說眼見未必為實。每一味藥都有它自身的藥性，醫何人、醫何病、醫到哪種程度，這些都在於自身去不斷的探索、提升。我曾因自己年幼無能，不懂救人的醫術懊悔不已，在一場疫情之中，我失去了三位兄長和養母，我不願再束手無策的看著親人，甚至於是普天無辜的百姓死去，我不求自身長壽安康，但求天下少些疾苦，只為行醫救人！師父，請受徒兒一拜！」

說罷，沅宸跪在地上，心中自是赤誠一片。藥王意味深長地笑了，可卻半晌沒有回答。沅宸有些擔憂地看向他，只見他微笑著叫來了候在內殿屏風後的人，安排道：「衷贏，作為大師兄，還不快帶你的小師妹去淨心泉。」

這話音剛落下，屏風後便走出了一位極年輕的男子，他烏黑深邃的眼，高挺英氣的鼻，全身上下透露出一股清冷的疏淡，玉白衣襟上紋著海波般的靛色絲線，那一襲勝雪白衣襯托出他格外超脫於塵世的高華脫俗，腰間則配著一塊色澤清麗的紫玉。

沅宸愣了愣神，這玉佩令她覺得眼熟，他從一開始就站在那裡嗎？這殿內藥香嫋繞，沁人心脾，他身上也有異樣奇香。沅宸聞著這幽幽藥香，見他踱步而來，對她溫文爾雅地側身笑道：「小師妹，隨我這邊走。」

沅宸告別師父，跟隨上大師兄的腳步走出了內殿。她剛剛聽聞師父叫他衷贏，又是首席弟子，那他的醫術自然也是十分高明了，沅宸心裡暗

暗決定要與他建立起深厚的師兄妹關係。

他們倆一前一後地走著，沉宸主動笑著搭話道：「大師兄，淨心泉是做什麼用的啊？」

衷贏側臉瞥她一眼，看不出他表情，只聽他淡淡道：「每位入門弟子都要通過淨心泉的洗禮，才能洗去心中雜念，為的是可以在這山谷裡一心學醫，心無旁騖。」

看來是一種儀式。沉宸正想著，身旁路過很多同門弟子都向衷贏恭敬地問候，一人一聲大師兄，叫得格外尊敬。既然是藥王的大弟子，自然是個舉足輕重的人物。可是沉宸卻覺得他有幾分熟悉，彷彿似曾相識。

「大師兄，我們以前是不是在何處見過？」沉宸追上他，仰頭打量他。

衷贏略微垂下眼睫，目光緩緩地落在她的手上，端詳許久，從自己懷中取出一條雪白錦帕遞給她道：「你的手上有道傷口，去淨心泉之前包紮上，行醫之人最重要的是保護好自己的雙手。」

「傷口？」沉宸這才發現自己的手背上有一道傷口，喃喃道：「可能是同縣丞那家人撕扯時碰傷的……」

恰逢此時，到達了白鷺山的淨心泉。面前的卻不是泉，而是一道巨大瀑布，懸掛於虛空，壯觀得很。這瀑布中的泉水時常用來做浸泡藥材的原漿，也被稱之為「聖水」。

沉宸不由地讚歎道：「不愧是藥王山谷，竟有這般震撼的景象！」

衷贏要沉宸先在此等候，務必要正午之時才可進入淨心泉，否則那水極涼，易傷元氣。沉宸自然是應好，等待的過程中，她時不時地去觀察衷贏，以及他腰間的紫色玉佩。心裡有話想要問，又不知該如何開口。忽然，她聽到山下傳來興高采烈的喊聲，循聲望去，見到一名白衣小弟子跑了上來。他同樣身著玉白衣衫，華冠束髮，約莫十歲出頭的模樣，眉清目秀。他跑到衷贏面前，鞠躬行禮，樣子十足溫雅。

而後又看向沉宸，這兩位也都很有禮貌，彼此行禮問好，接著他又驚喜道：「竟真的有弟子同我一天入門，大師兄，他們都說師父昨夜收了一位新徒弟，原來是這麼漂亮的一位師姐呀！」

沉宸困惑地問：「你這小娃，我雖年長於你許多，但你似乎比我早

入山谷，怎能稱呼我師姐呢？」其實沉宸早就知道，藥王山谷有著多年來的規矩，凡是外來國家前來學醫的弟子，只能在山谷中學習一年。但是東陵國的本國人卻不受此條件約束，所以她也知道自己很難在這一年裡學習到藥王門下的精髓。可沒有想到的是，山谷裡竟然還有這般年幼的弟子，實在出乎意料。

「我雖年歲小，但入山谷卻是幾個月前的事情了，只是出於種種原因，藥王一直沒有收我做徒弟。好在他老人家今早心情大好，竟然允許了，准我來淨心泉。然而你卻比我早一個時辰到達淨心泉，自然就是我的師姐。」他笑起來的樣子有點靦腆，低聲介紹起自己：「我叫何心隱，師姐呢？」

沉宸回答道：「我姓甯，名沉宸。」

他道：「那便是沉宸師姐了。」這邊正說著，何心隱的目光忽然瞥到衷贏腰間紫色玉佩旁佩戴的小香囊上，不由起哄道：「我就說大師兄身上怎麼格外香，果然是戴著藥姑送的香囊！」

沉宸也去看那香囊，心想，她倒忽略了香囊，只看見那塊紫色玉佩了。但是……

「藥姑？」她問何心隱：「你是說那位叫白凝的姑娘嗎？」

何心隱點起頭來，笑著答道：「正是她。師父終生未娶自然沒有子女，就只有藥姑一個親侄女，大師兄又深得師父厚愛，與藥姑自小一起長大，兩人青梅竹馬兩小無猜，加上師父特別看重大師兄，這藥王山谷在日後都說不定要交給大師兄來掌管了。」

衷贏斥何心隱多嘴，無關緊要的事情提起作甚？何心隱吐了吐舌頭，又拉著沉宸彎下腰來，貼近她耳邊小聲說道：「別看大師兄當著師弟妹的面總是嚴肅的模樣，可他十分好心。聽聞流瀾師姐回來說，昨日大師兄在山下救了一位姑娘，還送姑娘銀兩和吃食，我們大師兄就是心善。」

昨日，救了一位姑娘，沉宸思索著這些關鍵字，忽然腦中一凜，猛然轉頭看向衷贏，原來是他！她就知道那紫色玉佩的主人應該是他才對，而衷贏也早就認出了沉宸，卻不曾言明此事。

沉宸不禁感慨起來，世間竟真的有此救人卻不邀功者，她感激又欣喜，剛想開口，衷贏卻對她神祕地搖搖頭，然後指著頭頂的太陽，道：

「時辰已到，師妹，請吧。」

沅宸這才發覺已經該履行儀式了，她一鼓作氣衝進了瀑布裡，卻發現看似激流的瀑布中，實則有一個玉石山洞，四周牆壁上刻滿了藥譜與經文。她驚奇不已，伸出手去撫摸著那些文字，如獲珍寶般地唸誦著：「上古之人，其知道者，法於陰陽，和於術數，食飲有節，起居有常，不妄作勞，故能形與神俱，而盡終其天年，度百歲乃去。今時之人不然也，以酒為漿，以妄為常，醉以入房，以欲竭其精，以耗散其真，不知持滿，不時御神，務快其心，逆於生樂，起居無節，故半百而衰也……」

沅宸仔仔細細、認認真真的想要把這四壁的寶物全部都記於腦海，但儀式是有時間規定的，只有半個時辰，她守時的走出了瀑布。只見衷贏與何心隱都在等待著她歸來，她對二人露出微笑，歡快地跑向了他們。

自從那之後，沅宸開始了她在藥王山谷中為期一年的學醫生涯。

沅宸生性活潑，又好美味，每日早起採藥是她最喜歡做的事情。山谷中有規定，每兩人在卯時出，辰時歸，這幾個時辰裡要採到當日與其他師兄姊弟交換的藥材，並要繪製草藥的結構圖表以及對症的藥譜，如果無法完成，將會被罰。懲罰隨機定奪，有時是罰一日三餐不准進食，有時也會罰靜坐止語一日思索錯誤，無論是哪種，對於沅宸來說都是極大的折磨。

所以她每日都起得很早，背著藥簍去僻靜的山谷之中尋找值得研討的稀有藥材。同屋的師姐已結了同伴，沅宸起初落單，後藥王念其啟蒙師父是故友廖道長，便將其分配和衷贏一組，也好在短短一年的光景裡，多學些知識。

這讓她開心極了，幸好有廖師父的舉薦信，竟然比御醫所的還管用，等他日回去，定要好好謝謝廖師父。現在有了大師兄在，她總覺得自己有了了不得的靠山，每日都忙忙碌碌，除了思考醫藥之事，其他的也就暫且放下不去想它。藏鋒和靈霽的身影在腦海中變得模糊了一些，只是常常冷不防的想起藏鋒，心中竟有一陣心痛之感，每當此時她就逼自己把注意力放在草藥之上，不一會兒心就平靜了下來。

那年是沅宸十八歲的早春，總是會被鷗鴣的叫聲擾了清夢。山谷裡的天氣溫暖宜人，風是柔情似水的風，水是風情萬種的水。沅宸日日背著藥簍走出房門，總會見他候在階梯處，手拿一把淡綠色摺扇，墜著一抹流蘇

總，映著空中飄落下的幾朵桃花，將他清冷身影勾勒出一股子高華韻致。

師父有命，階級尊卑分明，大師兄是長兄，不可總想著憐惜門下的師妹師弟們，所以沆宸雖是女兒身，也要謹遵山谷訓條，在身背藥簍這件事上必須親自執行，不能夠向師兄撒嬌，逃避肉體勞累。因為藥王說一個醫者若是自己身體都不康健，怎麼還有精力去救治別人。

但衷贏還是會心疼她，儘管上山時不幫她忙，下山時分，當她藥簍裡載滿了草藥，他總會不動聲色地走在她的後側方，用手托一下她的藥簍。別看只是一托，卻讓沆宸覺得輕快了許多，回了白鷺城後，衷贏再放手，不惹人耳目。

在眾多的師弟妹中，大師兄是格外偏向她的，一來藥王特意交待過他，要照顧好故友的弟子，二來她也的確聰慧，充滿活力及好奇心，一點也不扭捏，與其說是個漂亮姑娘，倒不如說是個有姑娘外表的少年。

每逢初五、初十、十五、二十的巳時，藥王都會出題來檢驗大夥的學藝，排名後五位的要被降層級。沆宸最初總是在偏後的排名，令她感到十分挫敗。為了幫助她儘快提升，衷贏會親自教她識別山谷裡的藥材用處、作用與容易產生混淆的同類藥材。身為大師兄的小影子，何心隱總是黏在兩人身邊。他尚年幼，自然萬分依賴身為大師兄的衷贏。且沆宸也很保護他，若有弟子欺負他年歲小，沆宸都會替他出頭。何心隱也算懂事，會把美味的吃食分給沆宸。令沆宸極有優越感的是，何心隱由於年歲小，總是記不住藥材的名字，雖天資聰穎，但也架不住沆宸年長他多歲，故每次的檢驗小試中他都排在最後面。

自然了，排名首位的永遠是大師兄，也難怪師父與藥姑會對他青睞有加，就連沆宸⋯⋯

儘管不願去承認，可沆宸心中對衷贏有一種說不出的微妙情愫。他對她細微體貼，為她私藏山谷後廚的點心，以辛夷花作為暗號。他笑對她的小脾氣，哪怕是她總對小影子何心隱更為關照，他也不惱不火，始終如一的淡然態度。

還記得那日豔陽格外好，她下山下得晚了些，明知會受罰，索性更放慢了步子，同衷贏還有何心隱一起望著山下的採蓮女清歌高唱。

衷贏走在最前面，中間是沆宸，何心隱一蹦一跳地跟著他們。水邊

的蓮蓬密密實實，蓮女們笑語連連，沅宸忽然想起多年前的這個時分，她聽到寂將軍凱旋歸來時喚她的聲音。她同靈霽喜悅的迎他，斜陽照下，在一片瑪瑙玉紅色之中，她一眼就看見了那個站在父親身邊的少年。他雖衣衫破敗，卻掩不住他那雙野心勃勃又漆黑悠遠的眸子，以及他臂上那圖案特殊的胎記。

就是那一次四目相望，如利刃鋒刀般刻進了她心窩。她始終忘不掉他那一眼，是從他看她的眼神裡令她得知，她已經是一個少女，她的心會因此而感到雀躍。

「師妹。」

突如其來的呼喚令她醒過神，沅宸恍惚地抬起頭，看見衷贏站在前方望著她，眼神中透露擔憂。

他望著她，她也望著他，好似在那一瞬間，沅宸心裡某個地方陷落了下去。因為衷贏的那一眼，同樣也硬生生的刻上了她心尖。衷贏的一瞥一笑，一言一行，似乎都在若有若無的牽動著沅宸的思緒。她猜不透這份感覺，可是曾經對藏鋒的那份心意，直至今日，她卻依然能夠清晰的感覺得到。

那日又逢考試之時，與以往不同，山谷來了一位貴婦，此人是當朝周熙文翰林大學士的髮妻，其樣貌雍容，年歲四十上下，可她卻說自己已然五十，實在令人驚歎。她的面容上總是掛著一抹微笑，讓人見了便感格外親近，再看她的十指細潤飽滿與烏黑油亮的雲鬢，便知道其在家中是受到格外精心細緻的照顧了。只是細細再看，到底是能看出她的疲憊之色，眼瞼下方有些青色，兩頰也沒血色，顯得人有些蒼白。

她拿著東陵國嚴貴妃的信函，前來求醫。嚴貴妃是她的表妹，更是皇帝最寵愛的妃子，深受聖寵，生了四位皇子。

既然來人是周翰林家的主母，又是皇親國戚，藥王山谷也不好怠慢，便親自接待。這藥王山谷之所以能如隱世般存立於此，皆因東陵皇家保護，山谷周邊皆有士兵把守，旁人根本進不了這山谷，更別說來此求醫問藥。

藥王請這林姓貴婦坐在大殿之中，兩排弟子安靜的立於大殿兩旁，整個殿內安靜得連細針落地的聲音都能聽到。藥王喝了口茶，面帶笑意的

問道：「周夫人，熙文兄近來可好？」

　　周夫人和氣的笑了笑答道：「勞藥王惦記了，我們家老周還是如常一般，大毛病沒有，只是公務繁重，多了些許白髮。」也不等藥王問其來意，她便自說自話了起來：「我這些年總是容易過敏，常常無緣由的就噴嚏、淚水不止，著實難受，夜夜不得安睡。可看了多位大夫，除了喝些補氣血的藥方，也不見有何改進，那日進宮與嚴貴妃敘舊提及此事，她便讓我來藥王這裡討要些方子。」

　　藥王聽後，點了點頭，思索片刻說道：「周夫人可願幫老夫一事？」

　　周夫人有些訝異的問：「要我做什麼呢？」

　　藥王笑笑說：「周夫人不必緊張，只是今日正巧是不才弟子們的月考之日，我今見夫人前來，覺得機會甚好，想讓他們逐一為夫人把脈，再將脈案寫出，交由我評判。不知夫人意下如何？」

　　這周夫人含笑點頭，自是應允了，她絲毫沒有官家夫人的扭捏做派，一看便是書香門第之後，身上自帶著一股濃濃的書卷味。

　　藥姑第一個上前把脈，把完之後，恭敬的問道：「可否請問周夫人大名，因為脈案之上我們必要記載個人全名，這樣才不易混淆。」

　　周夫人溫和的回道：「這有何不可？我本家姓林、單名一個瑩字。」

　　藥姑記下於心之後，退開一旁。其餘弟子逐一把脈，只花了一炷香的時間，眾人皆歸原位。

　　藥王起身對周夫人道：「周夫人，請隨藥王山谷的女弟子去後山，那裡有一處天然草藥溫泉，平日弟子們都不能進入，您在裡面浸泡半個時辰，可將身上的濕氣消除大半。待沐浴結束之後我們再來這裡，聽他們的診斷如何？」

　　周夫人起身道謝，和隨身的四個丫鬟一起跟著藥王山谷的女弟子出了大殿，向後山草藥溫泉走去。

　　藥王見客人走遠，收斂神情，嚴肅的對大殿之內的弟子說道：「此次與以往考核不同，不是單人作答，而是以組為單位進行。就以你們往常採藥時的分組吧！半個時辰每組寫出一份脈案呈於我。」言畢就去了後殿。

　　大夥三三兩兩的分開來，小聲的討論著。

　　沉宸和何心隱趕忙找上衷贏，三人在殿外就商討了起來。

小師弟說道：「《黃帝內經》說：『夫百病之始生者，必起於燥濕寒暑風雨陰陽喜怒飲食居處。』又說：『百病生於氣也，怒則氣上，喜則氣緩，悲則氣消，恐則氣下，寒則氣收，炅則氣泄，驚則氣亂，勞則氣耗，思則氣結』。」

袁贏對著小師弟讚許的點了點頭，接著說道：「『天有五行御五位，以生寒暑燥濕風。人有五藏化五氣，以生喜怒思憂恐。』人為什麼要法於陰陽呢？因為人跟天地是一個整體，人的情緒實際上就相似於天地的六氣『風寒暑濕燥火』，所以情緒太過或者不及都會影響健康。『寒暑燥濕風』是外五行，外五行可以致病；『喜怒思憂恐』是內五行，內五行也可以致病。我見這周夫人應是思慮頗多，引致夜不安寐。故身體長期疲憊不堪，遇到外在環境變化或是季節轉換便出現各種過敏之症狀。其病之根源在於如何靜心安睡，師父常常訓誡我們，一等的醫者是治未病，找到根源以自然之法解除病痛，其次才需要湯藥和針灸相輔助，我們自是要在這安寢之上做些文章。」

沉宸認真的聽著小師弟和大師兄的討論，思索良久之後，道：「我也不知道對不對，這是我的啟蒙老師廖軍醫曾經說過的，我且說來，你們聽聽。

「這位周夫人的睡姿恐需調整。廖師父說古書中記載：『寢不橫屍，臥不覆首，眠不北向。』另外，《千金要方》說：『冬夜勿覆其頭，得長壽。』頭為諸陽之會，為一身陽經彙聚之所，氣血運行旺盛。覆首，一來容易影響氣血的運行，二來可能引發頭部出汗，腠理舒張，從而令病邪乘虛而入。頭勿北臥，牆北亦勿安床。北者，陰也，頭部作為諸陽之會，睡眠時北臥，易受陰氣所擾。尤其是秋冬季節，風寒之邪易從北而來，若於睡眠中直入於腦，則容易形成風寒頭痛，甚至影響一身氣血運行。

「凡人臥，春夏向東，秋冬向西。頭是多條經脈會聚的地方，所承接的氣會像細線一般從頭部下到全身。即春夏兩季頭朝東睡，迎接陽氣，秋冬兩季頭朝西睡，安養陰氣。若是嫌麻煩或者需要補陽氣的人，可以簡單地保持頭朝東的睡姿，就是很好的睡眠養生法了。

「睡眠之法，自古以『操、縱二法』受到推崇。『操』須先貫想頭頂，而後默數鼻息，然後再返觀丹田。如此反覆多次，便可使心有著落，

得不分馳，漸入夢鄉。『縱』則與操相反，任其心，游思於杳渺，無朕之區，甚至於忘卻自己，亦能漸入朦朧睡境之中。

「若按道醫來論，最重要的是要心靜、忘己。所以寤、寐有別：神棲於目謂之寤，神棲於心始為寐，只有心與神相會，才能真正入睡。

「道家陳摶老祖的《希夷睡訣》提及右側臥，則屈右足，屈右臂，以手承頭，伸左足，以手置於股間。左側臥，與前相反。」

沅宸一口氣說了一大堆，引得小師弟瞠目結舌的看著她。他心中好生崇拜，原來師姐不但在吃的方面有所心得，古籍看的也不少啊！

衷贏一邊細心的聽著，一邊拿起毛筆在白紙上書寫，沅宸講完之後一看，大師兄寫的竟然都是自己剛才那些話語。當下就有些著急了，問道：「大師兄，你不會把這個就作為脈案交上去吧？」

衷贏含笑的點了點頭，認可的說：「師妹，你說的很有理，這才是治未病的好法子。是藥三分毒，若能不用湯藥就儘量少用為佳，況且很多湯藥是治標不治本，還是要在源頭去解決這個問題。」

不一會兒，眾人皆交了脈案。只見藥王一一細看，有時略皺眉頭，有時會意的點了點頭。其中有一份脈案，藥王看了許久之後，竟然面露喜色，這是少見的表情，大家心裡都在猜度那是哪個組的脈案，竟然能得到師父的認可。

這一炷香的時間過得極其漫長，眾弟子都安靜的站在大殿兩側，等著聽師父宣布本次考核的結果。

藥王抬起頭來，先是笑著對周夫人說：「這些不才的弟子之中，有一份脈案最得我心，夫人可以拿回去試著做一個月，看看效果如何。」說罷，便將手中的一份脈案遞給周夫人。

周夫人帶著期許的拿來仔細一看，雖然有些不解，但還是連聲道謝，說：「這方子真是奇特，竟然一味藥材都沒有。往常的大夫都是開些大補安神的藥，起初服下還有效果，時間一久便失效了，實在是根治不了頑疾。可藥王您給我的方子，確實將我的症狀描繪得十分清晰，且醫理明晰，我果然是沒白來一趟。這天色也晚了，我就趕緊下山回府去，今夜就按這個方子來做。」

送走了周夫人，殿內的眾弟子們終於按捺不住，小聲的議論了起來：

「怎麼會沒有藥材呢？」、「沒有藥材的藥方怎能治病？」、「說的是啊，那究竟是什麼方子，這等奇怪？」

藥王回到大殿宣布，今日考試，第一是衷贏、沅宸、何心隱一組。大家一聽都表現出釋然之態，心中認定既是大師兄出馬，自然是會奪得頭籌了。衷贏卻上前一步，向藥王行禮說道：「此份脈案主要出自沅宸師妹之手，我與心隱只是參與其中。」

藥王聞言，轉而看向沅宸，眼神之中不乏讚許之色。大家的目光也都聚集在沅宸身上，那目光之中有羨慕、欣賞、嫉妒、不解……，令她在一時之間有些手足無措，臉頰也不由地因而緋紅。

此時此刻，夕陽西下，黃昏時分的藥王山谷特別美，晚霞如火燒雲一般在天空中絢麗的蔓延，那一抹紅，就如沅宸害羞的臉頰一般醉人。

# 第十節

　　幾個月後，沅宸的學藝在百般努力下，她終於獲得了中層的排名，也因勤奮努力與才華橫溢，得到了師父更多的認可，藥王甚至還讚她頗有幾分廖軍醫當年的氣魄。恰逢那日是藥王山谷的立谷之日，同時也是師父的壽辰，雙喜臨門。只是沒人知道師父究竟多少歲了，許是五十歲，許是六十歲，實在是他容貌與年齡毫不相符。可按照山谷往常的規矩，師父的友人們還是會在這一天來賀壽的。

　　然而，被允許參加的弟子們不多，除了首席弟子之外，便只可挑選出十名弟子出席。再來就是藥姑。雖然何心隱也受到了邀請，但這和他的學醫成績並無關係，實在是他年紀最小，藥王疼惜他，給了他這樣一個熱鬧的機會，可他卻自願把機會給了排名自己後一位的師妹。

　　沅宸問他幹嘛做這種傻事，那可是師父的大壽啊！又有八方來賀，多麼難得的宴會，別人巴不得去出席呢！

　　何心隱卻一臉正色的對沅宸說：「如果我和大師兄都去參加，師姐你豈不是要一人獨守空閨？好生寂寞啊！」

　　「這倒不假。」沅宸開心地摸了摸何心隱的小腦袋：「師弟，你對我真好，我今後會儘量不搶你食物的。」

　　可是這等盛宴不能出席著實可惜，沅宸唉聲嘆氣了一陣，忽然靈機一動，她同何心隱咬起耳朵。何心隱聽著她的提議，表情先是一驚，隨後大驚，最後都幾乎是失色了。他是十分反對的，但在沅宸的壓力之下，他只得妥協，欲哭無淚地被沅宸牽著鼻子走。

　　轉眼，子時將近。

　　月光灑照，香已燃起，嫋嫋煙霧蔓延在白鷺城邸，指引著四海八方的神醫們前來。

　　高大壯麗的白鷺城聳立在藥王山谷頂端，優柔的霧氣繚繞在城尖，玄鳥環舞，仙鶴停駐，弟子們排成整理的隊伍在城門前恭迎來客。許多來

自鄰國山谷的女弟子們出現，她們清一色的身著紅裳，有的手持玉琴，有的身背長笛，著面紗，裙飛舞，身段十分曼妙，猶如驚鴻，又宛若游龍。

她們接二連三的走進殿內，一時間香風旖旎。藥王早已坐在大殿之上，正與落座的友人們談笑風生。衷贏與藥姑坐在他的身側兩端，皆是華服盛裝。

沅宸與何心隱則是藏身在大殿的棚頂上方，他們早早就躲在這個好位置，對下面發生的光景都能一覽無餘。

「怎麼會來這麼多外頭的女弟子？」沅宸忍不住道出了心中所想。

身旁的何心隱悄聲答道：「藥王山谷一直都是外世敬仰的聖地，很多女弟子也都想借此機會來拜見藥王。而且，大師兄的名聲也同樣在外，他醫術精湛，英俊非凡，對於眾多女弟子來說，這也是一擇良婿的好機會。」

沅宸皺起眉頭道：「噓……你小聲一點，小心下面的人聽到。」

何心隱很無辜，明明是她問他的。沅宸沒理他，低頭望下去，衷贏身為大弟子，已經來到大殿中央，代表藥王感謝眾人的到來。

綰著雙雲鬟的紅裳女弟子忍不住讚歎：「這就是傳聞中的藥王山谷大弟子……，當真是百聞不如一見。」

這群女兒家雀躍又羞澀的低聲議論，又轉眼望向藥姑，同樣讚歎於她驚人的美貌。接著，藥王起身吩咐了一番，又拿出手中金鈴晃了兩下。沅宸不明所以，何心隱告訴她這是例行的餘興節目，因為賀壽總不能乾巴巴地坐著聊天吧？所以每年的壽辰慶宴上，大家都會獻上珍貴的藥材，可這藥材都是綁在金雀腳上的，誰抓到金雀，誰就可以把那藥材獻給藥王，哪怕原本不是他所帶來的稀罕藥材。只不過，在獻給藥王之前都要交到大師兄的手上，再由大師兄統一呈獻。

還有這等奇妙之事？沅宸很驚訝，但金鈴聲已響，一大群金雀飛到了空中，在座的弟子們二話不說縱身躍起，用盡渾身解數去抓金雀。

抓金雀越多的人，也會獻上越多的藥材，其中一名紅裳女弟子出手狠辣，一把就抓住了金雀，脫穎而出。她嬉笑著湊到衷贏身邊，將金雀交到他手上，白皙纖手故意停留在衷贏的掌心片刻，衷贏只是回以禮節性的微笑。

接著，其他山谷的女弟子也抓到了金雀，並且是三隻，她得意地將其交給衷贏，卻不料其中一隻金雀忽然抽搐起來，她嚇得驚叫一聲，衷贏彷彿也察覺到了一絲異樣氣息。而空中的數十隻金雀都飛得有氣無力了，開始接二連三的墜落在地，吐出一灘又一灘地小巧血跡。

「是毒草！」棚頂上的沉宸忍不住大喊出聲，她順著石柱爬了下來，站到人群中央說道：「一定是有人誤帶了毒草來此，這毒草毒性極大，我曾在山谷中險些誤食。金雀們怕是染上了劇毒，大師兄，不要碰那些金雀！」說罷，沉宸打掉衷贏手中的幾隻金雀，又抓過一杯酒倒在他雙手上，為其消毒。

究竟是不是來人誤帶毒草還需要徹查，可眼前，竟然有沒受到邀請的弟子出現在宴席上，藥王當真是有些面露難色。沉宸這才發現暴露了自己，她只是救人心切，萬萬沒想要破壞規矩。

藥王審視著沉宸，又將視線放到衷贏身上，打量兩人片刻後，他嘆了一口氣道：「沉宸徒兒私藏在此本是過錯，可念及你平日裡苦學醫術，又有天資，且最先發現了毒草，就暫且罰你去淨心泉中靜坐一夜吧！」

「是，師父⋯⋯」沉宸自知理虧，乖乖領命，轉身默默地退下。

衷贏望著她的背影，心中湧起一絲疼惜，不由自主地追了上去。藥姑見此情景，表情似乎有輕微的變化，卻並無言語。一旁的藥王則是低聲喟嘆道：「信言不美，美言不信。聖人之道，為而不爭。」

若其去意已決，又何能挽留呢？

淨心泉流水潺潺，本是幽靜聖潔之地，周遭山邊的小動物在泉邊喝水，聽到腳步聲紛紛驚的躲進了山林之中。

沉宸在夜色之中靜坐冰冷的泉水之中，她抬著頭，聽著耳邊蟲鳴，望著頭頂皎月，心裡哀嘆著，寒冷一陣一陣的襲來。忽然感受到了什麼，於是轉過頭，視線稍微往前方移一點，便看見了衷贏。

她的眼睛瞬間亮起了光。

衷贏每次見到她眼中的這份光，都覺得自己從中獲得了一股無窮的力量。那份力量很神奇，足以支撐他日日陪她登山採藥、日日為她採摘辛夷花、日日陪她苦讀藥譜、幫她提升醫術、教她畫出藥材輪廓，亦無怨無悔。這半年有餘的時日來，雨天、晴天、雪天、烏雲密布時、異常寒冷

時，從不間斷。

衷贏總是會待在她的身邊，在她一轉頭就可以看到自己的地方。

當她和何心隱進行毫無意義的爭吵時，衷贏會「體貼」的為她記錄敗北次數。

當她搶奪其他弟子的食物時，衷贏會不動聲色的踢出一塊石子，絆倒追趕她的弟子。

於是此時此刻，他依然不捨她一人被罰。便坐在泉邊，陪在她身邊，兩人皆是不語。

沅宸沉默許久，才慢慢地說：「我沒想過會暴露自己，也沒想要惹師父不開心，難得他老人家過壽。」

「事已發生，不必懊悔。」衷贏慢悠悠地說，「更何況，你也是為了救我心切。」

「對不住啊！師兄，連累你也被訓斥了吧？師父總說弟子之過，師兄皆錯，我總是給你添麻煩，我是個沒用的師妹。」

衷贏點頭，緩緩道：「今晚之事，我的確也有過錯。你與小師弟都是貪玩的年紀，自然也會想要出席宴會，是我考慮不周，應該同師父提議准你出席才是。」

眼前，長夜將至，衷贏從衣袖之中掏出一塊老薑，讓沅宸嚼服吞下，再將一塊老薑讓其含在口中。這老薑下肚之後，渾身便暖了許多，泉水好似也沒那麼寒冷了。

沅宸嘴裡含著一大塊薑，支支吾吾的想道謝，衷贏看著她笑著搖了搖頭。

長夜漫長，沅宸嘴裡含著薑，這麼單獨兩個人安靜的待著，還真讓她有些不知所措。忽然聽到一陣急促的腳步聲，不用見人都知道，這腳步聲是小師弟何心隱的。果然片刻之後見他懷揣著一個布袋，鬼鬼祟祟的走來泉邊。看見大師兄也在泉邊陪伴受罰的沅宸師姐，不由開心的笑了。

他從懷裡的布袋掏出熱騰騰的肉包子，塞給大師兄和沅宸，讓他們趕緊吃點。經小師弟的提醒，兩人才想起自己腹中空空如也，便都湊過來一起吃起了包子。不一會兒就聽見何心隱略帶委屈的嘟囔道：「肉包子我吃了一個，大師兄吃了一個，剩下六個肉包子全給師姐吃完了，她也太能

吃了……」

　　顧不得何心隱的抱怨，衷贏細心的在岸邊生了一堆火，火光的溫暖也能讓泉水之中的沉宸覺得好過了許多。何心隱畢竟年紀小，耐不住師兄和師姐這樣安靜的待著，便纏著衷贏給他講個故事。

　　衷贏拗不過小師弟的哀求，摸了摸何心隱的頭，知道他小孩子心性，對山精鬼怪特別好奇，便說起了少時在說書先生那裡聽來的故事。

　　早些年縣城裡有個算命的張賢，擅長相面、卜卦和改運，很是有些名氣，他是張家幾代傳下來的獨苗，都說是算命者洩露天機過重，「三缺五弊」必占其一，因此多是師徒相傳，少有家族以此為祖業。可張家幾代相師竟然都能平安盡壽，雖然子嗣單薄，倒也沒有斷了血脈，因此名氣大漲，外人都認為是其自有祕法，可避天譴，故重金求之。

　　張賢原本恪守祖訓，從不為自家人卜算，得了謝金，留三善七，大部分都做了善事，一直都是平穩。直到四十歲，終於老來得子，生下一個兒子。可這小娃娃一出生竟然兩眼俱盲，是個瞎子。張家上下都著急上火的去請各路名醫，皆束手無策。

　　張賢每日愁苦，閉門謝客了半年，實在難耐愛子之心，為兒子卜了一卦，卦象奇特，竟然是帶著天譴的因果。只是絕境處尚有一絲轉機，張半仙擅長為旁人解厄改運，可自己的兒子他卻顧慮重重，凡人插手天道，一旦因果運轉，福禍便不是人力可以扭轉的了。

　　苦思多日，張賢拿出了祖傳的一件異寶，那是一截裝在琉璃瓶裡的皮毛尾骨。張家祖訓，此物可召喚狐仙，能全一願，只是妖心詭譎莫測，福禍難料，輕易不可使用。

　　原來，張家二百年前有位先祖叫張闊，自小父母雙亡，他四處流浪，竟得機緣自學道法，可降妖。一日途經山野，見到樹下有一書生帶著一群莽夫在山野裡亂竄。張闊好奇詢問之下，才知道這書生三年前入此山迷了路，遇到一戶胡姓人家的美貌女子投懷送抱，成其好事。書生見胡家高牆大院，錦衣富貴，僕從眾多，這女子嫵媚熱情，便留了下來恩愛纏綿。日子久了，男子察覺到胡家女子的異處，非是人類，竟是隻成了精的狐狸。那女子也不避諱他，坦言相告自己身分，並且每日對月吐納修煉，容貌更勝從前。原本男子心甘情願與狐妖恩愛相伴，哪知三年一到，那狐狸精竟

然將他趕下了山，說留他無用，她已另覓他人。

男子心有不甘，在山林間徘徊數日，想要尋出通向胡家宅院的路，卻總不得其徑而入，每日帶一群山野莽夫舉著鐮刀鋤頭要去找胡宅。男子哭訴哀求張闊為他討個公道，掏出重金酬謝，說這狐狸精惑人在先，待人精氣衰竭便趕他下山，無情在後，實在可恨。

張闊一聽也有理，又有如此豐厚的酬金，足以結束四海為家的生涯，可以買房置地娶一房妻子。他仗著術法高深，真的尋到了山林深處的一處狐狸洞穴，交戰之下，斬下了狐狸精的一截尾巴。

那狐狸精不敵，索性變回一個美貌女子的人形，渾身鮮血淋淋，責問張闊和那男子：「我雖為狐類，卻從未傷你性命，也未欺瞞你，我是狐狸修煉而化人形，你皆知曉。你在我府中每日山珍海味，人參鹿茸不斷，你歸家歇養上些時日，體力便可恢復，何談精氣衰竭？將你趕下山時，我怕今後好逸惡勞無法生活，贈你重金，交待你好好過日。你卻拿著我贈與的銀兩雇一群莽夫，整日在山下埋伏，現又請來高人滅我。

「我只想問問你，山深林寂，美女投懷，你也是動了春心，方能成其好事，我並未強求。當初我見你書生一名，多有傾慕。可入府之後，你每日在我府中錦衣玉食、任取任拿，三年之間不思進取，不讀任何聖賢之書，反生傲慢懶惰之心。貪戀錦衣富貴不願離去，亦是你的貪婪本性。我狐狸一族，緣盡便散，我另愛他人，與你何干？為何竟找人屠戮於我？天道平等，你們怎可仗著人勢欺我妖族？這一刀白耗了我百年道行，縱使我魂飛魄散，也是不服！」

那男子被罵得面紅耳赤，張口結舌不知如何應答，張闊聽完也有些訕訕的，他縱使想要除妖，可終是有些理虧，只是收了人家重金，總不能就此退卻。於是只能板著臉，訓誡狐狸精不可再為禍人間，下次遇到絕不心軟。

那狐狸精叩謝不殺之恩之後，指著地上的半截狐尾道：「此狐尾為誓，可喚我成一心願，人心若是無欲無求，我必不入世惑人，以此為憑！」

張闊之後靠著那筆酬金，在縣城裡買了宅院，娶了一個鐵匠的女兒為妻，三年之後生了一個兒子，自此就在這縣城裡徹底安家落戶了。

這半截狐尾在張家傳了數代，皆不敢用。張賢想著出生便是盲人的兒子，他下了狠心來，喚了狐妖前來。似夢非夢的一陣大霧中，一個婀娜女子嫋嫋現身，應承了張賢的願望，為他兒子換上一對明目。只是臨走前，那狐狸女子冷冷笑道：「世人貪婪，你張家也不例外，恩怨糾纏，你既用此物求了我，將來的因果你便得擔著。可笑人心難平，尚斥妖類邪魅。」

那之後張賢的兒子果然眼中薄霧散去，露出清朗的眸子來，只是漸漸長大之後，對家傳下的推卜之法毫無興趣，一個字也學不進去。

張賢在兒子十八歲那年，又一次推算了兒子的命運，竟是短命之人。原來那狐狸精是用張賢兒子的二十年陽壽換了兩隻明眸，張賢叫苦不迭。可事已至此，他再不敢妄動天機，從此封了卦，再也不算命，想要積些福德，求兒子平安罷了。

坊間不知怎麼就傳出了這事，眾人議論紛紛，說的最多的就是那狐妖隱忍，當年受了辱，竟能忍上二百年。終於等到張家有所求，證明了人心不比妖性高貴，也為自己報了斷尾之仇。古話都說：「孽緣孽緣，無孽不成緣！」不能想著好事占盡，要知道天道迴圈莫測，福禍相依相生，月盈即虧，樂極生悲。

衷贏說完這個故事，笑著看著何心隱問：「小師弟，你覺得這故事裡誰是好誰是壞？」

何心隱有些懵，完全不知如何回答，只是喃喃自語道好像那狐妖也不壞。沅宸在泉水之中聽得入了神，都忘記了自己正在受罰，這個故事讓她想起了自己那個奇怪的夢，想起了遠在希國的寂老將軍、靈霽，還有心底不敢去想的藏鋒。一想到此處，心中不免一陣悸動，她搖了搖頭，讓自己不再去想他。她仔細打量起月色下的淨心泉，在月色之下這山泉顯得格外清冷。她又向岸邊望去，何心隱已經坐著睡著了，那堆柴火的光映在他稚氣的臉龐之上，顯得更加生動而惹人疼惜。

她視線又落在衷贏腰間的紫色玉佩上，那玉的內裡有千絲萬縷晶瑩絲線，在夜色之中，若隱若現出一股幽幽光暈，是很名貴的玉佩，絕非出自尋常人家。沅宸也好奇過衷贏的身世，可她不好去問，因為她知道就算她問了，衷贏也未必會回答她。自然，沅宸也從未向衷贏提起自己的一切，還記得衷贏曾問她來這裡求學的原因，她只回答：「為了行醫救人。」

　　可實際上，來此山谷的種種緣由，都已經隨著時間的流逝，變得複雜而沉重了。沅宸凝望著頭頂的月色，她依舊不喜歡月華的涼薄。衷贏坐在她身旁打量著她的側面，發覺她一定是回憶起了什麼，所以她神色才會變得悲傷起來。

　　他便對她承諾說：「從今以後，只要有我在你身邊，我定會護你安穩，你定不必驚慌不安。」

　　這諾言如暖流一般，溫柔地掠過她的心池，她也當真覺得他可信、可靠、可依。衷贏一夜未眠，不斷的給火堆添柴，讓火苗持續的跳躍著。四周寧靜無比，那一刻沅宸覺得真是歲月靜好，看著岸邊的兩個人，心中滿滿的暖意。

　　第二日太陽初升，溫度開始轉暖，而沅宸也在衷贏和何心隱的攙扶之下，從淨心泉中走出，一上岸雙腳全然沒了知覺，一放鬆就暈了過去。後來聽何心隱說，是衷贏背著她回的寢室，再請其他師姐為她換衣服、泡熱水、餵驅寒湯藥。

　　不久之後，這個曾對她許下這般溫暖諾言的人，卻讓她的心徹底亂了。沅宸猶記得那日，她剛滿十九歲，衷贏外出山谷長達半月，歸來時來見沅宸，卻是淡淡對她道：「沅宸，我已同藥姑訂下了婚約。」就這麼短短的一句話，一點解釋都沒，說完便轉身走了。沅宸竟然不知如何回話，只是驚得把背上的藥簍都跌落在地了。

　　那天夜裡，沅宸整整一晚沒有合眼。她的耳畔充滿了師兄妹們對衷贏與藥姑訂下婚約的祝賀，他們說大師兄與藥姑是天生一對的璧人，早先就覺得藥王與藥姑對大師兄都格外厚愛，不曾想當真是如此真切關愛。等到日後成婚，不僅僅是藥王山谷會屬於大師兄，假設大師兄願意，還可以入宮去做三品大醫官，又或者是接任藥王在朝廷裡的御醫師尊一職。無論從哪點來說，都實在是錦繡無量的前程啊！

　　的確，沅宸也應該為衷贏感到開心才對。可沅宸卻做不到，她開始有意無意的躲著衷贏，何心隱看在眼裡，也發現沅宸不再像從前那樣開朗，時常不自覺的嘆氣，可是他年紀太小，不懂這其中奧妙，唯一能做的就是多陪在沅宸身邊。

　　直到當年夏天，沅宸在藥王山谷為期一年的學醫生涯結束。那天，

沉宸收拾好了自己來時的行囊，以及自己在這一年中所摘抄與學習的藥材記簿。自然，還有那些乾枯了的被她夾在書中的辛夷花。她向平時裡較為親近的師姐、師妹、師兄與師弟一一告別，捨不得她的人淚流滿面，嫉妒她的人倒是心中大快。何心隱哭哭啼啼地抓著她，不准她走，沉宸也極為不捨，她含著眼淚對何心隱道：「小師弟，我到了歸國期限，已是不得不走了。你我之間有緣，能夠在這裡相識、相知整整一年，日後必定還會有緣再見，別難過，你我一定會再見的。」

可何心隱卻哭著道出一番令她醍醐灌頂的話：「沉宸師姐，你明知今日一別定是後會無期，為何還要騙我有緣再見？你覺得萬事順其自然，不去反抗，只管順應，就一定會達成所願嗎？我雖然小，可我也知道，真正要順應的是自己的心意，而不是順應他人的心願。」

沉宸一下子愣住了，旁人輕輕拉扯開哭鬧的何心隱，提醒沉宸道：「師妹，該去拜別師父了，不要耽誤了時辰。」

沉宸默默地點了點頭，轉身去了正殿裡向師父告別。

藥王已經等候她有一陣子了，見她前來，他要她坐在自己對面，並親自為她倒滿了面前的茶，感慨道：「遙想你當初來此處拜我為師，彷彿是許久之前的事了。為師尚且記得你剛來山谷之時，聰慧、有禮、勤奮、好學，雖有野心，卻也是腳踏實地，從未想過投機取巧，而是刻苦專研藥書，認真繪製藥材圖例，令為師深感欣慰。從前也有很多希國學子前來，其中不乏急於求成、好高騖遠、自以為是之徒，他們一年期滿離去之後，也鮮少有人繼續自學提升醫術，反而是以藥王山谷之名四處炫耀，為謀取功名利祿而忘記了原本應盡的職責，實在可惜亦可悲。」

沉宸靜靜地聽著，點頭道：「師父所言之意，徒兒心裡明白。徒兒也一直知曉，品德高尚的人，從來都不會能言善辯，只是盡可能地幫助和給予他人，這樣自己就會得到充實和滿足了。如果只是為了一時小利而忘記本分，就會丟了誠信。我來此的初心是學習醫術，歸國之後，也會一心研究醫術，行醫救人。」

藥王滿意地點了點頭，放心道：「富貴者送人錢財，仁義者送人以言。為師沒有什麼好送給你的，就送你幾句話吧！正所謂善辯而通達者，其所以招禍而屢至於身，在於好揚人之惡。為人之子，勿以己為高；為人

之臣，勿以己為上。望徒兒牢記。」

沉宸頓首道：「徒兒一定謹記在心。」而後，沉宸起身，拜別了藥王。她獨自離去的背影看上去十分堅定，全然不似一個柔弱女子，反而像是一個勇敢的戰士。

藥王品著茶，忽然望向身後說道：「你大可出來了。」

潑墨屏風後走出了一臉憂色的衷贏，他一直在那裡，聽到了藥王與沉宸的全部對話。

藥王問他道：「如你所聞，她並未提及你，可見她已經決意離去，且不再留戀於你。人世間的情感是要兩情相悅、互相愛慕才可，男女之間相互扶持、相濡以沫，她既心中無你，這下你總歸死心了吧？」

衷贏回想起沉宸曾經喚自己大師兄時的音容笑貌，回想起與之朝夕相處的一點一滴，卻也清清楚楚的聽見，方才她與藥王的道別之中，一字都未提及有關他的任何事。可即便如此，衷贏還是執迷不悟似的說道：「正如師父所言，男女之間，的確要兩情相悅、互相愛慕，方可結為夫婦，共度一生。選擇愛人，選擇生活，各有不同，也好不負此生。」

藥王嘆了一口氣，相勸道：「衷贏，人生在世，有人選擇功名，有人選擇清貧，那是因為他們尚不知自己會走向何方，也不確定是否會得到自己想要的一切。而你不同，你的人生在藥王山谷，這裡是外面千萬人踏破鐵鞋無覓處的聖地，你已擁有他人豔羨的一切，你將有大好前程、子孫滿堂，為你選定的妻子又是那般美麗絕塵、善解人意，你又何苦去尋一條會令你後悔終生的道路？」

衷贏固執道：「師父又怎知我必定會後悔？」

藥王反問他道：「遠方的高山會否使你疲憊？」衷贏當即回答：「不會，只要我願前行。」

藥王又問道：「如果在你的靴子裡放上一粒不大不小卻外形尖銳的石子，你還會否順利的到達遠方高山？」衷贏蹙起眉心，低聲道：「必要剔除石子。」

藥王站起身，雙手而背：「可雙腳皮膚早已被石子折磨的血肉模糊，是否痛楚不堪？」衷贏回答：「時間久了，傷口便會結痂，亦會自癒。」

藥王問：「那為何不在最初放棄一雙裝有石子的靴子？你明知有石

子，就不該去嘗試。」

衷贏卻說：「有些人是即便山有虎，仍願虎山行的。」

藥王又道：「人生於天地之間，與天地是一體，天地是自然之物，人，也是自然之物。人有幼、少、壯、老的變化，就如同天地有春、夏、秋、冬的季節交替，這是自然規律，你能因喜愛夏天而逆轉規律嗎？四季又會因你的喜好而停止運轉嗎？世人生於自然，死於自然，本性就不會亂。如果不順應自然，而是奔忙於人自身飄忽不定的心意之間，行為就會受到羈絆。心中有追求功名的想法，就會生出焦慮的心情；心中有渴望利益的想法，就會生出煩惱的情緒。你心中固執於癡戀，就會遮擋你識別萬物的心神。學醫之人，怎能癡迷於兒女情長呢？成大事者，又豈可拘泥於小愛小恨之中？難不成你真要棄自己的德念於不顧嗎？」

衷贏低垂下眼睫，悵然道：「師父情於我，是為仁；藥姑情於我，是為義。在師父眼中，我或許已是背信棄義之人，可我並非去走邪路邪徑，他人笑我癡笑我瘋癲都罷，笑我愚昧笑我昏頭也好。師父，我意已決，還請師父成全。」

藥王發出一聲長長的哀嘆：「你這是連師門都要摒棄了，你自小在此，為師待你如子侄，何況你在此生活學習了十數年，你怎捨得？即便你真能放下這一切，可到了陌生國家，你背井離鄉、無親無故，如何自處？白凝癡心於你，你又怎可背棄？她這般真心對你，她何辜？」

衷贏只道：「師父，我亦何辜？」

若不是藥姑當日久病不癒，她動情道明心中情意，衷贏又怎會與之訂下婚約？眼前藥姑已痊癒，而沉宸又到了歸期，他就要因此而令自己悔恨終生嗎？假設沒有沉宸今日一別，衷贏也許無法醒悟。如今他已恍然大悟，他對沉宸早已情根深種，為何不能隨她同去？即便真如師父所言，陌生國度、舉目無親，可沉宸不才是他的全部嗎？

藥王見他這般執迷不悟，實在悲憤交加，竟是威脅他道：「倘若你執意如此，也罷！也罷！可你要明白你當真是失去了一切。衷贏，你今日背叛的是師父與我視為珍寶的侄女白凝，我不能讓她傷心，定要給她個交代。婚約勢必作廢了，我也必將昭告天下與你斷絕師徒關係。從此以後，你再不是這山谷的大弟子了，你的前程也盡毀。假設這般你都可不在乎

了，你便隨她走吧！」

衷贏似乎有一瞬間的動搖，可僅僅只有一瞬。而後，他微紅了眼眶，向藥王作揖行大禮道：「多謝師父成全。」

言畢，衷贏義無反顧、迫不及待地走出了正殿，他竟沒有絲毫的不捨與眷戀，一心要去追趕沉宸。他已然是放下了藥王山谷的一切，師父、藥姑、白鷺城、大師兄的尊名……，全部的全部，所有的所有，他統統都不要了。他的人生彷彿因這一年的光景而有了不同的轉變，那些與沉宸同吃同學、登山採藥、嬉笑追打的畫面，填補了他此前的心靈空白，他甚至於沒有來得及與敬愛自己的師弟妹們逐一告別。他的心已經飛遠了，似箭一般，只追趕著那個名叫沉宸的姑娘。

這時的沉宸已經走到了白鷺城的山腳下，她也曾一步三回頭的遙望藥王山谷，她很捨不得這裡，心裡盼著還能再見一眼大師兄，哪怕只是一眼。她並不是要在這最後一天也躲避他，而是她找遍了整個白鷺城，也沒有找到他的身影。她以為，他已經不願再看見她了。

今日一別，怕真是後會無期。沉宸眼裡湧現淚光，強忍著不想流出。天色已晚，頭頂忽然落下了小雨，她並不想打開包袱裡的油紙傘。自從父母雙亡之後，她忽然愛上了淋雨，好似那雨水可以把心中的思念和悲涼一併洗刷走。雨水打濕了臉龐和衣襟，剎那間淚水也混著雨水一同在臉龐流下，終於可以落淚了。默默的走、默默的哭，她也不知曉自己為何而哭，只是覺得心裡不捨和留戀，強忍著不發出一點哽咽之聲。烏雲遮住了殘月，又一點點移開，露出了月華光亮。

沉宸忽然聽到身後傳來馬蹄聲，是急促又震耳的聲響，有駿馬奔騰在靜謐深沉的夜色山林裡。

「籲……」

衷贏勒住韁繩，沉宸聽見那熟悉的聲音，猛然轉回頭。她不敢相信自己的眼睛，淅淅瀝瀝的雨幕之中，他騎在馬上，身形清瘦，眼裡有憂愁之色。那一身白衫格外刺目，彷彿攜著星月的光輝一同而來。沉宸的眼睛頓時發亮，內心動容。她迫不及待的跑向前去，他也翻身下馬去迎她。

「大師兄！」她喚他的這一聲，似有萬千想念那般柔情似水，洩露心中深沉的情愫。

他迎上她，迎上了她的懷，待她醒過神時，才發現自己緊緊地抱著他。終於意識到不好意思，趕忙推開他擦掉眼淚，埋怨似的對他道：「你一整日都跑去哪裡了？我想和你道別，找遍了藥王山谷，也沒見到你。」

他低頭凝視她，眼底裡好像有一股說不出的悽楚，聲音也有些暗啞：「我哪裡也沒去，不過是忍住不來見你罷了。」

她彷彿明白了什麼，不敢置信地看著他，他卻堅定的對她點頭道：「沒錯，沇宸，我要跟你回去你的國家。」

沇宸目瞪口呆，可內心裡卻也十分歡喜，她的表情變得極為複雜，從錯愕到開心，再到不知所措，竟脫口問道：「可是師兄，你與藥姑的婚約，還有師父……，他怎能同意？」

衷贏眼神深邃，道：「那些都已成為我的過往，與你在一起，才是我的今後。」

沇宸感動不已，她顫抖著嘴唇，一時失語。直到身後傳來氣喘吁吁的追趕聲，二人一同循聲望去，見是何心隱跌跌撞撞地跑了來。本來，何心隱就很捨不得沇宸，可念及大師兄還在山谷，他也只能忍下了這份不捨，聽其他人說起大師兄追隨沇宸去了，何心隱更加沒有猶豫了。

「沇宸師姐，大師兄，帶、帶上我！從今以後，你們二人在哪裡，我就要和你們到哪裡！」這個小小的身影已是滿身泥濘，他扛著比自己身軀都要大的行囊，滿眼歡快地撲向了沇宸和衷贏。

那一刻，沇宸終於忍不住哭出了聲來。她把頭埋進了衷贏的肩膀，伸出手來，緊緊地握住了何心隱追趕她的小手，他們三人在這夜色中顯得格外孤立，卻又溫暖無比。

月華極柔，雨露清冷。桃花樹的花瓣被冷風吹落，散滿了一地。

# 第十一節

天啟三十年。

華燈初上，絲竹樂器之聲婉轉繞梁，希國皇都之內，依舊是百年如一日的盛世繁華景象。

皇宮內的殿堂裡一派歌舞昇平，這般盛宴自然是為了迎接學醫歸來的沅宸。她十五歲起便被皇后欽點為貼身御醫，此行歸來又為皇后帶回了可以醫治頑咳的藥方，加上皇帝向來厚愛寂將軍一家，定是要為沅宸召開一場熱鬧的宴會。

許多貴族、御醫們都受邀而來，沅宸已換下了風塵僕僕的白鷺城衣衫，今夜的她綰著嬌麗的雙雲鬟，眉間點著一抹朱砂，鵝黃色錦服格外雍容華麗，甚至還被皇后允許在衣襟上繡著鎏金絲線暗紋，更是彰顯她的曼妙容顏。她坐在與皇后最為接近的位置，自是可見皇后十分喜愛她，而在沅宸的左側，是她的父親，寂老將軍；下一個位置，是她的妹妹，希國唯一的女將軍，甯靈霽。他們久別重逢，此時格外珍惜相聚時光。沅宸重歸故里，更是與家人們有著說不完的話和趣事，她臉上洋溢著的喜悅笑意，是外人不曾見到過的。

也是衷贏從未見過的。

由於是沅宸攜來的東陵國友人，衷贏的位置落在殿內的貴賓席處，距離沅宸並不算遠。所以沅宸的一舉一動、一言一行都可以被他看得真真切切。皇帝和寂老將軍得知兩位友人皆是東陵國藥王的弟子，特別是衷贏長得一表人才，而且，他可是藥王當初的大弟子。雖然他選擇離開師門，離開故土東陵國，來到希國，可他的醫術定然與朝中眾御醫是不相伯仲的。如此難得的稀世人才，定要好生留用才是。皇帝為表大國氣度，即便在皇都之中的宅院都是寸土寸金，仍賞了衷贏和何心隱一座宅院，又賞賜了好些銀兩，讓兩人安心留在希國效力。

此時，衷贏正一邊淺酌青瓷杯中的佳釀，一邊打量著坐在沅宸對面

的那位年輕將軍。

　　寂藏鋒，年長衷嬴兩歲，十四歲時被寂將軍收為養子，十六歲便出征軍旅，二十歲時，就已成為了打過數場勝仗的英勇少將。只見身著玄色鎧甲的他平和而沉靜，時不時地向對面的沉宸投去目光。那目光並不像是兄長寵愛妹妹，也許他本人渾然不自知，可作為旁觀者的衷嬴卻從那眼神中領會到了一二。

　　衷嬴又飲下一杯，目光落在沉宸身上。

　　今夜的沉宸的確是光華照人，姿容秀美如春松。她正興高采烈的同寂將軍與妹妹靈霽聊著一年來的學醫生涯，桃花眼中含笑，似盈盈水澤。衷嬴看她雲鬢峨峨，修眉聯娟，不禁露出微微笑意。待他再去看藏鋒，發覺對方也注意到了他，彼此目光相對，仿若都把對方的心思看穿無遺。

　　衷嬴友好地同他點頭，藏鋒也頷首示意。也許他並不歡迎自己這個外來人，衷嬴心想。前幾日，他同沉宸一起來到希國皇都之時，早已得訊的寂老將軍已帶隊前來城門迎接。分別一年雖說不長，卻也不短，寂老將軍見到愛女的那一刻，竟也是動容的眼裡閃淚。同來的靈霽雖外表冷漠，也還是在見到長姊的時候流下了歡喜的淚水。

　　至於寂藏鋒……，他當時並未出現，沉宸也刻意避及般的沒有問起他，只是同父親與妹妹介紹了衷嬴、何心隱。許是愛屋及烏，寂府上下都對衷嬴與何心隱異常熱情，招待有加。雖然皇帝賞賜他們的宅院就在三條街口的南邊，但是沉宸和老將軍都盛情邀請他們住在自己家，說是那邊宅院還沒找到合適的人打理，大家在一起熱鬧，於是他們就都住在寂老將軍在皇都的府邸裡。

　　這座將軍府邸，寂老將軍住的極少，因為這也是皇上賞賜下來的宅子，只有他們回皇都覆命之時才暫且住上些時日。雖然很少住，但是管家和僕人們都把宅子維護的極好。何心隱初進這宅子喜歡到不行，看哪裡都是新鮮，沒幾日便和全府上下都混熟了。倒是衷嬴始終客客氣氣，待人和善之餘，總保持些恰到好處的距離。

　　直到今夜來到皇宮赴宴，衷嬴才得知沉宸有一位毫無血緣的兄長，寂藏鋒。

　　坐在身旁的何心隱只顧著吃佳餚，這才想起來同大師兄道：「大師

兄，沉宸姊姊以前都沒怎麼和我們說過，她竟然是個將軍的女兒，還是這邊國家皇后的得寵御醫呢！」

衷贏笑笑，道：「現在知道也為時不晚。」

「那倒是。」何心隱十分滿足地彎著眼睛笑，同時又吃掉一塊玉糕，道：「不過，我倒不在意沉宸姊姊是誰，又或是家中有何人，我只要和大師兄還有沉宸姊姊在一起就好。在哪裡、做什麼都不重要，只要我們三個人始終相守，其他的統統與我無關。」

何心隱彷彿是道出了衷贏的心裡話，他自然也是這般想的。更何況，他已捨棄了原有的一切，那麼沉宸就是他此後的一切了。

在皇都待了半個月之後，應酬完所有人和事情，也將治療皇后頑疾的藥方交給了另一名御醫，一行人就準備辭行而去。雖然皇后很是不捨，但是她也不想將沉宸禁錮在這皇宮之中，只是讓沉宸如有傳召需即刻回宮罷了。至於皇上，他本想留下衷贏在宮中為御醫，為己所用。但是衷贏一心只在沉宸的身上，打算隨她回軍營做軍醫。既然如此，皇上也不好強留，畢竟玄機城的駐軍是邊境的盾牌，只有那裡安寧了，皇都才能平安。若是敵軍攻破玄機城，驅馬直入，不需三日便可到皇都城下。人才既然留在希國了，就無需擔心，有如此醫術的軍醫去往軍營之中，也是將士們的福氣。

對於寂老將軍而言，玄機城的軍營才是自己的家，那裡有出生入死的戰士們，有自己熟悉的營帳。雖然在城中也有府邸，可自從三個兒子和夫人去世之後，他便很少回去住了，也怕觸景生情。反而在這軍營的大帳之中，才可睡得踏實安穩。

又過了三日，一行人隨同寂老將軍一起回到玄機城的軍營。士兵們見大小姐歸來，自然歡欣鼓舞。寂老將軍要他們擇日再敘舊，眼前沉宸他們都累了，要回營中休息才行，寂老將軍也早早的回自己營帳裡歇息了。

沉宸忙裡忙外，親自安頓好了衷贏與何心隱，給他們選了距離自己很近的營帳，也安排了軍士守衛，並分配了幾個得力的老嬤嬤做雜務，幫著他們打理生活起居，又把生活用品一一點算清楚給他拿來，還按照他們的身材尺寸，給每人做了幾套合身的新衣。

衷贏看著沉宸的熱絡，有些哭笑不得，他說自己已然成年，這些衣

衫自然合身。可何心隱是半大小子，過個把月就會長高，且不斷成長，只怕這新衣還沒輪著穿一遍，就都不合身了。沅宸聽完後，有些不好意思的撓了撓頭，說自己只想著儘量把生活物資準備充分一些，倒沒想到這個問題，是她欠妥了。

何心隱對這營帳也卻格外好奇，不由說道：「師姐，我原以為帳篷都是小小的，被風一刮就跑了。今日見到真正的軍中營帳才知道，原來它這麼結實，這麼寬敞，裡面還有如此多的家具，地面也是平整的，還鋪了毯子，竟然還有木頭浴盆，好生華麗啊！這和普通屋子也沒什麼區別了，真是妙極了。」

沅宸聽了，忍不住笑道：「小師弟，這裡是駐軍的營帳，長期居住所用，自然有著極為完備的設施。和真正行軍打仗時的營帳不同，為了減輕輜重，都是輕質的帳篷，和這種是不可相提並論的。玄機城是希國重要的邊境之城，由中心城和許多村落組成，村落的農業生產來提供軍糧，軍隊屯軍時自己也安排士兵輪流種植生產。好多位老嬤嬤和老伯伯都是附近村落來做工的，年紀大了種不了地，也不想閒著。

「再者，他們的孩子也在這軍營之中服役，他們便來這幫著照料軍營的日常生活，還可以收穫一筆不錯的酬勞，何樂而不為呢？這麼多年來，大家都是這般和氣融融度過的。對了，說了這麼多，我差點都忘記了，明日我帶你們去見廖師父，他雖然表面嚴肅、古板，可骨子裡十分熱忱，是這營中最負盛名的老軍醫了。我們可以在他那裡學到更多的醫理知識，只不過嘛⋯⋯，他教課的方式有些特別。」

「有何特別之處啊？」何心隱睜大了眼睛好奇的問著。坐在一旁的衷贏眼中含笑，默默地看著兩人在那邊滔滔不絕。

就在此時，靈霽進了衷贏的營帳，她是來找沅宸的。

沅宸心領神會，同衷贏說自己稍後回來見他，衷贏自然不會阻礙他們姊妹二人相聚，便目送沅宸離營。

這會兒終於得以單獨相處，靈霽對沅宸的想念也毫無保留的傾吐而出。他們二人走在營外的小山林裡，就如同是幼年時那般天真爛漫、毫無憂慮。

靈霽身材修長，沅宸與之相比較為嬌小，比她矮上約莫半個頭。一

路上走著，沉宸與靈霽來到山腳下，仰頭就可以看到半山腰處的皇帝賜給寂家的陵墓。那裡葬著寂夫人與三位兄長，每逢祭祖之日，寂老將軍都會提早上山，為陵外的梧桐樹親自澆水。

靈霽望著陵墓道：「爹爹的營帳在半山之中，打開帳門看去，對面山包便是御賜的家族墓地，也是為了離娘親與兄長們更為接近。他心裡想要守著他們，寸步不離的守著。」

沉宸心有憂思，嘆息道：「如果當年我也學會了現在這般醫術，娘親和哥哥們也許就不會離去了。」

靈霽重新看向沉宸，冰冷鎧甲上的紅色披風襯托著她淡漠面容，倒也為其掃上了一抹朱紅色的光暈，她問道：「姊姊，我本不想多嘴此事，可總是覺得不問的話，心裡不踏實。」

沉宸笑著看向她：「你我姊妹之間，沒有什麼是不能問的，一年不見，你怎麼變得生疏了起來呢？」

靈霽略微垂下了眼，清麗姿容更顯幽靜，她問道：「這次你歸來，攜回兩位友人，雖說他們是你的師兄師弟，那姓何的孩子尚且年幼，的確是心思單純的為追隨你而來。但你的衷贏大師兄卻甘願放棄藥王山谷和東陵國唾手可得的錦繡前程，這般甘心情願地來這玄機城做個小軍醫，想必他定是對姊姊心思頗深吧？」

沉宸聽後，半響不言語，靈霽又道：「姊姊，我並非想要惹你不開心，但你應該記得，一年前皇后是賜婚你與藏鋒哥哥的，如今又有一位男子陪伴在你身側，藏鋒哥哥又該如何自處呢？」

時值初夏，天氣微熱。清風徐來，夾雜暖意，山林裡暗香浮動，夜霧嬝嬝，一朵合歡花從林中捲來，飄過沉宸的髮鬢，落在她桃紅色的繡花鞋面上。她不忍抬起腳踩壞了它，便一動未動，喃喃回道：「當年的事情，我早已忘了，藏鋒哥哥也必定忘了，不會再有人提起。靈霽，別再提起，讓它過去吧！」

靈霽忽然激動起來：「怎可就輕描淡寫的過去？這一年來，藏鋒哥哥十分想念姊姊，我都看在眼裡了！」

沉宸心煩意亂道：「那只是手足之情，莫要多想。」

「姊姊太固執了！」

「固執的人並非是我，而是你吧！」沅宸緊緊凝視靈霄的眼睛，一針見血。

靈霄頃刻間變了變臉色，似動搖，又似無措，她很少有這樣的神情，她不允許自己暴露心中所想。她一直苦苦習武，拋卻雜念，任憑誰也無法看穿她內心所想。但為何沅宸卻能道破她的痛楚？那她多年來的自我麻痹又有何意義？

「一年了。」沅宸痛苦地皺起眉，無可奈何地看著靈霄道：「為何這一年來，你還是不肯放下執念？靈霄，你我姊妹不需要試探彼此，更不需要為了彼此而犧牲對方。為何你還是如此固執？你大可以……」

「不！」靈霄打斷沅宸的話，眼中閃過一絲倉惶，儘管她很快就恢復原有的冷靜，可聲音中的淡淡顫抖還是洩露出了心中情感，「我沒有執念，你說的不對。我看得見，藏鋒哥哥多次與你書信，是你沒有回信。他也經常站在你的營帳外出神，儘管他從未和我說起，可我感受得到他對你的那份思念。他在等你回來，他一直在等。」

沅宸握著靈霄冰涼的手說：「妹妹，我回玄機城之前已經與皇后娘娘說了，我無心兒女情長，只為專研醫術，若能選擇，我寧可終生不嫁。再加上我與藏鋒哥哥雖無血緣，但卻如親兄妹一般相處至今。若是與其成婚，彼此都會甚為尷尬，反為不美。皇后疼惜我，也應許了我的請求，說這事以後不提便罷。」

誰料靈霄聽完此言，竟猛地把雙手從沅宸手中抽出，有些激動的說道：「姊姊，你這是真糊塗啊！你豈不是自欺欺人？這一年之中，每次父親在家宴之中提起你時，藏鋒哥哥都不言不語，只是一個人默默的喝著悶酒，這也算是普通的手足之情嗎？」

沅宸聽著這番話，心中除卻悲涼，還有絞痛。原來靈霄已經用情如此之深，她把藏鋒的點點滴滴都看在眼中，這份真情怕是化為白骨渡上黃泉都難放下了。事實上，並不是沅宸沒有回信，而是她的確從未收到過藏鋒的信件。她也為此而感到痛心、無眠過，可藏鋒就是藏鋒，沒人清楚他心中到底是怎樣想的，沅宸不清楚，靈霄更不會清楚，即便她們姊妹二人都已對他癡戀多年，卻仍舊是鏡花水月。所以沅宸才會同靈霄道：「放下執念，方得始終。」

　　靈霄略有埋怨似的看向沅宸，喃喃道：「若是放得下，你當初就不會離開一年了。」

　　沅宸欲言又止，靈霄心灰意冷似的，向她合拳告別。望著靈霄遠去的背影，沅宸低低喟嘆。她轉過身，朝來時的路走去。

　　回到軍營附近時，還未進大門，沅宸就見對面緩緩行來一人。樹枝上爬滿梨花，枝椏低垂而下，半遮半掩住那人的面容。他越發接近，身上那股清冷氣息便越來清晰，在這萬千花樹之間，他看見了她，以一種久違的深遠目光望來。

　　她不禁心下一顫，手心裡泛起密集的汗珠。她自以為她放下了，可真如靈霄所言那般，怕真是自欺欺人。

　　「沅宸。」他走上前來，唸出她的名字，是極為溫情的語調。

　　她卻不似他這樣平和，也許是因為她對他依然抱有一絲不切實際的幻想，又或者可以說她「居心叵測」。總之，她有些侷促，又顯得很被動，只低下頭去回應道：「藏鋒哥哥……」

　　他對她也略有拘謹，言語之中留有分寸與距離，低聲道：「你的氣色要比一年前好許多，可見學醫的時光一定讓你很快樂，我也看得出，你的兩位師兄弟對你照顧有加，讓身為兄長的我也感到了欣慰。」

　　兄長。這是令沅宸感到愕然的稱呼，她仿若如夢初醒似的抬頭看著他，苦笑道：「是啊！藏鋒哥哥，你我兄妹之間，自是不必如此生疏。今後也免不了要常在軍營照面，以兄妹相稱，必然免去了許多煩心顧慮。」

　　藏鋒略有困惑，沅宸笑笑：「夜深了，藏鋒哥哥，我先行回去歇息了，再會。」她輕吐一口氣，朝軍營裡走去。

　　她越走越快，生怕自己留下什麼破綻被他看穿。

　　迎面襲來夜風，吹散她心中煩亂，沅宸抬起眼，這才發現自己營帳外站著一個俊秀身影，像是在迎接她。

　　她認出他來，趕忙走上前去喚道：「大師兄。」

　　衷贏聞聲轉過頭，眼中帶笑道：「總算讓我等到你了。」他牽過她的手，「隨我來，我從山谷離去時，匆忙之中帶了幾罐玫瑰蜜餞和櫻桃畢羅，都是帶給你的，你再不吃的話就要腐掉了。」

　　她怔怔地被他牽著，覺得自己原本冰涼的手，因此而逐漸暖了起來。

沇宸是知道的，從藥王山谷到歸國回營，只要衷贏在自己身邊，必定是對她照顧有加。他拋下了功名利祿，寧願在寂將軍的軍營裡做一位普普通通的軍醫，為的只是伴她身側。在軍營的日子裡，他始終對她悉心照顧，呵護備至。

第二日，他們早早就相約一同去拜見廖軍醫，這廖軍醫果然與沇宸所說，的確有些與眾不同之處。還未進入營帳之內，就聽到一個聲如洪鐘的老者在帳內自言自語的說道：

「要知男女老少墳，只有草木才知音，要知何因死的人，草木也能定分明。要知宅主富定貧，墳地山水自分明，新舊草木墳中生，陰陽草木定是真。少者草在東邊少，老者草在西邊生，東邊草高男家發，西邊草高女家興。墳上萬物生土堆，先富後貧子孫虧，左邊東來右邊西，坐南朝北四位取。左邊草高是男墳，右邊草高葬女人，男墳長草直上生，女墳草生亂紛紛。右頭草木斜左腳，定主裡面埋老婦，左邊草木斜右頭，白頭老翁埋裡頭。左邊草木斜左頭，少年子弟埋裡頭，右邊草木斜右頭，紅粉佳人不知秋。」

沇宸和衷贏兩人面面相覷，忍不住輕笑了出來。這老軍醫怎麼還變成了風水先生，真是什麼都難不倒他啊！何心隱在一旁一知半解的認真聽著，一頭霧水。待帳內沒了動靜，三人才入帳前去拜見。

廖軍醫見三人前來，倒也不奇怪，等三人行完禮，就一把抓住衷贏的手，要替他把脈。衷贏看到廖軍醫如此熱切，盛情難卻，只能乖乖的讓其將兩隻手的脈象都細細把過。

診完脈後，廖軍醫說道：「小夥子，你身體素質不錯，只是天生肺弱，夜間睡眠之時，總有幾聲咳嗽。我教你個法子，不用湯劑和針藥，可以治根本。你每日寅時靜坐，很容易入靜。寅時陽氣上升，陰氣下降，陰陽相交、天地相交。而卯時日出，天地陽泄，需要補充太陽陽氣，不適合修煉。寅時陽純，天地陰性物質絕跡，不會出偏。寅時肺經當令，肺主百脈。寅時地支藏有甲丙戊三天干，對應的是膽、小腸和胃。

「根據表裡關係，關係到肝、心和脾。再加上肺經當令，四個內臟全部開始活動，重新消化吸收身體裡的營養物質，頤養先天之腎精。腎精得養，補益腦髓，骨髓返生，可實現逆生。在十二個時辰中，能夠達到以

上條件的，唯有寅時，其他任何時辰都不具備這個條件。所以，其他時辰靜坐的效果，都無法達到寅時靜坐的效果。如此一年半載，肺經定得以滋養修復。」

衷贏一聽，發現廖軍醫果然是大隱隱於市的高人，老前輩的醫術是結合道家修煉而自成一體，並非尋常醫書之中可查。他趕緊行禮說道：「多謝廖師父指點，晚生受益匪淺，定於今夜就行此法。」

廖軍醫爽朗的一笑，擺了擺手，道著不必客氣，並請他們坐下來喝茶。閒聊之餘，他得知衷贏和何心隱之所以會離開藥王山谷，是為了追隨沉宸回來希國。又得知衷贏甘願在此軍營之中做軍醫時，他竟然忽然高興的像個孩子，神采飛揚的對著衷贏說：「那老妖精能教你們的，我不一定能教，但是我能教給你們的，那老妖精也不懂。你們這樣求學才是對的，不要只聽一家之言。」

沉宸極少看見廖師父如此眉飛色舞的喜悅模樣，又見到衷贏和何心隱略帶尷尬，畢竟這藥王也曾經是他們師父，無論藥王認不認他們是弟子，但是他們心中對藥王尊敬是半分未少。

沉宸打破尷尬地輕咳幾聲，問道：「師父，為何您……要稱藥王為老妖精？」

廖軍醫自是十分得意地說著：「這個嘛，要說我與那老傢伙是老相識，他與我同歲，當初共遊大江南北拜訪各位高人，他對我說他的目標是修成人仙，容顏不老，歲長駐世。那時我就開始喊他老妖精，他喊我老怪物，彼此打鬧。如今他服用各類珍貴藥材，勤修苦練才能有現在的容顏，那不就真成了老妖精嘛，哈哈哈。」

眾人一聽，皆是笑作一團。

「廖師父，您剛剛說『人仙』？難道仙也有很多種類嗎？」一旁何心隱眨巴著大眼睛，好奇的問道。

廖軍醫笑瞇瞇的看著這個半大小子說道：「你這小兒，倒是頗有仙緣嘛！竟然問出如此問題，老夫就答你便是。古代有首詩說：『三十三天天重天，白雲上面有神仙，神仙本是凡人做，只怕凡人心不堅。』仙道五品仙，也就是修煉的五個層級。

「第一：天仙，陽神成就之後，序化程度不斷壯大，能力逐漸擴展，

最終徹底超越蒼穹限制，依元神界生起新的天地，並主宰其攝受有緣眾生，以無量化身引導眾生趨向無上成就。

「第二：神仙，超越玄關境界，進入明體境界，依元神力量鑄造陽神。神仙級修煉者是以陽神可以離開肉體獨立生存為成就標誌。達到神仙品則為聖賢級修士，地仙人仙鬼仙均為凡夫級修士。

「第三：地仙，由正定而獲得玄關顯現，但因見地不到，故不能超越玄關境界，即以此境界為究竟住處，依玄關之力量攝持改造身體，肉體壽命可突破自然之限制，則以近似於陽神力量。在人仙鬼仙級的修煉中，見解高低並不重要，一旦到了地仙境界，見解不到位就沒辦法了，所以說修道是智慧的成就，智慧不到是不行的。地仙級以上的修煉必須斷絕外緣專修，所以得法之人有一定基礎之後，大都遁處深山老林人跡不到之所。修煉所需時間因人而異，根基好的數年即可成功，根基差的則可能數十年尚未達到究竟之處。

「第四：人仙，不追求成就道果，而以調攝真氣之術養生健身，提高抗禦外界邪惡資訊能量侵襲的能力。人仙部修煉者以達到百邪不侵、百病不生、延年益壽、容顏常駐為成就標誌。

「第五：鬼仙，一昧閉目寂坐，冥心寂照，則靜中尋靜，悟入頑空寂滅矣。而未滅盡定，只煉得一個強定之陰神，到氣盡時，陰神一出。便為靈鬼，謂之鬼仙。從修煉角度上看，鬼仙為修煉之最下乘。」

「哇！太有趣了！原來這世上還有這麼多有意思的事情，我以前全然不知呢！謝謝廖師父賜教。我還想知道那些山精鬼怪的故事，廖師父將來可否也講給徒兒聽呢？」這何心隱雖然小小年紀，但是卻禮數周全的抱拳作揖，還嘴甜的自稱徒兒，讓廖老軍醫心中不由的得意。

「自然是可以，為師日後講與你聽便是。來，先喝點熱茶吃幾塊點心。」廖老軍醫開心的說。

衷贏彬彬有禮，何心隱聰慧機敏，廖軍醫格外喜愛衷贏與何心隱，深覺他們極富天資，是難能可貴的學醫人才。再加上他們也稱自己一聲師父，自然是傾囊相授，待如子侄。三個人時常來到廖軍醫營帳之中，聽他講解病例經驗遊歷見聞、道醫祕法，天上地下玄妙之事都隨口說來，有趣又能學到很多聞所未聞的知識。

一起學習生活的日子過得充實而平靜。白日學習，夜晚喝茶，賞月談心，藏鋒和靈霄每次巡營路過沅宸的營帳，總能看見燭光之下三人相談甚歡的身影。

一日，衷贏與何心隱留下封書信，說是今日在集市之時，聽一名藥農說一座山上有稀有的草藥，兩人來不及與她商議，自顧自的隨著那藥農去採摘了。估計要半月有餘才能回來，讓她不必掛心。

沅宸一看完信，氣不打一處來，這稀有藥材的採摘怎麼都不叫上自己同去。但既然他們已經出發了，只能作罷。

半個月的光景過去了，絲毫不見兩人的蹤影，沅宸雖知衷贏和何心隱不會出什麼大事，但是心中總是亂作一團。靈霄也安慰她，推測哪座山上草藥多，耽擱了日子，讓姊姊不要為此日夜擔憂。

可眼看著過去二十幾日了，那二人還是沒有影蹤，沅宸心焦的睡不著。她獨自走到軍營後邊的小溪旁，去賞月色。不遠處藏鋒與靈霄正在騎馬巡營，靈霄看見了溪邊的姊姊，心知她在擔心兩人遲遲不歸之事，便告訴了藏鋒，請他也去寬慰姊姊幾句。藏鋒見到溪邊獨自徘徊的沅宸，心有不忍，便囑咐靈霄牽好馬在原處等他，他去勸勸沅宸。

沅宸聽到身後有腳步聲，回眸一看，藏鋒身著一身銀色盔甲正向自己走來。她覺得有些愕然而不知所措，藏鋒走近後不等她開口便說：「沅宸妹妹，你莫心急，衷贏是穩妥之人，定是有事情耽擱了歸程。靈霄與我商量，若五日之後還是沒有音訊，我和她就親自出城去尋他。」

「我……我哪裡是擔心衷贏，我是擔心何心隱，他小小年紀貪玩愛跑，萬一在路上和大師兄走散了，彼此尋不到彼此……所以兩人都沒有返程。當然，我更擔心他採藥爬山之時，不慎摔傷之類，這才沒了音訊。不過，還是謝謝藏鋒哥哥的關心，若是五日之後他們未歸，還真是要請藏鋒哥哥和靈霄妹妹幫我出城尋人才是。」沅宸話說得有些語無倫次，她看見藏鋒眼中的關切之情，內心又是一陣悸動。

「那妹妹早些回去吧！夜裡更深露重，已然亥時，這離軍營還有些路途，晚上泥濘路不好走，你且和靈霄同騎一匹馬，隨我們一起回營吧！」藏鋒用手指向不遠處樹下的靈霄和兩匹烏黑的駿馬。

沅宸也不知說什麼好，只是點了點頭，就跟在藏鋒的身後向樹下走

去。她低著頭看著泥土之上藏鋒一個個的腳步，心想藏鋒哥哥的一步步伐如此之大，自己需要兩步才能跟上。再抬眼看著一人之隔的藏鋒，健壯而魁梧的背影，他們都長大了，讀了更多書，守了更多禮，再也不似少時那般親密無間了。

迢迢牽牛星，皎皎河漢女。

纖纖擢素手，札札弄機杼。

終日不成章，泣涕零如雨。

河漢清且淺，相去復幾許？

盈盈一水間，脈脈不得語。

走到樹下，靈霄正關切的看著沅宸，扶她上馬，自己坐在其後，靈霄的雙手環繞她的身側，握著韁繩讓馬匹慢慢踱步。沅宸回頭看了一眼靈霄，靈霄眼中滿是溫情的看著她，問：「妹妹冷嗎？我將披風脫下給你如何？」沅宸忙搖了搖頭，便不再言語。三個人騎著兩匹馬默默的走了一炷香的時間才回到軍營。

數著三次日升日落，到了第二十八日。沅宸坐在營帳之中發呆，原來生活之中早就習慣了衷贏和何心隱的陪伴，沒了他們相伴，竟然感受到一種莫名的孤單寂寞之感。

忽然營帳之外傳來一陣急促的腳步之聲，她正恍惚失神之際，帳簾忽地被撩開，何心隱的小腦袋先露了出來，接著，衷贏那俊秀的面容也出現在眼前。

沅宸猛的從椅子上跳了起來，一句話還沒開口，眼淚反而先落了下來。哭了半晌之後，她又凶巴巴的對兩人吼著：「你們兩個這是去哪裡了？說好的半個月就回來，這一走就是一個月，連個音訊也沒有，這是要急死我嗎？」何心隱一見，嚇壞了，何曾見過師姐發這麼大脾氣，第一時間躲到大師兄身後。沅宸邊說著就拿拳頭砸向衷贏的胸口，衷贏也不躲不避，只是任由這拳頭落在自己身上，始終都保持著微笑的神情看著沅宸。

待沅宸把脾氣發洩完了，他便扶著沅宸坐下，笑著對何心隱說：「還不去給師姐擦眼淚。」何心隱乖巧的掏出一塊潔白的手帕，湊近後遞給沅宸把淚水擦了擦。

原來快到沅宸生辰之日，兩人商計著給她一份禮物。兩人見沅宸極

其愛吃距玄機城兩日路途的碧城中一家老字號店鋪——林記的檸香蛋和
滷牛肉，每次途經都要去吃上一次，回到軍營還是念念不忘。便藉口說兩
人要外出半個月尋草藥，實則是去了林家鋪子，專門找林大姨去學這兩道
菜，作為生辰的賀禮。聽完他們的解釋，沉宸依舊不依不饒，要他們發誓
以後不可這樣拋下她一人跑了，害得她如此日夜思憂。衷贏和何心隱趕忙
順了她的心意，起了個誓，沉宸這才破涕為笑。

　　三人笑談了一夜，約好明日請上寂老將軍、廖師父，一起吃他們兩
人學著做的檸香蛋和滷牛肉。

　　第二日中午，在寂老將軍的營帳之中，端上了香氣撲鼻的檸香蛋和滷
牛肉，光是那香氣都讓人垂涎欲滴。沉宸哪顧得上什麼禮數，第一個就動
了筷子，吃了一口檸香蛋，再吃了一口滷牛肉，眼睛睜得如銅鈴般大小，
興奮的說道：「真的是完全一樣的味道啊！你們真厲害，以後我隨時可以
吃到林記的美食了！」

　　寂老將軍和廖軍醫也品嚐一番，讚歎不已，沒想到衷贏和何心隱竟
然還為了沉宸學做了一手好菜。看著沉宸狼吞虎嚥的模樣，和一旁衷贏含
笑看著沉宸吃的樣子，兩位老人對視了一眼，會心的笑了。

　　之後，無論沉宸怎麼問他們是如何說服林記的林大姨把祕方交給他們
的，他們始終閉口不提。其實就算不說，沉宸也明白，這定是不易之事，
一來這兩道菜是人家的鎮店之寶，怎會外傳？二來他們耽擱了那麼多時
日，定是頗費周章。無論如何，沉宸心裡都充盈著幸福感，被人關懷和愛
護實在是件美好之事。

　　在廖軍醫的引領下，沉宸與衷贏、何心隱的醫術日漸提升，廖軍醫
極為滿意，漸漸轉去幕後支撐三人單獨行醫。於是，世人們都道寂家軍營
裡的廖老軍醫有了三位得意弟子，其中有兩位是「妙手神醫」，翩翩公子
衷贏和亭亭玉立沉宸，以及尚且年少的何心隱，他雖然還不能獨自給病人
診脈拿藥，但也是一位格外重要的「小醫師」。總會有百姓感恩的叩謝其
醫者仁心，也總會有小娃娃們把衷贏與沉宸錯認成是夫妻。

　　時光流逝，歲月如白駒過隙，何心隱也在沉宸與衷贏的身邊學習到
了許多原本不知曉的醫術，他總會在天未亮時便登山採藥，帶回營中給兩
位師兄姊用於藥材研製。

衷贏和何心隱也總是變著法子給她做各種好吃的吃食，這架勢是要把御廚都比下去的狀態。每次看著沉宸狼吞虎嚥的樣子，兩個人心中都無比滿足。

　　除了每日鑽研醫術外，沉宸也會同衷贏走出軍營，去市集裡一起看花燈，一起在茶館裡聽人說書，也一同救治營中傷患與玄機城中的百姓們。沉宸自然十分感動，也多次會產生一種虧欠衷贏的思緒。

　　閒暇時，沉宸會帶著衷贏策馬狂奔，帶他去道觀祈福。

　　衷贏會帶著沉宸去山頂看日出、看日暮煙花、看溪水清流。

　　或許是煙花迷醉，或許是情愫升騰，當衷贏終於有了勇氣同沉宸提出訂下婚約之事，當沉宸感動的應下，這本該是一對佳偶終結連理的喜事。可這世上，到底還有一個名為藏鋒的男子。

　　儘管衷贏會催促沉宸儘快完婚，儘管寂老將軍也格外看好衷贏，儘管所有人都覺得他們無比匹配，可沉宸每次都找各種理由搪塞了過去。

　　沉宸的心，仍舊控制不住的飄向藏鋒的方向。他起早晨練，她會故意選擇那個時間去山上採藥；他帶兵晚歸，她也夜讀藥譜到他回來；他出征巡視，她會去道觀求一上上籤，連夜縫進香囊裡，然後再偷偷放在他的枕邊。

　　她無意傷害衷贏，所以總以藏鋒是兄長的名義來做掩飾。而衷贏雖知她心思，卻也不去戳穿她，他想著她會放下的，早晚會的。

　　水紋珍簟思悠悠，千里佳期一夕休。

　　從此無心愛良夜，任他明月下西樓。

　　靈霽自那次之後，便與沉宸不再提及藏鋒之事，兩人都小心翼翼的生怕觸動彼此敏感的神經。其餘的事情兩人皆是相談甚歡，時常談些軍營中的趣事和戰場的見聞。沉宸手巧，也為靈霽親手做了好些新衣衫，一年四季的衣衫全被她一個人做齊了。靈霽很是珍惜長姊，知道姊姊愛吃，也常外出尋些野味回來。

　　這野味若是按照尋常做法便可惜了，衷贏和何心隱負責把它們做成一道道藥膳，既美味又進補，讓沉宸和靈霽多吃些，特別是靈霽是習武之人，更需要好生飲食。古人常言道「窮文富武」，家境若是不好的人家去習武，雖然得一時之強健，但終傷元氣，壽不長久。只有富裕人家去習

· 128 ·

武，才能飲食、藥物相配合，強健筋骨不傷元陽。

兩人還時常做些藥膳補湯送去給寂老將軍和廖軍醫，兩個老人家對他們更是喜歡。

衷贏這般癡情，心有戚戚。

沉宸心繫藏鋒，難以自拔。

靈霽深陷執念，情不自知。

藏鋒征戰四方，保家衛國。

四人心懷各自情愫，於軍營之中日日相見，日日懷揣遺憾，日日內心掙扎、自欺欺人。就這樣日復一日，三年的光景轉瞬飛逝。

周遭的人都看不清這四人為何皆不成婚，在希國的傳統裡，這般年紀都該婚配了，特別是女兒家。旁的人只以為兩位小姐一位醉心醫術，一位沉迷武藝，皆不想早早嫁人。再加上寂老將軍也捨不得花容月貌、孝順賢德的兩位小姐，所以就這麼一直耗著時間。

直到那日，正值臘月初八，是希國傳統的王侯慶日，皇帝突然興起，便帶著皇后與一行人，浩浩蕩蕩地來軍營裡探望寂將軍與眾多守軍將士。由於是微服出訪，不想驚動軍營之外的百姓，也就免去了許多禮節。皇帝又提議在軍營裡小試一場擊鞠，想來他的確是一時興起，加上皇后最近想念沉宸特製的芍藥香，便借著「督查」之名，到軍營裡探望寂將軍這個親哥哥，也算是家人團聚，再召開這麼一場不算正規的賽事來助興。

參與擊鞠的兩隊帶頭人分別是王族九王爺，以及少將寂藏鋒。

九王爺過舞勺之年，年輕氣盛又十足傲慢，他將紅綢帶繫在前額，目光上下打量寂藏鋒，冷眼道：「早就聽聞寂少將年少英雄，叱吒戰場，如今相見倒也不如他人所言那般魁梧，反而有一股子贏弱之氣，等會兒你可別摔下了馬，傷了我皇族與寂家的和氣。」

藏鋒自然不把小孩子家的挑釁放在心上，九王爺卻更為趾高氣揚的挑眉一笑，轉臉去看座位上的皇帝，道：「皇兄，我等已準備就緒，開始吧！」

皇帝一擺手，身側內管宣令道：「擊鞠比試開球！」

話音剛落，九王爺便先發制人的率先衝到賽場，藏鋒也不甘示弱的緊隨其後，可是前兩個球都被九王爺一桿打進洞，藏鋒並無還手之力。

坐席上的沉宸見狀，不由擔憂起來，緊緊地盯著場上的藏鋒，很怕他顧慮到皇帝與父親的顏面，而被九王爺逼得跌落下馬。坐在對面的衷贏，將她關切的模樣望進眼裡，安慰道：「但可放心，你長兄不會有事的。」

沉宸這才意識到自己有失儀態，訕訕一笑，站在身後的靈霽打量著沉宸表情，又看向衷贏，衷贏與之對視，靈霽只是默然地移開了視線。

總這樣下去，比賽的看頭不大，皇帝覺得九王爺太過跋扈，有失皇族身分，便命人換掉了九王爺。又問寂老將軍有沒有替換的人選，寂老將軍在眾人中掃了一圈，定下了衷贏。

皇帝訝異道：「準女婿竟要上場？」

寂將軍滿意地捋捋鬍鬚：「回皇上，我這準女婿雖是從醫之人，但也是能文善武的，前幾日還陪同我去騎馬，擊鞠小事，難不倒他。衷贏，去和藏鋒打一局吧！都是自家人，沒什麼可擔心的！」

衷贏點頭應好，再看向賽場，藏鋒已在等候他。衷贏翻身上馬，喊一聲「駕」，迎向藏鋒。藏鋒略眯了眯眼，深知這個「未來妹夫」不是善輩，但他還是做好了擊球的姿勢，一揮球桿，不料被衷贏防下，且他動作飛快，駕馬衝來，藏鋒餘光瞥見坐席中的沉宸忽地站起身來，他心中分神，竟然從馬背上跌落了。

衷贏立刻勒住馬匹韁繩，周身的士兵趕忙奔向藏鋒，詢問著「少將軍你不打緊吧！」沉宸和靈霽見此情景，也不由自主地紛紛跑向了藏鋒，沉宸更是擔憂地去攙起藏鋒，關切地問道：「藏鋒哥哥，你摔傷哪裡沒有？」

藏鋒搖搖頭，說是自己一時大意，而且這點小事根本算不上什麼，戰場上常有的事。可沉宸還是執意去扶她，不巧和靈霽的手碰到一起，靈霽立刻縮回手臂，沉宸也尷尬地停下了自己的動作。最終，藏鋒不要任何人扶，自己若無其事地走下了場去。寂將軍喊他到這邊，要他來喝口茶，換別人上場。

沉宸還站在原地，靈霽已經離開了，她也舒口氣，轉過身的時候看見了衷贏。她這才想起他一直在身後，可是剛剛她卻完全忽略了他。沉宸頓時心中愧疚，恍神似的道：「大師兄……。」

衷贏的臉上掛著一絲寬慰，但卻失望的微笑。也許此前他尚可以欺

人、欺己，可在她奔向藏鋒的那一瞬間，他還是真切的意識到了她對藏鋒的深情。

這份情，竟似高山，令他難以逾越，也令他明知山勢險惡，卻仍舊不肯回頭。


天啟三十三年。

時值六月初三，大暑剛過，寂少將軍寂藏鋒奉皇帝旨意率兵西征，其驍勇善戰令西部遊牧部落遭到鎮壓，寂少將軍在宋、齊、趙等老將領將的輔佐下如虎添翼，一路平步青雲。因剿滅西部遊牧部落有功，蒙皇帝賞賜千萬餘兩，統率步騎兵共七營，合計三萬六千八百人。於同年，寂少將軍從西部帶兵日夜兼程，馳赴家鄉玄機城，為的是平復邊境處爆發的一場規模不小的紛爭。

作為樞紐地帶的玄機城邊境，在最近幾年間問題不斷，往來貿易總會有爭執，隨著貿易利益的加大，和貨物流量的加大，使得這裡變成了一個利益的漩渦，各國人都想在其中賺上一筆。這種利益的摩擦，如今終於上升到白熱化程度。

靈霽得到情報，鄰國各方邊境接壤處集結了一些民兵，為搶奪貿易出口而產生殺戮暴動。

靈霽身為女將軍，自然有保護百姓的職責，加上藏鋒還未歸來，她必定要帶領駐軍士兵平定亂黨。所謂民兵，多是一些小國農民因土地貧瘠、或天災人禍、或躲避官司，隱姓埋名在邊境討生活的人。他們平日各自種地、打獵或者經營些小買賣為生，每到貨物大量接近邊境關口之時，便組織起來，殺人放火，搶奪財物，得到好處之後，再一轟而散。既然是各國民兵，也便是些散兵游勇之師，並不足以為懼。靈霽心想著，只需早日將他們驅逐或絞殺即可。

然而在迎戰之中，希國軍隊竟然遭遇埋伏，靈霽帶領的小分隊竟是損失慘烈。

邊境城郊，戰火沖天，屍身成山。靈霽努力的想要看清周遭情形，卻發現李副尉在不遠處死未瞑目，且是身首異處，至於小分隊的其他將領也已不見去處，九成是凶多吉少。

# 第十二節

　　此時靈霽才發覺，情報有誤。這群民兵體能驚人，身著盔甲，手持利刃，這哪裡能稱為民兵？這是蠻兵才對。分明是很多小國蠻族退役的戰士組成的一支訓練有素軍隊，個個都是經歷了極為殘酷的訓練，才會選擇這在刀尖上舔血的買賣。

　　從方才開始，靈霽便遭遇突襲，原本的晴空萬里也在頃刻間變得烏雲密布、悶雷滾滾。亂黨民兵們埋下了火雷，靈霽帶兵剛到就踩中埋伏，她的士兵、馬匹都席捲到空中，接連撕碎，血濺蔓草。

　　士兵們的慘叫聲滿耳，哀嚎聲不斷，無論靈霽如何安撫，被恐懼侵蝕的隊伍已經支離破碎，四散逃亡，視線所及之處屍橫遍野。

　　「不要亂動！」靈霽大聲下令，然而為時已晚，又一處火雷爆炸，掀起地面沙塵泥土形成了一股巨大漩渦，連同靈霽也被捲進其中。過了一盞茶的功夫，漩渦平靜下來，靈霽跌落在地，眼前皆是慘死的部下。一名失去右臂的士兵艱難的爬向她，囁嚅著：「將軍，救救我……將軍……」

　　還未等靈霽有所行動，便有一隻相貌猙獰的野獸竄了出來，一口咬掉士兵的頭顱，丟去一側。看到部下被蠻兵所帶來的野獸殘忍殺死，靈霽震驚又絕望。她猛地直起身，揮起手中的刀刃，用力砍向野獸。刀刃鋒利，砍進了野獸的脖頸，血液噴濺，牠嘶吼著，利爪襲向靈霽，爪尖刺穿她鎧甲，她踩緊地面，抵死與之搏鬥。野獸怒吼，另一隻利爪按住靈霽的頭，想要將她頭顱擰掉。

　　靈霽忍受著劇痛，使出了全身的力氣，大喝出聲，揮刀劈下了野獸的臂膀。野獸已死，靈霽也疲憊不已，滿臉的汗血令她分辨不出眼前景象，她只覺自己像是一個浴血的厲鬼，仿若來自修羅場。

　　這時，許多蠻兵從四面八方湧現而出，他們揮舞著手中的鐵鍊，一下子拴住了靈霽的腳踝。數不清的鐵鍊纏繞到靈霽身上，緊緊的將她綁起，任憑她如何掙扎也無濟於事。群兵拖著她一路滑行，靈霽已經傷痕累累，

鮮血淋漓，她被拖到了一片湖淵旁。

就在她要被投入湖中時，不遠處傳來了駿馬鐵蹄聲，她艱難地去望，心中大喜，是藏鋒趕回來了！他抽中腰間佩刀，策馬奔來，一刀砍殺了數名蠻兵，他帶來的士兵們也蜂擁而上，一鼓作氣，將這群蠻兵團團剿滅！

「藏鋒哥哥……太好了，他來救我們了……」靈霽終於安心似的閉上雙眼，伸向前方的手無力的緩慢下垂。藏鋒跳下馬背，一把拉住她的手。

「靈霽！」藏鋒滿眼擔憂的摟過她，靈霽的頭靠在他懷裡，已經不省人事的昏了過去。

藏鋒趕忙把滿身是傷的靈霽橫抱到馬上，正欲翻上馬背時，他突然感到小腿劇痛，低頭一看，竟不知是從哪裡竄出來的老鼠狠狠地咬了他一口。藏鋒皺了皺眉，順勢踢走那隻灰老鼠，再抬眼望去，四周全部都是黑壓壓的屍山。他心想，要快些帶靈霽回營醫治，這邊境離軍營又十分近，必須馬上趕回邊境處理屍體，否則高溫酷暑，實在不妙。

的確，眼前的希國正在經歷一場百年不遇的高溫炎夏。百姓們被炎熱的天氣折磨得苦不堪言，井裡的水乾涸了一半，莊稼們被炎熱的天氣曬到長不出來，孩子們癱軟的擠在陰涼處有氣無力，嬰兒啼哭，農婦中暑昏厥，連茶館裡的說書人都不得不靠鎮涼的茶水解暑，才能繼續為寥寥無幾的聽客說故事。沉宸、衷贏與何心隱三人整日不休的醫治著病倒的人們，每天都忙碌得焦頭爛額。軍營裡不僅要醫治傷患，許多住在城邊處的百姓都要留在這裡治病，就連廖軍醫也不得不沒日沒夜的接診。

這天，好不容易盼來了一場雨，才下了不出半炷香的時間就停了。烈日懸空，軍營裡的士兵們都接連倒下，更何況是體能平平的普通百姓們？昨天夜裡，傷痕累累的靈霽被藏鋒帶回營中，沉宸一夜都沒有合眼，為靈霽包紮、縫合傷口，又在她身側陪了一晚，確定靈霽傷勢安穩之後，沉宸才鬆一口氣。這一抬頭，都已經是四更天了。

到了白天，沉宸又要在軍營裡的病患之中奔波。從月初開始，軍營裡的士兵們便出現幾個高熱不止的症狀，他們整日無力、體乏、厭食，連喝口水都要吐出來。起初只是以為脫水，或在外飲用了不潔的水源所致，但是後來發現給這些生病士兵送飯菜的一組軍士，也出現了一樣的症狀，而他們的飲食和飲水都是與軍營之中其他人相同的。若是這樣，那就只有

一個解釋，生病的士兵將病症傳染給了沒有防備的伙頭營軍士。

人能傳染給人的疾病，沉宸見過這種病症的初期模樣，自然清楚這是瘟疫。也許是酷暑造成，也許是戰勢所迫，又可能是有攜帶著腐肉病菌的動物在軍營中流連……。不管怎樣，眼前能做的便是要在最早的時期控制住疫情，不能夠讓局面蔓延。

沉宸告訴自己，她不會再像年少時那樣痛失親人了，絕對不能。這一次她已經不同，她擁有了救人的能力，必要保護身邊的每一個人。於是她先將此事告知衷贏和有些年資的陳軍醫，不想引起不必要的恐慌，衷贏建議由他與何心隱準備藥材，人手方面就要陳軍醫私下安排，畢竟知情的人越少越好，而患有此症狀的人尚不多，還是有阻止感染的可能。

恰巧時逢希國鎮北大將軍龐嚴身受箭傷，傷口剛剛癒合，北方軍中軍醫資源不足，北方苦寒之地，老軍醫們年初各自告老還鄉，朝廷便派了一隊年輕軍醫，卻皆經驗不足。而這龐嚴大將軍與廖軍醫既是遠方親戚也是摯友，因此上奏請調廖軍醫支援北方軍隊三個月，順帶調教一下新人們，聖上也准了此奏請。

那是六月初的事情，寂家軍此處有衷贏和沉宸坐帳軍醫營帳，大家也覺得無礙，便遣人用馬車將廖軍醫送去北方駐軍。這一南一北路途遙遠，老軍醫身子骨也禁不起太大的顛簸，所以儘量選舒適的途徑前往，這一走加上調教新軍醫，怎麼也得年底方能返回。

醫治瘟疫這種事，危險程度高，承受的內心壓力也大，如果不是真有一顆救苦救難的醫者仁心，還真是無法投入。

儘管沉宸等人盡量做到謹小慎微，可此事還是驚動了寂老將軍。他知情後倒也不責怪沉宸，他深知沉宸重情重義，想把一切扼殺在萌芽狀態，可疫情是大事，不能瞞報，無論如何都要秉明聖上。寂老將軍連夜奔赴朝廷，他自然也不想當年的悲劇重演，好在大家都有了些經驗，知曉如何避免感染——水煮床單、避免與感染者直接接觸、戴好消毒過的面紗……，在救人的同時也必定要保護自身安全。

何心隱發明了一種「洗手神水」，把採來的草藥一鍋一鍋浸泡，再煮沸草汁的水，待溫度適應之後用來洗手，既可以消毒，又能夠防護，同時還可以把浸泡後的草藥放進香囊裡隨身攜帶，也能夠驅散感染源。

將這種措施教給軍營裡的士兵們，瘟疫的蔓延也會得到初步的控制。

寂老將軍在宮中與皇帝商議此事，究竟是要封鎖軍營還是想辦法消暑，都是要從長計議的大事。

到了夜裡，沉宸又為昏睡不醒的靈霽換了一遍包紮的紗布。

她細細地檢查傷口情況，不出所料，如此炎熱天氣傷口癒合極慢，她心中焦急，回到自己營中之後，翻來覆去地便睡不著。

夜半三更，酷熱難耐，她滿頭大汗的坐起身來，踱步走出營帳坐到石臺上，拿著手中的青玉扇輕輕搖動，散熱解暑。

身後傳來腳步聲，她聞聲去望，見是藏鋒走了過來。她心神不寧地起身，藏鋒立刻道：「沉宸，你坐你的，我在夜巡，不妨事。」

沉宸再次坐下，藏鋒與她保持了合適的距離。他今夜沒有著鎧甲，大概是太熱了，他只穿了一件暗紅色的紅緹袍，腳上是烏皂靴，腰間繫了條黑綢帶，顯得眉目中有一股婉轉風流。

沉宸看得有些出神，藏鋒則忽然面向她道：「這陣子你著實累壞了，為兄沒有幫得上你的忙，心裡實在很過意不去。」

沉宸聞言，竟笑了，覺得有趣道，「藏鋒哥哥幫不上我行醫，我自然也幫不上你打仗，如此一來，你我倒是互不相欠了。」

藏鋒也笑了，他索性坐到沉宸對面的石凳上，輕聲道：「幸虧酷暑炎熱，你無法入睡，這才給了你我今夜這樣促膝談笑的機會。如果靈霽沒有受傷，我們三人在今夜說不定會徹夜長談，歡笑無眠，就像從前那樣。」

沉宸聽聞這話，也十分感慨道：「從前自是很悠然的，正所謂總角之宴，言笑晏晏，信誓旦旦……」話到這裡，她心覺異樣，趕忙笑道：「瞧我，竟亂說起來了，前一句還對，後一句算是什麼？定是天氣太熱，亂了思緒。」

藏鋒卻若有所思地接下她的話道：「兄弟不知，咥其笑矣。靜言思之，躬自悼矣。」

沉宸愣了，不懂他為何偏偏道出此句詩來，藏鋒的眼神望向遠處，緩緩道：「在我親生父母尚且在世時，曾命我向一位道長學習道家之事。那位道長講過一個故事，我至今猶記。那故事說，從古至今，皇帝後宮向來妻妾成群、佳麗不盡，世世代代的皇帝皆是風流多情，為後世津津樂道。

可卻有一位帝王終其一生只與皇后一人伉儷情深，在帝王家著實稀有。」

沅宸默默地道出那帝王姓名：「西魏廢帝元欽。」

藏鋒輕輕點頭，道：「在元欽還不是皇帝的時候，日後將成為皇后的宇文英就嫁給了他。在西魏，國家的實權並不是掌握在宇文化及的手裡，而是掌握在一個叫做宇文泰的人手裡，也就是宇文英的父親。宇文家族向來心狠手辣，操控著歷代皇帝的政權。其實這次的聯姻，多數人都深知真實原因。雖然元欽和宇文英從小就相識，但政治婚姻在最初，元欽甚是提防宇文家的族人，以至於對宇文英各種冷眼相對。可人終究是有感情，隨著朝夕相處，他發現妻子和宇文家的不一樣。

「妻子不僅美貌傾城，更溫雅善良，加之兩人從小青梅竹馬，他在不知不覺之中愛上了她。在亂世之中，他們二人舉案齊眉，攜手同行。他為了她而不置妃嬪，偌大後宮只允她一人為妻，而她則是為了他與虎豹豺狼的家族撇清關係，不願與之同流合汙。可堂堂的開國將軍宇文泰，怎會甘心將他視若掌珠的長女嫁給一個傀儡帝王？他日夜叮嚀宇文英做他的一雙眼，去監視元欽的一舉一動，要操控他的一切。

「可宇文泰仍舊百密一疏，他失算了。宇文英與元欽已相愛至深，她是善良的女子，他是柔腸的帝王，即便是傀儡，也仍舊願與她共撫長琴、吟詩作畫。他為她描眉點唇，為她溫一壺酒，也將她抱在懷裡，低唸她的名。就這般攜手十年，恩愛有加，遺憾的是卻不曾有子嗣。但他畢竟年輕氣盛，竟妄想從宇文泰的手中奪回主權，這是他曾祖父魏孝文帝打造的大好山河，怎可拱手讓人？然而對方是他妻子的父親，他勢必要做出了斷。可誅殺之路重重坎坷，一如荊軻刺秦，終是以失敗告終。

「自古成者王侯敗者寇，西魏廢帝三年四月，宇文泰派人帶來了一壺鴆酒，那年僅有二十九歲的元欽，終於徹底敗給了宇文泰。而宇文英是可以被接回將軍府的，可她沒有選擇回去，而是換上了當年嫁給元欽的那一身紅裝。她同樣飲下一杯毒酒，與之殉情，共赴黃泉。」

這故事娓娓道完，沅宸久久不語，她半晌之後說道：「宇文英一生能遇到一個如此真摯相戀之人，也算不枉此生了。藏鋒哥哥又是如何看待他們二人的一生際遇呢？」

藏鋒苦笑著搖了搖頭，額角的汗珠細密，夜風溫熱，霧氣寥寥，他的

聲音漸漸低沉而微弱道：「是我淺薄，直到今日，我也不明白道長對我講這故事的原因，他倒是唸了一首詩：昨日花開滿樹紅，今朝花落萬枝空。滋榮實藉三春秀，變化虛隨一夜風。物外光陰元自得，人間生滅有誰窮。百年大小榮枯事，過眼渾如一夢中。情深不壽，慧極必傷。」

藏鋒的語氣忽然變得遲緩起來，道：「那是道長同我說過的……最後一句話了。」

沉宸默念這句話，回想起廖軍醫也同她提醒過這八個字。她心中有些驚訝，竟覺得自己與藏鋒的心思是如此相似。可她還未再開口，突然就看見藏鋒的身體向前傾覆，「砰！」藏鋒暈倒在地。

沉宸驚呼出聲，趕忙去扶他，然而，當她的雙手觸碰到他的皮膚時，她的心如同一座城池般轟然倒塌。

他熱得燙人！一種可懼的預感吞噬了沉宸，她顫抖著雙手去解開了藏鋒的衣襟，果然，他的身上出現了紅斑。沉宸震驚地說不出話來，幾乎是癱軟般地坐倒在地上。是在這一瞬間，沉宸很怕那句「情深不壽，慧極必傷」也將是藏鋒同她說的最後一句話了。

七月初一，那已經是藏鋒染病的第三天。

自從發現藏鋒感染之後，沉宸鬱鬱寡歡，吃喝不下，除了每天瘋魔似的採藥、製藥，就只剩下以淚洗面。因為普通的草藥已經治不好瘟疫了，軍營中有越來越多的士兵開始出現感染症狀，而之前早些發病的那批士兵已經到了高發期，他們痛苦不已，已有三人在潰爛的劇痛中死去。

那些研配出來的藥物都只能緩解病症，不能根治痊癒。寂老將軍自是悲痛萬分，靈霽尚在養傷，愛子又染上疫病，上天為何總待他如此不公？

廖軍醫不在營中，一切重擔都交給了袁贏和另一位頗有年資的陳軍醫。沉宸和何心隱則是在一旁照顧靈霽和藏鋒。

袁贏布署了更加縝密的隔離之策，並將其緣由一字一句地告知何心隱和沉宸：「心隱，你看這《周易》雖不是醫書，卻最早提出了『隔離避疫』的理論，其中很多卦辭都涉及這方面內容，如離卦之九四爻辭，突如其來如，焚如，死如，棄如。困卦之六三爻辭，困於石，據於蒺藜，入於其宮，不見其妻，凶。節卦第一爻辭，不出戶庭，無咎。豐卦六二爻辭，往得疑疾。所以《周易》是你將來一定要讀之書。

「另外《黃帝內經》之中，黃帝曰：『余聞五疫之至，皆相染易，無問大小，病狀相似，不施救療，如何可得不相移易者？』岐伯曰：『不相染者，正氣存內，邪不可干，避其毒氣，天牝從來，復得其往，氣出於腦，即不邪干。』可見要想不被傳染，首先要做到正氣存內，增加抵抗力；其次是避其毒氣，避免接觸傳染源，切斷傳播途徑，其中鼻子是最重要的地方，很多瘟疫皆是通過呼吸傳入的。

「而《雲夢秦簡》中說，某哩典甲詣里人士伍丙，告曰：『疑癘。來詣。』訊丙，辭曰：『以三歲時病疕，眉突，不可知，其可病，無它坐。』令醫丁診之。『毒言』指的是患有烈性傳染病的人，知情者應主動斷絕與『毒言』者接觸，不與患者一起飲食，不用同一器皿。

「而瘟疫，在《說疫氣》一文中描述了一場災難：『建安二十二年，癘氣流行，家家有僵屍之痛，室室有號泣之哀。或闔門而殪，或覆族而喪。或以為疫者鬼神所作。人罹此者，悉被褐茹藿之子，荊室蓬戶之人耳。若夫殿處鼎食之家，重貂累蓐之門，若是者鮮焉。此乃陰陽失位，寒暑錯時，是故生疫。而愚民懸符厭之，亦可笑也。』

「『養內避外』是一旦發生瘟疫時，自古流傳與驗證下來的良策，對染疫者通常都要先執行隔離，然後再進行治療。

「其一：飲食宜清淡。在《肘後備急方》中指出：『一家合藥，則一里無病，凡所以得霍亂者，多起飲食。』

「其二：通風得做好，在《五雜俎》中指出：『閩俗最可恨者，瘟疫之疾一起，即請邪神，香火奉事於庭，惴惴然朝夕拜禮許賽不已。一切醫藥，付之罔聞。不知此病原郁熱所致，投以同聖散，開闢門戶。使陽氣發洩，自不傳染。而謹閉中門，香煙燈燭，焄蒿蓬勃，病者十人九死。』

「其三：接觸要減少。在《一斑錄》中指出：『曆觀時疫之興，必甚於儔人廣眾往來之地，罕至人家深庭內院，故養靜者不及也。』

「其四：探視須謹慎。在《疫痧草》中列出了『五宜六不宜』，『凡入疫家視病，宜飽不宜饑，宜暫不宜久，宜日午不宜早晚，宜遠坐不宜近對。即診脈看喉，亦不宜與病者正對，宜存氣少言，夜勿宿病家。』」

寂老將軍與沅宸及陳軍醫聽到衷贏字字句句清晰的告知瘟疫隔離與醫治之法，內心都安心不少，幸好有衷贏在軍營之中，也算是寂家軍不幸

之萬幸了。

　　寂老將軍命令下去，整個軍營之中皆按衷贏的隔離策略布署了起來，將症狀輕者和重者區分，將健康者與染病者區分，再根據病情進展將軍士們分為青色、藏色、玄色三種袖標。再請人將此法與文書抄寫數十份，快速分發到玄機城周圍各個村落，以此法來讓周圍所有村落皆同效仿實施。

　　衷贏還規定，所有護理兵員之人，袖口配以白布縫標，以做區分，皆需單獨食住。每日衣衫沸水煮開晾晒於下風口，嘴口處皆蒙布而出入，所蒙之布亦每日沸水之中加入草藥煮沸晾晒，一來徹底清潔、二來以草藥來增強防護效力。護理人員每日需嚼服草藥三次，提升自身抗病之能力，每日朝食與夕食皆使用專用器皿吃食，不得以手直接取之，每人餐具皆自行沸水煮淨。並且每人需保證每日充足睡眠三個時辰，每日還需飲下足數的新鮮水源，在太陽之下躺晒半個時辰。

　　過了一日，衷贏前往藏鋒營帳為其換藥，並查看感染情況。

　　衷贏發覺藏鋒的病症與其他患者極為不同，他的小腿潰爛跡象明顯，且有尖銳的齒印，定是遭遇了某種動物的啃咬，看著齒痕多是老鼠所為。戰場之上腐肉眾多，而天氣炎熱逼人，無法快速清理戰場，不想這些屍首竟成了鼠類的盛宴。因為肆無忌憚的進食繁衍，老鼠的身體也變大了許多，如碩鼠一樣。老鼠竟然也會去選擇新死的屍體啃食，甚至尚未斷氣的傷兵也不放過。那日想必是藏鋒身上的血腥吸引了碩鼠，竟大著膽子直接咬去。若是當真如此，那他的病情就將是最為嚴重的了，這是鼠疫，全然沒有救治的藥方。至於人挺不挺得過去，都要看造化了。

　　衷贏忙將沉宸叫出帳外，將自己的判斷告之，沉宸聞言，又慌又怕，她不敢有絲毫怠慢，整日查找各種醫用典籍尋找藥方，急不可耐之時，她氣憤的將藥書扔在地上，然後抱頭哭泣，而每次幫她撿起書的都是衷贏。

　　這些時日以來，她的悲痛與憂慮都被衷贏看在眼裡、疼在心間。夜晚來臨，感染的風險如恐怖噩夢般籠罩在全城百姓的頭頂。衷贏走進沉宸的營帳中，見她還在不停地磨製藥粉，手指破出了數道細小的傷口也看不見一般。

　　眼看她一天天地消瘦憔悴，衷贏很傷心，他實在不忍見她這副樣子，便走上前去搶過她的藥粉，替她磨製。

沅宸擦拭掉眼角的淚痕，渾渾噩噩的道：「如果他的熱度還不退下，就熬不過這月初十了，大師兄，我該如何是好？我不能失去藏鋒哥哥……，你看我翻了那麼多的藥書，都找不到根治鼠疫的藥方。他的病情要比其他人嚴重，哪怕是他人獲救，他都未必能存活……，難道我只能眼睜睜看著他死去嗎？」

　　衷贏終於忍不住對她道：「你就如此而折磨你自己，假設他死，你且要如何？也隨他而去不成？」

　　「不！」沅宸大驚失色地叫道：「他不會死！我會救他！大師兄，你要幫我！」

　　衷贏看著她這般模樣，露出於心不忍的疼惜眼神，他很明白藏鋒在她心中的位置，正是因為明白，他才日夜陪她一起翻找藥書、查找藥方，可再如何拚命，也要珍重自己的身體才是。

　　「我是會幫你的，但這不是在東陵，藥材實在短缺，我也束手無策。」衷贏無可奈何。

　　提及東陵，沅宸的眼睛立刻亮起了光，她忽然一把抓住衷贏的手，就彷彿看見了希望般，熱切地說道：「大師兄！我想起來了！我曾在東陵國藥王山谷時，你們總會提起山谷後一塊禁區，那裡有諸多疑難雜症的藥方，只是密不外宣。並且歷代藥聖為保護東陵國能不被其他國家牽制，便立下祖訓，絕對不能以此祕笈救治非東陵國之人，否則必受反噬。」

　　衷贏像是懂了什麼，臉色並不好看，他雖忍住了內心的慍怒，可開口的語調卻好聽不到哪裡去：「沅宸，你該不會是想要我去禁區？」

　　沅宸如夢初醒，她意識到自己說出了傷害衷贏的話，可她實在是別無選擇了。難道要眼睜睜地看著藏鋒死嗎？她想到這裡，淚水奪眶而出，幾乎是哀求般地同衷贏道：「大師兄，我知道我不該說這些，但我真的一籌莫展了，我只是想……想救他一命。可是我並不是東陵國的人啊！如果我是，我斷然不會向你提出這般無理的請求，我怎麼會讓你去冒這樣的險呢？我恨不得是我替他……」

　　「替他死？」

　　沅宸怔住了，她無言以對，他只凝視著她，良久不語。

　　從他的神情中，沅宸猜不透衷贏的想法。他也許傷心欲絕，也許恨

她，也許怨她。是啊！他那麼愛她，為她傾覆全部、拋棄所有，可她眼底、心裡卻還是有一個寂藏鋒。他苦心為她營造快樂的生活，陪伴她、鼓勵她、呵護她，默默等待，等著她與自己成婚，而她卻對他說出了什麼？

他一定設想了很多，與她結為夫妻，扶持一生，護她周全，給她安穩。他是這般情深意切，鍾情於她，難道她與他度過的那些快樂的、喜悅的、美好的，哪怕還有悲傷的，統統都是虛幻嗎？

他還記得初次見她那日，花影婆娑，風暖斜陽，她出現在他的馬車上，衣衫襤褸、狼狽不已。可一抬頭，她眼眸明亮，朱唇皓齒，儘管只是匆匆相識，卻足以硬生生的刻上了他心尖，釀成一抹珍貴的朱砂。以至於在那之後的一年裡，她之於他，是一種如山如海的淪陷。

他也曾信她、癡戀她，以為她真會如她承諾那般嫁給自己，日子久了就會回心轉意，到頭來卻換得今日這般局面。衷贏沉吟良久，這一刻，他與她距離這般接近，只要他一低頭，就能吻到她臉頰。他目光緩緩下移，從她的眼，到她的唇，再一直蔓延到她緊緊抓著自己的手。而那雙手，是在為別人哀求。他什麼都不再說，拂開她，轉身離開了。

沉宸失了魂般望著他遠去的背影，他忽然停下腳步，側過身來，之前的表情稍縱即逝，取而代之的是他如當初一般的眉目含笑，語氣溫和，同她道：「沉宸，我說過從今以後，只要有我在你身邊，我定會護你安穩，你定不必驚慌不安。可今後，沒我陪伴在你身側，你要趁早適應才是。」言畢，便走出了營帳。

兩行熾熱的清淚從沉宸的臉頰流下，她心中慌亂無比，渾身癱軟的跌坐在地上，最後無力的喚他一聲：「大師兄……」

然而這一次，他卻沒有回過頭來。她也尚不知，此去一別，許是遙遙無期。隔日清晨，衷贏走了。何心隱找不到大師兄，在整個軍營裡前前後後尋覓了一個上午，他熱得衣衫濕透、大汗淋漓，最終蜷縮到衷贏的營帳外默默不語。沉宸望見那景象，心痛的別開了臉。

七月初八那一天，信鴿為沉宸帶回了一封信，那信裡，竟真真切切地寫著治癒鼠疫的藥方！看到藥方的那一刻，沉宸不禁喜極而泣。

營帳之外依舊酷暑難耐，青青草地上盛放的嬌豔花朵皆是蔫著花蕊、有氣無力，花瓣更是一片接連一片地黏在地裡，早已腐爛成泥。

# 第十三節

常山相思夜，紅娘薄荷裳。
首烏杏仁老，獨活木香房。
更漏穿心連，風掠半夏涼。
唯伴前湖月，遙聞桂枝香。

前世的記憶鋪天蓋地的從腦中鋪展，最後一點一點地幻化成沙。前世的悲傷竟然依舊能刺傷她的心房。她苦笑著搖了搖頭，想來自己也是需要一碗孟婆湯的。待她回過神，天竟已經濛濛亮了。她回頭看向茅屋內，無痕與無芯兩姊妹還在安穩酣睡，她不由地會心微笑，那笑容帶著一絲苦澀與酸楚。而後，她自行起身去尋何心隱。

在村落裡尋了一遍，都沒看見何心隱的身影，孟婆心想會不會是昨晚服下的藥物有了什麼不好的症狀？她正擔心著，已然來到了小河邊，發現何心隱正捧著清涼的河水洗臉，他的身側，放著的是他極為珍貴的藥箱。

見他安然無恙，孟婆輕輕鬆了口氣，走上前去同他打了招呼，何心隱擦乾臉上的水漬對她道：「原來是孟姑娘，昨夜可有好好休息嗎？在下起得早，怕打擾到孟姑娘，也不好辭別，便想獨自前去了。」

辭別？孟婆聞言便問道：「何藥士要獨自前去何處？」

何心隱順勢背起藥箱，長嘆一聲道：「昨夜，在下服過製出的藥，雖不覺身有大礙，可總覺得藥材裡少了一味重中之重的藥材。正所謂人之臟器是心為神之居、血之主、脈之宗、五行屬火。肺為魄之處、氣之主，五行屬金。脾為氣血生化之源、後天之本，藏意，五行屬土。肝為魂之處，血之藏，筋之宗、五行屬木。腎為先天之本，藏志，腰為腎之腑，五行屬水。膽主決斷，胃以降為和。小腸主液，大腸主津，膀胱依賴腎的氣化功能，三焦通行元氣，總司氣機和氣化，為水液運行的道路。故此，需要有一味稀有的藥材來中和五行，假設沒有那味藥，即便給病人們服下，也還會有再次復發的風險，且又不會治癒。那味藥正是救人的關鍵，

名為昊草。」

孟婆聽見「昊草」二字，不禁變了變臉色。在前世，得到控制疫情藥方的沉宸也有一味藥材不知何處可尋，而今生，何心隱需要的那一味藥材，正是當時沉宸冒死尋找的藥材。莫非這就是因果輪迴嗎？孟婆心中憂慮起來，不得不對何心隱講明道：「這藥材的確稀有罕見，聽聞只有在最危險的地帶，又或者是深雪冰谷中才能尋見，其路危險崎嶇，說不定還會迷路在山中活活餓死，何藥士若執意要去，只怕困難重重。」

何心隱眼神堅定道：「在下自然是明白這些道理，可因為前路危險就要放棄不成？當年有故人曾在這玄機城裡的山谷中尋到此藥，雖說當年知道昊草所在地的人，都已不知下落了，而那谷中是否還會存活此種藥草，也不得而知，但這世上還有什麼是比救治千千萬萬條性命還重要的嗎？」

孟婆反問道：「何藥士的性命就不是性命了嗎？你的性命又何嘗不珍貴？」

何心隱義不容辭道：「在下還是那句老話，醫者仁心，救死扶傷；眾生平等，萬物皆同，又何來誰更加珍貴呢？即便前方險惡，只要可救人，在下願赴湯蹈火，既順天意，也順在下之意。」

他真的是長大了，孟婆不禁深感欣慰。那曾經還需要她去保護的小小男童，已經成為了如此可靠、正氣的醫者。他行醫救人，行走在最危險的境地之中，又這般堅定不移，著實讓孟婆深深敬佩。思及此，孟婆提議道：「既然如此，我也還是那句老話，何藥士帶上我同行，路上也好相互照應。多一個人，自然就多一份力。」

何心隱當即想要拒絕，可他見孟婆眼裡閃著熟悉的光彩，令他忍不住將她與另外一個女子的身影重疊到了一起。他觸景生情一般地露出惋惜之色，低低唫嘆道：「在下本不願將孟姑娘置於危險之地，但即便在下執意不肯，以孟姑娘的個性也絕不會妥協，不如就此同行，免得分散。」

孟婆朱唇微挑，笑了。兩人正欲啟程時，無痕不知何時跑來這裡，一下子跑上來擋住兩人的去路，懇求道：「孟姊姊，何藥士，帶我一同去吧！我生在玄機城，對山谷之路十分熟識，那裡萬分陡峭，如果沒人引路，會錯失許多寶貴時間。我救妹妹心切，自當要為此做出一份貢獻！」

孟婆與何心隱看看彼此，覺得無痕所言也有道理。畢竟尋藥之路是

個賭局，沒人能保證一定會找得到昊草，假設有熟悉山谷路線的人帶路，定能為救人搶出更多時間，也可以躲避一些不必要的危險。

何心隱便答應了，孟婆也默許了，無痕開心極了，她帶著二人去村落裡找到矯健的馬匹，備足了乾糧與水源。無痕又拜託鄰居暫且照料無芯，三人便這樣啟程了。

坐在馬背上，何心隱緩緩地感慨道：「幸虧此時不是毒月，否則禁忌之多，高溫酷暑，怕是不會給我們留有尋找藥材的空隙了。」

毒月，惡五月，仲夏之月。天地化生，勿以極熱，勿大汗，勿曝露星宿，皆成惡疾。五月氣之成也，肝臟已病，神氣不行，火氣漸壯，水力衰弱，宜補腎助肺，調理胃氣，以順其時。宜減酸增苦，溢肝補腎，固密精氣。臥早起早，慎發洩，戒葷腥。

在這之中，九毒日更要慎重。初五、初六、初七、十五、十六、十七、廿五、廿六、廿七。一共九天。這九天內，務必端容肅己，嚴禁殺生，行淫，否則嚴重傷身損氣耗精元。端午正是九毒日之首，也因此這一天有喝雄黃酒、插艾草，等避邪驅毒的儀式。

孟婆回想著當年瘟疫爆發之時，就是從毒月開始的，想必何心隱也對此刻骨銘心，否則不會在此刻提及毒月。當年從毒月首日起，瘟疫還只是在軍營裡小範圍的蔓延，自從藏鋒患病之後，疫情便到了一發不可收拾的階段。思及此，孟婆的思緒再一次回到了前世。

那已經是第五日了，沅宸一有空閒就會在軍營門外盼望衷贏的歸來，她每日都在等他，可是等到的只有滿心的失望與遺憾。

更為不幸的是，在搜集藥方裡的藥材期間，本就重傷在身的靈霽，也感染了疫情，寂老將軍近日來也有乾咳現象。沅宸心力交瘁，沒有了衷贏在身旁，她失魂落魄，就像是沒有了可依之人那般無助。得了藥方，卻失了衷贏，果真是世間哪來雙全法，這令沅宸日日夜夜都陷入了懊悔之中。

這日，何心隱跑進了沅宸的營帳裡，她正在對照衷贏寄給她的藥方擺列藥材，見到何心隱出現，她語氣十分急切地問道：「是大師兄回來了嗎？」

何心隱很少見沅宸這般模樣，他與之相處多年，覺得自己的沅宸師姐是心有定見之人，可自從藏鋒染病、衷贏離營之後，她整個人的靈魂都

仿若被抽空了一般。

　　何心隱只是搖頭答道：「師姐，我是擔心你身子，想來幫你一起搜尋藥材。大師兄從那日離去，就沒回來過了。」

　　沉宸再次失望地低下頭，她已面色憔悴至極，滿腦子都是在想衷贏是否已經遭遇不測。見她一臉失神落魄，何心隱有些無措，只得勸慰道：「師姐，我知道你這陣子很難過，這接連打擊，任憑是誰都承受不住。可你也不能日夜不休的搜尋藥方上的藥材，自己累壞了可如何是好？」

　　沉宸六神無主的說道：「我必須搶出時間，大師兄的確寄給了我藥方，可這其中的一味藥材始終欠缺，我找了許多相似的藥材做替補，然而都不行，不是昊草，便怎樣都配不出正確的藥來。」

　　「昊草？」

　　「是一味奇藥。或許，只有靈霽知道這藥在何處。」沉宸道：「早些時候，在靈霽還未染病之前，她獨自去山中打獵，看到一種奇異的植物，覺得有趣，回到軍營中便畫給我看。我當時並未在意，然而大師兄寄來的藥方之中，竟也有一副手繪之圖，名字就叫做昊草，並且與靈霽之前畫給我看的一模一樣。」

　　何心隱聞言，立即提議：「既然如此，師姐就該與靈霽姊姊一同前去尋藥才是！雖然她染病需要休息，可非常之時必要採取非常手段啊！」

　　沉宸猶豫道：「她也這樣跟我提議過，可是我實在很擔心她的身體……」

　　何心隱正欲勸說，門外突然傳來士兵通報：「大小姐！老將軍，老將軍他……他方才昏倒了！」

　　沉宸大驚，來不及再與何心隱多說，趕忙跟士兵奔出門去。待她匆匆來到寂老將軍的營帳，他已經甦醒了過來。

　　將軍已垂老，是遲暮的英雄。

　　見她來了，寂老將軍想要從榻卜起身，卻無力支撐。侍女趕忙扶住他，圍在身側的陳軍醫與兩位道長向沉宸露出悲痛的表情，皆是惋惜的搖了搖頭。沉宸立即懂了，她視為英雄的養父，染上了瘟疫！

　　「宸兒。」寂老將軍喚她，是十足寵溺的語氣，「你來，你來。」

　　沉宸還愣在原地，當陳軍醫望向她時，她才如夢初醒般的走向寂老

將軍，坐到榻上，低聲道：「父親⋯⋯」

寂老將軍擺了擺手，又對陳軍醫說：「你與他們先下去吧！老夫有話要同宸兒單獨說。」

陳軍醫領命，深深地望了一眼沅宸，然後與道長們離開了。

夜色極深，萬籟俱寂，已經是三更天了。寂老將軍咳起來，他趕忙拿出帕子遮擋，有血咳在上面，浸紅了蘇錦織成的白布。沅宸神色驚慌，寂老將軍要她什麼也別說，他知道自己的身體是什麼狀況。

「想我寂家與皇帝平分秋色，享盡盛世美名，榮華富貴更是不在話下，卻還是鬥不過病魔。」寂老將軍既憤慨又懊悔，渾濁、衰老的眸子望向沅宸，問道：「你可找到醫治染病之人的法子了嗎？」

沅宸點頭，可又無奈道：「只是還缺少一味藥材⋯⋯」

「靈兒同我說過了，她知道那味藥材的下落，願同你一起去尋。可你卻念她有病在身，怕她受此勞累。你們二人姊妹情深，我固然欣慰，可眼前病情蔓延，你更需要為普天之下的芸芸眾生考量。我已日漸老去，早已無畏生死，可靈兒、鋒兒、百姓們的孩子都還年輕，但凡有救他們性命的希望，你都不應該退縮，更不必有絲毫的顧慮。

「宸兒，自從我將你帶回玄機城的時候，我就知曉，你這孩子用情至深。我雖只是你養父，但你卻把我當做親生父親一樣尊敬、愛戴。你要知道，情深可救人，情深也害人。」寂老將軍長嘆一聲，「正所謂天下皆知美之為美，斯惡已；皆知善之為善，斯不善已。故有無相生，難易相成，長短相形，高下相傾，音聲相和，前後相隨。是以聖人處無為之事，行不言之教，萬物作焉而不辭，生而不有，為而不恃，功成而弗居。夫唯弗居，是以不去。」

沅宸靜靜地聽著，她看到燭臺的火苗被忽來的夜風吹得搖搖欲墜，緩緩道出：「父親，宸兒也知道聽任萬物自然興起而不為其創始，有所施為，但不加自己的傾向，功成業就而不自居。正由於不居功，就無所謂失去，所以有和無互相轉化，難和易互相形成，長和短互相顯現，高和下互相充實，音與聲互相諧和，前和後互相接隨——這是永恆的。」

「既然如此，你便去做吧！莫要有後顧之憂，靈兒與鋒兒都是心甘情願，哪怕有何閃失，他們二人又怎會忍心責難於你？」寂老將軍鼓勵她

道：「前路定會坎坷為難，可只要你三人團結一起，定能遇山開山、逢水架橋……宸兒，靈兒，鋒兒，你們要牢牢記住，你們是一家人，無論何時，你們都要為彼此著想，成為對方的劍與盾，護著彼此，體諒彼此。」寂老將軍的目光越過沅宸，沅宸也隨他望向身後，只見靈霽與藏鋒早已經走了進來，他們二人皆已整裝待發，隨時等候沅宸的「吩咐」。

儘管靈霽傷勢初癒，病情不穩，且面色蒼白如紙，她還是對沅宸微笑道：「姊姊，事不宜遲，父親已經命一小隊人馬隨同，我們立即出發吧！」

沅宸心下感動，再望向藏鋒，他同樣對她堅定的點點頭。沅宸不再有顧慮，決心火速啟程。

兩日後，天色陰鬱，電閃雷鳴。忽來一陣大風，沅宸三人及一同前往深山的步兵小隊因此而停滯住了，他們站在山腳下與巨風對抗，這時候要是腳下一個踩不穩，定會被狂風捲到半空中。

沅宸的馬也不聽使喚地嘶鳴哀叫，馬兒欲往來時的路跑，沅宸根本控制不住牠，幾乎就要被牠從馬背上顛落。千鈞一髮之際，藏鋒用力抓住了沅宸手中的韁繩，他靠近沅宸，為她安撫好馬兒，沅宸極為感謝。哪知又是一陣大風襲來，眾人不得不聚成一團共同抵禦颶風。

若這樣下去，豈不是要寸步難行？沅宸急不可耐，不能再浪費時間了，她對其他人大聲喊道：「已經到了山腳下，我要去山上找些藥材，其餘人不可妄自行動，只管在山下等候！」說罷，她便離開退伍艱難的迎風而行。

見她這樣，靈霽與藏鋒也趕忙追上。沅宸仰望天際，烏雲密布，悶雷乍起，她蹙了蹙眉，怕是要來一場暴風雨了。靈霽舉起手中紅纓槍，尖銳的槍頭插進山石中，這樣她才能儘快衝到沅宸的前面。待她超越沅宸，她對身後的沅宸喊道：「長姊必要跟隨我去尋藥才行，只有我知道昊草在何處！」

沅宸擔心她的身體，在風中擔憂的叫道：「靈霽，不可大意！你傷勢尚未痊癒，一定不可過度勞累！」

靈霽全然不理會她的叮嚀，她只想快一點找到昊草。藏鋒緊隨姊妹二人身後，他代替沅宸背著藥箱，無論沅宸如何爭搶他都不同意。他要沅

宸不必將自己看做是病人，想他從軍打仗這麼多年，區區一個藥箱又怎會加重他病情？而他也勢必要走在最後一個，這樣才可以緊緊地護住她們姊妹二人的後路。

誰知一道閃電劈天而下──白光刺痛人眼，大雨瓢潑驟降，雨滴大如卵石，生生砸落在三人身上。眼看山形險峻、山勢陡峭，大雨怕是一時半刻都停不下來，沉宸心中慌了起來，可她不能退縮，於是他們艱難地爬到了半山腰，卻聽到靈霽突然低呼一聲，「不好！」

沉宸循聲去望，大驚失色──只見山頂處有碎石順著山巒滾落下來，是暴雨造成的泥石流！一旦巨石混著泥土掉落而下，沉宸三人的性命將會不保，難道長途跋涉這麼久卻要打道回府了不成？可眼前除了掉頭，還有更好的法子嗎？沉宸焦慮極了，直到藏鋒發現了半山腰處，一個掩蓋在藤條下的小山洞，他對沉宸和靈霽喊道：「有救了！我們小心移動到那裡，暫且躲過洪災！」

沉宸看見那山洞，就像看見了生存的希望，她心中驚喜不已。靈霽為了試險，主動提出自己先行去山洞偵查。若是有猛獸，或是汙穢之物，她也可以俐落的將其解決掉。由於常年習武，靈霽身手矯健，紅纓槍戳在山石縫隙中做跳板，她一個飛躍便到達了山洞。打量一番，小山洞裡還堆著柴火和毛皮毯子，竟是乾淨整潔，看來也是採藥人的暫居處。確認過安全之後，靈霽便通知沉宸與藏鋒來此避險。藏鋒要沉宸先踩著山腰凸出的石塊爬過去，他護在她後頭。所幸沉宸時常採藥，早已習慣山路坎坷陡峭，她謹慎地爬到山洞前，剛要去握住靈霽伸出來接應她的手，哪知腳下一滑，她順著大雨打出的泥流摔了下去。

說時遲那時快，一隻有力的手環住了她的腰，是藏鋒！沉宸驚魂未定地看向他，他的衣衫已被暴雨澆打得透濕，嘴唇也蒼白無血，脖頸處的紅斑仿若又增多了不少。只是他的眼睛依舊有神，眼中竟流露出情深之態。他見沉宸與自己四目相交，竟有些慌張的側過臉去，像是怕極了沉宸看到他的神情一般。他單手托住沉宸的整個身體，使足力氣將她推進了山洞中。靈霽眼明手快，一把抓住沉宸，將她帶了進來。

兩人又趕忙向藏鋒伸出手，藏鋒的左手握住沉宸，右手握住靈霽。一如童年時，他淘氣從桃樹上跌落，摔得生疼。兩個妹妹皆是驚慌擔憂，

紛紛跑向他，爭先恐後地向他伸出玉白小手，再拉他起身。

這麼多年過去，三人容顏皆已褪去稚嫩青澀，唯一不曾改變的，便是彼此掌心裡向對方傳遞的溫暖與關懷。

到了傍晚時分，暴雨大的已經模糊了視線，如同暗暮雨簾，嘈雜的雨聲更是令靈霄難以入睡。她因淋了雨，又開始發熱，便蜷縮在山洞中閉眼假寐，沅宸將僅有的皮毛毯子為她蓋上，藏鋒則是在一旁升起了火堆為大家取暖。

沅宸渾身淌著水，模樣狼狽，多日的勞累使她又疲又倦，或許心中知曉就快要尋找到昊草了，令她有種如釋重負的感覺，竟靠在山洞石壁上陷入了昏睡。

沅宸做了一個夢。

夢裡的景色如同仙境，美輪美奐，雲端之上更是飛舞著成群結伴的仙子，她們手捧花枝，身穿霓裳，正嬉笑著朝天際那邊的雲閣飛去。

沅宸心覺有趣，便也想跟隨仙子腳步去一探究竟。走著走著，她被腳下異物所絆，低頭去看，竟是一個梨木製的雕花酒壺。她疑惑著俯身去拾，酒壺卻一蹦一蹦的自己跑了起來。她吃驚去追，酒壺已帶她來到一片空曠的遍地白沙的異域。

周圍極其靜謐，酒壺「啪」地一聲倒在地上，身穿玉色華衣的俊秀男子提起酒壺，飲下一口烈酒，立刻皺眉。轉手拋給沅宸，對她道：「姑娘，你怎會喜愛這種連我這個男子都承受不起的烈酒？」

沅宸愣了，她打量著他的尊容，眉眼清秀，眸中流光，竟是她日思夜想的大師兄！

「大師兄！你沒事了？我無時無刻不在想念你，這下好了，我終於又見到你了！」沅宸激動地跑向他，正欲擁抱他，卻被他一把按住肩膀。

「姑娘認錯人了，我不是你的大師兄。」他對她解釋道。

沅宸一怔，隨即焦急地道：「大師兄，你不認得我了嗎？我是沅宸啊！是你的師妹沅宸！」

見她一副要哭出來的模樣，他更加困惑了。接下來，他忽然望向天際，只聽雷聲乍起，烏雲密布，他低咒一聲：「糟了。」

剎那間，周遭景色發生巨變，大漠飛煙，迷霧浮現，他趕忙將沅宸

推去了一邊，同她道：「他們還在尋找我魂魄，若我無法甦醒，怕是也要同他們渡橋去了。」

　　沅宸望去他身後，驀然看見一群妖鬼之獸騰雲駕霧而來，它們相貌可憎，尖嘴獠牙，個個都兇神惡煞，領頭的彷彿是說書人口中講的牛頭馬面。沅宸嚇壞了，倉惶之中抓住他詢問道：「大師兄，這，這是怎麼一回事？那些都是什麼？為什麼要抓你？」

# 第十四節

　　他看向她，眼波流動，極盡俊美的容顏仿若盛世繁花：「姑娘，你回去吧！不要再來這裡了。」他像是掙扎很久一般，終於用力推開了沅宸。

　　恰逢此時，一陣大風撲面而來，沅宸伸手去擋，再也看不清他容顏。情急之下，她哭著喊道：「大師兄！衷贏，你不要走！衷贏！」

　　他的聲音逐漸消散在風中：「姑娘，再見了，珍重。」

　　「沅宸，醒醒，你夢魘了，我在這裡，你不用怕……」藏鋒見沅宸在夢中喃喃自語，又見她眉頭緊鎖，像是夢魘一般，便走過去扶著她，讓她靠在自己胸口，想將她叫醒。可這夢魘似乎極深，輕聲喊了幾句都沅宸都未醒來。聲音又不敢過大，怕驚醒了一旁昏睡的靈霽。

　　「衷贏！」沅宸呼喊著驚醒，她不知自己睡了多久，醒來發現自己仍舊身在山洞。夜已極深了，感覺身體靠著的不再是冰冷的岩壁，而是溫暖而結實的墊子。她抬頭一看，哪裡是什麼墊子，原來自己正躺靠在藏鋒懷中，透過一團熊熊燃燒的火堆，那赤紅的火苗照在他因病情而蒼白如紙的面容上，竟像是蒙了一層淡淡的月色，玉雕一般通透幽深，只是眼中有些許失落之色。

　　「你醒了，沒事的，你只是做噩夢了，莫要擔心。」他將她扶著靠在山壁之上，自己依舊坐回她的對面，又將幾根柴火丟進火堆中，表情深邃，讓人看不穿。

　　沅宸的思緒還混亂著，她眼神恍惚地看著藏鋒，含糊不清地點了點頭。藏鋒勸慰道：「你師兄會沒事的，許是他路上耽擱住了，過些時日定會安全回來。」

　　沅宸欲言又止，不知道該怎麼回答。看了看山洞外昏黑的雨色，不由問道：「這雨還要下到何時？」

　　「也許明早會小一些。」藏鋒將地上一碗東西推到她面前，那是用行囊裡帶著的簡易物品做出來的：「把薑湯喝了吧！驅寒。」

沅宸道過謝，端起薑湯輕抿了一口，又側眼看向靈霽，見她正沉沉睡著，沅宸略微放下心來，對藏鋒道：「靈霽今日累壞了，待我尋到昊草，便可以配出藥了。只是勞煩了你和靈霽，明明重病在身，卻還要隨我這般折騰……」

藏鋒卻道：「你這樣講才是見外，倘若今日是你病了，我和靈霽也會毫不猶豫地為你去尋藥，想必你也會義無反顧地跟隨我們一起去尋。」

沅宸靜靜微笑了一下，她放下手中的薑湯，斟酌著問道：「今日若不是藏鋒哥哥出手相救，我很有可能就會跌落山腰了。你總是在危險之際幫助我和靈霽，從小到大都是這般。日子久了，好像我們都變得更依賴哥哥了……」

藏鋒聞言，抬起頭打量她。只見火堆暈黃，沅宸面容豔若桃李，雖遭雨水拍打，可鬢上一枝凝露簪仍舊襯著她靜秀容貌，倒也顯得熠熠生輝。

藏鋒凝視著她，半晌之後低聲道：「能被人依賴也是件美事，何況我們是兄妹，長兄保護妹妹不是理所應當之事嗎？正如父親教導那般，作為有擔當的兄長，就算是為了妹妹失去性命，也不足掛齒。沅宸，你不必將這些小事放在心上，你是我的妹妹，靈霽也是我的妹妹，所以，無論我為你和靈霽做什麼都是應該應當的。」

沅宸久久地望著藏鋒，卻什麼也說不出來。在這樣的夜晚，她的心因藏鋒的這番話而變得冰涼，如同外面的風雨一般。背對他們而臥的靈霽緩緩睜開雙眼，她晶瑩的眼波跳動著點點星光，沅宸與藏鋒的這番話，她都真切的聽進了耳裡。

她回想起自己練武之時，藏鋒在一旁極其耐心的指導她。想起她初上戰場之時，藏鋒扶著她的肩膀給她勇氣，讓她緊隨在自己身側。想起兩人在皎潔的月色下，騎著馬深夜巡營查崗。想起自己掛帥出征第一次凱旋歸來，藏鋒在軍營門口迎接她，將她扶抱下馬，那時他的笑容是何等明亮溫暖。特別是上次在與莽兵的戰場上自己身受重傷，藏鋒策馬前來救她的那一幕，令她刻骨銘心，永生難忘。

而那，於他而言，也只是兄長對於妹妹的義務罷了。思及此，靈霽心痛地閉上眼，眼角掉落了一顆轉瞬即逝的淚珠。

有時候她同沅宸一樣，都會在夜深人靜的時刻，思考相同的問題——

自己內心煎熬的眷戀著的那個男子，始終都不為所動，他的熱忱與溫柔都只是基於親情嗎？他彼時關愛與寵溺的神情之中，真的從未夾雜一絲愛慕嗎？他是不是至今都不知道她們二人對他抱有怎樣的情愫呢？還是他始終無法抉擇，寧願選擇逃避？又或是無法面對世人給他定義的角色，始終解不開那沉重的枷鎖呢？這份癡戀到底有何意義呢？

天高地黃，相思雁兩行。蓮子已老，桂月沉香。

風冷夏枯草，拂手落花滿裳。

不見紙書，心飛度衡陽。

薄衣輕粉，夢裡無賓郎，但結丁香。

淚如竹瀝，血竭神傷。月光穿心，空枕一秋黃粱。

一如此刻憂愁的暮色，悲慟且愁苦，覆蓋住了滿山腰嬌豔的花朵，令其在涼風中瑟縮顫抖。一個情字縱然難寫，可忘卻，怕是要等到心亡才能終了。

等到隔日清晨，暴雨已停，霧靄漫起。沅宸、靈霽與藏鋒走出山洞，他們順著雨後的泥路向山頂處爬去，一直艱難地前行了三個時辰，才終於到達了頂峰。絕頂之上的風極為猛烈，吹得沅宸睜不開眼。可這一刻，她覺得心中大為喜悅，俯瞰腳下大地與人間，她整個人都感到神清氣爽了。

太陽從厚重的雲層後緩緩升起，晨曦的曙光灑照在山頂，沅宸看見的是一片綿延萬里的綠色山林，彷彿有數不盡的珍貴藥材在這裡自然生長，雖無人問津，卻頑強堅韌。

「快看，找到了！那就是昊草！」靈霽驚喜地指著不遠處的一團綠色植物叫起來，她趕忙拉著沅宸跑過去，蹲下身來細細打量這瘦小卻罕見的藥材。

昊草高約半尺，莖枝密被刺毛，葉近圓心形，呈深綠之色，淺裂或波狀棱角，上面疏被星狀柔毛，略微粗糙，下面被星狀長硬毛或絨毛。沅宸趕忙拿出藥方中的繪圖，認認真真的加之對比之後，不由欣喜若狂！的確是昊草，費盡千辛萬苦，終於找到它了！

遺憾的是，昊草的數量並不多，許是過於珍貴，它就連自己的生長環境都十足挑剔。來不及為此憂心，沅宸趕快拿出藥箱裡的割草器來收集昊草。就在這時，幾滴血紅色的水跡「啪嗒」、「啪嗒」地掉落在沅宸手

中的昊草上。她困惑地抬頭去看，竟是靈霽咳出了一口血，她摀著嘴巴，血卻順著她的指縫滴落而下。

沅宸腦子裡嗡地一聲響，她恍然察覺，靈霽已經病了十日了，而藏鋒則病了十三日，一旦超過十四日，就算是神仙也回天乏術！加上這三日來的過度疲勞，他們二人的病情一定加速了惡化。此時此刻，藏鋒已經疲憊地靠在樹下，竟像是昏迷了。

靈霽也頭昏得很，她轉身到一側，劇咳不止。沅宸急忙起身，要為她去找水囊，靈霽卻阻止她道：「長姊，我不喝，水囊只有一個，我不能透過水源把這病傳染給你。暫且不要管我，你只管取藥要緊。」說罷，她便拿出帕子，自顧自地擦拭起唇角的血跡。

沅宸打量著這兩人，深知已經到了一決生死的時刻了，沒有多餘的時間再浪費。她二話不說的對比著藥方開始配藥，幸好她早已將其他配藥裝在藥箱中，眼前得了昊草，她只需製出對症之藥便可救靈霽與藏鋒了。沅宸把藥材一味接一味地對應擺列、生火熬煮，就像是那首詞一樣：

雲母屏開，珍珠簾閉，防風吹散沉香。離情抑鬱，金縷織硫磺。柏影桂枝交映，從容起，弄水銀堂。驚過半夏，涼透薄荷裳。

一鉤藤上月，尋常山夜，夢宿沙場。早已輕粉黛，獨活空房。欲續斷弦未得，烏頭白，最苦參商。當歸也。茱萸熟，地老菊花黃。

只不過，大師兄送來的藥方有兩份。

沅宸很清楚這兩份藥方皆是衷嬴冒著危險，違背師門規則，偷窺祖師祕笈之後，抄寫而來。兩份藥方中的大多數藥材相同，只有幾味藥材不同，但也都需要昊草來做藥引。可其中一份是錯誤的藥方，另一份才是對的，然而究竟哪個是錯，哪個是對，只有服下才知。這是師門中防止洩密的方法之一，常有幾個相似的篇章，但卻只有一個是正確的。如果不得本門師父的口傳心授，自己一個個去試，便是要丟性命的事情。

若是服錯就是一死，可若是耽誤救治的時間，同樣是死。

怕是要死馬當做活馬來醫了。只能在靈霽與藏鋒二人中，選擇一人來試藥，假設運氣好，兩人皆可活。可一旦試錯了藥，雖能排除掉錯誤的藥方，但試藥之人的性命將不保。

「我說的這些，你們二人可都做好了準備？」沅宸將事情向靈霽與

藏鋒一一道明，她的手裡，則是端著兩碗由昊草做藥引而製成的藥湯。

沉宸的手已經變得紅腫，皮膚也有多處裂開了口子，她雙手直接接觸未經處理的草藥，產生了嚴重的過敏現象。

靈霽十分心疼沉宸，伸出手輕輕地觸碰沉宸的手背，於心不忍道：「讓你受苦了，長姊。」

沉宸不在乎地搖搖頭，堅定地道：「只要能救你們，我這點皮肉之苦算得了什麼呢？你們二人都是我的至親至愛，我自然是捨不得由你們二人來試藥，然而除了病患，健康之人無法試出藥效。我也是迫不得已……」

藏鋒打斷沉宸道：「由我來吧！無論是對的藥還是錯的藥，我試過之後就會見分曉了。妹妹的兩碗湯藥，我只需飲下一碗，若是錯的，另一碗就快些讓靈霽服下。若我運氣好，飲下的便是對的，那麼就勞煩妹妹儘快再為靈霽也照此熬上一份湯藥。」

「萬萬不可！」靈霽阻止藏鋒道：「生死攸關，豈能要你一人承擔？」

沉宸早就料到會出現這般彼此爭搶的局面，她將藥湯放在地面，又找出看似相同的樹枝對二人道：「這兩段樹枝幾乎等長，但其中一個被我掐斷了一小節，便分出了長短不同。公平起見，也為了節省不必要的時間，你們二人誰抽中了短的樹枝便試藥。如此一來，聽天由命，可好？」

再也沒有比這更好的法子了。靈霽與藏鋒思慮片刻，都點點頭，表示同意。沉宸深吸一口氣，她閉上眼睛，不願也害怕去看結果。藏鋒和靈霽二人同時抽走樹枝。

樹枝攤在藏鋒掌心，他向靈霽手中看去，只見她的那根樹枝比自己手中的還短上一截。他略微一怔，剛想說點什麼，再抬眼去看，靈霽已經不由分說地端起其中一碗藥湯，一飲而盡。

沉宸慢慢地睜開眼，見靈霽手裡的藥湯已空，她只覺自己心跳如鼓，猛然看向靈霽，生怕她有任何閃失。起初，靈霽沒有任何異樣，以至於沉宸和藏鋒都以為她喝下的是正確的藥湯。然而不到半炷香的時間，靈霽開始出現了呼吸困難的症狀，她就好像已經預料到了結局一般，伸出雙臂去抱住了沉宸，極為留戀地對她道：「沉宸姊姊，你可還記得我們從前在甯城的時光嗎？」

靈霽的問話，令沉宸的思緒萬縷千絲，驀地被抽回到了過去。那時的甯城還未被戰亂吞噬，她們二人雖無血緣，卻情同親生。時常湊在一起疊紙鳶、捕蝴蝶，一同撫琴、刺繡、吟詩作畫……，每日都是歡聲笑語。靈霽的口袋裡總會裝滿沉宸喜歡吃的點心，而沉宸每次也都會把靈霽遞給她的糕點分給她一半。

　　之後，甯城傾覆了，她們姊妹二人站在廢墟之上，憂傷地凝望著已成一片泥土的家宅，以及遍地的屍體與白骨……。已然記不得是誰先牽住了誰的手，等到回過神時，沉宸已經和靈霽共用一碗粥，共吃一塊冷掉的饅頭。盛世的安穩需要有人維繫，需要有人支撐，需要英雄。那年只有六歲的靈霽對沉宸許諾道：「姊姊，日後我定要成為希國的英雄，我要做將軍，做盛世的守護者，好護你一生周全。」

　　沉宸身染泥濘，衣衫襤褸，但她還是微笑著將一朵桃花戴在靈霽鬢上，苦中作樂道：「靈霽生的這麼俊俏，若將來做了將軍，也會是最美麗的女將。要是靈霽在戰場上被傷到，姊姊就給你敷藥。要是你練武覺得累，姊姊就給你燃一壺藥香，你我姊妹二人同心同德，世上沒人能將你我分散。」

　　當真是一語成讖，靈霽如約成了女將，沉宸也如諾言那般為她敷藥、亦救死扶傷，可天地不仁，以萬物為芻狗；聖人不仁，以百姓為芻狗。天地之間，其猶橐籥乎？虛而不屈，動而愈出。

　　自古美人如名將，不許人間見白頭！

　　這一刻，沉宸潸然淚下，她喉頭哽咽，帶著一絲啞澀，對懷中靈霽柔聲道：「往事如夢，有關你我，皆是不敢忘懷。靈霽，縱然天地是無所謂仁慈的，它沒有仁愛，對待萬事萬物都像對待芻狗一般。但你對長姊而言，永生都是幼妹，長姊對幼妹也永生都有仁愛，永生永世……」

　　靈霽心滿意足的笑了，她側過眼，看向藏鋒，眼中的淚止不住流了出來。只見藏鋒神情極度震驚悲痛，仿若不敢相信這一切皆是真實，她對他道：「死後會否得以轉世呢？想來我征戰沙場殺人無數，那些人是不是也已經得以轉世？倘若真有來生的話，藏鋒哥哥，來生，你與我……」話未說完，靈霽便沉沉的閉上眼，另一隻手指縫中所藏的一段樹枝終是掉落了下來。

看到跌落在地那一小段樹枝，沅宸才明白過來。原來，靈霽趁著大家不注意，偷偷將手中的樹枝又掐掉一節，如此一來，無論藏鋒哥哥抽到的是長籤還是短籤都不打緊，因為她手中的那段樹枝一定比他的短。

沅宸抱著她頹唐的身體跪倒在地，她的頭依偎在沅宸懷裡，嘴角流出一絲血跡，面容卻是安詳的，好像只是睡著了一樣。沅宸的淚水止不住地順著臉頰滑落下來，她用力抱緊了懷中的靈霽，痛哭失聲。

頭頂上空的烏雲緩緩散去了，明亮的光芒筆直的灑照下來，藏鋒失魂落魄地站立著，眼底黯然無光，回想起與靈霽共同練武、共赴戰場的那些時刻，想起她每一次喚自己「藏鋒哥哥」時的明媚神色……。他心中悲痛難言，竟一個字也說不出來，雙眼流下兩行清淚，將地上掉落的那一小段樹枝如珍寶般撿起，放入懷中。他折斷了身側巨樹的一根花枝，輕輕地放在靈霽的髮髻旁，像是在同靈霽做一場無聲的辭別。

這是沅宸唯一一次看見藏鋒落淚。

在僅有的條件之下，沅宸與藏鋒只能草草地安葬靈霽。靈霽身上的遺物並不多，只隨身攜帶了一串大小不一的銀鈴。沅宸輕柔的摘掉那串銀鈴，將其一分為二，其中一個短紅繩子上掛著兩顆小一點的鈴鐺，另外的長紅繩子上則掛著三顆大一些的鈴鐺。沅宸自己留下了短紅繩，將長紅繩遞給了藏鋒，悲傷道：「藏鋒哥哥，這是靈霽第一次出征前我為她去道觀求的平安銀鈴，想保佑她在戰場上平安無事。她很是喜歡，日日隨身掛配，可是未料她最終倒在這山洞之中，她這一生恐是遺憾頗多……」她哽咽了，艱難地說下去：「你我各自拿著吧，算是留作念想了。」

藏鋒接過長紅繩，將懷裡那截留存下的短小樹枝塞進其中一顆銀鈴的縫隙裡，然後將三顆銀鈴如珍寶一般收緊了懷中。此時，又逢天降大雨，來不及再同靈霽多做道別，儘管悲痛欲絕，沅宸和藏鋒也只能帶著為數不多的昊草返回玄機城。

下山的路十分艱難，馬蹄踩著泥濘一路打滑，沅宸覺得自己整個人都要被雨水拍打得支離破碎，只剩下骨架了。她擔心藏鋒，總是打量他的情況。他早已筋疲力盡，哪怕是已經服下了救命的藥湯，還要等藥效發作才能真正的緩解病情。又經歷了靈霽的死，且在馬背上如此顛簸，即便軍旅出身，強壯如他，也難免會令肉身與精神一同垮掉。

等到來到了半山腰的一處平地時，沅宸與小分隊的士兵們終於會合。原來他們一直擔心沅宸等人的安危，當日暴雨停下之後便追上了半山腰來。領頭的士兵見少了靈霽，便問起女將軍何在，沅宸立即臉色悲傷、滿眼心痛。士兵們頃刻間便懂了，皆是垂下頭去，表情黯淡悽楚。這會兒，雨勢漸小了一些，藏鋒發現前方不遠處有村落，他正欲帶沅宸與士兵們前去避雨、稍作歇息，卻察覺到村前聚集的人群中起了騷動。

　　為首的村人看上去是個小領袖，他面前的男女老少皆是染了瘟疫的病人，相互扶持著哀聲連連，而他則是高聲命令著：「村長有命，一旦發現感染之人必須趕出村莊，你們都是有妻有兒有母有父的，誰也不想把這瘟病傳染給至親至愛。既然村長都吩咐了，你們這群染病的就該想法子自行了斷，既是保護家人，又成全了村落，要抱著寧死一千也不可傳染一人的想法！」

　　染病的村人們各個都被病魔折磨的形如枯朽，眼睛之中也沒了任何神采，儘管他們抱作一團絕望哭啼，可皆表示贊同，還七嘴八舌的應道：「我絕不會傳染給我的乖孫兒，更何況我都是一把老骨頭了，死不足惜！」

　　「李阿婆，你說的甚是，我也與你相同，寧死不會回去村裡了，你我就結伴去跳崖！黃泉路上也不孤單了！」

　　「我才娶親不足兩年，卻要丟下高堂、妻兒先走一步，真是不忠不孝啊！但只要能不傳染給他們，我亦死而無憾。」

　　「只要不拖累我老母和妻兒，我死上一百回又如何？反正得了這病也是活不成了，不如就死在家門口也好！」

　　小領袖冷漠對著染病人群之中，一位看似頗有地位的長者道：「老保長，您老德高望重，您和大家說說，大夥如果等死在村前，還不是要勞累我們這些看管人員處理屍體嗎？就像李阿婆說的那樣，三五湊伴去跳崖正好，免得親人見了你們的屍首又要傷心。」

　　老保長喃喃道：「說的是，說的對，假設村裡的病情再蔓延開來，搞不好要展開一場血腥屠殺了，到時候屍山成災、腐肉敗壞，豈不是更岌岌可危？大家隨我一同去懸崖之上吧。」其他人面面相覷，無奈的點了點頭，再留戀的看了一眼村口，那裡面有他們的至親至愛，不想今日便是陰

陽兩隔。他們中有些人小聲的抽泣著，一群人拖著疲憊的步伐，行將就木
般的跟著老保長，一步步的向村落後方的小山崖走去。

可是這其中到底有「怕死」的村人，是一名年少的姑娘。她身上的
紅斑已經延伸到了臉部，許是覺得自己無藥可救了，但又恐懼跳崖，於是
她推開眾人，轉身便倉惶逃跑。

「不好！」大家調頭緊追，喝令：「抓住她！」

姑娘嚇得全身顫抖，求生的本能促使著她，只想著「快逃、快逃！」
不料被碎石絆倒，她摔入泥濘中，追趕而上的眾人拖住她就要施以暴打，
絲毫沒有要停手的意思。

姑娘被打得求饒，血水滲了出來，在泥濘之中顯得格外刺眼。老保
長拄著手杖怒斥道：「劉家小妹，我們都是看著你長大的，你爹是村裡唯
一的秀才，你也是讀過書的人，一直覺著你是孝順善良的姑娘。不想你竟
然如此自私自利、貪生怕死，你爹教你讀的聖賢之書都餵狗吃了？我看你
這是想要禍害全村人啊！自古有云，惟女子與小人難養也，你這般也是
最毒婦人心了，黃泉路上大家作伴也不孤單，你莫要做出這等下作之事。
今日你先行一步，我等隨後便來黃泉相聚。」

言下之意，竟要讓眾人活活將這姑娘打死方可罷手。

沅宸見到此狀，終於按捺不住，她跳下馬背，衝到村人的面前急迫
的阻止道：「大家住手！」

眾人見她面生，身後又跟著一批士兵人馬，覺得她來者不善，老保
長便提防著問她：「你是什麼人？莫要多管閒事！」

沅宸救人心切，忍不住脫口而出道：「我是玄機城的醫者，你們不是
得了瘟疫嗎？我已經找到了醫治這病症的藥物，你們不要為難這位姑娘，
不必跳崖，也不必尋短見，我會救你們的！」說罷，沅宸便將自己身背的
藥箱拿了出來，那裡面收藏著珍貴的昊草與眾多藥材。

「藥？」染病的村人們瞪圓了眼睛驚呼，「大家都聽見了嗎？她說有
藥！她身上帶著藥！咱們有救了，村裡的人都有救了！」這話剛一落下，
那些本已經氣竭乏力之人，竟像中了邪一般，發瘋的衝向沅宸去搶奪她的
藥箱。跑在最前頭的，居然還是那年逾古稀的老保長。

「不！」然而沅宸護住藥箱，拚命地掙扎著：「不要搶！數量有限，

我會平均分配給你們，但你們不能搶！」

可他們都已紅了眼睛，哪還能聽得進沉宸的勸阻？這群染病的村民如虎似狼，在面對生死之際，人性最為醜陋也最為黑暗的一面，全部都如被撕扯開的皮肉一般，血淋淋的極致淋漓！

他們爭搶著生存的機會，全然不理會這是十惡不赦的搶奪行為。沉宸幾乎要被他們推擠得倒地，護著藥箱的手也被他們抓破，士兵們絕不能允許大小姐遭人欺辱，他們舉著紅纓槍去恐嚇村民。可村民們當真是瘋魔了，連那尖銳的槍頭都毫不懼怕，一股腦地抓起地上的石頭蜂擁而上，惡狠狠地砸向了士兵們的頭。

在這一瞬間，光天化日演變成了一片煉獄之景，村民們用手中的石塊活活地打死了其中一名士兵，他們砸他的頭、肩、胸骨和腿，腦漿迸射、血肉模糊，沉宸嚇壞了，她的臉上濺滿了血液，要不是藏鋒及時將她從人群中拖出來，下一個活不成的恐怕就是她了。

「我的藥草！我的藥草！」沉宸尖聲厲叫，她拚命想要推開藏鋒抱著她的手，又朝村民們呼喊道：「不要拿走藥草！藥草……，那些藥草不能直接食用，快住手！」

那些村民們如同冥府的惡鬼，對沉宸的警告充耳不聞，只顧著弓著身子胡亂地翻倒出藥箱裡的全部藥材，然後如饑似渴地把藥草塞進嘴巴裡生生咀嚼。

「萬萬不可生吃！」沉宸痛心極了，這些村民簡直在活活浪費她辛苦得來的藥材！如果昊草不與其他藥材一同連續熬煮幾個時辰，是不會生效的！且又有不能胡亂煮熬，必定要一味連接一味的隨著火候添加才可。

此時，原本在村裡待著的村人，聽見騷亂聲也聞訊趕來，足足幾百人之多。

「沉宸，安靜！」藏鋒氣若游絲，但還是牢牢抱住沉宸，生怕她又跑出去。叱吒戰場的少將軍，此時此刻只能攜著自己的長妹，以及餘下的士兵們，隱蔽在角落裡，他看著不遠處的人間慘劇，眼色也逐漸變得冰冷……

# 第 十 五 節

　　天災人禍果真是考驗肉體凡胎的最好方式！這哪裡是一群氣力衰竭的病人？分明是豺狼虎豹、兇神惡煞！沉宸的叮嚀與好言相勸在他們聽來是阻撓的謬論。更有甚者，竟有村民為了爭奪餘數不多的藥材而廝殺殘害彼此，平日裡友好的鄰居抓起了斧頭、菜刀，面目猙獰的搶奪這得之不易的生存機會。就像世代仇人一般，份外眼紅，不是你死就是我活，此刻的村民哪裡像是人，與嗜血的羅剎妖魔有何分別？

　　他們劈砍、刺殺對方，還有的人胡亂熬煮眾多藥材，又分給其他人去喝，就如同是親手送給至親一碗致命的砒霜。彷彿是眨眼的光景，村口處已經沒有幾個活人了，那些胡亂生吃昊草的村民，已被未經處理的藥性毒死，屍體如磚瓦一般堆砌而起，血水蜿蜒著流淌，混入滿地的雨水中。

　　沉宸還在企圖說服藏鋒放開自己，她似乎不知道自己面對的是多麼可怕的煉獄，竟還妄想去解救那群執迷不悟的村民——她是行醫救人的醫者，是慷慨、聖潔而又無私的，見到此番情景，必定心痛萬分，她自然是要去救他們的，哪怕自己受傷、自己朝不保夕，如果她不去做，又有誰能來拯救那麼多的迷途之人呢？

　　更令沉宸意想不到的事情發生了，其中有一村民驚喜地向大家喊道：「大家聽我說，我家老頭子搶回來的這藥我見過！就在山頂處的一個小山丘上，那裡有不少這藥草，我們採回來自己做成藥湯就可活命啦！」

　　沉宸聞言，愣了一下，道：「天啊！這群人還要做什麼？他們瘋了嗎？竟要去那山丘？隨意採摘珍貴的昊草？靈霽的墓還在那山丘上啊！」

　　藏鋒也怔住了，他同樣擔心靈霽的墓，於是手上的力道一鬆，沉宸就掙脫了出去，跑向那群村民，攔住他們的去路，阻止他們去山頂。

　　「你們不能去！昊草極其珍貴，取摘也有特殊方式，不懂醫術之人不僅不會使用它，就算拿到手也不懂得煎熬，不可去浪費！」沉宸不肯讓路，村民們則是惡狠狠地推開她，絲毫沒有感激她的意思，反而覺得她在

壞事。

「滾開！不然，就要了你的性命！」領頭的人作勢對沅宸揚起手中染血的利斧，沅宸躲閃不及，臉上被斧頭的前端掃過，筆直的劃開了一道口子。

藏鋒看進眼裡，雙瞳陡然收緊，立即拿起手邊的長劍衝去，一把將沅宸護到身後，劍刃直指為首村民。對方受到驚嚇，不由地退縮，可架不住又有一群村民衝上來撕打起藏鋒。他們似乎看準了藏鋒不會亂殺無辜百姓，因此對他下手狠辣。藏鋒為了保護沅宸而將她護在自己懷裡，村民們的拳打腳踢落在藏鋒背部，他本就病重在身，又遭此折磨，有種撕裂般的劇痛。

若不是士兵們不顧自身安危前來營救，沅宸和藏鋒極有可能會死在暴動村民們的毒打之下。撿回一條命的沅宸驚魂未定，她看著那幫村民浩浩蕩蕩地爬向山頂，心中又急又亂又氣又惱。

「我等勢力單薄，實在寡不敵眾，眼前必得趕回軍營尋得幫助了！沅宸，快走吧！」藏鋒氣喘吁吁地道，除非帶軍隊前來鎮壓，否則僅憑寥寥十數人，根本阻止不了幾百名村民們的瘋狂行徑。

沅宸立刻應好，他們翻身上馬，快馬加鞭地朝山下奔去。迎面大風凜冽，雨已經徹底停了，沅宸的眼淚卻是止不住，它們隨風凋零，飄灑向了自己的身後。為何會演變成如此田地？大師兄捨命換來的藥方，靈霽孤勇試下的配藥……，都因她的一時疏忽而毀於一旦了嗎？如果來不及阻止村民，山丘上的昊草會否消失殆盡？所有人的努力豈不是要前功盡棄、功虧一簣？

她一心想著救人、救命，就是這般救死扶傷的嗎？思及此，沅宸痛心地抓緊了馬韁，她不由地回想起了衷贏曾經對她說過的話：「師妹，你我行醫之人，無論眼前還是今後，切記不可逆天而行。每個人都有每個人的造化，命中之有，不得損害；命中之無，不得強加。不尚賢，使民不爭；不貴難得之貨，使民不為盜；不見可欲，使民心不亂。是以聖人之治，虛其心，實其腹，弱其志，強其骨，常使民無知無欲。使夫智者不敢為也。為無為，則無不治。」

師兄說的不正是嗎？古有聖人治世，排空百姓的心智，填飽百姓的

肚腹，減弱百姓的競爭意圖，增強百姓的筋骨體魄，經常使老百姓沒有智巧，沒有欲望，所以那些有才智的人也不敢妄為造事。聖人按照「無為」的原則去做，辦事順應自然，那麼，天下就不會不太平。豈能對自然加以干預呢？豈非是要天下大亂嗎？

沅宸怎麼就偏偏要干涉村民們的命數呢？是因一時同情，還是一己私欲呢？

馬蹄聲奔騰不息，轉眼已接近軍營入口。

身後彷彿再次傳來了衷贏熟悉的聲音，他道：「師妹，你為何不肯回頭看呢？假設你凡事都回頭看一看，就會想起很多你本應要做的正確之事。假設你肯回頭，你也會看到我一直都在……」

沅宸的眼裡泛起大片大片的淚水，她心中念著，「大師兄，你為何要我回頭呢？若我回頭，你就會回到我身邊嗎？若我回頭，這一切就統統不會發生嗎？你不會離去，靈霄不會死去，我亦還是曾經的我嗎？」

遺憾的是沒有回頭路了。沅宸不能回頭，她始終沒有回頭，繼續催馬前行。身後的風聲，仍舊傳來衷贏的嘆息：「你要知道你將來選擇的生活是怎樣的，是否是你發自真心去接納的，又或者你連自己的心意都要違背呢？師妹，我只希望你快樂，再別無所求。」

沅宸驀地回想起曾在藥王山谷的白鷺城的自己，那段時光靜好而悠然，她快樂地行走在採藥的山間，一回過頭去，就可以看見陪伴著她的衷贏。他手持摺扇，腰間一抹綴著流蘇繐子的紫玉，光彩照人。是啊！那才是她覺得幸福的生活，無所憂慮，心中富足。

那能使她回過頭去的畫面頃刻間破碎了，因為馬兒的嘶鳴聲將她拉回了現實，沅宸這才發現自己已經回到了軍營。何心隱首先撲向她，這幾日來，他擔心壞了，生怕沅宸在尋藥期間遭遇危險。眼前她雖樣貌狼狽，定是遭遇了很多困難，可安全歸來比什麼都重要。

然而沅宸卻來不及同他親近，她匆匆去了寂老將軍的營帳，簡短的敘述了事情經過，寂老將軍便派出幾十隊兵馬隨她返回山中。有了軍隊支持，沅宸內心裡有了一絲安穩，她本想讓藏鋒留在軍營裡歇息，可藏鋒執意同她前去。沅宸為了節省時間，也不再多相勸，一行人便匆匆地朝山谷裡奔去了。

遺憾的是沅宸等人還是來晚了一步。待他們趕到山丘時，本就僅有一團的珍貴昊草，已經被採摘的所剩無幾。沅宸震驚得久久失神，她難以接受這般貴重的藥材被村民們殘酷對待，他們只顧自己性命，全然不為其他染病之人留有生存餘地。

　　這樣的人，真的配活下去嗎？第一次，沅宸第一次受到了自我靈魂的疑問。直到藏鋒提醒她道：「沅宸，事不宜遲，必須再回去那村落查看，說不定還會找到剩餘的昊草。」

　　沅宸如夢初醒，趕忙隨同藏鋒帶領軍隊下山。還未來到村門口，就看見半空中布滿了血紅色，一股難聞的燒灼之味撲面而來。沅宸心中隱隱不安起來，士兵們為了保護她的安全，在藏鋒的命令下訓練有素的兩路散開，先行前往村莊查看安危。沿途皆是死不瞑目的屍體，屍堆中還有零落的呼救聲傳來，也幾近奄奄一息了。

　　領頭士兵查看完畢，返回到沅宸與藏鋒面前稟報道：「回少將軍、大小姐，這村裡有半數的人都已死亡，村長似乎在命人焚燒屍體。」

　　焚屍？

　　沅宸瞠目結舌，她跳下馬，就著火光奔向了村子入口處，空氣中已經有了濃重的煙味。沅宸目睹負責起火的幾個村民，將油水倒在活生生的小孩子身上，「嗤啦」一聲點燃木棒，丟在那孩子身上，立即有焦臭的味道散開。沅宸忍不住發出驚叫聲，士兵聞聲衝來，見沅宸指著前方口戴白布的村民們一臉恐懼，士兵們立即去抓住那些村民。

　　村民們手足無措地解釋道：「官爺、官爺！我可沒犯法啊，我都是奉村長的命令辦事，不要殺我！」

　　「你們殺了人！」沅宸指著他，無法饒恕道：「那孩子剛剛是活著的，你們卻殺了他！活生生的生命，你怎能下得了手啊！」

　　村民忙擺手道：「那都是染了病的孩童，又吃了其他人帶回來的昊草，他爹娘都已經因誤食草藥而暴斃了，留他自個兒不也是活活等死嗎？最多三日，他也是要病死的，現在我無非是讓他早點上路，免得禍及他人！」

　　什麼？沅宸怔住了，她失魂落魄地走向村民，喃喃發問：「你說……暴斃？」

有個身強力壯的村民認出了沉宸，立即變了臉，氣急敗壞地指控起沉宸來：「原來是你啊！你這妖女還有臉回來我們村子？都是因為你帶的那些草藥，我們村子一半的人都被你害死了！你，你簡直妖言惑眾，要不是你，他們不會去山上尋藥，更不會煮了草藥分給親人們服用！你根本就是個煞星，害死了我們半數村民，你——」話未說完，猛的衝上前去甩了一個重重的耳光在沉宸臉上，五個鮮明的指印在她慘白的面色之上尤為刺眼，嘴角也流出了一縷鮮血。

周遭士兵一驚，趕忙將此人打倒在地，用繩子捆上。可那人依舊不依不饒，嘴中咒罵不止：「這些人都是被你害死的，你才是殺人的魔鬼，你是妖女！他們因你而死，就算是化作厲鬼也不會放過你的，唔唔……」那人還想叫嚷，被一旁的士兵塞了塊布條，堵住了他的嘴。

眼前濃煙滾滾，火焰瘋長，沉宸獨自站立在這烈焰火海之中，心中悔恨交加。正如村民方才所說，若不是她宣布有解藥，也不會引發人們的瘋狂，更不會使得藥草不夠用，而耽擱了軍營中的病情。

「這火起得太猛烈了，實在危險！大小姐，我們快離開這裡吧！」士兵勸說起沉宸。

沉宸卻無動於衷似的，她環顧四周，看見好幾棟草屋都被火勢點燃，其中一間草屋裡還有哭喊聲。沉宸醒過神來，企圖上前去救屋中之人，然而房頂的乾草紛紛墜落，前後左右的地面都在一瞬間起火，沉宸不得不向安全地帶退去。

草屋房梁上的木柱轟然傾倒，許是砸到了屋內之人的身上，頓時傳出了極盡淒絕的哀叫。再轉眼望向周遭，一簇一簇的火堆中，還有被燒焦的生還者，垂死掙扎地從死人堆中爬出，他們想活下去，想生存，哪怕已經被燒得體無完膚。

沉宸的胃裡忍不住一陣翻湧，她受此情景震撼，伏在一旁的角落處乾嘔不止。身後的烈火熊熊，彷彿要燃燒向天際盡頭，混雜著屍臭、焦灼、難聞的煙燻氣味兒……，火光映紅了沉宸的臉，她就那樣蹲在地上，雙眼不停地流出眼淚。

她的一句話，竟幾乎毀掉了一個村落嗎？

沉宸痛苦地閉上眼睛，她從來不想要什麼盛名，也不要什麼千古留

世，更不想和這如人間地獄般的死亡有任何關聯！她只是為了一個約定，為了行醫，為了救人，而不是此時此刻的一切。

大火漫天的燒，燒掉寸草，燒掉生靈，卻燒不掉所有汙穢。藏鋒走到沅宸的身邊，他蒼白的臉色映著火光，卻不顯得生動，反而格外頹敗憔悴。他低頭望向沅宸，見她清瘦雙肩柔弱而無助，不禁感到憐惜。

他沉聲說著過往。在他行軍的那幾年裡，曾接觸過各式各樣的商賈。其中，有一對夫婦和他們的獨子讓他印象深刻。那位商賈姓趙，妻子錢氏一直患病，兩人靠著向軍隊賣器皿維生，好不容易懷上孩子，總是胎死腹中。這對夫妻直到四十有餘才平安無事的生下了一個孱弱的兒子，溺愛程度自然無法言喻了。

可這孩子自小起便十分孤僻古怪，他離群索居，不願與人產生肢體接觸，還喜歡殺死弱小的植物、動物來做成標本。有時會用火烤蜻蜓、分屍麻雀，或者將兔子血淋淋的一分為二。趙商與錢氏卻不認為這是大逆不道之事，更有甚者，他們會在鄰居找上門來斥責兒子時，與人爭吵不休，極度偏袒兒子，認為大不了賠錢了事。

直到兒子十六歲時，需要說親事了，村裡村外沒人願意嫁給他，怕他的殘暴，趙商的心裡才隱隱難受起來。他擔心兒子會孤老至死，便命人駕車帶他去方圓三十里之外的村落尋合適的姑娘。等到他旅程歸來，相中了一家農戶的女兒，準備商議之後去提親，卻見家裡已經有了一位豆蔻年紀的少女。

不等趙商喜悅，他就發現那少女全身是傷。燙傷、刀傷，很明顯的是舊傷未癒，新傷還在流著血，整個人又瘦骨嶙峋、面色焦黃，兒子則是對她呼來喚去，十分兇惡。趙商悄悄問妻子，錢氏只道這姑娘是兒子不知從哪裡買來的，正好做媳婦了。趙商深知這姑娘是遭遇了兒子的虐待，腳踝上還拴著狗脖子上才有的鏈子，但趙商與錢氏又不敢數落兒子，哪怕是姑娘屢次偷偷與他們求助，夫妻二人都充耳不聞，假裝什麼都看不見一樣。

每逢夜裡，地窖裡都會傳來姑娘的慘叫，趙商多次被驚醒，卻因縱容而選擇忽略。沒過幾日，姑娘便被折磨死了。趙商也很怕官府找到家中，所以不願聲張，想草草地埋了姑娘，然而屍首卻不翼而飛。他倒覺得這樣也妙，屍體不見豈不是更好？落得清淨了。

　　那之後又過了幾年，趙商對於兒子的胡作非為，永遠都是睜一隻眼閉一隻眼。無論他是抓回了哪種小動物在家中殘害，又或是有遠方城市買來的姑娘在家中受盡虐待而發出慘絕人寰的叫喊，他都不去看、不去聽，心想著只要沒人發現就好，只要兒子開心就好。然而有一次他出城歸來，竟然發現妻子錢氏不見了去向。他去問兒子，兒子也說不清，只道和母親吵架了。趙商心覺不妙，哀求兒子快告訴自己錢氏的下落，兒子不耐煩起來，竟然當頭就是一刀砍向了趙商。

　　趙商昏死之際被兒子拖去了家裡的地窖，地窖一直被兒子霸佔著，他從未出入過這裡，如今一見，險些被嚇死。那地窖裡全部都堆著屍首，被扒了皮的動物，不知名的姑娘的頭骨，還有……尚未徹底腐爛的錢氏。這麼多年來，兒子在他們夫妻二人的縱容、包庇之下，不知殺了多少人，甚至連親生母親也逃不出他的魔掌。若不是官兵及時趕到，趙商的性命也難以保全。可官府就是抓走了兒子，救下了趙商，他也沒有絲毫感激，反而哭天喊地的怨恨起救的人，怨他們害了他兒子的下半生，怨他們讓趙家絕後。

　　這個故事說完了，藏鋒長長嘆息，問沅宸道：「你可知趙商所經歷的人間煉獄，又何嘗不是他一手造成的呢？慈不掌兵，柔不監國，情不立威，善不居官。倘若他在最初就制止了其子的邪惡，倘若他能夠為其指點迷津而不是橫加縱容，或許就不會出現一連串的慘劇。是他自己狠不下心，他太愛他的兒子，且不願醒悟，更不願分辨這愛是否是存在道義的，一如聖人太愛百姓了。」

　　沅宸聽著藏鋒的喟嘆，緩緩地抬起頭，眼神空洞地凝望著漫天火光，看到生著的人去屍堆裡翻找死去的人身上的值錢物品，失去親人的孩童站在火海中嚎啕大哭，抱著奄奄一息老母親的壯漢在四處尋找水源，就連一隻饑餓的狗都在啃噬原主人的屍首……

　　厚而不能使，愛而不能令，亂而不能治，譬若驕子，不可用也。可見，掌兵不是不能有仁愛之心，而是不宜仁慈過度。如果當嚴不嚴、心慈手軟、姑息遷就、失之於寬，乃至「不能使」、「不能令」、「不能治」，自然是不能夠掌兵的。

　　沅宸懂得其中道理，她喃喃道著：「聖人寬愛百姓，又何錯之有呢？

自然的規律，不是像張弓射箭嗎？弦拉高了就把它壓低一些，低了就把它舉高一些，拉得過滿了就把它放鬆一些，拉得不足了就把它補充一些。自然的規律，是減少有餘的補給不足的。可是社會的法則卻不是這樣，要減少不足的，來奉獻給有餘的人。那麼，誰能夠減少有餘的，以補給天下人的不足呢？生活在水深火熱之中的百姓，又有誰能去真正地體諒、幫助他們呢？」

世人何辜，她又何辜呢？

這一刻，藏鋒彷彿終於懂得了那位道長對自己的擔憂，一如他這般擔憂沅宸一樣。

情深不壽，慧極必傷。

藏鋒並非是在責怪沅宸，他怎麼捨得呢？不過是憂心她罷了。於是他輕輕地拉起沅宸的手，安撫似的拍了拍她的背，只對她道：「回軍營，回家吧！」

沅宸魂不守舍地隨同藏鋒離開了地獄般的小村落，她遙望山頂處那慘遭破壞的山丘，心想著要盡快將靈霽的屍首帶回家，要盡快……

前世記憶如風，漸漸飄散消逝。迎著夕陽餘暉，孟婆坐在馬背上俯瞰著景色。繁華城池在雄偉山巒之下不過是一顆連接一顆而鑄成的玉石盤，稍有不慎，玉石跌落，滿盤皆輸。

只不過，這一世的孟婆早已銘記了上一世的尋藥路徑，無痕也很清楚山路，在孟婆有意無意的引領下，他們三人很快就到達了生長著昊草的山丘。

這一次，沒有人受傷，也沒有人悲痛，滿山丘都瘋長著翠綠、茂盛的昊草，彷彿早就等待著三人來採摘。

何心隱欣喜若狂地割取著昊草，無痕喜極而泣地唸叨著妹妹這下有救了，全城的人都有救了。唯獨孟婆神色黯然，她駐足遙望片刻後翻身下馬，獨自一人悄悄地走向了山丘的隱蔽處。那裡有一塊極小的圓形空地，上面綴滿了彩色野花，各式各樣的仿若琳琅，滿滿在目。花叢裡夾雜著幾株纖細的昊草，如同是守護神靈。在這塊地面之下，則是埋葬著女將軍靈霽的屍骨。

這麼多年過去了，玄機城百年如一日的繁華，哪怕是改朝換代也依

舊沒有改變。唯獨這塊簡單的，甚至可以稱之為簡陋的陵墓下，睡著孤單卻英勇的魂魄，這城中有誰還能記起這個為大家試藥的女將軍靈霄。也不知道這一世的靈霄她在何處，過得好嗎？

　　孟婆眼中含淚俯下身子，伸出手去撫摸那片花叢、泥土，就像在撫摸她曾經的幼妹的臉頰。心中輕聲道：「靈霄，姊姊來看你了，這些年來，姊姊每一日都會想起你，幻想著就你從未離開過我……」

# 第十六節

　　猶記得當年靈霽加冕為將之日，她騎著高頭駿馬，領著一列威武的儀仗隊在街頭巡遊，她身著鎏金鳳紋的鎧甲，紅色披風上繡著金絲線，身後跟隨的宮車被裝點得格外雍容華麗。見到當朝唯一女將，百姓紛紛讓開兩路，無不敬畏。而那日輕風攜雨來，吹拂靈霽英氣的眉眼，與那極為曼妙的容顏。

　　靈霽當年試藥死去後，沇宸將其埋在這裡不過是想要爭取時間，一旦回去軍營，她定會帶人來將屍骨取走的。只可惜人算不如天算，那群暴動的村民不僅燒了染病的村人與房屋，還遷怒於山丘的昊草。在沇宸等人離去之後便跑到山上縱火，不僅毀了殘存的昊草，也毀了埋在地下的靈霽的墳塚。

　　試問，誰人能想到一代名將會如此淒慘的落幕？唯一值得欣慰的，也只有若干年過去的今朝，大自然煥發生機，那些生命力頑強且未死絕的昊草又重新生長了起來，才能使得何心隱他們終獲珍貴藥材。

　　孟婆觸景生情，從懷中拿出了當日留作念想的靈霽的遺物──繫著短紅繐的兩顆銀鈴。多年過去，銀鈴的光澤依舊通透明麗。除此之外，孟婆身無長物，用來祭拜靈霽的也只有她一腔深深的思念之情。

　　那邊的何心隱與無痕已經收穫了滿滿一藥箱的昊草，他們找到孟婆，孟婆急忙收起銀鈴。何心隱彷彿看出孟婆的異樣，關切地問道：「孟姑娘，你沒事吧？」

　　孟婆搖搖頭，走向何心隱與無痕輕聲道：「我沒事，可能是山上風涼，吹得眼睛發澀。」

　　無痕心覺孟姊姊剛剛許是哭過，又不知她是因為什麼傷心事。可得到了昊草，她開心極了，便抓著孟婆與何心隱迫不及待的要往回趕。

　　三人騎上馬，攜著珍貴的藥材快馬加鞭的下了山。這一次沒有暴雨，山路也不會泥濘。孟婆抬頭望著天空，見赤紅雲朵如潑墨暗彩，夾雜著碩

白，間或綴以星星點點的慘綠。唯獨風依然是凜冽的，如刀子割在臉上，吹來了那些有關當年的慘痛記憶——靈霽的死、藏鋒的眼淚、暴動的村民、恐怖的殘害與熊熊火焰……

「嗤啦！」

打火的聲音令孟婆瞬間背脊發涼，她立即勒住馬韁，這才發現三人已經來到了山腳下，而不遠處的一個小村莊已是火光沖天。

竟真的會有現世輪迴這種事嗎？孟婆不敢置信地望著那個燃燒的村莊，一如前世所經歷的一模一樣。村莊裡的村民們哀嚎、哭喊，他們同樣是得了瘟疫，孟婆看著他們奔跑出村莊，如同惡鬼一樣奔向自己，舉著被燒灼的手臂呼救道：「救救我！我不想死！村長他瘋了，他要燒死我們這些病人！我們還活著啊！好痛啊！真的好痛啊！」

何心隱擋在孟婆面前，不留情面地驅趕走了那名村民，可其他人的慘叫聲仍舊接二連三地闖進孟婆耳裡。又是這樣……，她頓時露出了手足無措的眼神，甚至有一瞬間想要翻身下馬，不顧自身危險地前去那村莊裡，可地面上彷彿在無形之間竄出無數隻細小的手臂，猝不及防的攀附上孟婆的身體，拉扯著她，不許她去。

「救命啊！快來人救火啊！」

「娘！爹！你們在哪裡啊？救救我！」

「痛，我好痛啊，我好恨啊！」

那些曾經死在這片土地上的亡靈，好像從地面蜂擁而出了，他們哭泣著、哀嚎著，睜著流血的眼睛注視著孟婆，手掌死死地拽著她的衣衫，想要拉著她向下墜，向下墜，一直一直向下墜。

孟婆知道這是自己內心的幻覺，她狠心地踹掉了其中一個亡靈，千萬個亡靈也隨著他一點點地變成了粉末，隨風飄散了。

何心隱凝望著村落裡的慘劇，片刻過後，他對孟婆和無痕道：「此地不宜久留，我們快走吧。」

無痕早已經被嚇得全身發抖，她連連點頭，巴不得快一點離開這裡。

走了很久，何心隱始終策馬走在引路的位置，孟婆凝視著他的背影，那已經不再是瘦弱的少年的雙肩了，而是成年男子堅毅的臂膀。

仿若是察覺到了孟婆的視線，何心隱突然問道：「孟姑娘是否覺得

在下心狠呢？明明有藥在身，卻見死不救。」

孟婆微微動容，卻沒有回答。

何心隱側目望向她，那是極為堅定的眼神，他道：「天意使然，莫要干預。」

孟婆幽幽地笑了，只覺這蒼茫大地之間，有人迷茫，有人死去，有人喜悅，有人心傷……，而她的小師弟，終究是長大成人了。他有他的追求與目標，不動搖也不悔恨，也不再需要他的沉宸姊姊為他操心了。

雖有欣慰，卻也感傷。直到回了城，大門口只有寥寥三兩個守城士兵了。這幾個士兵先是對孟婆等人盤問一通，又謹慎地檢查其脖頸與手腕處是否有紅斑跡象。畢竟有不少害怕被傳染的人到處亂跑，為了更多人的生命安全，守城的士兵不得不禁守城門，必要裡不出，外不進。

士兵們執意按照規矩行事，何心隱也不想給其添麻煩，便拿出了自己身上的一塊玉佩，示意領頭士兵，道：「見玉如見人，我等是尋藥歸來，還請各位開城門。」

領頭士兵盯著那玉，是塊湖色的玉，玉身打磨的極為平整，自然是名貴。而玉上刻著一個字，「隱」。身在東陵國藥王山谷的人都會有自身所攜帶的玉佩，就像衷贏帶著刻有「衷」字的紫玉，何心隱則是戴著刻有「隱」字的湖玉，而這種特權，也只有東陵本國人才擁有。

領頭士兵立刻認出來，「原來是何藥士啊！你早些拿出身分象徵便好了，我這就吩咐他們開城門！劉都尉，把城門打開吧！」

得令的人立即開了城門，這開門的人正是一名曾在邊關的老都尉。孟婆騎馬經過老都尉的身邊，他謙虛的頷首，孟婆見他兩鬢斑白，許是已年過花甲，她不由地回想起了曾經的寂將軍。只是眼前早已不是當年了，孟婆沉下眼，連同思緒一起漸漸渾濁……


天啟三十三年。

玄機城的城牆是青紫色的，由於近日烈日暴晒，原本灰色的底色褪去了表層，呈現出的是一種哀愁且帶有腐爛的色調，一如城內不見天日般的恐怖景象。此時此刻，寂老將軍駐足在高聳的城牆之上，偶爾踱步回到身後的鷹鸞亭裡，再心神不寧地回到城牆護欄旁。從白天守到夜晚，

從黑暗守到黎明，當東方的晨曦之光穿透雲霧縈繞的蒼穹時，他終於望到遠處策馬歸來的身影。

正是他尋藥而歸的孩子們！寂老將軍喜悅不已，哪怕是乾咳不止，他也要親自出城門就迎接他們。

侍女和士兵們扶著遲暮的英雄，跟跟蹌蹌地下了城樓，他命人大開城門，急不可待地望著心愛的孩子走向他。

近了，更近了，在看到沉宸與藏鋒的那一刻，寂老將軍老淚縱橫地衝上去，沉宸趕忙跳下馬背，扶住父親。寂老將軍的聲音依然沉穩，氣息卻略帶急促：「宸兒，鋒兒，你們平安回來就好！靈兒，對了，怎麼不見靈兒？」他四周環顧，可就是找不到靈霄。

他神色詫異地詢問沉宸和藏鋒：「靈兒呢？你們的妹妹在哪裡？」

沉宸抬起一雙淚眼凝望著寂老將軍，囁嚅道：「父親，靈霄她……」

寂老將軍如雷灌頂般地怔住了，即便沉宸沒有再說下去，已到這般年歲的他何嘗不會明白？他全都懂了！如此難以啟口，足以說明他三個孩子只回來了兩個，而他卻連幼女最後一面都見不到。

儘管痛心悲切，可在沉宸與藏鋒對他說明來龍去脈之後，寂老將軍還是立即下令軍隊上山去保護僅存的藥材，再去那幾乎盡毀的村落尋找有無殘餘昊草。軍營之中還有數不清的士兵與他們的家人在等著救命，也不知他們從哪裡聽聞救命的藥不足以救全部的病人，竟開始暴亂了起來。他們喊著「拿藥來，拿藥來！」寂老將軍不得不對其進行鎮壓，他不准任何人打擾沉宸製藥，作為父親，他必須要解決沉宸的後顧之憂。

事不宜遲，沉宸務必要爭分奪秒的將為數不多的昊草用於配藥之中。她甚至來不及喝上一碗溫熱的肉湯，只顧著趕回自己的營帳裡研製配藥。每一味藥都要精細地衡量比重，同氣味的藥放置一起，何心隱趕來為她搭手，他每唸一味，沉宸就稱量一味，數種藥名經由何心隱之口說出：「地薰三錢、乾草二錢、仙茅一錢，加水一碗。決明子一錢半、白茯苓去皮、生地黃、熟地黃，一起研細。葳蕤水煎、芭蕉根四兩、葵子龍旦、黃芪各一錢。蓬莪茂五錢，加酒一碗半。劉寄奴、骨碎補、延胡索各一兩，昊草……」何心隱擔憂地望著裝有稀少昊草的盒子，嘆息道：「昊草一兩，搗碎而加。」

沅宸一邊搗碎藥材，一邊用袖口胡亂地擦拭掉額頭的汗跡，她憂心忡忡地喃喃自語，又像是在對何心隱說：「我離營前夕曾命人去尋大師兄的下落，城內也好，城外也好，希國也好，東陵國也好，只要是這普天之下，哪怕是挖地三尺，總歸能找到一個大活人。可我眼前都已歸來，他們還是沒有找到大師兄。我本想著可以同他一起在營中行醫救人，為何就是尋不到他的人……」說到最後，沅宸的話音微微顫抖，何心隱則是低垂下眼睫，小聲安撫她道：「他們會找到大師兄的，大師兄一定很快就會回來。在這之前，師姐，你還有我……」

　　沅宸吸了吸鼻子，仿若沒有聽到何心隱的話。何心隱去打量她，只見幾顆晶瑩透亮的淚珠順著她的下顎，接二連三地砸碎進了藥碗裡。

　　「小師弟，廖師父什麼時候能回來？」沅宸停頓了一會，忽然想起此事。

　　「師姐，廖師父六月初奉旨去了鎮北大將軍營地，我們前些日子已派六百里加急送信給他。可是這南北路途遙遠，廖師父年紀也這麼大了，就算再快的速度，我推測還要半月方可回營。」何心隱憂心忡忡的回答道。廖師父和大師兄都不在軍營，就意味著沅宸師姐一個人要扛起重任，可惜自己年歲尚小，只能做些查閱醫典古籍、幫著配藥而已。

　　沅宸聽畢咬了咬牙，便不再言語，低頭繼續研磨藥材，只是那淚珠依舊止不住的向下落去，何心隱在一旁也裝作沒看見一般，幫著分揀藥材。

　　那天夜裡，沅宸配製出的首碗藥湯送去了寂老將軍的營帳。寂老將軍不想耽擱她，便催她繼續回去製藥，他待藥湯涼下之後便服用。沅宸當真信了，離開營帳時見到寂老將軍的兩名心腹走了進來，她並沒有在意，一心只想趕製配藥。

　　寂老將軍的軍營裡，燭光微弱，一如他越發垂危的病體。

　　瘦得不成樣子的寂老將軍神色憔悴，他側臥在虎皮床榻上，手中的筆速卻如箭在弦。待他簽好軍令後，便交給了面前其中一名心腹，又對他們二人道：「宸兒已經研製出解藥，好在你們二人的病情都是早期，又不算重，這一碗各服用一半就可痊癒了。」

　　心腹分別是宋將領與劉都尉，他們得知有解藥自然歡喜，加上是寂老將軍賜給他們，這二人便極守規矩的一人喝下了半碗。兩人十分感激，

劉都尉似乎察覺到了異樣，忽然問道：「將軍可已服下了藥？」

　　寂老將軍徐徐嘆出口氣，真誠的說道：「還記得你們自從十幾歲就跟著我征戰四方，盡忠職守、從無二心，即便是皇帝也無法將你們收買過去。想當年，我們三人把酒言歡，大漠狂煙，殺敵上千，從不含糊。劉都尉，你曾說過，無論我寂某是英雄也罷，梟雄也好，你都會跟隨寂某至死方休。可這解藥已經是不夠用的了，老夫便將宸兒送與老夫的這碗藥湯分給你們喝，也算無愧你們多年來對我的耿耿忠心。」

　　劉都尉與宋將領頓時大驚，從他傳命二人前來時，他們就該料到了，將軍這是把生存的希望讓給了他們！劉都尉更是感激涕零，當即「撲通」一聲跪下身來，痛聲道：「將軍，此等恩重如山，劉某如何能償還？倘若將軍有個三長兩短，這是要劉某日後悔恨終生啊！」

　　寂老將軍感慨道：「老夫的身體自己知道，已是回天乏術了。壯年時因瘟疫痛失三子與髮妻，如今又因這瘟疫痛失幼女，這大約也是我的宿命。只是不知道在黃泉路上靈霄可否等等為父，兩人同行也有個伴。如今景況與其浪費珍貴解藥，不如讓給尚未病危之人。你們二人尚且年輕，跟著我打仗吃盡了苦頭，軍令我也簽好了，若是你們想要離開軍營回去家鄉，便放心去吧！」

　　劉都尉猛地磕下頭來，竟痛哭失聲道：「將軍恩情，劉某不敢忘懷！眼前邊關正需要人手，還請將軍派劉某前去駐守，劉某甘願為將軍、為江山社稷捐了此軀！」

　　寂老將軍紅著雙眼，吃力的從床榻上坐起身來，舉步艱難地將跪著的劉都尉扶起，緊緊地按著他的肩膀，「你這又是何苦？邊關荒涼，溫飽都是問題，別人躲都來不及，你為何偏要提議去那裡？雖說那裡的確缺少我的得力幹將，也是最為胡亂的地方……」

　　劉都尉哽咽道：「寂家軍從不言苦，邊關自是將軍的領地，劉某願終生守著邊關，為將軍效犬馬之力！還請將軍恩准！」

　　寂老將軍十分感動，他沉重的點了點頭，卻不知這允的，竟是一個人的一生一世了。

　　這些正在發生的事，沉宸是不知情的。她無心分神，正因她要面對的還有一大堆需要救治的病人。但那藥，到底是有限的。所以，自從沉宸

配藥結束之後，也只能憑藉「命數」來選擇服藥之人了。

那一日，天色大好，風中飄著花香，沉宸的營帳外排滿了面色蒼白的士兵、衣衫襤褸的百姓、羸弱病重的軍人家屬……，明明是如此明媚的天氣，他們卻瑟瑟發抖，裸露之處皆是爬滿了蜿蜒醒目的紅斑，更有甚者是那紅斑皆已潰爛化膿，膿液順著傷口流淌滴落，恐怖異常。

這些彷彿風一吹就會摔倒的人們，焦急地踮腳眺望營帳裡——他們在等裡面的士兵出來挑選可以進去營帳的人。然而即便進得去營帳，也未必會獲得活下去的機會。因為營帳裡有一位「生死判官」，如今所有人都這樣稱呼她，只有她可以決定誰生、誰死。

「刷拉——」

營帳的簾子被掀開，兩名士兵駕著一個奄奄一息的病人走了出來，他們拖著那人前往不遠處的「廢營」裡。進了那裡就等於進了地獄，是被宣判了死刑的，這裡每個人都心照不宣。又有兩名士兵走出來，在人群中挑選出一名病人：「你！進來！」

那名病人是位少年，他是軍中將領的么弟。那位將領早已染病身亡，父母、家人都感染而死，唯獨剩下一名么弟被接進軍營中醫治。他前兩年才考取了秀才，正有大好前程，眼前染上瘟疫，他只求能夠苟活下來。家中只剩他一人了，他不想斷了香火。

一進營帳，他眼神恍惚尋找了半天，才意識到沉宸就是他們口中所說的「生死判官」。她正坐在紅木雕的椅子上，手裡端著一碗渾濁的藥湯。

她的臉蛋是少女模樣，身上穿的是青色布衣，上面繡有松柏的圖案，極寬的腰帶是白色的。神情寡淡，一副冷漠模樣。

營帳之外曾有人說她樣貌醜陋，那定是恐懼於她的人所編造出的謊言。這秀才有幸見到她，看她一頭烏黑長髮柔軟如墨，兩鬢縮著，是略顯凌亂的雙雲鬢，是少見的美麗。美中不足的是她面色憔悴黯淡，定是一連數日都不曾安穩睡過了。

她見到這秀才，眼神幽幽地上下打量他一番，然後慢慢地搖了搖頭。

秀才當即就愣住了，他雖剛進軍營不久，卻聽聞這幾日的存活都取決於此營帳裡的搖頭與點頭。若是點頭，證明有救；一旦搖頭，說明染病之人已經病入膏肓，無藥可醫，既是大限將至，又怎會為其浪費稀少的藥

湯呢？

　　但這世上豈會有願死之人？秀才是不信的，他不信會有人想死，他自己是絕不想死的。哪怕是士兵已經架起了他的雙臂要將他帶走，他也不肯走，拚了命地掙扎著撲向沉宸，哀求道：「判官！你行行好吧，救救我！救救我啊！我親兄是張將領，他為寂老將軍南征北戰，他有功勞啊！我是張家唯一一個活口了，你若不救我，張家滿門都要滅了。我才十六歲，我還要考取功名為朝廷效力，你行行好救救我吧！」

　　沉宸輕蹙了一下眉，她無可奈何之中帶著悲傷的道：「我並非判官，決定不了任何人的生死，也決定不了你的。我只是一個救人的醫者，行醫救人又怎會看你是否能取得功名利祿便救呢？即便我也不願承認這殘酷的事實，可你已病情深重，就算是服下藥湯也可能無濟於事，何不把生存的機會留給有希望的人呢？你病已至此皆是命數使然，救你一人可能需要救十餘人的藥量，亦未必成功，你又何必如此執著。放下吧！安心走好，大家定會感激你的犧牲來成全了別人。」

　　那秀才滿臉的淚水縱橫交錯，他眼神又驚又懼，甚至起了恨意，高聲哀哭道：「我才不要他們的感激！且你這女子真是糊塗至極，老天爺早就分了等級，普天眾生在娘胎裡便有了定數，這人命可是自從出生就分了貴賤的！就算我已病重，但若我能治好，我張家於國有功、功勳世家，家境優渥、良田千畝，我可以養活多少農戶下人，讓他們有所勞有所得。而且我飽讀詩書，日後說不定我也能著書立傳，最不濟我亦可以教學授意，傳播知識於坊間百姓。我可以為希國做出一番貢獻！

　　「你說可能服下湯藥無濟於事，那萬一服下又有用了呢？你不試著救我又怎知我救不活？難不成你寧願拿那珍貴的湯藥，去救那毫無價值的十餘個乞丐嗎？他們目不識丁、終日無所事事，只會白白浪費口糧，如同蛆蟲一般整日吃喝等死。別說他們十人的性命，就算百人也抵不過我一人生命之珍貴。他們都是賤命一條，死不足惜，何以同我等相提並論？」

　　沉宸感到失望地再一次深深搖頭：「你大錯特錯，老天爺不會分化等級，於天地而言，眾生平等，不分貴賤。我們與螻蟻並無差別，螻蟻與我們也毫無不同。何況於人道更是生死有命，富貴在天，順應命運而行吧！」說罷，她看向了士兵。

士兵們領會，不留情面地將秀才拖出了營帳。他見活不成了，反倒無所畏懼了，竟破口大罵起來：「你這妖女！你妖言惑眾、亂殺無辜！我死後去了陰間定要同冥帝道明你的惡行，見死不救算什麼醫者，根本就是妖婦，是妖婦啊！誰給你生殺掠奪之權，有哪條王法賦予你如斯權力，你怎可隨意奪我性命，我死後化作厲鬼也不會放過你這毒婦……」

又是這般咒罵，沅宸默默地聽著，嘴唇不由地緊緊抿成了一條線。這些天各種咒罵之聲不絕於耳，多難聽的都有，張秀才已經算是有學識涵養之人，至少沒有說出更惡毒的言語。想到此處，想到一個年輕的生命就此隕落，淚又無意識的流了下來，這淚不知是為自己流的，還是為了這些即將逝去的生命。每當停歇下來就忍不住想起靈霄和衷贏，心裡又是一陣心酸和苦楚，她搖了搖頭，自己捏了捏手上的皮肉，振作了精神，示意士兵們帶下一個人入帳來看。

她不想知道這秀才之後怎麼處理，她掩耳盜鈴般的自欺欺人。寂老將軍也吩咐所有軍士不得將後續處理之事告知沅宸，以免防礙她辨別病症的公正之心。

其實她是清楚的，每一個被她確認為無需再救之人，都會被捆綁著領去後山的茅屋之中，當士兵帶進下一個病人，那秀才已經被扔進了「茅屋」之中。這秀才已是今日第十個進入茅屋的人，每次滿十人，就會分發一次毒酒，沒有幾人是自願喝下的，多是被強灌入肚。半炷香的時間就該死透，若是還未死的就在其心臟位置補上一刀，再點燃這個茅屋。

在大火裡有已經死去的病人，也有趁人不備、嘔出毒酒躺在地上裝死的，以為可以就此逃過一劫。也有喝了毒酒、中了一刀還沒死透，吊著最後一口氣殘喘苟活的，可病重期末的傳染最為可怕，無法等到他們自然死亡。因為最後幾日患瘟疫者身上的膿瘡全部會自行爆裂，血水混著腥臭異常的膿汁極其吸引那些蒼蠅、老鼠、爬蟲去吸食他們流出的汁液，再由這些動物不經意間就傳播給了其他人。

因此寂老將軍不得不交代士兵用火焚燒茅屋，哪怕是其中的人是裝死、還未死透，那都管不了許多了。屍體餵了火，活人祭了火，這番舉動，同那村落的族長可有區別嗎？

寂老將軍為了讓她心裡好受一些，便通令全軍是拿到了聖旨，聖上

也確實贊成此法，只要瘟疫不外傳，怎樣處置都可以。

在朝廷來看，他們對於寂家軍的做法深感不滿，特別是針對沉宸的舉動，更是覺得她多此一舉。只要是普通民眾與兵士染病者，無論輕重，都該殺了以絕後患。而有軍功和官職者才用這稀少的湯藥全力去救，若是還不成功就賜塊白綾或是一杯毒酒，也死得體面一些。

只是這寂老將軍姑息遷就自己養女的婦人之仁，還要做什麼鑑別病情輕重之舉，實屬浪費時間。結果讓一些功勳將士得不到解藥，而是普通農夫獲了生機，簡直是鼠目寸光，殘害國家棟梁。待疫情平息定要好好參寂老將軍一本，年老昏聵不說，還如此縱容養女這般胡鬧。只是目前疫情極為嚴峻，大家皆不想多生事端，死傷的也不是自家至親至愛之人，朝堂之上也就無人提及此事，仿若那玄機城原本就不存在一般。

但是為了自保，朝臣們已經上奏聖上要求派兵駐紮在玄機城二十里外，將城前後圍住，若是疫情一發不可收拾，便只能焚燒了此城，以絕後患。聖上當日即核准了上奏，派了十萬大軍去圍住玄機城，寧可錯殺一千，也不可使一人漏網。

到了軍營這邊，沉宸透著厚厚的營帳帆布，依舊能聽見張秀才和其他未死透之人在大火之中淒厲哀嚎，那是地獄般的嘶吼，帶著悲憤與絕望，令人心驚不已。她裝作沒有聽到，將兩團棉花塞進耳洞之中，心想著他早晚是要死掉的，晚期的潰爛爆裂的疼痛，如同萬蟻啃噬，甚至要比活活被火燒死還要痛苦。可她即便耳中塞上棉花，依舊無法阻隔所有的慘叫之聲。她雙手發抖，寒毛直豎，望著自己手中的藥湯，混沌液體在她的十指之間微微蕩漾。

她忽然喃聲自問起來：「若是他死於慘無人道的病痛，我這般做也算減輕他的痛楚了罷？可死後，是否真的是去往陰間？我這手上是否沾滿了罪孽？我究竟是在救人，還是在殺人？我究竟是堅定，還是懦弱？這做的到底是對，還是錯？我還能否有福報？我還有臉面去見娘親、兄長與靈霽嗎？大師兄，若是你在這裡，你會如何做決定呢？」

看來今夜，又是一個無法入眠之夜了……

# 第十七節

　　這些時日以來，沅宸的心裡極度動搖。她不知這「判官」之名究竟所謂為何，只在從前聽藥王說過人陽壽耗盡以後，由黑白無常、牛頭馬面將其帶進地府交由判官審查，判官根據「生死簿」來斷定對方在人世的善惡。依照曾所犯罪惡大小、輕重與次數來進行發落。他們之中有人會去四層血湖地獄、有人會去九層九幽地獄、也有人會去十八層泰山地獄。做善事居多的人大抵可以投身天道，肉體凡胎免不了輪迴轉世，而作惡之人五馬分屍、剜心取肺，或者上刀山下油鍋，那才是真正的生死判官。

　　然而，沅宸並不是怕死後之事，她只是擔憂自己會否斷定失錯——那些病危之人就不配生存下去嗎？若不是藥湯有限，她又有何權力去決定誰人該活，誰人該亡呢？

　　就在她猶豫之際，又有一對姊弟被拉到了她的面前。她問士兵為何要一同帶進來兩人，這壞了診治的規矩。還未等士兵作答，年長弟弟一些的姊姊搶著說道：「要怪就怪我吧！是我死也不肯和弟弟分開的！判官大人，我弟弟是軍營裡的士兵，他謊報年紀入了軍，可他只有十三歲啊！我就是想求你一定要救他，只要親眼看著你給他喝下藥，我是死是活都不打緊！」

　　弟弟卻拒絕道：「不！姊，你若不在，我絕不獨活！」

　　「你說什麼傻話？判官讓你活你就會活，你還不快叩謝判官大人！」這個不過只有十五歲上下的姊姊急迫地按著弟弟的頭，要他先行謝過沅宸，好像怕沅宸會拒絕她的請求一般。

　　沅宸望著他們姊弟二人驚恐、痛苦的淚臉，又回想起自己這幾日所面對的，幾乎全是這樣一張張失望、震驚、悲傷又無奈的容顏。

　　沅宸頓時覺得疲累得很，可她還是仔細翻開了姊弟二人的衣領查看病情，最終，她指著姊姊的臉點了一下頭，又指著弟弟搖了一下頭。

　　姊姊愣住了，她恍神之際，看到士兵拖過弟弟就朝軍營外走，她像

瘋了一樣去拖拽弟弟的身體哭喊著：「錯了！弄錯了！不可能是我，我病的很重，我活不成的！我弟弟是能活的，你們弄錯人了！」

「姊！你放手吧！我……我要去見爹娘了，你要好好的活著！來年中元節，多燒些紙錢給我們，你，你自己保重！」弟弟痛哭流涕地扯開了姊姊的手，他狠心地別過頭去，任憑士兵帶去廢屋。

姊姊受不了的尖聲厲叫，餘下的士兵將她按倒在地，她抓傷了他們的臉和手，卻緊閉著嘴唇不肯喝下沉宸的藥湯。

沉宸當真是急了，忍不住質問她道：「這人人都想得的解藥，你竟不肯服用？你真是昏了頭！」

姊姊卻反唇相譏：「人世間還有什麼比拆散親人更為殘忍的事情嗎？你以為你給了我活下去的機會，我就必然要感謝你不成？你救錯了人，就別想要人感激你！生時我照顧弟弟，死時也先走一步在黃泉等他，免得他寂寞孤單。」

沉宸怒斥道：「我從不是要人感激！我只是想要救死扶傷，我……」

話還沒說完，姊姊不知哪裡來的蠻力，竟掙脫了按壓她的士兵，以迅雷不及掩耳之勢，奪了一旁藥櫃上割草藥的鐮刀，一抹脖子自盡了，血剎那間濺了沉宸滿臉滿身。這姊姊她寧可死，也不願喝解藥。沉宸萬分震驚，整個人跌坐在地。她不懂，她這般辛苦的想方設法地救治他們，為何他們不珍惜？為何他們不明白？

看著屍體被抬走，沉宸的神情開始變得動搖而迷茫。她在渾渾噩噩之間用藥水沾濕布，擦拭乾淨了臉上的血液，脫了那染血的袍子，又換了件素色布衣。看了一眼地上的鐮刀，默默把它撿起，也用濕布仔細的擦洗乾淨，再放回原位。怎能料到那把她平日用來採割草藥的工具，竟然也成了結束人性命的利刃。那染血的袍子和擦拭的濕布，皆讓兵士拿去焚燒了。做這一切之時，她如行屍走肉一般，腦子一片空白，只是下意識的做著這些舉動，心如死灰。

待她收拾完畢，這次走進營帳裡的竟是三人，士兵們根本按捺不住他們了，他們幾乎是衝進來的。是一對夫妻和一位老婦，丈夫是營中軍官，老婦是他的母親，他自己並沒有患病，染上病的是他的妻子和母親。他將妻子推在地上，要拿她的命換老婦的命。他道：「沉宸姑娘，在下張

立，很早就跟隨少將軍打仗，也曾立下不少戰功。如今這賤人將疫病傳染給了我母親，左右她們二人只能救一個的話，我就當著你的面殺了賤人，你快把解藥給我母親服下。」

「沅宸姑娘，你救救我吧！我不是貪生怕死，確實是我將瘟疫傳染給了婆婆，我對不住婆婆。但是我腹中已有八個月的胎兒，我實在不忍心讓他還沒出世，就胎死腹中，給我們母子留條生路吧！」坐在地上的妻子早已哭的眼睛紅腫如桃，雙手護著自己高高隆起的小腹。

「二者選一，也未必一定有救。」沅宸不敢置信地望著張立，顫聲問道：「你竟要不分青紅皂白地狠心殺掉自己的髮妻與她腹中骨肉？」

「妻子可以再娶，孩子自然可以再生，可母親只有一個。我是遺腹子，母親當初堅決不改嫁，執意將我生下，還要養活夫家年邁的公婆，家中收入皆靠老母終日為人做工、縫補為生，何其艱難度日。我在軍中以死換生，得來了些許軍職，正是該孝敬母親之時，難不成我要做不孝子嗎？自古孝當先，救好了我的老母親，我還要再娶妻納妾，早日給她老人家生個子孫滿堂才是。」

妻子聞言，潸然淚下，絕望的看著丈夫。沅宸更是頭皮發麻，她心想：「這究竟是何等的人間煉獄！如此醜陋的人性劣根！丈夫要殺妻，甚至如此迫不及待！竟然連之後再娶妻納妾、子孫滿堂之話都說了出來，這妻子此刻真是哀莫大於心死吧！」

沅宸紅了眼眶，她憤怒地看向張立，又轉向妻子和那名老婦，她深知妻子是重病，老婦還可醫治，可這老婦明明是風燭殘年，就算治好了，身體的元氣也會大大虧損，再精心照顧也就不過幾年陽壽的光景。但她卻做出了違心的決定，她指向妻子，她想要這妻子與腹中的孩子能活下去！

老婦見狀，歇斯底里的撕打起了媳婦，將心中不滿全部都遷怒於兒媳。張立更是衝上前來搶奪起沅宸手中的藥碗，他偏偏要讓自己的母親喝藥！一不留神，藥碗斜了，藥湯灑了一半在地，張立拔出劍來，護著老母，讓其先將碗中剩下的半碗湯藥喝下。喝完碗中湯藥，這老婦就如同飢餓的老狗一般，撲在地上舔舐起還未乾涸的藥湯。妻子見藥沒了，又害怕自己會被燒死在茅屋中，忽然飛快地起身逃出了營帳。

沅宸和士兵們也趕忙追了出去，外面的人群見到沅宸出來了，皆是

如惡鬼一般伸手去抓她的手、腰、腿，他們猙獰地叫著：「判官啊！把藥給我們吧，我們不想死！」

沅宸覺得自己彷彿就要淹沒在這人間地獄中了，她被推攘、簇擁、壓迫，她驚恐地伸出手去求救，誰能來救她離開這恐怖之地，誰能？忽然，一隻有力的手掌猛然握住了她的手，一把將她拖出了惡鬼地獄。

她慌亂、顫抖地看著他，她的眼神是這般無助而殘破，藏鋒的心都要碎了。他抬手抹掉沅宸臉頰的淚漬，輕聲問她：「你要去哪裡？我陪著你。」

沅宸緊緊地握住他的手，她囁嚅著嘴唇，全身發冷，似乎企圖從他的掌心裡獲得一絲屬於人世間僅存的溫暖。

而士兵在這時急匆匆地對沅宸道：「大小姐！不好了，那婦人爬上瞭望臺了！」

沅宸這才回過神來，她來不及憐憫自己了，立即朝瞭望臺的方向跑去。藏鋒緊緊跟著她，生怕她再有何閃失。

沅宸跑得極快，軍旅出身的藏鋒都無法追上她。他猜想和自己大病初癒有關，體力不如從前，等到趕到臺下時，沅宸已經爬上了瞭望臺，窄小的臺上站著她與婦人，太陽西下了。

天色不知何時變了，陰風陣陣，餘暉殘陽。瞭望臺下聚集著眾多士兵與病人，他們中甚至還有人在嬉笑著叫喊：「跳啊！死了就一了百了了，再不必受凡塵折磨了！」

清瘦柔弱的軍官妻子仿若充耳不聞般，她半坐在欄杆上，長髮隨風凌亂。沅宸不敢驚擾她，妄想利用攀談來分散她的注意力：「我……姑娘的芳名為何？」

她癡癡地道：「我本姓王，閨字青霜，嫁給他家之後就沒人再記得我的名字了。他們只叫我王氏，起初，他還會喚我的閨名，叫我青霜，只是可惜了，他愛的是我的年輕與美貌，是我的這副破皮囊。待婚後日子一長，我無所出，漸漸失去色相，他便不再尊重我，他的母親也不時地藉故羞辱我，說我是一隻不會生蛋的母雞，要他休妻另娶。他偏袒母親，逐漸疏遠冷落我，壓迫我，我甚至不如一個侍女，整日的做粗活吃粗飯。

「未過門之前，婆婆就嫌棄我家家貧，嫁入他家之後，婆婆對我非

打即罵。就算是我出門採買之時染上的瘟疫，再傳染給了婆婆，可為何他連醫者判斷都不聽，就堅持要他母親喝下解藥呢？上天可曾憐憫過我？我也是有娘有爹之人，怎就應該寄人籬下、活得豬狗不如呢？我整日求神拜佛多行善事，蒼天有眼終於賜給我一個孩兒，我早早就為這孩兒取了名，他叫轍兒。這轍兒已在我腹中八月有餘，還有些許時日他就可以睜眼看看這世上，怎麼就要硬生生斷了我們母子緣分……」

沅宸似乎想說什麼，卻無話可說，對於這女子，她只有無限的同情。

「若是有來世，再不要嫁做人婦了……」說著，名為青霜的女子緩緩看向沅宸，忽然滿眼留戀與悲憤，將她錯認成丈夫，指著她聲嘶力竭的說：「你！你這愚孝莽夫──若你心中只有母親，何必哄騙娶我？何不同你母親廝守到老？我嫁入你家多年，可曾有一件對不起你的事情？婆婆無論如何刁難，我可有一句頂撞回嘴？當初嫁你，我以為找到了良人。當初你英武非凡，許諾護我一世周全，我以為可以一雙人到白頭，不料竟走到此等境況，我真是有眼無珠，悔不當初。

「我今日走投無路，皆是你所逼迫！你無權定奪我們母子生死，我生也好，死也罷，都不會由你做主！枉費我日日夜夜擔心把病症傳染給你……，枉費我多年來一廂癡情啊！可你，待我如此薄情寡義！你定會有報應的！」

青霜的話，分明是在咒罵張立，可在沅宸聽來，卻是指責她的。那些字眼如利刃，一刀一刀刻在她的肌膚、心窩，她覺得自己的胸腔深處因此而潰爛、化膿，蔓延成深淵。

「轍兒！娘親這就去見你了！」青霜仰天狂笑道：「你爹慘無人道，也不知道他從哪裡聽妖人說，可以用胎兒之血肉救治瘟疫。他竟想生膛了我，再用你的血肉給他娘吃下，說什麼胎血可救人、胎肉可救命啊！你爹是惡鬼，為娘竟護不住你，為娘真該千刀萬剮、死不足惜！眼前可好，為娘命苦，活不成的，好了，好了！為娘這就來陪你！我們母子終可團聚了！」這話音剛落，她身體後仰，整個人都從高聳的瞭望臺墜落下去。

「碰……」

那是爆裂般的巨響，青霜就這樣活生生地摔死在地上。沅宸狂奔向青霜跌落的欄杆，她伸出手，早已什麼都抓不住，只能看見青霜的屍體在

淙淙流淌開來的血液中支離破碎。青霜的身下，像是盛開著一朵巨大的朱紅色的牡丹花，片片花瓣豔麗如血，美得驚心動魄。

沅宸一臉驚恐地望著青霜的屍身，她叫不出，喊不出，只剩下迷茫無措，與心驚膽跳。腦海裡猛然間浮現的是曾經與長兄寂予奪的約定——那日夕陽西下，長兄為她抓到了那隻羽毛漂亮的鳥兒，她同情地撫摸小鳥的頭，小鳥絲毫不與她親暱摩挲，反而戰慄地躲避。直到長兄鬆開了手，小鳥立即飛走。她當時因此而動容，對長兄許下承諾：「大哥要是在戰場上受了傷，沅宸去救你好不好？大哥的一切都交給我來醫治，我也想保護大哥。」

寂予奪笑著點頭，抬手捏了捏沅宸的小鼻子：「一言為定。」

在身後的古鐘與道樂聲中，沅宸勾住寂予奪的小指，非常認真地許下了那個諾言。

鳥兒飛走的畫面從沅宸眼前閃過，那鳥兒在戰場之中被風沙、血腥汙了眼，被成堆的屍骨腐了鼻，牠羽毛盡落、小小的身軀血肉模糊，牠的血映紅了天際，是一片迅猛的大火！沅宸當年就那樣看著兄長們的屍體在火葬之中付之一炬，盡化灰燼。唯獨那串日日夜夜戴在長兄手腕上，道觀裡求來的紫金手串尚未燒朽，如今，它戴在沅宸的手腕上，可她卻依然如當初那般，根本沒有辦法救治全部的人。

她仍舊要看著一個接連一個的人在她面前死去！

一抹刺痛從額心傳來，沅宸抬手去撫眉骨，手指上竟沾染上了血跡，她的眉間不知何時，竟莫名長出了一道朱色疤痕，深入眉骨。就仿若是心尖所有的傷、痛、悲、憂都凝聚到了眉目，積成傷。

連上天也在懲罰她嗎？是在責怪她無權抉擇他人生死嗎？

沅宸渾渾噩噩之際，忽然聽到瞭望臺下傳來爭執聲，她恍惚中望去，竟見到軍中原本等待診治判斷的染病村民們及他們的親屬們，將青霜的屍體抬了起來。

其他士兵見狀前來制止，他們要把屍體帶去廢屋焚燒，要切斷每一個傳染源。可村民們不管不顧地與之對抗，甚至大打出手。在病魔面前，已經沒有人在意士兵們手中的武器了，死於劍刃、鋒刀之下或許還有痛快，所以武器有何可懼？真正令人們喪失人性與道義的是天災人禍、是致

命頑疾！

　　最終，未曾染病的士兵們再不敢同這些病人們撕扯，他們已經瘋了，不怕利刃、不怕威儡，他們只要青霜的屍體！

　　為何……要帶走青霜？

　　沉宸一臉茫然地走下瞭望臺，藏鋒見她下來，便要帶她回營暫作休息，她日夜操勞，真的不能再繼續這樣了。可沉宸卻拂開了他的手，她隨著那群如惡鬼的病人們走出軍營，眼睜睜地看到他們將青霜的屍體放在一個圓形的乾草堆上。

　　為首的是一名病入膏肓的婦人，她面容猙獰、乾瘦如柴，紅斑爬滿了她整張臉，且與臉部滄桑交錯縱橫，根本分不清哪一條是皺紋，哪一條是紅斑的軌跡。

　　她站在乾草堆上，對下方圍繞著她的村民們，甚至還有孩童揚聲道：「兄弟姊妹們，看啊！這是神明賜予我們的治病的血肉！這女子從高臺上縱身一躍，正如真經上所言那般，自行了斷者有罪，是懦弱、不知廉恥的行為！人身難得，中土難生，假使得生，正法難遇啊！得人身不易，自行了斷者不可渡入輪迴轉世，我們必須要幫助她洗清她身上的業障，好為她在陰曹地府修陰德！消了她身上的罪孽，就是做了善事，你我身上的疾病將與之抵消，眾人將會恢復往日的神清氣爽，為自身修得福報！我們都有聽聞胎兒血肉可以治療這瘟疫，眼前既然她們母子已經死去，我們就不要浪費了這天賜良機。」

　　說罷，她對著天空伸出了雙手，仿若鬼怪那般，叫喊出令人心生恐懼的誦文。她的雙目已經變得血紅恐怖，長髮凌亂在嚎啕的風中，這彷彿是一種罪孽的儀式，天地都要為之戰慄！

　　「天地鬼神啊！接受我等草芥的哀求吧！圓全我們這真誠的血與肉的祭拜吧！讓我們得以享用血食、消除汙穢，造福於人、造福於己！免除我們的病症與劇痛，救我們脫離苦難！」

　　說罷，婦人接過他人遞來的一把匕首，她眼神兇惡如厲鬼，毫不猶豫地直刺向青霜的腹部，硬生生劃開一條口子，將腹中死去的胎兒取出，這是一個已經完全成形的男胎。

　　血液四濺，圍繞於此的眾人卻瘋狂的歡呼起來，他們手舞足蹈地去撫

摸那流淌而出的血液，竟像是一種崇高的膜拜。婦人在這時命令眾人道：「只有將她腹中胎兒的血肉與我們自身的血肉融為一體，鬼神才可以賜予我們健康的身體！只有消滅罪孽之人的罪孽，我們才配獲得福報！我們才可獲得新的身體！享用這血食吧！這是天賜的良機！」話音落下的瞬間，她一口將手中的男胎的腳硬生生咬下一塊肉，塞進了口中咀嚼起來。

眾人也受她鼓舞，他們叫著「吃血食、得新身！吃血食、得新身！」然後紛紛撲向青霜腹中的死胎，咬他的肩、吞他的腿、肢解他的身體、爭奪他的血肉。他們似鬼，似怪，似魔，瘋狂地啃噬著同為病人的屍身，鮮紅的血漿掛滿了他們的唇角，空氣中瀰漫開的是濃濃的血腥味，被那婦人蠱惑的所有人竟吃得津津有味，似乎真覺得吃下「血食」便會治癒染上的病症。他們會透過血食的儀式獲得無窮無盡的力量，會復原、會痊癒、會重獲新生！他們接納罪孽者的罪孽，妄想以此來清洗自身的罪孽。

他們瘋掉了。

沅宸望著這般似地獄的景象，眉間處的傷疤開始不斷的流出血跡，她胃裡一陣翻湧，可是卻吐不出任何東西來。她無休無止地做著「判官」，幾日來連一滴水都未喝，又怎會吐得出東西來呢？青霜的血液一直流到了她的身旁，停留在她的腳下，已經冰涼無比，早已失去了生而為人的溫度。沅宸痛心地閉上眼，連淚水都乾涸了。

她猛的睜開眼睛，對著人群大喊著：「不能吃啊，那是染病之人的屍體，她腹中尚未出世的孩童也與母體共連，皆是病體啊！不要相信什麼妖言惑眾，哪有吃胎兒能救治瘟疫的法子，千萬不可如此作孽啊！」

那群瘋魔的人哪裡聽得進她的話，個個手沾鮮血如野獸無異。

這世道究竟是什麼世道？善惡究竟如何分得清楚？沅宸甚至不敢去同那群惡人爭奪一具屍體，她害怕自己也會落得青霜那般淒慘的下場。她受此震撼，內心無助、恐懼、淒涼到了極致，她想叫喊，卻發不出聲音；想哭泣，卻流不出淚水。她不知自己是怎麼了，絕望與悲痛吞沒了她，沅宸轉身想要離開，她只想逃離這裡，她承受不住了！可是沒走幾步，她眼前發黑，距離她幾步之處是藏鋒帶著一群弓弩手快步而來。她輕喊一聲：「藏鋒哥哥。」就整個人都筆直地摔倒在地面，暈死了過去。

藏鋒衝上前去抱起沅宸，命弓弩手搭上帶火油的弓箭，一起射向那

群還在瘋魔之中的村民們，慘叫聲不絕於耳。三輪攻擊之後，確認諸人皆已中箭。藏鋒親自點了一個火把，將他們與青霜的屍體一起焚燒殆盡。

之後的幾日，沅宸高燒不退、昏睡不醒，整夜被夢魘糾纏。

夢裡她睡在青草堆上，車輪緩慢地前行，駕車的老翁在悠悠地吟唱著：「蜀國曾聞子規鳥，宣城還見杜鵑花。一叫一回腸一斷，三春三月憶三巴。」

真是溫婉而清幽的曲調啊！讓人受創的內心都得到了平復，沅宸真想就這樣一睡不醒……

待車子到了城門，老翁便喚醒睡在車上的沅宸，對她道：「姑娘，快回家去吧！莫要跟著老夫走了，再走下去，你就要跟老夫一同進城啦！」

沅宸揉著惺忪的睡眼爬起身，她打量面前的城門，是黑色的，門口處蹲著兩頭獠牙尖銳的惡獸，讓人不禁心生懼怕。她急忙跳下牛車，目送老翁進了城門。可她卻怎樣都想不起自己為何會在這裡，更想不起自己要去哪裡。

她像是失憶了一樣，徘徊在霧濛濛的長街上，忽然又看見兩隻野兔在不遠處的稻田裡快樂地奔跑，你追我趕，十分開心。哪知暗處射來一支箭，其中一隻白兔子死了，剩下一隻小花兔逃竄到了沅宸的身後。

沅宸心覺小花兔可憐，便擋在牠面前保護牠。射死白兔子的獵人從田野裡揪起白兔，拔掉牠身上的羽箭，又身手俐落地扒掉了白兔的皮，只見白兔的身體血淋淋的呈現在眼前，沅宸嚇得不敢去看，抱起小花兔逃掉了。跑著跑著，她回頭去看，那獵人把白兔皮圍在腰上，沅宸心驚肉跳，倉惶間看見他雙臂刺著惡鬼獠牙般的圖案。

到了夜裡，沅宸帶小花兔住進了一家客棧，她把小花兔留在草地裡吃草，自己就先上樓進房間。也許是累了，沅宸躺在床上很快就睡著了。夜裡一陣風從窗外吹進來，桌上的燭臺「啪」地倒下了。

「扣扣扣！」、「扣扣扣！」

是敲門聲。沅宸困惑的眨眨眼，猶豫著該不該回應，那敲門聲再一次響起，這一回有些急促，令沅宸不由地心生懼怕。

「是誰？」她小聲詢問。

沒人回應，片刻沉靜過後，再次響起「扣扣扣！」、「扣扣扣！」。

沅宸雖怕，也還是走下來，她打開了房門，只見月色之中站著一位穿著印滿了桃花長裙的美麗少女。這少女縮著風流別致的如雲鬢，姿態婀娜，眉目清麗，眼波婉轉如雲，皮膚勝似凝露，手腳上都繫著赤金掛鈴，一雙百蝶花樣的芙蓉鞋，像極了畫卷上那些天姿國色的飛天女神。

沅宸看她看得入了迷，忍不住讚歎道：「真美。」

那少女掩面輕聲道：「今日多謝姑娘救命之恩，妾身名叫玉甯，是山間的花兔精，百年來一直與我的姊姊依為命。若不是姑娘相救，妾身怕是會跟姊姊一樣死於獵人之手。從今以後，妾身願伴隨姑娘身側，把姑娘當作親主，願做姑娘的侍女來報答恩情。」

沅宸似乎很輕易就接受了這個「玉兔報恩」的事實，隔日一早，玉甯為沅宸準備好了茶飲與餐食，還幫沅宸梳理頭髮，十分溫柔體貼。她們二人一直生活在一起，吟詩作畫，談笑有加，表面上是主僕，私下裡卻像姊妹。沅宸也很關照她，知道她功力尚淺，每天只有幾個時辰能化作人形，其餘時間都是兔子狀態。

擔心玉甯勞累，沅宸也會在她變成小花兔的時候將其抱在懷中，撫摸、疼愛她，仲夏時為小花兔搧風，寒冬時為小花兔升起火盆，她從不把小花兔當作侍女，而是將她當成了親妹般對待。就這樣過去了好幾個年頭，玉甯年滿十六歲了，她愛上了一個街邊藥坊家的窮書生。

# 第十八節

　　那書生姓李，單名一個煊字。家境十分貧寒，父母經營的藥坊門面極小，全家老小十幾口人，僅能勉強糊口、捉襟見肘。對面的屠戶家又總是欺辱他們，今日索要保護費，明日又找了別的藉口來搜刮銅板。李煊的父親是個老實人，被屠戶欺壓多年，李煊又被屠戶的獵人兒子欺壓，那獵人又恰巧是殺死玉甯姊姊的兇手。

　　玉甯恨獵人，加上她愛李煊，她要幫助李煊擺脫獵人，唯一的方式就是考取功名、出人頭地。一旦李煊做了官，就有了權力，便不會再受平民欺辱了。

　　最初，玉甯為了接近他，就總是去李煊家的藥坊買藥。李煊本就很喜愛這個美麗的姑娘，只是內心害羞不敢表明，兩人青澀年少，眉目中總是向彼此傳遞著兩情相悅的愛意。時間久了，玉甯會為李煊帶去很多珍貴的藥材，那都是她在沉宸的指點下，化作小花兔去山上尋來的。她提醒李煊把這些名貴藥材拿去黑市以三倍高的價錢販賣，很快就會收穫滿滿。

　　李煊按照玉甯所說的做了，果真賺了很多錢，他開心極了，立即為玉甯買了一件上好綢緞做的華服，並許諾玉甯：「玉甯姑娘，你真是小生的如意仙子啊！自從遇見了你，小生的生活真是發生了翻天覆地的改變，你不僅送給小生珍貴的藥材，還為小生計畫。那日我用賺來的錢財雇了城邊打手，他們替我教訓了獵人，那莽夫便很少再來尋我麻煩了。眼前小生更要努力念書，待日後金榜題名了，小生定要娶玉甯姑娘為妻。」

　　玉甯自是感動，可是她深知自己是無法嫁給李煊的。她每日只有八個時辰可以化作人形，其餘時間都是一隻小花兔，又怎能日日夜夜以玉甯的模樣陪伴於他身側呢？她無非是更加努力的上山尋藥，去最崎嶇、最危險的山谷裡尋找最罕見、最珍貴的藥材，哪怕她的兔腳磨得破損，哪怕她時常被虎豹豺狼追咬，可只要一想到李煊會開心，她就感到幸福。

　　沉宸將玉甯的變化看在眼裡，她起初非常反對，並告誡玉甯那個李

煊根本無法給予她任何名分與交代。他只是一介窮困潦倒的書生，如今得
了玉甯的接濟才過上了溫飽生活。假設他真的考取了功名，搖身一變成為
人上之人，又怎會還惦記玉甯這樣一個沒家業沒雙親的花兔精呢？

　　「玉甯啊！你不可被人世間男子的甜言蜜語蒙蔽了眼睛，不可一葉
障目，更不可這般癡戀啊！」玉甯委屈地望著沉宸，抱怨道：「沉宸姊姊
怕是沒有愛過男子吧？若是你愛過，又怎會不理解妾身的心情呢？」

　　沉宸愣住了，她回答不出，她記不得自己愛過誰，更記不得誰愛過
自己了。她似乎刻意去忘掉了很多傷心事，她很想就一直這樣和玉甯相守
到老，只有她和她的玉甯妹妹。世間唯有姊妹二人，遠離一切紛爭利益與
愛恨情仇，不正是神仙般的生活嗎？

　　可玉甯卻執迷不悟：「並非男子皆薄情，就算是妓，也會存在有情有
義的那一個。再者，即便妾身是妖，妾身也要盡己所能地去幫助李公子，
哪怕他真的無法娶妾身，只要他心裡有妾身的一席之地，也就夠了。」

　　「傻玉甯，你怎麼這般傻？若是他心中有你，又怎會在獲得錢財之
後，去流連那煙花之地？又怎會不同自己父母談及你？又怎會不願帶你去
家中做客？又怎會在為他父母購置大宅後，不為你留出一間小廂房？玉甯
啊！你別去找他了，再別去找他了。現在回頭還來得及，和姊姊在一起，
我們同吃同住。你我情同姊妹，姊姊不想失去你，姊姊害怕失去你。」

　　玉甯仍舊癡心不改，這隻小花兔執念頗深，對沉宸道：「可妾身也
不想失去李公子。」

　　哪怕，李煊沉醉在青樓歌妓的溫柔鄉中，那些女子溫香軟玉，紗裙
上繡著成雙成對的鴛鴦，她們的帕子裡帶著撩人魅惑的香，輕輕一揮動，
就勾走了李煊的魂。他迷上了一個叫做湘女的頭牌，為她拋擲千金，同她
日夜顛鸞倒鳳，哪裡還有心思顧及那個羞怯青澀的小花兔？又哪裡還有意
願去讀那些聖賢書？

　　可玉甯只覺是湘女勾引了李煊，李煊是愛自己的，他不可能拋棄她，
他答應過她，只要考取了功名，就會娶她為妻。她是那樣信他、癡戀他，
以為他真會如他承諾那般，以至於她曾甘心情願奉獻自己的肉體，到頭來
卻換得無情拋棄。

　　即便如此，她還是低聲下氣的如同一條狗，去向他下跪，懇求他收

她做妾也好，哪怕是丫鬟，只要他肯留她在他宅中。可是，他不僅閉門不見，還命人潑她一桶髒水，要她認清彼此之間的身分懸殊。何謂懸殊？他的家宅，他的一切，都是她捨命採藥為他換來的。在羞憤與悲痛之間，她回想那些他的情話與誓言，回想他溫柔的眉目與低唸她名字時的輕緩語調。然而，她還是不信他會變心，她不信。

可他真的為湘女花了太多的錢了，湘女的身上戴滿了李煊送給她的珍珠瑪瑙、金銀玉翠，直到最後一個銅板都花光，湘女立刻翻了臉，她將李煊趕出了鳳樓，她才不會同一個窮光蛋談情說愛。

重歸落魄的李煊如夢初醒，他苦苦哀求玉甯原諒他，又哭訴自己身無分文，怕是要賣掉家宅才能重新去趕考了。玉甯怎會捨得他那般心碎求她呢？這隻善良的小花兔軟弱又堅強，她要他別擔憂，她會想辦法的。

這一次，玉甯帶著李煊一起去山中採藥。她希望他體會到她的不易，也是因為聽聞山谷最深處有一顆金鯉樹，上面掛滿了長滿魚鱗似的果子，只一顆便價值連城。維持著人形的玉甯同李煊在清晨時出發，歷經萬難之後，在臨近落日時分，找到了金鯉樹。那樹上果然掛滿了金光閃閃的果子，李煊如獲珍寶，貪婪地不停摘果子。

玉甯提醒他山神不允許外人多加採摘，每人只可摘走一顆，這是她帶李煊來的原因，如此一來，兩人便可帶走兩顆。然而李煊哪管那麼多？他只想著有了錢，就又可以換來湘女的笑容了！玉甯正傷心著，身後突然傳來恐怖的聲音，就像厲鬼在吼叫。李煊嚇得把果子掉了一地，可他又捨不得果子，倉惶間吞掉了好幾顆金果，拉著玉甯趕快跑掉了。

幾日之後，玉甯用賣掉果子的錢為李煊打點上路，他要趕路三天才可赴考。臨走時，李煊承諾玉甯：「小生從前做了很多荒唐事，傷了玉甯姑娘的心，實在是該打、該死。玉甯姑娘待小生這般好，小生今世還不完你的情誼，就來生、來世、永生、永世來還，哪怕是化作一縷青煙，也要伴隨玉甯姑娘左右。」

玉甯不准他說不吉利的話，並告訴他，自己會等他高中歸來。李煊就這樣背著行囊離開了，可是夜晚趕上大雨，又在山腳的破舊茅屋裡遇上了強盜，其中一人正是獵人。夜晚雷聲乍起，風雨交加，茅屋裡時而光亮，時而黑暗，獵人看到李煊的肚子在閃耀著金光，猜想定是金貴物品，

那正是李煊情急之下吞進腹中的果子。一、二、三，正好三顆，夠強盜們一人一顆。於是他們將李煊抓住，擰斷他的脖子，開膛破肚，挖出了金燦燦的果子。

李煊就那樣慘死了。

得知一切的玉甯，整日以淚洗面，她日哭夜哭，終於哭瞎了雙眼。沅宸十分心疼她，對玉甯道：「妹妹，他既然已經死了，那就是他的命數，你要好生修行自己。有朝一日得道成仙，大好前程似錦，何必為了一個薄情寡義的男子錯付一生？姊姊會一直陪你修仙修道，你我姊妹一直在一起，難道不好嗎？」

哭瞎了眼的玉甯啜泣著，她對沅宸道：「沅宸姊姊對妾身的好，妾身沒齒難忘。可姊姊不該在這夢魘裡逃避現世，妾身亦不是你想要的替代品。儘管做你的妹妹很幸福，但姊姊該醒醒了，這夢魘，終究是要結束的。」

沅宸聽不懂，她只覺得周遭景象變了，自己又回到了老翁曾帶她來的黑色城門前，她猜不透這是哪裡，也許是她自己內心的深淵旋渦，可她卻執意道：「夢魘又有何不好？為何我就不可逃避呢？」

玉甯悲切道：「既是夢，便總要醒來，一旦醒了，這夢裡的一切你還會放在心上嗎？妾身於你而言，又是否還會重要呢？」

沅宸立即去握住她的手，真心實意道：「玉甯，這夢中的一切都是我的全部，我願意永遠留在這裡，只要是和你在一起，我根本不在乎這是否是夢，我寧願在這夢中永不醒。我只要你我姊妹同心，而你，再不要背棄姊姊了！」

玉甯緩緩抽出自己的手，搖頭道：「沅宸姊姊何必要控制玉甯呢？你總以為你所給大家的就是正確的，就像你對妾身──你強加你的想法在妾身身上，你覺得你是在救妾身。」

沅宸急切道：「我是不願你誤入歧途，我的確是在救你啊！」

玉甯搖頭苦笑道：「不，你是不想回到現世，即便你在夢中遇見的不是妾身，你也會死死地抓住對方，就如同救命稻草。可是，有的人失去親人後，不願獨活，強迫其生存下去，豈不是在害他嗎？有的人只願一生清貧廉潔，不願沾染權貴，卻要他深陷宦海，爾虞我詐，豈不是在斷他壽

路？」

沅宸痛心道：「難到你是在責怪我嗎？」

玉甯深深嘆息道：「妾身不敢責怪姊姊，妾身不過是想要和李公子在一起，哪怕他薄情，哪怕他寡義，這世上若沒了李公子，修成上仙於妾身而言，又何樂之有呢？正如鳥兒食蟲，花兒怒放，晨露蒸發，猛獸相殘，虎毒卻不會食子，兔善也有執念，妾身的執念與姊姊的執念相比，又有何不同之處呢？」

沅宸失神地站在原地，玉甯點破她道：「姊姊想挽救眾生，亦問過眾生真的需要被你挽救嗎？你能治人，但能治心嗎？」

「我……」沅宸欲言又止，神色變得不安而無助起來。

眼瞎的玉甯已經看不見她的表情了，卻也不想她難過，只道：「這個夢真是好長啊！妾身和姊姊彷彿度過了一生。可妾身還是要留在李公子身邊的，妾身要等他轉世，這一世遇不到，就再等下一世，下一世遇不到，就接著等，總會與他相見。若是妾身等不到那一天了，姊姊……，你能答應妾身，替我去尋他的下落嗎？」

沅宸無措道：「我要怎麼去尋他？我只是個凡人，將來我死後轉世，也未必會留有這一世的記憶了。」

玉甯的雙手摸索著，摸到沅宸眉間的疤痕，輕嘆道：「姊姊會的，只有姊姊會了。答應妾身吧，也算圓全了一場姊妹恩義，妾身有幸與姊姊在這夢裡交錯相會，也算是妾身的造化了。」

沅宸彷彿意識到自己快要離開這裡了，她留戀地閉上眼，淚水順著臉頰流到玉甯的手指間，她終於點頭道：「我答應你。」

玉甯露出感激的笑意，「願再與姊姊相會時，你我都能夠放下各自執念，人世苦短，相遇是何等珍貴的緣啊！姊姊實在不要太為難自己，更不要為難了他人。」

「執念固然好，可凡人們常道情深不壽，慧極必傷。」玉甯最後道：「姊姊一往情深，莫要傷了自己。」

沅宸眉心的疤，似乎因她自身的動情又深了一些。她淚眼婆娑，回想著這一場夢中的種種，對玉甯的情感附加，仿若來自曾經自己內心深處的自責。她一直責怪著自己，是源於靈霽的死，她的執念太多了，如何能

輕易放下？

她摯愛之人，又有幾個還存活於世？

這一場夢，讓她不想醒來。

哪怕這只是一場夢……

沉宸緩緩睜開眼，她感覺自己的臉上冰涼一片，抬手去摸，全部都是淚跡。營帳內燭光暈黃，她側臉看到藏鋒正趴在她的床榻旁守著她。沉宸不由心中動容，她探手去觸碰他的臉頰，藏鋒的睫毛立即動了動，他機警地睜開眼，見是沉宸醒了，他的眼睛頓時發亮，聲音中是隱藏不住的欣喜：「沉宸，你可算醒了，你睡了三天了。」他說著，慢慢地握住她蒼白冰冷的手，緊緊地握著，眼底似乎湧現淚光，連他自己都不知道他向來堅硬的心腸會顯露柔情：「這三天，你究竟去哪裡了？」

他很擔心她。

他怕她再也不會醒來。

沉宸凝視著他，幾日不見，他更加清瘦，眼窩略微深陷，定是休息的極差，整個人流露出頹唐之感。她心中有一股說不出的悽楚，聲音也有些暗啞：「我哪裡也沒去，不過是……做了一場很長很長的夢罷了。」長到她以為就那樣度過的餘生，也未嘗不可。夢裡沒有血腥，沒有疫情，更沒有必須抉擇生死的判官了。

藏鋒見沉宸一副心神不寧的模樣，十分擔心，端過一碗清茶遞給沉宸，沉宸接過，正欲喝下，門外忽然有人掀開了營帳簾子的一角，是寂老將軍的傳令兵。他神色凝重，顫聲稟道：「大小姐，少將軍，老將軍他──他病倒了。」

藏鋒愣住了，而沉宸手中的茶碗也不由地傾斜，淡褐色的茶水灑了滿地。

自從尋藥歸來，才過去短短七天而已。可是由於寂老將軍讓出了那一碗救命的藥湯，錯過了最佳的治療時機，他的身體已是越發虛弱，終於在今日擴散了病情，命已垂危，如即將枯盡的燈油，不知還能燃上幾個時辰了。

當沉宸與藏鋒前往寂老將軍的營帳時，他連從床榻上起身的力氣都沒有了。圍繞在寂老將軍身側的皆是多年來共同打拚天下的老戰將，他們

對沅宸露出回天乏力的表情，皆是惋惜的垂下了頭。

沅宸又如何能去怪寂老將軍不肯服藥呢？他自有他的選擇，她何苦強加她的意願？然而，沅宸仍舊心碎不已，她拖著同樣殘破蒼白的身軀伏在寂將軍的病榻。寂老將軍艱難地抬起手，沅宸輕輕地將其握住，聽到他用微弱的聲音低沉說道：「宸兒，為父在等，還在等……」

沅宸思考片刻，終是明白了他在等待誰。她含著淚水輕撫寂老將軍的髮際，安慰他道：「父親，他會來的，你定會等到他的。」

寂老將軍安心地頷首點頭，他就這樣撐著最後一口氣在拖延著時間，終於在隔日天色微亮時，他盼來了那個人。

猶記那日烏雲漫天，不見天日，染病的士兵與百姓們仍在四處求救、哀聲連連，軍營外來了一隊人，負責開道的侍衛次序井然，他們站在軍營大門兩側讓開路來，撥開那群如惡鬼般的染病之人，一輛金華富貴的馬車緩緩駛進了軍營。車門打開，走下來的人正是寂老將軍用盡一生去效忠的皇帝。

儘管他今日身著素衣，也過了知命之年，卻仍舊是遮蓋不住那與生俱來的高貴，眉宇間的英氣更是咄咄逼人。他曾是寂老將軍並肩作戰的兄弟，是摯友，是主上，是年少時彼此吐露心聲的玩伴，如今他趕來軍營見他的國舅最後一面。

皇帝在侍衛的護送下，才能避開瘋狂的染病之人，安全地進了寂老將軍的營帳。一直守在病榻旁的沅宸見了他，趕忙行大禮問候：「皇上駕臨，沅宸有失遠迎。」

皇帝攙起沅宸，見她面容憔悴、臉頰瘦削，十分可憐，不由地嘆息道：「這疫情肆虐，軍營中又是這般形勢緊張，衛醫實在受苦了。你且先去好生休息，寡人與你父親單獨說說話。」

沅宸擔憂地望了寂老將軍一眼，點點頭，又會意地帶著營帳裡的其他人一同離開。營帳內只剩下寂老將軍與皇帝二人，皇帝細細打量著寂老將軍因病痛而備受折磨的蒼老面容，心中格外苦澀。寂老將軍見他來了，渾濁的眼中也流露出一絲欣喜，甚至隱隱泛起了淚光，艱難地開口同他道：「陛下，老夫已等候多時了……」

皇帝內心動容，忙踱步上前，坐到他的對面，痛心道：「寂兄，寡

人來遲了！」

　　這一聲「寂兄」，著實是久違了。遙想當年年少時，他寂某只是小小少將，皇帝也尚且還是六皇子，二人在先皇的馬場之中一見如故。自那之後，六皇子便整日的跑去寂少將宅中玩樂，兩人志趣相投，猶如親生手足。每當寂少將征戰歸來，便會同六皇子在家中觀賞亭下碧潭波光，搖晃手中瓷杯佳釀，好生快活。一日，寂少將的親妹與家中舞姬們，在後廂房的庭院處跳舞取樂，六皇子早聞其妹色藝俱佳，精通琴棋，是個絕色美人兒。前些時日，這妹妹總是病著，未曾為他引見，那日機緣巧合，才有幸結識。

　　那天，時辰接近黃昏，夕陽漸漸爬上天際，器樂班子一個個的捧著琵琶、古琴、瑟、箏還有笛與笙，連同鐘、鼓、鑼、磬都一應俱全，二十多人的器樂陣，依例坐在各自的位置上，為大病初癒的寂家妹妹彈奏曼妙曲音。

　　要說六皇子這個人自小便與世無爭，不擅帶兵更不擅權謀，唯獨賞花弄月是他的嗜好，這也是寂少將同他親近他的原因。他自是喜歡觀舞，見到寂少將家的舞姬們，在絲竹迭奏聲中踏歌而舞，身姿曼妙，風情萬種，一時之間花影風動，桃花婆娑，如同天上人間。

　　原來寂少將也是個愛好風花雪月之人，實在是很有情調！六皇子凝望著這景象，心情也不由地大好。等到眾舞姬散去，一名身穿碧綠紗裙的女子緩緩出現在正中央，她輕抬腳尖，踏到亭外的小圓石臺上，流雲般的水袖揮灑如雪，縱情的旋轉起來。

# 第十九節

　　六皇子見她身姿綺麗，容光照人，手腕與腳腕上佩戴著彩繡金鈴，鈴聲隨著她的動作而迴響，自是一番美不勝收。六皇子看得呆住了，那輕舞的女子黛眉紅唇，臉若皎月，當真如水墨畫中的人兒如出一轍。

　　這美人兒自然就是寂少將「藏」在深閨中的愛妹了。她餘光瞥見六皇子，不由地震驚，腳下驀然踩空，整個人跌落下了石臺。周圍所有人都嚇了一跳，絲竹聲戛然而止。

　　六皇子身側的侍童責難她道：「你怎麼搞的，如此疏忽，在六皇子面前成何體統？」

　　寂家妹妹趕忙跪下，戰戰兢兢的請罪：「六皇子息怒，小女不知六皇子光臨寒舍，還請寬恕。」

　　六皇子卻做出了一個令人十分詫異的舉動，不僅侍童詫異，連寂家妹妹都詫異了。他親自上前將寂家妹妹扶起，眼中閃著心動之喜，寂家妹妹被他看得羞澀低頭，侍童這才恍然大悟，看來這六皇子在匆匆一曲後便對這女子動了心。

　　那之後的六皇子更是不顧門第懸殊，娶寂家妹妹為皇妃，後因緣際會登上皇位，在天啟元年立其妹為后，與其妹之子為太子。寂少將更是屢獲戰功，成為了皇上得力戰將與心腹，更是當朝的國舅，為希國盡忠職守、征戰四方。這本是一樁喜結連理、親上加親的佳話，可人心難測、世事難料，即便是天子，也有內心動搖的時刻。

　　此時此刻，眼看寂兄就要撒手人寰，皇帝再也不能承受內心的煎熬了，這許多年來，他時常於噩夢中驚醒，或許，這又一次出現的瘟疫之症，便是對他所做之事的報應。今日，他必須要坦白當年之事：「寂兄，寡人不該瞞你這樣久，見你被疫病折磨成這般模樣，寡人的心實在是悲痛不已。你為國家立下了汗馬功勞，寡人怎可讓你含恨而終呢？也許你早已有所耳聞，也許你是念及與寡人勝似手足的情分才不戳穿，寡人的確愧對

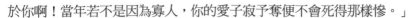

於你啊！當年若不是因為寡人，你的愛子寂予奪便不會死得那樣慘。」

寂老將軍喉嚨哽咽，他終於等到皇帝親口承認了，他等了這麼多年，今日，他終於等到寂予奪死去的真相了！

皇帝見他眼神急切，便悲嘆一聲，繼續說下去。

當年，希國的第一場瘟疫爆發之時，身為皇帝的他得知寂予奪不幸染病，而宮中只為皇帝看診的大醫官，手中有一藥方可以治癒病症較輕之人，若在病發初期儘早服藥，便可治癒安好。一旦錯過了救治時間，將會無力回天。藥方中有一味藥材是來自西域的夜明砂。這味藥清熱解毒，儘管為數不多，但在皇宮私庫中倒是珍藏著一些。皇帝本可以馬上派人把藥方和夜明砂送去寂將軍的軍營，畢竟寂予奪自小練武、身強體壯，只要服用及時，必能自癒。

本應如此才是，然而……

那夜，大雨終於滂沱而下，皇帝御用的馬車停在御書房外，藏青車簾被暴雨打得濕漉漉的。宮牆裡的琉璃燈被狂風打滅，內罩都刮破了，電閃雷鳴嚇壞了去關窗的守夜侍女，連花枝都被狂風壓得折了腰。

御書房內的燭光微弱，一縷嫋嫋煙霧從龍鳳呈祥的屏風後飄飄而出，小內侍燃了一壺香，聞起來竟也令這雨夜染上了一抹心醉之情。

皇帝的視線落在桌案上放著的夜明砂上，他抬手去拿起盒子，身後的近臣宋太尉卻再一次懇求道：「陛下，還請三思！這夜明砂實乃罕見珍貴，若是拿去救人，也理應去救忠臣之子才是！」

皇帝立即蹙眉，冷聲反問道：「宋太尉言下之意，寂予奪竟是亂臣賊子之後了？」

宋太尉一驚，心恐會言語有失觸怒龍顏，趕忙跪下道：「臣絕無挑撥離間之意，望陛下明察！」

皇帝抬起頭，凝望著窗外雨幕，想到昨日寂將軍快馬加鞭趕來宮中，稟報瘟疫肆虐一事，不禁陷入了思慮之中。眼前瘟疫爆發、百姓惶恐，邊境一帶人心渙散，許多農戶都罷工了，躲在家中生怕染病。人心惶惶，生產停滯，封城已是走投無路之舉，民眾都成了甕中之鱉，內憂外患。寂將軍的長子偏偏在這種時候染上疫病，莫非是有著某種上天旨意？

思及此，皇帝竟詢問起：「宋太尉，你是如何看待寂將軍的長子寂

予奪？」

宋太尉沉默片刻，斟酌著道：「啟稟陛下，寂將軍長子寂予奪的確是年少有功、英勇不凡，正所謂初生牛犢不怕虎。寂予奪著實心高氣傲、目空無人，且說他不把我等朝廷老臣放在眼裡。呵，只怕是當今太子也不在他眼中了。」

皇帝忽地變了變臉色：「何以見得？」

宋太尉袍袖一揮，痛心疾首般地跪在皇帝身邊，擲地有聲道：「陛下，希國自建國起便崇尚習武，武可平天下，武可定宏圖。寂將軍與他的愛子們戰功赫赫、羽翼豐厚，在朝廷上下都舉足輕重。可太子殿下自幼喜文擅書，身子自是不如舞刀弄槍之人健壯，更別說是練就一身高超武藝了。在多次皇室狩獵活動之中，太子的表現都不如寂予奪，那寂家少將每每都拔得頭籌，駿馬跑得更是領先太子十餘尺。文武百官皆看在眼裡，此番舉動實在是讓眾人心悅誠服啊！

「太子生性善良，自是不會與之爭執，但那小子時而挑釁太子，全然不將太子視作少主來擁護！今日，臣這一番話字字發自肺腑，絕無半點虛言，雖說寂將軍對陛下忠心耿耿，別無二心，可保不齊那小子於日後野心萌發，前有曹丕篡漢、後有蕭衍篡齊，陛下必要防微杜漸啊！」

皇帝聽宋太尉這番肺腑之言，言辭懇切，的確是句句動容。宋太尉見皇帝許久不言語，便火上澆油道：「建軍立國，原為禦辱，萬里河山，不可拱手。枯萬民之骨，動天下之容，何以平民心？眼前饑荒疫病，天災人禍，定是剷除憂患之良機啊！陛下！」

天際一道閃電劃過，悶雷乍響，暴雨狂落砸下，皇帝沉下了臉，低聲道：「愛卿先行退下吧，此番諫言，寡人自會定奪。若是真如你所言，寡人也絕不姑息任何一人。」

宋太尉領命退下，皇帝獨自一人背手而站。他想起寂予奪與太子二人是同年同月同日同時生，按高人當初給自己太子批命格，為真龍天子之命。倘若如此，那寂予奪也有天子之命？

皇帝又一次看向桌案上的夜明砂，他心中百感交集，想來寂將軍的府上只有長子寂予奪極具威脅，另外兩子皆與太子相同，不僅武藝不佳，反而醉心詩詞與文墨，自然不會對太子的處境有任何不利。可皇帝與寂將

軍年少便相識，其妹又是當朝皇后，自從皇帝登基以來，也是對寂家上上下下皇恩不斷，寂將軍又怎會唆使愛子窺視皇位呢？

但宋太尉所言，字字如珠璣，朝中定已早有猜疑，所謂無風不起浪，想必寂予奪絕非善輩，他的確狂妄驕縱，也曾同皇室貴族的子嗣屢起爭執，若是他背後當真有人鼓舞……。皇帝忽然心生恐懼，他開始在偌大的書房裡來來回回的踱步，他回想起初識寂將軍那日，他還是最不得寵的皇子，只因生母是身分卑微的宮女，他幾乎沒有爭奪皇位的資格。

自小遭遇冷落，他更喜詩書歌舞，遠離紛爭與勾心鬥角。而寂將軍不同，他雖出身草莽，又是遺孤，可他隨軍征戰滿腔熱血，屢屢立下戰馬功勞，深得先皇器重。

那日是上元節前夕，寂將軍戰勝而歸，他一身赤紅鎧甲熠熠生輝，騎著高頭駿馬的模樣，英姿颯爽。六皇子則是站在皇族中最不顯眼的位置，一路盯著他驕傲地走向先皇，他同先皇道著「鞠躬盡瘁、死而後已」，滿眼的光芒星辰，炫目得讓人移不開視線。身側有皇兄竊竊道：「聽說又打了一場勝仗，平定了塞外餘黨。」

「看他那得意模樣，也不知能囂張到幾時。」

「父皇真是仁慈，不但不責難他有失禮節，還源源不斷的賞賜於他。唉！當真是崇尚武藝的國風，幾百年都難以更改了。」

許是聽到了這邊的碎語，寂將軍側眼望來，不偏不倚，與六皇子的眼神相撞。只淡淡一瞥，他隨即便漫不經心地收回了視線。

皇帝猛然間回想起了寂將軍當時的眼神，他永遠也忘不了，那眼神裡傳達出的蔑視，一如今日的寂予奪。他也總會用那樣的眼神去審視太子，審視朝臣，審視希國的每一寸土地！

這是他這個皇帝好不容易得來的江山，豈可允許一絲一毫的風吹草動？皇帝心中的猜忌逐漸發酵，他不再猶豫，終是將夜明砂收在朱紅色的方盒裡。夜色濃厚，雨幕沉重，皇帝的影子倒映在寂寥的白牆上，那影子在此刻顯現出惡鬼的模樣，正貪婪地張開血盆大口、獠牙外露，欲將皇帝整個人吞進腹中。

皇帝忽地覺得背脊發涼，他猛然側過身去看，身後並無異常，可總覺得有什麼東西縈繞在他左右，令他頭暈目眩。他趕忙傳來內侍，下旨道：

「傳寡人口諭，去回寂將軍——宮中將派人去西域採買夜明砂，一去一回至少需要月餘，勸他耐心等候罷。」

內侍瞥了一眼那裝有夜明砂的盒子，顫巍巍地低下頭，領旨退去。

不足五日，寂予奪病死的消息傳進了宮裡。皇帝大驚失色，心中五味雜陳，他沒料到病魔如此之快地奪去了寂予奪的性命。更不幸的是，寂將軍的另外兩個兒子也染上了病，皆是危在旦夕。

皇帝聞言，立即傳來朝中醫官，命其將夜明砂送去寂家軍營，救治那二人性命。醫官支支吾吾地獻上諫言：「陛下，依老臣所見，送去夜明砂救命是小事，有違陛下龍顏則成大事了。」

皇帝挑眉相問，醫官謹小慎微道：「陛下五日前才命人去西域購置夜明砂，算此運程，至少還需十多日才能到達。眼前若突然拿出此藥，豈不是自相矛盾？寂將軍掌握著朝中兵權，他若是猜疑起此事，恐怕會傷及與陛下之間的情分，一旦弄巧成拙，這……」

皇帝的手指在瞬間顫抖了一下，他的臉色也變得極為難看，令幾名醫官都嚇得手足無措起來。他心中百轉千回，想著難道就要這般眼睜睜地看著寂家家破人亡？僅為他一己私欲？究竟是救人要緊，還是顏面要緊？皇帝的目光落到侍女正在溫煮的酒盞上，爐火升高，酒已煮沸，濺到侍女的裙擺上，暈染開一片黯淡的酒漬。

他忽然就覺得心煩，擺了擺手，表示罷了、罷了。而後，皇帝命人派遣諸多名醫攜良藥去軍營，試圖挽救寂家兒子的性命。可再名貴的良藥也並非夜明砂，寂家餘下二子在幾日後也撒手人寰。

又過去了十日有餘，從西域採買的夜明砂終於運送到了軍營。染病的將士與家屬們都陸續得到了救治，疫症終於得以平息。皇帝也是在那日親自前往軍營對寂將軍表示慰問，接連失去三個兒子，寂將軍的悲痛無以言表，皇帝內心也是愧疚不已。就在他離開軍營回往皇宮的路上，寂夫人抑鬱而亡的消息傳進了他的耳裡。

自此，寂家血脈全斷，妻兒相繼而去，只餘下寂將軍與兩位養女。

「寂兄……」如今，年邁的皇帝不顧群臣阻攔，不顧太子勸誡，他無論如何也要來軍營。緊緊地握著寂老將軍的手，他雙目含淚，聲音絕望而悲涼道：「是寡人對不住你，若不是寡人一時鬼迷心竅，又怎會連累你子

嗣凋零？二十年前的那場瘟疫，令你寂家元氣大傷，寡人這二十年來也日夜活在自責與悔恨之中。寡人不求你的原諒，寡人只想將真相告知於你，也無愧日後與你在地府相聚。」末了，他自嘲似的道：「許是上天有眼，讓寡人此生也交付與這無情瘟疫。」

這話說的不假，皇帝的脖頸處也隱約有紅斑爬出。不久前，軍隊曾將戰利品送入皇宮，其中有一件樣式新穎的牙雕甚得皇帝喜愛。那牙雕通高半尺，人物是豆蔻少女的模樣，笑容明媚，神態自然，且線條流暢，正坐在雕出的石桌上遠望。那石桌下又雕著三隻頑皮可愛的小獸，其中一名小獸雙目機敏、冷銳，野心勃勃似的。

偏偏運送這牙雕的兵卒之中，有一人已經染病卻不自知，他乾咳之時將唾液濺到了牙雕小獸的頭上，而皇帝最為喜愛牙雕上的小獸，撫摸他的頭、眼、身。加之那幾日，皇帝連夜批閱奏摺，十分勞累，因此而染上了疫病。皇宮之中因此而惶恐不已，御醫們尚不知曉皇帝染上的是瘟疫，只以為是體虛之症，便為其準備了各式補品，反而加速了病情的惡化。

如今想來，那牙雕小獸的眼神倒有幾分神似寂予奪，皇帝不由嗤笑。

這一番情真意切道盡，皇帝的目光轉向病榻上的寂老將軍。只見他如泥塑一般不動聲色，那雙衰敗卻依舊狠厲的眼睛凝望著皇帝，目光中似有怨恨、悲切、痛心、無奈……，最終皆化成了平和。

他已病危，再不貪戀這世間的愛恨情仇、權力財富了，有氣無力地囁嚅道：「陛下能將實情告知老臣，老臣已經頗為感激，陛下莫再掛心此事了。老臣已逝的夫人在過去總會說，『美之為美，斯不美矣；善之為善，斯不善矣。』這世間所有的善與惡，都難以分辨。你認為是惡的事情，它未必真的是惡；而認定是善的事，亦未必真的是善。三子與夫人也是自有命數，怨不得他人。況且上天待老夫不薄，予奪雖死，但是兩位養女一位養子承歡膝下，老夫也算是有子嗣送終之人。

「老臣若因陛下所作所為就去憎惡、埋怨，勢必會兩敗俱傷，天下又何來太平？其實，這麼多年過去，老臣聽進耳裡的風言風語不計其數，其中的實情也能猜出七八。可往事亦無需提起，我妻兒已去，自是脫離了凡塵俗世的煩憂，且生而為人，總要學會跟自己和解。塞翁失馬，焉知非福，是福還是禍，是善還是惡，在於心之所向。」

寂老將軍的聲音漸漸遲緩、微弱，他握著皇帝的手越發顫抖，嘴唇也蒼白無血，卻還是盡力說出：「陛下，貴為真龍天子，卻願與老夫推心置腹，將實情和盤托出，這份氣度和恩德是聖君才有的，若有來世，老夫還願與陛下做君臣。」

皇帝淚流不止，一把緊握住寂老將軍欲垂落的手，堅定允諾道：「來世不再做君臣，寡人只願與寂兄做親生手足！」

寂老將軍釋然地笑了，他的雙目怔怔地盯著營帳一角，漸漸沒了呼吸，也了卻了悲壯無畏卻又飽嘗遺憾的一生。

皇帝微顫著嘴唇，他抬手去合上了寂老將軍的眼睛，眼前年少時的景象鋪天蓋地而來。那時候是初秋豔陽，他們二人策馬在衰草斜陽之中，大漠狂沙迎風襲來，烽火臺上千里孤煙，一隻文鳥停在上面，六皇子拔出羽箭，對準文鳥放出箭矢。可惜幾箭下來都射去了偏處，他心中失落，寂將軍卻從他身後拿過弓箭，拉緊弓弦，一箭射出，文鳥卻撲騰著翅膀飛走了，只餘下幾根白色透亮的羽毛飄灑而落。

六皇子勒緊馬韁，不敢置信地問他：「你為何故意射偏？」憑他的資質，別說是一隻文鳥，就算是太陽也可以射落。

寂將軍卻笑得風輕雲淡，他解下馬上的酒囊，自行喝了一口，轉手又拋給六皇子，笑道：「人有失足，馬有失蹄，誰又能在初次使箭時就射中鳥兒呢？寂某只是讓六皇子知曉，方才不是寂某故意射偏，而是馬速飛快，文鳥又在移動，自然是無法射中的了，六皇子不必為此而不愉快。」

六皇子輕抿一口烈酒，感激地笑了。寂將軍總是照料著他的一切，連同他的情緒。他空有滿腹詩書，遭先皇與群臣冷對，而寂將軍手持鋒刀，滿身榮耀，卻甘願為他拚殺皇座與天下。

他為他擋下了許許多多的風沙與鮮血，才鑄造了他如今的盛世良辰、美景榮華。猶記得九子奪嫡的那段時間裡，他在他的扶持下籌集軍隊、人馬與黨羽。也是在這片夕陽景色中，他們二人站在山巔俯瞰希國繁茂土地，他對他道：「寂兄，你看啊！若是這宏圖霸業將屬於本王，本王願同寂兄分享這天下。日後有本王一碗酒，就有寂兄一杯羹，絕不食言。」

他卻只是笑而不語，良久過後才道出：「只要六皇子在日後成為明君，愛護百姓，平復戰亂，免去饑荒與疾病，寂某自當為你赴湯蹈火、義

不容辭。」

自那之後一晃數十年，他與他皆變了容顏，歷經了不如意的過往與難以抉擇的悲涼，許是歲月為彼此的眉目染上了厚重殘影，竟看不穿曾如手足般的兄弟的真心實意了。人心如惡鬼，吞噬了良知道義，灑下遺憾風霜，一如隔日的漫天白綾。寂老將軍辭世而去了。

他的遺體被葬在山丘上的寂家陵墓中，陵墓後方便是寂夫人生前常去的道觀，皇后也經常來此參拜。道觀前種滿了垂絲海棠，寓意希國將會代代玉堂富貴。

正值六月二十一，每逢這個時節，道觀都會被善男信女們擠得水泄不通，然而今日卻被眾多侍衛封鎖了，正是因為皇帝與皇后帶著寂家遺屬前來拜祭。皇帝手持柱香，在寂將軍靈位前拜了三拜，停留了很長時間之後，才將手中的香插進紫檀木的香爐裡。

陪伴於他身側的皇后也雙手合十的祈求著，半晌過後她睜開眼，一雙美目格外晶瑩清澈，雙雲鬢上的金玉步搖是將她的膚色襯得玉白通透。

「陛下。」她轉身面向皇帝，語調輕柔，道：「臣妾剛剛向上蒼祈求——希望上蒼能夠保佑哥哥得以超度、早日輪迴。」

皇帝聞言，輕輕喟嘆，「皇后有心了，若不是寡人與寂兄長談誤時，你也能見上他最後一面。」

皇后聞言，不由心中憂傷，淚眼婆娑。她本是隨同皇帝一起前來軍營，可是皇帝執意與寂老將軍單獨談話，她才想著等皇帝離開營帳後，再去探望哥哥，哪會想到……

見此情景，身穿孝衣的沉宸儘管同樣傷心悲切，卻還是勸慰皇后道：「娘娘要注重鳳體，莫再傷心過度。父親生前心繫百姓，保家護國，厚待將士，嚴慈有度，上天定不會虧待他的。」

皇后抬起頭，凝望著靈位，神色感傷道：「但願你所言能夠成真。」

道觀外來了風，吹起了垂絲海棠的花與葉。皇帝和皇后走出道觀，啟程回宮。途中他聽到嬉戲的孩童們一邊追逐著一個身高略高的男童，一邊一起喊著：「紀兄，你跑慢點，等等我們啊！」他隨即撩開車簾探望，那幾名孩童已經跑遠，只留下一路的嬉鬧歡聲。

皇帝心中悵然苦悶，放下車簾再度嘆息，喊來跟在車外的內侍道：

「傳寡人口諭，舉國為寂老將哀悼，以國喪之禮操辦，三月之內舉國禁止紅事。」

內侍官得令道：「遵旨。」

很快便進入了秋季，碩果累累的時節到了，疫情漸漸向好的方向發展，可皇帝在回宮不久之後，便病入膏肓了。

天啟三十三年晚秋，皇帝駕崩，享年五十餘四。

# 第二十節

　　到了寒露時節，楓葉飄落。一樹樹金紅色，如雲如霧，風一吹來，葉片四散。坐在樹下的沉宸抬起手，接住了寥寥幾片楓葉。

　　寂老將軍的頭七才剛過去，廖軍醫恰好趕回營中，只是未見到寂老將軍最後一面，甚感遺憾。他見沉宸也日漸消瘦，心中不免憂慮。那夜他叫來沉宸、藏鋒、何心隱三人，在自己營帳之中對三人語重心長的說道：「萬物遵循的生命節奏，人之生，氣之聚也，聚則為生，散則為死。這就跟有白天晚上一樣，有春夏秋冬四季的變化一樣，自古以來，這世上的人，都是面對類似的生命節奏。從整個萬物的變化來看，從萬物終極的結果來看，很多事情皆無可奈何，就要『安之若命』。

　　「所有這一切來自於道，又回歸於道。知足與知止的智慧能夠從根本上化解人生不必要的執著，『知足不辱』與『知止不殆』最為重要。『知』這個字，是道家的一個關鍵字，人生所有的煩惱、痛苦、災難，大部分都來自於我們的『知』陷入困境。

　　「『知』有三個層次，第一層，是區分。就如你的、我的；誰有病、誰沒病；誰好、誰壞；美的、醜的。這是最為淺薄的一層，世人大多停留於此處而沉淪迷戀。

　　「『知』的第二層，是避難。區分之後，必然會有情緒好惡波動。要設法化解這樣的困難，避免陷入各種不必要的執著。瞭解得完整，瞭解得透徹，才能避開災難。這是智者才能做到的境界，只有如此才不會出現『為德不卒』。

　　「到『知』的第三層，是啟明。死而不亡者壽。道是萬物的來源與歸宿，道也無所不在。所以人活在世界上，從道而來，回道而去，基本上沒有什麼得失成敗的問題。它是提醒你，要珍惜這一生，不要浪費在不必要的執著與困擾裡面，任何事情都按照常規來進行。身體必然會消失，但是精神力量可以長存發展、可以傳續下去。這是悟道者可才能做到的境

界。雖然我一生求道、修道、但是依舊無法做到知行合一，你等年輕人莫要說做到此三點，哪怕是理解真正的『知』為何物，便已然是機緣得當。各人有各人的造化，依照道而行，亦不違背自己的內心與初衷，老夫能教你們的也只有這些了。」

三人聽完廖老軍醫的一席話，都沒有出聲，只是默默的自己思索著。這席話或許對每個人而言，都有自身的一番體會。

寂老將軍頭七過完，藏鋒和沉宸守孝七日之後，沉宸便不得不再次投入進治療染病之人的戰鬥中。她無休無眠，有時甚至會三天三夜喝不上一口水，也不知道是什麼力量支撐著她，可以如此不眠不休的勞動。

廖軍醫與何心隱極為擔心她的身體會吃不消，可是好言相勸是沒用的，她那般倔強，自然不肯放任病人不管。若不是藏鋒忍不住「訓斥」了她，沉宸也不會像今日這樣，悠閒地坐在樹下賞楓。

她已經瘦得形同紙片，明明是如花年紀，蒼白的面頰上卻布滿了滄桑與憔悴。身後仍舊會有病人的哀嚎聲傳來，她好像已經習以為常了，總覺得那慘叫聲竟也像是琵琶曲一般了。

她回想起藏鋒今早對她的訓斥：「我已經失去了一個妹妹，又失去了父親，再不能失去你了！倘若你再不肯去休息片刻，倘若你有三長兩短，我這條命也不用留著了！」

沉宸回想著他那番話，當即又心痛難耐。她想著眼前明明是這般美麗的秋色，為何靈霽與父親都不在了？失去了一個又一個的摯愛之人，她這具行屍走肉的軀體又還有何價值？如果大師兄此時能回到軍營之中，自己是否可以趴在他寬厚的肩膀上好好哭上一場？自從養父去世之後，她的內心明明是痛徹心扉，可為何卻一滴淚都流不出來，內心像塞滿了情緒，隨時都會爆裂而開，明明千言萬語卻一個字也說不出來。

山谷記得初相遇。便只合、長相聚。

何期小會幽歡，變作離情別緒。

況值闌珊春色暮。

對滿目、亂花狂絮。直恐好風光，盡隨伊歸去。

一場寂寞憑誰訴。算前言、總輕負。

早知恁地難拚，悔不當時留住。

其奈風流端正外，更別有，繫人心處。

一日不思量，也攢眉千度。

途經於此的何心隱正捧著滿懷的藥草，他瞥見樹下的沅宸鬱鬱寡歡地垂著頭，平靜得嚇人。何心隱長長的嘆出一口氣，忽聞鳥鳴聲，轉頭看向樹梢，是那隻每天都會出現的喜鵲。

「喜鵲姑娘。」何心隱問鳥兒道：「你今天捎回什麼好消息了嗎？」

喜鵲眨動幾下黑溜溜的眼睛，像是聽懂了何心隱的話一般，拍打了幾下翅膀。何心隱嘆息著垂下頭，自言自語地喃喃道：「能有什麼好消息呢，大師兄究竟在哪裡呢？」

喜鵲突然拍著翅膀飛走了，何心隱目送她離開，回頭去看遠處，沅宸一片一片的拾著地上楓葉，孤寂身影令人心憐。

等到晚上，沅宸依然是沒有進食，她今日早早地便去睡了。

午夜夢迴時，沅宸似乎看見了許許多多的故人，她親生的父母、大哥、二哥、三哥、寂夫人、靈霄，還有寂將軍，他們都轉身棄沅宸而去。沅宸撕心裂肺地追趕著他們，忽然又看到了衷贏。他站在她的身後，喚她回頭。沅宸看見日思夜想的大師兄，立即奔向他去，可是他的身上卻在流血，他的軀體在一片片瓦解紛飛，最終，連他整個人也一起瓦解消散了。

沅宸站在黑暗之中大聲呼喊衷贏的名字，一遍又一遍，喊到嘶聲力竭，喉嚨腥澀。可是衷贏再沒有出現在她眼前，她這往後一生，永世，都再也見不到他。他的手再也不會牽起她，他的唇，再也不會低唸她的名，他再不會與她的生命有所關聯了。

每次夢見這些，沅宸都會肝腸寸斷地驚醒。

可今日的夢境不太一樣，有一隻喜鵲飛進夢裡，銜著紅色絲繩繫著的小巧金盒子。沅宸認得那隻喜鵲，她總會出現在軍營裡。

喜鵲將金盒子投到沅宸手中，然後張張鳥嘴，流瀉而出的竟是藥王山谷三師兄的聲音：「沅宸師妹，三師兄遠在東陵，聽聞了些許你在故國所經歷的難處，更知你心中悲痛。可國有國法，家有家規，我等不去幫你分擔也是遵守師門訓條，更何況，這也是你的一場悲壯修行。想當年你還在山谷中，在我大婚之際來鬧洞房，實在活潑頑皮。如今一晃數年過去，想必你歷經人世洗禮，已成熟穩重。縱使師門拋棄了你等，可兄長如父，

你痛不欲生，我也不忍再無動於衷。這盒子裝有一樣東西，是我偷偷命喜鵲送給你的，你好生保存，為兄也只能幫你這些了。」

沉宸極為震驚的打開盒子，裡面竟然放著一塊紫色的玉佩，是衷贏佩戴在身上的玉！夢在這時醒了，沉宸眼眶濕潤，卻亮起了光。比起之前的黯淡眼波，她的眼底湧起了一絲希望。再看向自己手中，果然握著那塊紫玉！而自己的枕邊，還留有一封密封信件！

難道夢境連通著現實不成？夢裡的一切竟都成了真實？正當沉宸盯著玉佩和信件困惑時，營帳的簾子被掀開，何心隱走了進來。見沉宸醒了，他便同她道：「師姐，我清晨時來過一次，見你還睡著，便把大師兄的玉佩和信件放置在你枕旁。如今你醒了……」接下來的話他不再說下去，眼神中露出哀傷之色。

沉宸又驚又喜地問他道：「小師弟，是大師兄回來了嗎？是他親自把這些交給你的？」

何心隱苦笑著搖了搖頭，「若是他回來了，又怎會不來見你呢？是那隻喜鵲捎來的玉和信。她昨夜來了我的營帳外，今早再沒出現過了。」何心隱猶豫了一會兒，最終對沉宸道：「師姐，你且慢慢讀信，我先走了。」說罷，他退出了沉宸的營帳。而他的手中，還緊緊地攥著那封衷贏單獨寫給他的信。信上雖然只有寥寥幾語，卻已是情深義重。


吾弟心隱：

今朝過後，怕是後會無期。師兄再不能照顧師妹與你，你且要盡早長大成人，珍重自己，協助師妹。從此以往，師弟可留於軍營之中，跟隨師妹與軍醫苦學醫術，也不枉你當日不顧一切隨我等來此。然，還望師弟保守祕密，永生不將師兄踏入禁地身受重傷之事告知師妹，此事只有你知，我知，天地知，再無人知。

師兄衷贏字


何心隱深深長嘆，他想著師兄這般癡，竟連受傷之事都不願沉宸為其煩憂。不由想到了那詩中所說：

天南地北雙飛客，老翅幾回寒暑。

歡樂趣，離別苦，就中更有癡兒女。

這個時候，沅宸展開了衷贏寫給她的那封長信。的確是他的字跡，大師兄一手好字，絕非旁人所能模仿得來。

剛讀到信首的「沅宸」二字，她便已淚光隱現。

信中說著，久別未見，師妹心中固然有所怨恨，為兄亦是萬般無奈。然而，一直以來，師妹所愛另有他人，為兄實在無法再自欺欺人。

沅宸透過字裡行間，彷彿能看到當日的衷贏是如何痛心的寫下此信。的確，衷贏的這封信寫了無數次，反覆的斟酌用詞，既怕傷了她，又怕傷了自己。他其實打從一開始就清楚得很，沅宸的心思都在另外一個男子身上，自己與沅宸之間是有緣無分。可一旦想到所愛不得，他就心如刀絞，寧願就此出家入道，成為道醫遊歷天下，救治有緣蒼生。

可是就算成為道醫，強迫自己忘記舊愛，他就能夠把過去的一切都從腦海中抹掉嗎？他曾經一心想要追隨沅宸，無論她是在東陵也好，希國也罷，他都會伴隨她身側。功名利祿，權勢宦海於他而言，都不如她對他展現的一抹笑顏。

在這世上，沒有人比他更熟悉她的字、她的習慣、她的全部。他曾替她抄寫過無數遍的藥譜，連握筆的走向都漸漸同她一致。

還記得他初次遇見她時，那日她樣貌狼狽，偷偷潛入他的馬車，他不知她會成為他的師妹，她也不知道他便是藥王山谷的首席弟子。

馬車的顛簸，春草的芳香，以及雨後的泥土氣息，這些都是來自她身上的獨特印記，更是令他深深銘記住了這個異國的孤勇女子。在那之後，她有幸被藥王收入門下，成為了他最為疼愛的小師妹。

衷贏從沒告訴過沅宸，他是何時愛上她的。或許是第一次相邀去山谷採藥的那個清晨，柔和日光從天際筆直灑照下來，凝聚在她的身上，彷若一種迷離而又炫目的光彩。他掛著流蘇繐子的摺扇掉落在地，她欲幫他撿拾，他的手指觸碰到她的，她抬眼看向他，衷贏看見她的眼裡倒映著自己的面容，一如他的眼裡也映著她。

那是他人生中第一次出現的傾心情愫，而他生命中最為幸福的時光，

便是她在藥王山谷中求學的那一年。雖短暫，卻又漫長。

　　還記得那日他們三人打賭，輸了的人要穿女裝跳一曲舞。沅宸是女兒身，自然是不怕的，反倒是衷贏與何心隱極為謹慎的不敢輸了這場局。結果，採藥最多的人是衷贏，何心隱第二，偏偏沅宸輸給了二人。

　　願賭服輸，沅宸才不怕換上華服跳舞。衷贏便在山谷裡的樂殿裡等她，偏偏何心隱被師父傳去，免不了要錯過這場好戲。剩下衷贏獨自一人溫一壺酒，燃一爐香，有酒有春色，清煙亦嫋嫋。

　　夕陽的血紅覆上天際，黃綠色的蒿草雜亂無章的瘋長於殿外後園，小閣樓上，衷贏端姿而坐，自斟自酌，舒服又愜意。

　　木門外響起叮叮噹噹的聲音，衷贏隨即望去，身著豔麗華服的少女走進屋內，纖纖玉手遮擋著半張臉，猶如凝脂。

　　夜雲漸漸融入餘暉，師兄師弟們捧著各自珍藏的樂器跑來湊熱鬧，像模像樣的彈琴奏樂，琵琶聲響，曲調婉轉，絲絲入扣，扣上心頭。沅宸衣著紅綃，綰朝雲近香鬢，一縷鬢髮垂落下來，拂過玉白臉頰。她移開遮著半張臉的手，眼波流動，側看向衷贏。

　　那日的衷贏臉一紅，竟是侷促地移開視線。

　　絲竹聲竊竊，衷贏又喝進一杯，餘光去看沅宸的舞，倒也有一番異域柔情的韻味。本是想捉弄她的，怎料她那樣頑皮卻真會隨著他的性子來？反倒是衷贏有些坐立難安了。

　　有道千嬌百媚，西施貂蟬，環肥燕瘦，各有千秋。媚長眼睛、腰臀妖嬈的是美人，淨白皮膚、深目纖瘦的，也是美人，說來道去，佳麗大都是柔情之調。衷贏生在美色輩出的東陵國，自然是見過不少的，可他卻覺得那天的沅宸，美得格外驚心。

　　「大師兄，你在發什麼呆？」

　　衷贏醒神，抬起頭，只見沅宸已然與他近在咫尺，她一揮水袖，掃過他臉龐，他不由深嗅，蹙然皺眉道：「你喝了酒？」

　　沅宸已有醉意，面頰泛紅，輕飄飄地靠在他懷裡，遮面一笑，媚眼如絲。衷贏這才發現自己溫好的酒被她喝到剩下半壺，也難怪她會這般失態了。

　　「師妹。」衷贏萬分無奈的望著懷裡之人，詢問道：「你可知你此

刻在做些什麼嗎?」

「知道啊!如師兄所願,跳舞給你看嘛!」沅宸神祕一笑,忽又挖
苦他道:「大師兄你啊!整日香噴噴的,這也難怪,誰讓你腰上總掛著藥
姑送的香囊,始終不肯離身呢!」

衷贏有點生氣,他不喜歡她這種諷刺的語氣,但忍住了,何必和女
醉鬼一般見識呢?可還是解釋道:「藥姑與我自幼青梅竹馬,我也曾幫她
治癒過頑疾,她送我香囊無非是表示感謝,有何不可?」他還想再辯解些
什麼,沅宸忽然驚呼出聲,她指著窗外滿眼歡喜道:「是煙花!」

衷贏隨她視線望去,果不其然,山谷外的東陵宮許是在舉辦慶典,
各色璀璨的煙花齊放。師弟們也放下樂器紛紛擠過來,爭先恐後地觀賞煙
花,連連驚歎。

夜空中的煙花仿若浩瀚雲海,此起彼伏地怒放金芒,沅宸看得如癡
如醉,衷贏的目光卻只停留在她的臉上。是在這一瞬間,他才後知後覺
的察覺到,沅宸只是一個有血有肉、平凡又不凡的少女。被他抱在懷裡,
騰飛入天的人,其實只是一個少女。

她並不像她表面那樣無心無肺,怕也只是個像花朵般需要被悉心保
護的、柔弱的少女。

而他,是在那一刻,決定想要一生一世地去呵護這朵花。

哪怕為此毀了與藥姑之間的婚約。

當時,藥姑見衷贏心意已決,並沒有怪罪他,甚至還很擔憂,嘆了
一口氣,道:「衷贏,你此番隨她而去,必會惹怒藥王。若是他盛怒之下
斷去你與他之間的師徒情分,你可覺得值得?迷戀終究只是短暫的,這裡
是你日夜生活的家園,你不怕日後會竹籃打水,萬劫不復嗎?若是當真是
兩情相悅倒也罷了,可她對你是否也如你對她這般義無反顧呢?」

衷贏風輕雲淡道:「人之生也柔弱,其死也堅強。草木之生也柔脆,
其死也枯槁。堅強的萬物總是屬於死亡的一類,柔軟的萬物卻屬於生長的
一類,既然死後都要變得堅硬,為何不在生時活得柔軟一些呢?去順應、
去追隨,不計得失,不計回報,又何嘗不是一件快事?」

藥姑苦勸道:「醒醒吧!衷贏,你不過是在自欺欺人罷了,這藥王山
谷有何不好?你我一生一世廝守於此,潛心修醫,自然會免去凡塵中的許

多無可奈何。你就算不喜歡這裡了，也可去東陵宮中，照樣是似錦前程，你根本不必同她去自尋苦吃。」

衷贏反問道：「何以是苦？我順從我的心意，怎會苦呢？」

「哪怕你失去這萬人豔羨的所有？哪怕你將會被世人遺忘？」

衷贏看向她，輕聲道：「我意如此，無所畏懼。」

藥姑見他如此執迷不悟，不禁哀嘆一聲，道：「我並非執意拆散你們二人，也並非是嫉妒你對她的感情，讓我跟你講一個故事吧！如果你還是不打算改變心意，我再不多說。」

這是個漫長而又久遠的故事。

很久以前，有一位天上的公主。在神族中算起來還年幼的百歲時，她還生活在天上。而地上的人類領袖之子，在長老的帶領下，前往她的住處，為她的父神獻上部落中的美麗女子。

在那天，她與他相見。世人都知曉，天上一天，地上十年，她與他年歲相仿，共同在天上度過了十天的時光。祭天結束，他需要返回地上，而她想與他一起走，卻遭到部落長老們的拒絕。

「公主可是天神的女兒，若是讓你父神知道，他會發怒，到了那個時候，我們的部落將會因此而被毀滅，萬萬使不得啊！」

原來她的愛意會為他帶來血光之災。於是她去請求自己的父神，「父神，讓我去地上吧！天上的時光太寂寞了，我想要離開這裡，我想要去尋找他。」她從來沒有向自己的父神要求過什麼，唯獨這一次，她希望父神能夠實現她的心願。

她的語氣是那樣堅定，毫不動搖。天神高高在上的權威聲音，回盪在空蕩蕩的宮殿中，道：「吾可以滿足你的心願，但你要知道，到了地上，你將不能透露身分，為了防止你說出自己的真實身分，吾會把你的真身變得醜陋無比、樣貌可憎，即使是這樣，你也無所謂嗎？」

公主卻喜悅地回答道：「我願意。」

天神似乎在微微的嘆息：「或許你命中註定要渡此劫難，到了地上，你將成為相貌可憎的醜婦，並長達五百年。即使在人間你度過了五百年，重新成為美麗之人，你也無法贏得他人真正的喜歡。你會寂寞孤獨的度日，直到你等的那個人，經過輪迴出現。在那之前，你將一直被世人躲

避、誤解、誹謗，甚至於是欺辱。」

公主想到他回去地上很可能已經老了、死去了，畢竟天上十天，地上一百年。她便追問道：「只要我經歷了這些，就會等到他重新出現嗎？」

天神告誡她道：「即便你等得到他，你認為他會接受相貌醜陋的你嗎？就算他真的能，可你也無法真正的和他在一起。他的族人依然會懼怕你，你始終會給他們帶來血光之災。等到那時，你再回來天上吧！不要執著於永世不得的人與物，你是神之女，凡塵配不上你。」

她低了低頭，思慮著父神所說的話，可她心中想起的卻是他留在天上的那幾日時光。

他們在天上的湖潭旁，一起追逐著從凡間飛來的螢火蟲，她第一次見到，覺得不可思議。而他溫和的笑臉近在咫尺，向她攤開手掌，合攏的雙掌中，裝著一隻光亮美麗的螢火蟲，他對她說，「牠們不辭萬苦的飛來天上，一定是嚮往天上的景色，實在難為牠們了。」

天上有什麼好？她可不覺得，只見他將螢火蟲一隻一隻裝進了帶來的瓷罐子裡，然後送到她手上，「公主，你可喜歡？」

「自然很喜歡，這可是個會發光的罐子。」她開心的拍起手。

他則是惋惜道，「我明天就要離開了，以後你要是想起我，就每天放飛一隻螢火蟲吧！牠會飛到我那裡的，把你想說的話傳達給我。」

明知道這是不可能的事情，可是他眼裡的光像是一條明亮的線。她在心裡說，「螢火蟲無法傳達我的話，那麼多那麼多話想要對你說，我要親自站在你面前，一字一句，統統都要親自告訴你。」

「我會去你的身旁，不管你是否能認得出我，我還是想要見到你。」

「就算是我的一廂情願，我也希望你能回應一下，哪怕是施捨。」

「我不過是想要和你在一起。」

藥姑悲嘆道：「可是最後，她以一副醜陋衰老的模樣出現在凡世，每一次遇見他的轉世，她都傾囊相助，但他都嫌棄她、利用她，甚至殺過她。她成了他的累贅，只因她那樣醜，而且一無所有。他從不會真心待她，將她的愛意無情踐踏，待她生命到了盡頭，又將她草草埋在亂石崗。衷贏，你說她是否後悔當日下凡的決定？她的父神自然不會害她，早已將每一個可能發生的事情告訴了她，她卻那般執迷不悟、錯付愛意。可世上

哪裡會有後悔之藥呢？即便醫術高深如你，也是無法配出那藥來罷。」

聽完這故事，衷贏清楚藥姑的善意與挽留，可他心意已決，只道：
「即便前方是刀山火海，我也願意一試，絕無怨言。」

衷贏還是走了。

他隨同沆宸前往她的國家，她的軍營。然而他沒有想到，這軍營之
中，還有一個叫做寂藏鋒的男子。當沆宸在藏鋒的面前時，她會露出少女
般略帶嬌嗔的笑容。衷贏將這些都看在眼裡，他也心傷、難過，也曾在夜
晚醉得東倒西歪，一個人踏雪回營。

他甚至特地繞路到藏鋒的營帳外，小心翼翼地打量，果然，會看到
沆宸同他有說有笑，彼此之間根本沒有他人插足的餘地。

# 第二十一節

　　他微微笑著，笑意卻格外苦澀。他轉身走出軍營，走到空曠的街市。天色已晚，早都沒了行人，唯獨茶館裡的說書人還在唱著皮影戲。

　　看客只有他一人，那齣皮影戲在唱著《趙氏孤兒》。趙武的母親在丈夫趙朔死後，與叔公趙嬰私通，醜事爆出後，趙嬰被同族的趙原、趙括放逐。懷恨在心的莊姬為了替情夫報仇，在弟弟晉侯面前讒言趙家，導致趙氏一門被滅，「趙莊姬為趙嬰之亡故，譖之於晉侯」。但莊姬卻因為特殊的身分得以保存，並生下兒子趙武。自那之後，趙武被程嬰藏匿在深山中長大，代他赴死的是程嬰自己的兒子。

　　程嬰和公孫杵臼是忠義化身，前者以自己孩子的性命換取趙氏家族殘存的一點骨血，犧牲個人家庭小義，成就君臣父子的大義；後者更是捨生取義，用性命獲得屠岸賈的信任。

　　整齣戲演完了，衷贏的身上落滿了厚厚一層雪。他思慮著戲中內容，程嬰犧牲自己兒子的性命，挽救趙家公子，變成了忠義的模範。彷彿那個妻子十月懷胎產下的兒子，只是家裡一個物品，如何處置全然在於他的一念之間，父母對子女的愛，孩子作為獨立個體所擁有的生存權，全然被忠義二字掩蓋，變成了微不足道的犧牲品。沒有人問過，那個新生命的意義在哪裡，彷彿他的出生，就是為趙家公子做替死鬼。

　　可程嬰的妻子既是他的愛人，他自然會愛自己愛人與他生下的孩子，為何能做到用自己的孩子去交換主人的孩子？

　　憑什麼把活生生的兒子拿去給鬼神做獻禮？

　　是因為，程嬰心中更重視主人嗎？以至於親生兒子的性命都顯得這般微不足道。他忽然就想到了自己，想到自己為沈宸所付出的一切，想到她心中始終惦念著他人。

　　他與程嬰，又有何區別？

　　他所傾慕的女子遲遲不肯回應他提出的婚約，他將她視作人世凡塵

間最為嬌豔的花朵，他的沉宸，他的至愛，他的生命。

　　他該如何再去面對她？正如藥姑早已看穿了一般，他如今頓悟了這全部，又該如何繼續自欺欺人？

　　他回到軍營，一夜無眠，等到她隔日來尋他，他卻不知對她說些什麼才好。她困惑於他的疏遠，有些不安地問他：「大師兄，你是怎麼了？」

　　他亦不忍見她難過，可抬眼看見她的臉，他仍舊肝腸寸斷。他只對她說：「如果你我早些相遇便好了。」

　　她自然明白他話中寓意，不由地移開了眼神。她眼中的閃躲令他更加絕望，他深知自己的癡戀永遠都無法得到回應。

　　直到藏鋒染上瘟疫，她甚至不顧一切地懇求他──去送死。那一日，他很茫然，比起傷心，他反而心如止水了。他見她哭訴著，近似於哀求，她求他救救那個男子，哪怕明知他極有可能一去無回。

　　他那日的面容應是極為慘澹的，儘管傷心欲絕，他卻未曾表露出絲毫不悅。他只回想起山谷中的愉快歲月，她背著藥簍，在山間輕快地隨著採蓮姑娘的曲調哼唱，他跟隨在她身後，凝望她纖弱卻堅定的背影。

　　一直以來，都是他走在她的身後，遙望於她。她是他的羊脂白玉，通透明麗，綴在他心池，搖晃出層層漣漪。可今日，這玉裂開了紋路，硬生生地在他心口劃出了一道傷口，剜出了血肉。他好似能看到多年之後，她與她心愛的男子終結連理，親親熱熱，深情相望。而他自己終究不過是她抹在額上的一抹朱砂紅，淡淡一筆，刻不進心裡。

　　他抱著滿懷的痛楚，應下了她的請求，他離開了，離開了軍營，離開了這原本就不屬於他的國度。

　　當他再一次回到東陵的故土，他長久地站在師門山谷下，仰頭望著高高聳立入雲的白鷺城。他想到的並不是那裡有他的師父、過去，他懷念的只有同她一起度過的那些短暫卻幸福、璀璨卻泥濘的時光。

　　只可惜那些回憶都破碎了，他的心，也與之一併煙消雲散了。

　　長信到此終了，只留下最後一句：「沉宸，你不要再尋我了，你也永遠都尋不到了。我此生都不願再與你相見了，然而窮其一生，不曾悔恨，傾慕於你，迄今思之。功績尚未如幻夢，戀戀之情終不忘，若我為此而生，自當為此而死，無怨亦無悔。」

「師兄，衷贏，字……」傾慕於你，迄今思之。若我為此而生，自當為此而死。這一字一句，「啪嗒」、「啪嗒」幾滴淚水滑落，沉宸視線一片模糊。他踏著千山萬水而去，真真應了他那句「後會無期」。

他離開後的每一日，於她而言都是種煎熬，一想到他信中此生不再相見的誓言，她心中悲慟，愁苦不堪。

沉宸握緊了那張紙，折成幾折，回想起與衷贏之間的點點滴滴，她終究是辜負了這一往情深。她還記得自己即將離開藥王山谷的前幾日——那夜下起了雨，而她還在同他賭氣。只因他與藥姑訂下了婚約，她便對他避而不見。再過十天，她就要離開山谷了，她心想著與他或許永生不會再見，卻忽然聽到自己的房門被敲響。

她打開了門，見他出現在門外。大雨滂沱，他的衣衫都已濕透了，她心中雖有驚喜，可只要一想到他與別人的婚約便不由憤怒，不打算理他，欲關上房門。

「師妹。」

他攔住她，她卻冷著臉。他神色悵然問道：「你還要躲我到幾時？」

沉宸心煩起來，再一次要將他拒之門外。可他卻伸出手，用力地抓過了她的肩膀。沉宸身體瞬間前傾，他俯身壓下來，緊緊地擁抱著她。

也許他自己都忘記了，當日師門大典，也是下起了這樣一場雨。她卻是忘不掉的，那天的雨勢格外大，她隨著眾多同門師兄姊弟在臺下，望著登階誦文的他。身為首席弟子，大典上的他身著赤紅色華服，即便被雨水拍打，他也毫不在意。眼裡寫滿了悠然自得，是那般雲淡風輕卻又令人癡迷嚮往。

那一日，她全身濕漉漉的，凝望著他那韶華似驚鴻的背影，滿眼的紅色，如火一般，燎在她心上。

耳邊逐漸平靜下來，雨水的聲音小了，只剩下屋簷上掉落的積水，一滴滴，「啪嗒」、「啪嗒」……

他緩緩地放開了她，她滿眼愕然，只聽見他極為哀傷的輕聲說道：「師妹，難道你直到今日還是不明白嗎？」

她一臉茫然，像是失了魂，不知該如何去理解他的那句話。所以只能看著他落寞的轉身，離開了。

夜色極柔，雨露清冷。桃花樹的花瓣被冷風吹落，散在她的鬢上。她抬手去拂，一朵桃花便落在她掌心，沾了雨水的花朵格外美豔，她深深凝望花蕊，突然反應過來似的緋紅了雙頰，手足無措的捂住了臉。

直至今日，她才為時已晚的發現，自己早已在當年便愛上了他。然而她的這份渾然不知卻是到了失去之時，才清晰明瞭的痛徹心扉。

可憐了——

不得哭，潛別離。不得語，暗相思。兩心之外無人知。

深籠夜鎖獨棲鳥，利劍春斷連理枝。河水雖濁有清日，

烏頭雖黑有白時。惟有潛離與暗別，彼此甘心無後期。

天衍元年，新帝即位。

在經歷了這樣一場天災浩劫之後，希國的軍力直驅而下，南蜀國趁熱打鐵、捲土重來，前方戰勢告急，寂藏鋒接任父將之職，拖著初癒的病軀，帶著僅存的士兵們深入敵人腹地，孤勇而戰。

時值正月，春寒料峭，本應是喜迎春節的時節，沅宸卻終於積勞成疾了。這一年來，她救治了許許多多的士兵、病人、傷患、百姓……，可她卻無法救得了自己。

大限將至，臨終之前，軍營裡空蕩而寂寥。戰士們都已奔赴戰場，連廖軍醫都隨軍前行了。唯有小師弟何心隱守在她的病榻旁，眼角染著淚痕，他凝視著師姐毫無血色的面容，痛心問道：「師姐，你可還有何未完成的心願？若是師弟能做到的，但且告訴我吧。」

沅宸苦笑，她的身體髮膚已如枯樹一般了無生息，可她並未回答何心隱，而是反問他道：「師弟，你可有想要守護的人與物？」

何心隱皺深了眉心，違心的搖搖頭。

「沒有？」沅宸的聲音漸漸變得虛弱，連目光也開始渙散道，「那真是可惜了。」

那個時候，何心隱不知沅宸是以怎樣的心情來問出這句話的，如果時間能夠倒流回去的話，何心隱曾想著一定要去問她，「想要守護的人與物……真的存在嗎？像我這種渺小的人能夠做到嗎？我連師姐都無法守護。我明明這麼努力學醫，救得了瘟疫，救得了病痛，卻救不了勞累過度

的師姐。」

「師弟，不要責怪自己，冥冥之中，萬物萬事，皆有定數。」沅宸氣若游絲的交待道：「從今往後，師弟一定要照顧好自己。待藏鋒哥哥回營，你告訴他，不必因我的離去而悲傷，我去陪靈霄妹妹了。望他一定要珍重，要讓他替我和靈霄活著，好好的活著……」

何心隱忍不住邊哭邊點頭，答應這番話一定帶到。

沅宸眼睛中多了一絲神采，喃喃道：「師弟，我是等不到大師兄了，若有生之年，你還能遇到他，請替我向他說一句『對不起』，此生終是我負了他……」她輕聲咳嗽幾聲，何心隱等著她繼續說下去。

「師姐我曾有一願，只希望親人、百姓少些貪求與欲望，都只求果腹，而不追逐名利、聲色，家人體健、夫妻和睦、子孫滿堂、餘生平安……知足安穩，盛世……喜樂……」話音緩緩落下了，沅宸帶著一絲遺憾的閉上了雙眼。

直到死，她也再未見到衷贏，未等到藏鋒征戰歸來。除了何心隱，沒有人送她最後一程。

營外下起了雪，何心隱轉過頭，眼裡映著白茫茫的一片。他彷彿感覺不到悲傷，只覺得胸中像是有什麼東西被沅宸一起帶走了。

「生不逢時……」何心隱去握住沅宸的手，淚水滴落在她的手背，他哽咽道：「師姐，如有來世，你我再不要以姊弟相稱了。」

情不知所起一往而深，情不知所終一往而殆。

不知道過了多久，她再次睜開眼的時候，沅宸知道自己已經死了，她看見周身漂浮著許多不知去處的鬼魂，她猜想自己身在陰森的地府。

書中曾說世分清濁，平分三界，仙界、人界與冥界。人又分陰陽，生為陽，亡為陰。生前日月神州做陪襯，死後赤條條黑白接引，肉體俗胎，死後必入冥界。她記不得自己是怎麼來到這裡的，隱約回想起有黑白無常出現，將她引來了此處，想必她已進入了鬼門關，這門內兩側寸草不生，天色陰鬱，哀嚎聲不絕於耳。她孤零零地站在黑暗之中，不知自己該去向哪裡，忽然看到前方跳動起來的一盞一盞橙紅色燈籠。長而蜿蜒的隊伍在緩慢前進著，看不見尾，只有前方提著稍顯大些的燈籠身影引路，看上去是個帶著牛頭面具的人。

她本想去追趕那隊伍，卻有一縷清涼且淡的香氣便從身後飄來。她忍不住輕嗅，好香……，帶有一絲惆悵的清冷，就像是在呼喚著誰。香氣越發濃厚，沅宸覺得身後有腳步聲，她困惑的轉身去看，身後不知何時站著一位面如冠玉的男子。他身著碧色暗紋錦衣衫，領襟上繡的紋路異常豔麗，而他本人的氣質卻疏遠冷淡，看得出是個站在繁華頂端的人。

　　他是誰？見沅宸盯著自己，他眼神微微一動，彷彿一眼便看完了沅宸的生前。隨即，他眼底有悲傷傾瀉而出，他對她道：「你在人世歷經了浩劫天災，實屬不易，若儘早投胎，我願為你尋個好人家，免受苦難。」

　　她聽不太懂的皺起眉，忽然覺得身上衣服大了些，低頭去看，袖子長出一大截，便喃喃自語道：「上一次回到了十五，這一次難不成要回到十歲了不成？」

　　這樣說完，她的身體忽地一下子消散，只留下十五歲時的衣衫。

　　他則沉聲嘆息，並無驚色，而是隨著她消失的方向走去，逐漸映入眼簾的是冥界的地獄之火。火焰吐露著蛇一般的信子，它們洶湧的噴濺而出，他轉過眼，可以感受到她魂魄的去處。

　　悲鳴聲、哭泣聲、哀嚎聲、怨恨聲……，那些生前「死」在她手上的冤魂在糾纏著她，如枷鎖一般纏繞著她，令她腳步沉重。正是因為她自認罪孽深重，滿懷心結，才會惹得怨魂紛紛襲向她。

　　她在火海中孤獨站立，怨魂們扯著她的身體，她緊鎖眉心，不過是十歲出頭的模樣。怨魂之中有同齡的幾個孩子在推搡著她、嘲弄她、辱罵她是「遺孤」，她的眼中蘊藏著怒氣，一把抓起地上的石頭砸向他們。慘叫聲響徹四周，她險些砸死了那幾個孩子，人們的斥責、謾罵，令她沉默的聆聽。然後她滿不在乎的轉過身去，容貌退化成了更小的年紀。

　　這次只有六歲。

　　每遭遇一次傷害，她就會將自己緊緊的關進一個密不透風的匣子中。心靈在逐步退化，連同靈魂一起。可是當她背過身去的時候，沿途留下了一地的黏稠血跡。「滴答」、「滴答」，她的身與心在血流不止。

　　他眼中滿是憐惜。

　　角落裡，她將自己縮成小小的一團，抱住膝蓋蹲坐在地上，以此來逃避現實帶來的種種迫害。他走到她的面前，年幼的女童抬起淚眼，他微

微弓下身來，對她輕聲道，「你可願投胎轉生？」

女童神情陰鬱的垂下頭。

他便向她伸出手，「若是不願，便跟我走吧！」

「你能帶我去哪裡呢？淨土真的存在嗎？」女童搖頭道，「我累了，想要休息，不想再去救人了，也不想再去抉擇誰人生死了。你也離我遠一點吧！我不想傷害任何人，也不想被任何人傷害了。」

他遲疑了一下，最終低聲道：「你遭遇過的事情都已結束了，凡塵的俗世再不會煎熬著你，至於我，在這冥府之中無人可傷及我，因我是冥帝和墨。」

女童帶有一絲怯色的抬起臉，她詫異的看著他。

和墨的語調緩緩入心，沉沉如湖水，無波無瀾，卻驚起心浪，他道：「天無以清，將恐裂；地無以寧，將恐廢；神無以靈，將恐歇；谷無以盈，將恐竭；萬物無以生，將恐滅；候王無以貴高，將恐蹶。故致數譽無譽，不欲琭琭如玉，珞珞如石。若你明白這其中道理，留在我這地府之中也未嘗不可。你眉心有一抹朱砂疤痕，便於地府之中做孟婆吧！」

奈何橋，忘川水，黃泉路，孟婆湯……，淚水從女童的眼中滑落下來，她望向冥帝，終於點了點頭。

自那之後，沉宸成為了冥府的孟婆。她盡忠職守，整日熬著帶有清幽藥香的孟婆湯，為踏橋而來的眾鬼遞上一碗，看著他們一飲而盡，忘卻前塵，她似乎便因此而感到內心安穩。漸漸地，她遺忘了自己曾經作為沉宸的時光，連同那些過往都埋藏在靈魂深處，不願憶起。

每逢中元節到來，鬼門大開，人市鼎沸，朱紅色的燈籠連成蜿蜒婉轉的小路，樣式奇特的花燈順著河水靜靜沉浮，夜空中綻放朵朵絢爛煙花，街市上車水馬龍，孟婆總是坐在橋頭上，觀望這太平盛世、人間美景。

姑娘公子們結伴從她面前嬉笑而過，誰也看不見橋上坐著的孟婆，而她也只想靜靜觀賞這熱鬧景象，從不在意是否還有人記得也曾流連過人世的她。這邊的少女在放者紙船，許願自己的如意郎君可以金榜題名。那邊的癡心男兒將籤文掛在常青樹上，祈求上蒼保佑他的心上人與他兩情相悅。老婦帶著孫兒一起放飛紙鳶，上面墜著希望征戰中的父親平安歸來的心意……。也有一大一小的兩名孤女提著花籃，穿梭在人群之中，

可憐巴巴地唸著：「官人老爺，買枝辛夷花吧！」

辛夷花……

孟婆循聲望去，只見那兩名孤女約莫十歲和七歲的模樣，衣衫襤褸，面容髒亂，各自提著一籃嬌豔的辛夷花在拚命地叫賣著。孟婆回想起了許多往昔，她的眼神中洩露出一絲深厚眷戀，偏偏牛頭和馬面在這時喳喳呼呼地出現在她身邊，爭搶著為她獻上冰糖杏兒糕、粉蒸糯米菱角。

孟婆心不在焉地接過他們的「貢品」，眼神還在盯著那對孤女。終於，她忍不住追上她們，剩下牛頭和馬面自顧自地吃著手上小食。

「牛頭，你有沒有發現這位孟婆姊姊總是心緒滿懷的？」馬面用胳膊戳了戳牛頭，神神祕祕地嘟囔。

「有嗎？不覺得，你想太多了吧？」牛頭顧著吃美味，隨口附和。

馬面氣道：「我說有就有！總之就是有！」

這邊的兩鬼還在吵嚷，那邊的孟婆已經追上了孤女二人。可她快要接近她們時，卻又遲疑的停住了。孟婆一臉悵然地目送著那對孤女相互挾持著下了橋，再看不見蹤影了。唯有一朵辛夷花留在橋面，孟婆俯身拾起，撚轉著花枝若有所思。身後傳來林冉冉的聲音，她正咬著油炸丸子，扛著紅纓槍，大搖大擺地走到孟婆身邊，含糊不清地問道：「這花能吃嗎？」

孟婆自然搖頭，林冉冉哼了一聲，道：「我還以為沒有你不吃的東西呢！要說你我合得來，都是吃食結的緣。」想來林冉冉這樣的暴脾氣冥府將軍，很少有投緣的女性朋友，孟婆算是唯一一個了。且在冥府之中，林冉冉除了聽從冥帝和墨的吩咐外，較為順從的人，也只有孟婆。

孟婆只是笑笑，將辛夷花收進了袖口中。林冉冉忙道：「你帶不回它的，凡塵的花草到了冥府都會化為汙泥，小心髒了你的袖子。」

孟婆笑而不語，半晌之後才看向林冉冉道：「我同你親近，並非只有你我都喜愛吃食這個原因。你舞弄紅纓槍的模樣，讓人十分驚豔，又那般英姿颯爽，紅色披風也襯得你容顏更為嬌麗。」

林冉冉覺得孟婆像是在透過自己懷念著某位故人，她倒也不介意，十分受用這番誇讚，又把手中還剩一顆的油炸丸子分給孟婆吃。牛頭馬面在這時追趕上來，指著天空對二人道：「孟婆姊姊，將軍姊姊，快看天上，是青龍星宿圖！」

孟婆與林冉冉一同抬頭去看，夜空中隱隱閃現的星宿圖層的確是蒼龍騰空的形態。這也代表——

「竟真的是。」孟婆喃喃道。

牛頭則是摸著下巴觀星道：「星宿帶動天氣，山川帶動地氣，天氣為陽，地氣為陰，陰陽交泰，天地氤氳，萬物滋生。這天上二十八宿，環天一周，著實是兢兢業業。要是有朝一日能與他們小酌一杯，倒也別有情調。據說青龍旗下的七宿要數房宿酒量最好，青丘狐族與他極為交好，改天我也要去拜訪一下狐族的同仁了。」

馬面聽著他這一串長篇大論，翻翻白眼道：「牛頭，你何時成為狐族的同仁了？尾巴長出來了嗎？且你哪聽來的亂消息，酒量最好的明明是心宿，他可是天火，天王之位！」

「哦？我怎麼沒聽過心宿擅酒？你有何證據？」

「擅酒要什麼證據？你以為人人、鬼鬼、妖妖、仙仙的都像你那樣半杯即醉不成？沒出息！」

牛頭羞紅了臉，掐住馬面的脖子叫道：「你、你說誰人沒出息！找打不成？」

馬面被掐住了脖子，還在不服輸地支吾道：「我才不怕你，說的就是你！能怎樣！」

這下可好，平日極為要好的二鬼莫名其妙的打起架來，惹得黑白無常也趕忙跳出來拉架。結果又變成了黑白無常陷進泥潭，牛頭和馬面扯出陳芝麻爛穀子的往事針對起黑白無常，又演變出一致對外的雙鬼對雙鬼的掐架了。

孟婆一臉迷茫地觀賞著這陣勢，她想起了牛頭方才送給她的冰糖杏兒糕還沒吃完，便默默地吃起來。咬了一口，呦！真酸，酸掉牙了，不好吃不好吃，扔去還給牛頭，卻偏偏砸中了馬面。這下可好，馬面認定是黑白無常搞的鬼，又去拉扯黑白無常二鬼，這場架怕是要吵到天荒地老了。

林冉冉笑岔了氣，她扶著自己的腰，眼淚都笑出來了。孟婆也覺得好笑，可更多的是感到發自內心的溫暖。

誰人道冥府恐怖無情？她卻覺得，這裡或許要比人世喜樂的多……

# 第二十二節

天衍二十六年。

蒼茫大地，萬物浮沉，玄機城城牆巍峨厚重，飛鳥難上。長風浩蕩如颶，穿過每一片栗色的瓦磚，牆門上的宮燈隨風起舞，相互碰撞著發出縈繞耳畔的幽深聲響。翠綠山腳下有小狐結伴出沒，牠們從洞中探出頭來，似在擔心人間世界的疾症是否已得到安穩？

長街市集上的行人漸漸多了些，他們不再劇咳不止，酒館的招牌也重新掛了起來。春的生機在復甦，靜默沉睡著的生靈，緩緩地睜開了眼，孤寂如死城般的玄機城內，數不清的村落裡開始燃起了嫋嫋炊煙，村民們在爭先恐後的清洗藥材、慢火溫煮、炮製藥湯、一一飲下。儘管沒人對他們許下承諾，可百姓們心中卻已有所預感：瘟疫有救了。

自孟婆與何心隱帶著救命的昊草歸來後，整個玄機城的病人們都獲得了活下去的希望。二人日夜投身在製藥、救人之中，他們奔走在一個又一個垂危絕望的病人身邊，為他們送上一碗又一碗的續命藥湯。獲救的人們一點點地痊癒，他們身上的紅斑在消退，憔悴的面容也開始出現了血色。

原本被隔離而開的親人終於得以團聚，孩子們回到了母親身邊，相隔千里的小夫妻再一次團圓，糕點鋪子的老闆開始營業，小茶館裡也出現了三五客人……。孟婆見到這般景象，不禁喜悅，她擦掉了額上的細密汗水，來不及稍作歇息，而是交代守城的督尉，讓他趕快派人尋來更多的草藥，越多的人去採藥，就會有更多的人得到救治。

何心隱想起，曾在山腳下路過一個瘟疫村，他趕忙寫下解藥藥方，並讓尋藥的士兵們將藥方帶給那村子，一來可以自救，二來也了卻他心中掛念。

孟婆所在的村子裡的村民，皆對何心隱感激涕零，住在村腳處的李阿婆本以為自己要駕鶴西去了，可是何心隱不僅餵她喝下了藥湯，還救了她全家老小七口人。她無以為報，乾枯的雙手緊緊握著何心隱哭訴道：「何

藥士，你可真是現世神醫、活菩薩啊！你救苦救難、救人救命，你會有福報的！可惜我家中貧寒，無以為報，不過我會要我的子孫們替我報答你、追隨你！」

何心隱笑著說：「在下行醫救人不求回報，醫者尊重生命，不分貧富，萬物同等，眾生一樣，救一個人便等於救下了整個凡塵蒼生。」

他這般心慈善良，不僅在行動上救治了無數的人，更在情緒上安撫了他們受創的心。短短十日，便有數個村落的村民得到了醫治。然而，染病的百姓們實在是太多了，就算何心隱與孟婆將藥方與尋藥的方式告知了許多其他村中行醫之人，甚至當今朝廷也派遣御醫出動，卻還是有許多病人來不及喝下藥湯，便病重離世了。

猶記得鄰村的藥材告急，何心隱與孟婆連夜帶著剩餘不多的草藥策馬趕去。那是鄰村的大戶人家，老爺、夫人與一雙花信之齡的女兒都是染病數日之人，他們盼著、望著解藥出現，已經等候許多時日了。在何心隱與孟婆二人趕到之時，已經有其他大夫到場救治。

可他們的草藥中缺少昊草，因此而耽誤了病情，等到何心隱趕到，將昊草交予大夫製藥，但還未配製成功，早已病重的老爺終於支撐不住，又像是好不容易等來了解藥，意識到家人終可獲救，因而心中鬆下了一口氣，總之是撒手人寰了。夫人與女兒們皆是失聲痛哭，不能自己。半炷香的時間過去，治病的藥湯製作出了三碗，分別送於剩下三人的手上。

老爺的離去令三人傷心欲絕，夫人拭掉淚跡，勸慰兩個女兒道：「你們父親其實早知自己病重垂危，憑著意念吊著一股氣，為的就是等來這救命的藥湯。只要他知道摯愛能夠得以存活，他便心中無憾了。如今我們母女三人絕不可浪費這活下去的機會，更不可讓你們父親在九泉之下還繼續擔憂著你我。女兒們，喝了吧！逝者已逝，活著的人還是要堅強的面對今後，連同你們父親的那一份，都要好生的活著才是……」

兩個女兒早已哭泣得淚漣漣，她們悲慟不已，望著一旁離世的父親，更加悲從中來。只差一步，父親還是沒等到這一刻。她們的病症較輕，喝下藥湯，自是可以病癒。又想起父親平日裡教導著要謹言慎行、珍重性命，儘管仍舊痛苦，但她們還是在母親的勸說下，喝掉了手中的藥湯。

母親見女兒們都乖乖喝了藥，她如釋重負，將手裡的藥湯還給了何

心隱，對他幽幽道：「我與我家老爺的病情一樣，都已是回天乏術了。即便喝下這藥，也是浪費藥材，不如留給病情尚輕的病人。眼前，我的女兒們都已服下了解藥，我再無牽掛，也可以安心地隨老爺去了。」說罷，她虛弱地靠在老爺身旁，終於不必再強忍著病痛了，她望著老爺，露出了一絲苦澀又欣慰的笑意。

女兒們這才明白母親的用心良苦，她們紛紛撲向夫人身邊，哭訴著：「母親不可放棄啊！您丟下我們姊妹二人，讓我們今後孤苦無依，可該如何是好？」

妹妹也懇求道：「母親，您把藥喝了吧！但凡有一線生存的希望，您也要去試才是！」

夫人艱難地抬起手，去撫摸兩個女兒的面頰，她已經病得極重。孟婆見她手背上都是潰爛的紅斑，的確是無藥可治。然而這般捨身為人的大愛也的確難能可貴，孟婆為其嘆息，聽見她對兩個女兒最後道：「天下所有父母的最大心願，就是能夠看著自己心愛的孩兒健康、快樂的活下去，母親的身子母親自己最為清楚，若是方才不哄你們喝下，孝順的你們又怎會同意母親的決定呢？不是母親不肯陪伴你們了，而是這病……早已深重，可在這外面，還有許多像你們一樣有存活機會的病人，自然要把藥……留給他們，我的女兒們，你們定要好生照顧自己……」她的聲音越來越微弱，到了最後，她伏在老爺的身上，沉沉地閉上了眼睛。

兩個女兒無法接受失去雙親的絕望，她們嘶聲力竭地呼喊著父母，跪坐在他們二老身旁泣不成聲。孟婆見此情景，眼神黯然，真是覺得人世間的遺憾與殘酷是無法避免的，妻兒分散、父子分離、家破人亡、天人兩隔……，在災難與疾病的面前，肉體凡胎實在是脆弱而渺小。即便是對生死早已司空見慣如她，也還是會在這一刻感到心緒悲傷、百味雜陳。

她不忍再停留於此，緩緩轉身，走了出去。何心隱察覺到她的異樣，便也將手中的藥湯交給了其他大夫，隨孟婆一同到了外面。

庭院裡空蕩蕩的，花園裡也早已無人打理、寸草不生了，孟婆獨自站在花園前，還未等何心隱詢問她，便有一名小廝模樣的男孩跑到二人面前，「撲通」一聲跪下，磕起頭來。

孟婆面露驚色，急忙要去扶他起來，小廝卻執意不肯，實打實地磕完

十個響頭之後，他抬起磕出血的頭，感激地凝視著孟婆與何心隱道：「二位恩人，阿傳謝過何藥士、孟姊姊半月前的救命之恩。」

何心隱率先認出他來，不由欣喜道：「阿傳，竟真的是你，如今你在這戶人家中做工嗎？那可真是太好了，你日後也有依靠了。」見孟婆眼裡有詫異，何心隱便同她小聲道：「半月之前，你我採藥回來救治的第一批病人中便有阿傳，他全家都染了病，但喝下藥之後，只有他一個人活了下來。」

孟婆想了起來，她再看向阿傳，只見他面容清瘦，且秀麗如女子，真與當日狼狽而憔悴的模樣判若兩人了，也難怪她一時沒有認出他來。

她對阿傳的印象其實是格外深刻的，因為全家十幾口死於瘟疫的並不多，而阿傳是家中唯一的生還者。他喝下藥湯的那日哭得極慘，觸目驚心的，嗓子都哭喊出了血。

孟婆曾以為他那是對好不容易得來的新生的感激，也認定他從此會好生活著。可如今，他卻伏在地上，頭低得不能再低，整張臉都貼在冰冷的石磚上，聲音是那般絕望而悲涼，他道：「何藥士，孟姊姊，那日匆忙，未曾道謝，阿傳心想著有朝一日一定要找到你們二人，當面謝過，這樣阿傳才能了卻最後一樁心願，也能了卻凡塵牽絆了。」

孟婆皺起眉，她察覺到了不妙，便問他：「阿傳，你怎說這般奇怪的話？」

阿傳的語氣顫顫巍巍，他痛苦的說：「阿傳的爹、娘、祖父、祖母、外祖母、外祖父、兄弟姊妹共十七人染病而死，阿傳在這世上已無親無故、無友無念。只有阿傳一人活著，阿傳心覺對他們有愧，阿傳何以有資格享受這美食美景？又何以能夠高枕無憂的獨自苟活？這半個月來，阿傳每日都會夢見爹娘他們，夢見從前幸福的時光，更夢見大家團聚在九泉之下，好一番快樂景象啊！唯獨留下阿傳在這人世，實在太悲涼、太孤單了，美食美景都顯得無滋無味了。阿傳想爹娘，想兄姊，日想夜想，阿傳覺得再不能獨自苟活了，這痛苦、愧疚和對今後的恐懼折磨著阿傳，比那瘟疫更痛一百倍、一萬倍，阿傳再也受不住了。」

孟婆露出無措的眼神，何心隱也十分擔憂，他在心中責怪起自己太疏忽了，竟忘記阿傳已無半個親故，必定會在病後產生解不開的心結，他

應該多去開導他、勸慰他才是。可他一直忙於救治其他病人，到底是忘記去幫助那些在病癒之後，還要同另一種「心病」戰鬥的人們了。

「阿傳心裡想著，只要向二位恩人道過謝，阿傳便再沒有絲毫的遺憾。」阿傳忽然抬起臉，對孟婆與何心隱展現了一個極致喜悅、感激的笑臉，他笑著道：「孟姊姊，何藥士，你們二人是阿傳的再生父母，阿傳感激你們二人給了阿傳半月的新生，可阿傳……阿傳還是決定把這命還給你們二人了。」

只不過就是在一眨眼的功夫，阿傳從袖裡掏出了一把匕首，毫不猶豫地插進了自己的胸口中。那一刀狠絕淒厲，正中要害，鮮血噴湧而出，阿傳倒在血泊裡，卻是帶著微笑。孟婆震驚、恐懼、難以置信地走向阿傳，她俯下身去查看，阿傳已經沒了氣息。孟婆久久不能平靜，她能做的，只有顫抖著手去合上他的眼睛。

何心隱要比她冷靜得多，他只是悲痛地長嘆一聲，然後扯掉衣衫上的白色布料，走上前去蓋住了阿傳的臉。

「我們救得了他的命，卻難以救他的心。」何心隱悲聲喃喃道：「很多人都是這樣的，寧願死去也不願在失去親人的土地上獨活。在下……多少能夠理解阿傳的心思。」

孟婆囁嚅著嘴唇，良久不語。何心隱起身走向她，勸她道：「走吧，孟姑娘，我們都盡力了。」

孟婆失聲反駁道：「救人救得這般不徹底，談何盡力？」

「各人有各人的癡執，行醫救人者，難免要接納死者帶來的遺憾。在下改變不了，你自然也改變不了，冥冥之中，自有天意。」何心隱的語氣很平淡，彷彿早已看透了一切，也接納了一切，因這是無力改變的一切。

孟婆卻不似他那般通透，也許她始終都不曾放下過前世的癡執，即便到了今日，也還是會為她所不能改變的事情而痛心。

正如冥帝和墨總會點撥她的那一句「歸根曰靜，靜曰復命，復命曰常，知常曰明」，萬物歸集回它的根本是謂清靜，清靜是謂復歸於生命，復歸於生命便成自然，識得自然可謂聰明。思及此，孟婆也只能悲傷地閉上眼，轉身隨同何心隱離開了。

類似的遺憾在救治過程中也時而會遇見，只是隨著軍隊參與採集藥

草，人手逐漸充足，越來越多的病人都得到了救治，這些痛心的遺憾之事也漸漸消失。

只是孟婆仍舊忘不了阿傳臨死前的那個眼神，那不是畏懼死亡的人，而是擁抱死亡的人。旁人都在爭先恐後的求生，可偏偏也會有阿傳那樣的人，也許這世間的確沒有任何事會比失去至親更為痛苦了。孟婆輕嘆。

那之後，又過去了一段時間，何心隱所在的村落裡的病人，都已得到了有效的救治，除了那些病重之人。眼前，只有寥寥幾人還未康復，其中便有一位待產的婦人，那日婦人的丈夫徐生，急匆匆地來尋何心隱，求著何藥士去他家中救救他妻子。

何心隱顧不得尚未喝完手中的稀粥，背著藥箱趕了去。孟婆擔憂他，便也急急追上他。徐生的妻子趙氏從昨夜開始便開始肚子疼，可是她身染瘟疫尚未得到救治，一家人都不知所措，生怕生出來的孩子也會染上病。但是總不能不生，於是這天一亮，徐生便來求助何心隱了。

徐生緊張地絮絮叨叨道：「我們全家都染了病，多虧何藥士前幾日帶來了藥湯，現在幾乎都已病癒，可我老婆怕影響腹中孩兒，便遲遲不肯喝藥。昨晚她疼得厲害，我們實在束手無策，何藥士，胎兒會否被他娘的疫情傳染上啊！」

何心隱忍不住輕聲斥責道：「人命關天，還在擔心藥湯會影響腹中胎兒，實在胡鬧，不喝解藥才危險！而且沒人能保證胎兒會否被傳染，你只想著孩子卻不考慮產婦，豈非糊塗？」

徐生拍打著自己的臉，直道自己糊塗，糊塗至極！孟婆在這時提醒徐生，何心隱雖是大夫，但不是產婆，是幫不了生孩子之事的。徐生忙說產婆已經等候在家裡了，只是想著何藥士再來幫趙氏製一碗藥湯，再者就是查看生出來的孩子是否有感染跡象。

三人這邊說著，已經到了徐生家中，孟婆跟著走進屋內，只覺一股子腥味撲鼻而來。草屋裡十分潮濕悶熱，趙氏在產婆地鼓舞下已經開始生產，全家老少見到何心隱來了，就像看見救星一樣撲過來：「何藥士，你可總算來了！」

何心隱安慰他們別急，眼前只需等孩子平安降生。他又要孟婆出外等候，他心細，說女孩子家不可見此場景，他一人製出藥湯即可。孟婆自

然不想給他添亂，便答應了，她走出草屋，透過窗子，仍舊可以看到趙氏產子的過程。趙氏本是亭亭玉立的女子，嫁做人婦後從珠玉變成了魚眼，操持家務，生兒育女，為人妻、為人母著實不易，孟婆見趙氏滿頭大汗、表情痛苦扭曲，卻還能難得地保持著清醒，對何心隱道：「何藥士，勞煩你儘快製作出藥湯了，我彷彿看見孩子身上有紅斑⋯⋯」

何心隱的汗水順著臉頰滑落，他也十分焦急，擔憂會錯過救治的最佳時間。孟婆更是心焦，等候的時間太漫長了，撕心裂肺的叫聲迴盪於耳畔，她緊緊地握著手，不忍再看。彷彿是過了一百年那般的時間，產婆終於叫道：「生了！生出來了！」可是孩子脫離母體，在產婆的懷中卻沒有絲毫聲息。

趙氏露出絕望的神情，何心隱當即剪斷臍帶去打量孩子全身，不由鬆一口氣。並非感染，那紅斑只是胎記，然而孩子死閉著雙眼，趙氏虛弱地唸叨著：「這是命⋯⋯」

下一刻，孩子忽然在何心隱的懷裡發出一聲清脆的啼哭，眾人皆歡喜起來，徐生忙湊上前來幫過孩子，他喜極而泣，同趙氏道：「是個女兒，老婆，長得像你，漂亮得很哩！」

孩子放聲大哭，趙氏的淚水止不住地流淌。何心隱為她遞上一碗藥湯，安慰道：「你是位了不起的母親，正因你頑強與病魔抗爭，孩子才沒有感染。如今你已順利誕下孩兒，快服下藥湯吧！一切苦難都結束了。」

趙氏感激地接過了藥，孟婆在屋外注視到這一切，心中不由動容。

嬰兒的哭啼聲彷彿掃去了玄機城內的所有陰霾，新生接替了死亡，疾病消逝在昨日。孟婆忽然覺得臉上很濕，抬手一碰，竟是流淚了。歷經數不盡的死亡、伴隨經久不散的哭喊，這一切來之不易。

徐生還在不停地向何心隱表達感謝，何心隱卻悵然道：「在下也不過是效仿故人的所作所為罷了，同她當年相比，在下只是盡了一些棉薄之力。更何況，要不是有那位孟姑娘一直幫助在下，想必解藥也不會這麼快就尋到。」

徐生忙道：「之前我就總聽何藥士提起那位故人，我雖是村野莽夫，可也能明白何藥士對故人的牽掛，不知故人可還安在？」

何心隱苦笑著搖了搖頭，沉聲道：「她已病逝多年了。在下所作的

這一切都是秉承她的意願，更是想為她積攢福報。」

徐生不好意思地撓了撓頭，道歉道：「真是對不住，何藥士，我沒想提及你的傷心事。我以為總和你在一起的那位孟姑娘就是你尋到的故人呢，可對不住了。」

何心隱怔了一怔，半晌過後，他意味深長地道出：「孟姑娘與在下已逝的故人的確有幾分神似，有時候在下會有種錯覺，同孟姑娘在一起就仿若是和在下的師姐重聚了，唉！實在是在下癡心妄想。」他這說話的神色極為哀傷，牽動著屋外孟婆的心。

她轉過頭，垂下了眼。

在回去的路上，孟婆與何心隱都沉默無言。許是村落的病人都得到了救治，令二人心中巨石逐漸放下，又許是各懷憂思，不知與誰人說。路過溪水池邊，遠遠地就看到無痕眉開眼笑地跑了來，她撲到孟婆身邊開心地笑道：「孟姊姊，何藥士，無芯喝藥之後，睡了兩天兩夜，今早終於醒了。她不僅退燒了，紅斑也消退了不少，堅持服藥數日，定能痊癒！」

孟婆微笑著摸了摸她的頭，明白她的喜悅之情。如今，這一場瘟疫終於告一段落，非但無芯得到了救治，整個城池的病人都得救了。

此時，有一隻小狐狸悄悄地從溪水對面的草叢裡鑽了出來。牠通體的毛髮是金色的，唯有兩耳與四足玉白，可尾上有傷，傷入骨中，幾乎斷尾。牠小心翼翼地舔舐著清水，忽然感覺到對面的三人，顫巍巍地抬起一雙朱紅色的眸子，美豔絕倫，令孟婆與何心隱都看得出神。

可牠「嗖」地一下就跑掉了，消失的無影無蹤，像是極度恐懼人類。

# 第二十三節

牠怕是曾經遭受過來自人類的傷害，孟婆情不自禁地唸出一首詩：「有狐綏綏，在彼淇梁。心之憂矣，之子無裳。有狐綏綏，在彼淇厲。心之憂矣，之子無帶。有狐綏綏，在彼淇側。心之憂矣，之子無服……」

無痕困惑地問：「孟姊姊，這是什麼詩？講的是什麼？」

孟婆望著她，回答道：「這是一首情詩，講的是有狐在溪水岸旁低語：『我的心裡真憂愁啊！因為牠的身上沒有衣裳，我恐牠著涼、恐牠發慌。』」

無痕斟酌著孟婆話裡的含義，若有所思的樣子。何心隱則望著狐消失的方向一聲喟嘆，道：「這隻狐從瘟疫爆發開始曾出現過一次，後來便不見去處了，如今又出現，尾巴卻受了傷，也十分害怕人類，不知是不是受了虐待。」

孟婆道：「弱肉強食，這些弱小生靈存活於人世，本就不易，若是能遇見心善之人加以憐惜還算造化，若是不能，也是命數。」

「狐本是具有靈性之物，歷代帝王也與之交好。」何心隱看向孟婆和無痕，嘴角含笑道：「據說希國的開國皇帝是一位女將軍，是她建議首領把都城合併統一，也保護了整個國家的百姓，和狐族有不解的淵源。」

在希國還不叫希國時，在幾百年之前，還只是眾多部落結合成的都城，曾經有一位叱吒風雲、能文能武的女將軍。那名女將軍姓雲名希，出身貴族，表兄是都城的首領，而她遵照家族使命繼承衣鉢，成為保護都城的大將。她在戰場上總是衝鋒在前、英姿颯爽、驍勇善戰，即便是在被敵軍偷襲的圍剿之下，她也可以一己之力衝破千軍萬馬的重重包圍，斬殺主將，站在萬人堆積成的屍山上，高舉主將頭顱，令敵兵們無不紛紛歸順。

可是她性情正直強硬，誓死不順從「狐仙」的規矩。都城建立初期，受到過狐仙的幫助，而狐仙提出的要求，便是在每年由雲氏送上活人祭品，以此來繼續求得狐仙賜福的風調雨順。然而雲將軍上任之後，卻不肯

執行這種無理的要求，從而惹怒了狐仙。狐仙發怒，擰折了雲將軍部下的脖子，讓都城旱了半年，又降病給全城百姓，命雲將軍年底之前必須獻上貢品，否則就要屠城。

三千世界，自有成規，即便雲將軍守護都城多年，立有汗馬功勞，可與仙魔相鬥，實在是以卵擊石。全城的百姓都懇求她順從狐族，連身為首領的表兄都對她好言相勸，只是她絕不允許狐族在自己的都城中肆意妄為，她堅決不從。

無奈之下，首領只得尋來一位道士為都城求雨。道士相貌年輕英俊，長著一雙鳳目，據說是外地人，姓胡。胡道士同雲將軍約定，假設他求雨成功，雲將軍便要聽他一言。

雲希本不信邪，可胡道士當真向上天祈求來了一場大雨。既然如此，願賭服輸，雲希問他有何要求自己的事情，胡道士只說希望她允許自己護她身側足矣，直到年底。雲希允了，可她不認為自己需要任何人的保護。

胡道士告訴雲希，真正的仙人是不會為難凡人的，只有冒充仙人的妖才想壓榨凡人。那被歷代將軍們侍奉的狐仙並非仙人，既不能帶來福祿，也不能保佑將軍們征戰，只是一種邪惡的妖神。

她同胡道士道：「我身為都城大將軍，自是不會任由他人擺布。我本以為他是仙人，我等身為凡人必定要尊他，大不了接受懲戒便是了。可他卻是冒充仙人的妖神，我又怎可讓他隨心所欲呢？」可雲將軍太輕敵了，她竟然衝去山中尋找狐妖，要討伐他。

狐妖大怒，頃刻間降雪、冰雹懲戒都城中的百姓，又喚來百鬼去城中食人，原本繁華熱鬧的街道，在頃刻間便成了一片猶如血海的地獄景象。雲將軍沒想到會危及自己的百姓，狐妖在這時現身，雲將軍舉起手中的長槍質問他，狐妖卻道她自視甚高、太過高傲，身為都城將軍，卻不肯遵守承諾獻上貢品，又敢揚言來討伐他，不得不誅。

雲希不服，舉刀相問：「你既是妖神，又憑何榨取凡人貢品？都城繁華你又有何幫襯？謊稱仙人，無為卻邀功，你才是罪無可恕！」

狐妖震怒，大喝一聲，雷電交加，要將雲希置於死地。恰逢此時，胡道士趕來，他化作一匹九尾天狐與狐仙交戰，原來他竟是狐妖的長子，因看不慣父親作為，與之產生分歧。

可胡道士並不是狐妖的對手，廝殺幾個回合後，終是敗下陣來，雲將軍擔心他安危，狐妖卻道：「人與人之間有規矩，妖與妖之間有禮數，父子之間也絕不姑息。」

是啊！胡道士自然也是知道的。可禮數規矩這種事，又怎能和「情」字相提並論呢？他求狐仙，問道要如何才能放過雲將軍。

可雲希破壞了歷代的貢品規則，必將受到懲罰，這就是規矩。最後看在胡道士是自己骨肉的份上，不怪他迷戀凡人，決定放過雲希，作為交換，都城的百姓必須經歷一場瘟疫，十戶去二三，而她所守護的盛世也將不復。否則，她必死無疑。

為了一個人，要犧牲全城十戶之二三。胡道士自當同意，有何不可呢？全天下的凡人死掉，也好過雲希一死。

雲希卻沉默了。

她望向高殿之下，透過烏黑雲層，她彷彿能夠看得見痛苦悲叫的百姓，被病魔啃食的孩童，以及遍地的屍體與白骨……，她身為都城將軍，自當是要保家衛國，哪怕是捨棄性命。於是，她舉刀將刀刃逼向自己的頸項，就那麼輕輕一劃，劃破了動脈的血管。

雲將軍自刎殉國了。她選擇用自己的性命來換回都城百姓的安穩，為了大義，犧牲小我，有何不可？至此，狐妖如約放過了整個都城。而都城的首領為了紀念雲將軍，便將她奉為了開國皇帝。都城由此將各個分散的部落合併，以其芳名成為了希國，由雲將軍的表兄做了第二任皇帝。

至於胡道士，他繼承了父親的位子，成為了新的狐族首領，可他卻沒有選擇在位，而是將自己的一身修煉，積累的功德福澤，灑照在希國上空，庇佑希國百姓風調雨順，之後便隨同雲希將軍一起入了黃泉。

後來大家才得知，雲希六歲時，隨父親叔叔們上山圍獵，大家發現一隻渾身雪白的幼狐，想將其射殺，拿來做手套，送與將軍夫人做生辰禮物。那隻幼狐被眾人團團圍住，想將牠生擒剝皮，方可保留完整的皮毛。

雲希見其中一位將領，搭弓準備將幼狐一隻爪射穿在地，讓其無法逃離。正在這時，年幼的她不知哪裡來的勇氣，喊著：「別傷牠性命。」便衝上前去將身子護在幼狐身前，但箭已離弦，那一箭竟將雲希的左肩射傷，鮮血噴了出來，那隻雪白的幼狐渾身上下皆是雲希噴射出來的血液。

眾人皆驚作一團，趕忙將雲希帶回城中救治，放了那隻被嚇得在原地瑟瑟發抖的幼狐。

自此之後，那隻幼狐每月裡總有幾日會偷偷爬到雲宅的屋頂之上，看著雲希的閨房，看著她的身影，聽著她銀鈴般的笑聲，直到房中燭火熄滅，方才戀戀不捨的離去。

直至成年時，見到雲將軍加冕成為都城大將，被她一席紅色鎧甲迷住了心神，自此願跟隨她身側。

據說在雲將軍的墓碑上，刻著這樣一行字，是胡道士離去之前刻的：

吾願為你刃，劈山破地；吾願為你盾，抗妖抵神；

吾願與你共入輪迴，共墜忘川，共生，共眠。

這一折故事盪氣迴腸，何心隱講完後長聲嘆息，孟婆與無痕則是久久不語。

「開國女將固然癡執，也是這份執著才得以與不公抗衡，才得以保家衛國，胡道士又何曾不是呢？癡心傷己，執念勞心。」何心隱話中像是有所暗示，孟婆側眼望向他，見他目光沉沉，仿若陷入他自身的癡執之中。

「將軍百戰死，壯士十年歸，女將軍為國身死，實在壯烈。若……」孟婆沒有再說下去，她只是想到了曾經。未說完的話則是：「若靈霄還在世，定會同那位女將軍一樣，會成為一位了不起的孤勇名將。」

無痕在這時扯了扯孟婆的衣袖，她對孟婆道：「孟姊姊，無芯已經獲救，無痕尚且還有一願未了。」

孟婆問道：「何願？」

無痕的眼中有些許哀色，可很快便堅定道：「或許這也是無痕的癡執吧！無痕想尋到父親。」說罷，無痕取出自己一直繫在手腕上的長總鈴鐺，大小不一，共有三顆，她道：「據母親說，這是父親留給我的，憑藉著此信物定可找到父親……」

孟婆的目光落在那鈴鐺上，早在與無痕來到這片故土時，她便看出了那鈴鐺的主人究竟是何人。終究是躲不過去啊！孟婆不由哀從中來，表情複雜。

何心隱聽聞二人對話，喚了一聲孟婆，孟婆轉頭看向他，聽他悵然道：「孟姑娘，恐怕要就此別過了。」

孟婆望著他，眼神中有不捨與留戀，最終只道：「何藥士，你我定能再會。有一句話本不當講，但恕我不顧那禮數，就直言了，我看何藥士早已到了娶妻生子的年紀，雖然眾生苦難，但是也不該耽誤人倫之常，整日這般形單影隻，也不是長久之事。」

　　何心隱苦澀一笑，看著遠方有些茫然道：「人生既漫長又苦短，我心中的女子早有他人，原本只是期許愛慕之人能夠幸福，能常伴她左右即可。可惜她芳年早逝，之後幾十載寒暑，竟未曾遇到過任何動心的女子。既然如此，寧缺毋濫，只期望能在有生之年，再遇大師兄，將師姐臨終之言轉告。多些救治苦主，也為我愛慕女子多積累福報功德……」

　　孟婆一聽，心中一顫。在世時總覺得何心隱如弟弟般親近，他總愛圍著自己打轉，卻不想那十多歲的少年已然有了自己的心思。只是這份心思，過了這麼多年依舊放不下，竟成了一份心魔，執著至此。

　　何心隱收斂神情，有些恍惚的說道：「這番話從未與人提及，不知為何與孟姑娘相識雖淺，但是覺得內心之言皆可吐露，這也是我的事。讓孟姑娘見笑了，還請孟姑娘珍重。」

　　孟婆點頭道：「何藥士亦是。」

　　何心隱翻身上馬，從孟婆與無痕的身邊經過，再沒有回過頭。前路漫漫，青草萋萋，孟婆目送何心隱漸行漸遠。在她眼裡，何心隱的背影如同當年那般瘦弱年少，她只能在心中無限眷戀地喚他：「小師弟，珍重。」

　　我住長江頭，君住長江尾。今朝今日，當真已是恍如隔世。

　　緱山仙子，高情雲渺，不學癡牛騃女。

　　鳳簫聲斷月明中，舉手謝時人欲去。

　　客槎曾犯，銀河波浪，尚帶天風海雨。

　　相逢一醉是前緣，風雨散，飄然何處……

　　臨近黃昏，孟婆離開了村落，可是身後總有跟隨她的腳步聲，她回頭去看，見是無痕倉惶地想躲。孟婆嘆息一聲，走向無痕道：「無痕，不是說好了我獨自去尋你的父親嗎？你只管在村子裡陪伴無芯，一旦找到，我便會施法將你帶去父親身邊的。」

　　無痕擔心道：「可是前路漫漫，孟姊姊孤孤單單，我同行是想要路上與孟姊姊作伴，也怕會出現閃失，無痕不想孟姊姊有危險……」

如此被人關心，孟婆露出了久違了的驚訝神色。想來她在冥府多年，早已見慣了生死，牛頭馬面、黑白無常等眾鬼又十分尊敬她，就連冥帝與林冉冉也從不會擔心她的安危。她是孟婆，沒有人能輕易就傷害到她，她並不是身軀柔弱的人類了。可無痕卻將她視為凡人，跟無痕自己一樣的凡人，這反而令孟婆感到溫暖，不禁感慨地俯下身，摸了摸無痕的臉頰，輕聲細語道：「無痕忘記了嗎？孟姊姊是鬼啊！鬼不怕孤單，也不會染病，你只管放心的等候，我定會找到你父親的。」

無痕還想再說什麼，孟婆已經施了法，從無痕的面前消失了。

望著空蕩蕩的周遭，無痕明白孟婆是希望她不要再追隨了，儘管失落，無痕也只得乖乖地返回原路了。她一步三回頭地顧盼，祈禱孟婆能夠平安，也祈禱她真的可以找到自己的父親。

離開了玄機城，孟婆施法來到了南蜀國。

她站在高山之上，俯瞰著這片偌大的疆土，極具富饒卻充斥著一絲魑魅詭異的城池，還有那一座屹立在中心地帶，高聳進雲巔的千層塔，孟婆瞇起眼，心想，怕是玄鳥都飛不上那塔尖吧！不料身後傳來守衛腳步聲，她不想惹麻煩，便借著傍晚的黯淡離去了。

南蜀國的守衛果然如傳聞一樣密不透風，連高山上也不乏精英士兵。孟婆一路踩著野花下山，待她來到主街，還未停留片刻，便察覺到不遠處的人群中起了騷動。

有一列威武的儀隊途經於此，孟婆走近，看到一輛富貴的宮車正緩緩而來，百姓紛紛退避，無不敬畏。孟婆只抬眼看了一看，見領頭的女官騎著高頭駿馬，共四名，皆是環繞於宮車。那車被裝點得格外雍容華麗，鎏金鳳紋的車簾上繡著金絲線，經風攜雨來，吹起了簾子一角，露出了車內女子的曼妙容顏。

雖然上了年紀，但仍算是個美人。孟婆想。

周遭百姓此時議論道：「皇后娘娘很久不曾出行此街了。」

「自從皇太后臥病以來，她去道觀中祈福，足有整月了，也是到了今日才出觀返回宮中去。」

「休得再提皇太后了，如今她病著，皇上才能暫且脫離她老人家的垂簾聽政。唉！南蜀江山可不能再易主了啊！」

看來南蜀的國王是個傀儡擺設了。孟婆心中輕嘆，又覺不宜久留，打算離開時，忽聞「啪嗒」一聲輕響。

她循聲而望，只見宮車後遺落了一繐銀鈴。

孟婆踱步過去，俯身拾起，穗子是絳紫色，銀鈴鐺看上去是十分光潔，許是整日擦拭的緣故。

宮車停了下來，女官策馬回來，居高臨下的命令孟婆道：「大膽刁民，還不快快交還銀鈴。」

看來是那位娘娘遺落下的。還未等孟婆物歸原主，那邊便傳來柔弱卻有力的聲音：「阿柳，休得無禮。」

「娘娘……」女官阿柳見皇后已經走下宮車，趕忙下馬行禮。

被兩名女官攙扶而來的皇后娘娘母儀天下，她身著鵝黃色華裙，面頰紅潤，柳眉下鑲著一雙桃花眼，唇紅齒白，耳墜金玉，眉間還有著一絲英武之氣。

她美目停留在孟婆臉上，有點驚奇的，輕笑著數落阿柳道：「真是個眼拙的阿柳，這哪裡是刁民了？分明是位難得一見的美麗姑娘。」

阿柳聞言才驚覺自己尚未好好打量孟婆一番，立即側眼去看，剎那間緋紅了臉，誠實道：「的……的確如娘娘所言，姑娘美得令我自慚形穢，是阿柳莽撞了。」

皇后則是面向孟婆，道：「有勞姑娘了，銀鈴……」話到這裡頓了頓，隨即又道：「便送與姑娘了。」

孟婆推辭道：「既是娘娘貴重之物，民女理應奉還。」

皇后眼裡含笑，是十分婉轉優美的眼波：「這銀鈴今日被姑娘拾去，便是它選了姑娘，銀鈴也通人性，遇見有緣人不易，就請姑娘收下吧！無論何時提它來入宮都可暢行無阻，見它如見本宮，宮裡人都是明白的。」

孟婆凝視著她，臉上笑意嬌俏又清俊。再低眼去看，銀鈴上的後方有一抹汙黑之色，孟婆便淡然一笑，道：「那恭敬不如從命，多謝娘娘。」

到了傍晚時分，孟婆帶著皇后送給她的銀鈴，安然無恙地通過了南蜀國內一道又一道的宮門，一來是這銀鈴串確實大家都認得，二來是孟婆施了儡人心的法術，從宮門衛士到侍衛都像失魂一般，任憑孟婆進入。甚至在見到皇宮宮女時，她拿出銀鈴，說自己要見皇上，宮女便恭敬地為

她引路。可見這銀鈴，的確是有如皇后親現。

到了皇上的御書房，宮女們為孟婆讓出一條路來，道：「夫人，這便到了，請隨奴婢入殿。」

孟婆頷首，宮女們躬身離去。她踏入大殿時，腰間繫著的紫色玉佩隨她的動作而晃了幾晃。

御書房內富麗堂皇，色調是鎏金與赤紅，大殿中央有座青玉案的水罈，其中只養著一條金鯉，顯得孤寂。

再往前走，引起孟婆注意的是半尺處立著的一座龍鳳屏風，有身影正坐在屏風後批閱奏摺，孟婆一步一步緩緩地繞過屏風，來到了他的面前。

殿內極靜，連呼吸聲都清晰可聞。

戲裡曾唱：「情不知所起，一往而深，生者可以死，死可以生。生而不可與死，死而不可復生者，皆非情之至也。」

孟婆細細的打量著正埋頭忙碌的他。他老了，鬢上已有了白絲，可是體態仍舊是少年般的清瘦與堅毅。那身彰顯貴氣的龍袍穿在他身上著實好看，長袖上繡著碧水波紋的圖案，衣領上點綴青綠色的暗紋，襯出了他骨子裡帶著的華貴之氣。他並未抬頭，以為她是內侍，便命道：「張總管，給寡人拿杯茶來。」

面前之人並沒有聽從他的命令而行動，他心覺疑慮，於是抬起頭來，用那雙既明亮但卻不刺眼也不黯淡的眸子看向她。

孟婆與之四目相對，她的面容令他的表情不由僵住，手中的毛筆也在奏摺上暈染出了大片大片的墨跡，他震驚不已，失聲喃喃：「宸兒……」

這一聲久違的「宸兒」令孟婆心中一痛，此般如夢似的呼喚，仿若將她帶回了十八歲時的過去。那年花香瀰漫，枝椏低垂，他一身鎧甲染著星光，於勝利榮耀中走向她，令她心緒蕩漾，久久不能平息。

如今，他已滄桑了面容，從桌案後起身走向她的神色中。布滿複雜情緒，似想念、悲痛、欣喜，亦有不敢置信……

孟婆的內心同樣百味雜陳，她凝望了他許久，凝望著這個身上載滿了她全部少女時光的男子。半晌過後，她輕輕喚了他的名字：「藏鋒哥哥。」不，此刻的他已經是南蜀國的──

「陛下。」她略微垂首，躬身行禮。

他急忙去扶起她，她根本不必如此。他扶著她的雙肩問她道：「宸兒，這麼多年過去了，為何你還是這般青春容貌？你一點都沒有變，可當日你的確……」藏鋒沒有將「病逝」二字說出口。他如獲珍寶般的看著眼前的孟婆，竟然動容到淚光閃爍。這是孟婆還是沉宸時從未見過的景象，她的記憶之中藏鋒總是目光深藏，除了靈霄死去時他曾落淚，其他時候無論受了何等委屈、何等傷痛都是目光如常。

「我……」孟婆竟然一時之間不知該如何回應這熱切的眼神。

「好，好，寡人不再問了，宸兒，你能回來就好！」藏鋒猛地把孟婆擁入懷中，緊緊的抱著，生怕她下一秒就會消失一般。

孟婆有些不知所措的任由藏鋒這麼緊緊的擁抱著，因為抱得太緊太用力，甚至讓她覺得骨頭有些生疼。

「宸兒，當初若是你答應了皇后娘娘的指婚，或許這一切都會不同。我們會成婚，會在父親身邊共享天倫，靈霄可能也不會死去，一切都不會是今日這番景象了。一年啊！我等了你一年回來完婚，不料你竟然拒絕了這門婚事，還將你的師兄和師弟帶回營中。我見你們三人朝夕相處，心中的苦楚你可知道？後來，我聽聞你竟然與衷贏定下了婚約，那時的我實在是感到萬念俱灰，卻始終沒有勇氣和你說一個字。

「我日日耳邊都響起父親的教導，放下兒女私情，我努力做了，可是內心卻無法平靜。我病初癒就替父親征戰沙場，在戰場之上得知你勞碌力竭，心中憂慮萬分。那時我才知道自己真正的心意，原來我騙得了別人，卻騙不了自己。我拖著病軀奮力而戰，獲得勝利之後，馬不停蹄的趕回玄機城。我想當你的面向你說出心意，向你求婚。可是迎接我的是滿身白色喪服的何心隱，和寂家陵墓中的新墳而已……」藏鋒眼喊淚花的一口氣說了許多，這些話更像是說給他自己聽的，像是壓抑了許久之後的爆發。

孟婆聽得心中五味雜陳，過往故人們的面容一一浮現了出來。她輕嘆了一口氣，掙脫開了藏鋒的擁抱，她幽幽的說了一句：「可我，早已經不是原來的那個沉宸了。」

藏鋒還想抓住她的雙手，可發覺她的手很冰、很冷，便不由地心生一絲懷疑，小心謹慎地退去一步。自己也很清楚眼前之人絕非是當年那個真正的沉宸，在他看來，她雖然有著與沉宸十分相似的臉龐、身姿，然而

總有何處相異，就彷彿是一朵盛放的花朵在最嬌豔的時刻腐爛成泥。

如今的藏鋒不愧是帝王，直覺敏銳、眼神機敏，他自然察覺出了她的異處，可孟婆也不打算亮明身分，她收起了那份來自前世的眷戀，繼而從袖子裡拿出一總鈴鐺，大小不一的三顆，問藏鋒道：「我究竟如何變成現在這般模樣已不重要，眼前更為重要的是——陛下可還記得此物？」

藏鋒陡然怔住，他直直地盯著那串信物，伸手接過來，如獲珍寶般喃聲道：「自然記得，刻骨銘心。」

孟婆悵然道：「你倒的確是深情可鑒。就連送給當今皇后的禮物，都是仿造這串鈴鐺，足以證明你的長情了。」她又將皇后贈與她的那串銀鈴拿出來，藏鋒卻並沒去看，仿若並不在意那串仿製品。孟婆便問道：「這信物既然這般重要，為何要交付他人？你與對方的關係一定非比尋常。」

藏鋒的眼神頓時變得有些飄忽，他如癡如夢般憶道：「當日你也在場。試藥之人抽籤的時候，是靈霽抽到了長籤，可靈霽為了護寡人，便故意將自己的長籤掰掉一塊，成了短籤，剩下的一部分斷籤便在這鈴鐺裡，寡人始終珍藏著。這怎會是平平無奇的枝椏呢？這分明是靈霽從未說出口的心意，寡人卻是在很久之後才參透。可惜也只剩下遺憾與回憶了，自此，這信物便被寡人視作性命一般珍貴了。」

「而你把性命一般珍貴的信物，給了一個名為無痕的女孩。」孟婆道，「她與瘟疫鬥爭，保護妹妹無芯，實在是吃了不少苦頭。」

聽聞「無痕」、「無芯」這兩個名字，藏鋒的雙眼立即亮起了光，忍不住追問孟婆：「她們現在如何？可都安好？」

「自然安好。只是無痕……」孟婆露出了略顯惋惜的神色。

藏鋒急道：「無痕怎麼了？」

「無痕尚有一個的心願，便是尋到自己的父親。」孟婆幽幽地看向藏鋒，輕聲道：「不知陛下可願見她？無痕與無芯，畢竟都是陛下的女兒，不是嗎？」

原來她已知曉了，藏鋒的表情由驚訝變為平靜，他恍惚中點頭道：「是啊！她們的確都是寡人的女兒，無痕，無芯……」他的眼底泛起憂鬱，隱隱顯露淚光，思緒也回到了那段美好與痛苦夾雜的時日中……

# 第二十四節

十年前。

那是一個隱匿於黑暗霧色中的幽靜小村落，白色的嬝嬝煙霧飄散在夜色之中，環繞著村莊，村腳處環海，慘白的巨大滿月懸掛於空，綿綿細雨隨風落下，在這片淺海水面上，漂浮著一艘孤船。船帆破舊衰敗，船身又極小，它正艱難而執著的逆風而行。

海面上的颶風不斷，波濤洶湧，有好幾次都險些將那孤船掀翻淹沒。唯獨船身上的隱隱燈光始終不滅，如同絕望中的一抹奪目星光。

有光。

距離村腳不遠的岸上，遭遇敵軍埋伏的藏鋒躺在那裡，身受重傷的他奄奄一息，憑藉著驚人的意志力，他掙扎著保持著最後一絲清醒的思緒。他屢次睜開眼，看到的始終都是空曠黑矇的水面。唯獨這一次，他終於看到了船隻，看到了光。

他吃力地張開蒼白乾裂的嘴唇，想要呼喊，卻早已無力。幸好天不亡他，因為身旁有一堆乾柴，他顫抖著用鮮血淋淋的雙手，掏出懷裡的火石，足足花了一炷香的時間才打著了火，點燃了乾柴。炫目火光如同千絲萬縷的呼喚映紅他的眼，孤船被岸上的火光吸引，終於調轉方向，乘風破浪，好似過了一千年時間，那船終於駛來了岸邊。

藏鋒眼神急切的看著那艘孤船接近，心中的求生慾望也越發強烈。遺憾的是他再動不了，點燃柴火已用盡了他最後一絲力氣，他傷得太重了，盔甲損壞成襤褸，長劍粉碎成鐵塊，整個後背已皮開肉綻。

他也恨自己大意，竟然會中了敵軍埋伏，不僅害得全軍覆沒，連自己也險些命喪黃泉。心中正咒罵著，他看到一雙繡鞋停在他面前，可他的視線因傷勢而朦朧模糊，只依稀可見那是為身穿藕色素衣的女子。

女子匆匆走近他，震驚於他的慘狀，不由喃喃自語道：「實在是傷得太重了，就這般放任於此，定會被野狼叼去分食，可他身上穿著敵國戰

甲，若是真的救了他……」女子雖萬分掙扎，可最終還是於心不忍的彎下身，伸出手來撫著他的額頭，同情地喟嘆道，「不能見死不救，你放心，我會把你藏好的。」她的聲音輕柔如水，又堅定有力，「你要撐下去，千萬別死。」

雨水不斷墜落，藏鋒終於疲憊、安心地閉上了眼。

耳邊傳來鳥鳴聲，好似從前軍營裡的喜鵲。可是他已征戰半年有餘，還未回過一次軍營，南蜀國內的風又是那般凜冽，吹亂他心緒，亦吹進了他黯淡悲愁的夢裡。

那夢是他十二歲的光景，他跟在那位高大、英武，眼裡總是帶有一絲憂鬱的將軍身側，走進了他的將軍府。他帶他去了後園，喚著正在園中玩耍的兩個女童的名字。其中一個女童率先跑來，跌跌撞撞地纖柔身影闖進了他的眼裡、心裡……

她的名字……是沉宸……還是……靈霄？

他覺得恍惚，眼前的身影模糊混亂、搖擺不停，其中一個女童撒嬌似的抓著他的手，嬉笑著道：「藏鋒哥哥，你今日來陪我一同背藥譜好不好？」另一個女童出現在他的另一側，遞給他一把紅纓槍，邀請道：「藏鋒哥哥，你今日來陪我一同練武吧。」

身後傳來那位將軍的嘆息聲，他先是要其中一名女童去好生學醫，又數落另一名女童要刻苦練功。單獨將他叫到一旁，語重心長的對他說：「鋒兒，你是為父今生最後的期許。自古道慈不掌兵，既然決定了要走這條路，就要心無旁騖，且要一生一世都為國家百姓奮戰，要摒棄兒女私情方可。你這兩個妹妹都屬意於你，但你若選了其中一個，定會傷了另一個。待她們到婚配之年，為父將她們都許配給合適的人家，再為你打算。娶妻娶賢，無需娶深愛之女子，人若深愛必遭其累，更何況是我們這樣整日出生入死之人，必須心無掛礙方可長久。把情放下，就如多了一層盔甲在身，便能心志堅毅、冷靜處事。切記、切記啊！」

畫面一轉，到了他十八歲時，他打完勝仗凱旋歸來，豔陽高照，空氣中可以聞到陣陣花香和草香。遠遠就看見在玄機城門口迎接他的兩位妹妹，一個一襲白衣，一個一襲紅袍，都是那麼熱切的眼神，熱切的讓他想閃躲。他下意識摸了摸懷中的髮簪，那是回城途中路過一個首飾鋪，無意

見到一個銀簪，上面包鑲著用白玉雕刻的一朵待放的玉蘭花。他想起沉宸的笑顏如花，覺得特別適合她，剛想買下一支回去做禮物，但想起父親的話，手抖了一下，勉強的苦笑一下，請老闆包起兩支一樣的玉蘭髮簪，回去帶給妹妹們做禮物。晚宴時分，他將兩個玉蘭髮簪同時贈與兩位妹妹，妹妹們相視一眼，笑著為彼此戴上。兩朵白玉蘭在兩位明媚動人的妹妹髮上，顯得更為生動惹人憐愛。轉眼看向父親，他正含笑看著自己，微微的點了點頭。看著父親的讚許之態，他將心裡的情緒隱藏得更深更深，深到連自己都彷彿察覺不到一般。

秋風清，秋月明，

落葉聚還散，寒鴉棲複驚。

相思相見知何日？此時此夜難為情！

入我相思門，知我相思苦，

長相思兮長相憶，短相思兮無窮極，

早知如此絆人心，何如當初莫相識。

記憶如同燒灼的烙鐵，刻進皮肉之中，藏鋒痛苦地輾轉反側，他努力回想她們的名字，卻總是被某種深淵所無情阻攔。最終，他吃力地張開口去詢問：「你……的名字……是什麼？」此刻的藏鋒高燒不退，他的意識渾濁不清，恍惚地睜開眼睛去看身側為他換藥的女子，甚至一把抓住了她的手。

她驚慌了一下，卻也沒有把手抽走，只是柔聲道：「我的名字是離憂。」

得到了她的名字，藏鋒慢慢鬆開手，再一次陷入了昏睡。這次的夢逐漸清晰了，他在夢裡看見她日復一日的為他換洗藥布、包紮傷口，為他清洗全身上下每一處恐怖的傷口。

為了避人耳目，她把他藏在家中的牲口棚中，棚裡有厚厚的乾草堆，她就把他拖拉著安頓在草堆的後頭。又把他身上的鎧甲全部脫掉，換上普通村民的布衣。

說起來，換衣服的過程實在是很不順利。她此前從未接觸過男人的肌膚，如今卻在為一個異國的男子更換衣裳。她臉頰緋紅，心跳如鼓，始終不敢去看。然而救人要緊，她也顧不了那麼多了，心中又害怕他真的會

死去，擔憂催促著她不得不儘快做這一切。

她貪黑起早的尋找治傷的草藥，每次都嚼爛了為他在傷口上敷好，其中有兩處是毒箭，箭頭還留在肉裡，她為克服挖出箭頭的恐懼，事先喝下了好幾口烈酒，燒紅了剪刀，滿頭汗水地取出了箭頭。

殘留的膿血被她親自用嘴吸了出來，又穿上針線，為他把傷口一個接一個的縫合。獨自一人忙完這些，已經過去了三個整日，她人也瘦了一整圈。望著躺在乾草中的他，面色蒼白、雙唇乾裂，她實在害怕他會撐不過去。

白天，她需要幫助年邁的父親餵養家禽、上山採野果、野菜，到了夜裡，她便不辭辛勞地為他換上新藥、纏好紗布，再餵他吃下些許流食。前幾日裡，想餵他喝下稀粥極為艱難，且不說他嘴唇緊閉，就算好不容易餵了下去，他也會咳出來，混雜著濃厚的血跡。一籌莫展之下，她只得把採來的草藥磨碎成粉末，再混入水中，摻雜米漿，不厭其煩地一次又一次地餵他喝下去。

她就這樣衣不解帶地照料著他，過去了一整個月，他的生命跡象終於得以平穩，還未等她鬆一口氣，隔壁鄰居家的老婦便發現了藏身於此的他。那老婦本是想來借一些乾草生火用的，她與父親恰巧不在，老婦便自行來取，一下踩到了他的腳，可把她嚇得半死。

這下可好，她「私藏」重傷男人的事情很快便在村子裡傳開了，這村落本就閉塞而落後，眾人皆用有色目光看待她，不僅對她指指點點，還譏笑她的老父，嫁不出去女兒了，不知是從哪裡帶回來個不清不楚的男人，這下子誰還敢娶她了？

老父整日唉聲嘆氣，嫌棄她連累自己成為了眾鄉親的笑柄，他幾次要把藏鋒從草棚裡丟出去，可她卻以死相逼，她向父親哭訴著不可這樣草菅人命，她已花了許多功夫來救他，豈可前功盡棄呢？只要她問心無愧，她全然不在意旁人如何奚落她，她自是光明磊落！

老父拿她無可奈何，想來家中只有他們父女二人相依為命，他也是不忍見她傷心的，索性隨她去了。又過去半個月，藏鋒忽發高熱，他還在昏迷之中，夢囈不斷，她不知所措地跑去村裡求大夫來看，大夫卻斷然拒絕。他們根本不知藏鋒來歷，怎可隨便醫治？眼前南蜀國與希國關係膠

著，若藏鋒是希國敵人該怎麼辦？救敵可是死罪啊！倘若她不說清楚藏鋒的來路，村裡沒人敢救他。

她怎麼也不肯說出他的身分，她必要保全他到底。於是她自行尋找退熱的藥材，在暴雨中迎難而上，又趕著暴雨下山，為他製作退熱的藥湯。

那天晚上，他說了很多的夢話，她也聽到了很多。他唸著許多人的名字，父親、妹妹、沉宸、靈霽，還有瘟疫，以及他慘死的部下們……他滿頭大汗，被痛苦的夢魘糾纏，她嚇壞了，情急之下跑去屋外澆了許久的冷雨，然後衝回來躺在他身邊，企圖用冰冷的身子來緩解他的高熱。

她冷得瑟瑟發抖，全身都止不住的哆嗦，可是她彷彿能夠感覺得到他的體溫因此而一點點地降了下來，然後終於平靜的再一次沉睡。

長夜漫漫，暴雨滂沱，他睡得很沉很靜，她反而害怕起來，不由自主湊到他身邊去，小心翼翼地聽他的呼吸聲。他雖氣若游絲，卻是穩定了，她也因此如釋重負，竟也在他身旁睡著了。

隔天一早，她緩緩地睜開了雙眼，抬起頭時，發現他已經醒了，正在注視著她。彼此四目相對，她有片刻的怔然，隨即趕忙爬起身來。她滿身都是沾著雨水的泥濘，長髮凌亂，樣貌狼狽，她心生窘迫，竟覺得羞愧地低下頭去，惴惴不安地道出：「你……你終於醒了……」

他雖面色憔悴，卻對她露出感激的笑意，致謝道：「在下寂藏鋒，多謝離憂姑娘救命之恩。」

他在昏迷之中竟也還能夠記得她名字，不知為何，她竟感動的淚流不止，雙手摀住臉，默默哭泣起來。這麼久的時日過去，她也不知支持著她守在他身邊的，究竟是最初的救人心切，還是這默默相處中的點滴的無聲陪伴。她的哭聲裡有委屈、有欣喜、有動容，似乎，也有動情。

在這說長不長說短不短的五十幾天裡，她經歷了太多太多，那些流言蜚語、那些擔驚受怕，她原本可以不去承受，可她還是熬了下來，沒有怨言，毫不後悔。

暴風雨下了一整夜，如今已經停了，和煦日光穿過雲層灑照在千樹萬樹的枝椏上，垂落下一絲絲一縷縷的朱紅鎏金。她不再哭泣，抹掉淚水再一次看向他，而他始終都凝視著她，從未移開視線。他們就這樣望著彼此，很久很久……

「在那之後不久，寡人便娶離憂為妻。她為寡人付出了太多，寡人不忍她淪為村中笑柄，也著實感動於她的善良與執著。寡人願為她平息流言蜚語，也願與她共享凡塵人倫。」藏鋒說這話的時候，眼裡有著無限的懷念與遺憾，他的愛雖沉默卻深厚，想來他在異國他鄉，心中有苦衷亦有難言，而離憂的勇敢與溫情打動了他堅硬的內心，他自然願扛起這凝聚著深深責任的夫妻情分。

孟婆靜靜地聽著他訴說往事，那是她與靈霽未曾參與過，只屬於他的從前，他對妻子的愛，是她與靈霽無緣的。燭火隨著窗外吹來的風輕輕搖曳，映照著孟婆如玉如畫般的臉頰，她沉默半晌，輕聲道：「你必定也是很愛妻子的。」

「世間的愛有很多種，隱藏深埋的愛，永記於心的愛，承擔責任的愛……，說起來很慚愧，我對離憂更多的是責任之愛。隱藏深埋的愛，早已隨著宸兒的離去而消散，永記於心的愛，已隨著霽兒的離去而殆盡……」他回答的很緩慢，眼神也很躲閃。

孟婆見狀，心中一顫。轉言問道：「你為何要離開她們母女三人？」

藏鋒聞言，眼神中透出淡淡的哀戚，他的心中湧動著千思萬緒，只得一點點同孟婆道出：「寡人並非有意離開她們，若不是寡人得知自己是南蜀國帝王的子嗣，寡人定不會淌這渾水。聽聞南蜀帝王還是皇子之時，曾與隨身護衛一起在邊境巡遊兩年，未曾想，巡遊期間增添了一抹風流韻事，他與一位漁女一見傾心，那漁女不久之後生下一男嬰，便是寡人了。這種不雅的風流韻事並不會給皇子增添光彩，也無利於他奪嫡，故此，此事只有為數不多的親隨知曉。男嬰出生之時，臂膀上有一胎記，圖案似虎，親隨道這是天降暗示，實在不妙。」

孟婆喃喃道：「虎如野心，有王氣之暗喻，的確是要被宮中堤防。」

藏鋒若有若無地點了點頭，沉聲道：「當時為了隱瞞皇室，那皇子只用銀兩打點了漁女母子二人，令他們流落於市井。可憐的是漁女從頭到尾都不知道他尊貴的身分，他騙她自己是希國游商，與她恩愛時出手闊綽，自然可以瞞天過海。以至於寡人多年來一直認為自己是兩國混血，真是諷刺至極。」

藏鋒的眼裡帶著輕描淡寫的恨，與早已寬慰了的惋惜。他知道母親

縱然美豔嬌麗，可身分低賤如螻蟻，她生下的孩子於父親而言，自然也是生不逢時的孽畜。他能留下他們母子二人性命，便已算得上是至高無上的寵愛了罷。

「自古生在帝王將相家，總是身不由己。」藏鋒說著說著，眼神變得冰冷起來，語調也更為漠然，他道：「寡人自幼穿梭於市井，從不知自己生父的模樣，連名字都不知曉。母親每每提及此事都會傷心流淚，她總說父親是回去了希國，再沒了蹤跡，許是死了，許是故國早已有了家室，不得不拋下他們母子。南蜀戰亂多，寡人的母親因戰禍誤傷而早亡，她連死前都希望寡人能夠認祖歸宗，尋到生父。

「然而寡人沒尋到父親，卻被寂將軍在戰場上收養，他把寡人帶回了希國，悉心教導，撫養成人，視如己出。在寡人心中，他早已是寡人真正的父親，寡人曾以為那將會是寡人生活一輩子的國度。希國於寡人而言，並非異國他鄉，反而像是寡人的故土。在那裡，寡人度過了一生之中最為幸福、快樂的時光……」藏鋒陷入了深深的回憶之中，他的臉上浮現出欣喜的笑意，而後，他慢慢看向了孟婆。

透過孟婆的軀體，藏鋒腦子裡面湧現的全是零散回憶，他能看見她曾經的音容笑貌、輕聲笑語，可如今竟是恍如隔世了。

孟婆只嘆息著道：「可惜了，天意弄人。」

藏鋒被一語點醒，不再泥足深陷於回憶之中，猛然間醒了神，道：「你說得對，是天意弄人，是造化變遷。倘若當年寡人的娘沒有生下寡人，寡人自然不會成為戰時遺孤，亦不會被寂將軍收養，更不會坐在今日這個冷冰冰的王位之上了……」他如夢囈一般自問道，「當年，寡人究竟為何要出征南蜀國？若不是寡人的盔甲破裂，臂膀處的胎記被對方主帥看到，寡人又怎會得知自己的這番身世？說來可笑，那主帥竟然是當年皇子身邊的親信，他迫不及待地去把這消息上奏給早已病危的南蜀帝王，如此一來，南蜀有後了。」

當天夜裡，大雨滂沱而下，雷電交加，宮牆裡的琉璃燈被狂風打滅，皇宮內的朝南房裡燭光微弱，一縷嫋嫋煙霧從白色帳幔中飄飄而出，重病的南蜀帝王聽聞親信稟報之事，不由地面露驚色。

這空曠的房裡只有他們一主一僕二人，帝王顫抖著手，不斷地問道：

「此話可當真？可當真？」

窗外一道閃電劃過，悶雷乍響，親信面向帝王而跪，俯身叩頭道：「陛下，微臣所見真真切切！」說到這，他情不自禁地壓低音量，小心翼翼道：「那敵方將軍的臂膀上，的確有猛虎圖騰，再定神細看，他的面容與那位漁女極為相似。自古兒子像母，他定是當年流落民間的小皇子。陛下，如今有皇子在宮外，豈不是天賜的美事？陛下膝下子嗣本就甚少，僅有的兩位皇子都已染病身亡，儲君之位空虛已久，宗親們虎視眈眈，眼前必要迎接皇子回宮，認祖歸宗，繼承皇位，也好避免內亂紛爭啊！」

帝王聞言，心境頗為複雜，似震驚，又有欣喜，最終竟止不住的狂笑出聲。他瘋魔般地舉起雙臂，高呼出聲道：「天憐寡人，天佑寡人啊！寡人竟然還有存活於世的皇子，寡人這下死也瞑目了！難怪吾兒臂膀有這猛虎圖騰，果然是天降貴子，只可惜當初寡人年少輕狂，竟然將他們母子流落民間。此時上天將吾兒送還南蜀，實乃大幸之事！快傳寡人的口諭，接他回宮！即刻接他回宮！」

寂寞深宮怨，牢牢鎖人心，富麗堂皇殿，隻手可遮天。南蜀國晚秋時節，在帝王奄奄一息之時，帝都宮殿裡舉行了盛大的迎接儀式。已過不惑之年的藏鋒，正式舉行了登基大典，成為了南蜀國的新帝王。那一日，他錦瑟珠冠，在文武百臣的朝拜中，登上了那鋪著紅氈的階梯。

在他人看來，藏鋒的腳下是萬丈榮耀與世代繁華，可他自己看來，他的每一步都走得極為艱難，如履薄冰、如踏荊棘。

他被硬生生地拉上了這個冰冷的御座，滄桑但依然清俊的面容上帶著三分笑意，一身尊貴，滿腹苦衷，心懷難言。

一聲聲「吾皇萬歲萬萬歲」，一句句「陛下壽與天齊」，皆令他如枷鎖捆綁，深陷泥潭。那個曾經流落在市井的貧民少年已手握皇印，他從單薄低賤的螻蟻，搖身一變成了一國之君。這皇權，這王位，這曲高和寡的帝王之命究竟為何會令人爭得頭破血流？成為了王，便可獨攬眾生宿命麼？可他究竟得到了什麼？又能給予什麼？

是什麼換來了他的今日？是當年留給他母親的那份謊言？是先皇無情的拋棄？是階級？是血統？還是他臂膀上的猛虎？或是因他娶了他的妻，生下了一雙女兒？是這種種一切不公令他成為了傀儡帝王，成為被內

閣眾臣控制的懸絲木偶。

「你自然可以拒絕繼承皇位，」猶記得那如同枯槁一般的先皇曾對他道：「可你永遠都無法擺脫你是寡人皇兒的事實，無論你逃去何處，你身上依然流淌著寡人的血，你生是南蜀的人，死亦是南蜀的鬼，你和希國永生永世都是勢不兩立的。寡人與你娘親都是南蜀國人，至於希國，那裡沒有你的親人，更沒有你存在的意義，你……你自當成為南蜀的帝王，一統這萬里山河，促成千秋偉業！你要代替寡人成為流傳千古的明君……」

那便是他的生父，滿臉交錯縱橫的褶皺紋路，仿若露出白骨的乾裂的雙手。他一次次地將他抓進皇宮，他亦一次次地逃離出去。直到那一天，他好不容易逃出宮裡，可是回到村中，卻發現家裡空無一人。蘺憂與無痕不見去處，就連尚在繈褓的無芯也找不到。他心中大驚，彷彿已經有了答案。於是他快馬加鞭趕回宮裡，卻見到城樓上掛著四個人頭。

他不敢置信地仰頭望著那血淋淋的頭顱，是一個女人、一名老者與兩個孩童。他震驚不已，久久失神，是在那一刻，他終於起了殺意。他穿上了蘺憂為他藏在箱裡的那副破敗的希國戰甲，手持利劍，他隻身一人闖進南蜀國的皇宮要為妻女、岳丈復仇。

這是個局，為了引他回來，先皇派兵鎮壓他，他殺出一條血路，憤怒交加地要奪先皇的命。然而寡不敵眾，他終究敗下陣來，被士兵們押送到先皇的面前。他滿眼狠戾，如一匹來自地獄的惡鬼，早已無畏生死。

先皇卻慢悠悠地喝著清茶，命人從屏風後帶出了蘺憂與他的兩個女兒。蘺憂驚慌失措，抱著孩子呼喚他的名字。他驚喜於她們還活著，又困惑於這齣戲究竟在演什麼？

先皇看穿他的迷惑，冷笑一聲道：「如果不演這樣一齣戲，你又怎會心甘情願的回來自投羅網呢？」

這個老狐狸將自己玩弄於鼓掌，他氣不可遏。先皇要人帶她們妻女退下，蘺憂的哭喊聲漸行漸遠，他終於按捺不住地質問先皇：「你這負心的昏君究竟意圖何在？要殺要剮，我寂藏鋒悉聽尊便！你放了我妻女，此事是你我之間的恩怨，與她們無關！」

# 第二十五節

先皇身側的親隨將領怒斥他放肆，先皇卻滿不在乎地擺擺手，然後居高臨下的看著他，全然不像一個凝望著兒子的父親，倒像是一個命令奴隸的主人，他道：「身為君主，不該被人識破弱點。你血統高貴、身分貴重，更不該因為報恩將這村野女子視作妻子。日後你會有嬪妃無數、子嗣綿延。這女子出身低微，怎可與之有染？就算她曾救你性命，你亦可以贈她金銀珠寶作為謝禮，哪需委屈自己娶她為妻，隨意打發了就是。南蜀國王室定然不會認可這樣的她，就連做個侍妾她都不夠格。她的孩子們也不配踏入皇宮，更不配認你做父。」

他咬緊牙關，紅了眼眶，憎恨地看向先皇，一字一句道：「正如我的生母，也被你視作賤婦，而我，在你眼中不過是風流韻事增添的孽畜，何以配坐你的皇位？你這般蔑視我、侮辱我，又何必強我、逼迫我！」

先皇冷漠而嚴厲的訓斥道：「放肆，你身上流著寡人的血，人與人一出生便分了貴賤高低。司天監觀你生辰與紫微星相符，況且你一出生身上帶有天賜的猛虎胎記，寡人的南蜀國以虎為祥瑞之兆，你本就是天命所屬之人，不過是上天藉由你母親的軀體送與寡人的子嗣。你生母雖然卑賤，但是你卻尊貴無比，你是上蒼給與南蜀國的希望，所以你必須要為寡人完成遺命。自古帝王將相，無需感受人倫之樂，寡人今日只是教會你，莫要把他人性命看得比你自身重要。你日後既成了帝王，便要捨棄人倫、悲憫，才可凌駕於他人之上、攀向權利的頂峰、統領眾生。只因他人會拿捏住你的弱點折磨你、操控你、威脅你，如此雞肋，必要斬盡。」

帝王不可有弱點，不可有真情。生在帝王家，既是幸，亦是不幸。

藏鋒染血的臉頰因悲痛與氣憤而嘴唇烏紫，他如今受制於人，他有弱點，他不得不向這狠辣無情的男子低下頭，從喉嚨中艱難地擠出聲音來：「只要你肯放過我妻女，你要我做什麼，我都答應。」

先皇聞言，露出了一絲詭異但卻滿意的笑容，他湊近他，用那年邁

渾濁的眼珠盯著他，悄聲道：「寡人要你記著，這是你第一次妥協，從今往後，你會有無數次的妥協，除非你肯放棄你的弱點，否則你永生永世都將要在妥協中度過。」

　　帝王之道，自是孤絕之道。可他繼位之後，所做的第一件事仍舊是先皇口中的「執迷不悟」。他收攏了些許心腹，偷偷派其將薔憂與一雙女兒送走，他要把她們送去希國，並將那一綰長鈴鐺繫在無痕的手上，他依依不捨地同薔憂道：「到了希國，拿這鈴鐺去見寂家軍營裡的將領，他們認得鈴鐺，定會保你們周全。倘若有朝一日終是失散，寡人也能憑藉這鈴鐺找到你們，這是信物，一定要好好保管。」

　　薔憂雖留戀他，可為了孩子安危，她不得不隨心腹去希國。可在城郊卻遭到了南蜀國內閣親派的刺客追殺，荒郊野外，山路崎嶇，薔憂終究是慘死刀下，無痕與無芯不知所蹤，自此音訊全無。從此這世上就真的沒了親人，他成了帝王，也成為了真正的孤家寡人。

　　缺月掛疏桐，漏斷人初靜。誰見幽人獨往來，縹緲孤鴻影。

　　驚起卻回頭，有恨無人省。揀盡寒枝不肯棲，寂寞沙洲冷。

　　「宸兒，你一點都沒有變，依舊如幾十年前那般，而寡人已經是兩鬢斑白。」藏鋒看著孟婆心生感慨。

　　孟婆苦笑著搖了搖頭，道：「我已不是往昔的沉宸，沉宸死後去了冥界，做了孟婆。所以大家都稱呼我孟姑娘，陛下也可以喚我孟姑娘就好。沉宸這個名字對我而言，好像已經是很久很久以前的一位故人了。」

　　孟婆將沉宸死後成為孟婆的經歷，詳細的告知了藏鋒。藏鋒聽後面色一驚，瞬間又釋懷了，是啊，這樣才能解釋她為何容顏不改。自己終究是錯過了她，連生前最後一面也未見到，每每想起還是心疼不已。

　　孟婆見藏鋒一臉神傷，說道：「今日有幸還能與你這般促膝長談，已是緣分深重了。可惜靈霄妹妹再也聽不見你喚她的名字，更看不見你這般變化了。」

　　藏鋒聽後，久久沒有回話。是啊！自己已經變化了許多，不再是那個妹妹們能依靠的藏鋒哥哥。而這些自小到今的經歷，逼迫著他不停的改變與妥協。自幼的屈辱、母親的含恨而終、自己的隱忍與遺憾、各種委曲求全。藏鋒腦海中閃現了一幕幕的過往，原來這些記憶早就深刻入骨。

　　那夜下起了鵝毛大雪，厚厚的積雪堆滿了深宮內苑，他獨自一人坐在金座上，沉默地看著手中的長劍。宮殿空曠而寂靜，仿若了無生息，他抬起頭，凝望著朱紅色金門外的雪色，滿眼的哀戚，竟是流下了淚水。

　　想起母親臨終之前，也是一個寒冬之夜，雪虐風饕，風雪交加的吹襲著那單薄的茅屋，好像怎麼都不會停止一般。年幼的他穿著單衣，瑟瑟發抖的跪在母親的草炕之前，想餵母親喝一口熱米湯。

　　母親別過臉去搖搖頭，她那時已經面色蒼白，無神的眼眶裡流下兩行清淚，氣若游絲費力的說道：「兒啊！娘對不起你，娘的身子骨沒法再照顧你了。日後，但凡你還有一口氣在，你就一定要尋到你父親，一定要認祖歸宗。要讓親戚族人們知道你不是野種，也不是私生子，只是因為戰亂和父親失去了聯繫而已。

　　「為娘這一輩子最要顏面，但卻因為此事遭族人唾棄，每每想起夜不能寐。若是他日上蒼憐惜，讓你找到父親，替娘告訴他，我一直在等他，心意從未改變，能與他相遇相知再有了你，為娘一生無悔。

　　「不要責怪你父親，他定是有他的難處，才無法接我們母子團聚，你也一定要盡孝於他，不可忤逆。若有機緣，再將娘的遺骸遷入父家祖墳，哪怕只是個妾侍，也要為娘要個名分。這樣為娘就可以含笑九泉了……咳咳……兒啊！若有來世，娘還想再續我們母子情分……」

　　說完此話，母親就氣竭而盡了，那雙沒了神采的美目始終大大的睜著，就像想透過茅屋的屋頂看見天空散落的雪花一般。他流著淚合上了母親的雙眼，在地上磕了九個響頭，就如母親還活著一般，替她蓋好破舊的棉被，獨自在炕前跪了一夜。

　　第二日，雪停了，太陽高升。他將母親的遺骸裹上草席，和村中幾個玩伴一起草草淺埋了她。

　　半死梧桐老病身，重泉一念一傷神。

　　手攜稚子夜歸院，月冷空房不見人。

　　他終究是完成了母親的遺願，亦付出了巨大的代價。

　　先帝因他的要求，追封母親為慧妃，得以遷葬皇陵，終年得享香火供奉，皇室宗族碟譜上也終於有了母親的名字。母親家鄉也建一祠堂，讚美母親的高節與守貞，與先帝失散多年依舊堅貞如一。此後每逢節慶，

當地官員與氏族們都會入堂參拜。至於母親的兄弟、侄兒們都得到了田地宅院的分封和賞賜，可當初正是這些人將身懷有孕的母親趕出了家門。

這名分於母親生前是汙點與苦楚，於母親死後竟成了榮耀與輝煌。他跪在母親的陵前，摸著冷冰冰的石碑，食指輕撫著「慧妃」二字，淚竟止不住流了下來。心中更是悲涼至極，這個「慧」字像是在嘲笑他的母親，為了一個始亂終棄的男人苦熬了一生，卻至死不悔。

曾幾何時，他也像今朝這般落淚？在靈霽死去那日，他同樣恍覺人生如夢，萬般無奈，令人肝腸寸斷。

到了隔日，先帝生前最為寵愛的太妃也隨先帝而去了。皇宮的靈堂內煙霧繚繞，侍女們皆是素白縛絲服，四名道士各持桃木劍與金鈴在靈牌前誦念著經文。頭戴白紗帽的帝王藏鋒正站在堂內，雙眼空洞無神。靈堂外忽來一隊人，負責開道的侍衛次序井然，他們站在靈堂兩側讓開路來，一輛馬車緩緩駛出，車門打開，走下來的人是太后。

他在內閣重臣的提醒下去迎接，走到太后的面前，違心的喚其母后。太后頷首示意，又為逝去的太妃上一炷香，繼而同他嘆道：「太妃心地善良，到了天上，仙人們也不會為難她。倒是可憐了皇帝你，後宮只有先帝為你選的幾位宗室妃嬪，膝下也是子嗣凋零，這般年紀可要早日立后才是，后位虛空對國家也不是好事。哀家日後有皇帝照拂，皇帝老去那天也該有人照應才可叫哀家放心啊！」

他毫無興致道：「生老病死，人之常情，寡人明白這道理。只是眼前南蜀與希國紛爭不斷，雙方勢均力敵，邊境百姓苦不堪言，飽受戰爭之苦。寡人勞心於政務，後宮之事自是無暇顧及。」

「若是早日立后，那麼後宮大小事由都可交由皇后打點，皇帝也會減少煩憂。」說罷，太后鳳目一轉，提議道：「當朝威武大將軍之女王洛洳能文善武，美貌非凡，又是哀家的宗親，出身自是高貴顯赫，正符合皇后母儀天下的姿容。皇帝，你意下如何？」

他既是傀儡，不正是善於「妥協」二字？哪怕期望以自己的仁政來阻止更多的殺戮，哪怕他深知內閣從不將他的喜怒哀樂放入眼裡，他也只能選擇隱忍接納，自當順從道：「母后美意，兒臣自當感激不盡。」

「皇帝真是懂事理，哀家這就傳洛洳進宮面聖，擇日完婚。」太后的

目的只是鞏固宗親在朝廷中的地位，他們王氏一族歷代與皇帝平分秋色，家族勢力把持軍隊，可與內閣文臣分庭抗禮。

突如其來的一陣冷風，拍打著大殿的窗戶，啪啪作響的聲音將藏鋒從回憶中拉回。他早已摒退左右侍從，獨自與孟婆在這空曠而清冷的大殿之中。他快步走去關窗，將窗戶鎖好，轉身苦笑一聲說道：「是啊，靈霽妹妹再也聽不到我喚她的名字。她走得太早，就如嬌弱的玫瑰一般，花期太短。」

談及靈霽二字，藏鋒默然垂眼，凝望著手中鈴鐺嘆道：「當日年少輕狂，不懂情之一字刻骨。如今蹉跎半生，回首再看過往，實在對不住她們情深義重。」

他說「她們」，這令孟婆神情微微一滯，不由問他：「陛下半生英勇，兒女情長仿若早已被你置之度外，可凡塵俗世之中，陛下是否感到孤寂清冷呢？」

是啊！這麼多年自己孤寂清冷嗎？自己又隱藏和壓抑了多少內心的情愫。她聲如溪水，柔柔緩緩，流入心尖。暗夜無聲，燭火輕晃，他仿若在這一刻回想起那年他征戰歸國，迎接他的隊伍前頭，有一位騎著戰馬的妙齡女子。她身著一身赤紅色鎧甲，黑髮挽成兩個高低鬟束在腦後，背上背著一支紅纓槍，神氣又嬌美。

到了皇宮正殿，他拜見皇帝與皇后時，又見到了站在皇后身側的那名少女。少女穿著雲霞紋飾的官衣，容顏甚美，一雙杏眼機敏清透，眼睛裡的光芒如同火苗那般熾熱。

他都不敢去看她的眼睛，害怕被灼傷，更害怕心中產生褻瀆她聖潔的汙穢想法。他急急告退，逃也似的來到大殿，卻又聽到身後傳來喊他的聲音，轉頭一看，正是少女跑向了他。她身上的輕紗裙擺隨風舞動，一股旖旎嬌豔的藥草清香四散在風裡，他有那麼一瞬間意亂神迷。

宴席之上，皇后娘娘突然頒旨要賜婚他與宸兒。那一刻，他的心滾燙如火，強忍著內心的悸動與期待，彷彿時間都停滯了，這突如其來的賞賜，讓他驚訝的一個字都說不出來。直到聽到靈霽的酒杯破碎倒地，他定神看去，發現靈霽面色蒼白，原本握杯的手不自主的微顫著。一時之間，自己竟然不知作何反應，他想鼓起勇氣領旨謝恩之時，卻發現自己連站起

來的氣力都不足了。下一刻，沉宸竟當著滿殿官員的面委婉回絕了懿旨。

他第一次感受到手腳冰涼，身上陣陣做冷。宴席進行了一半，他就以舊傷復發為由請辭，先行回了將軍府。離開大殿之時，他感受到身後的三道目光，炙熱的目光來自靈霽和沉宸，關切的目光來自養父。

當夜他在床榻之上輾轉反側，想起自幼被族人唾棄，被旁人說是野種，低賤的就像地裡的泥。母親病逝之後，幸得寂老將軍收為養子，視若己出。讓他這個從小沒有父親的孩子，第一次感受到了父愛，讓他本低賤如泥的人生，發生了翻天覆地的改變。這份大恩在他心中重逾萬斤，就算拚出性命也在所不惜。

他時時提醒自己，勿要忘記養父的叮嚀，兩位妹妹誰都傷害不得。兩位妹妹待自己真情實意，而兩位妹妹對養父而言，更是視如珍寶，養父會將她們婚配給朝中門當戶對的文官，妹妹們也能遠離戰場安度終生。對於自己，養父也有安排，將為自己迎娶賢德女子，好操持家務，安頓後方，讓自己心無掛礙的征戰。他知道這是為人父母的一片善心，是對兒女人生前途的思量與盤算。

他翻來覆去的躺著，強迫自己合上雙眼，什麼都不要再想。也不知幾時，終於迷迷糊糊的睡著了。

當天夜裡，他做了一個很奇怪的夢，夢到了靈霽，也夢到了沉宸，她們變成了兩朵長在皚皚雪涯上的高嶺之花。他不知那花的花名，只覺一朵赤紅熱烈，一朵雪白嬌麗，他忍不住伸手去撫摸那柔軟的花瓣，可花瓣因此產生了一道肉眼可見的裂痕。他立即收回了手，擔心自己會傷了它們。他又嗅了嗅自己的身上，有汗水與泥土的臭味，便知趣地遠離了兩朵花，不想自己身上的塵土汙染了它們的聖潔。

他就坐在不遠不近的一射之遙，默默地凝望著一紅一白的兩朵花，偶爾輕嗅它們吐芬芳的清香，用披風為它們遮陽避雨，免它們花枝凌亂，免它們受苦受難。曾經憂心自己陷入兒女私情的他，也就覺得這便足矣。

夢陡然醒來，已是卯時時分。他呆坐在床榻一側，憶起昨夜的夢，不由自主的苦笑一聲。

自此之後，他只能遠遠的看著，看著她與旁人談笑風生，看著她與旁人出雙入對，而自己能做的只有遠遠的看著，看著她笑、看著她鬧，也

就知足了。他猛的收斂神情，將自己從過往的回憶中抽離出來。

「滄浪之水清兮，可以濯吾纓；滄浪之水濁兮，可以濯吾足。舉世皆濁我獨清，眾人皆醉我獨醒。寡人一生早已習慣了孤寂清冷，並不覺得有何不妥。凡塵一生，總有愛而不得，也總有失而復得。寡人的愛早已隨著所愛之人的消亡而消散殆盡，取而代之的責任之愛也隨著恩情而復活過，亦隨著逝者再次消逝。但如今寡人卻依然可以去愛眾生、愛世人。一旦愛取之不盡，自當生生不息。」

藏鋒轉眼望向窗外，意味深長道：「正如同今夜與你能夠在此相聚，既已來之，自是上天給寡人將壓抑內心多年的心聲，得以傾訴的機會。」

「只是……」藏鋒在這時回過眼來，把目光落在孟婆身上，眼神憂鬱地凝視著她，深陷回憶般幽幽道，「若是你當年肯與寡人終成連理，寡人的今生定不會這般遺憾了。」

他的遺憾，亦是她的遺憾。

「寡人自知不該再說這些不可實現的夢了，但今朝不向你道出多年來心中的眷戀，寡人怕是永遠都沒有機會了。」藏鋒探出手去，終於握住了她冰涼的雙手，竟像少年一般，露出癡心又喜悅的笑意道：「寡人當年曾幻想過你屬於寡人的朝朝夕夕，倘若那夢實現了，寡人定會緊緊地抱著你，想不放開就不放開。也定會日夜伴你身側，深深凝望你的臉、你的眼……」

孟婆聽著他的這般情深意切，眼眶不由泛紅，將雙手從藏鋒溫厚的手掌之中抽出。下意識的向後退了一步，低聲道：「這麼多年過去，陛下至今還未忘記沉宸，還將她珍藏心中，有這份情意沉宸也該知足了。」

他也曾賦予她真情意，她卻回以他空歡喜。

藏鋒不記恨她當年的拒婚，更不記恨她與衷贏許婚，海中月，是天上月，心上人，在水一方。他同樣紅著淚眼，與她四目相對，久久不曾分開目光，柔聲的真切道：「縱然是生不逢時，縱然是吾已老去，而你已不再如初，可寡人一生所愛，皆與曾經的沉宸埋葬在那新塚裡，今生今世不曾改變……」

兩行清淚從孟婆的臉頰上滑落，前世她也曾戀他許久，是他令她初次知曉情字纏綿。如今彼此容顏皆已變遷，飲盡了人間冷暖、塵世悲歡，那

些往昔的迷情與眷戀都似璀璨煙花曇花一現，唯有訴盡衷腸，默然垂淚。

如此也罷，如此……也安得圓滿。便讓藏鋒哥哥與沅宸妹妹都留在過往的明媚笑顏之中，誰都不必再離開誰了。

憶得舊時攜手處，如今水遠山長。

羅巾浥淚別殘妝。舊歡新夢裡，閒處卻思量。

可惜的是此行並非只有敘舊，孟婆不得不收起心緒，向他坦白了自己與無痕的交易。

藏鋒聽完孟婆的交代，不由一陣默然。他窮盡一生的妥協，到頭來，卻依舊無法換回失散的女兒的一生安穩。

他神色黯然地悲嘆道：「寡人一聲悔恨多不勝數，最為愧對的要屬蘺憂，亦愧對無痕與無芯姊妹二人。當年分散之際，無痕還不滿三歲，無芯尚且牙牙學語，多年來寡人苦苦尋覓她們二人下落，卻總遭到內閣重臣的層層阻隔。若是寡人當年再稍作謹慎，蘺憂或許不會死，她們也就不會分散至今，寡人對不起蘺憂，更對不起自己的一雙女兒……」

她不忍見他自責傷心，便勸慰他道：「無痕之所以與我做交易，是因她已經死於瘟疫。如果要怪，陛下但可埋怨天災人禍，莫要為難自己。」

瘟疫二字令藏鋒如夢初醒，這多年來的王權爭鬥、爾虞我詐令他清醒而精明，他再一次將目光落在孟婆身上，似乎想要借助她的力量，來完成他多年的夙願，真切道：「寡人今日要告知你一個祕密。」

孟婆以眼神相問。

藏鋒眼裡閃動著冰冷的光點，他沉聲道出：「瘟疫不僅僅是天災人禍，它事出有因，而操控著瘟疫的正是瘟魔。」

孟婆嘴裡喃喃重複道：「瘟魔……」

一絲冷風從窗外吹進，撩動燭火火苗，竟顯些出幾分詭異的光暈。藏鋒細細說道：「南蜀國雖歷代富饒，可卻內藏蹊蹺。這國家本就重視巫蠱之術，下到三歲孩童，上到八旬老人都對巫術有種迷戀與崇拜。在四十年前，寂將軍曾派兵征戰南蜀，蜀國兵力不足、節節戰敗，這促使先皇迷戀上了巫蠱之術，妄想利用巫術來攻打希國。然而那時的希國有道家高人坐鎮，很快便平復了來自南蜀的巫蠱之術，只是巫蠱與當時的一場小疾病相遇，竟形成了瘟疫，一發不可收拾。」

「竟有此事？」孟婆愕然地睜大了雙眼，略蹙起眉，額心朱砂更為凸顯。

「絕無虛言。」藏鋒身居帝王之位，自然深知南蜀歷代機密，他知無不言道：「當年，因為成了瘟疫，巫蠱之術也不起作用，更加不受南蜀國巫師們的限制，甚至還形成了一個巨大的怨靈，巫師們叫他是瘟魔。正是他利用反噬，傷及了南蜀國。那之後兩國百姓均是死傷無數，尤其是希國，在這場瘟疫中損失慘重。雖然希國君王拿出解藥救了兩國許多百姓，可南蜀國卻被反噬的厲害，元氣大傷，雙方才得以休戰。」

那正是希國出現的第一場瘟疫，孟婆聞言，心中亂了陣腳，只因她想起了死在第一場瘟疫中的三位兄長。她因此痛心不已，在那一場瘟疫中，她失去了太多太多的親人，她永遠也無法忘掉那份刻進骨髓裡的悲痛。

孟婆的眼神逐漸變得有一絲兇狠，她低聲問道：「這瘟魔如今下落何在？」

藏鋒輕嘆一聲，道：「南蜀國的巫師們也試圖掌控這個不受控制的的怪物，卻次次鎩羽而歸。直到二十年前忽然爆發的那場瘟疫，雙方正值交兵的關鍵時刻，南蜀國再次戰敗，當時的巫師們為了國家利益，的確想要利用瘟魔。可瘟魔原本就是不受控制的存在，豈是那幾個巫師可以控制的？所以瘟魔發威，令三名巫師致死，以示懲戒。可為了國家與百姓安危，南蜀集齊了全國上下所有法力高深的巫師，全力將瘟魔趕到了南蜀國與希國的交接處。」

「正是希國軍營的駐紮之地。」孟婆點點頭，又急急問道：「它如今可還在那裡？」

「自是不在了。」藏鋒搖了搖頭，但卻肯定道：「可寡人已追蹤這魔物多年，對它出入的地方略知一二。」說到這裡，他望向孟婆的眼睛，斟酌著道：「宸兒，不……，孟姑娘，寡人有個不情之請──既然孟姑娘已是來自冥府的孟婆，自當有無限的法力，寡人懇求孟姑娘能夠與寡人聯手，一同消滅這個魔物。寡人別無所求，只想令後世百姓免受災禍疾病的威脅。」

孟婆自然不會拒絕，她甚至十分迫不及待，堅定地對藏鋒說：「陛下放心，你只管召集軍隊人馬，我必定與你同去討伐這個瘟魔。」

藏鋒提醒道：「這必定是一場大戰，如非萬不得已，寡人並不想將你牽扯進這淌渾水。」

孟婆笑道：「陛下凡人肉身，根本無需擔憂我的安危，我早已不是沅宸，而是孟婆。」

鬼與魔的較量，不經一番殘酷廝殺，又怎知孰輕孰重呢？

# 第二十六節

　　傀儡皇帝的招兵買馬之路並不算順利，所幸此次討伐是為了斬殺瘟魔，皇后王氏便說服了太后，將一批精英軍隊交由藏鋒帶領。想來這瘟病的確折磨著兩國數年之久，百姓疾苦難言，若是再爆發瘟疫，也不是利己之事。

　　更何況，皇后也希望將來自己的三皇子繼承帝位後，可以統治的是一個安穩太平的盛世，誰也不想南蜀國在日後留下一個民不聊生的爛攤子。此事亦有關王家在朝中的今後勢力，太后與內閣的重臣商議之後，便准了此事，且又派出了御用的巫師一族，如此也可如虎添翼。

　　之後的日子裡，孟婆才慢慢得知藏鋒在南蜀國的種種不易。

　　南蜀國一直由太后的王氏一族把持軍隊，其勢力可與內閣文臣分庭抗禮。

　　藏鋒之所以毫不猶豫的答應娶王氏為后，一來是他知道自己別無二選；二來他想借風而行，未必不是一件利事，且蓄勢待發，待這些內閣重臣逐漸衰老，他也可有足夠的時間來培養皇子們。

　　立下儲君，豐其羽翼，待其日後繼位，南蜀國定能與希國修好，百姓也可免受戰亂之苦。他餘生的心願就只是希望兩國之間不再連年交戰，百姓得以休養生息，不再有那麼多如靈霄、沉宸和自己那般的戰禍遺孤。

　　藏鋒的幾個皇子尚年幼，太子自然要立嫡出的三皇子，這三皇子的確天資過人，聰慧機敏，然而他小小年紀卻性情鋒芒畢露，受其外公王老將軍影響，總想著吞併希國。若是三皇子將來繼位，怕是王氏仰仗自身勢力，更加囂張跋扈。

　　王氏一族向來以武建立功勳，若是三皇子繼位，恐怕日後依舊戰亂不斷，這是藏鋒最不想看到的一幕，所以，在他心裡並不想將皇位傳給三皇子。綜觀其餘幾位皇子，只有四皇子心思縝密，又能隱忍，心性與容貌都與藏鋒年少時很像。可他太年幼了，藏鋒也不忍他坐在這孤寂悲涼的金

座上枉受一生煎熬……

　　孟婆獨自一人時，不禁感嘆藏鋒哥哥的一生都在隱忍與壓抑，著實不容易。而現在在南蜀國皇室的每一步，都是如履薄冰、戰戰兢兢。

　　轉眼便到了討伐之日，南蜀大軍集結在城門前，此次帶兵的將領不是別人，正是當年的寂少將，如今的南蜀王。

　　已過知命之年的藏鋒，面容瘦削，眉梢眼角處皆是滄桑的紋路，他身穿赫赫戰甲，騎在高頭駿馬之上巡視著浩蕩的軍隊。頭戴輕紗幃帽的孟婆則身在前排的巫師隊伍中，她由藏鋒欽點為異域巫師，攜領南蜀一眾巫師參與討伐。

　　「將士們！」藏鋒眼神堅毅，鼓舞著他的軍隊道：「此番討伐將是寡人率領你們的第一戰，也是最後一戰！你們英勇、無畏，你們集成了南蜀最精良的一支軍隊！可今日，寡人不是要你們視死如歸，而是要你等為你們的親人、妻女、兒孫與後世，為南蜀國，甚至是全天下的萬千子民拚死而戰！此戰結束後，你們必將是南蜀無上的英雄，你們的刀將會斬斷妖物的臂膀，你們的刃將會刺穿瘟魔的喉嚨！今日過後，世間再不會有瘟疫，再不會有那般災難將你們與至愛拆散！你們不是為寡人而戰，你們是為自己而戰，為世人而戰！為和平盛世而戰！」

　　這一番怒吼似的壯烈言語，不僅令士兵們為之動容，就連孟婆也深深的被打動。她抬眼望向天際的烏黑雲層，有隱隱的日光被壓在雲後，只缺少一陣颶風，吹開那孤冷的烏重。

　　士兵們將手中的長槍高舉，然後錘在地面，震耳欲聾的呼喊聲響徹雲端，他們高呼著「斬瘟魔，平亂世」，孟婆牽著馬韁來到藏鋒的身邊，悄聲叮嚀他道：「你不要離我太遠，如有萬一，這一回，我定可保護你。」

　　藏鋒看向她，眼神閃爍著熠熠光點，一如回到了少年時征戰四方、叱吒沙場的光輝歲月中，他只道：「你不必在意寡人生死，你只需保護眾將士，而寡人自會護你周全。」

　　孟婆苦澀而又寬慰地笑了，凡人肉軀的藏鋒卻一心想要護她安穩，或許在他心中，她永遠都是他認為的沉宸。

　　這一眾人馬浩瀚如海，在藏鋒的帶領下，前往瘟魔的所在地——長有昊草的崎嶇山谷。想來這麼多的人出現在山谷中，必定會打草驚蛇，所

以巫師們施了法術，隱去了軍隊與馬匹的腳步聲。孟婆又加以輔佐，本應浩浩蕩蕩的人馬，卻在無聲息中來到了山谷。

山谷裡綠樹繁茂，參天大樹相聚而起，仿若可以遮天蔽日。

士兵們紛紛仰頭望去，只覺得自己像是被困進了一個巨大的黑籠之中，四周陰鬱，看不見天，山林之中靜得令人恐懼不已。大家誰也不敢喘息，一根弦繃得好似隨時都會斷掉。

忽然傳來一聲接連一聲的電閃雷鳴，大風從上空垂直而下，整個隊伍因此而滯住了。身穿清一色磚紅長袍的巫師們坐在馬上，竟是被巨風吹得顫顫巍巍，不知又從哪裡傳來了斷斷續續的啜泣聲。

士兵們被哭聲擾得心裡發毛，他們左顧右盼，除去軍隊，荒野無人，究竟是從哪傳來的哭聲？

「瘟，瘟魔定是發現我們了……」其中一名士兵蒼白著臉，結結巴巴地囁嚅道：「也許現在回去還來得及……」

藏鋒聞言，蹙了蹙眉，立即令道：「巫師已經施了法術，怎會被瘟魔察覺？繼續前進！不准退縮！」

士兵們只得聽命，然每走一步，艱難不說，懼怕更深，耳畔的風像極了嚎啕的鬼，伴隨著女子的陰森哭泣聲，讓人全身寒毛直豎。

一道閃電劈天而下——

白光刺痛人眼，幾個士兵嚇得跌倒在地，他們實在是忍受不住了，抓著長槍朝來時的方向倉惶逃跑。

藏鋒還未喝令，便有大雨瓢潑驟降，雨滴大如卵石，砸落在逃兵的盔甲上。他們怕得全身顫抖，只想著「快逃、快逃！」不料被碎石絆倒，幾個人摔入斷崖下的泥濘，手中的武器掉落，他們慌忙去撿，然而幾個人卻猛然被狂風掀起，只聽「唰嚓」一聲，血濺到了草地上，像一道凜冽的朱砂印。

等到藏鋒與其他將領趕來，皆被眼前景象震懾。

三名逃兵被倒吊在斷崖上的矮樹枝頭，脖子擰了幾個彎，頭朝背去了。見此情景，一名副將失神的跌下馬，尚有理智的其他人趕忙去扶，聽他瘋魔似的唸叨著：「瘟魔……，這是瘟魔發怒了……，陛下，我們此戰實在是以卵擊石啊！」

這副將的恐懼彷彿聚成了心魔，令藏鋒戰前的一番鼓舞統統都瓦解了，士兵們開始驚慌失措。這也難怪，那瘟魔在暗處，且看不見、摸不著，哪怕是出征之前已鼓足了士氣，剛才那番殺雞儆猴自是動搖了軍心。為了讓局面得以安穩，巫師們則是在孟婆的帶領下站了出來，以孟婆為首，其餘二十名紅袍巫師圍成一個圓狀，他們紛紛合起手掌，一同唸誦起咒文。

孟婆站在圓陣的中央，她的腳下隨著咒文的低誦而出現了藍色羅盤，羅盤上刻著一條金色的蜿蜒指標，那針隨著咒文而變換搖擺著位置，孟婆閉上眼睛，努力的想要感知到指針要指去的方向。

紅袍巫師墫鈺在這時道：「有氣息從東方飄來，是魔物之氣！」

巫師淨池則道：「不，北方也有魔物之氣！」

另一位巫師卻道：「我分明感受到了來自西方的魔物之氣！」

孟婆猛然睜開了眼，她這才驚覺到不妙。並不是巫師們感知不準確，而是瘟魔在最初就已經將身軀擴展到了整個山谷上空，等到軍隊完全走入山谷後，他再一點點從山谷外逐漸包圍住軍隊，令軍隊成為不折不扣的甕中之鱉。瘟魔如此狡詐，就算孟婆與巫師們隱去了軍隊的氣息，可他早就識破這一點，竟將錯就錯，引君入甕！

他在耍弄孟婆！

「豈能順了他的意，坐以待斃？必要反守為攻！」孟婆的憤怒令眉間朱砂變得血紅，她忽然騰空飛起，俯瞰到指標在不停地畫圓打轉，她立即明白了，指針之所以無法找出瘟魔的具體位置，是因為瘟魔已經無處不在！既然如此，孟婆的輕紗幃帽如疾風般掉落，她重新降落到羅盤中央，以一種空靈卻有力的聲音召喚道：「東方青帝，南方赤帝，西方白帝，北方黑帝，中央黃帝，北斗三臺，天文五星，妖魔封結！」

羅盤佈陣頓時呈現，前往四面八方，形成無數條鎖鏈，在空中此起彼伏的攀附。一個無形的東西漸漸被聚集在鎖鏈裡，並一點點地縮小、縮小，最後形成了一個女子的形態。

她在哭泣，背對著眾人，無比悲傷的哭泣。士兵們見她被困在鎖鏈裡，不由地放鬆了警惕，並交頭接耳地品頭論足：「原來瘟魔竟是個女子！」、「那姓孟的巫師姑娘可實在厲害，三兩下就抓住了瘟魔！」、

「她方才的法術可真是威風啊！」然而孟婆卻覺得事情沒有那麼簡單，她打量著那女子的背影，不敢輕舉妄動，藏鋒也告誡大家不可妄自行動。一陣冰冷的涼風拂面而來，夾雜著一絲淡淡的幽遠香氣。

是因為聞到了熟悉的氣息，藏鋒猛地轉過頭，他的身形驀地怔住了。

一片繚繞的煙霧之中，鎖鏈裡的人轉過了頭，她的長髮雖然遮擋著臉龐，可露出來的下顎卻光潔白皙，她的嘴唇蒼白，從口中吐出的音調讓人不寒而慄。

「夫君……數年不見，你難道認不出我了嗎……」她將纖纖玉手從衣袖中伸出，卻是鮮血淋漓的，她哀怨地哭訴著：「你讓我等的好苦啊！我好苦，好恨啊！你怎可狠心拋棄我們妻女……」

藏鋒震驚得瞪大了雙眼，不敢置信地喃聲道：「蘿……憂……？」

孟婆看見藏鋒魂不守舍的走向那女子，她聽他唸著妻子的名字，不由大驚失色。因為在她看來，鎖鏈裡的人只是個鮮血淋漓的骷髏女屍，而藏鋒卻受到了蠱惑，竟怔怔地走向了女屍。孟婆大喊他一聲，藏鋒因此回神，而那女屍瞬間怨恨而兇惡的咆哮了起來。

她欲衝出鐵鍊撕扯孟婆，孟婆在這時從袖中抽出一把長鞭，那是歷經日月精華而鍛造出深海黑龍筋條的鞭子，她抽打那瘟魔，瘟魔哀叫一聲退後，忽然又變成男子模樣，模仿著那男子的語氣同孟婆道：「師妹，你怎能如此狠心對我？」

孟婆怔住了。

那是衷贏的聲音。他模仿得太像了，以至於有那麼一瞬間，孟婆真的以為他就是衷贏。然而她怎會被這種愚蠢的伎倆欺騙呢？她又一鞭揮向瘟魔，怒斥他道：「休得冒充我師兄，否則我定要把你鞭撻成碎片！」

瘟魔憤怒不已，他見把戲不奏效，乾脆展開了殺戒。頓時，一片黑色的怨靈湧現而出，它們在山色幽森的山谷裡席捲向整個軍隊。

「不、不好！」

「是鬼啊！」

「快逃啊！」

士兵們嚇得破了膽，紛紛四下逃竄。瘟魔又伸出滿是鮮血的雙掌從地底下喚出無數的死靈，他們是死在這山谷中的採藥人、村民、逃亡者，

亦有被強盜加害於此的遊人，他們有的沒了頭顱、有的斷了臂膀、有的開膛破肚、有的面目全非，這群死靈和怨靈紛紛撲向軍隊與巫師，他們如同千妖百鬼，張開血盆大口去吞人、去吃人，翠綠的山谷在頃刻間便成了一片猶如血海的地獄景象。

　　慘叫、哭喊、悲鳴……在剎那間，斷肢與血肉橫飛，屍體與鮮血隨處可見，而那些聲音傳到了藏鋒的耳裡，他無法忍受士兵的哀叫，揮起長刀便要向瘟魔衝去。

　　孟婆一把拉住他，斥責道：「不要中了圈套！」

　　藏鋒憤怒的紅了眼睛，高聲道：「他在屠殺寡人的士兵，寡人如何能忍？」

　　孟婆阻攔他道：「憑你的肉體凡胎能戰勝那魔鬼嗎？一旦你接近他，他定會將你撕碎！」

　　話音落下的瞬間，山谷突然開始劇烈的搖晃了起來，瘟魔彷彿嗅到了某種久違的氣息，他在尋找什麼人，他化作一隻長著眼睛的巨大鬼手，在上空不停尋覓著下方的眾人。很多目睹此景的士兵與巫師嚇得大叫一聲，昏死了過去。

　　藏鋒正欲奔向那巨手，頭頂驀地掉下一棵參天大樹，險些砸中他。孟婆將他推到身後，兩袖一揮，合掌令道：「白虎聽命，速速前來！」

　　一頭通身雪白的巨大白虎妖獸騰空而現，牠腳下踏火，四肢纏冰，正是孟婆的坐騎。

　　孟婆翻身坐上白虎，正要拉藏鋒上來，那隻鬼手在芸芸眾生中找到了孟婆，迅猛的朝她壓過來。

　　藏鋒要去搶奪孟婆，巨手猛地將他彈開，他飛到樹上，背部受到重創，順著樹幹緩緩滑落在地，耳廓內都滲出了血跡。可他很快就甦醒過來，拚了命的朝孟婆跑去，試圖去保護她。然而，鬼手尖銳的指甲猛然將藏鋒的背部劃出了幾道長且深的血痕，頃刻間皮開肉綻。

　　孟婆驚恐的推開藏鋒：「不要管我！」

　　藏鋒執意道：「寡人說了會保護你，就要一生一世都護你周全！」

　　孟婆眼中含淚，告誡他：「你鬥不過瘟魔的！即便是我，也要為戰勝他而付出巨大的代價！你快走啊！」

　　下一秒，一陣狂風席捲而來，吹得藏鋒幾欲騰空。等到風平浪靜，他睜開眼去看，孟婆不見了。

　　其餘的怨靈也消失了，除了沿途遍地的屍體，剩下的生還者寥寥無幾。藏鋒正是其一，他滿臉怔然的跪坐在地，環顧四周，到處都沒有孟婆的聲音。幾聲悶雷乍響，他抬起頭去看，暴雨已停，竟是一輪滿月當空。

　　而在一片黑暗之中，孟婆緩緩地睜開了雙眼，她逐漸恢復了意識。看向身側，白虎似乎受到重創而退化成了幼貓的模樣，正酣睡著。孟婆看向四周，驀地一驚，自己竟然趴在南蜀國高聳入雲的千層塔頂端！

　　這塔足有百餘層，抬頭可看月，伸手可摘星，她爬起身來環顧周遭，赫然看見一張巨大的臉孔在空中俯瞰著她。

　　他的整張臉都是赤色的，尖牙外露，突起的眼球，還有鋒利的額上尖角，他張開口，兩條舌頭露出來，發出蛇信子般的「嘶」、「嘶」聲。可他不僅只有一張臉，他轉動著頭顱，又變出一張青色的臉，再轉一次，則是黑色的臉，他有著數不盡的面孔。

　　孟婆打量著這猙獰可懼卻又變幻莫測的怪物，舉起手中的長鞭指向他，大聲問道：「你可是瘟魔？」

　　瘟魔目露凶光，斥責孟婆道：「小小一介冥府孟婆何等放肆，吾輩乃是集聚天下萬千怨靈的宿主，豈可容你直呼名諱？休得囂張跋扈！」

　　孟婆不怒，反而平靜道：「你既是自認為高高在上的瘟魔，又何必在意我小小孟婆如何稱呼你？把我帶來此處，你又有何意？」

　　瘟魔在這時忽地轉化出一張白臉，這張臉上布滿了哀怨悽楚，竟流下淚漣漣，同孟婆哭訴道：「吾輩覺得你身上有故人氣息，吾輩很想和你單獨聚上一刻，哪怕只有一炷香，半炷香也好……」

　　赤色紅臉在這時擠掉了白臉，他兇狠地同孟婆叫囂道：「你敢踏入吾輩山谷，妄想奪去吾輩的性命，吾輩要你三更死，你就不可活五更！」

　　青臉又在這時跳出來，陰陽怪氣地嘆息道：「吾輩見你道行尚淺，定是個還沒有在職百年的孟婆吧？要說這三界都有各自的規矩，你身為冥府中人，又怎可同凡人聯手企圖壞掉三界規矩呢？吾輩是鬼，你亦是鬼，何必同根相殘？」

　　孟婆充滿疑慮地盯著這幾張來回變換的臉孔，她雖不知這魔物在搞

什麼鬼，可她覺得這是除掉他的好機會。於是她悄悄地從袖中拿出了一個雕花小方盒，正欲打開，卻被瘟魔察覺，他憤怒的發出一聲低沉的吼叫，從頭頂飛出無數支冰刃飛向了孟婆。

孟婆揮動長鞭化作一個盾，擋住了那些冰刃，可仍有一支冰刃穿過縫隙刺中了孟婆的胸口。

「滴答」。

「滴答」、「滴答」……

血珠不停的滴落在地上，孟婆的胸口流淌出涓涓血跡，不是紅色的血，而是藍色的。如海般湛藍的液體染汙了她的白衫，她抬起眼，終是震怒了。

「你這瘟魔，實在不知好歹！」孟婆的眼神滲透出狠戾之色，她極少這般模樣，這便是說明她已然決定要與之一決生死了。「這幾十年來，你利用瘟疫禍害兩國不知多少無辜百姓，你連累我前世親人盡失，你又在第二次瘟疫中害我為此奔波而亡，你竟敢大言不慚的跟我談同根相殘？你我的確皆為鬼，可逆天而行必將被誅殺，於情於理，我都不該再讓你於世間禍國殃民，今日相見，我必要把新仇舊帳都同你算個清楚！」

說罷，孟婆破釜沉舟的默唸起咒語，袖中的雕花小方盒便自行飛了出來，盒子裡裝有孟婆數年來積攢的福報珠子，還有前世救治眾人換來的福報底子，那些靈珠與福報凝聚在一起，全都被孟婆吸進了自己的體內。

這一刻，她獲得了無窮盡的法力。可惜的是所有的福報珠子都毀了，一切又都需要從頭開始。

然而孟婆卻沒有半分的猶豫，她既已遇見這瘟魔，必要將其誅殺，否則又怎麼對得起這多年來內心深處的悲愴與痛楚？因為瘟疫，她失去了兄長、養母；因為瘟疫，靈霽與養父死去；因為瘟疫，千千萬萬的百姓妻離子散、家破人亡；因為瘟疫，她錯失了本該廝守終生的衷贏，而釀成這一切惡果的皆是眼前的瘟魔！

孟婆眼中升騰起殺氣，她將從福報珠中得來的力量凝聚到手中的長鞭上，一甩鞭子，鞭中的龍筋幻化出一條深海黑龍，天邊的一角也因此而泛起紅光，夜空被染上了一片絢麗之色。

巨大的黑龍騰空飛起，怒吼的龍嘯長鳴天際，牠鱗光閃閃，撲向了

瘟魔，以龍爪去刺瘟魔的頭。瘟魔突起的眼球被抓傷，竟有涓涓血液流淌而出。瘟魔痛苦不堪，黑龍長嘯一聲，盤旋幾圈後，又將瘟魔緊緊地纏繞了起來。

孟婆趁此機會喚來白虎，由於她重新獲得了力量，白虎也隨著她的法力而恢復了原形，氣勢洶洶地駄著孟婆衝向瘟魔。孟婆手持長鞭，數鞭抽打在瘟魔的頭上，每一道鞭子落下去，瘟魔的頭上就多出一道深入骨髓的血口子。

瘟魔的白臉最先被抽打而亡，白臉似乎最弱，也最厭戰，沒幾鞭子便嘴角流血死去。見自己的其中一個頭已死，瘟魔氣急敗壞地換上黑臉，幻化成一條蟒蛇的形態掙脫開了黑龍，狂風般襲向騎著白虎的孟婆。

孟婆靈敏躲開一擊，瘟魔的身上又湧現出無數的怨靈包圍住孟婆，瘟魔則是狂笑著道：「孟婆，你乖乖受死吧！吾輩有五個頭，你費盡千辛萬苦，才銷毀了吾輩最弱的白頭，可吾輩聚集了數年來的怨靈與死靈之力，你根本就不是吾輩的對手！」

孟婆用長鞭一把攀住瘟魔的脖頸，那長鞭隨著孟婆心中的意念，長出來無數把鋒利的尖刺，接二連三的刺進瘟魔的脖頸中，她輕蔑道：「那我就一個一個把你的頭切下來，像你這種沒出息的鬼，若是不利用怨靈來嚇唬人，恐怕再沒有什麼真本事了罷？」

瘟魔勃然大怒，他奮力掙扎著，可他越掙扎，鞭子便纏得越緊。孟婆這邊也十分吃力地緊抓長鞭，她咬緊牙關，又命白虎向後飛去，於是長鞭一扯，瘟魔的黑頭便從脖頸上飛了出去。

紅頭立即接替黑頭現身，他憤怒地吐出了一團烈火。

# 第二十七節

白虎妖獸瞬間擋在烈火前，一聲虎嘯，口中吐出了一面冰牆，將烈火全部阻攔。孟婆在這時騎著白虎妖獸朝塔頂的雲端奔去，她不停地說著挑釁的話，惹得紅頭瘟魔怒不可遏地追趕她。

孟婆則是要白虎妖獸跑得再高一點，再高一點，踏入雲端天際，烏雲滾滾，孟婆便可用手中長鞭中的龍筋召喚天雷。瘟魔彷彿察覺到了孟婆的打算，他竟停下了追逐，孟婆揮舞長鞭，黑龍再現，牠攔住了紅頭瘟魔的去路，孟婆趁勢高舉長鞭抽打雲端，唸出咒語，召喚了天雷。

一道悶雷劃破蒼穹，紫光怒閃，天雷從天而降，筆直地劈在瘟魔的紅頭之上。那紅頭被無情地劈成了兩半，青臉便隨之而急急探出來，他自知敵不過孟婆，便想要倉惶逃掉，孟婆騎著白虎妖獸下了雲端，飛快去追。

瘟魔已是傷痕累累，孟婆的法力累升，額角上也滲出了細密的汗跡。她心想，如果這種時刻，林冉冉與牛頭馬面能在她身邊便好了，自是可以助她一臂之力。不過如此危險境地，她又怎能忍心連累同伴呢？

這必將是她的孤勇之戰。思及此，她便加快速度，揚起手中長鞭，以此為無盡繩索，如旋渦一般地纏住了逃在前方的瘟魔。

青臉的身軀被牢牢困住，失去了三個頭，他的力量已經極弱，甚至連怨靈都無法召喚了。他力不從心且恐懼驚慌，一個打滾兒倒在雲層之上，作勢跪下向孟婆求饒起來：「孟婆姑娘，孟婆大人，你饒了吾輩吧！吾輩只是一個從未占據過這軀體的頭顱罷了，吾輩既沒有興風作浪，也沒有做紅頭與黑頭那般十惡不赦之事，吾輩向來被他們欺壓打擊，本就可憐不已，孟婆大人大發慈悲，饒吾輩一命吧！」

孟婆從白虎妖獸背上翻身而下，踏在雲層之上緩緩地走向瘟魔，眼神默然地對他道：「你本就是瘟魔體內滋生而出的一個形態，又何必這般惺惺作態的推諉罪孽？你若不死，瘟魔便可再續能量，豈不是又要殘害人間？」

青臉苦苦哀哭著：「吾輩無意做瘟魔，都是那些可惡的南蜀巫師將吾輩害成這副模樣！他們的巫蠱之術造就出了吾輩這種魔物，吾輩……」說到這，他的目光一凜，忽然變了嘴臉道：「吾輩怎會死在你這孟婆的手上！」說罷，青臉陰險狡詐地企圖衝向孟婆，給她致命一擊，然而孟婆早就看穿青臉是個險惡的小人，她只輕輕一揮鞭子，長鞭打在青臉的頭上，沒了其他頭顱，早就失去力量的青臉，便因此而一命嗚呼了。

孟婆望著瘟魔奄奄一息的軀體，不由輕嘆道：「終於只剩下一個頭了……」

然而，瘟魔的軀體卻在這時從蟒蛇的身軀逐漸退化成了人類的肉身。那肉身穿著貴重戰甲，腰間繫著鎏金紅綢，孟婆睫毛微顫，她認得這鑲著鎏金的紅綢帶。即便這紅綢帶的主人化成了灰燼，她也認得出！

可……可這怎麼可能呢？難道又是瘟魔使出的下流伎倆？想要蠱惑她心智，令她亂了陣腳！她直至今日還記得那年的將軍府裡哀樂鳴響，白幡漫天，靈堂前的香案中升起嬝嬝煙霧，堂下的烏色棺木裡睡著那面色蒼白、染有紅斑的他的身軀，孟婆失了心神一般，向前走去一步，去打量他的面容。

他這時緩緩地睜開了雙眼，烏黑眼瞳，凜冽的神色，如畫似玉般的面容仿若永遠都停留在十八歲的大好光華。他凝視著她，柔和地喚了她的名字：「宸兒妹妹……」

只此四字，令她整顆心都轟然塌陷。瘟魔的伎倆自是無法叫出她的本名，除了他，這一聲「宸兒妹妹」又還會有誰知曉呢？她恍惚地跪坐到他的身邊，顫抖著伸出手去觸摸他的眉、他的眼、他的臉，淚水滑落的瞬間，她叫出他的名字：「予奪……哥哥……」這最後一個瘟魔的頭，怎會是你呢？

「宸兒妹妹，久未謀面，你不要流淚啊……」他此刻的聲音聽起來十分無助痛苦，虛弱不已。

多少年數不盡的日日夜夜，他病逝的那一年，她才只有八歲，已然是痛徹心扉。然而這麼多年過去，她從未有片刻忘記與他之間的承諾，她那行醫救人的初心也是因他而生。他是她崇拜、喜愛的長兄，在將軍府中的日子裡，她總是黏在他身邊撒嬌，而他自是十分寵溺她。

她從未想過有朝一日會如今日這般慘烈的重逢，她將他扶起來，他的頭靠在她懷裡，瞳孔漸漸渙散，吃力地對她道：「你長大了……，宸兒，你我還能像這般相見一次，我也心滿意足了。」

孟婆痛心地問道：「為何……你竟會是瘟魔？」

寂予奪喟嘆道：「自古帝王乃天之驕子，享盡榮華富貴，上古有三皇五帝，後有天子周王，無一例外，都在生時占有帝王命相，你可還記得為兄的生辰八字？」

他又問：「當年太子的生辰八字又為何？」

孟婆蹙起眉心，恍然大悟，寂予奪與太子同年同月同日同時生，八字順行、四庫齊備，又降生在這萬人之上的家族之中，如此命格在降生的那一刻，便帶有帝王之氣。

寂予奪的語氣充滿了遺憾與惋惜，他的思緒逐漸陷入往昔回憶，沉聲道著：「帝王將相，身不由己，天有天意，造化弄人，然而和大怨，必有餘怨，安可以為善？是以聖人執左契，而不責於人。有德司契，無德司徹。天道無親，常與善人。為兄是德不配位，必遭災禍……」

他眼神渾濁地望向遠方，孟婆也隨他看去，呈現在眼前的，皆是他的記憶。寥寥白光，湧進眼底，大漠長煙，馳騁沙場，刀下亡魂數不盡，街市美人歌斷腸。

那一幕幕、一曲曲，寫滿了少年將軍如皮影殘骸般的夢回故里。嚴父慈母，兄弟手足，機敏幼妹，亦有心上伊人……，清水塘，香襲人，回眸一笑似驚鴻，又若游龍，一抹官扇，刺鴛鴦……

銅鉤玉檻，黛瓦粉牆；

飾以珠玉，溢脂流芳。

上下影搖波底月，往來人度水中天。

姑蘇臺上烏棲時，吳王宮裡醉西施。

天啟十五年。

時間回到了寂予奪參與的一場皇室捕獵上，那天是太子麒的生辰，剛到舞象之齡，帝與后自然要為寵愛十足的嫡子舉辦隆重宴會。在生辰的前三日時，皇帝便昭告天下——全國百姓舉國歡慶七日，齊賀太子年滿

舞象。那幾日，街市上不分白日晝夜的張燈結綵，華燈與彩花琳琅滿目，數不盡的紙鳶飛滿高空，小販們吆喝著販賣佳餚小食，百姓們結伴遊街歡慶，好一番盛世景象。

到了生辰當天，便有重臣提議進行皇族捕獵，以此來取悅皇帝與太子。本來那日是要請戲班來宮中表現雜耍的，都是寂將軍搜尋全國遍地找來的身懷絕技的人，還有會繩技的人。皇帝本也是想觀賞這絕世繩技，可皇后總覺得太子滿腹詩書，一股孱弱之氣，倒很鼓勵他同眾多皇族、將士子女一同捕獵遊玩。

恰好那天也是寂予奪的生辰，他與太子同年同月同日生，又是皇后的親侄，如此喜上加喜之事，倒也令寂將軍頗為自豪。寂予奪早早就贊同了捕獵，同太子麒勾肩搭背的唆使道：「太子自然也是願意去捕獵的，繩技那般雜耍小戲，等到晚宴再觀看也是為時不晚。」

太子麒自幼便不喜舞刀弄槍之事，總認為那是蠻橫粗野之事，他也不太願意同寂家的幾個兒子玩，因為總會被身強力壯、血氣方剛的寂予奪按倒在地，每次都要他苦苦求饒才肯罷手。

太子麒便嘆了口氣，道：「依本太子看，是你想去捕獵才對……」

寂予奪冷哼一聲，嘲笑他道：「太子怕是不敢同我一比高下吧？看在今天你我同個生辰的份上，我自當讓你十箭，你若在第十一箭還沒有射中一隻野味，我便要贏過你了。」

太子麒不滿道：「本太子可不曾答應你要比試這些粗野遊戲……」

寂予奪毫不客氣，轉身指著一匹漂亮的高頭大馬道：「我就選這匹了，不知太子是不是也屬意此馬啊？你若喜歡，微臣自是不會橫刀奪愛，區區一匹馬兒而已，讓給你便是。」

太子麒雖為皇儲，脾氣卻一直很好，他不理會寂予奪的挑釁，只挑了一匹瘦小的黑馬道：「本太子要這匹，此馬很溫順，本太子甚是喜歡。」

寂予奪在心中嗤笑，一主一馬，瘦弱的模樣倒頗有幾分相似！

皇帝與寂將軍把這些看在眼裡，也不以為然，只覺得是小孩子在鬥嘴。可其他重臣卻極為不滿寂予奪的囂張氣焰，他們的兒子自然也會參加捕獵，幾簇人湊到一起議論著什麼陰謀似的，惹得寂予奪有些不快。

一炷香時間過後，捕獵隊伍已準備就緒，皇帝與寂將軍也會一併參

與，且各帶一隊，皇帝帶隊黃衣人馬，寂將軍帶隊藍衣人馬，雙方套好衣服，就浩浩蕩蕩地策馬奔向野外山林裡去了。

期間寂將軍同藍衣的寂予奪小聲叮囑著：「你要知道輕重，不可傷了兩族和氣。」自然是在暗示皇帝與寂家的情分。

寂予奪年少輕狂，又十足傲慢，他將紅綢帶繫在前額，目光打量前方的太子麒，笑道：「父親放心吧！我也算是姑姑的娘家人，不會讓姑姑的心肝太子輸得太難看。」說罷，他便策馬追上前去，皇帝見他率先騎馬進了山林，不由讚歎著虎父無犬子，寂予奪頗有幾分寂將軍年輕時的英姿。

聽見父皇誇讚旁人，太子麒也不甘示弱的緊隨其後，可寂予奪的馬跑得太快了，轉眼便沒了蹤影。太子麒跟著他一起進了山林，兩人就這樣消失在眾人的視野裡。寂將軍擔憂起來，反而是皇帝樂在其中道：「你不必過於擔心，小孩子嘛！有分寸的。」

身邊幾名重臣請纓前去追趕，皇帝准了，寂將軍瞥見那三名臣子的箭囊和別人不太一樣，鼓鼓地裝得甚滿，可他卻也沒放在心上。

待三名重臣追到山林裡時，正見太子麒為了射殺一隻野兔而跌下馬去，他滿身泥濘，著實是吃了不少虧。寂予奪雖在馬上笑話著他，可還是打算翻身下馬，欲去扶他。

哪知身後突然射來一箭，擦過寂予奪的臉頰，只略微破了點皮，一條淡淡的血痕。

他困惑去看射箭來的方向，一名臣子再次對著他拉起了弓弦。寂予奪百思不得其解地皺起眉，為何要對他放箭？一旁的太子麒也看不明白，可另一名臣子已經將箭射到了寂予奪腳下，他尚未防備，心下一驚，那名早已拉起弓弦的臣子，又在緊接著放出一箭。這一次，要不是寂予奪及時躲開，小命便會不保。

臣子不滿地啐了一聲，寂予奪忽然意識到了某種危險，他趕忙跳上馬背驅馬狂奔，那幾名臣子立即追趕而上。果然如他所料，他們想要殺他。

莫非是與父親敵對的黨羽？朝中自是有很多見不慣寂家得寵的臣子，若能趁此狩獵之際，除掉寂將軍的嫡子也是一樁美事。可勝過寂家又有何用？若是真想在這希國有一席之地，叛逆篡位豈不是更為直截了當？取那太子麒的命才是上上之策。

　　寂予奪猜不透對方究竟是何用意，只能快馬加鞭，企圖甩掉他們，還好他選了一匹寶馬，再加上他十歲起就同父親征戰沙場，早就練就了好身手，那些舞文弄墨的臣子怎可能追得上他呢？

　　跑著跑著，他慢慢的勒住馬韁，竟發現自己在這山林中迷路了。還沒等寂予奪分辨得出具體方位，他便聽見前方草叢中傳來簌簌響聲，聲音很大，也許是頭野豬。寂予奪立即從箭囊裡抽出羽箭，搭在弓弦上，屏息等待野豬現身。

　　只是從草叢裡鑽出來的不是野豬，而是一名少女。寂予奪手中的箭下意識地射了出去，那少女非但沒躲，反而面不改色的側過身，羽箭射在她身後的樹幹上，她看向寂予奪，一臉狐疑。

　　寂予奪坐在馬上，居高臨下地將她打量了一番。青竹暗紋的衣衫，小家碧玉的眉眼，與宮中那些豔麗妖嬈的女眷們相比，這與他年紀相仿的少女，一看便是山野中的小門小戶，背著個花竹簍，定是來採藥、採果的。

　　他喊她一聲，問她這是哪裡，要如何回去皇宮。她不理他，背著竹簍向前走。寂予奪便騎著馬去追她，連稱謂都沒有地喚個不停，她便有些慍怒地盯住他道：「皇宮中人都似你這般蠻橫無禮嗎？倘若你如此傲慢自大，定可自行找到出路離開山林才是。」

　　寂予奪被她嗆得無話可說，雖然不悅，倒也退了一步道：「我叫寂予奪，乃是當朝國舅寂將軍的長子，自然是身分尊貴。你這民女既然不想被人無禮對待，就把你名字告知於我吧。」

　　她漫不經心地繼續走著，見到奇珍藥草便採進竹簍裡，就在寂予奪等得不耐煩時，她才娓娓道出：「我姓夏，單字一個芷，大家都叫我阿芷。」

　　寂予奪斜昵她：「你是採藥的？」

　　阿芷點點頭：「我家是城邊西頭開藥館的，我爹在宮裡行醫，不過不是御醫，是御醫的幫手。」

　　看來是個沒官職的。寂予奪在心中輕蔑著，兩人陷入沉默，一前一後地走了半晌，耳邊傳來聲聲不息的蟬鳴，阿芷已經帶他走到來時的路，並對他說：「你再往前面走半炷香的時間，就能找到出山林的路了。」

　　寂予奪愣了愣，忽然覺得自己一直在以小人之心度君子之腹，反而

羞愧道：「那我就⋯⋯先走一步了，阿⋯⋯阿芷。」

阿芷奇怪地看著他：「你臉紅什麼？」

寂予奪立即反駁：「我哪裡臉紅了？我、我只是不習慣叫女子名字罷了！」

「那就別叫。」阿芷懶得理他似的，嫌棄地背過身繼續採藥。

寂予奪實在說不過她的伶牙俐齒，與她反方向背道而馳時，他又忍不住回頭喊住她。

她回過頭，他口是心非道：「我可不打算謝你，我也不打算去你家醫館找你，你要是知趣就來宮裡頭，我會勉強見見你。」

阿芷哭笑不得，眉眼完成一個圓潤的弧度，仿若是倒掛的下弦月，映入了寂予奪眼裡，卻不知，也掛在他的心尖。

「阿芷⋯⋯」此時此刻，孟婆輕喃了一聲這個名字，那個時候她還未曾來到寂將軍府中。可日後的她也曾見到過一位穿著青玉竹衫的女子，時常出入府中，她那會兒尚且年幼，還不知她便是長兄的心上人。只是她知曉長兄在見到阿芷的時候，會露出一種旁人都不曾見過的笑容。

似眷戀，如寵溺，又有無限包容。

寂予奪的目光沉沉，失去瘟魔的控制與加持，他這具殘骸本就脆弱不堪，他只想在最後的時間裡，將一切真相告知於她：「想必從那個時候起，皇帝便已對我有了殺心。即便他也曾內心掙扎，可敵不過寵臣的屢次諫言。可惜的是阿芷成了權力鬥爭的犧牲品，倘若不是我心念於她，她必定能逃過此劫。

「然而那些有她在身邊的時日，當真是美好至極啊！天氣晴朗時，一同去山中尋藥，東雪臘月時，便一起踏雪折梅。當宸兒妹妹你對我說要學醫救人時，我便更為看重你，你與阿芷皆是那般柔善，是支撐我在宦海旋渦中浮沉的良木。可，或許⋯⋯正因我這份熾熱的愛意，才害了她⋯⋯」

他轉過眼，凝視著孟婆，就彷彿看到了與之相似的阿芷的臉孔。她的面容上呈現著一種幽微的悲傷，讓他的思緒逐漸沉墜進往昔。

年滿十七時的寂予奪正在品嘗愛戀的甜美滋味，他經常出入城邊的夏家藥館找阿芷，他們一起策馬遊玩，一起在皇宮裡奔跑著放紙鳶，一起躺在空殿上數夜空中的星辰，一起在皚皚白雪中尋最珍貴的藥材，也一起

在將軍府中喝酒暢談。

　　寂將軍早已將這一切看在眼裡，寂夫人更是想要早日把阿芷娶進府中給長子做妻。儘管夏家並非名門望族出身，背景也並不顯赫尊貴，但兩情相悅、郎才女貌，更何況阿芷心思純善，夏家在朝中也是本分的醫者，何樂而不為呢？寂將軍卻為此而躊躇了，他未曾告知夫人與長子，太子麒也到了指婚之齡，皇帝似乎有意將阿芷賜給他做個奉儀。

　　為何偏偏是阿芷？寂將軍曾猜測是否會是朝中臣子見夏醫的女兒經常出入將軍府，才在皇帝面前提出這人選呢？似有意要藉此來挑撥皇帝與寂家的關係。

　　明知寂予奪與阿芷愛慕彼此，卻要橫刀奪愛，豈不是要惹起是非？如此一來，寂將軍便要壓制住此事。他深知長子脾性，必定會中了圈套去大鬧朝廷，為了保全皇帝與寂家二族和氣，這個惡人必要他自己來做了。

　　他自當不同意寂予奪與阿芷的婚事，甚至不准寂予奪再與阿芷來往，態度無比強硬，令一家上下都感到為難。

　　人算不如天算，阿芷因此而傷心欲絕，茶飯不思，竟是一病不起。得知此訊的寂予奪更加坐立不安，終於在某一日的夜晚，寂將軍發現寂予奪失蹤了。

　　他竟帶著阿芷私奔了。

　　寂將軍怕私奔一事敗露，連夜派出親信隊伍去抓二人回來。此事絕不可聲張，一旦傳進皇帝耳朵裡，怕是不僅保不住阿芷，連同寂予奪都會遭到禍亂。

　　寂予奪的語氣中充滿著恨意，他悵然道：「父親為皇帝征戰多年，他自當比誰都瞭解皇帝的身世與性情。皇帝王位得來極為坎坷，他自幼不受先皇寵愛，心中自然猜忌他人會對自己的王座虎視眈眈。想來我與太子八字命格分毫不差，再加上其他寵臣的日夜離間，自是會走向這般不歸路。父親敏銳，早已察覺，便想著要保全我，可他忠於皇帝，亦不想讓皇帝整日活在擔憂受怕之中。一面是主卜，一面是愛子，他夾在中間分外煎熬，卻也清楚一個阿芷只是引子，若是重臣想要斬除寂家勢力，日後便會有千千萬萬個阿芷出現，劫難躲不過，不如順應天意……」

　　孟婆明瞭道：「所以，父親便改變了主意，想要就此放你們浪跡天

涯……」

　　「自可找兩具屍首來充數，好讓我遠離宮廷的爾虞我詐，同阿芷過世外桃源般的生活。世間再不會有寂予奪，既可保全我性命，也能讓皇帝此後安枕無憂。」寂予奪悲嘆道：「可惜了，我當時年少狂傲，哪裡能參透父親的用心良苦？是我的傲慢害了阿芷，害了自己，更牽連了父親……」

　　假設他當年就此帶著阿芷遠走高飛，假設他沒有半路返回，假設他心中對朝廷真的有一絲忌憚……

# 第二十八節

　　的確如眾臣所言，他從未將朝廷百官放在眼裡，他自是驍勇善戰、鋒芒畢露，也瞧不上太子麒的孱弱清瘦，可他卻從未對皇位有過絲毫想法，更別說是想要謀權逆反了。他只是擔心那日的阿芷病重，不忍她與自己長途跋涉的策馬逃跑，猶豫良久過後，他還是決定帶著阿芷回去負荊請罪。

　　他想著先把阿芷送回夏家養好身體，此事與她毫無關聯，他自行回到將軍府扛下所有罪過便是。父親想來縱容溺愛他，怎會捨得加罪於他呢？

　　可他失策了，皇宮侍衛早已在夏家大門前守株待兔，領頭的是皇帝身邊的心腹內侍，見到寂予奪帶著阿芷騎馬歸來，內侍冷言揮袖，所有的侍衛立即排開一隊，亂箭齊發。

　　那些飛箭如雨，均向寂予奪射來。夏家夫婦在門下驚恐萬分，夏夫人更是泣不成聲，撕心裂肺地喊著：「不要傷了我家阿芷！」

　　寂予奪將阿芷護在懷裡，他滿心錯愕，不明白自己只是帶著阿芷出逃，為何會這般驚動朝廷？這與朝廷又有何關聯？內侍在這時下令道：「寂家長子寂予奪引誘太子奉儀出逃，如不謝罪歸順，一律射殺！」

　　太子……奉儀？阿芷？寂予奪出神的空檔，空中一隻箭「嗖」地射中了他的左肩，他仿若是一隻倦鳥般從馬上跌落，阿芷見狀痛心呼喊，踉踉蹌蹌地翻下來去扶住他。

　　只一支細箭，於他而言不過是皮肉小傷。他面不改色地把箭身折斷，護阿芷到身後，又從腰間抽出佩劍，向前邁去兩步，死死地盯住內侍問：「你方才說，誰人是太子奉儀？」

　　內侍揚起下顎，拿出手中聖旨宣道：「奉天承運，吾皇詔曰，賜夏氏之女夏芷為太子奉儀，即刻入宮見聖，不得延誤吉時，欽此。」

　　夏家夫妻立刻戰戰兢兢地去接旨，唯有阿芷誓死不從，寂予奪更是眼神震怒，他說著今日誰人敢帶走阿芷，他就殺了誰。內侍斥責他口出狂言，實在放肆！如此輕蔑朝廷重官，必要斬盡殺絕！

侍衛們的弓弩再一次圍攻向寂予奪，他本是無所畏懼，可身後傳來一聲駿馬嘶鳴，寂將軍及時趕到，他大罵寂予奪逆子，又揚言要家法處置，與內侍求情將逆子帶回，必將嚴加看管。內侍瞥見寂將軍的大隊人馬，自己帶來的侍衛明顯在人頭上便已失勢。且寂將軍畢竟是當朝國舅，又戰功赫赫，連皇帝都敬他三分，身為內侍更要打狗看主人了。於是內侍眉開眼笑，化干戈為玉帛，命人帶走封為奉儀的阿芷，回往宮裡。

　　阿芷一步三回頭地看向寂予奪，她不敢不隨他們走，她怕寂予奪會魯莽。寂予奪下意識地叫出她名字：「阿芷！」

　　寂將軍一桿長槍將他打在地上，怒斥道：「太子奉儀之名，豈容你等屬下直呼？」寂予奪的憤怒哽在喉口，他望著阿芷的背影越來越遠，望著她青玉色的竹衫群消失在茫茫夜色之中，風裡帶來槐花樹的香氣，撲進他胸腔，混雜著那說不出的深深眷戀，一同碎成了泥。

　　「那是我最後一次見阿芷……」寂予奪說這話的時候，聲音飄忽，極度心痛，他道：「奉儀是最為卑賤的後宮之位，儼然只是太子的妾。既是妾，本不被允許有大婚之禮，可有臣子提議唯有操辦大婚，才可替那年久染風寒不癒的太子沖去晦氣。皇帝溺愛太子，自然允許，想必他也無暇顧及寂將軍的心情了。不過是一個女子罷了，弱水三千，當真會有人只飲這一瓢不成？然而女子不是物品，尤其是阿芷那般從一而終的女子……」

　　孟婆眼底泛起悲切光點，她聽寂予奪繼續道著那段痛徹心扉的往事。

　　大婚當日，極為隆重，紅氈鋪滿宮殿十里，金鸞鳳車上載著朱紅嫁衣。寂予奪獨自坐在將軍府的廂房中，這裡曾是阿芷收集藥材的囤放之地。身邊充斥著淡淡的藥香，如窗外飄灑而下的輕雪，落在心頭，化盡眷念。他擺弄著一枝乾掉的葳蕤草，想起當日阿芷同他講述著藥草的作用，她認認真真地描述著葳蕤味甘，氣平，可入心、腎、肺、肝、脾五臟……

　　她講起藥草時總是滔滔不絕、眉飛色舞，站姿十分優美，輕撫著葳蕤的手指纖細柔軟，指甲修整的乾淨圓潤，又用那手捋過掉落在額前的碎髮，青玉簪子上一點紅翠。她講了什麼，他全然沒有聽進耳裡，在她看向他時，他飛快地吻上她的唇，惹得她一臉緋紅，羞澀又生氣的模樣，帶著只顯現給他看的嬌嗔。

　　寂予奪的思緒忽然斷在這裡，只因二弟急匆匆地推門而入，他氣喘吁

吁，面色凝重又哀愁，忽然垂下臉去同他道：「大哥，你……要節哀。」

他心中不安，緩緩站起身來。

二弟拿出手中一塊染血的紅帕，傷心地對他道：「我只能帶回這個了，大哥，阿芷姊她……她從皇宮高殿上跳了下來，她死了。」

他怔怔地接過那血紅的繡帕，上面繡著她寫給他的字字珠璣：「一心人，一生愛，一孤塚，一世守……」

他惶恐、震驚、心痛欲絕，攥緊了繡帕不知所措，三弟也趕來，同二弟一起攔住他悲哭阻止：「大哥！人死都死了，你莫再去了！阿芷姊的用心良苦你還不明白嗎？就算不是為了你自己，為了父親，為了寂家，你不能去尋仇！你鬥不過天子！」

鬥不過……天子？

他從未想過去鬥，也從未想過要爭權奪寵，奈何天子猜忌於他，他一再退讓，卻連心愛的女人都護不住。她誓死表了對他的忠心，決絕地跳下萬丈深淵，而他卻要如喪家犬般忍辱負重、苟且餘生嗎？阿芷是無辜的，她有什麼錯？她不過是愛著他，想嫁他為妻而已！她寧願死，也不想和不是他的人成婚，她的心思只是這麼簡單罷了！偏偏人拆鳳凰、棒打鴛鴦！

「為何要這樣對我？這樣對阿芷？我究竟做了什麼惹他這般痛恨？我與太子同年同月同日生，難道生辰八字便可決定帝王之命？究竟誰人配做天子？天子又有何了得？亦有何可值得貪戀？」這一聲怒吼響徹將軍府，本是因憤慨的無心說辭，可傳進了數人耳裡，他們一傳十，十傳百，百傳千，變了原本的意味，增添上了異樣詭異的枝葉……

可他只是痛心失去了心上人，不過是帝王御座罷了，在他眼中，又怎配同阿芷相提並論？

然而阿芷之死極為壯烈，倒也讓皇帝知曉了這女子本就屬於寂予奪，是他聽信讒言為太子麒橫刀奪愛，實在是有愧寂將軍。於是他下令對外宣稱太子奉儀初入宮中，與三位陪嫁侍女遊玩宮殿之時，不慎高臺墜落而亡。還將三位陪嫁的侍女處死，給了一個護主不利的罪名。

凡事總是要有個說法，總要有替罪羊。雖然死了三個侍女，但是也算是保住了夏氏一門，否則斷然拒婚而自盡，這是要滅族的罪過。因此，夏氏一族不但不敢悲痛聲張，反而對陛下的大度和體恤感激涕零。倒是可

憐了那三個侍女了，平白無故，死得冤枉。

　　此事就這樣作罷，宮中也不准他人再提及，畢竟有了太子奉儀的名分，阿芷得以葬入皇室陵寢。自此之後，除了皇室之人可以上墳祭拜，其餘人等皆不能靠近。而寂予奪為了保護夏氏一族，也不得不守了規矩，只能在夏家靈牌前祭奠阿芷。

　　夏家夫妻痛失愛女，整日鬱鬱成疾，日漸憔悴，他們深知阿芷心心戀戀寂予奪，便將阿芷的一些遺物給了他。寂予奪睹物思人，想起同阿芷在山林間遊玩的畫面。他曾征戰負傷，她便為他採集治癒傷口的良藥。可惜找到的藥材有點少，不過總歸能盡快治癒他也是好的。她採藥歸來，看到他早已來到她家中等候她，許是等得久了，便在樹下酣睡著，她俯下身去仔仔細細地打量他的容顏，眉間帶著貴氣，眼窩深邃如泉，長風吹過，掃過他耳畔，睫毛微動，他睜開眼，看見了她。

　　日光下的她染著一身華美絢麗，光華旖旎，好似南柯一夢，以至於她對他露出微微笑意時，他竟想要在此夢中一醉不醒。富貴榮華、功名利祿，與阿芷二字相比，皆是泥潭裡的淤泥，不值得他抬一下眼。

　　可混沌塵世總有汙穢迷離，高殿之上，縱身一躍，殞下一縷芳魂，消逝在他已經乾涸枯裂的心池底……

　　玉戶簾中捲不去，搗衣砧上拂還來。

　　此時相望不相聞，願逐月華流照君。

　　鴻雁長飛光不度，魚龍潛躍水成文。

　　昨夜閒潭夢落花，可憐春半不還家。

　　「我想起來了……」孟婆的記憶逐漸清晰，「那個時候我剛來到將軍府不久，起先總看到長兄與阿芷姑娘出雙入對，可後來阿芷姑娘便再也沒來過了。我也曾去偷偷問二哥，二哥不准我再問阿芷的事，也說世間再無阿芷此人，更不准我同長兄提及這個名字。」

　　現在想來，才知道那是二哥不想他人觸碰長兄心裡的傷痛。

　　寂予奪嗤笑一聲，他喉嚨艱難的哽咽，聲音是乾澀的，「我的確消沉了很長一段時間，父親曾同你們說起我是出征去了，可我哪裡也沒去，不過是在母親常年入駐的道觀中渾噩度日。我尚未從阿芷之死的陰影中走出，也不願再為朝廷效力，唯獨道長一句話點破我心中陰霾，他道：

· 284 ·

『使我介然有知，行於大道，唯施是畏。大道甚夷，而民好徑。朝甚除，田甚蕪，倉甚虛，服文采，帶利劍，厭飲食，財貨有餘是謂盜夸。非道也哉！』正如他所言，寂家為希國打下了半壁江山，卻時常遭到皇帝猜疑，若是皇帝執意走上邪路，我就算再為他廝殺拚戰也是徒勞，他既要失道，必與我再無關聯，我又為何要憎恨於他，增加我的業障呢？他是從我這裡奪去了阿芷，但他也是一個可憐人，分辨不清是非，做不成明君已是可悲，失道之人自有天懲，我只想看著那一天早日到來。如此一想，我便收起了恨意，重回將軍府……」

　　他的確盡他所能的想要忘卻憎恨，寬恕帝王。他漸漸恢復了往日笑容，把阿芷藏在自己的心底深處。他表面上笑意如初，內心依然舊傷未癒，比起父母親，他更加願意與妹妹沉宸在一起。當她說她要行醫救人，並與他締下承諾時，他彷彿在她身上看到了阿芷。轉瞬即逝的悲傷滑過他心頭，他想著等沉宸長大，定可以成為阿芷那樣心懷柔善之人。

　　然而，他卻沒有這樣的機會了。

　　殺戮不曾擊敗他，戰爭無法奪走他性命，皇權爭鬥亦是沒能讓他倒下，唯有一場瘟疫，竟使他成了任憑病魔宰割的案板魚肉。

　　他死於瘟疫的那一年，正逢天啟十八年，而他也僅僅只有十八歲。瘟疫將他折磨得痛不欲生，他高熱不斷，滿口夢囈，終於還是敵不過病魔而英年早亡。耳邊充斥著母親、弟妹的哭泣，他彷彿還看見父親也流下了一行清淚。父親總道男兒不彈淚，可堅毅如父，卻也還是放不下人世間的七情六慾，這般傷心神色，實在令他肝腸寸斷。

　　當他身軀被推入烏木棺材裡時，他感覺自己的魂魄已經離開了軀體，正漂浮在不知何處的幽深境界中。不知過了多少時日，他的魂魄都在茫然地遊蕩著。他手持長劍，身穿鎧甲，腰間繫著那鎏金紅綢，一派名將姿容，光華榮耀，卻已是死魂而已。他漫無目的地走著走著，漸漸地聽到有聲音在他耳邊問起：「你可甘心這般死去？」

　　他轉頭去找聲音的來源，只看見一個形態模糊的東西在他身邊纏繞，如同魑魅魍魎。他本不願理會，忽然聽他追上來糾纏道：「少將軍，吾輩與你在此相遇也是修來的緣分，你又何必將吾輩拒至於千里之外呢？吾輩不過是想要把很多你不曾知曉的祕密告知於你罷了……」

他皺起眉頭，不耐地問道：「你到底是何方妖魔鬼怪？」

那聲音嗤嗤地笑著，陰惻惻的道：「吾輩是瘟魔，是掌管瘟疫的魔鬼，可操控眾生生死，帝王將相、市井百姓，皆無法倖免。」

「原來，是你害死了我。」他咬牙切齒地將長劍揮向那團迷霧，可是瘟魔沒有形態，它無形無色，又存在於四面八方，他奈何不了它。只聽到他在耳畔笑道：「害死你的可不是吾輩，而是那高高在上的掌權之人。」

「胡說！」寂予奪怒斥道：「我是染了瘟疫而死，你既是瘟魔，自然是你奪去了我的性命，你又在此陰魂不散，究竟有何意圖？」

瘟魔豔羨地感歎道：「像你這般擁有帝王八字的人，著實是百年難遇，吾輩自當是想要獲得你的身軀與靈魂，讓吾輩得到帝王般的保護，從而可以在人間大肆地收割性命，也好增強吾輩的法力。」

寂予奪冷哼一聲，道：「真是個癡心妄想的瘟魔，就憑你，也能侵占我？」

「那就要看你自己的決定了。假設吾輩把你不曾看到卻真實存在的一幕，展現在你面前，你會否還這般意志堅定呢？」瘟魔勾心攝魄般地狂笑起來，他忽然變幻出一個人形，雖沒有臉，也沒有龍袍，可依稀能從形態上分辨出那是當今皇帝。

只是皇帝在瘟魔的幻化下，僅僅是個皮影似的軀殼，他竟口露獠牙，如惡魔般地交代著屬下：「寡人並不是不救他，庫房中的確有現成的藥材，可寡人只能這般推拖下去，實在是因他的八字與太子一致，而他的父親功高蓋主。倘若他狼子野心、萌發奪權之想，該如何是好？寡人當年已經錯了一回，間接害死了他喜愛的女子，他必定記恨寡人在心，而眼前……豈不是除掉他的大好機會？」

瘟魔的煙霧轉眼又幻化出數名臣子，同樣無臉無嘴，卻點頭哈腰地奉承道：「陛下英明、陛下聖明啊！不瞞陛下，我等早已看出那寂家長子的豺狼野心，為了陛下的千秋偉業，我等曾私自在太子生辰的捕獵比試上，試圖要了他小子的狗命，可他命不該絕，到底是躲過一劫！本想著自當是給他個警示也好，然而，他依然不將朝廷放在眼中，輕蔑太子殿下，與之搶奪女人不說，更有甚者！他曾口出狂言——竟敢大逆不道地講著天子有何了不得，他生來具有帝王之命，他才配做當今天子啊！陛下！」

皇帝道：「簡直不成體統，放肆至極！寡人容不下他了，實在是容不下了！寡人要他寂家軍營的士兵都給他陪葬去，他……他是不能救了，可……可寡人沒料到他的手足和母親怎會這般，為何他的手足也會染上瘟疫？他死了總歸是好的，可他的弟弟們如何會在他死後才病發？寡人雖已賜予名醫靈藥去了寂家軍營，奈何為時已晚，竟是回天乏術了。

「寂家二少和三少按輩分都是喊寡人姑父的，寡人看著他們兩個長大，他們與太子相交甚好，皆是好文喜書之人。寡人請名師教導這二子忠君愛國，更是讓他們飽覽群書、明史通今，本想著好好培養之後，留到太子登基之時可做近臣。

「然而，這真是可惜了寡人的一番心思。可憐這寂將軍連喪三子，也難怪寂夫人受不起傷痛，鬱結而終了。寂將軍是寡人的左膀右臂，是皇后的親哥哥，手握重兵、駐紮邊關、若是他萎靡不振，被敵國伺機進犯，這該如何是好？」說到這裡，皇帝癱坐在龍椅之上，面色蒼白。

大臣們同他一起唉聲嘆氣，勸慰著皇帝說：「陛下不必憂心，寂家二少、三少生時得蒙聖眷，只是他們命中福薄，未能盡忠於太子，這是他們自己的命數，陛下仁慈寬厚才會為這二子扼腕。想我希國人才濟濟，要為太子挑選可用之人不是難事。何況陛下正值春秋鼎盛，太子登基之事暫且不必考慮。至於寂將軍對陛下那是忠心不二，又是太子的親舅舅，久戰沙場，他一定會以大局為重，不會因為家中喪事而懈怠軍務。」

其中有一位重臣上前一步，對皇帝說：「陛下慈愛臣子，連子嗣問題也替臣子們考慮，吾等真是幸而生於希國，得以追隨聖君左右。其實這子嗣不是難事，寂將軍英武非凡，正值盛年，大可再多娶幾房妻妾，來年就有新的子嗣了。

「這朝中願意和寂將軍結親的文武百官，那是不勝枚舉啊！陛下若是賜婚，可考慮臣家中待字閨中的嫡女，年方十八，樣貌端莊娟麗，禮儀得體、自幼與公主們交好，一同由程夫子教導，識文懂墨、琴棋皆佳。若是她有幸成為寂夫人，定會為寂將軍開枝散葉，也會將寂家軍的動向，鉅細靡遺的稟告陛下。而且小女心中開闊，不似那普通女子，陛下可同時再賜婚幾位側夫人給寂將軍，一同彌補將軍喪子失妻之苦。小女定會與幾位側夫人和諧同心，伺候好寂將軍，讓陛下和皇后娘娘放心。」

接著瘟魔變作寂家二少、三少病時的模樣，兩人因瘡口破裂，痛得在床上打滾，披頭散髮，衣不蔽體、滿面痛苦之色，喉嚨中發出陣陣哀嚎。他們就這麼硬生生的痛死了，死的時候渾身上下沒有一處完好的肌膚，整個人仰躺在床上睜著死灰色的眼睛，像一個破敗被人丟棄的玩偶一般。

瘟魔隨即又幻化出女子形態，是寂予奪的母親，她因連失三子而悲痛欲絕，憂思憔悴，整日以淚洗面，最終含恨而終。臨死之前倒在病榻，一口鮮血染紅了床榻。

「奪兒啊！娘這就隨你而來了！咱們母子泉下相聚，可惜要撇下你爹爹和妹妹，奪兒，娘這就來！」

瘟魔如變戲法那般讓母親的身體隨風而散了，寂予奪望著眼前這一切，周遭彷彿是曾經的將軍府，漫天白綾，他所在的整個房屋，整個天地都是一片血紅。

再一低頭，他看見自己的懷中抱著一個人，滿身是血，汙了嫁衣。一抹繡帕蓋在她的臉上，刺著她的絕字。寂予奪全身僵硬，他顫抖著雙手，忽然如夢初醒地一把抱緊懷裡的人，哪知她如霧消散，皆是瘟魔賜予他的假象。

眼前又拉開了一幕戲，那像是一個戲臺，皇帝站在上面，他牽著年幼的男童，裂開血盆大口，露出出尖牙問他道：「奪兒，你看這皇宮美不美呀？」

男童點頭笑道：「自然是美。」

「那這盛世你喜不喜愛呀？」

男童遲疑了，他還太幼小，不知該如何回答這個問題。

皇帝卻引導他道：「奪兒，你們寂家功不可沒，是希國的英雄。你父親是英雄，你將來也會成為英雄，也將是百姓的希望，亦會是盛世的延續者。你說，你究竟該怎麼做呀？」

男童咧嘴一笑，童言無忌道：「姑父，你是要讓奪兒做皇帝了嗎？」

至此一句，萬箭穿心，天際箭如飛雨，鋪天蓋地的射向了此時此刻的寂予奪。他全身上下中了千萬隻箭，那些箭穿透他的身體，化成了雲煙。他痛心疾首地跪在地上，額頭、後脊連同手心裡都是密密麻麻的冷汗。

他緊緊地攢起了雙拳，以一種絕望嘶啞的聲音問道：「難道……他

從最初就把我視作眼中之釘、肉中之刺？難道父親多年來的忠心耿耿在他眼裡都是子虛烏有？」

瘟魔飄飄揚揚地落在他面前，聲音虛無空洞且充滿了誘惑，他妖魅地笑著，彷彿要給他致命一擊般：「他可是你的親姑父，你們是宗親啊！然而他竟只在意他的王權，甚至將人命視作鞋底上的爛泥，連螻蟻都不如！

「他怎麼能不記得自己的天下是依靠你父親得來的，若不是你父親不顧生死，鼎力相助他這麼一個不起眼的皇子，他何以登上寶座？若是說這寶座有你父親一半的位置，一點都不為過。你是將軍長子，將軍對你期許最高，關愛也遠勝對你的兩個弟弟。將你視若生命，是他的傳承之人，處處替你著想。

「你染病之時，皇上明明有藥可醫治，但他就是想你死。為了遮蓋謊言，當得知你兩位弟弟也染病之時，他也沒法把宮中現成的藥送去，只是說在西域採購，待藥採購回來，你的兩個弟弟已經回天乏術了。

「你母親憂思成疾，終日以淚洗面，茶飯不進，沒多久就衰竭而亡了。你的兩個妹妹整日在你墳前哭泣，每日都採摘新鮮花朵放去你墳前，險些哭瞎了雙眼。

「你父親雖剛毅沉穩，但也因為你的離世而一夜白頭。你家一連死了四口人，皇上遲遲才來探望，你父親還感恩皇上不顧自身危險而來。哈哈哈哈！真是好笑，皇上隨從密夾裡放的就是那味藥，何來危險一說。

「打你死了之後，皇上才得以心安，你兩個無辜的弟弟慘死，他也毫不惋惜。他遺憾的只是培養了那麼多年，將來留給太子的人死了，白費了心思罷了。他可有把你們三人當內侄？還是他眼中可以利用的狗？

「你母親新喪不足七七，這朝臣們都已經想著推舉取代她的女子。新的寂夫人和寂將軍琴瑟和諧，將來再生幾個子嗣，可有人在意過你等孤魂野鬼？怕是過幾年，這世上無人再記得你們母子四人了。」

寂予奪的表情逐漸扭曲起來，他被憤怒吞噬了心，被憎恨掩蓋了眼，他喃喃道著：「他在耍弄寂家所有人，他不曾有過一句真心肺腑之言，皆是試探，皆是謊騙！」

瘟魔再進一步道：「他想要你死也就罷了，畢竟他恐懼於你的命相。可他何以不救你的兩個弟弟？又連累你母親生無可戀，造成你父親中年喪

子，一門絕後，他究竟是如何對待你寂家這赫赫功臣的呢？」

寂予奪全身顫抖，他眼底的憤怒如熊熊烈火，瘟魔再道：「他有何權利高居帝位？他令你痛失愛人、家破人亡，這等豬狗不如之人豈可苟活於世！」

「我要殺了他……」寂予奪徹徹底底的被誘惑了，他淚流滿面，失了心一般怒吼道：「我要他血債血償，我要把他千刀萬剮、凌遲致死！」

在那一刻，他崩潰了，瘟魔露出了陰森的笑容，他形成一團黑霧衝進了他破裂的心中，寂予奪伴隨著蝕骨的劇痛而昏死過去。

他終究是被瘟魔侵占了身、心與魂。

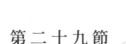

# 第二十九節

　　話到這裡，寂予奪的身體止不住地顫抖起來，他對皇帝的憤怒與憎恨，令他直至今日依舊刻骨銘心，可此時此刻，他的身體、魂魄都已近乎極限，他忍不住低低呻吟了一聲。

　　孟婆望著瀕死而痛苦的他，心痛不已，她默默地伸出手，輕輕地擦拭掉他眼角的淚痕，又為他把凌亂的髮絲細細地整理。哪怕軀殼已殘破不堪，他的眼神依舊凜冽如刃，眸子深處藏著歷經煉獄般的滄桑風霜，自嘲般地道著：「宸兒妹妹，你大可笑我意志薄弱，竟會被魔鬼侵占了靈魂，任憑他操控至今日，給人間帶來這般殘酷的禍亂。」

　　孟婆含著淚光，搖頭哽咽道：「我怎會笑你？倘若我早知你深陷如此水深火熱，又怎會讓你獨自承受這一切？」

　　寂予奪長長的喟嘆一聲，緩緩道出：「那瘟魔占據了我得天獨厚的八字命格後，便令他有了一層強大的保護傘。只是，他的瘟疫每散發一次，都需要用二十年的時日來回復能量。等到二十年後再次揮發，散播而出的瘟疫則會更加強大。所以希國曾爆發的第二次瘟疫中，染病而死的人也就更多，速度也更快，以至於皇帝的夜明砂也救不了人了……」

　　孟婆自然永遠不會忘記那來自第二場瘟疫所給予她的慘痛經歷，她微微蹙眉道：「在那次瘟疫裡想要救人，只能用藥王山谷的配方。」她不忍回想有關第二場瘟疫的點滴，不由地用力閉上眼，試圖轉換思緒。過了好久之後，她才問道：「若是按照這般來算，第三次瘟疫不應該是更為慘絕人寰嗎？為何相對於上一次瘟疫來說要弱了很多？」

　　寂予奪悵然道：「那是因為這些年來，我始終都在掙扎著擺脫瘟魔的控制……」

　　當瘟魔侵占了寂予奪的身體之後，第二次人間瘟疫便在瘟魔的計畫之中了。直到二十年之後，那場令孟婆不願再回想的恐怖瘟疫爆發了。

　　當皇帝臨死前的那晚，暗夜，暴雨傾盆，山搖地動一般。睡在偏殿

的太子麒驚醒，他喚侍女前去關窗，卻發現殿裡早已空無一人。漫天橫飛的白色帳幔在此刻顯得極為陰森，太子麒忽然擔憂起睡在內殿的皇帝，便趕忙翻身下床，疾步走向內殿。

驟亂的風雨在耳畔狂怒咆哮，太子麒忽然聽到一聲淒厲無比的慘叫，他驚慌失措、心跳如鼓地循聲進了內殿，只見皇帝在紗幔之中垂死掙扎般地爬起身，伸出雙手向他求救道：「麒兒，快帶寡人離開這裡！他回來了，他要回來殺寡人了！」

太子麒的目光落在皇帝那布滿了潰爛紅斑的臂膀、手背、脖頸上，他竟是心覺恐懼地退後了一步，顫抖著聲音問道：「父皇，你是又夢到了寂予奪嗎？他已經死去那麼多年了，你近來為何總會夢到他？他死了，不會再回來了，又怎會殺你呢？」

皇帝已臥病在榻許久，自從從寂家軍營回來之後，他便整日恍恍惚惚神志不清，此刻更是歇斯底里地跌落下床，爬到太子麒的身邊抓住他的衣衫，面容驚恐地死死抓著他道：「不，他即便是死了，亦是陰魂不散，他恨透了寡人！他是要化作厲鬼回來復仇了！麒兒！希國天下不能亡啊！這可是父皇用命為你換回的江山，你不可拱手讓人啊！希國不能改了姓氏，你才是天子！你才是！父皇做這些都是為了你啊！」

太子麒被皇帝的瘋癲模樣嚇得魂都去了三分，可他見皇帝被病症折磨得很痛苦，又不忍推開他，便安撫著與之度過了極為漫長的一晚。等到隔日，皇帝駕崩，太子麒的身上也隱隱地出現了紅斑。

一連下了數日的暴雨，毫無停歇之意，河水高漲，洪災襲來，百姓苦不堪言。重臣仿若恐懼一國無主，國喪還未過，便草草地將太子麒推上了帝位。

皇宮之外一片瘟疫慘景，皇宮之內卻依然歌舞昇平。加冕之夜絲竹聲靡靡，王權貴族踩著百姓們的血肉歡聲笑語，他們如同另一種致命疾病，無視外面的慘叫、哭喊，只管飲著杯中如血液般的陳釀，吃著盤中似骨髓般的佳餚。太子麒便那樣孤零零地坐在王座上，俯瞰重臣惡鬼一樣的笑顏。他覺得身上極癢，抓個不停，侍女們勸慰著陛下，不可這樣抓撓，會抓破皮膚的。

太子麒心煩意亂，又問自己的母后在哪裡？侍女們搖頭嘆息，道著

太后娘娘身體抱恙，無法出席。太子麒的心中便更加淒涼了，他不願再獨自坐於此處，仿若供人當做玩物取樂。正當他欲起身之際，宮外一聲悶雷打下，電閃雷鳴之際，他眼前忽然一片暈眩，接著便倒在金鑾殿上。

等到他再次睜開眼時，映入眼簾的一切幾乎使他魂飛魄散。

大殿內堆滿了重臣的屍身，一個疊在一個身上，他們的血，流成了淺淺的河，一直蔓延到了太子麒的腳下。再去看向身側，幾名侍女死狀各異，有的被扭掉了頭，有的被開膛破肚，有的腸子滿地，手指頭掉在鎏金酒盞中。太子麒臉色慘白，他聽見有人將頭顱割掉的聲音，顫巍巍地循聲望去，只見高高的屍山之上坐著的，正是身穿戰甲的寂予奪。

「你……怎會……你……」太子麒望著他，驚恐的語無倫次。

寂予奪的眼睛跳動著血紅色的光，連同雙手都是染滿了淋淋鮮血。此刻的他顯得孤高而決絕，於屍山頂巔居高臨下地俯瞰著太子麒，竟滲透出一副冷傲的悲壯。

他的容顏似乎永生永世都停留在十八歲，可他的聲音卻來自一個魔鬼，他對太子麒道：「你父皇欺騙了我，使得我兄弟三人和母親在一個月之內接連往生。我父親大人為你父皇打下這大好江山，他卻如此回報寂家。他已為此付出了代價。而你，我不殺你，姑母待我如親子，我不忍她神傷，這白髮人送黑髮人的痛苦，我母親和父親都受過了，姑母就你一個獨子，我下不了手。我只是要你生生世世銘記住今朝所見，生生、世世。」

那之後，太子麒變得疑神疑鬼，有時自言自語，有時要寢宮點滿百餘蠟燭才能入睡。

可瘟魔，卻變本加厲。

在第二次瘟疫中，瘟魔不僅奪去了皇帝的性命，連同寂將軍，以至於眾多無辜百姓的性命也一同收割。瘟魔畢竟是魔鬼，為了儲備強大、無盡的能量，他早在最初就打算將人間夷平為廢墟，從而創造出屬於他的一片血腥煉獄。與之共用一個軀體的寂予奪，漸漸察覺到了瘟魔的本意，即使他恨極了皇帝，可眾生終究是無辜的，他豈能容忍瘟魔肆意虐殺百姓？

寂予奪痛心地閉上眼，他同孟婆說道：「我本以為報復了皇帝，我便可以解脫，誰知瘟魔不肯放過我。他利用著我的八字來保護他自身，也

強迫我去順服他意，為他所用。他甚至妄想篡改我的記憶，想利用這種方式來令我對人世充滿仇恨⋯⋯」

於是在與瘟魔共處的歲月裡，寂予奪開始了漫長的鬥爭過程。他也曾被瘟魔控制如懸絲木偶，麻木地任憑瘟魔散播瘟疫，收穫死亡帶來的能量。他也一度被扭曲了記憶，甚至有很長一段時間記不起自己的名字。

直到第三次瘟疫初現人世之際，寂予奪的真實記憶才一點一點的醒來，因他看見了故土的虛空與血腥，在那些逐漸被瘟疫吞噬的村落裡，彷彿每一寸土地、每一棵青草都滲透著死亡的氣息。

在孟婆還未應無痕請求回到希國之前，寂予奪便已見到了被瘟疫折磨致死的百姓。在短短的幾日時間裡，數萬人染病而亡，在這之中竟有因饑餓而不得不分食病屍的人們。恍惚間，寂予奪那被篡改的記憶在慢慢的復甦。尤其是在見到一個接一個的村落被火焚的時候，官兵們為了阻止病情的蔓延而大肆縱火焚村，他們封鎖村落，令其裡不出、外不進，哪怕是那些村子裡還有尚未染病的健康之人。

瘟魔在見到人性最為醜陋的暗黑層面時，總會爆發出狂笑，因為死於瘟疫的人越多、死法越兇殘，他獲得的回饋也就越多、越豐厚。那些全身潰爛而死的模樣過於慘烈，寂予奪看著眼珠渾濁的死者，他非但沒有感到絲毫快意，反而令他於心不忍。瘟魔企圖令他憎惡世人，他愛恨分明、睚眥必報的本性，使他非但沒被洗腦，更令他逐漸清醒。

希國的長街、邊境的村莊、破敗的茅屋，彷彿在瘟疫的面前顯得如此微不足道。這些地帶在轉眼之間便屍橫遍野，賽過史書上任何一次千軍萬馬的悲慘戰役。在火與海的血腥之中，孩童們凄厲的哭喊不絕於耳。

「爹！娘！你們在哪裡啊！」

寂予奪看到大火熊熊地街道上，一名衣衫襤褸的男童在屍橫遍野中呼喊、駐留。他在不停地翻找屍體中的親人，哪怕血跡汙了他的雙手，哪怕膿臭染了他鞋面。

「抓住他！」有街鄰看到了那男童臉上的紅斑，他們立即拿著手中的鋤頭、鐮刀去捉那個孩子。

男童很清楚自己的親人就是這樣死在街鄰的利刃下的，他不再哭喊，而是抓起地面上的一根長棍，試圖做最後的殊死之搏。街鄰見此情景，大

笑不止，他們不費吹灰之力，就毀掉了男童手中的長棍，奚落他、推攘他，像玩弄一隻幼小的兔子般踢打他。這些人原本都是男童友好的鄰居，每日相互問候、歡笑有加，可自從得知男童一家染上瘟疫後，善良的鄰居轉眼之間變成了惡鬼般的屠夫，他們將其舉報，又紛紛拿起手中的一切利器去殺害男童一家，只因這是一家得了瘟疫的人。

　　男童已然被街鄰折磨的奄奄一息，他的兩個弟弟在這時跑來救他，可弟弟們更為年幼，在兇惡的鄰居眼裡更像是一頓美味的晚餐，在如此饑荒與疾病交錯的時期，幼兒無論是蒸煮還是包成肉餡都是天賜的糧食。於是男童眼睜睜地看著自己的兩個弟弟被兇神惡煞的鄰居抓獲，不管他如何撕心裂肺地求饒、謾罵都無濟於事，呈現在他眼前的是一片充斥著血腥味道的地獄深淵。

　　希國與南蜀國交界的邊境小鎮，來往著各國的行商，在這三不管的小鎮之中，那街角盡頭的茶館裡，竟還圍坐著一群「商女不知亡國恨」的看官。臺上的說戲人正在演著皮影戲，他講得眉飛色舞，居然是當年希國名將寂將軍痛失三子的故事。

　　眾官賈邊飲茶食果邊聽著白袍說戲人唱著：「爹爹！吾乃不孝之兒，今要棄你們而去了！疫病如山倒，此命嗚呼矣！還望爹爹在兒死後多去墳塚前上幾柱香，孩兒輪迴轉世之時方可找到回家之路！」

　　寂將軍的皮影哭喊道：「奪兒！爹爹不捨，爹爹痛心，你且帶上爹爹一同而去吧！」

　　「長兄！」弟弟們一一出現，「我等亦願隨長兄共赴地獄黃泉！」

　　「吾乃染病之人，你們休要糊塗！」

　　「手足不可分離，長兄病矣，我等陪同！」

　　「兄弟皆死，爹娘何辜？」

　　「長兄獨去，爹娘怎捨？」

　　「你等必要好好孝敬爹娘，莫要接近吾，染了此病，再無可救！」

　　「長兄！」

　　白袍說戲人忽然悲嘆一聲，唱道：「真是再無可救？是那帝王暗藏心機、居心叵測啊！自古伴君如伴虎，名將之子皇天獨寵，可憐胞弟雙雙死去，寂氏望族一門絕後，仿若黃粱一夢，聲聲悲苦呀！」

說戲人轉手一揮，三個兄弟的皮影支離破碎，寂夫人含恨而終，只剩下年邁的老將軍，也命喪在病魔的鬼手之中。

　　猛然之間，回憶的碎片終於拼湊在一起，彙聚成了完整的圖像。寂予奪頭疼得厲害，許許多多的聲音，在腦海裡不停的穿梭旋轉。被瘟魔扭曲的記憶彷彿畫卷一般被快速的鋪展開來。這些年來，他被瘟魔利用，奪走了數不清的人命，他甚至連自己的意志都險些交由瘟魔掌管。這一刻，他要收回自己的八字命格，他不再做瘟魔的人間容器。

　　當他的腦內浮現出這一意識的瞬間，瘟魔的聲音驟然在他的頭頂響起：「你難道想要拋棄吾輩不成？你別忘了，是吾輩為你報仇雪恨，沒有吾輩，又怎會有你苟延殘喘到今天？」

　　那是極具怨恨的腔調，不斷迴盪著，寂予奪卻全然不在意了。他與瘟魔註定背道而馳，他從腰間抽出佩劍，再用鎏金綢帶去細細擦拭劍身。

　　「你在耍什麼把戲？」瘟魔有一絲不安，他自知與寂予奪已是一體，若是寂予奪傷害自身，便是傷害他，這導致他更加憤怒道：「你忘記你是怎麼被那狗皇帝毀掉性命的嗎？人間統統都是一群豬狗不如的牲畜，他們的性命只配做吾輩的食糧，等到吾輩徹底洗刷這臭烘烘的凡塵汙穢，吾輩保證你可稱為這人世的新帝，等到那時，你與吾輩平分人間豈不是大快人心？」

　　「若是……我不肯呢？」寂予奪的眼神狠戾，有著殺意，「我自有帝王之命，但凡想要稱帝，也輪不到你來幫襯。」

　　瘟魔震驚地問道：「你是要逆天而行了？」

　　「今捨慈且勇，捨儉且廣，捨後且先，死矣！天將救之，以慈衛之。」寂予奪雙眼堅定，他轉過身，用劍指著空中那團如霧似雲的嫋嫋黑煙，字字珠璣：「我並非逆天而行，我不過是要違逆於你。」說罷，他揮舞長劍刺向那團黑煙的胸口處，黑煙沒有絲毫變化，反而是寂予奪的胸口有涓涓血跡流出。

　　瘟魔狂笑道：「你忘記了不成？吾輩就是你，你亦是吾輩啊！你越想殺吾輩，你只會毀了你自己！痛與血會折磨著你自己，這又是何苦呢？」

　　寂予奪痛苦地扭起眉，他用力抽出長劍，正打算再一次劈開黑煙時，面前忽然出現了一扇阻止他的門。

那扇門緩緩地打開，迎面撲來一陣夾雜著藥草花香的微風。

長裙落在地面發出輕柔的摩擦聲，寂予奪抬起頭，他看見了阿芷。

寂予奪怔怔的站在原地，動都無法動。阿芷慢慢地睜開雙眼，眼神中帶有深重的哀傷。她不言語，淚水慢慢從兩頰上滑落，面對著寂予奪，她向他伸出了手。

她在對他挽留。

寂予奪望著那隻纖細白皙的手掌，一如往昔般溫柔。像是一種深情的呼喚，他痛心的擰起了眉，緩慢的抬起手去握住她。

她的手掌冰冷刺骨，令他不覺的感到指尖滿是濕涼。

「予奪。」阿芷喚著他的名字，「留在這裡吧！這裡沒有人能打擾我們，再也沒人能把你我拆散，只有這裡……」

寂予奪凝望著近在咫尺的她，他與她距離這般接近，只要他一低頭，就能吻到她臉頰。久違的心上人如今就在他面前，他無比深情地將她擁入懷中，四周的黑暗在一點點瓦解，腳下的地面在震動，巨大的翻覆聲充斥在耳畔，滾滾岩漿從腳下的裂縫之中大片湧出。

可寂予奪彷彿看不見「咕嚕咕嚕」冒著氣泡、火焰般的岩漿，更看不見要將他拖入血河之中的阿芷不過是一具白骨，是瘟魔要再一次控制他而創造出的假象。

他的記憶仍舊會被篡改、扭曲，直到他最終失去心神，他終將被瘟魔吞噬。可恰逢這時，那名身穿白袍的說戲人，站在血河之上喊了他一聲，他恍惚去看，那名老者竟是皇帝的臉。

他對寂予奪笑道：「予奪侄兒，人生如戲，戲如大夢，你我都已是隨塵而去了，何不放下仇怨、放下執迷不悟，就此醒來？」

寂予奪渾渾噩噩地定了定神，他驟然清醒，竟見自己身在滾滾岩漿之中，而懷中的白骨早已沉入血河深底，不見蹤影。他是在這時恍然明瞭，這一切都是幻象，他險些又被要弄。既然如此，他便要以其人之道還治其人之身，抽出腰間的鎏金紅綢帶扔出空中，那紅綢上繡著的鳳鳥竟然騰空而起，將黑暗染上了一片絢麗。尖銳的鳥啼長鳴天際，鳳鳥撲向黑煙最為密集的地方震壞了幻象，然後展翼去啄瘟魔的頭。

彼時的瘟魔已經吸取幾場瘟疫帶來的死亡能量而長出了四顆頭顱，

紅頭突起的眼球被鳳鳥啄傷，使得瘟魔慘叫連連。當瘟魔發現這是寂予奪利用紅綢帶製造出的幻象後，他怒不可遏，正欲懲罰他一番，寂予奪忽然舉起手中長劍，毫不猶豫地刺向了自己的心臟。

這一次，寂予奪雖然重傷，可紅頭瘟魔的胸口竟也是血液飛濺。正如瘟魔所言那般，寂予奪傷不到他，可他們既是一體，寂予奪傷害自己，便可傷及佔用他靈魂軀體的瘟魔了。

「由於那次重傷，瘟魔的威力也得以降低，這也便是第三次瘟疫的感染程度遠不及第二次瘟疫的原因……」終於道盡了這一切，寂予奪彷彿心願已了，他虛弱地看向孟婆，嘴唇已蒼白如紙，「宸兒妹妹，如今你已斬除瘟魔，世間再無瘟疫，你也讓我得以解脫吧！」

孟婆望著他如同衰敗殘陽，俊美卻扭曲的面容，不禁有苦難喻，抬起手輕撫他面頰，眼中洩露愁苦。他不是旁人，而是她的長兄，面對著他與瘟魔共同犯下的罪孽，她又如何能忍心告知於他後果？種種複雜的情緒焦灼著她心，她悲傷、驚亂、迷茫，終究還是對他道：「即便你無心傷及眾生，可眾生卻也是因你而死，你給予瘟魔保護，也縱容瘟魔屠殺，因累及無辜百姓遭災損命，你的懲罰便是在以後的輪迴中永入畜牲道，一世接連一世，為牛為馬，辛勞終生，直到贖清罪孽。」一旦跌入畜牲道，萬劫不復，便要痛苦地捱至業力消盡，方有望再度為人。

遙想這人世中的牲畜，有許多在野外漂泊的弱小動物，牠們長期捱受寒、熱、饑、渴、被獵殺及相互啖食之苦。被人類畜養的動物，則被勞役、鞭打，更被宰殺而取皮、肉及骨等，一樣苦不堪言。寂予奪卻欣然接受了這可悲的懲戒，他含笑道：「我自是心甘情願。」

「長兄……」孟婆不捨地握住他的手，她此刻的聲音聽起來十分無助，就如同當年的幼妹一般，無措地詢問自己依戀的長兄道：「你可還有何未了的心願？我定當為你全力以赴。」

心願……，寂予奪吃力地抽出她握於掌心的手，輕輕地去觸碰她的眉、她的眼、她的臉頰與輪廓，觸景生情般問道：「自行了斷性命之人，可否輪迴？」

孟婆不忍他傷心，騙他道：「自然可入輪迴。」

他心滿意足地笑了，瞳孔開始渙散，用盡最後一絲力氣對她道：「我

知道你是不想我含恨而終，但我也知道此願無人能為我實現。倘若來生真能再遇見她，是牛是馬，我亦無怨言，只要⋯⋯能再見她一面⋯⋯」

他的手垂落下去，慢慢的閉上了眼睛。孟婆的淚水順著臉頰滑落下來，她的五臟六腑攪成了一團，痛到無力呼喊。她想去抱住他，可他的身體卻逐漸幻化成了白色的沙礫。在眼前出現的皆是幼妹與長兄嬉笑玩耍的光景，每一塊桃花糕，每一次遊花燈，那被他捉在手裡的金雀，那對她展露的溫情笑靨⋯⋯，全都消逝了。

等到孟婆回過神時，寂予奪的身軀已經消失不見，留下的只有一地白色的沙礫，閃爍著晶瑩如同琉璃般的光彩。一顆淚珠順著孟婆的眼眶掉進白色的沙礫中，地面上頓時盛放滿了沿途遍野的白色花朵。

頭頂上空的烏雲緩緩散去，周身的景象也恢復了原來的模樣。山林裡死去的士兵與巫師們竟重獲新生，他們從地上爬起身，彼此交換著疑惑的眼神，就彷彿是剛剛做了一場噩夢，如今夢醒了，一切都還是最初景象。

藏鋒站在原地，他看到孟婆的身影一點點地浮現在她消失的地方，他不由大喜，連忙跑到她的身側詢問她是否安好。孟婆仰起滿是淚痕的臉孔，藏鋒不語，彷彿是心照不宣一般，他什麼都不再問，只是慢慢地伸出手，攬過了她纖柔的肩膀。

她靠在藏鋒的肩頭，沉沉地閉上眼，再一次淚流滿面。

# 第三十節

天衍二十六年。

暮色從天際緩緩消失，接替黑暗的是晨曦和柔的日光，萬丈金芒穿透了雲層，彷彿將久違的暖意灑照在南蜀與希國的每一寸土地上。那些曾經籠罩在兩國大地上的病痛、饑寒、災難都隨著黑幕漸漸落下，來自四面八方的清風環繞著兩國邊境，動盪的時代似乎已然告一段落。

在這兩國的交界處，有一片開得繁茂的杜鵑花田。這個時候，南蜀國的帝王藏鋒乘坐在駿馬上，他神色憂慮地凝望著面前的花田，身後跟隨著若干心腹侍衛，他卻讓侍衛暫且退到後頭，唯他獨自一人騎馬踏進了花田中。

時值杜鵑燦爛鮮豔之日，一片片怒放的花朵如雲似霞，曾幾何時，他同另外三人一起發現了這片花田。當時策馬風流，對酒當歌，一身紅色鎧甲的靈霽駕馬跑在最前頭，她迎著夕陽，道著人生要快意恩仇、敢愛敢恨。沅宸則是跟在她的身旁，偶爾回過頭來，對著他和衷贏露出溫和靈動的笑靨。

那時候，他們四個人好似沒有憂愁，又都各懷心思。就是在這片花田中，他也曾見到沅宸同衷贏並肩騎馬，彼此以眼神交流時的默契，讓他不由地別開臉去，他不願去看。而天碧如海，花香芳芳，他又不忍錯過這好時光，便懷揣著一抹淡淡的憂思，在這些錦繡的花朵中放聲高歌：「呦呦鹿鳴，食野之苹。我有嘉賓，鼓瑟吹笙。吹笙鼓簧，承筐是將。人之好我，示我周行……」

靈霽聽進耳裡，心情大好，不由接下他的歌唱道：「呦呦鹿鳴，食野之蒿。我有嘉賓，德音孔昭。視民不恌，君子是則是效。我有旨酒，嘉賓式燕以敖。」

到了最後，沅宸、衷贏也隨著他們二人一同和歌而唱，婉轉的曲調響徹了花田上空：「呦呦鹿鳴，食野之芩。我有嘉賓，鼓瑟鼓琴。鼓瑟鼓

琴,和樂且湛。我有旨酒,以燕樂嘉賓之心……」

一群鹿兒呦呦歡鳴喲,在那原野悠然自得的啃食著艾蒿。一旦四方賢才光臨舍下,我將奏瑟吹笙宴請賓客喲。君子賢人紛紛來仿效。彈瑟奏琴勤相邀,融洽歡欣樂盡興。我有美酒香而醇,宴請嘉賓嬉娛任逍遙!

我有美酒香而醇,宴請嘉賓心中樂陶陶喲!

清澈的歌喉、動聽的歌聲久久地迴盪在杜鵑花田之間,年少輕狂、瀟灑奔騰,他曾覺得人生亦如當下快活,可那之後發生的一切,註定了沒有人會真的瀟灑。

數十年變遷,青絲成了白髮,光華褪去了懵懂,當年的四人只餘他獨自一人回到這杜鵑花田地,再無紅衣靈霽,再無白衫沉宸,亦無那彷彿永遠都將微笑掛在唇邊的衷贏。

他當真是成了孤家寡人。

此時的藏鋒輕輕歎息,滄桑風霜爬滿了他的鬢角與眼眉,他凝望著腳下的杜鵑,眼裡有著難以掩飾的悲涼。耳邊迴響起的是無痕叫他父親的激動呼喊,猶記得那日打敗瘟魔,一行人浩浩蕩蕩地從山谷中凱旋歸來。孟婆隨他回到南蜀宮殿中,她要他打發了多餘的人,當只剩下他們二人時,孟婆對他道:「我要讓你見一個人。」

話音落下,孟婆引無痕出現。這個苦命的少女已死於瘟疫,她因與孟婆訂下交易才得以重回人間。當她走向藏鋒時,只試探著輕聲問了句:「爹爹,是你嗎?」

藏鋒的身軀驀然一僵,他聞聲看去,看著她一步一步走向自己,心中彷彿是有一壺被推倒的烈酒,撒了滿地,染疼了心傷,火辣辣的痛楚。

「無痕?」他猶豫似的喚著她的名字,無痕瞬間淚如雨下。她曾朝思暮想、殷切盼望的這一天終於到來了,她甚至不敢相信自己的眼睛,更加不敢相信自己的爹爹已是高高在上的南蜀國帝王。

他錦繡華衣上紋著水墨海波金線,腰間墜著名貴無比的玉佩,與那串她熟悉至極的銀鈴鐺。他離她這般近,又好似遠在天涯。可無痕實在無法隱藏心中的激動,她哭喊著一聲又一聲的「爹爹」,藏鋒更是心中動容,迎上前去抱住了女兒,緊緊地抱住。

十年來未曾謀面,藏鋒心中苦澀,眼裡神色複雜。他有愧疚、憐惜、

悔恨與歡喜，也有不安與悲痛。他自是知道女兒接下來的處境，可又不知從何說起，只能深深凝望她容顏，抬手將她額前髮絲拂開，顫聲道：「爹爹對不住你們姊妹，亦對不住你娘親，爹爹想要彌補你們……」說到這裡，他忽然看向身側的孟婆，真切地懇求她道：「宸兒，寡人願用自己的餘生和輪迴的福報來換無痕與你之間的交易，只要能讓無痕得以轉世，寡人為此不惜一切代價！」

　　然而，孟婆沒有回答，只是無奈地垂下了眼。燭光照耀著她的面容，勾勒上了一絲清冷，宛如沒有生氣的瓷雕。

　　「三界皆有規矩，即便是上古天神，亦無力更改定局……」良久之後，藏鋒聽到她的低聲喃喃，語調落寞。

　　僅此一句，便令藏鋒的心如墜冰窟。他恍然間覺得世間所有都是這般虛無，即便他高高在上，即便他君臨天下，可他卻連自己女兒的性命都無法換回。他要這城池有何之用？要這「吾皇萬歲」亦何樂之有？然而，無痕卻輕輕地推開了面前的藏鋒，她對他展露出一抹寬慰的笑意，眼裡依舊含淚，只輕聲道：「爹爹，莫要為了無痕傷心，也莫要令孟姊姊為難，這是無痕的命數，自當順應天意。無痕早已無怨無悔，今生今世有無芯作伴，又在最後一刻見到了爹爹，無痕此生當真足矣。」

　　「無痕……」藏鋒欲言又止，無痕試圖將自己的手從他的掌心中抽出，她說自己該走了。

　　「爹爹，我離開之後，希望你能照顧好無芯。無痕請求爹爹不要將她接進宮裡，這裡太寂寞太殘酷了，無痕只想妹妹生活的快樂。爹爹，可以答應無痕嗎？」無痕最後請求道。

　　藏鋒自是點頭，堅定道：「爹爹自會保護無芯，她再也不會有任何閃失，只要爹爹在，定護她一生周全，讓她遠離宮廷，讓她開心長大。」

　　無痕感動地道：「爹爹，你是一個好皇帝，你會成為流傳千古的明君。」

　　藏鋒笑著濕潤了眼睛，他道：「爹爹不想做好皇帝，亦不想做明君，只願做你們姊妹二人的爹爹，做朝耕暮耘的凡人……」

　　「可爹爹有自己的使命，就像無痕已經完成了自己的使命一樣。」無痕放開他的手，流下眼淚，對他說：「再見，爹爹，珍重，爹爹。」

藏鋒極為不捨地鬆開了她，淚目婆娑，終究是說出了那句：「痕兒……若有來世我們再續未盡的父女緣分……」

孟婆牽過無痕的手，她望向藏鋒，藏鋒亦望向她，二人久久深望彼此，卻是誰也沒有再多說，只是略微頷首。然後，藏鋒看著孟婆轉過身去，帶著無痕消失在自己的面前。

江山如畫，美人如玉。

孤愁寂寥的餘生裡，藏鋒默默地珍藏著曾經的愛戀、憂思、懊悔、迷惘，也將把對無痕與蘺憂的思念放在內心深處，悄悄回憶，深深哀思。

那之後的一日又一日，一年復一年，藏鋒迎接日出，送走日落，他流連在宮廷與百姓之間，將無芯接到離皇宮有一段距離的宅子裡安頓好，派了專人悉心照料，他每隔幾日也都會親自去看望。無芯亦是十分期待他的到來，又在侍女的陪同下學會了彈曲。每次藏鋒來時，都會笑著同她道：「無芯，為爹爹彈上一曲吧！」

無芯知道藏鋒喜歡聽《鹿鳴》，便坐在椅上捧起琵琶，輕撫樂弦，悠悠吟唱：「呦呦鹿鳴，食野之芩。我有嘉賓，鼓瑟鼓琴……」

每每聽到這樂聲，藏鋒都猶如回到了故里。

他做了一個夢。

在那個夢裡，他看見了所有已故的親人。養父寂將軍、靈霄與眾將士、蘺憂、無痕，自然還有沉宸。他們都在寂家軍營裡把酒言歡，見到他獨自一人站著，便立即招手喚他過來。

藏鋒喜悅地笑了，他迫不及待地跑向他們，在奔跑的過程中，他的白髮幻化成了黑絲，龍袍轉變成了戰甲，他重新坐回了當年驍勇的寂少將，腰間繫著酒囊，背上扛著纓槍。

那夜的月光美極了，灑下一片銀色光暈，如同迷離的香粉在眾人身邊縈繞。藏鋒坐在大家中間，隨著他們開心的笑著，他許久不曾這樣開懷笑過了，他竟害怕這是一個夢，害怕夢會醒。於是他笑著笑著便驚慌失措起來，他看到身邊的親人們一個接連　個的離開了。

先是寂將軍，然後是靈霄，他們都毫不留戀地轉身而去，令他滿目錯愕，起身倉惶地抓他們每一個的衣袖，哪知留在手中的，只剩雲煙。

他慌亂而不安，為何自己回到了曾經少年，卻還是留不住這團聚一

幕，直到最後，他的面前只剩下了沉宸一人。

他竟像是鬆了一口氣那般說著，「宸兒，還好你在，還好我沒有失去你，倘若連你都離開了我……」

話還沒有說完，沉宸便對他搖了搖頭。她的衣衫不知在何時變了模樣，從一襲白衣變成了青衫，眉間浮現出朱砂色的疤痕，她眼神憂鬱，緩緩來到他的面前嘆道：「藏鋒哥哥，你回去吧，現在還不是時候。」

「回去哪裡？」他問，他的家就在這裡，他哪也不去，他不想無家可歸，更不想一無所有。

她露出無奈的笑意，清風徐來，吹起她的鬢髮，她喚醒般地道：「你答應過無痕會好好陪伴無芯成長。」

無痕、無芯……，他默唸著這兩個名字，忽然像是想起了什麼一般地亮了雙眼，「好耳熟的名字，無芯……」

沉宸看著他頗為傷感的說：「她是你的女兒，你還要陪伴她長大，她經歷了那麼多的苦難，如今得以與你重逢，你定要好好待她，要把心思放在她的身上，讓她享受無痕無緣體會的父愛。我知道你疲累了，亦知道你厭倦了凡塵俗世，但是藏鋒哥哥，你要堅持陪著她長大，親眼看著她出嫁。等哥哥把一切都做完了，宸兒親自來接你，你不會孤單寂寞，大家都會看著你，看著你為希國和南蜀國得之不易的和平而不斷努力，為兩國百姓的福祉而傾盡自己。哥哥這一世皆是為了旁人活著，處處周到，事事用心，最終卻是苦了自己……」

她長袖一揮，令他看見了人世間無芯正抱著琵琶為他吟唱的景象，而他酣睡在一旁的長椅上，鬢角蒼白，面容垂老。

他竟是那副衰敗的枯容了嗎？他不敢置信地探手去碰，面前的景象就像是一面鏡子，手指觸在上面，鏡子就漾出了層層水紋，如漣漪一般徐徐散去。

「原來我已這般蒼老了。」他失落地垂下了手，無比緬懷自己逝去的青蔥年少，痛心疾首道：「這副年邁之軀，留著何用？」

她站在他身後道：「若不是這般年邁了，你又如何會珍惜起過往？」

他回過身，看向她，幽幽地問：「今日一別，會否再相見？」

她深深地凝視著他的眼，勾動唇角，苦澀地笑了，只道：「從此以

往，再見亦是奈何橋上見。」

　　他覺得心痛，可想起方才她那番話，又默默的點了點頭。深吸一口氣，露出一個溫暖的笑容，看著沉宸說：「好，我這便回去了。等到那時，宸兒一定要親自來接哥哥才是。」說完，他毅然轉身走進了一團迷霧之中。

　　夢在這時醒了。

　　夜風微涼，他側眼看到了無芯，她停下了手中的弦樂，略有擔憂的望著他。他忽然覺得這幾年來極為虧欠無芯，她與自己失散多年，如今好不容易失而復得，他自己卻總是放不下過往傷痛，時常會忘記身邊有她陪伴。他是該好好珍惜無芯，不該讓她憂心忡忡。他便喚她坐到自己身邊，想起要問一問她與無痕曾經的生活了。無芯很開心，她露出歡喜的笑臉，撒嬌地黏在父親身邊喚著爹爹，「我當年與無痕姊姊呀……」

　　往事悠悠，時日不再，可海中月到底是要碎在海裡，而身邊人，仍舊與之共度點滴。一生戎馬，半壁江山，山河璀璨，日月星河。然而，只要無芯還在他身邊，他就不會是隻身一人，更不會是在走孤寂之道了。

　　昨夜寒蛩不住鳴。驚回千里夢，已三更。

　　起來獨自繞階行。人悄悄，簾外月朧明。

　　白首為功名。舊山松竹老，阻歸程。

　　欲將心事付瑤琴。知音少，弦斷有誰聽。

　　時日已到，與無痕的盟約也已經結束，孟婆完成了自己在人間的交易，她如約收取了無痕的「回報」，無痕也終究要隨孟婆歸去了。塵緣已了，踏上黃泉路，入了忘川河，她回頭望了一眼孟婆，卻是唇角含笑，沒有絲毫的遺憾。

　　無痕的福報珠足夠亮也足夠大，孟婆望著無痕離去的背影，心中竟會有一絲不捨。也許因她是藏鋒的女兒，也許……因她經歷了同自己前塵一樣恐怖的瘟疫，她也是一位想要保護妹妹的姊姊。

　　等到這一切都塵歸塵、土歸土，孟婆離開忘川，回到了久違的冥府。一直等候著她的牛頭馬面聽聞她今日歸來，便早早就等在大門前。孟婆剛一到，他們二鬼便爭先恐後地迎上去，對孟婆訴著各自的思念「衷腸」。

　　牛頭許久不見孟婆，倒有些羞澀起來，撓頭道：「多日沒見到孟姊

姊，我本有一肚子話要和你分享，誰知今日見到了，反而不知如何開口了，我實在是無用。」

馬面哼他一聲，自是嫌棄他無用得很，隨後得意地獻給孟婆一個竹籃，嘻嘻笑道：「孟姊姊，我昨兒個就開始親自剝核桃，想著要做琥珀核桃糕給你吃，你瞧，這一竹籃裡全是我親自做的，你快嘗嘗！」

孟婆不由地感到了溫暖，拾起一塊琥珀核桃糕放進嘴裡，滿意地誇讚道：「馬面的手藝越發長進了，這是我吃過最美味的琥珀核桃糕。」

馬面被誇得也有些羞澀起來，牛頭趁機在這時笑起他沒出息。接著，林冉冉從身後頭飛快跑了出來，她手持紅纓槍的模樣依舊颯爽風流，一見到孟婆她開心的手舞足蹈，恨不得抱起孟婆在空中旋轉幾圈。可又瞥見馬面送給孟婆的小食，她隨即不滿地大聲吵起來：「馬面！我就知道你偏心孟婆，昨天我想嘗一小塊你都不肯，還騙我說是做得不好吃，怕我吃壞肚子，我一個鬼還能壞肚子嗎？看吧，你分明就是留給孟婆的，我就知道有內情！」

馬面嚇得急忙躲在牛頭的身後，小聲地嘟囔著：「孟姊姊好不容易回來了，我自然是要好吃好喝的招待她，你又沒有一年半載的沒回來，天天都在冥府裡白吃白喝的，哪有孟姊姊辛苦……」

林冉冉聽得一清二楚，她氣炸了，揮舞著紅纓槍去抓馬面。牛頭可不想淌這渾水，趕忙躲到一邊，馬面大罵他不是兄弟，林冉冉則是一把將馬面的頭按到地上，逼迫他幫自己也做上一籃琥珀核桃糕，否則要他好看。

好漢不吃眼前虧，在林冉冉的「淫威」之下，馬面只好答應了，林冉冉這才甘休，放開馬面拍拍手掌，一副戰勝的自豪模樣。

孟婆將這些看在眼裡，感到開心而喜悅地笑個不停。

馬面委屈地抱怨道：「孟姊姊，我都成什麼樣了，你怎還忍心笑我啊？」

孟婆輕遮著臉頰，彎著眼睛好生快樂道：「實在是許久沒見到這番熟悉的景象，我覺得溫暖得很，便忍不住欣喜了，你們就見怪不怪吧！」

林冉冉這才發現她面容上的異樣，立即走上來打量她一番，又盯著她的額心問道：「孟婆，你的朱砂疤痕怎麼如此之淡了？若是不仔細看，彷彿都快要消失了一般。」

　　孟婆聞言，抬手摸了摸自己的眉間，隨後淡淡地笑道：「也許是因為我已解開了心結吧！」

　　林冉冉察覺到她的那份若有所思，不由好奇地追問起來：「你在人間到底發生了什麼令你解開心結的事情？快講給我聽一聽，也不枉費我日夜盼你歸了！」

　　孟婆打趣她道：「不如我送你一份當歸？也算了你心願了。」

　　林冉冉還想再說什麼，忽然越過孟婆的頭頂看向前方，喃聲道：「我看，你應該送她一份當歸才是，她也是日夜盼你歸呢。」

　　馬面和牛頭也跟著附和道：「她又來了，真是一隻執迷不悟的花兔子啊！」

　　孟婆怔了怔，隨後慢慢地轉向自己的身後看去。只見黑霧繚繞的鬼門前，漂浮著花兔妖的魂魄。她身形清瘦，衣衫嫋嫋，一張豁齒兔面與女子容顏相互交錯著若隱若現，即便是到了今日，她也沒有用心修煉，法力依舊薄弱，難以維持人形。

　　孟婆心中輕輕嘆了一聲，踱步走向花兔，語調中有著無奈的音調，她問道：「這麼多年了，你為何還是這般固執？為何不肯聽我的勸告？」

　　花兔失魂落魄地張了張嘴，欲言又止，最終也只是垂下眼簾，表情痛苦哀傷。

　　孟婆於心不忍，念及那夢中的一場情分，想來也該做個了斷了，便問她：「我知道你的心心念念，可是已經這麼久都過去了，你的心願可還如初？」

　　花兔渾濁的眼中，仿若亮起了光，重新抬眼望向孟婆的方向，神色殷切。

　　孟婆再一次嘆息，她心中仍舊記得那個夢境，自然也記得自己答應過她的事情——若是有朝一日，她們再次相見，孟婆定要為她實現一個心願。早在數年前，孟婆懲戒她是因為她竟敢偷取冥府中的生死簿，可人間之行令孟婆的心結已解，自然也想幫執迷之人解開夢魘般糾纏不休的心結。更何況，她也不忍見玉甯整日傷心憂鬱，於是她將雙袖在空中一揮，頓時無數藍色光點墜落，而那些藍色光點在最終彙聚成了一個小小的人形木片，看上去像是人的形狀，有頭、有手臂、有雙腿，十公分左右的長

度，緩緩的飄落到了花兔妖的手中。

木人身上刻著黑字，字上寫著「李氏」之名，旁邊則是更小一些的字跡，是他的生辰──「天啟三十又三年，甲寅年戊辰月庚辰日丙戌時。」

花兔妖感激地捧著手中的木片，喃喃開口道：「多謝姊姊能夠實現妾身的心願……」

孟婆點了點頭，隨即唸了一個咒語。接下來，花兔手中的木片綻放出大片大片的赤紅光芒，所有光芒凝結在一起，積聚成了一個男子的身影。

「李公子……」花兔妖早已瞎了，她只是憑感覺分辨出那光芒中的身影是李煊。

「對不起，玉甯姑娘，讓你久等了。」李煊在光芒中走向花兔妖，紅著眼眶擦淚道：「小生前塵虧欠你的太多了，小生願和你一起入輪迴，到了來世，小生要加倍報答你對小生的好，小生再也不要傷你的心，更不要與你分離了。」

花兔妖哽咽一聲，她向前幾步，撲進了李煊的懷抱。凝望著此景的眾人似乎也被感動，尤其是林冉冉，竟觸景生情，忍不住低頭啜泣起來。

在這片熾灼如霞的朱紅光芒中，玉甯和李煊攜著彼此的手，薄弱的身體緩慢的消失騰空，最終一點點地變成的透明。他們要進入輪迴了，等了這麼多年，花兔妖終於等到了這一天。孟婆望著他們，眼神深邃，低低喚了聲：「玉甯，再會了。」

花兔妖循聲看來，微笑著留下一句動聽的告別：「謝謝你，姊姊。」

他們二人消失在鬼門上空，孟婆仍舊凝望著他們離去的方向，久久駐留。林冉冉揉了揉哭紅的鼻子，走上前來問孟婆：「這花兔子實在是一往情深，可把我感動壞了。但她為何叫你做姊姊？你又怎麼知道她的名字？你們倆難道是舊識不成？」

孟婆低下頭，意味深長地笑了笑，「不過是一些陳年往事罷了。」

林冉冉便也不再多嘴相問，孟婆則是同她道：「既然已回，我該去面見冥帝才是。」

# 第三十一節

　　天地六道，自有天界道，人間道，修羅道，畜生道，惡鬼道，地獄道。冥府掌管鬼界三道，也可決定轉世輪迴之人去往何道。而冥府之地，向來無花無草，暗黑九天，風聲深邃。此時的冥帝和墨正靜靜地坐在高臺上，凝望著跪在殿內的孟婆。

　　今日是孟婆從人間歸來之日，她手裡握著那顆得來的福報珠，長髮垂腰，面容寧靜。眉間那抹刻骨的朱砂疤痕已然消失殆盡，冥帝見狀，已是心領神會了。孟婆在這時抬起臉，微笑道：「冥帝大人，我在人間的任務已經完成，從此會一心一意在冥府之中當差，必如從前那般盡忠職守。」

　　和墨凝視著她的眼睛，略有驚意，問道：「你既已了卻前塵心願，竟不打算轉世投胎嗎？」

　　孟婆微笑，頷首道：「承蒙大人厚愛，孟婆只願在此為大人效力。」

　　和墨抬起案上的青瓷茶碗，輕抿了一口，不疾不徐道：「孟婆，你從來不擅巧言，依我看，你是還有自己的私願未曾了卻吧？」

　　孟婆聞言怔了怔，隨後陷入思慮之中，眼神中也泛起淡淡憂傷，沉沉道：「果真瞞不過冥帝大人的眼睛，我的確還有著私心。我想再多熬幾年孟婆湯，至少還要再熬二十年，我要確定下一個二十年後還會不會有瘟疫在人間發生。再者……」她頓了頓，嘆息道：「我也想在奈何橋上等一人現身，前生已無緣相見，若是死後也等不到他，我絕不甘心就此轉世。」

　　和墨見她這般執迷，不禁叮嚀道：「冥界有冥界的規矩，你在人間救了那麼多眾生，也完成了與契約之人的福報，我自當會為你選一個好人家令你轉世投胎。商賈權位，皇室望族，這些自當任由你隨意挑選，你會帶著你的福報重新為人，再也不必於那悲涼的奈何橋上，見證痛徹心扉的生死輪迴，這般大好前景，你又何必貪戀前塵之緣呢？」

　　孟婆卻輕輕地搖了搖頭，她的聲音裡有著幽幽的哀戚，道：「孟婆送鬼孟婆湯，了卻他們的前塵，目送眾鬼轉生，本是一件救苦救難的美

事，我並不覺得悲涼，只因我見過更為悲涼的、數不盡的生生死死。我身為孟婆，已是死去之人，本不該再有癡心妄想，然而三界之中皆有因果，我並非貪戀前塵之緣，只是想給自己的這份執念一個交代，也想著……去給他一個交代……」

聽到這裡，和墨發出長長的、深沉的嘆息聲，歷任孟婆皆癡情，唯獨這一任更為執著。守著執念的人兒自然令人憐惜，和墨也深知她所言之人是誰，便點頭道：「倘若他修道誠心，壽命必定會超過百歲，甚至是兩百歲、三百歲，你也許還要在奈何橋上等他到很久很久，你可願意守著那難捱的寂寥？」

「心中有所期待，便不覺寂寥。」孟婆眼神堅定道。

和墨神情憐惜的看了孟婆一眼，輕聲說道：「前世你們有緣無分，而你年紀輕輕就抱憾往生。他亦失望至極遁世而去，再也沒有找尋過你的下落。若是在這奈何橋上你等到了他，而他卻對你早無了掛念與情愫，你不會覺得難過和遺憾嗎？」

「只要能再見他一面就好，哪怕他已經將我忘得一乾二淨，我心中有他就足矣。我要將前世來不及說的話當面對他說，如果此話不能親自講給他聽，我必定抱恨永世。無論他屆時待我如路人也罷，唯有了卻這番牽掛，我才能心中釋然的去投胎轉世。」

和墨苦澀地笑了笑，點頭道：「待你轉世後，必定會出生在一個繁榮太平的盛世，再不用受疾病、災難之苦。至於他是否能修行到有了神職、仙籍那就是他的造化了。若真是那樣，他就算逝去也不經過冥府判定，而是直接去了天界，由那邊來安排他何去何從。就算今生功德不足、來世再投胎為人繼續積累陰德，怕也是再難認出你了。我能為你做的唯一一件事，就是破例和天界天官告請，若他修得神職駕鶴飛升之前，先來冥府與你見上一面，也算了結你的心願。」

孟婆感激的謝過冥帝，謝冥帝允許她留在冥府繼續做孟婆，謝冥帝允諾了她的來世安好，更謝冥帝為她破例規則。難怪牛頭、馬面和黑白無常都說：「冥帝看上去冷漠而孤寂，其實內心是那麼細膩與溫暖。對待歷任孟婆都如親妹妹一般，不著痕跡的為她們著想。」

那之後的歲月裡，孟婆依舊如過去那般站在奈何橋上精心熬著她的

孟婆湯，每當鬼門大開之時，一襲青衫的她都端姿站在橋上，盛好散發著清幽藥香的湯，遞給每一個決心了卻前塵的鬼。一年又一年過去，孟婆等盡了這一個二十年，又等起了下一個二十年。慶幸的是在這些年中，再也沒有瘟疫橫生，瘟魔的確已灰飛煙滅了。

有時完成了每日的工作，她會走下橋來，獨自坐在奈何橋旁的那棵巨樹下出神。巨樹無枝無葉，更無果，只有千絲萬縷的祈願籤條掛在上面。每當一個鬼飲下孟婆湯，他心中的願望都會呈現在籤條上，有人想來世再不做女子，有人想來世尋一戶好人家降生，亦有人想在來世成為呼風喚雨的人上人。孟婆會坐在樹下去讀籤條上的心願，讀著累了，便會靠在樹幹上沉沉睡去。

她再夢不到其他人了，唯有他，是她夢境的全部。夢裡的他依舊是年少時的模樣，身姿清瘦，容顏如玉，可她總是夢見那個他與她分別的時刻。她懇求他幫她救救藏鋒，他眼中的錯愕與絕望令她心碎成殤。而在這個夢裡，他站在她的面前，她不再對他有任何的無理的請求，她只是侷促地對他哀求道：「大師兄……你能不能原諒當年的我……」

他不言語，忽然消失了，她剛要開口，他從黑暗中走向她身後，她不必回頭便能感受到他的氣息，他沉聲道：「沉宸，已經太遲了，你我之間終究是生不逢時。」他距離她很近，溫熱的呼吸起伏規律劃過她的後頸。

她痛心失聲道：「我是懂得太遲，可在藥王山谷的那段時日裡，你我相知相守，亦是相愛。」

他打斷她道：「相守是愛，背棄是恨，愛恨交加，從何原諒？」

她無言以對，也無從辯駁，他早已看穿了她，一針見血，不留餘地。可她一直在等著他，她自知對他有愧，然而她不曾有一刻停止對他的思念，她顫抖著聲音道：「的確是我不對，當年是我私心，是我將你置於危險之中……」她忽然轉過身面向他，流下眼淚道：「可我那之後的每一天、每一時，甚至是無時無刻，我都活在自責與哀苦之中！我後悔當初的決定，更後悔自己為何……，為何沒有早點發現深愛之人是誰！」

他眼神黯然，彷彿不再信任她一般，冷聲道：「你所愛之人，不曾是我。」

她高聲道：「是你！」

他嘲弄似的笑了，神情中滿是哀莫大於心死，他道：「如果是我，你又怎捨得那般絕情？」

她不斷的搖頭，急切地說道：「我是別無他法，我並非絕情！倘若再重新回到當日……」

她卻說不下去了。

他便嘆息著垂下眼，喃聲道：「即便回到當日，你我之間也不會有任何改變。」

他的聲音略顯暗啞，再次抬起眼時，他的眼底有薄薄的水汽。此時的他仿若失去了活人的氣息，他成了一具沒有靈魂也沒有心的軀體，從她背棄他的那一日開始，他的心便已經死去了。可他還記得初次見她時的光景，她滿臉泥濘，眼神卻無比堅定。

是那雙眼睛令他深深地迷戀著她。那回盪在耳畔的採蓮歌，那朝朝夕夕的陪伴與藥香的縈繞，為何歲月這般無情？讓癡心的男子淪落成了無心的修道人，把熱忱的女子煎熬成了悲涼的守橋鬼。

究竟是宿命還是天意？她與他，本該在那世外桃源般的山谷裡廝守到老，奈何命運摧殘，天地之間容不得有情人終成連理。她和他這般南轅北轍，人間地下，不得相見。

「大師兄……」她苦苦挽留他，向他伸出手。

可他站在她的面前，卻不肯握她的手，她的臉頰上滑落下兩行清淚，忽然一睜開眼，卻看見林冉冉握著她的手，正擔憂地望著她。

「你怎麼睡著睡著竟哭了？」林冉冉嘆了口氣，坐到她身邊為她擦拭淚痕。

孟婆的臉色略有憔悴，她恍惚地回道：「我做了個夢，也不知怎的便流淚了。」

林冉冉望著她，「定是個傷心夢。」頓了頓，又道：「哭一哭也好，能在夢裡哭，也是件盡興之事。」

孟婆的淚水又流了下來，她忙拭去說道：「是啊，能哭一哭也是好事。世事一場大夢，人生幾度秋涼？夜來風葉已鳴廊，看取眉頭鬢上。」

林冉冉枕著雙臂靠在樹幹上感慨道：「時間真快啊！自從你從人間回來都已經過去六十年了，再如何長生不老之人，也該下到這裡見一見苦

苦等候於此的你了吧？」

孟婆靜靜地說道：「不管是多少個六十年，我都能等下去。」

林冉冉苦澀道：「可見他是個誠心修道之人，修得這般好，死都死不成了。」

孟婆不語，兩人陷入了久久的沉默，直到牛頭和馬面忽然從橋上急急忙忙地跑了下來，一邊跑一邊吵吵嚷嚷道：「孟姊姊！林將軍！不好啦！不好啦，出大事啦！」

林冉冉覺得這二鬼十分不會看臉色，沒看見孟婆正傷心嗎？她立即跳起來訓斥二鬼道：「吵什麼吵，有什麼了不得的大事，慌慌張張的模樣哪裡像冥府的鬼差？」

馬面氣喘吁吁地辯解道：「我也不想這樣！實在是事情蹊蹺，黑白無常在鬼門那裡堵著呢！」

林冉冉氣急敗壞道：「到底是怎麼一回事？細細說來！」

牛頭和馬面便相互配合著說道：「方才我們又打開了鬼門，正要放那些死掉的鬼眾進來，本想著是今日第二次開鬼門，不會有太多死魂，哪知道大門之外堵得水洩不通！你們猜是怎麼回事？竟是人間一位德高望重的道長仙逝了，那些曾經被他淨化過、超度過或是幫助過的魂靈都聽聞此訊，追尋他一起前來冥府投胎轉世了。要說這修行好的得道高人就是不一樣，死了之後都被生前幫助過的人銘記著，連投胎都要追隨他的腳步。可這一下子哪能讓那麼多的魂靈進來，所以我們就先把那道長放進來了，等到他上了奈何橋，再去處理那些門外的魂靈。」

林冉冉聽到這，不由露出驚喜之色，她猛然看向孟婆，孟婆同樣的震驚，她的眼中有喜悅，又有困惑、迷惘與遲疑，很快便又被不安與退縮吞噬，林冉冉從沒見過她這種不知如何是好的模樣。

孟婆看向林冉冉，憂心忡忡地問道：「會是他嗎？」

林冉冉也不知道該如何回答，只好堅定道：「是他，快去吧！你終於等到這一天了！」

孟婆躊躇了片刻，忽然就飛快地奔向了奈何橋。牛頭馬面也要去追，林冉冉攔住他們，不准他們去壞事。

這一路上，孟婆腦中千思萬緒，腳步飛快，心中更是迫不及待。

細風襲人，露重情深。孟婆回想起了前世的種種，那些來自於藥王山谷的快樂的、喜悅的、歡快的、美好的，哪怕還有悲傷的，統統都是她心中寶物，珍藏至今。

十八歲，她還只是前往藥王山谷學醫的籍籍無名的少女，剛剛入了門下，聽到廊外人聲鼎沸，大家都道是大師兄來了，她好奇，擠過人群去張望，便一眼瞧見了一身風華的他。

那日花影婆娑，風暖斜陽，他走在緩緩一行人的最前方，正同身側師弟低語，手拿一把淡綠色摺扇，腰間墜著那塊紫色佩玉，映著空中飄落下的幾朵桃花，將他出塵身影勾勒出一股子極致韻致。

他察覺到她直勾勾的視線，側眼掃來，是輕描淡寫的含笑一瞥，卻足以硬生生的刻上了她心尖。

她不曾知曉，自那之後的時間裡，他之於她，早已是一種如山如海的淪陷。他為她拋棄功名利祿、隨她來到她的國度，他為她提詩寫詞，為她描眉點唇，為她溫一壺酒，也將她抱在懷裡，低唸她的名字：「沅宸。」

那一場舊夢，會否續成今日之緣？

迎面襲來清風，吹散她的思緒，孟婆已然來到了橋上，她撫平自己交錯的喘息，抬起頭，看見了橋的那一端，站著一個俊秀身影，像是在迎接她。

來到冥府，那人已然留有年輕時最為俊秀的姿容，見到孟婆出現，他上前來作揖道：「在下修道圓滿，在此等候一碗孟婆湯，好轉世輪迴，再續前世功德。」

孟婆凝望著他的面容，心中期待也一點點地落空下去，終究……不是她要等的人。於是她點點頭，引他來到橋頭，遞給了他一碗孟婆湯。修道之人一飲而盡，孟婆卻哀傷地流下了淚水。

他見她哭了，忙問：「孟婆這是怎麼了？」

她搖搖頭，又悲苦地笑了，「不過是所等非君罷了。」

那人聽不明白，倒也不在意，轉身跳入忘川河，自是功德無量。

唯獨剩下孟婆獨自一人站在橋上，懷揣著一腔空歡喜，寂寥地望向奈何橋的盡頭。她幻想著下一次，他真的會出現在那裡，緩緩向她走來，喚她一聲「沅宸」。

　　在那天到來之前，她仍舊會守著這座橋，一直、一直等下去，哪怕等到山海乾涸，哪怕等到塵世無煙。等到那日，她定會換上最美的衣衫，點上朱唇，清麗地走到他面前，對他露出淺淺笑意，仿若當年。

　　歲月星河皆可變，唯有癡心不改。

　　她以血、以淚、以生死換與他一次相見，奈何橋上，忘川河下，她攜滿風霜，只為等一場繁花初見。

## 番外篇一：何露

　　灼灼曼陀沙華，亭亭立於生死的邊緣，總在不經意之間灼傷人心。

　　一個蒼老的男子收回看向曼珠沙華的目光，看向手裡那一根潔白的羽軸，輕嘆一聲，緩緩步上奈何橋頭。男子這一生恍恍惚惚，知道身在何處，卻不知心在何處，更不知道此心應該在何處。

　　不知是多少年前，他清醒在無人的山谷，頭腦一片混沌，全然忘卻此前記憶。那時的他身著鎧甲，右手拿著長劍，左邊衣袖空空，顯然是失去了左臂。身上信物，有口中緊咬的一根羽毛和懷裡染血的一方繡帕，帕子上繡著「露從今夜白，月是故鄉明」。除此之外，便是難以忘記的一種味道。

　　當他爬上山谷，看到的卻是遍地屍骨的戰場。

　　此刻，奈何橋上，看向手中那羽片和羽絨相繼凋零後，只剩一根羽軸的羽毛，端起一碗孟婆湯，一飲而下。慢慢起身，一步邁下奈何橋，輕輕閉上眼睛，一滴淚水悄然落下，與前世告別。

　　與此同時，一個身著白衣，眉間帶著羽毛形狀刺青的姑娘，緩緩走上奈何橋，眼中帶著化不開的溫柔。

　　牛頭馬面看到那白衣姑娘，立馬紅了眼。

　　「何露姑娘，今天給我們做什麼好吃的？」馬面迫不及待地問。

　　「什麼姑娘不姑娘的，叫姊姊！」牛頭在一旁「教訓」完馬面，接著又很諂媚地說道：「何露姊姊那道露水雞真的太好吃了，簡直是此味只應天上有，冥界哪得幾回聞呀！」

　　何露看著一旁的牛頭馬面，朱唇輕啟，笑著說道：「喏！」隨後將手裡的籃子高高舉起。

　　「曼珠沙華！姑娘剛去曼珠沙華叢就是去摘這個給我們入菜？據說這些曼珠沙華從開天闢地，成立三界以來，便生長於此，生長數十萬年，嘗食怨靈，不知竟然可以做菜。」牛頭若有所思地說道。

何露看著牛頭馬面不敢相信的樣子，淡淡地笑了。

「何露姑娘，你儘管做，我吃，我可不像他們兩個，連吃一道菜都掂量許久。」一邊熬湯的孟婆插嘴道。

此任的孟婆是女將軍渥丹，生前雖然在戰場上英勇無比，但是脫了盔甲就是饞貓型的吃貨。

「誰說我們不敢吃了，何露姊姊儘管做，我馬面一定敢吃，牛頭，你說是吧！」馬面立刻一本正經地說道。

何露輕笑，心想：「原來冥界眾鬼相處竟然這般和諧，既然如此，自己的事情託付給孟婆，她應該也會幫助自己的。」

何露也算是初來乍到，對冥界眾鬼還是稍微存疑的，畢竟民間鬼怪故事多半將冥界塑造的比較嚇人。

稍稍出神間，不知怎的牛頭和馬面已經在奈何橋上打了起來，看來這冥界真當是尚武啊，一時間風雲忽變，何露心裡有點驚訝。

孟婆看著何露怔怔的目光，走上前打斷了何露的思緒，將其及拉來自己身邊，笑呵呵地解釋道：「不用驚訝啊！冥界不似人間，有著種種變化，萬般美好，花鳥蟲魚，湖光山色。冥界更多的是安定，畢竟冥界安定了，三界才能安定，所以冥界最是寂寞。像我一般，百年來不變地熬著孟婆湯，不離奈何橋，而牛頭馬面穿梭於人間冥界，領路開道，卻也不見人間日出，除了中元節是我們休息放鬆的日子，其他時候也很是乏味。閒來無趣，就剩下鬥嘴和打架。」

何露聽完孟婆的解釋，看向打鬥正酣的牛頭馬面，然後問道：「孟婆姊姊可以幫我一件事嗎？」

「願意留在冥界而不去投胎的，或是心中有所牽掛，或看透人間生死，我看你應該是第一種。你來冥界數月，也給我們做了無數的好菜，幫你個忙也不為過，而且願意找我幫忙，你也算是拿我當朋友了，既然朋友需要幫助，只要我能做到的，直說就是。」孟婆道。

「多謝孟婆姊姊幫忙，希望孟婆姊姊可以在分發孟婆湯的時候留意一個人，那人左手手心有一羽毛狀刺青。我知道這可能……」何露剛想說「有點強人所難」，孟婆就說道，「還以為多大點事，舉手之勞罷了。」

看孟婆如此爽快，何露也爽快地說道：「那以後做的菜，孟婆姊姊

都是第一份。」

「那刺青與你額間刺青一樣？」孟婆問。

「對。」何露道。

「刺青多刺在身上其他部位，很少有人刺在臉上，不過之前有些罪犯將刺青刺在臉上，表示一種懲罰，而你應該是將別處的刺青移到臉上的吧！不過我也是猜測，若有冒犯，請姑娘恕罪。」孟婆如是道。

「確實如此，原本這刺青在手心，不過我將它移到了額間。不過這不是懲罰，而是希望有人能夠看到它。」何露淡淡地道。

孟婆眼眸一轉，猜到一些東西，但沒有細問。不過，有些事情還是要說明一下：「不過你要知道，若你找的那人還活著，他來之時我定能找到。若是他已經死去，且不說容貌必然會變化，他的手心能否有刺青便更不好說了。」

「如此，那就看緣分吧！」

何露漸漸的覺得冥界並不像想像中那般冷酷，反而比人間許多地方都多了溫情，還有許多有趣的事情。比起自己前世所經歷的漫長等待，在期待和失望中反覆的徘徊，這裡的一切顯得那麼熱鬧而有生氣。特別是當任的這位孟婆，雖然來的時間不久，但也知道她武功了得，只要遇到那些妄圖逃跑的鬼眾，都毫不客氣的教訓一頓，連牛頭和馬面遇到搞不定的事情，都要來求助於孟婆。

轉頭一想，自己還見過一次冥帝和墨，那是孟婆帶著她去求情，讓她能滯留冥府等待她想見的人。自己那時緊張極了，推測冥帝一定如人間的畫紙上那般兇神惡煞，想到這裡不免還打了個寒顫。倒是孟婆安慰自己說，冥帝和墨是一個溫和的人，斷然不是民間傳說中那般。

何露帶著忐忑的心情跟在孟婆身後，亦步亦趨的走著，一進冥帝的書房就趕緊跪下，低著頭不敢直視書桌前的冥帝。後來聽到冥帝和孟婆對話的聲音充滿了磁性，冷漠中透著溫暖，就忍不住偷偷抬眼看了一下。

這一看心中一驚，原來冥帝和墨長相異常俊美飄逸、骨子裡透著冷漠和溫情，這兩種看似矛盾的氣質，在他身上很和諧的融為一體，周身上下都散發著高貴而神祕的氣場，話語很少，聽完孟婆替她求情的一番彆腳的說詞，嘴角帶似有似無的笑點了點頭，只說了一句話：「既然孟婆想吃

你的露水雞，那你就留下來吧！」

在一旁的孟婆一聽，趕緊解釋道：「冥帝大人，我不是為了吃那好吃的雞才留下何露的，我是覺得她心中萬般放不下，所以……」還沒等孟婆把話說完，和墨嘴角含笑著跨著步子走出了書房，獨留還在想著說詞的孟婆和小心翼翼跪在一旁的何露。

時間總在不經意之間溜走，執著的人註定等待。

不知今夕何夕，何露每天重複著相同的事情。做完美味的飯菜，分給眾鬼，然後幫著孟婆熬湯。

「何露姊姊，孟婆這都去人間大半年了，離著一年之期越來越近，你暫代孟婆之職，都沒時間幫我們做菜了。」馬面身後鐵鍊拉著幾個將要輪迴的鬼，走一步，鐵鍊便發出一聲「叮咚」。

「看來你又饞曼珠沙華了。」何露對著馬面一挑眉。

「何露姊姊饒命，您什麼都做的好吃，就是這曼珠沙華，你還是別做了，更別研究了，還是回歸正道吧！」馬面哭唧唧地道。

「我怎麼記得你為了和牛頭爭我做的曼珠沙華雞，還打了一架呀？嗯？我應該沒記錯吧！」何露笑著對馬面道。

「那還不是因為你把曼珠沙華做成了露水雞的樣子，要知道是曼珠沙華做的，我怎麼都不會吃的。而且我跟牛頭那不叫打架，那叫切磋！」馬面痛心疾首地道。

「也對，畢竟你輸的時候多。」何露很「一本正經」地說道，「唉！這不是看在你吃了我的曼珠沙華雞後法力大降，被人間的小鬼打得差點回不來，還被冥帝教訓一頓的份上，我給你做了一個月的露水雞呀！你可別再訛我了。」何露一股子「我才是受害人」的委屈模樣。

原本被人間小鬼打了已經很丟人，偏偏被那人間小鬼傳了出去，他牛頭和馬面的名聲算是毀了。當真是「好事不出門，壞事傳千里」。

嬉戲打鬧本就是冥界日常，畢竟這漫漫歲月裡，太過難熬。

說笑之間，前面幾個鬼的孟婆湯已經分完，鐵鍊末端的道士，身上的道袍破爛，臉上帶著不少傷口，身上還有不少水漬。不過他面容平和，做了個揖，慢慢上前對著何露和馬面道：「福生無量，多謝您的孟婆湯。」

何露低頭將孟婆湯送上，不禁一愣，隨後猛得抬頭，看向那道士。

何露愣愣地，眼角不禁有些濕潤，嘴唇抖動，卻說不出話來。

一旁的馬面原本還想跟何露鬥幾句嘴，但見何露傻愣愣地看著那道士，便湊到何露身旁說道：「知道這道士嗎？這可是個奇人。聽說從小被道觀的大師收養，跟隨大師學道，五歲便通讀道經，十二歲解析道經，十五歲遊歷人間，四處布道，感化世人，二十歲歸去途中，發現蟻穴潰堤，通知人們逃命，而他用身體擋在蟻穴裡，為人們贏得了逃命的時間。聽說他是被那些毒蟻啃咬致死的，最後被大水沖走，死不見屍。」

聽到馬面的話，何露頓時紅了眼。

「何露姊姊，你都見到多少生生死死了，怎麼還哭呀！不過你也別難過，這道士是有功德的，只要他來世好好修行，最差也能做個地仙吧。」馬面說道。

「來世？修行？地仙？」何露自言自語道。

「對呀！這可是得道成仙，擺脫人世嘈雜，可遇而不可求的良機呀！做個地仙，再修幾百年，說不定就能夠列仙班了。這是多少人羨慕不來的，更是可遇而不可求。」馬面露出羨慕的神情。

何露緩緩抬手，撩撥髮絲，蓋住額間的刺青。

「打擾一下。」那道士忽然發聲，何露不禁望去，面上帶來一些期待，一些淒苦。

「這孟婆湯真能忘記一切嗎？」道士雖然面無表情，神情中卻帶著幾分疑惑。

「確實。」何露道。

「可有例外？」道士有些不死心地問道。

「這孟婆湯可以讓人忘情，但若情深到忘己，那孟婆湯便不再有效。畢竟情深忘己，如何還有情？」何露淡淡地道。

「多謝指點。」道士道謝。

「你……」何露還想說些什麼，卻又不知道該說什麼，明明已經選擇了。

「前路坎坷，望君安好。」何露看著道士的眼神流露出一些不明的意味，畢竟曾經也說過這般話。

道士對著何露施了個禮：「多謝。」

隨後，道士一步一步向著奈何橋另一邊走去。

此時，牛頭風塵僕僕地趕來，笑著說道：「何露姊姊，孟婆今日便可歸來，咱們給孟婆接風。」

馬面立刻懂得了牛頭的意思，接著說道：「對呀！我去冥帝那裡要些好酒，何露姊姊做些孟婆愛吃的露水雞，我們一起熱鬧一下。」

被牛頭馬面一鬧，何露稍稍恢復神色，對兩鬼道：「是你們兩個饞我的露水雞了吧！」

無意間聽到何露所說的話，還差一步就邁向奈何橋的道士愣了一下，一顆心有種飄飄乎的感覺，忽然失去了著力點。

兩個鬼差見這道士不動了，不耐煩地道：「快點走。」

道士走下奈何橋，卻不知一股法力已經注入到自己身上。

千年百年，哪怕是萬年，對冥界眾鬼來說不過是一場場輪迴。

何露還在奈何橋前等著，不過她不需要孟婆再幫著看誰的手裡有羽毛狀的刺青了。

若那道士這一世修道，有成仙之可能，便不會再來這不見天日的冥界，何露也看不到心心念念的人，可是她還是在奈何橋待著，心裡矛盾之至。明明是自己放走了那人，為何還盼著那人來？

冥府的日子好像沒有計數，何露也不知自己又陪著孟婆熬了多少年的湯，只是覺得這裡的鬼差們都是內心善良之輩。

正在橋上邊發著呆，邊幫孟婆熬著湯。不遠處牛頭馬面領著一群鬼眾緩緩走來。

「何露姊姊，我在人間學了一句詞，『和露摘黃花，帶霜烹紫蟹，煮酒燒楓葉』，這『和露』是不是你名字裡的意思？」牛頭道。

「『露從今夜白，月是故鄉明。』這個才是我的名字。」何露道。隨後聲音很低的喃呢道：「這裡面也有他的名字。」

「有什麼解釋嗎？」馬面問。

正想起自己當年燈下連夜繡出的一方繡帕的場景，聽到馬面的話，微微一愣。

「你們是不是想配上楓葉酒吃螃蟹？」何露含笑一問。

被說中了心思，牛頭和馬面也不尷尬，很是坦然。

「嘿嘿嘿……」破鑼敲響一般的笑聲傳來，黑白無常拉著鐵鍊，也帶著一批鬼眾走來。

「今天有什麼好吃的？」黑無常道。

白無常點頭附和。

何露無奈扶額：「我沒來之前你們也是這樣？」

眾鬼很快反應過來，黑無常很正經地說道：「人間都說，食色，性也。天性而已，不要太過迂腐了。」

「諸位早就不是人了！」何露道。

「要是這麼說的話，還要怪你了，要不是你當初做了那麼多好吃的誘惑我們，我們怎麼會喜歡上凡間的吃食。你就是廚神界的妲己，來冥界禍亂我們。」白無常嘻嘻哈哈地補充了一句，這讓何露哭笑不得。

黑白無常帶來的眾鬼已經步上奈何橋，何露忽然看到一道白光從眾鬼之間閃現。

何露手裡的湯匙掉落，心中百味雜陳。她盼的人來了，但是她卻並不開心。那人與上一世一樣，今世還是道士，而且還是走在隊伍的最後面。

看到何露的失態，黑白無常和牛頭馬面都順著何露的目光看去。

「此人前世修行，功德頗高，此世若能好好修行，定然可以功成名就，不用踏足冥界，可惜呀！」黑無常嘆了口氣，一副痛心疾首的樣子。

「裝模做樣的幹什麼，這種事情我們都看過多少了，早就習以為常了。什麼英雄帝王乞丐叛徒，在我們這裡不過一個故事，一場糊塗，快點接著說這道士怎麼回事。」馬面道。

「唉！馬面，這道士前世是被你鎖的吧，你應該知道些。他前世立功德，修善行，以肉體凡胎擋洪水，也是英雄一條，漢子一個，不過今生卻很遺憾。前世修得讓他此生順遂，少年成名，也教化過不少人，做了不少善事，名聲顯赫。被朝廷知曉，出使他國進行道法交流，為國贏得聲譽，更是讓敵國國君拜其為師，贏得兩國和平，回朝之後被冊封為國師。但就在被封為國師的前一天夜裡，坐化了。強行坐化，逆天而為，終遭反噬。原本他這一生好好修道便可，誰知一夕之間今生功績化為烏有。」黑無常如是說。

「確實可惜，唉！」聽到此，眾鬼皆歎惋。

「其實第一世看功德，第二世看恒心，他沒過關，心中有心魔。」孟婆淡淡地開口道。

「心魔……」何露自言自語道。

「黑白無常，牛頭馬面，既然你們的事情忙完了，那就快些回去吧！」孟婆道。

黑白無常牛頭馬面雖然愛胡鬧，可都不傻，孟婆的逐客令都下了，他們離開便是。

「你是不是認識他？」孟婆問何露，隨後又補充道，「你在他身上留了記號，這種法術是我教給你的，你瞞不了我。」

何露點頭。

「心魔，有些人轉世之後便可忘得一乾二淨，但是有些人，尤其是內心堅韌之人，一旦被心魔所控制，便難以解脫，甚至幾世糾纏。俗話說：『解鈴還須繫鈴人。』便是這個意思。他是道士，懂得大道，但是大道若劫，若過不去便成魔，成佛成魔一念之間。『地獄門前僧道多』這句話你應該聽過吧！其實你一直不想投胎轉世，也就是為了等一個人。但從三十年前你忽然告訴我不再需要留意那個人，我想你要嘛是找到了那個人，要嘛是放下了。但是你應該沒有放下，畢竟你還沒有選擇投胎。看到這個道士身上有你留下的記號，更證明我的猜測是正確的，你找到了想要找的人。」孟婆道。

「的確如此。」何露道。

「這道士前世有大功德，再修一世便可脫離輪迴，這也是你選擇放他走的原因，而你留下來等待，是你還放不下。但是你有沒有想過，你對他的放不下，就是你的心魔，或者說你們彼此互為心魔。」孟婆道。

何露猛地抬起頭來，看向不遠處的道士。

孟婆不再多說，拿著湯匙在鍋子裡轉了幾圈，不久後，這一鍋孟婆湯便熟了。前面的眾鬼陸陸續續喝完孟婆湯離開，最後只剩下那道士。

道士看了眼孟婆湯，沒有端起來，而是問孟婆：「請問這孟婆湯真能忘記一切嗎？」

與前世一模一樣的話再次從何露耳邊響起。

「大師此言何意？」孟婆沒理何露，轉而問道士。

「大師不敢當，稱呼貧道無塵便可。此前一直有一種味道不時纏繞在心頭，每當那種味道出現時，便整顆心都不得安寧。似乎有什麼事情想做，有什麼人要見，有什麼話想說，可是就想不起來，無論如何背誦經文都毫無用處。而且貧道能清晰的感覺到，那種味道似乎跟隨了貧道好幾世。」道士雖然面色平靜，但是他的心卻不平靜。

「還有這刺青，每當心情煩躁之時，看到這生來便有的刺青，便覺得好像哪裡對了，但隨後就是更加的不平靜。說來也可笑，貧道度化世人，卻度不了自己。」道士嘴角帶了點苦澀的笑，看著自己手掌上的刺青。

「大師可知那味道是何味？」孟婆問。

「應該是雞肉的味道，貧道自幼在道觀長大，雖不曾吃過，但是路過一家聞名一時的酒樓時，卻聞到了，那種味道跟記憶中的完全重合，並且在聞到這種味道時，會有一種莫名的心安。貧道打聽過，那道菜就叫露水雞。」道士道。

道士自嘲道：「我本修道之人，卻心裡牽掛著一道葷菜，並且牽絆幾世，可能真的不適合修道吧。」

何露一直靜靜聽著孟婆與無塵的對話，不曾發出過聲音。

「幾世輪迴，此味道不曾忘記，看來孟婆湯幫不了你了。」孟婆略帶遺憾地道。

無塵也很從容，甚至早有意料，並未有失落。

「不過我們冥界有一人，做得一手好菜，尤其是露水雞，可願品嘗一下？」孟婆問。

「不必麻煩了，既然那道牽絆貧道幾世，那貧道再去紅塵中尋吧！想必自然是有什麼機緣未了，只要這味道不散，我便一直追尋。」無塵很堅定地說道。

「無塵，就是不戀紅塵吧！」一直沉默的何露道。

「所言不錯。」無塵面色平和地道。

「這一股不散的味道糾纏了你幾世，你不恨嗎？再說，就因為這種糾纏，讓你錯失了最好的成仙機遇，你不悔嗎？」何露問。

無塵先是愣了一下，很快就恢復如常，嘴角含笑說道：「今世因貧道有些許功績，便要被封為國師，留名千古，被世人傳頌。但是貧道心裡

有執念，連自己都無法度化，自覺擔不起這尊貴，當晚便心魔交戰。而後貧道的護法仙人出現，護法仙人說我有大功德，且潛心修練，好好過完這一世，就免入輪迴，不再受這種輪迴之苦，並且他可以幫貧道壓下執念，助貧道成功，此為第一條路。第二條路便是強行坐化，尋那味道的源頭，此世成就的機緣便隨風而逝。」

無塵看向何露的背影，接著說道：「能來到這裡都是貧道自己的選擇，何來後悔之說。再說這幾世的糾纏，都是貧道不願忘記不願放下，這又恨得了誰。」

何露眼眸微動，隨後抬手撩開額間秀髮，將那額間刺青引到原來手心的位置。

何露轉身，伸出右手。無塵看去，瞳孔放大，隨後將自己的左手拿出來，湊到何露手邊。孟婆的位置清晰看到，兩個人的手心各有一個羽毛刺青，幾乎一模一樣。

「想知道嗎？」何露問無塵。

無塵答：「想。」何露求助的看著孟婆。孟婆嘆了口氣，讓何露反手抓住無塵的手，兩個刺青輕輕貼在一起，何露與無塵的眼前出現了一副景象。

畢縣，那是一個初秋，天氣微寒，一個十歲小女孩拉著一個臉色發白、帶著病態、差不多同齡的小男孩。小男孩是她的鄰居，兩家只隔了一道院牆，兩人自小便一塊玩耍，很是要好。

小男孩姓唐，名子敏，字夜白，家中世代是教書先生，在這畢縣之中也頗有名氣。唐先生有三個兒子，老大、老二都身體康泰，只是老三夜白自幼體弱多病，看了許多醫生，也給不出特別好的方子，只是叮囑了一大堆不能吃的東西、不能做的事情，讓孩子憑添了很多拘束。

「夜白，你的病一定能治好的，我給你暖手，你就不怕冷了。」小女孩笑得很單純。

「謝謝你願意陪著我。何露，等我病好了，我來給你暖手。」夜白笑著道。

「好！夜白你長大了想做什麼啊？」何露道。

「我想去參軍，好男兒應該保家衛國，不遠處的邊境城池常常受到

敵國的搜掠和踐踏，每次聽說書先生說起這些，我都恨不得早點長大可以去殺敵護國。我家代代文人，若是盛世，可以以文治國，但這戰亂之世，我們習文之家反而顯得沒了用處。本朝自新帝即位，周鄰多有來犯，可惜我國自古尚文，身體強壯能騎射之男子寡，在諸多戰事都節節敗退，百姓深受屠戮之苦。若是連家和國都保護不了，又談什麼禮儀詩書呢？

「可惜我身體一直不好，家中世代都是教書先生，想必父親大人將來也不會讓我去參軍的。」夜白將前些日子在軍中任職的舅舅與父親在書房的一番對話，慷慨激昂的說了一遍，說著說著，本來意氣風發的臉龐漸漸顯得有些落寞。

站在一旁的何露聽呆了，一個十歲的女孩只是隨口一問，怎料對面這個十歲的男孩一番豪言壯語讓自己半晌接不上話來。

看著何露滿臉崇拜的表情，夜白心裡有些得意。

就在此時「咕嚕……」夜白的肚子裡發出饑餓信號。

「你餓了，是不是有沒好好吃飯，都生病了怎麼還不好好吃飯？」何露有些生氣的問。

「何露，你先別生氣，我有好好吃飯，就是大夫說不讓我吃肉，只能吃粥，我吃一點就飽了，不久就餓了。」夜白道。

「這怎麼行，不吃肉哪有力氣，怎麼能恢復好身體，你還說要參軍呢！我父親說得了病，只有不願意吃飯的病人，沒有勸著病人少吃飯的大夫，這是個庸醫！」何露一股子勁上來，凶巴巴地說道。

看著何露凶巴巴的樣子，夜白反而覺得她特別可愛。

「你想吃什麼，我去做給你吃！」剛學會做菜的何露信誓旦旦地道。

「我想吃你家的露水雞，因為爹娘帶兩個哥哥去過你家酒樓吃過，回來都讚不絕口，雖然我不知道那是什麼味道，但我想肯定特別好吃。」夜白帶著期待的說著。

何露的曾祖父是前朝的御廚，戰亂之後帶著家人隱姓埋名逃來這裡安家落戶。曾祖父會做的菜很多，但是為了避嫌，只教了子孫一道菜，就是「露水雞」。何家就憑著這道菜在縣城立穩了腳跟，酒樓開了三代人，也算的上是數一數二的老字號了，過往的客商都要慕名前去品嘗一番。

這雞裡並沒有什麼名貴的食材，只是費時頗久，要花費兩個時辰而

成。除了要特別放養的放山雞，還要十多味祖傳祕料，將雞放在荷葉之上包裹醃製，最後加上採摘的露水蒸製而成，雞汁鮮潤剔透，香味遙飄十里，入口芳香四溢。

「這有何難，你隨我回家，爹爹和娘親現在應該還在店裡忙著，家中沒其他長輩在，我到家中廚房做給你吃，我七歲那年就跟著爹爹學做這道菜了。」何露略帶自豪的說著，一雙漆黑的眼眸閃爍著光芒。

何露牽著夜白的手回到家裡，挽起袖子就給夜白做雞肉吃，何露在廚房裡做菜，被趕出廚房的夜白看到一地的雞毛裡，有一根五顏六色的羽毛，夜白隨即收藏起來。

等待的時間有些漫長，但是卻心中暖暖的。

兩個時辰後，勾人的香味從廚房飄出來，這一嗅的味道被記了幾世，再也忘不了。

此後，何露三不五時就做露水雞給夜白吃，這菜著實好吃，夜白吃了好些年也不覺得膩，每次吃起來都像是第一次品嘗時那般美味。何家長輩漸漸的也得知了，何露總是給夜白做露水雞和其他各種花樣的吃食，看著這夜白長得斯文清秀，知書達理，也是書香世家，與自家女兒也算門當戶對，便默許了何露的行為，有時還提醒何露，這個節氣該給夜白做點什麼其他的補補。何老爺想得也簡單直接，畢竟未來女婿身體好，女兒才能幸福。

也不知道是經年累月的何家食療的功效，還是那醫生的藥方子起了效用，隨著年歲增長，夜白的病也漸漸好了，身子骨也變得強健了起來，氣力和耐力皆強於兩位兄長。為了增強體魄，唐家也煞費苦心的請了武師教他習武，希望能徹底擺脫病痛的糾纏。

每每夜白出門習武之時，何露便挎著小籃子，帶著夜白愛吃的雞肉和其他應時節的吃食去找夜白。兩個人一起吃飯，然後一個習武，一個站在一側看，每每對視，便相視一笑。

「何露，你長大後想做什麼？」夜白問。

「我爹娘就生了我和弟弟兩個，弟弟對廚藝一點也沒有天分，就只知道吃而已。這三代人流傳下來的廚藝，到我這裡就是第四代了，我不忍心讓它失傳。況且我那麼喜歡做菜，最喜歡看大家津津有味吃我做的菜，

特別有滿足感，我想長大了就幫著爹娘把酒樓繼續開下去。」何露爽朗的笑著說道。

「那你就是個廚娘了，人家都說廚娘一邊做菜一邊偷吃，要不了幾年光景就會胖成肉球，到時候就沒人肯娶你了。」夜白笑道。

「好你個夜白，你竟然這般說我。」何露羞紅了臉氣呼呼得道。

追逐打鬧，嬉笑怒罵，慢慢長大。

兩人剛到成年，雙方家長剛想商量婚事，便發生戰事，徵兵冊裡就有夜白的名字。

何露帶著露水雞去了夜白家裡，相顧無言，唯有淚千行。

「你別難過，也不必過於擔心。從軍本來就是我兒時所願，自小家中都是讀書人，反而讓我特別羨慕那些說書人故事中的熱血戰場和遊俠逍遙。況且父親大人找武師教我習武多年，我還是能自保的。」夜白安慰著何露。

「真的不能不去嗎？我可以求爹爹找縣太爺塞些銀兩，替換個人去。有很多貧脊之家願意頂替名單，只要給他們一筆安家費就好，這事你不要操心，我去辦就好，你看如何？」何露著急的問道。

夜白淺笑的搖了搖頭說：「你這麼好的姑娘，怎能嫁一個貪生怕死之輩。況且以戰制殺，我們去打仗不是為了攻城掠地，為的是我們的子孫後代能得享長安，為的是我們的家中長輩能平安終老。這是去報國，這是大義，若是人人都只顧小家，那麼國家何存呢？況且此戰也是為了救更多的人，這也是我的本心本願。」

夜白從錦盒裡拿出一根五顏六色的羽毛，遞給何露道：「聽說將雞身上最漂亮的一根羽毛收藏幾年後，做成簪子送給新婚的姑娘，那姑娘便可以一生幸福。這根羽毛是你第一次做露水雞時我收藏起來的，現在送給你，希望你以後成親的時候可以帶著。就算我不在你身邊，你也能一生幸福，讓它替我守護你。」

何露將羽毛推回夜白身邊，說道：「我要你親手幫我戴上那簪子，你拿著它，愛護好了，每次看到它都要告訴自己，一定要回來，我還在等你。」

夜白一言不發的低頭站著。

半晌，何露輕嘆一聲，說道：「我們一人留一個羽毛的刺青吧！」

夜白看著何露點了點頭，說道：「我願捧著你，一直在手心。」

何露淚眼婆娑的說：「我知道攔不住你，你想以己之力救更多人。」

夜白點了點頭說：「知我者，何露也。」

於是，何露含著淚不再言語，只是拿著針在兩人的手心裡刻下了一人一個刺青，每一下的針紮都比不上離別的心痛，兩隻手緊緊的握在一起，任血水流淌下來。

第二天，夜白出征，何露相送。

「這個給你。」何露道。

夜白打開繡帕，上面繡著「露從今夜白，月是故鄉明」。

「你就是我心上的月亮，我一定回來，你定會見到我。」夜白道。

「前路坎坷，望君安好。」

此去一別，流年似水，年華如夢，誰知此生再無相見之日。

夜白在戰場上奮勇殺敵，斬殺敵軍主將。奈何敵軍眾多，設下陷阱，為了保存實力，其所在的營隊犧牲自己為主力軍斷後，全營浴血堅守到最後，直到全部主力軍隊順利撤離陷阱。營隊之人也死傷殆盡，而夜白重傷掉落山谷，斷了左臂，失了記憶，守著一個承諾，堅守心中期盼，流浪四野的過了一生。

一個流浪天涯，四海為家，只為尋找心中的歸處，記憶中那股味道。

一個苦苦守候原處等一人歸。戰報送來，只寫夜白失蹤，眾人皆說夜白已經戰死。但是何露堅決不信，她說活要見人，死要見屍，她的夜白是個信守承諾的君子，說過會再與她見面，就一定會，自己要等著他。旁人如何勸說都無計於事，只能看著她韶華老去。唐家人憐其癡心，每年都來勸她忘了夜白。她總是淡淡的說：「夜白會來見我的，他說過。」除此之外便冷著臉沒有第二句回答。

時間久了，大家也放棄了。何露一門心思都放在做菜之上，並把何家露水雞的祕方技藝傳給了慕名而來學習的弟子們，並囑咐弟子們將來在各自家鄉開店，若有人來問這露水雞的由來，便問問此人認不認識畢縣的唐家夜白。

她將那祖傳四代的祕方露水雞傳向遠處，只願那味道可以幫自己喚

來心中人。她終是沒等到夜白，在一個初秋的早上離世了。

一個多年之後來到冥界繼續等待，一個卻因為失去記憶不斷輪迴，被記憶中的味道糾纏幾世。

隨著失去的記憶再次被喚起，無塵也就是夜白，深深看向眼前的人。

「何露，我沒失信，我終於見到你。」夜白聲音微顫，手有些發抖。

「夜白，我就知道你不會失信。」何露帶著笑，臉上卻淚流滿面。

「何露，我很慶幸選擇了第二條路，更慶幸能夠再次見到你，我那顆流浪幾世的心終於找到了家。」夜白道。

「我終於等到了你。」何露道。

孟婆看著兩個人，露出淡淡的笑容。

「道是萬物的來源與歸宿，道也無所不在。所以人活在世界上，從道而來，回道而去，沒有什麼得失成敗的問題。要珍惜這一生，不要浪費在不必要的執著與困擾裡面，任何事情都按照常規來進行。喝下這碗孟婆湯，走上這條輪迴路，來世能否再相遇，也只能看造化了。」

孟婆笑著舀了兩碗孟婆湯，給了何露與夜白。

「夜白，我們來世不必再見了，我其實一直明白，你三世追尋的都是大愛，是對世人的大愛，而不是對一人的小愛。如今我們解開了彼此的心結，塵緣已了，你可以安心去修行，以你的修行度化更多苦難眾生，這是你的理想。」何露道。

「知我者，何露也。」夜白行了禮。

相對而笑，兩人端起孟婆湯一飲而下，何露心中明白，無論來世能否再相遇，也都不再強求，各人有各人的路要走，了結前緣才能開啟新的篇章。三世的心魔已滅，與自己達成了和解，這就足夠了。

孟婆有些不捨看著遠去的背影，想著那道露水雞，雞汁鮮嫩晶瑩，滴滴若露水……

二十年後，濟靈觀外。

「夫人，你走慢一點，你身懷六甲，怎麼腳力比我習武之人還好。」一個武將打扮的青年男子，快步追著不遠處一個步伐飛快、身著一身綠衣的孕婦。

「你倒是快點啊，前面就到濟靈觀了，趕緊燒香替兒子祈福。」綠

衣孕婦氣喘吁吁的說道。

好不容易男子追上了女子，帶著寵溺的口吻說：「露露，你要慢著點，要是萬一有個什麼閃失可怎麼辦？」

叫露露的女子一臉幸福的靠在男子肩頭，撒嬌的說：「知道了，霍言你真囉嗦，哪裡像個六品武將。我這不是想著趕緊上完香，然後去何記酒樓嘛！你也知道他家鋪子的露水雞數量有限，去晚了就怕賣完了。我倒是無所謂，主要肚子裡你霍家的小子想吃罷了。」

兩人輕聲談笑著進了觀門，拜了神，燒了香。轉身離開之時，露露不慎撞上了一個年輕的法師，此人一臉肅穆，行舉端正，一看就是高道的模樣，只是這面龐太年輕，和身上散發的那種沉穩的氣場有些不符。

露露愣愣的看著這法師，反而是霍言趕緊行了個禮：「我家娘子不慎，衝撞了法師，多有得罪。」

年輕法師抬眼看了兩人一下，好像懵了一下，面色有些發青，只是一瞬間又恢復了如常神色，合十雙掌低頭回禮道：「客氣了，是小道未及時避讓，讓二位受驚了。」言畢，不等霍言回話，便直徑走進了道觀後院，不見了蹤影。

霍言目送著法師離開的背影，轉頭再來扶妻子，只見露露呆呆的站在原地，臉上掛著幾滴淚珠。

「這怎麼哭了？」霍言一邊擦拭著露露臉上的淚珠一邊問。

露露突然像回過神一般，用手摸了下自己帶淚的臉龐，有些奇怪的回答道：「我也不知道怎麼會有眼淚，我猜是在大殿內給香火熏的。」

霍言摸了摸她的頭，牽著她的手說：「走，咱們吃好吃的去。誰要我娘子懷了一個貪吃饞嘴的臭小子，等他出生時，為爹的要給他好好算一算帳，看看他在娘肚子裡吃了爹多少銀兩。」

露露笑意滿滿的依偎在霍言高大魁梧的身旁，兩人如孩子般歡心雀躍的走了……

初秋的日子，風中總是帶著一絲讓人察覺不到的氣息。

## 番外篇二：一念城

　　三界眾生熙熙攘攘，凡人性命單薄易逝，投胎輪迴是凡人宿命，而守一時信念徘徊不前是執著。

　　櫻桃紅了芭蕉綠，人間又是一年春光流轉，冥界只有一地的曼珠沙華，灼灼紅色，迷了眼睛，融了心房。

　　冥界大門已開，巡邏的鬼差個個精神抖擻，不時談論著什麼。

　　此時黑白無常於人間執行完任務，漫步逍遙般走入冥界。

　　黑白無常有時會親自帶靈魂入冥界之地，上那奈何橋，有時會交給手下的使者。那新來的守門鬼差連忙殷勤走來：「七爺八爺整日為冥府操勞，奔走於冥界人間，著實辛苦，我買了酒，準備獻給二位爺。」

　　白無常聽到酒，那清秀白玉般的臉龐立馬帶上了笑顏，這一笑更添了幾分風華和溫潤。只聽白無常說道：「你小子越來越會辦差了。」

　　原本風華絕代的笑容轉瞬即逝，換上一股玩味的笑，問道：「你小子是不是想去人間逛逛？」

　　這新來的守門鬼差帶著幾分羞怯摸了摸後腦，嘿嘿兩聲，意思再明顯不過了。

　　「人間新鮮，卻不如冥界自在，還是守好了城門吧。」黑無常底色略黑，端正凌厲的五官上，帶著威嚴與壓迫。

　　只看形貌，那黑白無常一個星耀般深邃，一個玉色般溫潤，一器宇軒昂，一翩翩君子，這般顏色應該屬於繽紛人間，他們卻於黑白暗夜之中穿梭行走。分明與冥界格格不入，行走之間又顯得那般自在從容。

　　這個新來的鬼差確實被黑無常震懾到，但等反應過來，黑白無常已經並肩走遠，悠悠聽到白無常埋怨：「怎麼也要把酒騙過來呀。」

　　又聽見黑無常似乎說了句：「冥界規矩不可破。」

　　其他守門鬼差面色依舊，似乎習以為常。

　　沒有過很久，一名使者拉著鐵鍊，拿著一盞無半點光亮的燈籠從黑

暗處走來。

入冥界的大門前，有一條緩緩流淌的河流，名為忘川，忘川河畔有一顆參天大樹，幾乎將城門遮蔽。大樹上面纏繞著古藤蔓，藤蔓早已枯萎，為這棵樹增添了幾絲古老與神祕。而古藤四周棲息著上百隻周身帶著紅色光芒的蝴蝶，在這略帶黑暗的冥界入口，顯得那般妖嬈與鮮活。

那使者將燈籠打開，取一隻蝴蝶放入，再次拉起鐵鍊向著冥界大門走去。

灼灼曼珠沙華鮮活又柔弱，它們依傍著忘川河，無限蔓延。曼珠沙華看護著忘川河裡的怨靈，防止他們上岸，也守護著冥界，將那擅闖者吞噬。有了這彼岸引路蝶，便可照亮前路，避免誤入曼珠沙華叢中。

守門鬼差見使者燈籠裡放著彼岸引路蝶，身後靈魂帶著陰氣與煞氣，便也放行了。

使者用碗口粗的鐵鍊拉著身後靈魂緩緩走入冥界，路過三生石，沿著忘川河走上奈何橋，那些靈魂亦步亦趨，不言不語。

這一批靈魂的到來，引起奈何橋上孟婆的注意。

此任孟婆新來不久，卻也熟知了冥界各種規則，已經適應了冥界的生活。此刻在那批靈魂身上，孟婆感覺到一絲異樣。這些靈魂身上陰氣不足，而煞氣有餘。

眾靈魂中，那陰氣似乎集中於某個點，而煞氣飄灑，籠罩其中的還有一股若有似無的生魂氣息。孟婆仔細看向那些靈魂，只見一個個眼睜得很大，但眼窩凹陷之處，帶著若隱若現的黑色，彷彿被什麼東西繞著，被吸附生命之後，連靈魂都不放過。

孟婆繼續往後走去，見中間有一魂靈，他與前後靈魂不同，不同於那些靈魂的冷漠與呆木，此靈魂眼中沒有被陰霾纏繞之意，卻帶著幾分疑惑與恐懼。孟婆可以確定，只有這個靈魂身上帶著陰魂之氣，其餘靈魂多是陰煞之氣與隱隱存在的生魂之氣。

此時手執鐵鍊前端的使者忽然襲擊孟婆，孟婆轉手祭出峨嵋刺，毫不留情的刺向使者的心口處，不出幾招，孟婆便制伏了使者。而不遠處趕來的牛頭馬面，只見孟婆一腳將使者踢進了忘川河。牛頭馬面看到這一畫面，不禁感歎：「孟婆還真是厲害。」

此時，空中飄著孟婆的餘音：「傀儡一隻。」

忘川河裡，怨靈惡鬼很快便將這美味吞噬，那撕裂靈魂的聲音，還有怨靈的咆哮，惡鬼的呻吟，一時間瀰漫於奈何橋上。

奈何橋頭，於滿地鮮紅的曼珠沙華間，一身青衣的孟婆頗有些遺世獨立之感，尤其配上傾城的容顏，恍若仙子。

孟婆走到那長相清秀、卻帶著幾分稚嫩的陰魂面前，指著前面的一串生魂問：「你認識他們嗎？」

這陰魂似乎被什麼纏繞封印，不言不語，唯有眼神不受控制。但因剛看完了打鬥場面，眼裡流露出滿滿的恐懼。

孟婆對著那陰魂額間一點，陰魂瞬間解脫了束縛，磕磕絆絆說道：「我認識他們，我們是一個村子的。」雖然敢言語，卻輕微地打著哆嗦。

「可還記得你們是如何來到這裡的？」孟婆循循善誘地問。

陰魂搖搖頭，表示不知道。

「可有姓名？」孟婆有問。

「我叫致安。」致安眼神輕飄，有些害怕和不安。

而後，孟婆彎腰執起鐵鍊前端，帶著他們去見冥帝。那些生魂沒有自己的思考，卻也聽話，不吵不鬧，跟著孟婆。

牛頭馬面也跟在孟婆身後，他們對這些生魂很感興趣。

冥帝在大殿之上手執陰卷，殿下的冥界記錄者正在稟告公務。

高位之上的冥帝，若神祇，若人皇，若鬼魅，四分王者之氣，三分尊貴之雅，兩分遺世獨立，一分若有若無的魅惑之感。

黑衣白冠綰著髮絲，衣服上團龍花紋栩栩如生，帶著威嚴和貴氣，增加了穩重。那黑色外衣上由瞿如羽翼編織成的衣袖，帶著翱翔九天的氣勢。那眼角處微微翹起，即使劍眉凌厲，也不曾遮蓋那與生俱來、卻若有若無的張狂與桀驁，彷彿笑看眾生，睥睨天地。高挺的鼻梁，配上薄唇又帶著幾絲涼薄，若看清一切歸於平淡之後的冷漠。一縷微微垂下的髮絲，遮蓋了鮮少臉頰，又增加了幾絲神祕之感。

但正是這樣的冥帝，卻讓人覺得松樹梅花的團紋更適合他，幾分傲骨，幾分幽香，幾分孤寂，幾分顏色。

看到這樣的男子，覺得帝之一字，與其甚配，但冥之一字，似乎多了

些愁緒。而冥帝和墨這樣幾乎無所不能的帝皇，如何會有愁，又怎會愁？

「冥帝，老祖宗在查看過去陰卷的時候發現了一些疏漏，之前這位孟婆渥丹在人間還願時使用了法術，破壞了規矩，卻沒受到懲罰，可否要補上？」記錄者呂八代看著手裡的陰卷說完，當他抬起頭的時候，看到冥帝陰卷擋著半邊臉，完美的一隻眼睛盯著他。

「睜一隻眼閉一隻眼」這句話忽然瀰漫心頭。

雖半卷陰卷擋臉，但那無聲無形的壓力，讓呂八代打顫。

呂八代還是第一次這般被吸引入冥帝眼眸，發現冥帝烏黑的瞳仁下面，似乎藏著另一副紅色的瞳仁，而那一副瞳仁充滿了故事。

迫於冥帝威嚴，呂八代錯過眼睛，又掃過大殿後面的黑金描摹壁畫，最後不自覺低下了頭。

牆上的壁畫，描繪的是三界初開到三界鼎立以來的戰爭場面，那排山倒海翻天覆地的戰鬥，那開天闢地鬼神亂吼的時代，那歷歷在目流傳千古的功績……其中冥帝拿著斬魂刀，豪情揮灑，那鮮紅的眸子在一片以黑暗為底色的壁畫上格外顯眼。血紅的眸子裡，似乎綻開了一朵花，那花被人界稱為彼岸花，在冥界被稱為曼珠沙華。

隨著時間的推移，那些越來越少被三界談論起的遠古的戰爭，幾乎都在冥帝大殿的壁畫上被記錄。

與其說是一種記錄，不如說是一場祭奠。

冥帝和墨收回視線，放下手中陰卷，隨意問大殿上的記錄者：「你是呂家的第幾代？」

「回冥帝，是第八代。」呂八代說道。

「噢。」冥帝帶著原來如此的口氣，讓呂八代覺得自己有什麼不知道的事情。

孟婆對於冥帝本就是一個特殊的存在，那個職位本就是一種祭奠。

孟婆渥丹擔任孟婆多年勞苦功高，這小小懲罰隱去也無關大雅，況且動用法術也是做了好事，所以呂一代派來了呂八代，就是給自己和冥帝一個臺階，也不傷情面。

冥帝也知道，呂一代有更深層的意思是要告訴他，作為冥帝不應該徇私枉法，也不能偏袒孟婆。

「還用他朝廷上的那一套。」冥帝無聲地陰陰一笑，讓大殿上的呂八代毛骨悚然。

冥帝眼眸中帶著些玩味：「你家老祖宗有心思翻錄之前的陰卷，是不是家裡的下一代奪得榜首？」

此話一出，有些戰戰兢兢的呂八代忽然露出了笑容：「是呀。」雖然只有兩個字，卻帶著驕傲。

呂氏經歷九代，從未中過一次榜首狀元，如今自己的兒子中了，呂八代如何不高興。而且家裡的祖宗說過，不中狀元，永不投胎，還拉著後世子孫不投胎，因此祖上八代都在冥界做卷宗記錄工作。百年光陰飛逝，中狀元卻成了他們一氏九代近四百年的執念。

「什麼時候來？」冥帝又問。

「那孩子還有半年陽壽，這還不到四十歲。哎！為家族做了這麼大貢獻，卻也是個短命的孩子。」呂八代歎了一口氣，有些可惜自己兒子的短命。

「噢！」這一個字的回答，卻讓呂八代感覺有些刺耳，尤其看向冥帝，覺得那表情是同情，還有些意味深長。

冥帝不再多言，低頭輕輕捧過案上的曼珠沙華，不再理會殿下的呂八代。

都說冥帝心思莫測，確實如此，呂八代拿著手裡的陰卷離開。

這時候撫摸著曼珠沙華的冥帝，眼中流露出一絲笑意，那種溫暖人心的笑，只對眼前的花流露。

而後黑色的眼眸換成紅色，紅色的瞳仁彷彿看到了什麼陰霾。一瞬間之後，冥帝看到了一群生魂朝著冥府而來，而後上了奈何橋。

冥帝眼眸中的紅色蓋過那彼岸引路蝶的光芒。

冥帝對著曼珠沙華說了一句話：「黑白無常速來覲見。」而後，整個冥界的曼珠沙華便都會接到這句命令，然後將命令傳達給需要接受命令的黑白無常。

孟婆剛帶著生魂來到冥府附近時，黑白無常迎面走來。

「一串生魂來到奈何橋，隊伍整齊，訓練有素。這等蹊蹺之事，真是聞所未聞，見所未見。」黑無常略帶思索地說道。

白無常已經圍繞著那一串靈魂轉了一圈，「咯咯咯」的笑聲飄散開來，帶著些陰森可怖。「確實有趣。」

孟婆身後的馬面挑釁一句說道：「人間來的生魂，怎麼也要問一下你謝必安和范無救吧，這也是你們引來的魂？」

「嘿嘿，我們勾了這些年的魂，從未出過差錯，不像你們牛頭馬面還會看不住門，那些從你們手中逃走的小鬼，哪個不是我和黑無常追回來的。」說完，白無常瞇起眼睛，吐了吐小舌頭，一副挑釁的模樣。

黑白無常和牛頭馬面鬥嘴成了習慣，打打鬧鬧更是小菜一碟。

牛頭馬面臉色一變，手中兵器發出吟唱，隨時可能被祭出。

黑無常及時阻止了事情往後的發展，說道：「現在不是說笑的時候，這一串生魂的出現不是小事，否則冥帝不會曼珠傳令。想來應該是人間出了禍患，這次的任務不會簡單。」

「呦，生魂堆裡還混著個陰魂呀！」白無常笑嘻嘻地說道。

混跡在生魂間的小致安瑟瑟發抖，看著圍在自己身邊的黑白無常和牛頭馬面，就快要嚇哭了。

「他叫致安，跟這些生魂來自同一個村，不知為何這些都成了生魂，就他是真的死了，還是帶給冥帝看一下吧。」孟婆告誡黑白無常和牛頭馬面別嚇唬人家。

「黑白無常，牛頭馬面。」冥帝的聲音不怒自威，久居上位，帶著一股令人不自覺臣服的魅力。隔著不遠的距離，冥帝的聲音從冥府大殿幽幽傳來，冥府外的黑白無常還有牛頭馬面一溜煙的跑進了冥府。

孟婆看著黑白無常牛頭馬面如此「從善如流」，只能搖搖頭，然後牽著鐵鍊帶一串的生魂入了冥府。

孟婆進入冥府之後，黑白無常已經乖乖站好，牛頭馬面也乖乖站在兩側，他倆畢竟是來看熱鬧的，還是聽話的好。

致安解脫了鐵鍊的束縛，被帶到了冥帝面前。哆哆嗦嗦不敢抬頭的致安，扭捏的樣子頗有些良家小婦人被街頭惡霸調戲的樣子。

致安還沒從奈何橋上搏鬥的陰影裡走出來，前不久在冥府門口又遇到黑白無常和牛頭馬面，四張鬼臉圍著他已經夠陰森的，白無常還伸出蒼白的手抓了抓他的臉，看看他是不是真的陰魂。白無常那陰冷的雙手帶來

的恐怖，讓致安的靈魂顫抖。

「冥帝，他叫致安，跟這些生魂一起入了冥界，但是失去了部分記憶，忘記了如何來此。」孟婆把自己知道的消息告訴冥帝。

冥帝點頭示意自己明白。

冥帝看著眼前的生魂，眼眸忽然變成紅色，一道紅光射入那些生魂身體裡，很快那些生魂便扭曲起來，原本不言不語的生魂開始嘶吼呻吟。生魂眼裡的黑色陰影開始在那些靈魂整個臉部遊走，似乎受到了巨大的壓力，急需要找一個宣洩口來逃竄，卻因此越發混亂起來。

「冥帝，這些生魂受不了您巨大的混沌之力。」黑無常連忙說道。

那些生魂嘶吼得更加淒厲，冥帝這才收起混沌之力。

黑白無常和牛頭馬面暗暗吸了一口氣，冥帝這曾經掃蕩三界的混沌之力，他們都承受不了，何況這些生魂。

「這是一種詛咒，三魂恐咒。既然他們承受不住混沌之力，便只有消滅那下咒的東西這咒術才能解開，生魂才可還陽。」冥帝和墨很隨意的說道。

原來冥帝在用混沌之力探知生魂身體裡的陰影究竟是何來歷。

黑無常默默地鄙視了一下自己。

牛頭馬面則一副「我早就知道冥帝的用意了，就你話多，還去阻止冥帝」的表情。

「至於這個陰魂，是看到那東西詛咒自己的村民被嚇死的。」冥帝轉過身軀，看向瀰漫的壁畫，背對著殿下眾鬼差和生魂陰魂。

聽到這句話，黑白無常和牛頭馬面相互交換一個眼神後，笑了出來。但想到在冥帝面前，不敢放肆，又默默地將笑咽回去，憋得渾身發抖。而致安則更加無地自容，摀著臉躲在角落。

「生魂之中混入一陰魂，確實有意為之。」冥帝聲音帶著威嚴，再次響起，「生魂入冥界，步入冥界便會被發現，而混入陰魂增加陰氣，再以煞氣為輔，便可偷天換日。而且這陰魂身上陰氣格外重，能抵十幾陰魂不易被發現，應該被刻意餵養過。至於忘記的過去，應該是死去太久在陽間無所依附的緣故。」

「有趣。」二字悠悠從冥帝嘴裡飄出來，滿是戲謔。

黑白無常對視一眼，覺得冥帝在生氣。

「人間已安穩百年，又有不耐寂寞的跳出來了。黑白無常，去把那惡物捉拿回來，投入忘川，餵惡鬼怨靈吧，它們餓了有一段時間了。」冥帝背對著眾鬼差，看不清神色，但話音裡卻帶著不屑。

「至於這個陰魂，孟婆帶他去投胎輪迴吧。」冥帝吩咐道。

原本縮成一團的致安聽到這句話忽然彈了起來，嘴裡嚷嚷著「我不要！」弄得鐵鍊叮噹亂響。

冥帝轉過身，瞇著眼睛看致安，致安也看到冥帝看向自己。

冥帝這個眼神其實並不嚴肅，卻讓致安有一種泰山壓頂的感覺，聲音立馬小了，身體掙扎幅度也小了。

「冥帝，我還不能死，我還有沒完的心願。」致安雖然在反抗，但是這反抗的程度小的可笑。

「你一個白面小書生，能有什麼執念，難道是想跟呂氏一家爭個狀元？那我還算你有點抱負。」白無常玩笑般的說道。

致安竟然沒有反駁。

「不會真猜對了吧！」白無常袖子一揮，不自覺睜大眼睛，吐出小舌頭。

黑無常瞥向致安，喃喃一句：「原來人們都一樣，一輩子不過功名利祿。」

「我從小被姥姥拉拔長大，姥姥供我讀書識字，最大的心願就是我能有出息。姥姥曾在呂家做工，看到呂家人被詩書薰陶，都是有才華的大人物，所以姥姥想我有朝一日也能像呂家一樣，有自己的堅持與目標，做個有出息的人。」致安這話說的誠懇，尤其談到自家姥姥的時候，帶上了幾分的溫暖，彷彿此刻處在姥姥的懷抱裡，而不是這無間之中。

致安是一個能被嚇死過去的孩子，卻願意捧著姥姥的托負在冥界大殿上說出自己的想法，這很不容易，也耗盡了致安的力氣。

「白面小書生還是個好孩子呀。」馬面帶著幾分欣賞。

冥帝幽幽看了這個小書生一眼，眼眸流轉。冥帝這一個動作，已經被黑無常看到眼裡。

「致安，你若不願意投胎就有兩個選擇，一個是去忘川河，一個是

去一念城。」黑無常說道。

致安想起今日奈何橋畔看到的那一幕，那個傀儡使者掉落忘川河後就那般被撕碎，當真嚇煞他了。

「一念城是個什麼地方？」致安悠悠一問。

白無常笑容已經掛起來，正想開口，只見冥帝隨意揮下衣袖，吩咐道：「牛頭馬面帶他去一念城。」

「這，是否先帶給四司會審？」馬面心直口快，而且去一念城一般由他來負責，希望按照規矩來。

「我都看了，能有問題？」冥帝不喜歡被反駁。

「馬面的意思是要不要做個記錄。」牛頭忙將馬面的話美化一番。

聽到馬面的話，冥帝不禁想起呂家。

冥界帝王當然以冥帝為尊，沒有鬼敢反駁，但是這個呂家八代在人間做清官做習慣了，把那用來勸解帝王的習慣帶到了冥界，還來個「冒死進諫」！

冥帝也不是忌憚呂家，他是冥帝和墨，他若不願意的事情，沒誰能勸得了，但正因為他是冥帝，有些事情他不能做，有些事不得不做。

做鬼王時，他可以扛著斬魂刀圈地為王，三界任遨遊，無所畏懼。但是作為冥帝，他以整個冥界圈地為牢，困住自己，留一執念度光陰。

當年的和墨初為冥帝，卻看著心中人離去救不得，躺在曼珠沙華之中，睡了百年，醉了一生。那裡的曼珠沙華長得很好，將和墨包裹起來，給了他百年安穩歲月。

和墨醒來以後，就在他躺過的那花叢上建了一座城，取名一念城。

執，無需太多，一念足矣。

百年醉酒，如今醒來，之後的安穩他和墨來守護，守護那一縷執念，守著那曼珠沙華，守護這冥界。

回過神來，不禁有些好笑，卻怎麼都笑不出來。

「先帶去四司會審吧。」冥帝說道。

四司分別由掌管善簿慈眉善目的賞善司判官、處罰惡鬼怒目圓睜的懲惡司聖君判官、揚善懲惡的察查司判官，以及大筆一揮直管凡人壽命的陰律司掌生死簿判官組成，四司判善惡，定規矩。

奈何橋頭，往往徘徊著不願輪迴的靈魂，若靈魂滯留過多，積累惡念過重，便危害到冥界的治理，所以冥界的治理者冥帝和墨，建立了一念城，並設立四司會審，但一念城不是什麼鬼都有機會進入的。

黑白無常和牛頭馬面領了命令離開，快跑幾步追上孟婆。

「孟婆，你前幾日做的藥膳真是不錯，再做一點給我們兄弟幾個嚐嚐吧，你看這又要出戰了，臨走就想喝一碗您做的藥膳。」白無常笑呵呵得挑起話頭，順便向另外三個示意，那三個立刻明白意思，接著來勸孟婆。

「你們還要吃東西？」孟婆反問。

那四個早就練出來厚臉皮，忙說道：「要要要的。」

這時候提著致安的馬面大笑說道：「我們小書生尿褲子了。」

一笑而過。

「一念城是個什麼地方？」致安問。

「那是一個為不願投胎又心懷執念的鬼準備的家園。」牛頭帶著幾分笑意，看向致安，給了他一個調笑的眼神。

「我為什麼要去那裡，我想跟村裡人一起還陽！」致安抗議。

馬面陰下臉來，暗笑一聲說道：「別忘了你已經被嚇死了！」

說到嚇死，致安一陣尷尬。

「可是我還沒達成姥姥的心願。」致安不甘心道。

「你說的有出息不就是做官嗎？在冥界也可以做官，為什麼非要在人間做官？你看冥界的官可是連人間的王公貴族來投胎都要管一管的，在冥界做官豈不是更加厲害，這不也是完成你姥姥的心願？」牛頭用哄騙小孩的語氣說道。畢竟是冥帝讓這小書生去一念城的，必須哄著。

說到這裡，致安也知道自己還陽是不可能了，冥界的官也是官，看似比人間還厲害。

「那我什麼時候可以做官？」致安又問。

「先過了四司會審再說吧。」馬面笑著將致安扛上了肩膀，向著會審之地而去。

嬉嬉笑笑後，該出征的出征，該守城的守城，該熬製孟婆湯的熬製孟婆湯。

小書生致安經過會審，被牛頭馬面帶去了一念城。

「我剛才見到的是九代為官呂家的祖先，探花出身最後當上丞相的呂老嗎？」致安在四司會審時，看到了呂一代，這個被世人尊敬為呂老的冥界記錄者。

牛頭馬面被問得有些煩了：「你問了一路了，都告訴你是了！」

致安也不生氣，也不害怕，而是滿臉傻笑：「嘿嘿，我見到他了，那可是讀書人最崇拜的先生，呂老呀。」人間都以呂老為榜樣，以呂家為楷模。

「嗯嗯。」牛頭馬面敷衍道。

「那我以後是不是可以跟呂老同朝為官呀？」致安帶著滿臉喜悅與激動。

牛頭馬面一笑而過，此時已經到了目的地。

沿著忘川河，漫過叢叢曼珠沙華，於半空中打開一扇古樸的大門，門後是一座城，名為一念，漂浮於一望無盡的曼珠沙華之上。

此城繁華，長街宅院恢弘富麗，亭臺樓閣懸掛各色燈籠，碧光霞色伴隨霧色，朦朧而浪漫；此城鬼魅，時而百鬼夜行，時而鬼影寥寥，時而歌聲起，時而吟詩唱；此城虛幻，漂浮灼灼花叢之上，若巍巍大廈略帶將傾之勢，又若海市蜃樓虛幻縹緲。一念城吸附城中靈魂執念而立，為避世靈魂提供一隅，為其了卻心傷。

致安看到的場面是城中鬼來鬼往，帶著幾分熱鬧，街上有擺攤子的生意人，也有衣著華麗的貴族踱步，更有熱鬧的說書樓，飄香的酒樓……數不勝數。

「這座城裡的鬼，都有著自己的故事，你不要拿著凡人的觀念看待這座城，和這座城裡的鬼。」牛頭收斂了玩世不恭，無比認真的告誡致安。

致安自幼聖賢書，心思單純，根本沒有完全理解牛頭的意思，卻也乖順的點了點頭。

此時迎面走來一個姑娘，姑娘厚重的頭髮遮住了半邊臉，但側顏長相傾國傾城，讓人一見傾心。從未動過情的小書生致安一下子忘記了非禮勿視，盯著人家姑娘看起來。

而姑娘忽然抬頭，那半邊的臉竟然全是白骨，且白骨與皮肉交接處，全是火燒的痕跡，若綻放的曼珠沙華，妖豔淒厲。

致安被嚇了一跳，惹來牛頭馬面一笑。

「這個姑娘從小傾國傾城，用你人間的話說，就是十里八村最美的姑娘，想著跟她定親的數不勝數，家裡門檻踏爛了好幾個。」馬面調侃一般說道。

馬面說完牛頭說：「後來他們村鎮出現了旱災，便有傳聞說是因為這個姑娘長相狐媚，乃狐狸精轉世，只有燒了這姑娘旱情才能緩解。」嘲諷還是憐憫，不知道，因為牛頭的聲音很平淡，彷彿習以為常。

「所以呀，姑娘就被綁在高臺上活活燒死，成了祭品。」馬面在致安耳畔說道，眼神幽幽，嚇得致安直發抖。

「姑娘完全是被連累的，美麗無罪！」致安憤憤不平地說道。

牛頭馬面只是一笑，接著往前，又遇到一個夫人，夫人氣質優雅，人淡如菊，卻抱著一個布娃娃在懷裡。致安有些疑惑。

「看這夫人，原本是大家閨秀，而且嫁了一個有錢的好人家，日子過得很舒服。」

牛頭馬面一人一句，配合默契地說起來。

「不過夫人嫁人三年，只生了一個女兒，而後兩年，再無孩兒。」

「這下婆家不開心了，便讓自家兒子再娶個小妾，怎麼也要生個兒子吧。」

「很快，丈夫納妾，妾有了身孕，妻子因為小錯，惹得妾不開心差點小產，便被丈夫趕出了家門。臨走的時候，夫人因捨不得女兒，想要女兒跟自己一起走，丈夫家裡也不稀罕一個女孩，便讓女兒跟著夫人走了。」

「夫人身上沒錢，自然是投奔娘家，但是娘家嫌棄她是被休回家的女兒，臉上沒面子，便也沒讓女兒進門。而後母女二人流落街頭，孩子生了病沒錢醫治就這麼走了。夫人覺得對不起女兒，更覺得人生無意，便尋死了。」

一座戲樓，戲曲聲起，聲聲動情，勝過音樂，美妙無比，小致安不禁駐足傾聽。

馬面嘿嘿一笑，說道：「唱曲的那個伶人，因為給人間帝王唱了一曲惹得帝王開心，便入了帝王的眼，並時常詔他來唱曲，還賜了官職府邸，一時之間很是風光。只可惜這位帝王亡了國，而這位戲子所唱之曲被稱為

亡國之音，戲子不但被斬首，還被史官寫入史冊，歷代受到批判。」

致安聽過，一陣唏噓，這才發覺那戲曲綿長柔軟的詞裡，帶著難以化解的憂愁。

致安覺得人間確實有不少腐朽陋習，害人不淺呀。

原來這一念城，是這樣的地方。

「冥帝為什麼要建這樣一座城？」致安問。

「大概是怕哪個靈魂會寂寞吧。」馬面說道。

「時間留不住的剎那美好，冥界願意包容，給不容於世的靈魂一個安歇之處，給畫地為牢的靈魂一個與自己和解之處，給那些等待答案的靈魂一個落腳處。在這裡的鬼要心懷善意，否則配不上這座城，更不配長伴這曼珠沙華。」牛頭語氣誠懇，態度嚴肅，不似之前的嬉皮笑臉，彷彿還帶著淡淡的憂傷與可惜。

一念城中的靈魂，前生多是善良而執著之人，不過被命運捉弄，無法與自己和解，不願相信來世，所以棲身於此，尋一點心安。入一念城需要付出代價，一念城吸附靈魂深處的執念，讓城樓漂浮。待靈魂執念消失，他們忘卻過去，可再入輪迴。

而忘川河百鬼縱橫，即使冒著被吞噬的危險也要留下靈魂，因為他們不願忘卻，守著一段情或盼著一個人，千年輪迴後，等待重生的機會。

忘川河很寬，兩側水深，中間有一小洲。兩側水中滿是怨靈，它們試圖爬出忘川河卻不得，只能在哪裡廝殺，等待獵物。河中小洲由靈魂堆積而起，其上的靈魂心懷執念，也不喜與惡靈爭鬥，它們望著那奈何橋，守護心中一段自己。凡是惡念和怨氣重的靈魂，不等爬到河中間的小洲，已經被吞噬乾淨。

如此一念，當真奈何。

一念城的故事還在上演，但出征不久之後的黑白無常回來了。

黑白無常不似之前那打了勝仗的驕傲，而是一身狼狽。

黑無常原本略黑的臉上，多出來兩個更深更黑的眼窩，兩顆帶血絲的眼睛突出，增加了恐怖與兇惡。

白無常舌頭被拉長，鮮紅色的舌頭與蒼白的臉色對比，著實刺眼。

原本兩個美男子，如今狼狽模樣，確實可惜。

　　黑白無常雖然帶傷，也不是毫無收穫，他們抄了那惡物的巢穴，抓了些小嘍囉卻也放走了厲害的。

　　人間逃竄幾隻惡物也是常事，不過黑白無常卻不曾如此狼狽。

　　高位上的冥帝，一手撐著額頭，一縷散落的髮絲遮擋面容，看不清神色。冥帝沒有看大殿上請命出戰為黑白無常報仇的牛頭馬面，懶懶地撩動眼皮，自言一句：「呂家已來冥界八代，我也有四百年沒去人間仔細走走看看了，去看看也好。」

　　「冥帝要親自去？」馬面問牛頭。

　　牛頭點頭稱是。

　　此刻冥帝道：「黑白無常，去找孟婆療傷吧。」簡單吩咐一聲，飄然離去，轉瞬之間，此刻應該出了冥界。

　　冥帝獨自前往，無一鬼差相隨。

　　「冥帝為什麼親自去？」馬面有些不解。

　　牛頭掐指一算，臉色一變。

　　只聞黑白無常、牛頭馬面一起喊著：「今日三月三。」

　　原來是那日呀。

　　人間嘛，還是原來的樣子。

　　冥帝用混沌之力，尋找那惡物，很快就到了東南扶蘇城地界。

　　那裡曾繁華耀眼，也曾人聲鼎沸，古久的一場征伐，將那繁華湮滅，只剩下蒼茫萬里和寥寥幾戶炊煙。

　　冥帝坐在山丘上，看著暮色西沉，鳥獸歸家。靜默之中帶著幾分熱鬧，熱鬧之中又帶著幾分孤單。彩雲襯托的暮色裡，絢爛美好，但是這空曠的原野裡，倒覺得那彩雲多了幾分涼薄。

　　悠悠笛聲傳來，笨拙的老黃牛馱著紮牛角小辮的牧童歸家。牧童在暮色裡吹著笛子，小腳在牛背上晃晃悠悠，一派安靜祥和。

　　路經冥帝和墨盤腿而坐的土丘時，老黃牛停下腳步，對著冥帝方向叫了幾聲。

　　冥帝自然知道，那是幾近遲暮早已能看清陰陽的老黃牛發出的求救聲，不過這求救聲不是為自己，而是為身上馱著的小牧童。

　　冥帝沒有理會，而是閉著眼睛感受暮色人間，平復內心複雜的情緒。

老黃牛並沒有放棄，接著叫了幾聲後，而後跪了下來，眼角流出了淚。和墨瞥了一眼老黃牛，望向天空。

牛背上的牧童見老黃牛忽然跪下，以為是累了，便輕輕撫摸黃牛的頭，讓其歇息一下。

牧童水靈靈的眼睛，長得煞是好看，不過瀰漫著陰霾。

又是那詛咒的惡痕。

牧童看一身黑衣的和墨坐在山丘上一動不動，臉色帶著些許屬色，好像很不開心。

長相俊美，衣著華貴，周身氣質不容忽視的冥帝，就算坐在土堆上，也能看出身分非同凡響，但是這樣年紀小孩子的關注點，並不在此。牧童覺得這個哥哥很孤單，別人都回家了，就他自己坐在土丘上瞭望。

「哥哥不開心嗎？是不認得回家的路嗎？」小牧童爬上土丘，蹲下小小的身子看著和墨問。

和墨睜眼看向小牧童，卻並沒有回答。

牧童忽然對著和墨流露出憐憫的眼神。

小心拔起一棵草，又小心翼翼的將種子挑出來，掌心裡捂著那種子，然後獻寶似的遞到和墨面前。

「這個種子是甜的，可好吃了，心情不好的時候吃一點就會開心很多。偷偷告訴你，這個祕密是大黃牛告訴我的。」小牧童水光燦爛的大眼睛帶著炫耀之意。牧童覺得自家大黃牛可屬害了，能在草堆裡找到糖。

冥帝指了指身側的一個玉碟，示意牧童將那種子放在裡面。

小牧童有些吃驚，原本沒有這玉碟的？

小牧童乖乖將種子放在玉碟裡，見大哥哥不願意理會自己，也覺得無趣，又見天色不早，便告別而去。

牧童爬上黃牛的背，催促黃牛趕路，再不回家就天黑了。

但是黃牛還看著和墨的方向，眼中祈求之意再明顯不過。

「路上小心。」冥帝和墨並沒有看向老黃牛和牧童，而是望著天邊的晚霞說一聲。

老黃牛聽到冥帝這句話，放心了不少，馬上馱著小牧童開始趕路。倒是小牧童有些驚訝，原來土丘上的哥哥不是啞巴呀。

　　早知如此，就不可憐他了，哎，還把草種子裡有糖的祕密告訴了他，隔壁翠花求了他幾次都沒說。

　　小牧童還有些傷心，卻不知道這個舉動不但救了他，還為那暮年的老黃牛續了幾年的命。

　　冥帝將玉碟中的種子收入衣袖，靜坐等待。

　　不久以後，一團黑霧漂浮而來。

　　冥帝斬魂刀祭出，對著黑霧就是一刀，那黑霧連反抗的餘地都沒有，墜落地面，成了一隻咒蠱。

　　「你是冥帝！」那咒蠱很吃驚，不想自己一個小人物，竟然驚動了冥帝這樣的大人物。

　　冥帝用束妖袋將其裝起來，看看天色，夕陽還沒落山，那黃牛和牧童的身影還在黃色的光影中徘徊。

　　這一刻，作惡無數的咒蠱才知走到了命運的盡頭。

　　「十惡不赦，為禍人間，死也不冤枉，不過今日天色還早，我且帶你去人間走一遭，算是給你最後的仁慈了。」冥帝和墨用冷漠的聲音說道。

　　仁慈，這個詞似乎和殺伐果斷的冥帝和墨並不相符。

　　人間的景色還是那樣，煙柳畫橋，風連翠幕，美景山川，熙熙攘攘，這麼多年過去了，還沒有變。當年那初到人間的歡喜，此刻蕩然無存。

　　為什麼會覺得覺得美？因為人壽命有限，雖然江山不變，但是看風景的人換了一代又一代，所以總能發現美。

　　人們所謂的滄海桑田，在冥帝看來不過滄海一粟。

　　人間情愛雖然美好浪漫，冥帝卻因見過最美好的，而對此淡漠。

　　留下一句「乏味」，便去了冥界。

　　眾目睽睽之下，咒蠱被冥帝隨手扔進了忘川河，被眾鬼分食，就這樣消散於三界之中。

　　投咒蠱入忘川的冥帝轉身離去，此刻已經抱琴去了一念城，一念城最高的閣樓，是冥帝的私宅。

　　那座私宅閣樓並不如冥府中獨屬於冥帝的大殿華麗而莊嚴肅穆，這座私宅帶著神祕與浪漫。

　　那私宅下面就是當年冥帝醉了百年安睡的曼珠沙華花叢。

每次累了，躺在由曼珠沙華編織的床上，得到片刻安靜。「知道嗎，今日你的三魂又長出來一點。」和墨自言自語。

　　每年三月三，一個特別的日子。

　　經歷過三界初開，經歷過三界戰亂，戰無不勝的冥帝，依舊頂禮膜拜的存在。

　　有冥帝在，黑白無常和牛頭馬面便心安，覺得不管如何難以對付的敵人，只要冥帝出手，便無所畏懼。

　　但是令黑白無常氣憤的是，他們被咒蠱打的狼狽模樣，被一些凡人看到，還畫了下來。最可惡的是那畫竟然流傳開來，如今大街上連個小孩子都知道黑白無常的狼狽模樣，當真是丟人丟到家了。

　　人們眼中的冥界是黑暗的，心目中的黑白無常也應該是恐怖的，更覺得那耀眼的容貌不應該出現在冥界那「藏汙納垢」之處。

　　馬面拿著黑白無常的辟邪畫像，調笑道：「你倆剛回來的時候還沒覺得難看，怎麼如今一看確實……難看啊！」爆笑聲起。

　　「什麼難看，那是很難看好吧。」牛頭補充道。

　　牛頭馬面樣貌本就不如黑白無常，且時常被黑白無常兄弟倆調侃牛角馬臉，而人間畫冊中的牛頭馬面更是兇神惡煞，與本來面貌相差甚大，如今見黑白無常如此，心中忽而滿足，不禁調侃幾句。

　　黑無常氣憤地說道：「原以為只有馬面是個滑嘴的，沒想到你牛頭也是如此，什麼兄弟，今天才看清你們！」

　　「挨打怎麼了，有冥帝親自出面為我們報仇，我們兄弟面上有光，你們也沒少挨打，怎麼沒見冥帝願意幫你們！」白無常聲嘶力竭地反駁。

　　黑白無常和牛頭馬面大打出手，誰也不服氣誰，一陣亂鬥。

　　半年時光飛逝，呂家八代一起站在奈何橋，等著呂九代的到來，然後祖上九代一起去投胎。家裡終於出狀元了，可以放心走了。

　　八個老頭雖然長著白鬍子，但是個個精神矍鑠，眸光閃閃，帶著喜色。黑白無常和牛頭馬面與這八代相處多年，自然要送別一番。

　　與其說是相送，還有一部分看熱鬧的意思。他們也是第一次見祖上九代一起去投胎，如此壯觀場景，值得圍觀。

　　孟婆湯擺開一排，孟婆親自為他們備好。

不過多時，呂九代姍姍來遲。

呂九代活了不過四十歲，卻比第一代老祖宗都顯老。

「參見第一代祖宗，參見第二代祖宗，參見第三代祖宗……參見第八代祖宗。」呂九代子孫一一拜過，這才直起腰身。

「終於來了，我的好孩子。」呂一代上前一步，一手摸著鬍子，一手拍著呂九代的肩膀，滿臉喜悅地說道。

「我來晚了，讓祖宗們等急了。」呂九代說道。

「哈哈哈，不晚，你可是我們家的第一位狀元，是功臣！」呂一代笑得更加開懷。

呂九代忽然跪地。

「祖宗們，孫兒有話說。其實我並非狀元，而是探花，但因為中狀元那人家中父親去世，他不得不回家守喪，所以皇帝念我們家族功業，便破格提拔我為狀元。不過祖宗不用急，我那兒子有出息，三歲能做詩，五歲誦五經，他定能高中狀元的！」呂九代急匆匆解釋道。

呂一代一陣暈眩，差點從奈何橋上掉下去，不過被身後的呂二代和呂三代扶住了。

「我們呂家，從來都是憑藉自己的本事，這種狀元我們不稀罕！若我求得只是個狀元，身處冥界多年，早就能因公徇私，讓後輩成就狀元之業，但我不曾這樣做，就是要告訴後代，要光明正大堂堂正正。輸並不可怕，怕輸才永遠都站不起來！當初我不也是從最底層爬上去的嗎？我們回去，繼續等！」呂一代的聲音振聾發聵，信念堅定，惹得奈何橋看熱鬧的眾鬼一下子笑不出來。

只可惜，奈何橋上的孟婆湯被浪費了九碗。

冥界的記錄者需要考試，呂家的人在人間總在二、三名徘徊，但到了冥界都能拔得頭籌，說來也很奇怪。

如今冥界的陰卷記錄全是呂家管理，而且他們確實管理得井井有條，沒有絲毫差錯。

司錄不禁跟冥帝說道：「冥帝，呂家人掌管記錄，而且管得也很好，這本沒錯。但是他們要一起投胎呀，若他們一下都走了，冥界的大量卷著誰來管？」

冥帝一手撐著頭，半倚在榻上，一手輕撫盤中曼珠沙華，一派歲月靜好。

「半年前來了個叫致安的小書生，現在就住在一念城，你去讓他跟著呂一代學習學習，呂一代走了以後，這記錄的任務就交給他了。我記得他們呂家還有一個書院，那就讓他繼續教學生吧。」冥帝眼角都沒有抬，彷彿一切不在心上。

司錄知趣，靜靜退下。

過了近二十年，呂十代哭哭啼啼的來了。

「各位祖宗，我對不起你們，我中了榜眼，與狀元無緣，而我那兒子又是個不爭氣的，每天就知道鬥雞走狗，吃喝嫖賭，成事不足敗事有餘，我愧對祖宗們的教誨。」呂十代頭磕在地上梆梆作響。

幸虧是陰魂，這要是一具肉身，早就血肉模糊了。

呂一代聽到自家第十一代如此不爭氣，很是生氣，陰卷都不錄了，非要看看自家這呂十一代究竟是什麼德行。呂一代厚著臉皮，第一次求冥帝，借探空鏡來看。

不看不知道，一看還真的嚇一跳。

呂十一代的音容笑貌都在探空鏡裡看到了。

肥頭大耳，滿臉油光，大腹便便，搖著扇子笑呵呵地逛大街，身後跟著侍從，侍從懷裡抱著一隻花色漂亮的大公雞。呂十一代還幫那公雞搧著扇子，嘴裡還一口一個「小乖乖」的喊著。

氣得呂一代發飆：「這一口一個……比叫親爹都勤快！」

一側的呂十代面露苦澀，這畢竟是他教出來的兒子，這個兒子打也沒少打，罵也沒少罵，就是不爭氣。

換個場景再看下去，竟然是呂十一代去逛妓院的場面，呂十一代左擁右抱的模樣，看得十位老祖宗面紅耳赤，他們可都是讀書人，不曾做過這等荒唐事。

呂一代揮袖而去，留下探空鏡裡呂十一代肥嫩的大臉。

呂家祖上做善事，開書院，不分權貴，有教無類；設粥鋪，救治百姓；樂善好施，修建寺廟，供奉道祖。而且呂家前九代，歷代為官，名聲很好，即使經歷朝代變遷，都沒有動搖呂家根基，如今到了這一代，呂家

到底會怎樣還真的不好說。

呂一代氣得渾身發抖，而且在處理公務上更是處處挑刺，到了吹毛求疵的地步。

呂一代手下的一些小鬼整日盼著他快快去投胎，真的受不了了，不過最可憐的還是致安。他是呂一代的小徒弟，向來聽話，如今更是任勞任怨，任打任罵。

在呂一代名下眾鬼差反對呂一代「暴政」的時候，致安是唯一一個沒有反對的。他只是有點同情自己的師父，這個呂家第一代祖宗，這個執念很深的固執老頭，更在為呂氏家族可惜。

在呂一代的帶領下，陰卷的記載從未出過任何問題，而且呂家祖孫更是爭氣，記錄司秩序井然。

如今出了這樣的事情，冥帝還真想讓呂一代去一念城待幾日。

「近日不少鬼差受不了的你壓榨了，你收斂些的好。」冥帝說道。

「讓冥帝費心了。」呂一代是個知世故而不世故的，道理他都懂得，也是老狐狸一隻，不過這個狐狸喜歡嚼木頭，固執地很。

「你這小徒弟還真不錯，沒說過你一句壞話。」冥帝也是嘖嘖稱奇。

「那孩子太單純了。」呂一代不禁歎了一口氣。

「你不知道他多崇拜你，你在他心裡就是英雄。」冥帝半笑半諷。

「冥帝又在嘲笑老臣了，老臣這十代裡，歷代參加科舉，卻無一人成就狀元之業，家族還不知道被嘲笑成什麼模樣了。」呂一代哀歎道。

「嘖，真是個老頑固。」冥帝心裡暗道，不禁搖搖頭。

時光荏苒，呂十一代還在敗家，自家的書院因為這個敗家子而無人信賴，連個學生都沒有，書院裡生了野草，兔子亂竄。

最後書院被抵了債，良田財寶該賣的都賣了，家裡還剩下一座藏書樓，一座祖宅。

看到呂十一代如此模樣，呂家祖宗不忍繼續看下去，真的不願看到歷代祖先看重的藏書樓被不肖子孫抵債呀。

所以閉了探空鏡，順其自然吧，省得見多了心煩，所以之後再也不曾多看這呂十一代一眼。

人間滄海桑田，世事變遷，改朝換代更是常有的事。

幾年來，戰爭剛剛平定，死去的人減少，日常忙碌的黑白無常、牛頭馬面和孟婆這才得了清閒。

　　改朝換代之後，又是一朝天子一朝臣，冥界來了許多惡鬼，也有很多有執念的鬼。

　　牛頭馬面帶著新聽來的故事，夥同黑白無常在奈何橋頭講故事。

　　「前幾日來了個有執念的新鬼，如今就住在一念城裡。這個鬼可非同一般，那是當年國力強盛辰國的皇子。當年北方辰國、南方蜀國鼎足而立，北方辰國，日出之地，向來以天下之首自稱，帝王有十一個兒子，宮廷爭鬥不休，國家根基不穩。而南風蜀國，民風淳樸，國力強盛，一支貪狼軍更是所向睥睨。前幾年辰蜀交戰，蜀國大勝，辰國覆滅，據說當時蜀國領兵的就是這位十一皇子。」馬面說完事情的大概，不禁嘖嘖兩聲。

　　「皇子你見的還少嗎？若論到有執念的皇室靈魂，他們最常說的一句就是『希望來世不入帝王家』。嘿嘿，不想這位皇子還是個敗軍之將。」說完後，白無常嘻嘻笑了幾句，帶著幾分挑釁。不過按照白無常往日習慣，喜歡吐舌頭來挑釁，如今卻也改了。

　　「我記得前幾日就有一隻在一念城待了百年的鬼去投胎了，據說前世也曾稱王稱霸，不料死在曾經的手下敗將之手，心中不免遺憾而執念不消，如今過了百年那執念才被消除殆盡，入了輪迴。」黑無常補充一句。

　　「嘿，這個皇子可不一樣。」馬面反駁一句。

　　「還能如何不一樣？也多是困於勝敗而已。」黑無常淡淡一句。

　　還真的讓黑無常猜中了，不說也罷。

　　忽而一個小鬼說道：「七爺八爺前幾日出征大勝而歸，揚我冥界聲威，我等也想聽聽那戰鬥的故事。」

　　接著周圍小鬼紛紛附和，嘴裡誇讚聲不停。

　　黑白無常感覺被取悅到，嘴角溢出笑意。

　　「這次出征總結起來就八個字：一舉殲滅，一個不留。有冥帝在，萬事無憂。」黑無常鄭重說道。

　　「這還用你謝必安說？冥帝是誰，那可是與三界共生法力無邊的帝皇，我們想問你這次戰鬥的過程。」牛頭插嘴說道。

　　黑白無常對視一笑，滿臉一副「老子就是不想告訴你」的樣子。

「謝必安，范無救，你們是不是沒建立什麼功業，也沒什麼可以誇讚的，現在都不好意思說呀？」牛頭激將道。

說說故事怎麼少得了好酒，心思通透的小鬼連忙幫黑白無常倒了酒，說道：「七爺八爺，且喝著美酒給我們講講吧。」

白無常也不客氣，便喝著美酒講起了故事。

當年咒蠱一事有冥帝出馬，殺了那逃竄的咒蠱王，確實保了人間多年的太平。不過，百足之蟲死而不僵，那咒蠱王竟然留下了尚未成形的小咒蠱。小咒蠱存於卵中且不曾作惡，自然難以察覺，不料這長大的小咒蠱竟比咒蠱王還要殘忍，詛咒肉身，吸食靈魂，罪大惡極。

人間除不去的惡物，自然要冥界出手。

冥帝領兵出征，實在是覺得冥界的兵將好久沒有活動身子骨，怕他們暴躁而內亂，於是帶他們出去打一仗。

冥兵戰鬥力還可以，難對付的也被冥帝幾招打敗，人間轉了一圈，打了勝仗，冥兵冥將又一次見識了冥帝的實力，也更加信服了。

此時的冥帝漫步一念城，見一道紅光旋轉舞動，且劍氣如虹，向著高處飛躍。此劍前方劍招銳利，後方格擋迅速，光明磊落又帶摧枯拉朽之勢，還有一抹暗藏的黯然神傷。那是一把驕傲的劍，泛著耀眼的光芒，正如它的主人一般，即使身在冥界，不曾暗淡半分。

冥帝興趣來了，向著那劍光方向走去。

在一念城的角落，一片開闊的地界，四周長滿了曼珠沙華。一男子手執一把身若皎皎月光的長劍，揮舞劈斬。

那執劍男子，頭髮一半挽起，一半隨意垂落，臉上鬍鬚略長，帶著滄桑。雖一副江湖劍客的打扮，但粗布麻衣上墜著名貴的玉佩，似乎昭示了非同一般的身分。一側的石桌上，放著男子的酒壺、劍鞘、半卷書冊，還有一隻塤。

那略感滄桑的酒壺帶著江湖的豪邁，那只塤與書冊帶著雅致，那三尺長的劍鞘透著華貴，那男子身上流露出淡淡的憂愁與不甘。

對方意識到冥帝的出現，有一瞬間的驚詫，見冥帝沒有要攻擊自己的意圖，便放下心來，繼續練著手裡的劍。

冥帝隨意坐在放酒壺的石桌旁，看著曼珠沙華叢裡翩翩舞劍的身影。

如此氛圍，誰也沒有打擾誰。

冥帝隨意看向桌上幾件物品，那滄桑且帶著刀痕的酒壺上寫著「旻景」二字。這應該是他的名字了。

旻景練完了劍，對著冥帝走來，先施了一個江湖平輩禮節，而後一撩衣擺，坐在冥帝的對面。

劍眉星目，五官端正，但是定格在肌肉上那略帶上揚的嘴角，還有天然去雕飾的桃花眼，沖淡了臉上的滄桑，也顯示了旻景生前是個自信驕傲且愛笑的人。

「公子也住在這一念城中？」旻景率先開口。

「你覺得呢？」冥帝反問一句。

「原來你們鬼都這般幽默？」旻景也不介意冥帝話語裡的無禮。

「別忘了你也是鬼。」冥帝面不改色地說道，期間還瞥了旻景一眼。

旻景自嘲般一笑，分明帶著苦澀。

「對呀，都成鬼了。」說話間，將酒壺打開，隨意搖搖酒壺，似乎在聽裡面還有多少酒水。

旻景喝了一口，遞給冥帝。

冥帝擺出一個拒絕的手勢。

旻景收回酒壺，又喝了一口，說道：「酒能消愁。聽說一念城裡的鬼都心懷執念，想必有很多意難平吧。」

「你不喝正好給我省下。我就這一壺酒了，以後也沒個人祭拜，添不了酒水，還是省著喝的好。」旻景不自覺抱緊了懷裡的酒壺。

冥帝倒是對著旻景生出來幾分好感，分明沒多少酒了，還願意分享。

「酒在冥界可不是好東西。」冥帝淡淡地說道。

「人的陽壽太短，可終日飲酒，渾噩度日，醒來再醉，醉裡做夢。但是冥界的日子太長，酒喝多了，睡得久了，想再次醉去就沒那樣簡單，醒著的時間更長，那些心疼的記憶也會更加清楚。」冥帝一副過來人的模樣提點旻景。

「還有這種說法。」旻景恍然大悟，眼底帶著淡淡的憂傷，而那副桃花眼平添了幾分笑意。

「為何練劍？」冥帝忽然開口，打斷了旻景的思路。

「不甘於敗。」旻景眼裡燃起了光，那種光芒養育了他心底的執念。

「一念城不得出入，你劍練得再好也沒有與對手決戰的機會，豈不白費力氣？」冥帝問。

旻景搖搖頭，什麼都沒說。

「一直在輸？」冥帝又問。

「切磋試煉時一直贏，性命相搏之後一直輸。」旻景道。

「你現在是鬼，已經沒了性命，無法性命相搏，凡間那具肉身此刻已經化為灰燼。」最後一個「化為灰燼」刺傷了旻景的心。

「你應該是被燒死的吧，那應該是很痛苦，不過沒關係，你應該是醉了，爛醉如泥，沉迷於夢境，都不知道自己已經死了，到了冥界還在不相信這個事實。」冥帝彷彿在講述一個故事，帶著幾分漫不經心。

旻景來冥界時，冥帝正帶兵出征，雖然不曾參加過四司會審，卻也算出了旻景的過往。

聽到冥帝的話，旻景臉色還是變了。

「你是誰？」旻景用一種探究的目光看著冥帝。

「冥界之主，也是這一念城的主人。」冥帝含笑，身上卻透露著帝皇之氣，那股威壓與霸氣，正在積累增加，且越來越多，源源不斷，取之不盡用之不竭。

旻景看著冥帝，有些不可思議，臉色一陣變化後，似乎接受了這個事實，低頭自嘲一句：「原來又換了一個國家，換了一個君主。」

冥帝倒是挺同意旻景這種看法。

「聰明。」冥帝這句聰明，倒是讓旻景有些受寵若驚，還能這樣誇人。再看隨意坐在自己對面的冥帝，免去人間那些俗世禮節，沒有跪拜，沒有忌諱，反而不羈灑脫。

「說說你的故事吧，你那一念究竟為何？」冥帝道。

旻景心裡第一個想法就是：你不是會算嗎？

「算太麻煩，懶得再算，你且說說吧。」冥帝一副慵懶模樣，隨意撫順衣袖，擺出一副聽故事的模樣。

雖然讓人家自揭傷疤有點不厚道，但到了冥界，什麼傷疤過不去，一念城裡每個鬼都是自揭傷疤後才有資格進入的。能夠自揭傷疤的鬼，就

有說服自己與自己和解的一日。

冥帝身上那股帝王的壓迫感雖被盡量收斂，但旻景還是不自覺臣服。

冥界帝王與人間帝王的差別，是冥帝尊重每個靈魂，又笑看眾生的驕傲。

旻景的故事還是從頭講起。

辰國十一皇子旻景，在這個充滿爭鬥的宮廷裡，看盡十個兄弟的勾心鬥角，爭權奪勢，他厭惡權謀，厭惡親情的單薄，嚮往江湖的快意瀟灑，對待那些兄弟總是多了一份不屑，除了比他小三歲的親妹妹，旻景對這個家沒什麼留戀。

旻景自幼聰慧，尤其在武功兵法上，這個常入軍營的皇子，自然受到其他兄弟的忌憚，也為帝王不滿。旻景本就是不喜這皇室宮廷，機緣巧合之下，拜了師父，這樣入了江湖，快意瀟灑。

在跟隨師父遊歷的途中，遇到了年紀比他大，輩分比他小的蒼瑾。蒼瑾因為是蜀國貪狼軍首領將軍的兒子，也算是辰國皇子旻景眼中的敵人，兩人因為對立的身分大打出手，誰也不相讓。旻景聰慧，對於武功一學就會，蒼瑾從不是他的對手。旻景卻也因為聰慧驕傲而少年輕狂，時常在兵法對陣中輸給蒼瑾。

就這樣打著打著，鬧著鬧著，兩人開始共飲一壺酒，共騎一匹馬，共分一個饅頭，共懲惡揚善，共舞劍禦敵，默契更甚，兄弟情誼更深。

他們一起策馬揚鞭，去過溫情脈脈的江南，去過黃沙飛舞的漠北，去過雪花如席的塞北，走過天南海北，策馬風流，江湖俠客，快意恩仇，他們入了這紅塵，便與酒為伴，轟轟烈烈，敢愛敢恨，逍遙於世。

天有不測風雲，人有旦夕禍福。

辰、蜀兩國開戰了。

而且貪狼軍的領袖，也就是蒼瑾的父親被辰國將領重傷，危在旦夕，蒼瑾需要擔起貪狼軍的擔子，扛起國家的責任。而辰國因為十個皇子內耗過多，武將式微，唯一的大將也拚了性命傷了蒼瑾之父，而後撒手而去，一身鐵甲，一桿銀槍，保家衛國，忠魂永存。

十個皇子內耗嚴重，且已經有五個落馬，另外五個各有異心，且沒有軍事才能。無奈之下，帝王召回了這個自幼跟隨師父學習兵法武功的小

兒子，希望他能夠扭轉戰局。

辰國根基早已不穩，加上長達十幾年的內耗，在風雨之中的王朝，搖搖欲墜。軍營貪腐，朝中各懷心思，敗局豈是他這個在外多年，且朝中無威望的十一皇子能夠挽回的。

昔日兄弟，如今戰場相向，從前的演練對陣，成了戰場上的鮮血殺伐，鐵甲銀槍不知染了誰的血，鑄就了誰的夢，總之那個自稱是日出之地的辰國敗了。

戰場醒來，從懸崖下鮮血堆積的屍骨裡爬出來，旻景不甘心，卻也知道，自己之所以沒死，只因為蒼瑾的手下留情。

拖著受傷的身體，爬出這山谷，等來的卻是改朝換代，國破家亡。

故事聽到這裡，冥帝不禁問一句：「你如何選擇？」

坐在對面的旻景淒涼一笑：「改朝換代是歷史的走向，成王敗寇是歷史的書寫，這我都懂。為國效力，每個人都有自己的立場，蒼瑾即使帶著貪狼軍沖入了辰國，卻不傷一百姓，不奪一物品，對辰國王室禮遇有加，且為多年兄弟還曾在戰場救我一命，我沒法恨蒼瑾。新帝為了表現自己的仁慈，並沒有對辰國貴族王室殺無赦，只是成了亡國奴，低人一等，卻保全性命，我不願恨新帝。新的王朝勵精圖治，短短幾年有了盛世，沒有誰願意拋棄性命來復國，若真有復國，戰亂中受苦的還是百姓，我不能犧牲百姓。」

旻景是通透的，卻也是驕傲的，他心中苦悶，卻找不到一個突破口，這種自我的折磨與矛盾中，讓他日日飲酒。

在得知最愛的小妹成了亡國奴入了蜀國，最後成了蒼瑾的妾以後，旻景忽然找到了突破口。

當年因小蒼瑾一歲，經常被蒼瑾拿歲數欺壓，那時候正意氣風華，旻景便也曾開過玩笑說：「我有一個小妹，甚是漂亮，正好與你相配，若許你為妻，你且要叫我一聲大哥了。」

如今成真，卻無半分開心。當天晚上，旻景大醉一場。

曾經最讓旻景驕傲的武功，卻在萬人戰場上，眾目睽睽之下敗給了蒼瑾，他最愛的小妹，曾經尊貴的公主卻做了妾，那份驕傲忽然有了指引。

他要贏蒼瑾一次，然後將小妹帶出來。

一次次對戰，旻景都輸了，他的驕傲讓他自我折磨。

前幾日又是一場決鬥，他再次輸了。渾渾噩噩之中，他進了一家酒館，喝得爛醉如泥。天乾物燥，夜裡走火，人們慌亂逃跑，只有他被大火吞噬，抱著酒罈離開了人世。

在大火燃燒之時，旻景還在做夢，夢到他與蒼瑾跟隨師父學習的時候，還是那樣明媚的少年，總是意氣風發，總是嘴角含笑。

冥帝聽完蒼瑾的故事，攏了攏衣袖，從袖口拿出一隻雕工精細的花盆，隨手將一株曼珠沙華植入盆中，鮮活的曼珠沙華搖曳，無限明媚。

「你可曾想過 ，若是你師父偏心，沒有將所有的功夫教給你呢？這樣無論你怎麼練，都不會是蒼瑾的對手。」冥帝和墨薄唇輕啟，用最隨意的聲音，說著殘忍的話。

蒼瑾有一瞬間的錯愕。

「師出同門，你天賦勝他，武功一直勝過他，為什麼從離開師門後一直失敗，你可想過？」冥帝追問。

旻景確實沒往這方面想過。

可師父會那樣嗎？

冥帝不再多言，小心地捧著手中的花盆消失在天際，那帶著霞光的地方。灼灼曼珠沙華還在搖曳，在這長遠的花叢裡，只剩下手裡拿著酒壺的旻景。

不知何時，酒壺見底，卻不曾讓旻景醉。

牛頭馬面兩鬼差費力扛著兩人高、一人寬的大缸酒，晃晃悠悠，由遠及近，回首間已經到了旻景身邊。

牛頭馬面將酒缸放下，說道：「這是冥帝賜你的酒，名為『往生醉』。」

旻景看著一大缸酒，有些不明其意，為什麼冥帝送自己酒？

「兩位鬼差大人，冥帝為何給我送酒？」旻景問道。

牛頭馬面呵呵一笑，說道：「因為你劍氣如虹，鋒芒凌厲，卻不曾傷到腳下一株花。如此，值得賞一壺酒，更值得醉一場。」

若被凡人聽了這句話，直覺幾分可笑，但牛頭馬面說得誠懇，不帶絲毫嘲笑假意。

那一缸酒，確實很香。

幾年時間，旻景一直在那處生長著曼珠沙華的地方練劍，那一缸美酒不動一勺，地上的花不傷一枝。

之後，旻景在一念城裡遇到了他的師父。

師父確實沒有將全部劍術祕笈相告，原來旻景一直輸給蒼瑾，是師父安排的。

蒼瑾身為將軍之子，向來沉穩內斂，而旻景身為皇子，性格高傲而灑脫，最是不受束縛。當年戰場相遇，各自扛著國家的擔子，以命相搏，最後勝敗且不論，師兄弟兩人的戰鬥只會兩敗俱傷，若貪狼這支貪婪而又銳利的軍隊換一個將軍，那被攻下的辰國還不知什麼模樣。

旻原本就聰慧，對於劍道的理解超過了蒼瑾。若旻景勝過了蒼瑾，那擁有一腔驕傲的旻景，不知會為了復國走上那條歧路。

旻景以荒唐的方式敗了，以他的驕傲，定然不會輕易尋死。而且旻景透徹，看清局勢，又心懷仁慈，不會太過激進，只不過難過自己心裡那一關。

蒼瑾沉穩，能將這個隱忍的角色擔任好。

此法能救這兩個孩性命子，卻也苦了這兩個孩子，身為師父，總想著給徒兒們最好的，便為他們安排了命運。

一念城頭，師徒對立。

師父說完一切之後，歎一口氣說道：「師父後悔了。」

「原來我們只是師父手裡的棋子。」旻景苦笑著看向自己的師父，轉身而去。

師父微微一笑，他的徒弟就是這般驕傲，對於不願諒解的人，根本不理會，而對於原諒的人，才會丟下一句埋怨。

師父將全部祕笈留給了旻景，卻也因為旻景的原諒而放下了心裡的執念。

「來世也不輕易收徒，不輕易為他人安排命運了。」師父笑著說道。

或許是他做錯了，應該給旻景和蒼瑾一個選擇，而不是他為徒弟們做選擇。

師父已在人間得到蒼瑾的原諒，如今又得到了旻景的原諒，執念消

退，離開了一念城，尋他的來世。

　　旻景並沒有收下那半部祕笈，因為他的驕傲，他的天賦，他還在練著殘劍。

　　冥帝再次來看旻景練劍時，旻景的劍氣已經收斂了不少，少了之前的剛猛與衝動，多了些明月之勢，不過還是那樣光明磊落，正如它的主人，皎皎明月，不染纖塵。

　　「這酒為何沒有喝？」冥帝問。

　　「美酒應該共飲，既然是冥帝賜酒，還是應該與您共飲一杯。」旻景飛劍入劍鞘，施了個禮坐在冥帝對面。

　　旻景那十幾年的江湖氣還沒有被洗去，那股驕傲也未減少分毫。

　　冥帝抬眼看向旻景，露出一點冷笑：「恐怕你還沒這資格。」多少年沒有一個鬼敢這樣對著他說話了。

　　旻景抿嘴一笑，說道：「是我唐突了。」

　　片刻的沉默，冥帝道：「你的劍跟以前不一樣了。」

　　旻景將目光投向桌上的劍。

　　冥帝又說道：「斂去無端的鋒芒，將所有霸道真剛集中於一，雖是殘劍，卻別有一番趣味，若修煉到了極致，並不比看來完美的劍術差。」

　　冥帝的點評，確實與旻景不謀而合。

　　「冥帝劍術造詣如此之高。」旻景讚歎道。

　　冥帝反而一個冷笑：「劍，我沒興趣。天下兵器自有相通之處，這並不需要什麼造詣，只需要一點腦子。」

　　這是一個征戰三界建立無數功業，而且自學成才的冥帝之見解。這樣的評價，高傲，如他的身分；真實，於無數次拚殺浴血得到的結論。

　　旻景聽到這番話，只覺得這才是冥帝吧。

　　「前幾年曾帶著冥兵冥將去了趟人間，討伐了些咒蠱，現在冥兵有些驕縱，需要教訓教訓。」說話間，冥帝已經從原來的位子上站起來，望向遠處，嘴角露出一個冷笑，那股帝皇之氣，剎那釋放。

　　「三日後會有個比武大賽，你也去試試，我且看一下你這劍練得如何，一念城可不養無用之鬼。」冥帝半縷髮絲擋住了側顏，看不清面貌，但那口氣，卻很霸道。

冥帝從來都是來去無蹤，心思莫測，按照冥帝說的這話，旻景無奈歎息，這分明是讓他去教訓冥界冥兵呀。

比武之日如約而來，黑白無常去了一念城維持秩序，牛頭馬面敲鑼打鼓，將場面弄得熱熱鬧鬧，四周圍著眾多小鬼，個個雖青面獠牙，喊叫聲淒厲，分明怪嚇人的場景，又多出了幾分滑稽。

都知道冥界一念城有一鬼閉關練劍，且這麼多年不曾出關，冥界眾鬼對於這個對手本就生出了幾分好奇，而今冥帝又說誰能勝過此鬼，便可得一心願，於是眾鬼躍躍欲試。當然旻景是被坑的那個，根本就不知道這樣的「好事」。

「來來來，下注了。」黑白無常吆喝著。

「我賭旻景輸！」這個聲音尤其響亮，那些冥幣香灰滿了桌子。

比賽剛開始，旻景就上了比武臺，只為試劍。旻景拿著那一把凌虛長劍，頗有些君子氣質，與那些青面獠牙的鬼兵差異很大。

曾跟隨冥帝出征的一些冥將冥兵，吹噓人間一戰自己如何厲害，如今有了這比武大賽，可不要在旻景身上展示一下。毫無保留的出招，想給旻景致命一擊，也好展現一番。

可事與願違，當真輕視了旻景，反被旻景打了一頓。

一個敗下陣，下一個又上臺，一個接一個的挑戰，旻景也受了傷，卻還在堅持。

此時的冥帝站在一念城最高處，俯瞰這場比賽，手指輕拍著欄杆，另一隻手撫摸著盆中的曼珠沙華，露出一個滿意的笑容。

旻景也不知經歷了多少輪戰鬥，最後也不知勝敗，只記得他都沒要趴下，而是撐劍站著，直到失去了意識。旻景再次醒來已經回到了平日裡練劍的地方，那些受到重創的魂魄也得到了修復。

那一大缸酒還在原處，酒香還如從前。

一個熟悉的身影坐在石桌一側，玩弄著他的土塤。

「你今天表現不錯，確實將那些驕縱的傢伙們鎮住了。所以我來告訴你個好消息。」冥帝看向旻景，露出一個神祕的笑容，「蒼瑾明日就會到，他會入一念城見你一面，你可用你的殘劍與他較量一番。」

不自覺看向冥帝，旻景心想，這場比賽會是冥界為他設立來滿足他

心願的嗎？

不知道為什麼，旻景雖然看不懂冥帝，卻總覺得他是一個好相處的帝王。

「那就多謝冥帝了。」旻景說道。

旻景入這一念城，難了心中執念，那一殘劍，不過是寄託，最難以抗衡的是命運，最難過去的是內心。尤其在一念城見師父一面，那輸贏已經不再重要，唯有不解內心羈絆。

旻景還記得當年兩人初次對戰時候的場景，當初的他拔劍出鞘，直接攻向蒼瑾，蒼瑾來不及拔劍，只能用劍身格擋。再來一次，旻景還是先出了招，蒼瑾還是沒來得及拔劍。虛晃幾招過後，才開始真正的對決。

一招一式，都授自同一門下，所以不分上下，而後，殘劍慢慢示弱，不及擁有全部劍招的蒼瑾。

蒼瑾並沒有讓招，因為他知道自己的兄弟可以敗，可以輸，但絕不接受那樣的施捨與同情，正如他堅持殘劍招式來對抗一般。

比試如火如荼，看熱鬧的黑白無常，牛頭馬面探頭探腦，還不時點評幾句。

「嘖嘖嘖，昨日這旻景傷成那樣，一半魂魄都被撕裂了，今日還能生龍活虎的比賽，當真不簡單。」白無常說道。

黑無常喃喃說道：「那是冥帝幫他。」

白無常倒是有點興趣地問道：「冥帝會不會教他劍術呀？」

「這我們怎麼知道？」馬面道。

「范無救，你覺得我們冥帝會教人功夫？冥帝的功夫沒法教，那是混沌之力，冥帝的招數都是在戰鬥中積累出來的，為滅敵之術。再說了，咱們冥帝什麼身分？」牛頭撇著旁邊三個說道。

此話確實如此，三鬼差一同點頭。

一些鬼差給黑白無常、牛頭馬面送來些點心和酒水。

「七爺八爺，牛爺馬爺，這是你們昨個賭注贏得，一部分換成了美酒和吃食，且先享用。」黑白無常見賭旻景贏的寥寥無幾，便押了他贏，如今還真沒有失望。

一邊吃著一邊看比劍，確實舒服。

話說間，見旻景集中劍氣，真剛霸道，貫穿與劍，一招而出，直面蒼瑾。修煉到極致的一招，確實勝過那完整的劍譜。

「旻景勝了。」馬面有些吃驚，有些激動，看著這傢伙練了這些年的劍，他都覺得無聊，如今勝利，也終於送走了這個無聊又執著的傢伙。

黑無常嘻嘻一笑，眼中帶著狡黠之色：「冥帝賜他的那一缸酒，就歸我們了。」

牛頭馬面出言道：「兄弟就一起喝。」

黑白無常和牛頭馬面這邊剛商量好了，達成協議，去到那旻景閉關之處，卻見旻景與蒼瑾正坐在酒缸上喝酒。

「我那小妹可還好？」旻景問。

「當年她嫁給我也是無可奈何，畢竟辰國公主身分給她帶來很多紛紛擾擾。如今的她有兒女陪伴，想來應該不錯。」蒼瑾認真的說道。

「美酒要共飲才有滋味。」旻景與蒼瑾對飲一杯，彷彿縈繞心頭多年的陰霾已經消散。

那些過去已成雲煙，何況他們身軀都以化成灰燼，前世種種也隨風消散吧。

兄弟多年不容易，恨一個人也不容易，如今一切都在酒裡。

「當年我們年少，也許過同生共死的誓言，如今能在冥界共飲一杯，此生也無憾了。」蒼瑾背負多年，如今一掃陰霾，彷彿又成了那個肆意瀟灑的江湖客，不是什麼將軍，不為國家，只為面前的兄弟。

馬面看著坐在酒缸上一邊喝酒，一邊隨手舀起美酒灌入嘴中的畫面，不禁問道：「他們剛才還以命相搏，如今怎的這般了？」

「哎，猜不透。」白無常附和道。

「心裡無隔閡，一切隨風散，何況都入了冥界，身化了塵土。」黑無常解釋道。

「你怎麼和牛頭一樣，淨說些大道理。」馬面不屑道。

世事無常，命運有時就那樣自認幽默，想法太多，根本不由人。

一波未平一波又起，呂家那不讓人放心的第十一代終於來投胎了。

不過這呂十一代壽命還真長，足足活了八十年，在這向來短命的呂氏家族裡，就是一個奇蹟。

不過等這呂十一代活了八十年才來投胎一事，讓呂家幾代祖宗不那麼高興，畢竟家法已經準備好了幾十年，想要好好教訓一下這個敗家子，可惜人家就是不下來。

如今得知呂十一代下來了，前十代祖宗都準備好家法，已經等著了。呂十一代看一排擺開全是自家祖宗，受寵若驚，連忙行大禮：「參見一代祖宗，參見第二代祖宗……參見第十代祖宗。」一一行過禮，也累出了一身汗，這讓呂十一代原本就肥胖的身子有些發虛。

喘了兩口氣回過神來，才發現自家祖宗都一副兇神惡煞的模樣，而且手裡拿著的雞毛撢子、戒尺、荊棘……這是什麼迎接禮儀？

不等呂十一代說話，呂十代作為父親，最先開始說話了。畢竟是自己教出來的兒子，怎麼打兒子也要他先來。

「逆子，你個不孝子，祖宗的家業，祖宗的名聲都被你給毀壞了，看我不教訓你。」說話間，戒尺已經落在呂十一代的肩膀上、腰腹上，打得肥肉一抖一抖的。

「怎麼回事，祖宗們，孫兒年少不更事的時候確實敗過家，後來浪子回頭了，也將家業保全，自認為還算可以。」呂十一代一邊躲一邊解釋。

從前家裡的孩子挨打，都老老實實挨著，也不反駁，看著呂十一代的作風，更讓祖宗們生氣。

「給我打，好好教訓這個不孝子。」呂一代氣哼哼的發言道。

「老祖宗，我又那裡做錯了！哎呦！」呂十一代被打得呲牙咧嘴，「祖上要我考狀元我也考上了，家裡的書院我也開到田野民間，藏書閣又加了新書，下一代也爭氣，已經入朝為官，我究竟哪裡不孝了。」

啊！

呂十代手裡的戒尺懸在空中，臉色有些難看，回頭看向九位祖宗。

呂一代向前兩步，嘴唇有些顫抖地問：「你說什麼，你考上狀元了？」

呂十一代點頭，還一臉委屈的模樣。

這下可好，呂一代興奮地直接暈了過去。

又是一陣凌亂。

向來紈綺的呂十一代中了狀元，各位祖宗喜不自盛，問其原因，原

來這呂十一代也曾好賭好酒色，敗壞祖上名聲，敗了家，賠上了家業，到了最後，眾叛親離。祖上雖然積德，樂善好施，但是自己敗家，被鄰里親戚責罵。

後來呂十一代幡然醒悟，目光投向那座傳了十一代的藏書閣。入了藏書閣，真的靜下心來學習，才發現書中浩瀚，勝過現實的聲色犬馬。一舉成名，高中狀元。

真正的家風形成，不是以中狀元為目標，而是教化子孫後代，向善向好，浪子回頭，為時不晚，為國為家，大義大道，這也是他們家能在亂世中依然流傳下來的原因。

只可惜前幾位祖宗們只看到了狀元之名。

「這家十一代終於要走了。」冥帝揉揉額頭，心裡鬆了一口氣。

不過轉念又想，他們走了，記錄陰卷的鬼差就不夠了，當即招來牛頭馬面，讓他們在一念城和冥府張貼告示，只要通過考試，就能擔任記錄者，掌管陰卷記載。

小書生致安這數十年在呂一代的教導下，也成了一個小古板，做事真的跟呂一代一模一樣，剛正不阿，大公無私，而且才華橫溢。順勢而為，致安也就擔任了呂一代的職位。

「你也為冥界操勞這五百年光景，有什麼心願也可說一下。」五百年的相處，冥帝雖然會埋怨呂一代的頑固，卻也有一份感情在，臨近分別，也有捨不得。

「心中一直有一個疑惑，希望冥帝解答。」呂一代臉色非常認真地說道。

「洗耳恭聽。」冥帝道。

「我曾問過牛頭馬面這一念城的來歷，他們只告訴我為冥帝醉酒百年之後所建，我忽然好奇這座宮殿為何取名為『一念』？後來又想，這一念城中每一個鬼都有自己的執著一念，那冥帝是否也有？一念城中那座美麗的樓閣，在別人眼中，或許覺得高不可攀，或許覺得嚮往，但臣覺得那像極了牢籠。」呂一代此話很大膽，卻也因為多年相處，與冥帝交談多了一份深入。

冥帝哈哈一笑，原本殿下已經流出冷汗的呂一代有些不知所措。

「可還記得為何要讓呂家子孫輩一定要考出一個狀元？」冥帝犀利的眼神盯著呂一代。

沉吟片刻。

「臣當年有報國之心和治國之才，卻因家中無根基，無法參加考試。我心痛欲絕，欲跳井自盡時被一白衣道人所救，他給我銀錢助我考試，卻也提出要求，要我用提名榜首來報答他。」呂一代回憶起曾經的諾言，無奈歎了一口氣。

「那人可說過若不能提名榜首會如何？」冥帝問。

「這……這也倒沒說。」呂一代喃喃道。

「可曾怨過那讓你提名榜首的人？」冥帝又問。

「那是恩人，不曾有怨。」呂一代道。

冥帝搖身一變，問道：「當年那人可是這般模樣？」

呂一代大吃一驚，從來高高在上的冥帝，穿上一襲白衣驚為天人。

「原來那白衣道人竟是冥帝？」呂一代吃驚地說道。

「你是我大醉百年後去往人間遇到的第一個凡人。」冥帝說道，「我並沒說不提名榜首會如何，只不過你覺得一定要提名榜首來報答，並將其作為執念，一直難以消退。在你們心中，榜首是執念，所以一直追尋，並力求將每一代按照自己的想法培養，每一代都在步上一代的後塵。直到你們家族出了一個叛逆者，他不服從管教，終日遊玩，甚至將祖宗家業敗了。你們都失望了，以為他不可救藥，卻不知在你們沒有發現的時候，他自己與世界和解，找到了一條合適的路來實現祖上的理想，所以他成功了。你們這十幾代，經過傳承，已經形成了家風，那才是最寶貴的，而你們卻在追尋著那一股執念。」

最美的從來都在，不過容易被忽略。

「身為冥帝，無盡的壽命裡，已經沒什麼執念，有的不過是等待時的心情。一念城對於我，就是一杯酒，值得慢慢品味。」冥帝褪去身上的白衣，換上那與黑暗並行的黑衣，又是那個沉穩內斂、霸氣可靠的冥帝。

呂一代這才發現，原來冥帝才是歷經千帆，看過因果。

如此心境，比不得。

「牛頭馬面和黑白無常給你準備了送行宴，你且去吧。」冥帝吩咐

一句，消散在大殿之上。

　　這十一代的投胎路真的熱鬧，幾乎整個冥府的鬼差都來歡送。這日子也特殊，正是上元節，奈何橋上飄著無數的花燈，流光溢彩煞是好看。

　　酒水兌著孟婆湯飲下去，這些老頑固也放肆了一回。

　　冥帝並沒有現身，卻送去了「往生醉」，供他們一醉。

　　其實冥界的酒不醉人，醉的不過是想要逃避的心，當年的冥帝就是如此。

　　冥府從來不缺故事，一個走了，一個來，來來往往，熙熙攘攘，如此而已。

　　一念城前灼灼紅色染紅了冥帝和墨的眼睛，又是一年三月三，冥帝抱琴入花叢，手指與琴弦之上跳動，古琴演奏者古老的樂曲，那紅衣起舞過往，不知何時有緣再見。

　　「這首曲子已經彈過千百年，不知你何時歸來！」

　　新一任孟婆就要上任了，不過她的魂魄就像碎地的琉璃，需要冥帝親自去接。

（全書完）

## 孟婆傳奇：沉宸篇

作　　　　者／李莎
封 面 書 法／季風
封 面 設 計／董紹華
插 畫 創 作／董紹華
美 術 編 輯／孤獨船長工作室
責 任 編 輯／許典春
企畫選書人／賈俊國

總 　編 　輯／賈俊國
副 總 編 輯／蘇士尹
編 　　　輯／高懿萩
行 銷 企 畫／張莉滎・蕭羽猜

發 　行 　人／何飛鵬
法 律 顧 問／元禾法律事務所王子文律師
出 　　　版／布克文化出版事業部
　　　　　　臺北市中山區民生東路二段 141 號 8 樓
　　　　　　電話：(02)2500-7008 傳真：(02)2502-7676
　　　　　　Email：sbooker.service@cite.com.tw
發 　　　行／英屬蓋曼群島商家庭傳媒股份有限公司城邦分公司
　　　　　　臺北市中山區民生東路二段 141 號 2 樓
　　　　　　書虫客服服務專線：(02)2500-7718；2500-7719
　　　　　　24 小時傳真專線：(02)2500-1990；2500-1991
　　　　　　劃撥帳號：19863813；戶名：書虫股份有限公司
　　　　　　讀者服務信箱：service@readingclub.com.tw
香港發行所／城邦（香港）出版集團有限公司
　　　　　　香港灣仔駱克道 193 號東超商業中心 1 樓
　　　　　　電話：+852-2508-6231 傳真：+852-2578-9337
　　　　　　Email：hkcite@biznetvigator.com
馬新發行所／城邦（馬新）出版集團 Cité (M) Sdn.Bhd.
　　　　　　41，JalanRadinAnum，BandarBaruSriPetaling，
　　　　　　57000KualaLumpur，Malaysia
　　　　　　電話：+603-9057-8822 傳真：+603-9057-6622
　　　　　　Email：cite@cite.com.my
印 　　　刷／韋懋實業有限公司
初 　　　版／2020 年 11 月
定 　　　價／469 元
ＩＳＢＮ／978-986-5405-85-4

城邦讀書花園　布克文化
www.cite.com.tw　www.sbooker.com.tw